소동파 시 연구

소동파 시 연구

동아대학교 석당학술총서 25

소동파 시 연구(蘇東坡 詩 研究)

초판 인쇄 2012년 2월 10일
초판 발행 2012년 2월 20일

저 자 조규백
펴낸이 이대현
편 집 이소희

펴낸곳 도서출판 역락
주 소 서울 서초구 반포4동 577-25 문창빌딩 2층
전 화 02-3409-2058(영업부), 2060(편집부)
팩 스 02-3409-2059
등 록 1999년 4월 19일 제303-2002-000014호
이메일 youkrack@hanmail.net

값 37,000원
ISBN 978-89-5556-968-1 93820

* 파본은 교환해 드립니다.

동아대학교 석당학술총서 25

소동파 시 연구
蘇東坡 詩 研究

조 규 백

역락

서문

　소동파(1036~1101, 음력)는 중국이 낳은 최고의 문인 중 한 사람이다. 그가 살았던 北宋은 중국의 문예부흥의 시대라고 할 수 있는 시기로 자유스런 사고와 개성을 중시하였으며, 儒佛道사상이 合流하는 기풍이 있었다. 그는 시, 詞, 산문, 賦 등의 문학영역은 물론 서법, 회화, 의학, 經學, 요리에도 조예가 깊었으며 또한 정치가, 행정가이기도 하였다. 그는 스스로 儒家임을 인정하면서도 도가와 불가사상에 대해서 개방적이면서 포용적인 자세를 견지하고 있다.

　소동파는 宋詩의 전형적인 특성을 확립시킨 시인이다. 소동파에게 있어 시 창작은 일기나 편지처럼 일상적인 생활의 기록이다. 바로 일상적인 의사전달의 수단이자 신변잡기였던 것이다. 그의 시는 삼라만상을 포괄할 정도로 방대한 스케일을 지니고 있고, 삶의 지혜를 밝혀 낼 만큼 깊으며, 자유분방하다. 또한 신선함, 통찰력, 그리고 창조성을 느낄 수 있다. 그리고 사고가 깊고 학문의 넓이와 깊이가 있으며 기지가 있다. 사대부의 의식세계를 반영하고 있으며, 유불도 사상이 합류되어 있고, 인생철리가 함유되어 있다. 이처럼 거시적 미시적 안목을 두루 갖춘 그의 시가예술은 시대를 초월하여 독자에게 깊은 감명을 줄 수 있다.

　고려, 조선조 문인들은 소동파문학을 받아들이면서 '충격'과 '자극'을 받아, 우리의 실정에 맞게 그에 대해 긍정적으로 때로는 비판적으로 평가하여 생기 있고 독창적인 문학세계를 개척하고자 하였다. 우리 문인들은 자국의 문화를 더욱 발전시키기 위하여 중국의 우수한 문화를 적극 수용하여 자신의 것으로 만들었으며, 문학의 새로운 발전을 이루어 나갔다. 특히 유가사상 특히 신유학이 중심이던 조선조 문인에게 유불도 사상이 융합된 소동파의 문학은 사유세계를 보다 폭넓게 해 주었을 뿐 아니라, 문학지평을 확대시켜 주었다. 다만 짚고 넘어가야 할 점은 소동파가 고려에 대해 불신하고 매도하였다는 것인데, 이는 중국의 일부 중화주의자들이 인접국을 매도한 전형적인 사례로, 우리가 타산지석으로 삼아야 할 것이다.

이 책은 박사논문을 대폭 수정, 보완한 것이다. 제3장에는 단편논문으로 발표한 <소식의 서화예술시 고찰>을 추가하였다. 특히 제4장은 정신적 지향의 큰 축을 형성하고 있는 소동파의 의식세계를 조명한 것이다. 이는 학위논문에는 실려 있지 않은 부분으로, <출사와 은퇴간의 갈등과 그 해소-소식시의 한 단면>, <소식 시에 타나난 자아내면의 격절로 인한 서정>(일부), <소식 시에 나타난 현실세계와의 괴리와 그 해소>, <도연명에의 동일화양상과 도연명 시의 창조적 수용-소식 시의 한 단면> 등의 단편논문으로 게재되었던 것이다. 이는 소동파의 전체 시를 이해하는 데 보탬이 될 것이다.

소동파는 시를 통하여 감정을 내적으로 조절하는 능력을 보여주고 있다. 감정의 자기조절을 통해 과도한 비애를 지양하고 시적 감정을 질적으로 고양시키고 있다는 것이다. 그는 언제 어디서나 심미인식을 가지고 새로운 눈으로 대상을 관찰하였으며, 한 마디로 대상의 핵심을 요약하여 평가할 수 있었다. 대체로 그 평가의 의미가 함축적이고 객관타당성을 보유하고 있는 경우가 많다. 그는 창작을 위한 창작보다는 감정의 자연스러운 흐름을 중시하여, 사물에 의해 촉발된 느낌을 시로 그때그때 표현하고 있다.

번뇌를 극복하는 소동파의 사유는 1. 문제의 발생과 그에 따른 번뇌, 2. 거시적인 시야로 문제의 실체를 파악, 3. 발상의 전환을 통한 초월과 달관, 이 3가지가 순환구조로 되어있다. 또한 그는 주변에서 포착한 문제를 한 작품에서 먼저 제시하고 그 작품의 후반부 혹은 다른 작품에서 그 문제의 해답을 찾는다. 이는 그의 사유가 그의 작품 속에서 서로 얼마나 강한 연계성을 지니는지 잘 보여준다.

필자가 소동파에 대해 보다 본격적으로 관심을 기울이기 시작한 것은 석사과정(1982년) 때 부터였다. 당시에는 한학실력이 日淺해 방대한 소동파의 詩, 詞, 文의 原典을 이해하기 어려웠다. 이런 巨作에 입문하는데 다소 무모한 면이 없지 않았다. 난해한 소동파의 원전을 보며, '이 안에 뭔가 대단한 것이 있지 않을까' 하는 호기심이 들었고 나름의 기대도 했다. 우선 四書五經, 古文眞寶 등의 중국고전을 한학 스승들의 가르침을 받아 읽어나갔다. 소동파 전공 학자들이 있는 대만, 중국에 가서 가르침을 받기도 했다. 벌써 30년이 지났다. "원전을 철저히 해득하지 않고 논문을 쓰면 독창력이 나오지 않는다"는 정범진 선생님의 가르침에 따라 원전의 이해에 많은 시간과 功力을 들였다. 소동파가 사회, 문학, 書畫예술의 각 방면에 관심을 기울이고 조예가 있었듯이, 동파를 연구함에 따라 필자의 사회, 문예의 각 방면에 대한 관심사도 점점 넓어졌다.

소동파시의 원전 해득에 몇 년을 보냈다. 2,700여 수나 되는 그의 전체 詩는 대충 몇 번 넘겨보아서는 해득이 잘 되지 않는다. 우선 중국, 대만, 홍콩, 일본, 국내의 구할 수 있는 모든 선집본을 구하여 한 번이라도 실린 시들에 대해서는 한 수 한 수 정독하였다. 이어서 점차 그 범위를 확대시켰다. 시뿐만 아니라, 소동파의 산문과 詞도 읽었다. [부록] <소동파의 연보>를 재검토함에 있어, 孔凡禮의 ≪蘇軾年譜≫(全三冊)를 참조했는데 이 작업에만 2~3주의 시간이 들었다.

지난 30년 동안 동파에 관한 자료라면 국내외를 막론하고 널리 수집하였다. 소동파를 연구하면서 동파 이전의 문학에 더욱 관심을 갖게 되었고, 소동파의 研究史를 공부하는 데 보탬이 되려고 宋, 元, 明, 清의 문학에도 관심을 기울었다. 몇 년 전부터는 고려, 조선조의 한문학에 나타난 소동파의 영향에 대해서 관심을 기울이며 연구하고 있다. 동파를 중심으로 중국문학과 한국한문학을 꿰뚫고자 의도하고 있는 셈이다.

도움을 주신 분들이 있다. 우선 고견을 주신 지도교수 김철수 선생님,

이병한, 지영재, 최봉원, 이준식 선생님께 감사드린다. 故 研靑 吳虎泳 老師께서는 동파와 관련된 原典의 해득에 대해 자상한 가르침을 주시었고, 중국 復旦大學의 王水照 선생님과 四川大學의 曾棗莊 선생님은 학문과 사유의 방법에 대해 실천을 통해 가르침을 주시었다. 김형민 선생님께서는 오래전 초고를 전반적으로 검토해 주셨고, 장준영 선생은 '목차와 서론, 결론' 부분을 검토해 주었다. 장수희 선생님도 원고를 개략적으로 검토해주었다. 특히 동아대 석당학술원에서는 본서를 학술총서의 하나로 채택해 주었다. 그리고 출판해 주신 역락출판사 이대현 사장님과 이소희 편집부 대리님 및 관계자 여러분. 이 모든 분들께 깊이 감사드린다. 귀향하여 시골에 계시는 부모님께 이 책을 올리며, 두 분의 건강장수를 빈다.

본서는 근래 부단히 쏟아져 나오는 국내외의 연구성과를 모두 반영하지는 못하였고, 또 필자의 능력의 한계로 부족한 점이 있음을 면하지 못한다. 諸賢의 비평과 叱正을 바란다.

이로써 필자의 소동파시 연구는 일단락을 짓는다. 이제 이와 연관된 새로운 꿈을 이루기 위해 힘차게 매진하리라.

2012년 1월 12일(음력 12월 19일)
소동파의 생일을 맞아
方背寓居에서 曺圭百 삼가 쓰다

차례

┃서문 5

제1장 緒論 · 15

제1절 硏究目的 __ 15
1. 들어가는 말 ··· 15
2. 연구목적 ·· 18

제2절 旣存硏究에 대한 檢討 __ 21
1. 單行本 ··· 22
2. 학위논문 ·· 26

제3절 硏究範圍와 硏究方法 __ 28

제2장 蘇東坡詩 硏究의 先行課題 · 33

제1절 蘇東坡의 生涯 및 時期別 蘇東坡詩의 特徵 __ 35
1. 科擧應試期 및 仕宦前期－光輝로운 出發
   : 氣의 涵養 및 發揚 ······································· 37
2. 제1차 貶謫期－黃州 : 詩的 生命의 追求와 '曠達' ········· 50
3. 仕宦後期－純粹藝術的 傾向 ······························· 55
4. 제2차 貶謫期 및 解配－"絢爛의 極致"로서의 平淡 ······· 59

제2절 蘇東坡의 儒道佛 思想 受容과 그 融合 __ 71
1. 儒佛道思想 受容의 基準과 前提 ························· 71
2. 儒家思想의 受容－認識의 基本 틀 ····················· 74
3. 道家思想의 受容－超越意志 ······························· 83
4. 佛家思想의 受容－對立이 存在 않는 絶對世界의 追求 ··· 94
5. 儒佛道思想의 融合 및 諸家思想에 對한 受容樣相 ······· 113

제3장 作品分析(1) – 主題別 作品研究 ● 121

제1절 現實參與의 意志 __ 126

  1. 民生疾苦 ·· 130

  2. 政治諷刺 ·· 135

  3. 愛國衷情 ·· 141

제2절 自然과의 親和 __ 147

  1. 山水遊覽 ·· 149

  2. 農村生活의 情景 ·· 176

  3. 自然에의 歸依 ·· 186

제3절 離別과 鄕愁 __ 198

  1. 離別 ··· 199

  2. 鄕愁 ··· 209

제4절 飮酒의 情趣 __ 222

  1. 酒中의 興趣 ·· 223

  2. 憂愁의 解消 ·· 241

제5절 藝術世界에의 沒入 __ 250

  1. 繪畫藝術 ·· 251

  2. 書法藝術 ·· 275

제6절 人生哲理의 터득 __ 284

  1. 生活哲理 ·· 286

  2. 自然哲理 ·· 291

  3. 佛·道思想的 哲理 ·· 297

제4장 作品分析(2) – 意識世界의 斷面 • 307

제1절 出仕와 隱退 __ 308
   1. 出仕와 隱退心境의 二重構造 ····················· 310
   2. 政治中心地로의 回歸意志와 第2의
      故鄕意識의 二重構造 ····················· 318
   3. 出仕와 隱退間 葛藤의 解消 ····················· 328

제2절 時空間의 隔絶로 因한 抒情 __ 341
   1. 空間爲主의 隔絶 – 貶謫 : '途窮'之歎 ····················· 342
   2. 時間爲主의 隔絶 ····················· 349

제3절 現實世界와의 乖離와 그 解消 __ 363
   1. 現實世界와의 乖離 ····················· 365
   2. 現實世界와의 乖離 解消 ····················· 371

제4절 陶淵明에의 同一化樣相과 陶淵明詩의 創造的 受容 __ 391
   1. 陶淵明에 대한 心醉와 그 同一化樣相 ····················· 393
   2. 陶淵明詩의 創造的 受容 ····················· 407

제5장 蘇東坡詩에 對한 中國 歷代 諸家의 評論 • 423

제1절 宋代의 蘇東坡詩 評論－印象批評 __ 425

제2절 金·元·明代의 蘇東坡詩 評論－'詩之神' __ 445

제3절 清代의 蘇東坡詩 評論－方法論的 體系 __ 456

제4절 現代의 蘇東坡詩 評論－'自由와 規律의 結合' __ 479

제6장 結論 • 491

참고문헌　501
附錄　1. 蘇東坡의 年譜　519
　　　2. 蘇東坡의 官職移動表　525
　　　3. 蘇東坡의 作品 索引　527

제1장 緒 論

제1절 研究目的

1. 들어가는 말

蘇軾(1036~1101년)[1]은 號는 東坡居士로 본명인 蘇軾보다 蘇東坡로 더 알려져 있다. 그는 北宋의 대문호이자 정치가, 예술가이기도 하다. 그는 시로는 黃庭堅과 함께 「蘇黃」으로 불러지면서 宋詩의 새 地平을 열었다고 평가되고 있고, 산문으로는 歐陽修와 함께 「歐蘇」라고 일컬어졌고 唐宋八大家의 한 사람이며, 詞로는 辛棄疾과 함께 「蘇辛」으로 일컬어지면서 豪放詞派의 창시자로서 간주되었으니 千古의 문인이라 할 수 있다. 그리고 書藝의 경우 黃庭堅, 米市, 蔡襄과 함께 北宋四大家로 일컬어지며, 繪畵에서도 文同을 대표로 하는 文湖州竹派의 주요인물이다.[2]

인생에 있어 시련에 봉착했을 때 그에 대한 대응방식에 의해 개성의

---

1) 소동파는 음력으로 12월 19일생이다. 양력으로 환산한다면 1037년 1월 8일생이다. 그러나 古代 중국의 모든 기록은 음력으로 기록되어 있기에, 매년 겨울기간을 양력으로 환산한다면 수많은 혼란이 야기된다. 여기서는 모두 음력으로 통일하겠다.

2) 王水照, ≪蘇軾≫, 1~2쪽.

진면목이 나타나게 된다. 이에 대해 韓愈는 "모든 물체는 그 평형의 상태를 유지하지 못하면 운다(物不得其平則鳴)"3)라고 갈파하였다. 이것을 문학에 적용시키면, 정신이 평형상태에 있지 못할 때 평형상태로 移行하려고 애쓰는 과정에서 훌륭한 문학은 탄생되며, 그에 따라 평형을 이루지 못했던 정신도 淨化되어 평형상태에 이르게 된다는 것이다. 또 歐陽修는 "시는 작자가 궁한 처지를 경험한 후에 뛰어나게 된다(詩窮而後工)"4)는 이론을 세워 뜻을 얻지 못한 곤궁한 처지에 있는 사람이 깊은 사색과 자연과의 친화 등 각고의 노력을 하는 경우 그 시가 고도의 예술성을 가진 훌륭한 작품으로 형상화된다고 하였다.

소동파는 선택 가능의 무한한 순열의 인생에서 자신의 길을 하나 하나씩 선택하거나 선택되어 하나의 굵직한 인생의 행로를 그리고 있다. 그의 시는 자신의 波瀾萬丈한 인생역정에서 자아와 사회, 자아와 자연 그리고 自我와 自我間의 여러 관계 속에서 부대끼는 여러 가지 환경에 나름대로 개성 있게 대응하면서, 삶의 영역을 확장하고 수렴해 간 진실된 사고의 함축적 기록이라 할 수 있다. 또한 인생에 대한 순간적이고 단편적인 투영이자 총체적인 내면세계를 반영시킨 것이라고 할 수 있다. 따라서 그의 2,700여 수5)나 되는 방대한 시작품 속에는 상기한 여

---

3) <送孟東野序>. 韓愈, ≪韓昌黎全集≫, 276쪽.
4) <梅聖兪詩集序>. 歐陽修 撰, ≪歐陽修全集(上)≫, 295쪽.
5) 현존하는 전체 소동파시의 수는 다음과 같이 각각 상이하게 나타나 있다.
  1. 吉川幸次郎 著, 鄭清茂 譯, ≪宋詩槪說≫, 161쪽, 2,400수. 2. ㄱ. 劉乃昌, ≪蘇軾文學論集≫, 4쪽, 2,700여 수. ㄴ. 王水照 選注, ≪蘇軾選集≫, <前言>, 1쪽, 2,700여 수. 3. 小川環樹 著, 潭汝謙 編, ≪論中國詩≫, 188쪽, 2,800여 수. 4. 謝桃坊, ≪蘇軾詩研究≫, 25쪽, 2,696수. 5. 袁行霈, ≪中國文學槪論≫, 170쪽, 4,000여 수. 이상의 몇 가지 설 중에서 2설 2,700여 수가 가장 신빙성이 있다. 그리고 5설 4,000여 수는 과거의 명백한 오류를 답습한 것이다. 이에 대해서는 필자가 1993

러 관계 사이에서 나타나는 고뇌가 서려 있으며 그 고뇌에서 벗어나려고 몸부림치는 자아가 반영되어 있다. 또한 이에는 필연적으로 갈등이 나타나고 그에 대한 대응양상도 다각도로 나타나고 있어 갈등에서 그 해결에 이르는 전 과정이 함축적으로 표현되고 있다.

소동파는 「讀萬卷書」의 간접경험과 「行萬里路」의 직접경험을 통해 이것들을 고도의 사유로 응집시켰는데, 그 폭과 깊이가 엄청나다. 그는 영달하여 조정의 대신이 되기도 하고 窮하였을 때는 먼 이방의 유배객이 되기도 하여 浮沈이 큰 인생을 살았다. 그의 시는 순간 순간의 감정을 편지, 일기, 대화처럼 기록하고 있다.

그의 정신은 항상 새로운 것에 대한 호기심과 지적 탐구욕에 충만했고, 世波에 시달릴 때는 고금의 선인들에게서 인생의 자양분을 얻어 고뇌에서 벗어나고자 노력했다. 그는 드넓은 중국대륙을 관리로서 돌아다니며 유가적 '立功'을 실천하려고 애를 썼다. 그리고 그 과정에서 나타나는 자아와 현실간의 괴리감을 해소하고 또 인생의 즐거움을 만끽하기 위해 자연과의 친화를 모색했으며 예술세계에도 심취하였다. 그리고 유가, 불가, 도가 등의 사상 및 陶淵明의 인격과 행적 및 문학에 경도되었다.

소동파시는 杜甫, 白居易(주로 백거이의 現實參與詩계통) 류의 현실주의 경향을, 그리고 陶淵明, 李白, 白居易(주로 백거이의 自然詩, 閑適詩계통) 류의 낭만주의 경향을 각각 자신의 삶을 위해 변용, 창조적으로 수용하고 있다. 그리고 동파의 詞는 강렬한 서정성을 시로부터 다수 대체하는 경향이 있다. 그러나 소동파시의 경우 서정성이 농후한 작품이 여전히 상당수

년 1월 王水照 교수를 拜訪했을 때 필자의 질문에 대한 답변에서 친히 들은 바도 있다. 다만 필자가 볼 때, 소동파의 詩集과 詞集에 동시에 나타나고 있는 작품도 있고, 여러 판본의 全集과 詩集에 수록되지 않은 詩도 있어, 보다 정확한 숫자는 풍부한 자료를 바탕으로 한 엄밀한 고증에 의해 밝혀져야 될 것이다.

나타나고 있다. 그리고 '이 시기에 절정을 이룬 詞의 세계와는 엄연히 구분되는 시의 존엄성에 대한 자각'[6]이 있었다고 할 수 있다. 소동파도 자신의 시가 詞보다 더 정중한 내용이라는 인식 하에서 시를 창작하였다고 여겨진다.

沈德潛은 소동파시의 특징에 대해 다음과 같이 평하였다.

> 蘇子瞻(소동파)의 가슴에는 커다란 용광로가 있어 금, 은, 납, 주석 등이 모두 그 안에서 용해된다. 그 붓이 超曠하여 天馬가 굴레를 벗어나고 하늘을 나는 신선이 노니는 듯 종잡을 수 없이 변화무쌍하니, 마치 意中에 있는 것이 나오려고 하는 바와 같다.
> (蘇子瞻胸有洪爐, 金銀鉛錫, 皆歸鎔鑄. 其筆之超曠, 等於天馬脫羈, 飛仙遊戲, 窮極變幻, 而適如意中所欲出.)[7]

여기서 그는 소동파의 가슴이 커다란 용광로와 같아 무엇이든지 용해시켜 자기의 것으로 만들 수 있으며, 더욱이 그 筆勢가 超曠하여 天馬·飛仙과 같아 한계가 없이 변화무쌍하게 자유자재로 노닌다고 하였다.

2. 연구목적

소동파시 자체의 이러한 특성은 방대한 분량, 그리고 다양성, 난해성과 어우러져 있기에 예로부터 소동파시 연구는 매우 어려운 작업으로 여겨지고 있기도 하다.[8] 또한 소동파시에는 순간순간의 내면상태를 그

---

6) 車柱環, <詩歌를 통해 본 韓中文學思想>, ≪轉移와 收容≫, 581쪽.
7) 沈德潛, ≪說詩晬語, 卷下≫. 臺靜農 編, ≪百種詩話類編≫, 1185쪽.
8) 소동파시의 다양성과 난해성에 대해 韓中 선인의 評論을 예로 들어보면 다음과 같다.
　ㄱ. 다양성의 경우 :

때그때 진솔하게 표현하고 있기에, 언뜻 보기에는 심리상태가 모순점을

葉燮은 소동파시의 자유분방함, 동태성, 낭만적 성향, 嬉笑怒罵(기뻐 웃고 성이 나서 욕하는 것) 등 네 계절의 기운이 모두 갖추어진 다양성을 다음과 같이 개괄하고 있다.

"蘇軾의 一篇 一句를 보면 天馬와도 같이 하늘을 건너며 나는 신선같이 마음대로 노닌다. 점잖은 풍류의 멋이 투입되지 않은 곳이 없다. 善을 좋아하며 남과 어울리는 것을 즐기며, 희롱하고 웃고 노하고 꾸짖는, 네 계절의 기운이 모두 갖추었으니, 이것이 蘇軾의 면목이다.(擧蘇軾之一篇一句, 無不可見其淩空如天馬, 游戲如飛仙, 風流儒雅, 無入不得. 好善而樂與, 嬉笑怒罵, 四時之氣皆備. 此蘇軾之面目也.)" 葉燮, 《原詩》, 권3, 外篇上. 王夫之 等 撰, 《淸詩話》, 596쪽.

ㄴ. 난해성의 경우 :

丁若鏞은 소동파시 가운데는 典故가 많아 난해하다는 것을 그들 3父子의 경험을 통해 다음과 같이 표현하고 있다.

"蘇子瞻의 시는 구절구절 典故를 사용하여 곳곳에 그 흔적이 있다. 언뜻 보아서는 그 의미를 알 수가 없고, 반드시 이리저리 찾아보아 그 근거를 알아낸 뒤에야 겨우 그 뜻을 통할 수 있다. 그러므로 박학한 선비가 된다. 우리 三父子의 재주로는 모름지기 죽을 때까지 전공해야 겨우 흉내낼 수 있겠다. 사람이 이 세상에 태어나 할 일이 많은데, 어찌 이런 일을 하겠는가(蘇子瞻詩, 句句用事, 而有痕有跡, 瞥看不曉意味, 必也左考右檢, 採其根本, 然後僅通其義, 所以爲博士也. 乃此蘇詩, 以吾三父子之才, 須終身專工, 方得刻鵠. 人生此世, 可爲者多, 何可爲此乎)." (<寄淵兒>, 《與猶堂全書》, 第1集, 卷21. 許捲洙, <蘇東坡 詩文의 韓國的 受容>, 中國語文學, 제14집, 참조)

이렇듯 사실상 시의 의미전달과 함축성 등의 장점으로 인해 典故는 그것을 아는 경우에는 많은 효용성을 지니고 있다. 그러나 독자의 입장에서 본다면, 소동파시의 이러한 모든 전고를 이해한다는 것은 동파의 시대인 北宋 당시에도 어려운 일이었다.

그 실례로 道敎에 관한 시어가 있는 소동파시에 대해 좌중에 아무도 그 의미를 아는 이가 없었는데 王安石만이 그 의미를 알았다는 일화가 있다. 하물며 시간과 공간을 달리한 지금의 독자의 경우 시 전집을 읽는데 철저하게 이해한다는 것이 얼마나 어려운가를 가히 짐작할 수 있다. 그러니 정약용 같은 조선시대 대학자라도 소동파의 시를 제대로 이해하기 어려웠다는 고백은 소동파시의 난해성에 대해 시사하는 바가 크다고 하겠다.

지니며 다양하게 나타나 때로는 필자를 아리송하게 하기도 했다. 그러나 그것은 살아있는 모든 것은 변화하게 마련이듯이 소동파의 삶은 부단한 변화의 과정이며 사유도 그에 따라 변화하고 있기 때문이다. 그래서 연륜에 따라 변화하는 심리의 궤적이 담겨 있는 소동파의 시를 일정한 질서를 찾아 정립시키는 것이 필요하다고 본다.

이 글의 주요한 의도는 전 생애에서 창작한 소동파시를 먼저 전반적으로 검토하고 각 장의 연구범주에 따라 집중적으로 고찰하는 데 있다. 구체적으로 열거하여 살펴보면 다음과 같다.

첫째, 전체 시기의 소동파시를 通時的으로 고찰하겠다. 예를 들면, 기존연구에는 일정시기 ─ 黃州, 惠州, 海南島 등 유배기의 시에 대한 연구가 주류를 이루는 등, 전체 시기 소동파시의 분류, 분석이 동일 필자에 의해 아직 일관적이고 집중적으로 다루어지지 않았다. 이에 착안하여 보다 일관되고 심화된 연구를 하고자 한다.

둘째, 주제별 시작품의 분석고찰 및 소동파의 의식세계의 핵심적 문제에 대한 고찰을 통해 각 항목의 단면도에서 나타나는 특징을 파악하여, 전체시의 특징을 규명하는 일환으로 삼고자 한다.

셋째, 소동파시에 나타난 시세계, 특히 '葛藤과 그 解決樣相'을 파악하여 전체시의 특징을 규명하는 일환으로 삼겠다.

넷째, 소동파시에 대한 중국 歷代 諸家의 평론을 검토하여 시대별로 그의 시에 대한 각 평자의 상이한 평론 속에 들어있는 불변하는 핵심적 특징을 살펴 고찰하고자 한다. 그리고 그 결과를 필자의 연구결과와 대비하고자 한다.

총괄적으로 이러한 연구를 통해 파란만장한 인생역정에서 소동파가 획득한 생명력의 비결, 즉 그다운 개성적인 면모를 부각시키고, 이것이

'시에 어떻게 투영되었는가', '그 시의 특징은 무엇인가'를 규명하고자 한다.

제2절 既存研究에 대한 檢討

우선 소동파연구의 본산인 중국, 대만의 연구사를 개략적으로 살펴보고 나서 소동파시를 중심으로 개별저작을 통해 기존연구에 대한 검토를 해 보겠다.

중국의 소동파 연구는 중국의 정치와 긴밀히 연계되어 변화발전하게 된다. 크게 2단계로 나눌 수 있다. 1단계는 1945~1976년이요, 2단계는 1977년부터 현재까지라고 할 수 있다.

우선 1945~1949년은 전반적으로 연구수준이 낮은 가운데, 몇 개의 논문은 우수하다. 1949~1966년 文革이전까지는 정치·사회 측면에 비중을 두어 사회주의 비평면에 치중하여 소동파의 전체평가의 경우 그 수준이 높지 않다. 王季思, 陳爾冬 등을 중심으로 몇몇 좋은 업적들이 나왔는데, 王季思의 <蘇軾詩論>이 대표적이다. 1966~1976년 문혁기간은 학술상의 공백기라고 할 수 있다. 儒法鬪爭문제를 제기하여, 儒는 반동보수를 法은 진보혁명을 지칭하였다. 이 때 소동파는 보수, 낙후, 반동으로 지적되었고, 왕안석은 혁신으로 칭해졌다.

1977년 이후는 소동파 학술연구의 정상적 발전기간이라고 할 수 있다. 먼저 1980년 中國蘇軾學會가 창립되어, 2년 만에 한 차례 학회를 열어 각 지역의 학술계간의 상호교류의 길을 텄다. 그 이래로 학술계에서 소동파는 더욱 부각되었다. 宋代 이후 전체 지식인, 문인들의 의식세계, 인생관에서 소동파의 영향을 다소간에 받고 있다는 전제아래, 동파의 인생, 자연관, 인생사상, 그리고 문화성격 방면에서 연구를 진행하고 있다. 소동파 연구는 중국 지식인들의 遭遇와 관련되고 있다고 하겠다.[9]

소동파시연구에 선행적으로 요구되는 것은 單行本, 學位論文, 專門論文集, 단편논문 등 모든 기존의 연구성과에 대한 검토이다. 그러나 그 연구성과가 양적으로 상당히 많은 까닭에 지면상 여기서는 단행본, 학위논문을 위주로 특히 시와 관련하여 검토하겠다.

1. 單行本

劉乃昌의 ≪蘇軾文學論集≫(齊魯書社 : 濟南, 1982)은 기존에 발표한 소동

---

9) 1978년 王水照 교수는 소동파의 詩集, 文集에서 대표작을 선별해 註를 단 『蘇軾選集』을 출간하여 큰 성과를 보았다. 또한 그는 1980년 소동파의 정치태도문제에 관해 주목하여 점진적인 개혁파라는 것을 주장, 소동파의 본래의 면모를 부각시켰다. 주로 문학작품 연구에 비중을 두었는데, 연구성과가 심오하다. 王水照, 曾棗莊, 劉乃昌, 朱靖華 등이 중국의 중진 소동파 연구학자이다. 林語堂이 영문으로 쓴 『소동파평전』(원제목 『The Gay Genius/ The Life Times of Su Tung Po』, New York, The Join Company, 1947)은 전세계에 영향을 주었는데, 참고자료가 제한되어 있고, 저작할 당시의 중국 兩岸의 정치상황과 깊이 관련되어 있으며, 임어당의 눈으로 본 소동파의 형상을 잘 부각시키고 있다. 대만의 개별 논문은 많지 않다. 일본의 경우, 1930년대부터 讀蘇會를 열어, 매월 1차에 걸쳐 모임을 갖고 있을 정도이다. 특히 小川環樹를 위시한 뛰어난 연구자가 있는데, 연구저서는 많지 않고, 일본의 동파관계 20여 편의 단편논문들은 그 수준이 비교적 높다고 보여진다. 그들은 자신의 관점으로 자료에 근거한 실증적 태도를 보이고 있다.
이상은 1993년 1월 王水照 교수와의 대담에서 필자의 질문에 왕 교수님이 대답한 얘기를 중심으로 필자의 견해를 조금 가미시켰다.

파문학 관계 논문들을 모아 놓은 연구논문집이다. 먼저 「蘇軾簡述」에서 생애와 사상, 그리고 문학 창작성과에 대해 간략히 논하고, 시의 경우 「백성을 동정하는 시」, 「邊方防禦 사상과 애국시」, 「寫景抒懷詩」 등을 중심으로 고찰하고 있다. 아울러 「소동파시의 예술개성」과 「佛老思想이 소동파문학에 미친 영향」 등을 포괄적으로 검토하고 있다. 이에는 대체로 핵심을 꿰뚫는 태도가 나타나고 있다.

游國琛의 ≪蘇東坡生平及其作品述評≫(臺灣商務印書館 : 臺北, 1982. 2)은 시를 포함한 소동파의 전체 문학작품을 勵志, 感懷, 諷喩, 效陶, 親族, 禪道, 抒情, 情趣, 詠物, 諧謔 등 10가지로 분류하여 고찰한 것이다. 전체 문학을 일괄해 논하여 나름대로 그 가치가 인정되지만, 그로 인해 시 연구 면에서는 분류기준이 상이하다는 등 한계성이 노출되고 있다.

宋九龍은 ≪蘇東坡和陶淵明詩之比較硏究≫(臺灣商務印書館 : 臺北, 1982)에서 전체 도연명시와 소동파의 和陶詩를 연구대상으로 하여 양자를 비교하고 있다. 우선 소동파 <和陶詩>의 창작순서를 기준으로 하여 陶淵明의 原詩를 배열하였다. 도연명시 및 소동파의 <和陶詩>를 각각의 시마다 1.「陶詩解析」2.「蘇軾의 <和陶詩> 解析」3.「1과 2의 비교」등의 순서로 비교하고 있다. 구체적으로는 도연명시와 소동파의 和陶詩를 각각 배경, 내용, 구조, 기교 등을 위주로 하여 분석하고 있다. 특히 이 양자를 분석한 결과 소동파의 和陶詩를 陶淵明詩的 특성과 소동파 자신의 특성 등 두 가지 측면에 비중을 두어 1. 傍陶 2. 本色 3. 相間 4. 借韻 등으로 분류, 결론을 내리고 있다. 전체적으로 소동파의 和陶詩에 중점을 두어 비교분석한 느낌을 준다.

謝桃坊의 ≪蘇軾詩硏究≫(巴蜀書社 : 成都, 1987)는 소동파시에 관한 최초의 단행본 연구서로서, 전통적 견해에 바탕하여 사유와 정리를 거친 저작으로 보인다. 우선 그는 시가 창작을 1. 초기, 2. 鳳翔시기, 3. 杭州, 密州, 徐州시기, 4. 黃州시기, 5. 元祐시기, 6. 嶺海(嶺南과 海南島)시기 등 6개 시기별로 분류하여 각 시기마다 주요 詩의 내용, 풍격의 변모양상, 예술적 성취 등을 개략적으로 검토하고 있다. 그리고 소동파시의 예술적 淵源, 儒家중심의 사상적 의의, 소동파시에 대한 평가문제, 그리고 후대에의 영향을 논하였다. 대체로 소동파시에 대한 분석 자체에 대해서는 평면적인 고찰이 위주가 되어 있는 것으로 보인다. 그러나 풍격, 예술, 사상, 諸家의 評價, 영향 등의 항목을 설정하여 다각도로 고찰하여 전반적으로는 입체적 연구를 지향하고 있다. 다만 전체 시에 대한 분류를 일목요연하게 하지 않고 각 시기별로 주요시를 나열하여 감상, 분석하는 방법을 사용하였는데, 이는 연구방법상의 차이라고 본다.

王水照의 ≪蘇軾論稿≫(萬卷樓圖書公司 : 臺北, 1994. 12)에는 저자가 발표했던 단편 논문 16편이 실려 있는데, 그 중에 시에 직, 간접적으로 관계된 것으로는 아래의 논문들이 중요하다.

<蘇軾創作的發展階段>에서는 창작은 생활환경의 제약을 받아 변모·발전한다는 원칙에 의거, 소동파의 전체문학을 창작시기별로 7분하여 그 특징을 논술하고 있다. 그 분류방법과 특징 파악이 참신한데, 특히 소동파시의 사상, 예술적 성취, 창작풍격에 대한 깊은 이해에 도움을 준다. <蘇軾的人生思考和文化性格>에서는 出處(출사와 은퇴)와 生死문제, 順境과 逆境에서 대처하는 문제, 人生苦難意識과 虛幻意識, '吾生如寄耳'적 인식 등을 개략적으로 파악하였다. 더불어 人生思想의 각도에서 소동파문학의 핵심이 狂, 曠, 諧, 適 등이라고 파악하고 있다. 이것을 가급적 상통하는 우리말로 옮긴다면 1) 自由, 野性, 2) 超越, 3) 諧謔, 4) 閑適 등이라고 대치할 수 있겠다. 이는 소동파의 본성 및 그가 추구한

의식세계를 심도있게 집약해 낸 것이라고 여겨진다. <蘇·辛退居時期的心態平議>에서는 소동파와 辛棄疾의 폄적기 의식세계를 양인의 신분 차이, 생활조건 차이, 인생사상과 문화성격유형의 차이가 존재한다는 전제 하에 상호 비교하고 있다. 여기서 양인의 悲愁와 閑適, 그리고 陶淵明과의 관련성을 심도있게 고찰하고 있다. 4. <蘇軾的政治態度和政治詩>에서는 소동파의 정치태도문제에 관해 주목하여 점진적인 개혁파라는 것을 주장하여, 文革기간에 '投機派', '兩面派', '頑固派'로 몰렸던 소동파를 옹호하고 소동파의 본래의 면모를 부각시키고 있다.

위의 논문들은 대체로 폭넓고 다양하게 소동파시 및 소동파의 의식세계를 고찰한 것으로, 저자의 학문적 사유에 바탕하여 그 엄밀성과 심도 그리고 독창성을 지닌 논문으로 여겨진다.

朱靖華는 ≪蘇軾新論≫(齊魯書社 : 濟南, 1983)에서 「백성을 동정하는 시」 및 「和陶詩에 대한 평가문제」 등을 논하고 있다. 그는 또한 ≪蘇軾新評≫(中國文學出版社 : 北京, 1993)에서 「소동파시의 議論化와 理趣化」, 소동파의 「以才學爲詩」論, 「初期詩의 人生思考」 및 「'高風絶塵'的 審美趨向」, 그리고 「蘇軾의 晚年詩詞 중의 野性」 등에 관해 논하고 있다.10)

---

10) 그리고 王洪은 ≪蘇軾詩歌硏究≫(朝華出版社 : 北京, 1993)에서 소동파시를 ① 野性論 ②「以文爲詩」③「以議論爲詩」④「以才學爲詩」⑤「以文字爲詩」⑥ 常理論 등을 중심으로 다루었다. 이 가운데 ②~⑤는 宋詩에 대한 중국의 전통적 관점에서 착안한 것이다. 특히 ①은 朱靖華가 중시했던 소동파의 野性的 측면에 바탕하여 소동파시를 5단계로 분류한 것으로 이 책의 한 특징을 이루고 있다.

2. 학위논문

李鴻鎭은 <東坡詩考>(서울大 中文科 碩士學位論文, 1971)에서 소동파시를 시기별로 3단계로 나누어 개략적으로 검토하였는데, 인용시 번역이 누락된 것이 아쉽다. 江正誠은 <蘇軾之生平及其文學>(國立臺灣大學 中文研究所 碩士論文, 1972. 6)에서 소동파의 생애와 전체 문학을 개략적으로 고찰하였다. 시의 경우, 風格과 淵源, 特徵 등을 검토하고, 내용을 戲作詩, 民生疾苦詩, 人生哲理詩, 自我를 표현한 시 등으로 4分하여 고찰하였다.

文明淑은 <蘇東坡詩研究－黃州詩를 中心으로>(高麗大學校 中文科 碩士論文, 1982. 11)에서 黃州詩를 心境의 平靜, 自然과의 密着, 悲哀의 止揚 등으로 귀결시키고 있다. 아울러 그 예술적 특색을 낭만적인 환상, 농후한 哲理性, 건강한 현실감각, 精妙한 묘사 등으로 규정짓고 있다. 羅鳳珠는 <蘇軾黃州詩研究>(國立臺灣師範大學 國文研究所 碩士論文, 1988. 6)에서 먼저 소동파의 思想, 生命情調, 詩學理論 등을 포괄적으로 검토한 뒤에 黃州詩의 주제를 個人感慨, 형제의 정, 우국지정, 애민정신, 호방한 기개 등으로 분류, 분석하고 있다. 그리고 黃州폄적기를 그 전후시기와 비교하여 소동파시의 전환기로 규정하고 있다.

劉昭明은 <蘇軾嶺南詩論析>(國立臺灣師範大學 國文研究所 碩士論文, 1989)에서 소동파의 嶺南詩를 嶺南의 풍토, 거주지 선택의 문제, 일상생활, 내심의 적막함, 窮耕, 백성에 대한 사랑과 禽獸草木 등에 대한 사랑, 진지한 우정, 친족에 대한 농후한 정, 仙과 道術 그리고 산수유람 등 10가지로 나누고, 많은 예문을 들어 비교적 세밀하게 고찰하고 있다.

張尹炫은 <蘇軾生平及其嶺南詩研究>(國立成功大學 歷史語言研究所 碩士論文, 1989)에서 생애, 사상과 학술, 源流와 分期 등의 外緣研究와 嶺南詩와 嶺

南에서의 生活遭遇, 嶺南 和陶詩의 造詣에 대해 각기 고찰하고, 이어서 內緣研究로 寫景詩와 禪道詩, 感懷詩를 고찰하였다.

陳英姬는 <中國士人仕與隱的研究－以陶淵明詩文與蘇東坡之「和陶詩」爲主>(臺灣師範大學國文研究所 碩士論文, 1983)에서 陶淵明詩文과 소동파의 和陶詩를 中心으로, 陶淵明과 소동파의 出仕와 隱退를 비교, 침착하게 논지를 전개하고 있다.11)

이상에서 살펴본 것처럼 학위논문은 대체로 일정 시기를 중심으로 한 논문과 제재, 주제별 논문으로 둘로 구분되는 경향이 있다. 여기서 창작시기별 논문은 黃州, 惠州, 海南(후자의 두 시기를 합쳐 嶺南시기라 한다) 등의 폄적시기에 대한 시연구가 중심이 되고 있다. 그리고 제재, 주제별 논문은 주로 소동파시의 主題나 題材 중에서 하나를 택하여 고찰하고 있다. 이러한 현상은 이 시기들의 詩에 비교적 좋은 시들이 집중되어 있고, 執筆期間이 制限되어 있는 學位論文의 성격상 소동파의 전체 시기의 詩보다는 이러한 일정 시기 및 일정 범주의 연구가 연구자들에게 크게 호소력이 있었다고 보여진다.

근년 들어 소동파시 자체의 양적 방대함 다양성 그리고 난해성으로 인해 대체적으로 개별주제에 대한 연구가 상대적으로 강한 편이다. 대체로 中國, 臺灣의 전통적인 연구방법을 주로 하면서 자신의 견해를 부가하는 경향이 주류를 이루고 있다. 근자의 연구에는 소동파시에 대한 다각도의 조명을 통한 입체적인 연구로 전환의 과정에 있다.

---

11) 이 밖에도 李永朱, <蘇軾詩論>(서울大 中文科 碩士論文, 1983. 12), 戴麗珠, <蘇東坡與詩畵合一之研究>(臺灣師範大學國文研究所 碩士論文, 1975. 6), 林採梅, <東坡瓊州詩研究>(東吳大學 中文研究所, 碩士論文, 1987. 10), 朴英煥, <蘇軾 禪詩 研究>(國立成功大學 中文系, 碩士論文, 1992. 7), 崔福順, <蘇東坡의 詠梅詩研究>(梨花女大 中文科 碩士論文, 1993. 5) 등이 있다.

특히 학위논문의 경우 소동파시 연구가 폄적시기를 위주로 연구되고 있어 전체시기의 시를 대상으로 한 通時的 연구가 아직 이루어지지 않은 상황이다. 단행본의 경우는 그보다는 범주가 많이 확대되었고 취할 부분이 많다. 그렇지만 전체시의 분류, 분석이 동일필자에 의해 일관적이고 집중적으로 다루어지지는 않았다. 현단계는 소동파시에 대한 집중적이고 分析·綜合的 연구가 요구되는 시점이라고 판단된다.

제3절 硏究範圍와 硏究方法

이 글의 연구범위는 소동파의 전체시를 대상으로 한다. 中國, 臺灣, 홍콩, 日本 및 국내에서 발간된 여러 選集에 실려 있어 選註者들의 검증을 거친 모든 시, 그리고 필자가 ≪蘇軾詩集≫을 통해 선별한 문학성과 예술성이 뛰어난 精彩로운 시 등 소동파시의 특징을 부각시킬 수 있는 시 등을 가중치를 두어 다루고자 한다.

研究方法에 있어서는 기본 텍스트인 ≪蘇軾詩集≫(全8冊, 王文誥 輯注, 孔凡禮 點校, 中華書局 : 北京, 1987)에 수록된 詩 안에서 論理를 찾아 論旨를 전개해 나가는 방법을 견지하겠다. 다만 한 수의 詩 안에 여러 題材와 主題가 混在되어 있을 경우에는 보다 중심적인 문제에 중점을 두어 分類, 分析하고자 한다.

그리고 기존연구를 바탕으로 하여 필자의 자유로운 思考로서 再檢討, 分析하여 소동파의 참된 面貌를 부각시키고자 한다. 여기서 詩作品 自體를 주된 研究對象으로 하고 시작품을 형성하게 된 당시의 歷史·政治·

環境 등의 기타요소를 補助的으로 운용하고자 한다. 또한 이 글에서는 각 章·節에 따라 초점을 달리하면서 시를 고찰하여, 시세계를 관통하는 질서의 핵심을 찾는 데에 주안점을 두겠다.

제2장에서는 소동파의 生涯와 思想을 검토하여 소동파 시 연구의 기초단계로 삼겠다. 제1절에서는 우선 생활환경과 관직을 위주로 생애를 4時期로 區分하여 검토하고, 겸하여 소동파시의 時期別 特徵을 대략적으로 검토하고자 한다. 이 방법이 보다 일목요연하게 소동파시의 時期別 시의 특징과 시의 전반적인 흐름, 시풍의 변모양상을 파악할 수 있기 때문이다. 그 다음에 소동파의 意識의 저변에 면면히 흐르고 있는 思想에 대한 考察이 선결되지 않고는 소동파시의 硏究를 深化시키기 어렵다고 판단하여 「소동파의 儒·佛·道思想 수용과 그 융합」을 설정하였다. 그리하여 사상과 시창작과의 관계를 염두에 두고 소동파의 儒·佛·道思想에 대한 認識과 受容樣相을 작품을 인용, 實證的으로 考察하려고 한다. 여기서 소동파의 思想을 변모하는 有機的인 것으로 판단하였다.

제3장에서는 主題를 중심으로 하여 작품을 分類分析하려고 한다. 여기서 각 節에서의 시 고찰을 통해 소동파시의 단면도를 집중적으로 파악하고 이것을 바탕으로 전체 시를 파악해 보고자 한다.

구체적으로 제1절에서는 民生疾苦, 政治諷刺, 愛國衷情 등 現實社會와 관련된 문제에 대하여 고찰하고, 제2절에서는 작자가 어떻게 自然과 융화되어 흥취를 느끼었으며, 이를 통하여 현실세계에서 부닥치는 문제를 어떻게 해결할 수 있었는가, 그리고 어떻게 자연에 자아를 투영하였는가를 파악하려 한다. 더불어 자연공간은 작자에게 어떠한 의미를 지니고 있는지를 살펴보고자 한다. 제3절에서는 보편적 서정인 이별과 향수를 통해 '그 단절감 속에서 충족치 못한 응어리를 어떻게 토로하였으며, 그 해소과정에서 나타난 독창적, 개성적인 견해는 무엇이며, 사유단계는 어떻게 진행되는가'를 파악하고자 한다. 제4절에서는 음주시를 憂愁의 解消와 酒中의 興趣로 나누어, 飮酒의 情趣를 어떻게 구가하였으며, 작자의 개성이 어떻게 드러났는지, 작자에게 있어서 「술」의 의미는 무엇인지 살펴보고자 한다. 제5절에서는 작자의 예술세계로의 몰입을 繪畫藝術과 書法藝術로 나누어, 예술을 어떻게 형상화하고자 했으며, 예술을 통해 어떻게 자아를 반영하여 자기구원을 도모하였는지 파악해 보고자 한다. 제6절에서는 풍부한 인생경험을 바탕으로 자연과 인생에 대한 세밀한 관찰과 성찰 및 佛家와 道家的 사유 등 여러 부류의 시에 散見되는 人生哲理를 집중적으로 파악하여, 소동파시의 특징을 부각시키고자 한다.

제4장에서는 제3장의 일반적인 주제별 작품 분류분석체계로서는 한계가 있어 체계적으로 다루기 어려웠던 소동파의 의식세계의 핵심적 문제에 주안점을 두어 논술하고자 한다. 제1절에서는 소동파의 出仕와 隱退간의 갈등양상을 仕宦期와 貶謫期로 나누어 파악하고, 그러한 갈등의 해소를 白居易와 陶淵明의 모델을 통해 소동파가 어떠한 인생태도에 따라 自己化시켜 전개해 나갔는지를 파악해 보려한다. 제2절에서는 時空間의 隔絶로 인한 서정을 貶謫과 같은 공간위주의 격절과, 惜時(시간의 흐름에 대한 안타까움)·生死와 같은 시간위주의 격절로 나누어, 이러한 격절감을 어떻게 해소 승화시켰는가를 파악하고자 한다. 제3절에서는 '세상을 위해 유익한 무언가를 하기 위해 꾸준히 노력하는 작자에게 다가온 현실세계와의 괴리의 양상이 어떻게 표현되었으며', 그가 '이러한 갈등구조를 어떠한 해소방식을 통해 조화구조로 전환시켰는가'를 논술하고자 한다. 제4절은 중년이후 만년으로 갈수록 도연명과 그의 문학이 소동파의 의식에 있어서 중요한 고리가 되고 있다는 점에 착안하여 설

정하였다. 그리하여 도연명에 대한 심취와 동일화양상 및 도연명시의 창조적 수용의 측면에 대해 고찰하고자 한다.

제5장에서는 소동파시에 대한 중국 歷代 諸家의 評論을 朝代별로 나누고 다시 항목별로 나누어 검토하여, 소동파시의 전반적 특징을 개괄하겠다. 아울러 여기서 도출된 개괄적 특징을 제2~4장에서의 필자의 연구 결과와 對比시켜 소동파시를 보다 객관적으로 자리매김하고자 한다.

이 연구에서 인용하는 소동파의 시는 ≪蘇軾詩集≫(全8冊)[12]을 저본으로 삼았으며, 이를 따르지 않을 때는 그 근거를 밝히겠다.

---

12) (淸) 王文誥 輯注, 孔凡禮 點校, ≪蘇軾詩集≫(이하 ≪蘇軾詩集≫으로 칭함), 中華書局 : 北京, 1987.

제2장 蘇東坡詩 研究의 先行課題

소동파가 생존했던 北宋時代는 표면적으로는 평온한 듯 보이지만, 누적된 여러 모순과 더불어 北으로 遼, 西로는 西夏라는 강력한 외세가 대두한 상황에서, 조만 간에 국가적 변란이 예고되는 폭풍전야와 같은 시대라 할 수 있다. 당시의 정치가, 지식인 그리고 문인들은 예리한 통찰력으로 국내외적으로 당면한 문제점을 포착하여, 그에 대한 대응의 일환에서 革新과 保守의 두 흐름이 나와 양분된 상황이었다. 당시는 이 양대 조류가 안으로 꿈틀거리면서 흐르다가 마침내 표면화되어 파란이 일어나고야 말았던 격동의 시기였다.

여기서 혁신세력이란 遼·西夏로부터의 외침방지와 부국강병을 위해 급속한 전면적 革新을 주장하여 강력한 중앙집권체제를 이루려고 급진적인 新法을 기치로 들고 나온 王安石이 중심이 된 新法黨이다. 또 보수세력이란 德治, 文治를 표방하여 革新勢力이 주도한 新法의 試行錯誤로 백성에게 가해진 다양한 모순을 인식하고, 그 모순을 극소화하여 점진적인 발전을 추구하려 했던 歐陽修, 司馬光, 蘇東坡(엄밀히 말하면 소동파는 점진적 개혁론자라 할 수 있다) 등을 중심으로 한 舊法黨이다.

소동파는 처음에 개혁의 필요성을 주장하였으나, 급속한 혁신에 의한 시행착오에 대해서는 시정과 철폐를 주장하였다. 대부분의 사람이 시대적 환경의 영향을 받게 마련이지만 정치적인 면에서 소동파도 시대의 흐름을 주도하려고 노력하였으나, 대체로 정치환경과 역량의 한계로 인해 어찌할 수 없이 大勢를 타고 흘러가는 삶을 살았다고 할 수 있다.

이러한 시대의 흐름을 타고 살아온 그가 어떠한 榮辱浮沈이 있었으리라는 것은 능히 짐작할 수 있다. 이 浮沈 속에서 榮辱을 깊이 맛보며, 得意時에는 조정과 백성을 위해 충군애민을 다했으며, 失意時에는 지방관을 자청하기도 하고 때로는 멀리 추방되기도 하였다. 그리하여 당시 광활한 중국대륙을 걸어서 또는 배와 말 등의 교통수단으로 遊歷하며, 각 임지에서 또는 이동 중에 그때그때 느끼는 희노애락의 감정을 시문으로 남겼다.

宋代 문인의 사유는 대체로 理性的, 理智的, 內省的이며, 넓은 내면세계 그리고 개성적이고 자유로운 思考의 표현이 그 주축을 이루고 있다고 판단된다. 金學主는 唐詩와 대비 하에 宋詩의 주요특징을 : 1. 詩의 哲學化, 論理化, 2. 敍述의 纖細化와 美文, 妙文의 기피, 3. 생활에의 밀착 및 자연을 독립적으로 본 것이 아니라, 생활배경으로서의 자연을 읊음, 4. 敍述的, 散文的, 功用的인 성격을 띠고 있음, 5. 詩의 平淡化와 悲哀의 克服,[1] 등으로 개괄하고 있다. 이러한 특징의 내적 원인은 첫째, 詩의 본질적 변화를 모색한 진화단계, 둘째, 宋代의 부의 증대로 인한 사대부 계층의 증가—곧 부의 증대로 먹고사는 절실한 생존차원에서 탈피하여 생활의 질적 문제로 轉移되었다는 의미이다. 셋째, 시인과 철

---

1) 金學主, ≪中國文學槪論≫, 79~97쪽, 參照.

학자와의 교류에 의한 상호 상승작용 및 시인의 儒·佛·道思想의 수용으로 인한 내면정신의 확대심화 등으로 여겨진다.

한편 葉慶炳은 宋詩의 특색을 1. 哲理 중시 2. 詩法의 講究 3. 以文爲詩 4. 口語入詩 등의 4가지로 요약하고 있다.[2] 宋詩는 일상생활로의 제재의 확대와 철학적, 논리적, 散文化라는 사변적 경향이 돌출하고 있다. 北宋시단의 盟主가 된 동파는 이러한 특징 가운데 詩法의 講究를 제외한 보편적 경향을 두루 갖추고 있는 전형적 시인이다.

吉川幸次郎은 宋詩의 특색으로 다음과 같은 사항을 들었다. 그것은 현실주의적 경향으로서 '서술성', '생활성', '사회성'과, 관념주의적 경향으로서의 '철학성', '논리성', '비애의 지양' 등이다.[3]

제1절 蘇東坡의 生涯 및 時期別 蘇東坡詩의 特徵

소동파는 北宋시대 景祐3년(1036년) 12월 19일(음력) 四川省 眉山縣 紗縠行에서 태어났다. 그는 字가 子瞻 또는 和中이고, 호는 東坡居士인데, 坡公, 坡仙이라고도 불린다. 諡號는 文忠公이다. 그는 자신도 초기에는 점진적 개혁을 주장했으나, 신법의 試行錯誤를 목도하자 백성을 위해

---

2) 葉慶炳, ≪中國文學史≫(臺灣學生書局 : 臺北, 1990), 104~105쪽.

3) 吉川幸次郎 著, 鄭清茂 譯, ≪宋詩槪說≫, 1~62쪽. 이는 시의 발전사적 측면에서 볼 때 다시 '생활성', '사변성', '서술성'의 세 가지로 요약할 수 있을 것이다. 이 세 가지는 서로 공유하는 부분이 있기는 하지만, 생활성은 시를 구성하게 하는 실제적 동기로서, 사변성은 문인들의 시에 대한 접근 방식으로서, 그리고 서술성은 그것이 문체상으로 표출된 장르상의 변화요인으로 파악된다. 吳台錫, <중국 시가발전 단계론 탐색>, ≪中國詩와 詩論≫, 962쪽.

王安石의 新法에 대항한 정치가로서 유명하다. 그보다는 문학방면에서의 성과가 탁월하여 걸출한 작품을 많이 남기고 있다.

한 시인의 시적 변모과정은 생활환경과 사상의 변모에 따라 변모하게 마련이다. 그것은 작품의 내용경향이나 시인의식이 變移하는 모습을 그대로 반영하는 결과가 된다. 따라서 시기구분에 정확을 기하기란 그리 쉬운 일이 아닐 것이다. 그러나 개략적으로 시인의 詩的 변모과정을 두 가지로 나누어 보면, 하나는 그 시인이 종래부터 가지고 있는 시세계를 탈피하여 이질적인 세계로 변모해 가는 경우요, 다른 하나는 본래부터 가지고 있던 자기의 시세계를 연륜과 더불어 확충, 심화해 감으로써 완숙한 경지에 임하는 경우가 될 것이다. 소동파의 경우는 후자에 속한다. 그것은 그의 가슴은 하나의 큰 용광로여서 모든 것을 다 융합시킬 수 있었기 때문이다.

蘇詩分期는 이미 여러 학자에 의해 검토되었다.4) 그리고 이들 나름의

---

4) 1. 3期說 :

ㄱ. 胡仔의 설에 근거하여, 嚴恩紋, <東坡詩分期之檢討>, 責善半月刊, 제2권 1~2기 合刊, 齊魯大學, 1941. 4. 謝桃坊, ≪蘇軾詩研究≫, 27쪽, 再引用.

1) 少年期：南行詩 및 鳳翔詩 2) 長年期：熙寧還朝－元祐末의 詩 3) 暮年期：嶺海詩

ㄴ. 小川環樹의 說, 小川環樹 著, 潭汝謙 編, 潭汝謙 等 合譯, ≪論中國詩≫, 188~191쪽.

1) 嘉祐4년(1059, 24세)－熙寧4년(1071, 35세) : 청년기(참고 : 이 책에서는 熙寧4년이 35세라 하였는데 이는 滿으로 따진 나이를 가리킨다. 일괄적으로 말한다면 소동파 나이 36세라고 하는 것이 편하다.)

2) 熙寧4년(1071, 36세)－元豐8년(1085, 50세) : 杭州通判, 密州, 徐州, 湖州知州, 黃州貶謫期 5년 포함

3) 元祐元年(1086, 51세)－建中靖國元年(1101, 66세)

2. 5期說

ㄱ. 王文誥의 8變說의 축약임, 王士博, <蘇軾詩論>, 吉林大學學報, 1981년 제1기.

分期의 근거가 있어 그 장단점이 있다. 여기서는 소동파의 생애를 관직 이동을 중심으로 살펴보고, 이를 바탕으로 그의 시를 4부분으로 分期하였다.[5] 그 이유는 소동파가 出仕 이후 仕宦期이든 貶謫期이든 어떤 형식으로든지 관직의 명칭을 가지고 있었기 때문에, 이 分期가 단순하고 일목요연한 효과가 있다고 보기 때문이다. 더불어 이를 통해 소동파시의 시기구분별 특징을 파악하려 한다.

1. 科學應試期 및 仕宦前期 – 光輝로운 出發 : 氣의 涵養 및 發揚

이 시기(科學應試期 : ~26세, 仕宦前期 : 26~44세)는 소동파가 가정과 사회의 훈도를 받으며 「讀萬卷書」하여 그의 천재성을 함양한 후 과거에 합격해, 관직의 세계에 진입하여 더 큰 세계를 향해 가면서 위대한 시인이 될 자질을 기르고, 발양한 시기이다. 잠시 동안 京師에서 중앙관으로 재

---

  1) 早期(1059~1068년) 2) 杭, 密, 徐, 湖時期(1069~1078년) 3) 黃州, 汝州
  (1079~1084년) 4) 元祐時期(1085~1093년) 5) 晚期(1094~1101년)
 ㄴ. 王洪, ≪蘇軾詩歌研究≫, 1~49쪽.
  1) 야성의 맹아기 2) 야성의 발전기 3) 야성의 反思期 4) 야성의 성숙기
 3. 6期說 : 謝桃坊, ≪蘇軾詩研究≫, 31쪽.
  1) 早期(1059~1061년) 2) 鳳翔時期(1061~1071년) 3) 杭州, 密州, 徐州時期
  (1071~1078년) 4) 黃州時期(1080~1085년) 5) 元祐時期(1085~1093년) 6)
  嶺海時期(1093~1101년)
 4. 7期說 : 王水照설, 王水照, <論蘇軾創作的發展階段>, ≪唐宋文學論集≫, 265~
  288쪽.
  「初入仕途」와 두 차례의 「在朝 ― 外任 ― 貶居」
5) 禹埈浩, <蘇東坡辭賦研究>에서는 蘇東坡 辭賦의 分期를 1. 仕宦前期, 2. 黃州貶謫
 期, 3. 仕宦後期, 4. 海南貶謫期 등으로 4分하였다. 여기서는 이에 착안 참고하여,
 蘇東坡詩의 分期에 맞도록 첨가하여 적용시켰다.

직한 외에는 대부분의 관직을 지방관으로 여러 지역을 遊歷하며 적극적 濟世思想에 입각해 백성을 충실히 다스렸다. 그와 동시에 하고 싶지는 않으나 관리로서 하지 않으면 안 되는 일에 대해서는 내면적 갈등도 존재하게 된다.

소동파는 아우 蘇轍과 함께 모친 程氏의 알뜰한 가정교육을 받고 부친 蘇洵의 불타는 향학열과 출세의지를 보고 들으며 어린 시절을 보냈다. 그는 타고난 총명과 發憤의 노력으로 群書를 博覽强記하고 세상에 나가 큰 뜻을 펼 준비를 하였다.6)

공(소동파)이 열 살이 되자 선친(蘇洵)께서는 관직을 구하기 위해 四方으로 공부하러 다니시고, 모친 程氏께서 손수 글을 가르쳐 주셨다. (그는) 古今의 成敗를 들으면 즉시 그 요점을 말할 수 있었다. 모친께서 일찍이 東漢史를 읽다가 <范滂傳>에 이르러 깊이 한 숨을 쉬시었다. 소동파가 그 곁에서 있다가, "제가 만일 范滂과 같은 사람이 된다면, 어머님께서는 허락하시겠습니까?"하니, 모친께서 "네가 范滂이 될 수 있다면, 난들 어찌 范滂의 어미가 되지 못하겠느냐?"고 하셨다. 소동파는 또한 분연히 세상을 경륜하려는 뜻이 있었다. 이에 모친께서 기뻐하시며 "내가 (올바른) 자식을 두었구나"라고 하셨다. 冠禮를 할 때(20세)가 되자 儒家經典과 歷史書를 배워 통달하여 날마다 수천 글자의 문장을 지었다.

(公生十年, 而先君宦學四方, 太夫人親授以書. 聞古今成敗, 輒能語其要. 太夫人嘗讀東漢史, 至范滂傳慨然太息. 公侍側曰, '軾若爲滂, 夫人亦許之否乎?' 太夫人曰, '汝能爲滂, 吾顧不能爲滂母耶?' 公亦奮勵有當世志. 太夫人喜曰, '吾有子矣.' 比冠, 學通經史, 屬文日數千言.)7)

---

6) 洪瑀欽, ≪蘇東坡 文學의 背景≫, 6쪽.

7) 蘇轍, <亡兄子瞻端明墓誌銘>, ≪欒城集≫, 欒城後集, 卷22, 1411쪽.

이렇게 아들이 大義를 위해 죽는 것을 자랑스레 여겼던 모친의 가르침을 바탕으로, 그는 죽더라도 大義를 위해 충정을 다하겠다는 다짐을 하였던 것이다.[8]

소년시절의 그의 공부는 주로 과거응시 준비를 위한 것이다.[9] 19세에 眉州의 王方의 딸 弗과 결혼하고, 22세 때에 禮部試와 殿試에 아우 蘇轍과 나란히 합격하여, 歐陽修를 비롯한 문인들의 인정을 받았다.

> 嘉祐2년(소동파 22세) 歐陽修가 禮部 進士시험을 출제할 때 당시 문장체가 괴이함을 안타깝게 여겨 그것을 바로잡고자 의도하였다. 梅堯臣은 이때 시험관으로 참여하여 소동파의 답안지 <刑賞忠厚之至論>을 보자 歐陽修에게 보였다. 歐陽修는 놀라 기뻐하면서 (소동파를) 異人이라고 여기어, 首席으로 놓으려 하였다. 그러나 그는 이것이 자신의 문하생 曾鞏의 답안지일 것이라고 추측하였다. 증공은 구양수의 문하생이다. 이에 2등으로 놓았다. (소동파는) 다시 春秋對義로서 1등을 하고, 殿試에서 乙科에 합격하자, 소동파는 편지를 써서 여러 시험관들께 감사의 뜻을 전하였다. 歐陽修는 그 편지를 보고서, 梅堯臣에게 편지로 말하길, "이 늙은이는 길을 피해(그의 길을 막지 않고), 그(소동파)로 하여금 두각을 나타내도록 해 주어야겠소."라 하였다. 선비들이 이 이야기를 듣고서 처음에는 떠들썩하여 만족하지 못하다가 오래되자 믿고 복종하였다.
>
> (嘉祐二年, 歐陽文忠公考試禮部進士, 疾時文之詭異, 思有以救之. 梅聖

---

8) 後漢의 范滂은 「제2차 黨錮之禍」라 불리는 당쟁에 희생되어 죽은 사람이다. 그는 효성이 지극하고 청렴결백하며 높은 관직까지 지냈는데 당쟁에 몰려 체포되게 되었다. 그는 체포되기 전에 도주할 기회가 주어졌는데도 어머니의 이러한 충고에 따라 스스로 사형장으로 끌려갔다. 柳種睦, ≪蘇軾詞研究≫, 19쪽, 참조.

9) '제가 소년시절 독서하고 글을 지은 것은 오로지 과거에 응시하기 위함 일 뿐입니다(軾少年時, 讀書作文, 專爲應擧而已).' <答李端叔書>, ≪蘇軾文集≫, 권49.

俞時與其事, 得公論刑賞以示文忠. 文忠驚喜, 以爲異人, 欲以冠多士. 疑曾子固所爲. 子固, 文忠門下士也, 乃寘公第二. 復以春秋對義居第一, 殿試中乙科, 以書謝諸公. 文忠見之, 以書語聖兪曰, '老夫當避此人, 放出一頭地.' 士聞者始譁不厭, 久乃信服.)10) (出一頭地＝出人頭地 : 두각을 나타내다)

24세 때에 소동파는 모친 程氏의 喪을 마치고 조정으로 돌아오게 된다. 행로에 三父子가 배를 타고 江陵驛에 도착하여 함께 지은 詩集의 서문 <南行前集敍>에서 다음과 같이 서술하였다.

　산천에 구름과 안개가 있고 초목에 꽃과 열매가 있는 것은 充滿勃鬱하여(속에 꽉 들어차서 가슴이 답답하게 막히어서) 밖에 드러난 것이다. 비록 표현하고 싶지 않다고 한들 그럴 수 있겠는가?
　……
　산천의 빼어난 아름다움, 소박한 풍속, 현인군자의 유적은 내 耳目에 접하자 섞이어 가슴속에 부딪혀 영탄으로 나타나게 되었다.
　(山川之有雲霧, 草木之有華實, 充滿勃鬱, 而見於外, 夫雖欲無有, 其可得耶! …… 山川之秀美, 風俗之朴陋, 賢人君子之遺跡, 與凡耳目之所接者, 雜然有觸於中, 而發於咏歎.)11)

이는 가슴속에 생각이 충만해져 문장으로 나타내기까지 뜻을 세우고 마음속으로 보고 귀로들은 감흥으로 가득 차면 억지로 말을 꾸미려 하지 않아도 그 뜻과 감흥이 充滿勃鬱하여 저절로 읊어지고 탄식이 나온다는 뜻이다. 그러한 상태의 울음과 탄식을 그대로 문자화했을 때 거기에 작가의 호흡이 깃들이고 영혼이 움직여 영원한 생명력을 지니게 된

---

10) 蘇轍, <亡兄子瞻端明墓誌銘>, 《欒城集》, 欒城後集, 권22, 1411쪽.
11) <南行前集敍>, 孔凡禮 點校, 《蘇軾文集》(以下 《蘇軾文集》으로 칭함), 권10.

다는 것이다.12)

　이처럼 그는 감정이 자연적으로 발로되어 시를 지었다고 하였다. 이어서 이 시집 ≪南行前集≫의 내용이 산천의 빼어난 아름다움과 소박한 현지의 풍속, 현인과 군자의 유적을 읊었다고 표현하고 있다. 이러한 감정의 자연발로를 중시하는 문학관은 소동파의 전체시기 시에도 강하게 작용하게 된다.

　당시 지은 五言律詩 <荊州十首> 連作은 杜甫의 <秦州雜詩>를 모범으로 하여 지은 것이고, <入峽>, <巫山>, <出峽> 등 시의 記序특징은 모두 杜甫의 <北征>을 배운 것이다.13) 이로써 杜甫를 그의 당시 詩作의 모범으로 삼아 수련하고 있음을 추측할 수 있다.

　이 무렵 소동파의 기본적인 정치적 경향은 變法을 요구하는 개혁의 목소리를 내었다. 소동파는 적지 않은 政論文을 써서 혁신적인 정치이상을 요구하는데서 시작하여 漢代의 賈誼와 陸贄의 政論精神을 계승하였다. 그리고 역사적 경험을 분석하고 治國의 계책을 연구하였다.14)

　소동파는 北宋 當時의 시대상을 파악하고 시대의 문제점을 일목요연하게 제기하였다. 당시는 北宋이 점차 약화되어 가는 北宋中期인지라 국가의 대내적인 문제와 대외적인 문제가 겉으로는 평온을 유지한 채 잠복되어 암운을 드리우고 있었다. 그는 대내적인 문제로는 재정의 결핍, 관리 임용의 문제, 조정 내부의 상하관계의 문제 등을 꼽았다. 대외적인 문제로는 宋 북방의 遼나라와 북서방의 西夏가 강력한 군사력을

---

12) 洪瑀欽, ≪蘇東坡 文學의 背景≫, 169쪽.
13) 謝桃坊, ≪蘇軾詩硏究≫, 47쪽. <荊州十首>에 대해 "이것은 東坡가 杜甫를 모방하여 지은 것으로 순전히 <秦州雜詩>이다.(此東坡摹杜之作, 純是<秦州雜詩>)" ≪紀評蘇詩≫, 卷二.
14) 王水照, ≪蘇軾≫, 14쪽.

바탕으로 北宋을 노리고 있었다는 점을 들었다.

당시 宋왕조는 막대한 양의 비단과 은을 그들에게 주는 조건으로 和議를 체결하였다. 이러한 물질을 제공하는 和議는 굴욕적인 성격을 띠었고 더욱이 영구적인 국경의 평화를 담보하는 것이 될 수 없었다. 평화가 유지되려면 자체의 강력한 군사력이 존재해야만 했다. 그러나 실제적으로 당시 北宋의 군대는 군사비의 증가, 군사제도의 모순 등으로 병사의 수는 많으나 기강이 해이하였고 질적으로 저하되어 있었다.

예리한 통찰력을 가진 소동파는 이러한 시대의 내외적 문제에 대해 크게 우려하였다. 그리하여 소동파는 25세 때에 25편의 <進策>과 25편의 <進論>을 제출하여 국가위기의식을 표현하였다. 여기서 그는 상하간의 충돌 등 조정내부의 누적된 문제에 대해 첨예하게 논술하였고, 재정문제와 遼, 西夏의 문제를 제기하였다. 그리하여 관리 상하간 충돌의 완화, 관리의 인사고과제, 세금정책의 개편, 징병제의 주장 및 하층 백성을 위한 정치를 주장하였다. 이것은 北宋당시의 정치적 풍토를 개혁하고자 하는 혁신적 政治理想에서 출발한 것이다. 이에 대해 蘇轍은 "(소동파가) 처음에는 賈誼와 陸贄를 좋아하여 古今의 治亂을 논하고 공허한 것을 추구하지 않았다(初好賈誼陸贄書, 論古今治亂, 不爲空言)"15)고 하여, 공리공론을 배격하고 실용적인 정치태도를 추구하였음을 밝히고 있다. 당시 北宋의 위기의식을 소동파는 다음과 같이 집약시켜 표현하고 있다.

국가에 큰 전쟁이 일어나지 않은 지 거의 백년이나 되었다. 안정된 다스림의 명분은 있으나, 안정된 다스림의 실상은 없다. 근심할 만한 勢는 있으나 근심할 만한 형세는 나타나고 있지 않다.

---

15) 蘇轍, <亡兄子瞻端明墓誌銘>, ≪欒城集≫, 欒城後集, 권22, 1421쪽.

(國家無大兵革, 幾百年矣. 天下有治平之名, 而無治平之實, 有可憂之勢, 而無可憂之形)16)

이처럼 통찰력으로 국가가 내외적으로 당면할 큰 조짐을 포착하여 한마디로 표현하고 있다.

여기서 仕宦前期라 함은 26세(嘉祐6년, 1061)에 첫 부임한 鳳翔簽判시절부터 烏臺詩案으로 인해 黃州로 폄적되기 이전(元豊2년, 1079년, 44세)의 기간을 말한다. 이 기간은 소동파가 涵養해 온 능력을 여러 지방관과 잠시 동안 중앙관을 거치면서 「行萬里路」의 직접경험을 통해 현실에 응용한 시기이다. 이 과정에서 필연적으로 나타난 이상과 현실간의 마찰 속에 심적 갈등과 정치적 모순이 작용하여 다소간 정치생애에서의 浮沈현상으로 나타났으며 내부심리를 자연스럽게 시로 표현하지 않을 수 없었다. 따라서 그는 때로는 豪放하면서도 때로는 婉約하게 천성적 자유인으로서의 자신의 생각과 느낌을 일기, 편지처럼 시로 표현하였다. 이러한 생활적 문학으로서의 시창작은 현실에서의 불만과 갈등을 해소시켜, 자신의 심리적 모순과 갈등의 해결책과 안식처의 역할을 하였다.

26세에 殿試에서 制策으로 三等에 합격, 鳳翔府 簽判에 除授되어 부임하였다. 그 곳에서 3년간(26~29세) 충실히 근무하는 한편 시국문제에도 큰 관심을 가졌다. 28세 때에 <思治論>에서 핵심적인 시국문제의 하나를 제기하였다. 곧 "국가의 재정이 풍족하지 못함, 군대가 강하지 못함, 관리선발에 있어서의 불공정성(財之不豊, 兵之不强, 吏之不擇)"17) 등의

---

16) <策略一>, ≪蘇軾文集≫, 권8.
17) ≪蘇軾文集≫, 권4. 王水照, ≪蘇軾≫, 15쪽.

문제였다. 이러한 국가재정문제, 국방문제, 관리의 임용문제 등의 세 가지 큰 국가적 문제에 당면하여 소동파는 개혁의 의견을 개진하였다. 그의 방안은 첫째, 관리의 인사고과제도의 시행, 둘째, 만백성을 편안히 할 것, 셋째, 국가의 재정을 풍족히 할 것, 넷째, 군대의 훈련 등으로 요약할 수 있다.[18] 그가 제기한 정치개혁의 요지는 국가의 장래를 위한 것과 민생을 위한 것에 귀결된다.

이 시절은 소동파의 정치상 개혁주장과 일치하여 그의 작품에는 國事에 대한 관심과 민생의 고통을 반영하는 주제가 많다.[19] 한편 이때는 고향을 떠난 지 얼마 되지 않았던 청년 시절이라 그런지 자연스럽게 향수와 이별을 노래한 시가 자주 나타나고 있다. 아우 蘇轍과의 화답시도 많이 보이고 있다. 아울러 仕隱간의 모순된 심경이 반영되어 있기도 하다. 여가에는 鳳翔 임지 부근의 역사고적을 유람하여 <鳳翔八觀> 등의 역사와 古人을 회고하는 시도 많다. 이 봉상시절은 호방풍격의 초보적 형성기라 할 수 있다. 이 때 韓愈詩의 險怪함과 산문화경향, 李白, 杜甫, 歐陽修를 배우면서 호방한 풍격을 형성해 나갔다.[20]

조정에 돌아온 후인 30세 判登聞鼓院이 되고, 얼마 후 召試를 거쳐 直史官이 되었다. 이 해 부인 王氏가 京師에서 27세로 卒했고, 다음 해에는 父 蘇洵이 ≪太常因革禮≫ 100권을 편찬하여 상주한 후 58세로 病死하자, 아우 蘇轍과 함께 喪柩를 이끌고 귀향하였다. 喪을 마치고 亡妻 通義君의 從妹인 王介의 딸 閏之를 아내로 맞이하였다. 脫喪後 歸京(34세)한 이후 다시는 고향에 돌아가지 못하였다.

---

18) 王水照, ≪蘇軾≫, 15쪽.
19) 王水照, ≪蘇軾≫, 16쪽.
20) 謝桃坊, ≪蘇軾詩研究≫, 48~63쪽.

34세에 조정에 돌아와 監官告院을 역임하였다. 이 때 王安石은 新法을 시행하여 부국강병을 도모하였다. 新法은 국가 재정문제와 군사적 위기상황에 직면한 대응책으로서 미증유의 경제적 조작21)이라 볼 수 있다. 王安石은 新法으로 물가의 안정과 정부의 재정문제를 해결하고자 하였다. 또한 과거제도도 기억력과 문학적 능력을 중심으로 선발하던 것을 실제 정책과 행정에 관한 문제를 측정하는 것으로 바꾸었다. 이 新法에는 애당초 현실을 직시한 긍정적인 발상이 적지 않았으나, 실제의 실행과정에서 지나치게 성급하고 과격하여 많은 부작용을 초래하게 되었다. 그리하여 점차 백성들로부터 유리되었는데, 그 원인은 혁신의 여건과 기반조성의 미흡, 관리를 임용하는 用人의 실패 및 각 방면에 걸친 試行錯誤 등으로 파악된다. 그리하여 新法의 혁신정치는 기존체제의 균형을 흔들었다. 이에 重臣과 학자들 그리고 많은 백성들 사이에는 신법에 대한 부정적인 의견이 많아졌다. 이에 신법을 반대하는 관료, 학자와 신법을 옹호하는 관료 사이에 틈이 더욱 벌어졌다. 전자는 舊法黨, 후자는 新法黨이라고 불리어 졌다. 이에 조정은 新舊黨爭의 渦中에 돌입하였다.

소동파는 34세에 <議學校貢擧狀>을 올려 과거시험을 詩賦로서 하지 않고 經議論策으로 바꾼 개혁에 대해 반대하였다. 또 이 해 <上神宗皇帝書>를 올려 "인심결합, 풍속을 두터이 함, 기강확립(結人心, 厚風俗, 存紀綱)"22) 등을 제시하고, 신법의 시행이 너무 급속도이며 관리의 임용이 너무 빠르다고 비판하여 점진적인 개혁을 주장하였다. 다만 여기서 신

---

21) 新法이 '미증유의 경제적 조작'이라는 말은 존 k. 퍼어뱅크 等著, 김한규, 전용만, 윤병남 옮김, ≪동양문화사(상)≫ 164쪽 參照.

22) ≪蘇軾文集≫, 권25.

법 가운데 귀족의 특권에 대한 제한과 국방력 강화조치에 관한 것만은 찬성을 표시하였다.[23) 35세에 <再上神宗書>를 올려 신법에 대한 반대 의견을 표명하였다. 이처럼 소동파는 新法에 대한 우려와 시행상의 착오로 말미암은 폐단에 초점을 맞추어 비판적 의견을 개진하였다가, 王安石 등 新法派와의 사이가 점점 소원해졌다. 이에 그는 결국 지방관을 자청하였는데, 이는 번거로움을 싫어하고 편안함과 자유스러움을 좋아하는 성격과 옳다고 여기면 꼭 해내고야 마는 젊은 시절 의분강개하는 성격이 원인이 된 것이다.

36세에 杭州通判으로 관직을 옮겨, 杭州에서 3년간을 보내게 된다. 당시 그는 부모의 서거로 인하여 죽음에 대한 인식이 깊어졌고, 王安石의 신법과 대응적 위치에 있었으며, 또 지방관 역임으로 사회에 대한 인식도 더욱 깊어졌다. 그는 가는 곳마다 적응하려고 노력하는 그의 인생태도에 따라 직책을 충실히 수행하였다.

이 때 사방에서 靑苗法, 免役法, 市易法을 시행하였고, 浙西지방에서는 水利와 鹽法도 시행하였다. 소동파는 그간 항상 법에 따라 백성을 편하게 하였고, 백성은 이에 힘입어 조금 편안해졌다.[24) 또한 관리의 입장에서 공무에 진력하여 식수곤란, 흉년, 旱災 등의 문제를 해결하였다.

한편 佛敎의 고장 杭州의 여러 佛僧과 交遊하여 佛敎에 대한 이해가 깊어졌다. 또한 杭州 360개의 절을 거의 돌아다니면서 산수를 소요하여 울적한 마음을 달래고 유람의 흥취를 느끼기도 하였다. 아울러 산수유람을 통해 浩然之氣를 함양하고, 창작의 동기를 부여받아 생동감이 넘

---

23) ≪蘇軾文集≫, 권25. 王水照, ≪蘇軾≫, 27쪽, 參照.

24) "常因法以便民, 民賴以少安." 蘇轍, <亡兄子瞻端明墓誌銘>, ≪欒城集≫, 欒城後集, 권22, 1412쪽.

치는 시를 창작하였다. 이 시절 사귄 僧友는 惠勤, 辯才, 契嵩, 參寥 등
인데 특히 參寥와는 평생의 벗을 맺게 된다. 37세 때 승려 惠勤의 절에
서 지금까지 자신을 격려하고 이끌어 주었던 은인 歐陽修의 訃音을 듣
고 통곡하였다. 이에 그를 위해 祭文을 지었다. 한편 39세에 항주통판
으로 있으면서 朝雲을 侍妾으로 맞이하기도 했다.

시에 있어 杭州通判 3년 동안의 주요성과는 政治詩와 山水詩에 있다.
전자는 新法의 불편함을 목도하자, 옛 諷諫의 전통을 계승하여 시를 지
어 정치를 풍자한 것이다. 후자의 특징은 1. 景觀의 형상적 특징 파악에
능함, 2. 세밀하고 생동적이며, 형상의 묘사에 뛰어남, 3. 理趣가 풍부함
등으로 귀납될 수 있다.[25]

39세에 密州知州로 부임하였다. 密州는 호수와 산의 경치가 좋고 번
화한 杭州와는 달리 뽕과 삼밭이 연이어 있는 삭막한 곳이다. 부임하자
마자 連年의 흉작으로 도적이 도처에서 일어나 재판사무가 산적하였고
의식조차 여의치 않아 하도 궁한 나머지 황폐한 성터의 밭에서 구기자
나 菊花를 채취해 먹을 지경이었다. 그러나 실제로 먹어보니 의외의 효
과가 있어, 1년만에 얼굴도 나아지고 백발도 다시 검어지게 되었다. 그
러나 차차 익숙해지자 순박한 풍속에 마음이 이끌렸고, 관리나 백성들
도 그의 인품에 감복하게 되었다. 약간의 정신적 안정을 찾게 되자 소
동파는 허물어진 누대를 수축하여 「超然臺」라 명명하였다. 그 때 지은
<超然臺記>는 그의 독특한 달관적 인생철학이 잘 드러나 있다. 여기서
정치, 사회, 인생에 대하여 깊이 성찰하고 莊子의 만물일체관에 바탕을
두 樂觀的, 達觀的인 인생관을 확립하기에 이른다.[26] 이 무렵까지 평생

---

25) 謝桃坊, ≪蘇軾詩研究≫, 72~75쪽.
26) <超然臺記>, ≪蘇軾文集≫, 권11. 李鴻鎭, <東坡詩考>, 44~46쪽.

읽은 5천 권의 책이 한 글자도 굶주림을 구제해주지 못한다고 하여 지식인, 관리로서의 갈등을 느끼기도 하였다. 또한 기근으로 인해 아이를 버리는 백성이 많게 되자 관비로 양육비를 보조해 주기도 하였다.

41세 때 徐州知州로 부임하였는데 마침 黃河가 범람해서 軍民을 지휘하여 집에도 돌아가지 않고 성 위에서 자는 등의 노력으로 治水에 성공하였다. 이듬해에 徐州城 밖에 토성을 개축하여 「黃樓」라 명명하고, <九日黃樓作>을 지었다. 아울러 이 시절 그의 예술은 상당한 수준에 도달하게 되어 <韓幹馬十四匹> 등의 題畵詩 창작에도 두각을 나타내고 있다. <百步洪> 등의 유람시도 창작하였다. 한편 「雪齋」라 불리는 서재를 만들어 거기다 눈을 그렸는데, 이는 현실세계와의 괴리에서 오는 번뇌를 녹이고자 함이다. 이 무렵 黃庭堅이 편지와 시를 보내 가르침을 구하였고, 秦觀이 직접 찾아와 제자가 되길 원했다.

44세 때 湖州知州로 옮겼다. 당시 王安石의 新法은 그 참신한 개혁의 의도와는 달리 지나치게 급속한 시행, 기반조성의 미흡함, 그리고 시행상의 착오로 인해 적지 않은 혼란을 불러일으키어 기존체제의 균형을 파괴하였다. 젊은 시절 소동파는 온건하고 점진적인 개혁의 필요성을 인식하였었지만 지방관을 역임하면서 급속한 혁신이 유발시킨 민중의 고통과 그 試行錯誤를 목도하고 詩文을 통해 시정과 철폐를 주장하였다. 소동파는 44세 때 新法諷刺, 조정우롱, 황제지탄 등의 구실로 탄핵되어 御史臺에 구금되었다. 그것은 황제에게 올린 <湖州謝表>가 직접적 원인이 되고, 杭州通判 이래 嬉笑怒罵하는 時政諷刺의 시들이 구실이 되어, 何正臣, 舒亶, 李宜, 李定 등에게 모함되고, 탄핵받은 것이다.[27]

---

27) 王水照, ≪蘇軾≫, 59쪽.

이 사건으로 소동파는 죽음에 이르기 직전에 張方平, 司馬光, 范鎭, 章惇 등의 구명운동과 아우 蘇轍이 관직으로 형의 죄를 代贖하고자 하는 탄원, 仁宗太后의 유언, 소동파에 대한 神宗의 아낌, 王安石의 배려 등으로 130일 간의 투옥생활 끝에 석방되어 黃州團練副使로 貶謫되었다. 이 사건으로 新法을 반대한 舊法黨 세력 중의 다수가 貶謫되거나 벌금형을 받게 된다. 이것을 「烏臺詩案」[28]이라 하는데 新法黨과 舊法黨 간의 정치권력투쟁의 산물로서 소동파 개인의 생애에 커다란 명암을 드리운 유명한 筆禍事件이다.

소동파의 이 시기의 시는 자신의 풍부한 직, 간접 경험을 바탕으로 존재의 심연 속에 충만한 것에서 솟아난 抒情性이 다양하게 나타난다. 이 기간 소동파는 부모와의 사별, 아우와의 이별, 이향, 잦은 관직의 이동 등으로 인한 '悲歡離合'의 단절감을 느끼게 되었다. 그러나 그 해결 과정에서 철학적 사유가 발생하게 되었으며, 단절감 속에서 해소와 갈구를 통해 심리의 승화작업을 추구하게 되었다. 이 역시 인생을 가치 있고 충일하게 살고자 하는 갈망의 표현이다. 이 시기 이별, 향수, 회고, 세월 등의 주제에 대한 서정시를 많이 지었다.

한편 그는 杭州, 密州, 徐州, 湖州 등 여러 지방의 관직을 역임하면서 新法의 폐단과 백성의 고초에 대해 깊이 느끼게 되어 시로써 그러한 문제들을 폭로하기도 하였다. 당시까지만 해도 그는 인생에서 큰 좌절을 맛보지 않았고, 血氣旺盛한 시절이었으며, 그의 성격이 직선적이었던 까

---

28) 烏臺란 御史臺를 지칭한다. 烏臺詩案으로 소동파의 시 20여 수가 문책대상으로 오르고, 蘇轍, 李淸臣, 王詵, 張方平, 司馬光, 范鎭 등 22인이 연루되었다. 宋史卷 編纂委員會 編, ≪中國歷史大辭典, 宋史卷≫, 60쪽.

닭에 시에 나타난 어조가 상당히 신랄하게 보여지기도 했다. 이러한 풍자시로 인해 王安石 일파의 미움을 사게 된다. 전반적으로 이 시기에는 이별, 향수 등의 서정시와 민생고통, 정치풍자 등 현실참여시, 그리고 산수유람 등 자연친화시 등이 주로 나타나고 있다.

시풍격의 경우 일괄적으로 말하기는 어렵겠지만, 대체적으로 鳳翔시절이 豪放風格의 형성기라면, 杭州通判, 密州, 徐州, 湖州시절은 豪放風格이 발전되고 성숙한 시기라 할 수 있다.29) 또한 이 시기의 시 풍격은 淸新하고 雄健하여 북송시의 새 면을 열었다고도 평가된다.30)

2. 제1차 貶謫期 – 黃州 : 詩的 生命의 追求와 '曠達'

여기서 소동파의 제1차폄적기란 정치투쟁의 산물인 烏臺詩案이라 불리는 筆禍事件에 의해 소동파가 御史臺에 구금되어 출옥(44세)한 이후 黃州貶謫期(45~49세)의 4년여의 기간을 말하나, 여기서는 편의상 汝州途中, 隱居의 허락을 받아 常州로 감(50세), 그리고 登州知州를 除授받을 때(50세)까지로 정하겠다.

黃州謫居(45~49세)는 그의 생애에 있어 커다란 전환점이 되는데, 이곳에서 과거의 나날들에 대한 깊은 반성과 침잠으로 인생에 대한 거시적 안목을 키워 나갔다. 동시에 죽음에 이를 뻔했던 强氣를 醇化시키게 되었다. 그리하여 의기양양한 氣象은 수렴되고 내적으로 성숙을 이루었다. 처음에 그는 하늘이 내려준 곤궁함에서 벗어날 길 없는 단절의 공간에 있다는 절박한 생각을 하게 된다. 이를 벗어나기 위해 佛敎와 道家

---

29) 謝桃坊, ≪蘇軾詩硏究≫, 33~105쪽.
30) 吳鷺山 等 合編, ≪蘇軾詩選注≫, 1쪽.

思想에 몰입하여 번뇌를 극복하려고 시도하게 된다. 그리하여 이전에 충만했던 적극적 사회참여인식은 가급적 시로의 표현을 억제하면서 내면세계 속으로 침잠시키면서 자신을 성찰하였다. 또한 호기심을 가지고 자연을 관조하였으며, 술을 마시며 근심을 풀고 전원농경생활을 실천하였다. 그리하여 자아와 세계간의 갈등양상을 조화양상으로 전환시키려고 노력하게 된다. 이 시기는 인생의 쓴맛을 깊이 체득하고 그것을 달관함으로써 불후의 문학을 탄생시켰던 기간이다.

45세에 黃州에 도착하자 시를 지어 새로운 환경에 호기심을 표현하였다. 우선 定惠院이란 절에 寓居하였다. 얼마 후 臨皐亭으로 거처를 옮겼다. 이듬해 馬夢得이 郡에다 故營地 수십 畝를 요청하여 소동파가 거기서 경작할 수 있게 하였는데 그것을 이름지어 「東坡」라 하고 직접 耕作하였다. 또 이듬해에는 「東坡雪堂」을 짓고 스스로 「東坡居士」라 號하였다.

謫居라는 경제적, 정신적 고통을 그는 농사를 지으면서 때로는 산수를 소요하며, 문학창작으로 극복하여 이 시기에 그의 문학이 꽃 피었다고 할 정도로 前後 <赤壁賦>를 위시한 많은 걸작들을 남겼다. 黃州에서 지은 詩, 詞, 遊記, 수필, 題跋, 書簡 등 특히 순수문학작품의 수준은 상당히 높다고 여겨진다. 더불어 그는 생활의 즐거움을 만끽하고 曠達한 정취를 즐기기도 하였다. 아울러 陶淵明의 행적과 인품을 흠모하였으며, 그의 시세계에도 경도되었다.

정치적 좌절로 인한 黃州貶謫期의 환경에 어느 정도 적응하면서 소동파는 손수 농경을 시작하게 된다. 그 직접적 원인은 농경이 자신과 가족들의 배고픔을 해결하고자 하는 수단이고, 간접적으로는 관직을 버리고 전원에 귀의하여 직접 농경생활을 영위한 문학과 행적, 인품의 스승인 陶淵明에 대한 접근을 추구하였기 때문이다. 여기서 ≪易傳≫ 9권과 ≪論語說≫ 5권을 지었다.

黃州謫居 생활 4년 남짓 후인 49세 때 汝州團練副使로 옮기라는 명을 받고는 僧友인 參寥와 廬山의 景勝을 유람하고 <題西林壁>을 지었다. 또한 石鐘山을 유람하여 <石鐘山記>를 지었다. 한편 金陵에 은거하던 王安石을 찾아가 예전에 新法을 가지고 논쟁하던 그와 화답시를 짓는 등 서로 화해하고 이해하는 인간미를 보였다.

또 常州·宜興에 밭을 구입하고는, <乞常州居住表>를 올려 常州에서의 은거를 희망하였다. 50세에는 <再上乞常州居住表>를 올려 허락을 받아 가족을 이끌고 常州로 갔는데, 얼마 후 登州知州로 발령을 받아 결국 은거하지 못하였다. 이후 그는 자발적인 은거는 이루지 못하게 된다.

이 시기에 그는 자신의 충천했던 氣를 순화시키려고 노력하였다. "道는 氣를 제어하기에 부족하였고, 천성은 습관을 이기기에 부족하구나(道不足以御氣, 性不足以勝習)"[31]라는 말은 그러한 마음가짐을 보여주는 좋은 증거라 할 수 있다. 하루 이틀에 한 번씩 黃州 安國寺를 찾아가 향을 피우며 고요히 앉아 자신을 깊이 성찰하여 대상과 자아를 모두 잊은 경지에 돌입하였다. 이러한 자기성찰은 문학의 방향까지 바꾸어 놓는 계기가 되었다. 氣를 제어하지 못해 도리에 어긋났던 문학을, 氣를 순화시켜 도리에 맞는 문학으로 승화시키고자 한 노력이 그것이다.[32]

그는 절대절망의 상황에 봉착하였지만, 다시 새로운 삶의 지혜와 의미를 찾아 더욱 강인한 생명력을 내면에 키우고 있었다. 이 黃州謫居시절 그는 몸소 농사에 종사하면서 인생의 깊은 맛을 체험하고, 넓은 안

---

31) <黃州安國寺記>, ≪蘇軾文集≫, 권12.
32) 洪瑀欽, ≪蘇東坡 文學의 背景≫, 85~86쪽.

목으로 때로는 웅장한 작품을, 때로는 여린 작품을 지으면서 꽃피웠다. 인생에서 가장 고통스런 순간이 도리어 가장 빛을 발할 가능성이 있는 것처럼 그는 이 黃州시절을 고통으로 느끼지 않고 曠達하고 豪放하거나 婉約한 작품을 폭넓게 창작하여 그의 문학이 예술적으로 성숙한 시기로 전환시켰다. 謝桃坊은 黃州시기의 시를 '창작의 변화와 평담풍격의 추구'로 요약하고 있다.33)

烏臺詩案이 그 전환점이 된 이 시기의 시에서는 사회, 정치성을 띤 시가 현격히 줄어들게 되고, 자아를 표현한 시와 자연을 노래한 시가 주류를 이루게 되었다. 이 시기의 시 경향은 대체로 '평정의 추구'와 '자연에의 밀착', 그리고 '悲哀의 止揚'34)으로 압축할 수 있다. 이 무렵의 작품은 悲苦와 曠達, 出世와 入世, 消沉과 豪邁 등 여러 가지 복잡한 정서와 태도가 교차되어 있기는 하지만, 物外에 超然하고 인연에 따라 자적하는 佛老思想이 여전히 그 기조가 되고 있다.35)

黃州貶謫期 시의 구체적 특징은 대략 다음과 같다. 이 시기 현실세계와의 대립양상에 의해 열악한 유배공간에 놓인 상태에서 가급적 타인과의 접촉을 자제하고 자신의 현 위상에 대한 객관적 인식을 하게 된다. 그는 이 유배공간에서 호기심을 가지고 새로운 사물과 자연들에 친근감을 가지긴 했지만 때로는 고뇌에서 벗어날 수 없는 고독자로서 탄식하기도 하였다. 그러나 시간의 추이에 따라 역경을 다행으로 여기는 등 발상의 전환을 모색하였다. 그리고 이러한 노력에서 내적으로 분출하는 창작적 생명력을 감지할 수 있다.

---

33) 謝桃坊, ≪蘇軾詩研究≫, 88~105쪽.
34) 文明淑, <蘇東坡詩研究－黃州詩를 中心으로>, 67~107쪽, 참조.
35) 王水照, <論蘇軾創作的發展階段>, ≪唐宋文學論集≫, 274쪽.

자연과의 친화와 음주는 유배공간에서의 번뇌와 수심을 벗어나기 위한 수단의 일환이다. 자연은 자아와 현실세계간의 갈등관계를 조화관계로 전이시키는 매개역할을 하고 있다. 그의 자연친화시는 산수유람, 전원농경, 꽃을 통한 자아의 투영 등의 양상으로 나타나고 있다. 산수유람은 일상생활의 고정된 틀에서 벗어나 자아의 위상을 재조명하고 대상과 자아를 일치시켜 조화로운 삶을 추구하는 의지의 표상이 되고 있다. 전원에서의 농경생활은 유배기의 궁핍한 생활을 탈피하기 위한 생계유지를 위해 시작된 것이지만 이에는 陶淵明에의 흠모의 정도 스며들어 있다. 어쨌든 그의 농경생활은 외부에서 관조한 자연이 아니라 먹고살기 위한 생존적 차원에서 출발한 실천적 농경이기 때문에 더욱 공감을 주고 있다. 위의 양상들을 통해 소동파는 폄적기의 고통을 완화시켰을 뿐만 아니라 철저한 자아인식과 환경적응력을 획득하게 되어 자연과의 합일의 경지에까지 이르고 있다. 그것은 정신적 새 생명력을 획득하게 된 실천적 저력이다.

이 시기 음주는 자아와 세계간의 갈등으로 야기된 근심의 해소가 주 역할이고, 더 나아가 창작욕구의 상승작용과 낭만적 생활의 謳歌에 역동적 힘이 되고 있기도 하다. 또한 표현을 억제하고 있던 이 시기 사회의식의 일면이 애국충정으로 표현되고 있다. 西夏와의 전쟁에서의 승전소식을 듣고 지은 애국충정시는 이전의 강렬한 현실참여적 태도에서 일보 후퇴하여, 유배객이라는 제한된 신분으로서 애국적 열정으로 시대정신을 구현했다는 데 가치가 돋보인다. 인생철리는 고통스런 폄적생활을 경험한 후, 자연과 인생에 대한 세밀한 관찰과 성찰을 통해 작자의 내면세계에서 우러나온 妙理를 응축시킨 시적 생명추구의 결실이다. 더 나아가 그것은 발상의 전환으로 기존인식의 한계를 극복한 후 거시적 관점에서 인생을 통찰한 결정체라 할 수 있다.

소동파의 제1차 폄적기 시는 烏臺詩案으로 말미암은 생사의 기로에서 생을 획득하여 인생관의 변화를 통한 자아존재에 대한 각성과 개성의 표현이자, 현실에 대한 대응양상에서 나타난 「평형의 상태를 유지하지 못하면 울게 된다(不平則鳴)」와 「시는 궁한 체험을 한 이후에 훌륭해진다(詩窮而後工)」는 이론의 실천적 증명이다. 그것은 또한 부자유스러운 유배공간에서 자유로의 꿈꾸기이자 실천이다.

3. 仕宦後期－純粹藝術的 傾向

이 시기 8년(50~58세)은 年號에 따라 「元祐時期」, 혹은 「元祐更化」라고도 불린다. 元祐更化는 원우연간(1086~1093)에 司馬光이 주축이 되어 變法派를 배척하고 神宗 때의 新法을 폐지하여 구체제를 회복시킨 사건이다. 이 시기는 소동파가 翰林學士, 杭州知州, 潁州知州, 揚州知州 등 중앙관과 지방관을 두루 거치고 나서 비록 단기간이지만 兵部尙書, 禮部尙書 등 최고의 관직을 누린 기간이다.

50세 때 神宗이 崩御하고 당시 10세이던 哲宗의 즉위하자 太皇太后 高氏(英宗 妻)가 垂簾聽政하였다. 그녀는 司馬光을 재상으로 기용하는 등 舊法黨의 인물들을 대거 중앙정계에 복귀시켰다. 그리하여 常州에 은거하여 조용히 지내려던 소동파에게 영향을 미쳐 며칠 만에 登州知州로, 다시 며칠 만에 禮部郎中으로 부름을 받았다. 이 무렵 소동파는 新法의 전면폐지를 주장한 司馬光 등에 반대의 입장을 표명하여 격렬한 논쟁이 있었다. 그는 差役法과 免役法의 장단점을 분석하고서 국가에 이롭고 또한 백성에게 편한 원칙에 의거하여 免役法을 受容할 것을 주장하였다.36) 다시 말하면 그는 新法 중의 免役法을 또 바꾸면 백성이 놀랄 것이고 그 법 자체에도 나름대로의 장점이 있으니, "利害得失을 헤아려서 그 장점을 잘 활용할 것(校量利害, 參用所長)"37)을 주장한 것이다. 그는 제도가 자꾸 급변하면 백성들에게 혼란을 가중시킬 것이므로 이미 시행된 지 오래 되고 나름대로 장점이 있는 부분에 대해서만은 전면폐지를 반대한 것이다. 이 역시 백성에게 유익하게 하려는 그의 확고한 의지가 표현된 것이었다. 곧 신법을 전면적으로 부정하지 말고, 신법의 利害得失을 객관적이고도 엄밀하게 파악하여 그 중에 장점이 있으면 잘 활용하자는 것이다. 이에 중앙정계에서 또 다시 편안하지 못했던 그는 재차 지방관을 자청하였다.

51세에는 中書舍人으로 옮겼고, 이어서 翰林學士知制誥로 옮겼다. 이때 程頤의 고지식하고 융통성 없는 예의절차상의 문제에 대해 소동파가 심한 농담을 하였는데, 이로 인해 程頤와의 사이에 갈등이 생겨, 점차 양인을 중심으로 「洛蜀黨爭」으로 발전하게 된다.38) 54세 때 邇英殿에

---

36) 王水照, ≪蘇軾≫, 105~106쪽, 參照.

37) <辭試館職策問箚子二首, 其二>, ≪蘇軾文集≫, 권27.

38) 司馬光이 죽은 후에 소동파는 程頤와 대립하였다. 程顥, 정이 형제는 洛陽人이고, 蘇軾, 蘇轍 형제는 四川人이었기 때문에 그 대립은 「洛蜀黨爭」이라고 불리어지고 있다. 당시 정이는 숭정전설서(崇政殿說書)로서 황제에게 강의하고 있었다. 소식은 翰林侍讀學士로 있었는데, 이는 황제의 시종관으로 또한 황제에게 강의하는 책임이 있었고, 그 지위는 「說書」보다도 높았다. 당시 정이는 '스승을 높이고 도를 중시하는' 古禮를 중시하여 황제에게 강의할 때도 殿上에 앉아서 강의를 하여 師道의 권위확립을 자처하고 있었다. 소식은 이것을 인정(人情)에 가깝지 않다고 하여 비꼬기도 하였다.
이 무렵 사마광이 죽었을 때의 일이었다. 관리들이 막 明堂의 儀式에 참가한 후에 조문을 가려하자, 程頤는 노래 한 날에 또 哭을 하는 것은, "공자께서 곡을 한 날에는, 노래를 하지 않는다(子於是日, 哭則不歌)"(≪論語・述而≫)고 하

나아가 임금에게 時事的인 문제를 언급하자, 여러 사람들의 분노를 샀다. 이에 번거로움을 느끼어 다시 지방관을 자청하였다.

京師에 재직하고 있던 이 무렵은 격렬한 당쟁과 내부의 알력이 소동파의 생활영역을 점하고 있었다. 이때의 시는 그 제재가 좁고 내용도 변화하였다. 政治詩 등의 현실참여시는 적었으며, 대체로 應酬詩가 많았는데 번잡하고 그 가치도 높지 않다. 다만 이 무렵 그는 書畵藝術에 탐닉하였고 다수의 수준 높은 題畵詩를 창작하였다. 더불어 시와 그림의 상통하는 원리에 바탕하여 詩畵合一을 주장하였다.39) 이러한 경향을 강조하여 謝桃坊은 이 仕宦後期 詩가 純藝術的 경향을 띠고 있다고까지 평가하고 있다.40)

54세 때 두 번째로 杭州로 가게 되었는데, 이번에는 杭州知州로 부임하게 되었다. 여기서 수재와 한재, 風災, 전염병 등의 해결에 고심하였

는 옛 예법에 맞지 않으니 안된다고 하였다. 소식은 "이것은 바로 옛날 叔孫通이 자신이 정한 예법에 의해 시장에서 억울하게 죽게 된 것과 같다."라고 하며 정이를 비웃었다. 이에 "사람들이 모두 크게 웃었으니 원망을 맺은 단서가 대략 여기로부터 시작되었다." 이렇게 보면 소식과 정이의 불화는 작은 일에서 기인한 것이지 국가정사의 문제를 에워싼 논쟁은 아니었다. 그러나 그들의 사상취미가 달랐던 것은 확실하다. 소식은 자신이 "평소 정이의 간사함을 미워하고, 일찍이 거짓으로 얼굴 색을 띠거나 말을 거짓되게 하지 않았다."(〈杭州召還乞郡狀〉, 〈再乞郡札子〉)라고 말하고 있다. 정이는 소식이 縱橫家적인 변설을 구사한다고 비난하였다. 이정(二程 : 程顥와 程頤)을 사모한 朱熹는 소식에 대해 "그가 제멋대로 하기를 좋아하여, 단정한 사람과 바른 선비가 예로서 자제함을 보면 도리어 그가 와서 점검할까 두려워한 까닭으로 상대를 비방한다"고 평하고, 그 위에 정이가 받드는 「공경 경(敬)」자를 소식이 타파하고자 한다고 말하였다(≪朱子語類≫, 권130). 이상, 王水照 著, 曹圭百 譯, ≪중국의 문호 소동파≫, 164~165쪽.

39) 王水照, ≪蘇軾≫, 108~110쪽.

40) 謝桃坊, ≪蘇軾詩研究≫, 105~124쪽.

다. 또 강을 소통시키어 수위를 조절하기도 하였다. 한편 식용수의 근원인 西湖를 보수하고, 2킬로미터에 달하는 長堤를 쌓았는데 이것이 유명한 「蘇堤」이다.

　杭州知州로 부임한 지 넉 달째인 元祐4년(1089) 高麗에 관련된 상소문을 올렸다. 이로부터 3~4년 사이에 소동파는 7건의 고려관련 상소문을 올렸는데, 고려와의 通交를 반대한다는 내용이 중심을 이룬다. 통교의 반대 이유는 국익의 손실과 백성의 고통, 국가기밀의 유출, 국제정세의 오판과 그릇된 高麗觀이다. 소동파의 高麗觀의 핵심은 고려를 미개한 오랑캐로 보고, 遼나라(거란)의 앞잡이가 될 가능성이 있어 경계해야 할 위협적 존재로 본 것이다.[41] 高麗의 사신 일행이 왔는데 사신이 관리에게 폐백을 주는데 年號를 甲子로 썼다. 이에 대해 소동파는 마땅히 正朔을 써야 된다고 주장하였다.[42] 이는 高麗의 주체의식과 北宋의 종주권 의식이 충돌한 것이 아닌가 생각된다. 사실상 이는 당시의 국제정세와도 관련을 지니고 있다고 보여진다. 遼나라의 강성으로 인해 이전에 이미 北宋과 高麗는 43년간 거의 외교단절의 상태에 돌입하였다. 그러다가 이후 熙寧 初(소동파 30세 중반 무렵)에 외교관계가 재개되어 양국 간에 사신이 다시 왕래하게 되었다가 이후 다시 뜸하기도 하였다. 후일 소동파는 禮部尙書에 재직 중에 高麗의 서적구입 요청을 들어주지 말자고 하는 등 高麗에 적대적이었다.[43] 그 원인은 대체로 국익을 추구하는 양국의 利害와 당시의 국제정세로 인해, 순조롭지 못하였던 양국의 외교관계, 그리고 高麗에 대한 소동파의 지나친 편견적인 태도 때문일 것이

---

41) 柳種睦, <蘇軾과 高麗>, 67~90쪽.
42) 蘇轍, <亡兄子瞻端明墓誌銘>, 《欒城集》, 欒城後集, 권22, 1412쪽.
43) 《宋史, 外國列傳, 高麗》. 國史編纂委員會, 《國譯中國正史朝鮮傳》, 278~284쪽.

라고 추정할 수 있다.

56세에 翰林學士承旨로 소환되었으나 탄핵을 받자, 다시 지방관을 자청하여 潁州知州로 부임하였다. 얼마 후 57세에 揚州知州로 부임하였다. 揚州는 원래 揚子江의 하류지방인 江蘇省 북쪽 기슭에 있는 상업도시로 옛날 대운하의 개통과 함께 수륙교통이 편리하며, 부근에 명승고적이 많이 있는 곳이다. 이곳에서 흠모해 마지않았던 東晉의 대시인 陶淵明의 <飮酒>시 20수를 追和하였는데 이것이 <和陶飮酒二十首>이다. 특히 陶詩 가운데 음주시를 가장 먼저 追和한 것은, 揚州가 옛 시인들의 음주와 관련 있는 곳이고, 또한 자신이 음주 정취를 즐기었던 데에도 연유가 있을 것이다.

6개월 후 兵部尙書로 부름을 받아 京師에 갔다. 이어서 端明殿學士兼翰林侍讀學士, 禮部尙書로 옮겼다. 이것이 그의 최고의 관직이었다. 58세 때에 둘째 아내 王氏夫人(王閏之)의 죽음이 있었다.

얼마 후 端明殿學士兼翰林侍讀學士, 定州知州가 되었다. 북쪽 변경지대인 이곳 군대의 기강이 해이함을 보고 군율을 강화시키고 변방방비를 강화하였다. 이즈음 宣仁太皇太后(高太后)의 죽음으로 哲宗이 親政을 하게 되자 新法을 부활시켰고 정권은 다시 新法黨의 손에 들어갔다. 이에 舊法黨 관료들은 탄핵 및 추방을 당하고, 소동파도 이후 오랫동안 폄적기간을 보내게 되었다.

4. 제2차 貶謫期 및 解配 – "絢爛의 極致"로서의 平淡

이 시기는 惠州(59~62세)와 海南(62~65세)의 폄적기, 그리고 사면되어 북쪽으로 향해 가다가 常州에서 서거(66세)한 때까지를 말한다.

1) 惠州 貶謫期

소동파의 惠州貶謫은 北宋 당시의 정치권에서 王安石의 몰락 이후 정치적 理想은 도외시한 채 집권욕만 드세어진 王安石의 후계자격인 急進勢力(新法黨)과 점진적 개혁勢力 및 保守勢力(舊法黨) 사이의 알력으로 인한 소용돌이에 의해 이루어졌다. 이 시기에 이른바 ‘新舊黨爭’은 이제 정권 쟁탈의 도구로 변질되었던 것이다. 漸進的 改革勢力과 保守勢力을 비호하며 8년간(1085~1093년, 소동파 50~58세) 섭정했던 高太后가 죽고 哲宗이 親政體制로 전환(1093년, 소동파 58세)하였다. 이듬해(59세) 연호를 紹聖으로 바꾸었는데, 이에는 神宗 때의 施政方針을 계승한다는 의미가 있다.

急進勢力인 新法黨이 다시 집권하게 되자 그들은 王安石 新法의 혁신정신과 구체적인 정책은 포기하고 元祐黨人들을 공격하는 것을 주요목표로 삼았다. 이에 漸進的 改革勢力과 保守勢力이 중심이 된 정치인 30여 명은 속속 변방으로 貶謫되었다. 점진적 개혁세력의 대표주자격인 소동파는 4월, 이전에 기초했던 制誥와 詔令 가운데 ‘비방한 말이 있고, 先王을 기롱한 적이 있다’는 이유로 탄핵되었다. 이에 두 직급(端明殿學士, 翰林侍讀學士)이 박탈되고 定州知州의 관직이 해제되어 左朝奉郎, 英州知州로 명령받았으나, 곧 이어 이것도 부족하다고 하여 부임하기도 전에 다시 재강등되었다. 이어서 6월에 安徽省 當途를 지날 때 建昌軍 司馬 惠州安置로의 貶謫을 명령받았다. 이에 그는 같은 해 10월 惠州에 도착하였다.[44]

그리하여 59세에 惠州에 安置되니 이것이 두 번째의 폄적이다. 셋째 아들 過와 애첩 朝雲과 동행하여 惠州에 도착하였다. 合江樓에 寓居하

---

44) 王水照, ≪蘇軾≫, 127~128쪽.

다가 嘉祐寺로 거처를 옮겼으며, 다시 두 곳을 반복하며 거처를 옮겼다. 이는 거주의 부자유가 반영된 것이다. 그러나 소동파 자신은 인연에 따른 선택으로 보아 긍정적으로 인식하고 있다. 그러다가 白鶴峯에 새 거주지를 마련하여 그리로 옮겼다. 惠州에서 그는 사랑하는 첩 朝雲의 죽음으로 애통함이 극에 달하였다. 이 무렵 부근에 있는 羅浮山은 晉代 葛洪의 은거지이기도 한 이유로 葛洪에게 많은 관심을 기울이며 養生과 長生을 추구하기도 하였다. 또한 ≪陶淵明集≫과 ≪柳宗元文集≫을 자주 읽으면서 유배생활의 울적한 심사를 달랬다.[45]

이전 黃州에서 보낸 第1次 貶謫期에는 강렬한 고뇌의 감정표출 및 정신적 위축상태가 나타나 있다. 이에 비해 第2次 貶謫期는 전에 비해 고뇌가 대체로 담담하게 처리되고 있다. 이것은 인생의 만년기에 처해 연륜에 의한 감정제어력과 佛·道思想의 수용으로 사려가 깊어짐, 그리고 陶淵明에의 同一化 등에 힘입었기 때문이다. 더불어 黃州貶謫期에 이미 극단의 苦惱를 경험했었기에 어느 정도 苦惱에 면역되었기 때문이라고 할 수 있겠다.

王水照敎授는 惠州와 海南島貶謫期 소동파의 작품에 대해 다음과 같이 평가하고 있다.

黃州時期에 비해 적극적 現實指向(入世)과 소극적 隱退(出世)간의 모순은 發鬱不平(가슴이 꽉 막히어 불평스러운 상태)으로부터 완곡하고 평화로운 상태로 변모되었으며 감정의 격랑도 잔잔한 파도로 변해갔

---

45) "隨行有陶淵明集, 陶寫伊鬱, 正賴此爾." <與程全父十二首, 其十>, ≪蘇軾文集≫, 권55.
　　"惟陶淵明一集, 柳子厚詩文數策, 常置左右, 目爲二友." <與程全父十二首, 其十一>, ≪蘇軾文集≫, 권55.

다. 단지 평화로움 가운데 不平의 기운이 스며들어 있고 잔잔한 파도 가운데 격류가 흐르고 있으며, 사상상의 갖가지 모순도 함께 어우러져 있다.

> (和黃州時期相比, 積極入世和消極出世的矛盾由勃鬱不平轉爲委婉平和, 感情的激波巨浪趨於漣漪微瀾. 只是平和中仍寓不平, 漣漪下猶有激流, 思想上的種種矛盾交織在一起.)[46]

여기서 "평화로움 가운데 不平의 기운이 스며들어 있고 잔잔한 파도 가운데 격류가 흐르고 있다"는 것은 감정의 평정상태로 드러나는 외면의 기저에 내면적 불평정상태, 말하자면 현실세계와의 기본적인 괴리가 여전히 존재하고 있다는 것을 간파하고 있는 말이다.

2) 海南島 貶謫期

惠州에서 2년 남짓 謫居生活을 보낸 다음, 62세에 瓊州別駕, 昌化軍安置의 명령을 받았다. 이에 셋째 아들 過만 데리고 바다를 건넜다. 7월 海南島의 儋州에 도착하여 다시 3년의 謫居생활을 하게 된다. 海南島는 소수의 漢人이 거주하는 북부를 제외하고는 현지인 黎族이 거주하는 곳으로 中原과는 풍토와 습관, 기후가 전혀 다른 고장이다.

그는 기후, 풍습이 모두 다른 남방 이 고장에서도 촌로들과 담소하며 지냈고, 시창작도 게을리 하지 않았다. 어려운 환경에서도 그 가운데서 생활의 즐거움을 찾으려고 노력했다. 이는 "어디를 가도 즐겁지 않으랴 (安往而不樂)"[47]는 그의 인생태도가 반영된 것이다.

海南謫居地에서 그는 「謫居三適」이라 부르는 연작시를 지어 한적한

---

46) 王水照, ≪蘇軾≫, 133쪽.
47) <超然臺記>, ≪蘇軾文集≫, 권11.

정취를 즐기었다. 그 내용은 대략 다음과 같다. 아침에 일어나서 머리를 빗는 정취를 읊은 <旦起理髮>[48]과, 창가에 앉아 낮잠을 자면서 획득한 非夢非覺의 경지를 읊은 <午窓坐睡>,[49] 그리고 밤에 누워서 발을 씻으며 느낀 정취를 읊은 <夜臥濯足>[50]은 모두 일상생활의 소소한 정취를 바탕으로 달관의 경지에 도달한 생활정취의 소묘이다.

3) 解配−北으로의 回歸

65세에 ≪書傳≫, ≪易傳≫ 및 ≪論語說≫ 등 儒家經典의 註釋작업을 완성하였다. 아울러 和陶詩도 많이 지어 도연명의 참다운 삶의 경지를 추구했다.

또 다시 정계는 변화를 거듭하여 65세(元符3年)에 哲宗이 붕어하고 徽宗이 즉위하자, 神宗의 妻 尙氏가 수렴청정을 하였다. 新舊兩派를 모두 등용 中庸의 정치를 행한다는 방침에 의해 소동파는 사면되어 북쪽으로 돌아올 수 있게 되었다. 廉州安置의 명령을 받고 廉州에 도착하였는데, 곧 舒州團練副使, 永州居住를 명령받았다. 11월 朝奉郎, 提擧成都玉國觀이 되어 거주가 자유롭게 되었다. 그러다가 66세에 北歸도중 그가 예전부터 은거하고자 소망했던 常州에 도착, 病으로 파란만장한 생애를 마쳤다.

이전에 이미 黃州貶謫이 主가 된 第1次貶謫期(44~50세)에 소동파는 生死의 기로에서 가까스로 生을 획득하였었다. 당시 이미 인생의 고통을

---

48) <謫居三謫, 旦起理髮>, ≪蘇軾詩集≫, 권41.
49) <謫居三謫, 午窓坐睡>, ≪蘇軾詩集≫, 권41.
50) <謫居三謫, 夜臥濯足>, ≪蘇軾詩集≫, 권41.

깊게 경험하자 그는 불가와 도가사상에 심취하고 陶淵明을 흠모하고 고뇌의 인생을 문학으로 승화시킨 적이 있었다. 그는 이 시기에는 제1차 폄적기보다 더욱 먼 변방지역인 惠州, 海南으로 축출됨에 따라, 정신적, 경제적으로 곤란한 역경을 경험하게 된다. 소동파는 仕宦期에 위주가 되었던 유가의 현실지향적 면모를 이 시기에 있어서는 가급적 貶謫客으로서도 가능한 제한된 범주내에서만 현실참여정신을 실행하고, 佛·道思想에 몰입하고 또 陶淵明에 더욱 심취하며 자연과 친화하여 내면적 고통을 치유하려고 모색하게 된다. 그리하여 그는 자아내면을 응시하여 피폐해진 정신세계를 회생시키고 인생의 참 의미와 생명존재의 가치를 발견하는 데에 치중하게 된다.

惠州謫居생활은 黃州謫居 생활의 연속이며, 소동파의 사상과 창작도 黃州時期의 계속이며 또 발전이다. 이 시기 佛·道思想은 그의 주도적 사상이 되었으며 또한 이전보다 심화발전되었다.51) 기실 이전 仕宦時期에 강렬히 표출되었던 소동파의 유가적 사회참여의식은 심경표출이 제한되어 있던 貶謫客으로서의 신분과 노경으로 인한 시풍의 변모양상으로 인해 소극적으로 변화되었다. 그리하여 이 시기 현실참여시에서는 이전 같은 강렬한 사회참여시는 가급적 지양하였다. 대신 貶謫된 신분으로도 표현이 가능했던 농업개선, 실용의 추구 등에서 현실지향적 면모가 드러나고 있다.

이 시기에는 젊은 시절 격동하였던 기상은 다소 醇化되어, 自然物象을 통해 자아를 응시하며 物我交融을 통해 평정과 달관을 추구하고 있는 작품이 다수 나타나고 있다. 그러나 언뜻언뜻 단속적으로 가슴에 밀

---

51) 王水照, ≪蘇軾≫, 128쪽.

려오는 현실세계와의 괴리감은 참을 수 없는 고통이었다. 이러한 정신적 고통으로부터 해탈하기 위해서 그는 佛·道思想에 몰입하여 인식의 지평을 확대심화시키게 된다. 또한 陶淵明의 시에 和韻하여 도연명의 사람됨과 시를 만년이 된 소동파 자신의 스승으로 삼아 同一化를 시도하고 있다. 이 두 가지는 본 시기 소동파의 시세계를 관통하고 있는 배경의 두 축이 되고 있다. 특히 佛·道思想에의 몰입은 정치적 좌절기에 처해 惠州와 海南에 貶謫되어 있는 자아의 현위상을 냉철히 인식하고 이성적 사유를 통해 인식지평의 확대심화를 이루게 했다. 이것을 토대로 「인생에 대한 거시적 인식—발상의 전환—달관, 해탈」의 순환과정을 거쳐 궁극적인 정신세계의 평형을 유지시키는 모종의 힘을 얻고 있다고 파악된다.

소동파는 타의에 의해 쫓겨 간 惠州貶謫地에서 솟구치는 내면의 힘을 바탕으로 단절감 속에서도 절망하지 않고 지속적으로 자아를 찾는 방법을 시도하고 있다. 그 시도는 곧 고뇌의 주체가 바로 극복의 주체가 되어 고뇌와 번민을 평정과 달관으로 超克하려는 정신구조의 본질을 보여준 것이다. 소동파 자신도 이 고난스런 폄적시기의 문학에 대해 무한한 자부와 애착을 표명하고 있다. 黃州貶謫期에 이미 고뇌에 대응한 자아성찰로 내면적 성숙을 체내에 응축시킨 결과 惠州, 海南貶謫期에 있어 소동파는 보다 성숙되고 평정된 심경을 보여주고 있다.

이 시기의 시세계는 그 폭과 깊이에 있어 다양성과 심오성을 가지고 있는데 이것을 내재적 연계에 의해 단순화, 계열화시키면 다음과 같다.

우선 그에게는 中原으로의 回歸意志와 제2의 고향의식이 葛藤構造的 二重奏가 되고 있다. 곧 유배가 풀려 중원으로 돌아가고자 하는 의지와 유배지에 살면서 자연과 백성에 동화되고자 하는 심리가 번갈아가며 강약을 보이고 있는 것이다. 그리고 현실세계와의 괴리감은 내면세계의 표출을 통해 이따금 형상화되고 있다. 여기서 주목할 점은 소동파에 있어 자아와 현실세계 양자가 괴리된 그 자체에서 머무는 것이 아니라, 보다 적극적인 인간의지를 통해 조화의 양상으로 초극되고 있다는 점이다.

소동파는 지속적으로 자연과의 친화를 추구하고 있다. 陶淵明이 자아의 본성에 따라 관직의 굴레를 뛰쳐나와 자율적인 자연귀의를 실천하였던데 반해 소동파의 자연귀의는 그 동기가 타의에 의한 것이지만, 궁극적인 자연과의 친화는 자아의 심미인식에 의한 것이다. 자연친화에의 모색은 자아실현이 좌절된 후 주관적 정서와 객관적 景物을 융화시켜 주고 있다. 그리하여 폄적생활을 조화와 화해의 경지로 전환시켜 새 생명을 양성시키고 있다.

그는 부정적 상념이 떠오를 때마다 이 세계는 선과 악이 공존하고 있으며, 내면의 갈등이 없는 이상세계는 일상생활에서 한적함을 찾고 잡념을 생각하지 않는 청정한 마음의 경지에 있다고 인식하고 있다. 이것이 바로 「思無邪」의 경지이다.

또한 그는 만년기의 새로운 역사인식이 기저가 된 인간생명에 대한 존엄성 및 식물에 투영된 생명의지를 통해 자신의 강렬한 生의 意志를 표현하고 있다. 그리하여 莊子의 齊物論的 인식과 佛敎的 사유를 토대로 生과 死를 본래 하나인 것이 다른 양상으로 나타난 것이라고 인식하고 있다. 그리고 경제적, 정치적, 정신적으로 궁한 자신의 현실을 농경생활과 정신적 승리감정을 통해 달관으로 移行시키고자 했다. 死生과 窮達에 대한 달관적 인식은 소동파의 생명의지의 반영이며, 폄적기의 고통을 승화시키는 하나의 정신역량이라고 보여진다.

이 시기의 시세계는 굴레 속에서도 자유에 대한 원초적인 강렬한 의지의 반영이라고 볼 수 있겠다. 전반적으로 이 시기는 넘쳐 오르던 强氣를 순화하여 자연과 융합하고 그것을 시적 예술로 승화시킨 시기이다. 이러한 시적 경향은 平淡의 경지라고 말할 수 있다. 바로 '平淡風格의 완성'이 이 시기 시의 風格的 특징52)이라 할 수 있다.

소동파는 晩年에 자신의 詩風 變貌樣相에 대하여 다음과 같이 언급하고 있는데 示唆하는 바가 크다.

> 무릇 文字는 젊었을 때는 모름지기 氣象이 빼어나고 채색이 현란해야 한다. 그리하여 늙을수록 점점 익어가며 平淡에 이르게 되는 것이다. 이것은 기실 平淡이 아니라 絢爛(눈부시게 빛남)의 극치인 것이다. 네가 큰아버지(소동파 자신을 지칭)가 지금 平淡한 것만 보고 줄곧 이러한 것만 배우고, 어찌 내가 예전 과거에 응시할 때의 문자가 높았다 낮아졌다 기복이 있어 龍과 뱀을 잡으려 해도 못 잡는 그러한 것을 취하지 않느냐?
>
> (凡文字, 少小時須令氣象崢嶸, 采色絢爛, 漸老漸熟 乃造平淡, 其實不是平淡, 絢爛之極也. 汝只見爺伯而今平淡, 一向只學此樣, 何不取舊日應擧時文字看, 高下抑揚, 如龍蛇捉不住.)53)

여기서 자신이 젊었을 때의 문자는 氣象이 빼어나고 高下抑揚(높았다 낮았다 내렸다 올렸다하는 屈曲과 起伏이 많은 것)한 경향이 많다가 老境에 이르러 평담해졌다고 하였다. 이는 처음부터 평담한 것이 아니고 현란의 극치로서의 평담이라는 것이다. 만년의 평담한 그의 시풍은 도연명의 평담한 시풍에서 많은 영향을 받았다. 그것은 겉으로는 平淡하지만 안

---

52) 謝桃坊, ≪蘇軾詩硏究≫, 124~145쪽.
53) <與二郞姪一首>, ≪蘇軾文集≫, 蘇軾佚文彙編, 권4.

으로 꺾을 수 없는 꿋꿋한 기운이 배어 있는 것을 의미한다.

黃庭堅은 소동파의 이 시기 문학을 평해 "東坡의 嶺外의 문학은 그것을 읽으면 耳目이 총명하게 되어, 마치 맑은 바람이 밖으로부터 들어오는 것 같다(東坡嶺外文字, 使人讀之耳目聰明, 如淸風自外來也)."54)라고 평하였다. 또한 蘇轍은 이 시기의 그의 시가 "精華가 深妙하여 老人의 쇠하고 고달픈 기운이 보이지 않는다(精深華妙, 不見老人衰憊之氣)"55)라고 평하였다. 그만큼 이 시기 문학이 맑은 바람처럼 신선하고 깊고 묘한 精華를 얻어 약동하는 生을 느끼게 한다는 것이겠다.

한편 소동파 자신은 이 시기를 포함한 전체 폄적시기에 대한 자부심을 다음과 같이 표현하고 있다.

心似已灰之木,	내 마음 이미 재가 된 나무와 같고
身如不繫之舟.	몸은 매이지 않고 흘러가는 배와 같다.
問汝平生功業,	너(소동파 자신)에게 평생의 功業을 묻는다면
黃州惠州儋州.	그것은 黃州, 惠州, 儋州의 貶謫時期라네.56)

이는 소동파가 만년 북쪽으로 回歸하던 도중(1101년, 66세)에 자신의 초상화에 대해 지은 題畵詩이다. 작시 당시는 임종을 얼마 남겨 놓지 않은 시점으로 당시의 자신의 심경을 작자는 "이미 재가 된 나무 같다"라고 하였다. 이 의미는 당시 소동파의 심경이 아무런 욕심과 걱정근심이 없이 침착하게 가라앉아, 사리분별을 할 수 있다는 것이다. 또한 "몸

---

54) 魏慶之, 《詩人玉屑》, 315쪽.
55) 蘇轍, 〈追和陶淵明詩引〉. 溫謙山 纂訂, 《和陶合箋》, 1쪽.
56) 〈自題金山畵像〉, 《蘇軾詩集》, 권48.

은 매이지 않고 흘러가는 배와 같다"의 내재적인 의미는 매이지 않은 배처럼 몸은 자유정신의 구현체이며, 또한 인생의 부침을 흐름에 맡겨 버린다는 것으로 여겨진다. 이어서 지난 날 오랫동안 고초를 겪었던 黃州, 惠州, 海南 등 폄적지가, 이제 와서 회상하니 역설적으로 가장 큰 문학적 功業이었다고 그 총괄적 느낌을 토로하고 있다. 이는 회한이자 자부의 멋진 표현이다.

동시에 인생의 황혼기에 이르러 소동파 자신의 貶謫時期 전성기에 달한 문학적 성취 및 ≪論語說≫, ≪易傳≫, ≪書傳≫ 등 儒家經典 註釋作業이라는 立言的 성취에 대한 무한한 자부심과 애착심을 표명하고 있음을 알 수 있다.

돌이켜 볼 때, 소동파는 四川 眉山에서 태어나 21세에 離鄕하여, 中國 대륙의 각지를 宦遊하였다. 그 범주는 동으로는 山東省 登州, 서로는 陝西省 鳳翔, 남으로는 海南島, 북으로는 河北省 定州에까지 이르는 「行萬里路」의 직접경험을 하였다. 바로 걷거나 말을 타고 또는 배를 타고 여행하며 경륜을 쌓은 것이다. 더불어 「讀萬卷書」의 간접경험 및 천부의 재질과 절차탁마의 노력이 합하여 불후의 시문을 남겼다. 그의 일생은 안락보다는 우환이 많았고, 得意보다는 失意의 기간이 길었다. 그러나 그는 안락할 때에도 교만하지 않고, 실의의 순간에도 위축되지 않고 초탈할 수 있었으며 고민을 낭랑한 웃음소리로 바꿀 수 있었다.

이상에서 생애 및 시기별 詩의 특징을 개략적으로 살펴보았다. 科擧應試期 및 仕宦前期는 氣를 涵養하고 가슴을 넓힌 시기이다. 가슴에 넘치는 현실참여의 의지로서 민생고와 정치풍자 및 애국의 시를 지었다. 또한 진한 농도의 서정시 및 기발하며 동태성이 강한 산수유람시를 지었다. 이 시기 이미 豪放, 奔放, 婉約한 특성이 각기 모두 담겨있는 개성있는 풍모를 드러내고 있다. 황주폄적기는 發揚一路에 있던 氣가 新法을 반대한 이유로 정치적 타격을 받아 차분히 가라앉고, 인생에 대한 깊은 성찰을 하여 안으로 강인한 생명력을 키운 시기이다. 외면세계로 확장일로에 있던 시는 내부로 수렴되면서 그 속에 풍성한 순문학적 성과를 거두었고, 시풍은 주로 曠達한 특성을 지니고 있다. 시 내용은 크게 자연친화, 애국충정, 음주, 哲理詩로 대별할 수 있다. 仕宦後期는 문학적 성과는 상대적으로 저하되었지만 藝術鑑賞詩는 나름대로 높이 평가할 만한 시기이다. 제2차 폄적기 및 北歸시기는 新舊黨爭의 정치적 갈등으로 타격을 받아 意氣揚揚하던 시풍은 또다시 평정과 달관을 지향하여, 평담한 풍격으로 수렴되고 있다. 佛·道思想과 관련된 시, 자연친화시, 백성과의 친밀감을 표현한 시, 和陶詩 등이 이 시기의 주된 경향이다.

그는 임지를 따라 流轉하는 가운데 시야가 더욱 넓어졌다. 그의 시는 본성과 직접경험, 간접경험 그리고 노력이 합쳐져서 순간 순간의 느낌을 적은 것이다. 이 점을 주시하지 않으면 보는 이에 따라서는 그의 시에서 의식의 방랑과 순간의 모순점을 발견할 수 있다. 그러나 생애의 긴 연속적 맥락에서 볼 때 그것은 시인의 삶의 과정이요, 나름대로 변모, 발전하고 있는 유기체적인 맥락을 지니고 있음을 발견할 수 있다.

제2절 蘇東坡의 儒佛道 思想 受容과 그 融合

1. 儒佛道思想 受容의 基準과 前提

대체로 宋代의 士大夫는 현실에 바탕을 둔 儒家的 의식과, 그들의 내면적 고뇌와 갈등을 해소해 주는 佛·道의 의식을 동시에 가지고 있었다.57) 소동파는 참된 인생에 대한 知的 탐구심이 강하여 儒·佛·道思想에 관련된 방대한 전적을 읽고, 그것을 실천으로 옮겨 중국 지식인의 전형적 성격을 지닐 수 있게 되었다. 소동파는 다양한 사상을 배경으로 한 자연관·자아의식·사회의식을 통해 자유롭고도 솔직한 본성을 적나라하게 보여주면서 인간존재에 대한 자각을 뚜렷이 부각시키고 있다.

思想은 인간 내면 깊은 곳에서 우러나오는 이론화된 인식체계이다. 그것은 한 인간의 의식의 저변을 형성하고 있다. '소동파의 사상적 변모는 개별적이거나 끊어지지 아니하였고, 모두 자연과 인간에 대한 깊고 넓은 투시로 연결되었기 때문에 그의 연륜이 쌓여감에 따라 그 사상의 폭은 한층 넓어지고 또 깊어졌다. 그렇기 때문에 마치 한 사상의 精髓에 상당하는 개념을 또 다른 사상에서 찾아보려고 한 방황의 연속이었던 듯한 인상을 던져 주고 있다.'58) 그것은 그가 경험하고 느끼고 터득한 인생에 대한 眞髓를 기존의 여러 사상에서 찾아보고 확인하며, 궁극적으로는 여러 사상의 정수를 자기화하여 수용한 것이라 할 수 있다. 그의 유불도사상에 대한 접근은 그만큼 자아와 인생, 그리고 사회에 대한 탐구심과 관계를 맺고 있다.

---

57) 吳台錫, ≪黃庭堅詩研究≫, 52쪽, 참조.
58) 陳玉卿, <東坡記文考>, 48쪽.

전반적으로 보아 그의 사상의 핵심은 유가사상으로 생애 어느 시기를 막론하고 현실사회에 대하여 관심과 참여를 보여 주고 있으며, 그 자신도 儒家徒로 자임하고 있다. 유가사상을 현실공간에서 구현하기 어려울 때는, 소동파의 내면에 잠재되어 있는 佛·道家思想이 표면에 돌출되게 된다. 소동파는 평생 이 儒·佛·道 三家思想이 끊임없이 발산하고 있는 생기발랄함과 긴장에 의해 신선한 충격을 받았고, 동시에 그것으로 자신의 의식을 끊임 없이 단련시켰다. 이것이 시 창작과 의식세계를 구성하는 힘의 원천을 이루게 되었다. 그러므로 소동파시 연구를 심화시키기 위해서는 동파와 유불도사상의 관계에 대한 연구가 선결이 되어야 한다고 생각된다.

'소동파의 사상은 그의 인생의 모든 시기를 통틀어 통일성과 특수성을 가진다. 통일성은 儒·佛·道가 혼재된 人生思想이 전 생애를 관통한다는 것이고, 특수성은 儒家와 佛·道家思想의 요소가 상이한 消長變化를 보인다는 것이다'.59) 대체적으로 소동파의 사상은 仕宦時期에는 유가적인 현실지향성이 부각되고, 폄적시기에는 佛·道家思想에 몰입하는 등 의식의 대조적 양상이 나타나고 있다.

소동파의 사상은 몇 차례의 변모를 겪게 된다. 유가사상을 인식의 기본으로 삼았던 그는 연륜을 거치며 점차 기존의 유가사상과는 상이한 관점과 범주를 가진 佛·道家思想에 접근하였다. '그는 소년기부터 佛·道思想의 맹아가 있어 서서히 발전하고 있었다. 그런데 적극적인 심취의 면에서 본다면 대체로 密州에서 <超然臺記>를 지었을 즈음, 그의 나이 41세 전후에 노장사상을, 그리고 「烏臺詩案」으로 인해 투옥된

---

59) 王水照, <論蘇軾創作的發展段階>, ≪唐宋文學論集≫, 267쪽.

후 黃州로 謫居하여 <黃州安國寺記>를 지을 무렵인 45세 전후에 불가사상에까지도 몰입하게 되어 점차 三家를 융합하여 나아갔다'.[60] 이 佛·道思想은 소동파에게 있어 유가적 기존인식의 체계에 더하여 인식의 확대심화를 이루게 되었다. 佛·道 兩家 사상은 동일시기에 혼재되어 수용된 경우가 많았다. 그리하여 詩에도 양자가 융화되어 표현된 경우가 많았기 때문에 그 고유의 영역을 뚜렷이 구분하기는 상당히 어려운 문제다. 그렇지만 여기서는 논리의 전개상 그 구분을 가급적 명확히 하려고 한다.

그러면 그가 三家思想을 수용한 기준이 무엇이었는가를 살펴보자.

평생 道를 배운 것은 오로지 外物의 변화에 대처하고자 함이다.
(平生學道, 專以待外物之變.)[61]

여기서 道는 儒佛道 三家思想을 포괄하는 道라 보여진다. 그렇다면 소동파가 개별사상을 수용한 목표와 기준은 오로지 외부세계의 변화에 대응하고자 함이었음을 알 수 있다. 그는 자신이나 국가, 사회의 현실에 도움이 되거나 부합되는 진리를 추구하였다. 여기서 이론을 이론 자체로 추구하기보다는 실제적 행동에 적용될 수 있는 것을 수용하려는 소동파의 실용적 특성을 추정할 수 있다.

소동파의 三家思想에 대한 인식과 수용은 표면적으로 보면 상호 모순되는 일면도 있지만, 연륜에 따라 인생의 후기에 이르러서는 궁극적으

---

60) 陳玉卿, <東坡記文考>, 46쪽, 參照.
61) <與滕達道六十八首, 其二十>, ≪蘇軾文集≫, 권51. 劉乃昌, <簡論蘇軾的思想>. 蘇軾硏究學會, 儋縣人民政府 合編, ≪紀念蘇軾儋八百九十周年學術討論集≫, 42쪽.

로 모순되지 않고 융화되고 있다는 점을 주시할 필요가 있다. 그것은 세 가지 전제에서 고찰할 수 있다. 첫째는, 소동파의 諸家思想에 대한 수용을 변화하는 유기체로 파악하는 것이다. 둘째는, 개별사상 자체의 시각과 범주가 다르다는 것이다. 셋째는, 사상의 용광로로서 각 사상을 포괄적으로 수용하는 소동파의 폭 넓은 내면세계는 사상의 융합적 인식에 기인하는 것이다. 이러한 前提를 바탕으로 여기서는 당시 연륜, 환경, 정치상황과 그의 각 사상 수용과의 관계를 중시하면서 소동파의 詩에 스며든 三家 개별사상 수용의 본질이 무엇인지, 그 수용양상은 어떠한지를 밝히고자 한다. 이어서 이들 사상의 융합은 어떻게 전개되었는가를 고찰하는 데 초점을 두겠다.

2. 儒家思想의 受容 – 認識의 基本 틀

유가사상은 현실사회의 체제와 질서를 유지하는 데에 그 특징이 있다. 그것은 그만큼 중국역사를 통해 정치적 지배와 사회질서 유지의 기본적 원리로 존재해 왔다. 그러므로 유가사상은 정치와 불가분의 관계를 맺고 있다. 적극적 현실지향적인 유가사상은 전체 소동파의 사상에서 뿌리깊고 일관적인 인식의 틀(패러다임)이다.[62] 소동파는 어린 시절부터 현실사회에서 공을 이루고자 하는 희망을 품고 자랐다. 그는 東漢의 黨錮之禍 가운데서 국가를 위해 절조를 지키다가 사형을 당한 范滂을 본받고자 결심하였다.[63] 또한 현실에서의 立功의 포부를 달성하기 위하

---

62) <鹽官大悲閣記>, ≪蘇軾文集≫, 권12 등 여러 곳에서 소동파는 儒家에 대해 '吾學'이라고 하였음에서 傍證할 수 있다.

63) 蘇轍, <亡兄子瞻端明墓誌銘>, ≪欒城集≫, 欒城後集, 권22, 1411쪽.

여 經書와 史書를 읽으면서 과거시험을 준비하였다. 그리고 그는 원대한 정치적 포부를 품고 미래를 준비해 나갔다. 22세 때에 응시한 과거시험의 답안인 <省試刑賞忠厚之至論>에서는 다음과 같이 말하였다.

> ≪書經≫에서 말했다. "罪가 의심스러울 때는 오직 가볍게 벌하고, 功이 의심스러울 때는 오직 많은 상을 주라. 죄 없는 사람을 죽이기보다는, 차라리 法을 따르지 않는 잘못을 범하리라."[64] …… 그러므로 仁은 지나쳐도 되지만, 義는 지나쳐서는 안 된다.
> (書曰'罪疑惟輕, 功疑惟重. 與其殺不辜, 寧失不經' …… 故仁可過也, 義不可過也)[65]

여기서 ≪書經·虞書·大禹謨≫의 글을 인용하여 仁을 중시하는 人道主義的인 주장을 폈다. 이것은 이후 그의 정치적 신조가 되었다.

소동파의 仕宦前期의 문장 <韓非論>, <議學校貢擧狀> 등에서는 엄격한 儒家的인 기준에서 다른 사상을 비판하기도 했다. 일례로 <議學校貢擧狀>에서는 다음과 같이 말하였다.

> 지금의 士大夫들은 佛·老(부처님과 老子)를 聖人이라고 여기어, 시장에서 책을 파는 자가 ≪莊子≫와 ≪老子≫책이 아니면 팔지를 않는다. 그 글을 읽으면 넓으나 타당하지 못해 궁구할 수 없고 그 모습을 보면 超然하여 드러나지 않아 파악할 수가 없다. 어찌하여 이것이 참으로 그러한가? …… 천하의 선비로 하여금 莊子처럼 死와 生을 동일시하고 명예와 毁謗을 동일시하며 부귀를 가벼이 하고 빈천에 편안히 여기게 한다면, 임금의 名器와 爵祿은 世俗을 격려하고 우둔함을 단련

---

64) ≪書經≫, <虞書·大禹謨>.
65) <省試刑賞忠厚之至論>, ≪蘇軾文集≫, 권2.

하는 것인데 (이것이) 없어질 것이다.

　(今士大夫至以佛老爲聖人, 粥書於市者, 非莊老之書不售也, 讀其文, 浩
然無當而不可窮, 觀其貌, 超然無著而不可挹, 豈此眞能然哉 …… 使天下
之士, 能如莊周齊死生, 一毀譽, 輕富貴, 安貧賤, 則人主之名器爵祿, 所以
礪世摩鈍者, 廢矣.)[66]

이처럼 젊은 시절 그는 불교와 老莊思想이 성행하고 있는 당시의 풍
조를 개탄하고 있다. 그는 확고한 유가사상에 바탕하여, 노장사상이 넓
으나 타당하지 못하며 超然하여 드러나지 않아 그 사상에 따를 것 같으
면 임금의 名器와 爵祿이 없어질 것이라고 생각하고 있다. 여기서 名器
는 등급을 표시하는 칭호·車馬·服節 등을 가리킨다.

또한 초기의 그는 유가사상으로 법가사상을 반대하고 있다. 이것은
특히 이후 王安石의 變法에 대한 그의 태도와도 관련을 지닌다. 뿐만
아니라 그는 유가사상 자체의 일부 현상적인 부정적 측면에 대해서도
이성적 판단에 따라 비판적 견해를 제시하고 있다.

　㉠
　심하구나! 道의 밝히기 어려움이여! 그 드러난 것을 논하면 비루하
고 막히어 통하지 아니하고, 그 은미한 것을 논하면 공허하여 고찰할
수 없다. 이러한 폐단은 옛날의 유학자에게서 시작되었다. 그들은 성
인이 되는 道를 구하려 해도 구할 수 없었다. 이에 알 수 없는 문장을
짓는데 힘써서 후세에 나로 하여금 깊이 알도록 희망한 것이다.
　이후의 유학자들은 그것이 알기 어렵다는 것만 보고 그것이 공허
하다는 것을 알지 못하여, 道에 깊이 들어간 것이 있다고 생각하고 이

---

66) ≪蘇軾文集≫, 권25.

에 대해 스스로 능하지 못함을 부끄러워하였다. 이에 그것을 따라서
옳다고 말한다. 서로 속이는 것을 높다 하고 서로 인습하는 것을 깊
다고 여겼다. 그리하여 聖人의 道는 날로 멀어졌다.

　　(甚矣, 道之難明也. 論其著者, 鄙滯而不通, 論其微者, 汗漫而不可考. 其
弊始於昔之儒者, 求爲聖人之道而無所得, 於是務爲不可知之文, 庶幾乎後
世之以我爲深知之也. 後之儒者, 見其難知, 而不知其空虛無有, 以爲將有所
深造乎道者, 而自恥其不能, 則從而和之曰然. 相欺以爲高, 相習以爲深, 而
聖人之道, 日以遠矣.)67)

　ⓛ
　儒家의 결함은 공허한 문장이 많고 實用性이 적은 것이다. 賈誼, 陸
贄의 학문이 거의 세상에 전해지지 않았다.

　　(儒者之病, 多空文而少實用. 賈誼, 陸贄之學, 殆不傳於世.)68)

　㉠에서 소동파는 드러난 것에는 막히어 통하지 아니하고 드러나지
않은 은미한 것에 대해서는 공허한 공론에 그치는 유학자들의 통찰력이
약한 한계점을 폭로하고 있다. 공리공론에 치우쳤던 先代의 유학자들의
폐단을 알지 못하고 후세의 유학자들이 인습적으로 답습하는 시대적 현
실에 대해 안타까움을 느끼고 있는 것이다. ⓛ에서도 공리공론이 많은
유가의 문장을 안타깝게 생각하며, 실용성을 중시한 賈誼(西漢의 문인, 정
치가)와 陸贄(唐의 문인, 정치가)의 학문을 높이 평가하고 있다.

　그리고 鳳翔判官 시절(26~29세) 濟世的 理想을 실천하는 과정에 있어
그는 사회의 모순을 목도하여 지방관으로서의 자신을 견책하며 내심에

---

67) <中庸論上>, ≪蘇軾文集≫, 권2.
68) <與王庠書>, ≪蘇軾文集≫, 권49.

갈등을 나타내기도 하였다.

한편 神宗은 국가의 위기를 해결하고 국가의 통치권을 강화하기 위해 혁신론자 王安石을 전격적으로 기용하고 절대 신임하였다. 왕안석은 制治三司條例司를 설치하여 新法을 시행하였는데, 신법의 구체적 내용은 첫째, 국가 재정의 확충 둘째, 整軍과 국방강화 셋째, 과거제도의 개혁 등이다.[69] 이는 變法이라고도 불리었다. 이 王安石의 혁신정치는 宋代의 대내적, 대외적 제문제에 대해 전면적으로 개혁을 실시하고자 한 것이다.

소동파와 신법과의 관계는 그의 정치생애에서 불가분의 관계를 가지고 있다. 신법파와 대립적 위치에 섰던 그는 그로 인해 반생을 지방관으로 혹은 貶謫地에서 정치적으로 불우하게 살았다.

36세부터 44세까지 소동파는 杭州通判(36~40세), 密州知州(40~42세), 徐州知州(42~44세), 湖州知州(44세) 등의 관직에 재직하였다. 8년 가까이 지방관을 역임하며 백성들과 함께, 운하개설, 염법, 메뚜기 피해, 도적의 횡행, 홍수, 한재, 농업개혁 등 임지 내에서의 당면한 문제를 해결하는데 진력하였다. 또한 신법의 백성들에 대한 악법적 요소를 목도하고 이러한 試行錯誤를 시정하고자 노력하였다.

密州知州로 부임하여 가는 도중 그는 정치적 理想을 다음과 같이 표현하고 있다.

有筆頭千字,	붓을 들면 단숨에 천 자를 써내고
胸中萬卷,	가슴속엔 하나 가득 만 권의 책 들어 있으니
致君堯舜,	임금님을 보필하여 堯舜같은 聖君으로 만드는 것

---

69) 陳英姬, <蘇軾政治生涯與文學的關係>, 18쪽. 參照.

此事何難.	이 일이 무엇이 어려울 것 있었으리.
用舍由時,	써주든지 버리든 지는 시대에 달려 있고
行藏在我.	나아감과 물러남은 나에게 달렸다.[70]

여기서 소동파는 자신이 임금을 보필하여 聖君으로 만들 정치적 역량을 가지고 있으나 자신의 등용 여부는 시대에 달려 있고 나아감과 물러남은 자신에게 달렸다고 표현하고 있다.

이 지방관 시절에 新法에 대한 비판적 시각이 담긴 소동파의 시가가 널리 유행하게 되자 그는 반대파들에 의해 요주의 인물로 지목되었다. 급기야는 44세 때에 「烏臺詩案」이라 불리는 필화사건의 피해자가 되어 삶과 죽음의 기로에 서게 되었다.

黃州時節(45~49세)에는 貶謫時期라 행동에 많은 제약이 따르는 와중에도 소동파는 가난한 집에서 경제적 곤궁 때문에 자신의 갓난아기를 살해하던 이 지방의 악습을 폐지하도록 노력하는 등 가능한 범위 내에서 인도주의사상을 실천하였다. 더불어 ≪論語說≫, ≪易傳≫ 등을 주석하여 유가사상을 사상의 틀로 확고히 했다.

㉠

우리가 비록 늙고 곤궁한 처지이나 道理는 심장을 꿰뚫으며 忠義는 골수를 메우고 있어, 生死가 달린 위급한 순간에도 웃으며 이야기할 수 있을 것입니다. 만약 제가 곤궁하다고 해서 슬퍼 탄식하는 소리를 드러낸다면, 道를 배우지 못한 자와 크게 다를 바가 없을 것입니다. …… 형께서는 비록 지금 때를 만나지 못해 불우한 처지에 있으나 임

---

70) <沁園春>(孤館燈靑). 龍楡生 校箋, ≪東坡樂府箋≫, 58쪽. 鄒同慶, 王宗堂, ≪蘇軾詞編年校注≫, 134쪽.

금을 받들고 백성에게 은덕을 베풀 수 있는 일이 있다면 곧 몸을 잊고 그것을 할 것이요, 그 결과 나타나는 禍福과 得失은 조물주에게 맡길 것입니다.

　(吾儕雖老且窮, 而道理貫心肝, 忠義塡骨髓, 直須談笑於死生之際, 若見僕困窮便相於邑, 則與不學道者大不相遠矣. …… 兄誰懷坎壈於時, 遇事有可尊主澤民者, 便忘驅爲之, 禍福得喪, 付與造物.)71)

　ⓛ

　黃州로 온 후 마음 쓸 곳이 없다가 문득 다시 ≪易≫과 ≪論語≫를 깊이 생각하였습니다. 단정하게 깊이 생각해서 터득한 것이 있게 되자, 드디어 선친의 학문에 따라 ≪易傳≫ 9권을 지었고, 또 제 자신의 뜻으로 ≪論語說≫ 5권을 지었습니다. 저는 窮苦하고 多難하여 수명을 기약할 수 없습니다. 이 책들이 하루아침에 다시 사라져 전해지지 못할까 두려워 몇 본을 베껴 적어 세상에 남기고자 합니다. …… 지금 ≪易傳≫은 글의 분량이 많아 책으로 만들 힘이 없어 ≪論語說≫ 5권만 바칩니다. 공무를 마친 한가한 시간에 한 번 읽어 주십시오. 설사 취할 것이 없더라도, 窮할 때도 道를 잊지 않고 늙어도 배우고자 하는 정신을 족히 볼 수 있을 것입니다.

　(到黃州, 無所用心, 輒復覃思於≪易≫, ≪論語≫, 端居深念, 若有所得, 遂因先子之學, 作≪易傳≫九卷. 又自以意作≪論語說≫五卷. 窮苦多難, 壽命不可期. 恐此書一旦復淪沒不傳, 意欲寫數本留人間. …… 而≪易傳≫文多, 未有力裝寫, 獨致≪論語說≫五卷. 公退閒暇, 一爲讀之, 就使無取, 亦足見其窮不忘道, 老而能學也.)72)

---

71) <與李公擇十七首, 其十一>, ≪蘇軾文集≫, 권51. 參考 :「王水照, 王宜瑗選注, ≪蘇軾散文選注≫, 98쪽」에는 ‘兄’字가 없음. 여기서는 ≪蘇軾文集≫을 따랐음.
72) <黃州上文潞公書>, ≪蘇軾文集≫, 권48.

㉠은 李公擇에게 보내는 편지이다. 여기서 경제적, 정신적인 면에서 어려운 폄적시기임에도 불구하고 소동파는 道理와 忠義를 지키고자 하는 유가사상을 피력하고 있다. 그리고 그 결과 나타나는 禍福과 得失에 대해서는 조물주에게 맡기겠다는 담담한 태도를 취하고 있다.

㉡은 文彦博에게 보내는 편지이다. 여기서 심오한 사유를 통해서 마음에 터득한 것을 ≪易傳≫과 ≪論語說≫ 등의 儒家經典에 대한 주석작업에 몰입한 일을 표명하고 있다. 그리고 그 가운데 ≪論語說≫ 5권을 文彦博에게 바친다는 내용이다. 여기서 소동파는 이 儒家經典의 주석작업을 窮할 때도 道를 잊지 않고 늙어도 학문에 몰두하는 정신의 표현이라고 자부하고 있다.

元豐8年(1085년, 50세)에 神宗이 붕어하고 哲宗이 즉위하자 정국은 일변하여 新法은 전면 폐지되고 舊法黨의 관료들이 대거 복귀되었다. 이에 소동파도 중앙정계에 복귀하였다. 司馬光이 집권한 후 그는 모든 신법을 철폐하였다. 이러한 전면적인 신법철폐가 융통성이 없는 시책으로 여긴 소동파는 免役法의 존폐문제로 司馬光과 격론을 벌였다. 소동파의 입장은 언제나 백성의 이익과 편함을 바탕으로 두고 있기에, 객관적 타당성과 장단점을 고려하여 전면적인 신법폐지는 보류토록 요청하였다.

58세 때 哲宗의 親政體制의 확립으로 중앙정계는 다시 新法黨의 주도하에 돌아갔으나 王安石 死後의 신법당은 왕안석의 혁신적 의지는 사라지고 권력투쟁의 양상으로 변질되었다. 이에 소동파를 위시한 구법당의 인사들은 속속 변방으로 축출되었다. 소동파는 남방 惠州(59~62세)와 海南島(62~65세)에서 정치적으로 더욱 불우한 폄적시기를 보내게 되었다. 이 제2차 貶謫時期에도 소동파는 가능한 범주 내에서 다리의 개설, 수도관 개설건의, 약품약재의 보급, 민족화합 등의 현실참여의 의지를 실천하였다. 또한 黃州에 이어서 ≪書傳≫, ≪易傳≫ 등의 유가경전에 대한 주석작업을 완성하였다. 소동파는 이 주석작업에 심혈을 기울였고 또한 커다란 자부심을 가지고 있었다.

平生多難非天意, 평생 어려운 난관이 많았던 것은 하늘의 뜻 아니로다.
此去殘年盡主恩. 이제부터 남은 여생엔 임금의 은혜 다 갚아야지.[73]

이는 기나긴 폄적생활을 마치고 중원으로 回歸하던 도중에 지은 만년의 시이다. 난관이 많아 정치적으로 불우한 시기가 많았던 자신의 과거를 회상하고, 그러한 불우함은 하늘의 뜻이 아니라고 천명하고 있다. 더불어 여생 동안 임금의 은혜를 갚고자 하는 유가사상을 귀결점으로 한 현실지향적 면모를 보이고 있다.

이상과 같이 소동파는 유가사상이라는 인식의 틀을 가지고 국가위기 의식을 느끼고 시국의 문제를 통찰하였으며 그것을 정치적으로 해결하기 위해 노력하였다. 그는 평생 仁義精神을 근본으로 하여 백성들을 위하는 인도주의정치의 시행과 국가적 위기에 대처하는 우국충정이라는 두 가지 대의를 일관성 있게 실천하였다. 그리하여 仕宦期에는 보다 적극적으로 현실정치에 참여하여 자신의 사상을 정치에 반영하도록 노력하였고, 貶謫期에도 제한된 범주 내에서 애민사상을 실천하였다. 이처럼 유가사상에 대한 소동파의 수용은 주로 적극적 현실지향의 경향을 띠고 있다.

한편 소동파는 공리공론에 치우치는 당시 유가사상 자체의 부정적

---

73) ＜次韻王鬱林＞, ≪蘇軾詩集≫, 권44.

현상을 간파하였으며 그 실용성을 중시하였다. 또한 젊은 시절의 그는 유가사상을 기준으로 하여 佛·道思想을 理性에 토대를 두어 비판하기도 하였다. 그러나 그에게 있어 佛·道思想의 부정적 측면에 대한 否定은 궁극적으로는 후일 보다 진일보한 긍정과 융합을 위한 하나의 단계로 작용하게 된다. 그리고 유가사상은 소동파의 시에 있어 '현실참여'와 '出仕의 意志' 등의 방면에 주로 나타나고 있다.

3. 道家思想의 受容 – 超越意志

도가사상은 認識의 地平을 확대심화하여 고뇌로 부터 해방을 추구한다. 그것은 곧 無爲自然을 통해 고정관념을 타파함으로써 인간의 자연적 본성을 회복하고 고뇌로부터 벗어남을 목적으로 삼는다는 뜻이다.

그의 도가사상에 대한 적극적 수용과 심취의 원인은 1. 진실된 인생에 대한 지적 탐구욕, 2. 북송 당시 삼가사상의 융화라는 시대적 조류, 3. 정치생애에서의 잦은 괴리감에서 야기된 고뇌의 해결로 정신적 평형 획득의 필요성, 4. 삶과 죽음의 의미, 窮과 達의 의미 등 도가사상을 통해 인생의 의미에 대한 새로운 인식, 5. 道士들과의 교유, 특히 정치적으로 불우한 시기에 자신에게 보여준 많은 지식인들의 냉대와는 격이 다른 도사들이 보여준 온후한 정에 대한 인간적 감동, 6. 도가사상 자체의 성격이 소동파의 본성인 드넓은 자유정신과 부합되는 면이 많기 때문에 비교적 쉽게 수용할 수 있었다는 점 등으로 파악할 수 있다.

소동파는 불가피한 여건으로 말미암아 외지로 전전하게 되었을 때에도 어느 곳에 처하게 되든지 진실한 벗들과 교유하며 유유자적하였는데 이는 曠達한 그의 천성과 노장사상에 대한 이해의 덕택이었다.[74] 소동

파의 道家思想은 老莊思想, 그 중에서도 莊子思想을 핵심으로 한다. 그
것은 장자사상의 거시적이고 상대적인 인식이 소동파의 자유를 추구하
는 본성과 부합되어 소동파의 사상과 인생관에 크나큰 영향을 주었기
때문이다. 여기서는 이 점에 염두를 두어 소동파와 도가사상 특히 莊子
思想과의 관계를 주안점으로 하고, 道敎思想과의 관계를 보조적인 면으
로 두어 논지를 전개하려 한다. 蘇轍은 훗날 소동파의 墓誌銘에 다음과
같이 기록하였다.

> 얼마 후 ≪莊子≫를 읽게 되자 한숨을 쉬면서 탄식하며 말했다. '예
> 전에 마음 속에서 깨달음이 있었으나 말로 표현할 수 없었는데, 이제
> ≪莊子≫를 보니 내 마음을 얻었구나'
> (卽而讀莊子, 喟然歎息曰, '吾昔有見於中, 口未能言, 今見莊子, 得吾心
> 矣'.)75)

여기서 소동파가 과거에 마음에는 깨달음이 있었으나 언어로 형상화
시킬 수 없는 그 무엇이 있었는데, 훗날 ≪莊子≫를 보니 자신의 마음
과 부합되어, 내재해 있었으나 표출할 수 없었던 자신의 견해를 발견하
는 충만한 기쁨을 느꼈다는 것을 파악할 수 있다.

莊子哲學은 우주의 본체(道)를 통해 인생의 철리를 논증하고 무한한
전체 우주에서 인류의 삶을 관찰하며 이로써 인류정신이 도달할 수 있
는 무한하고 자유로운 길을 탐구하고 있다.76) 소동파의 장자사상에의
傾倒는 인생에 대한 초연적, 상대적, 거시적 관점을 통해 좌절의 시기에

---

74) 陳玉卿, <東坡記文考>, 63쪽.
75) 蘇轍, <亡兄子瞻端明墓誌銘>, ≪欒城集≫, 권22.
76) 李澤厚, 劉綱紀 主編, 權德周, 金勝心 共譯, ≪中國美學史≫, 283쪽.

새로운 생의 추구와 자아와 세계, 자아와 자연의 合一에 내재적 힘이 되고 있다. 이러한 도가사상에 대한 이해의 심도는 그의 연륜의 누적에 따라 확대심화되고 있다.

그렇다면 소동파가 도가사상을 어떤 과정을 거쳐 수용하였는가를 살펴보자.

그는 일찍이 소년시절 眉山 天慶觀의 道士 張易簡에게 배웠으므로 무의식중에 도가사상을 체득하고 있었으리라 추측된다. 그 후의 시문에는 道家와 관련된 것들이 많다.

㉠

淸詩健筆何足數,	맑은 시와 굳센 붓을 어찌 헤아리리요,
逍遙齊物追莊周.	逍遙와 齊物을 외친 莊子를 따르리라.77)

㉡

嗟我久病狂,	아, 나는 오랫동안 병들고 미치어
意行無坎井.	뜻을 행함에 거침이 없었다네.
有如醉且墜,	마치 술에 취해 아래로 떨어졌는데
幸未傷輒醒.	다행히도 다치기 전에 문득 술이 깬 듯하여라.78)

㉢

盛衰哀樂兩須臾,	盛衰와 哀樂은 다 순간인데
何用多憂心鬱紆.	어찌 근심걱정으로 수심에 차 있겠는가.79)

---

77) <送文與可出守陵州>, ≪蘇軾詩集≫, 권6. 杭州通判 때의 작품.
78) <潁州初別子由二首, 其一>, ≪蘇軾詩集≫, 권7.
79) <遊靈隱寺, 得來詩, 復用前韻>, ≪蘇軾詩集≫, 권7.

이 세 수의 시들은 모두 仕宦前期의 작품으로서 이미 소동파가 도가 사상에 경도하고 있었음을 알 수 있다. ㉠에서는 逍遙와 齊物의 사상을 외친 莊子의 사상을 따르리라고 다짐하고 있다. ㉡은 평소 점진적인 개혁을 추구하였던 소동파가, 新法黨과의 알력으로 인해 杭州로 지방관을 자청한 杭州通判時節에 지은 시이다. 이 시에서 소동파는 ≪莊子·達生≫ 篇의 구절80)을 援用하고 있다. 여기서 그는 자아의 본성인 자유정신을 중시하여 현실과의 마찰을 빚었다가 지방관을 자청해 자아를 보전하게 되었음을 암시하고 있다. ㉢은 도가적 분위기가 배어 있는 시이다. 그는 여기서 盛衰와 哀樂이 모두 순간에 불과하다는 거시적 인식을 통해 고뇌를 벗어나고자 하고 있다.

다음에는 소동파가 도가사상을 현실정치에 적용시킨 문장을 살펴보겠다.

> 다스리지 않는 것으로써 다스리는 것이 바로 깊이 다스리는 것이다.
> (治之以不治者, 乃所以深治之也.)81)

세상은 너무 지나치게 간섭하여 다스리려고 하면 오히려 다스리기 어려운 것이다. 그러므로 그는 다스리지 않는 「無爲」의 사상으로 대처하는 것이 오히려 깊이 다스리는 것이라고 인식하고 있다. 또한 이와 같은 맥락에서, 소동파는 <蓋公堂記>에서 '前漢시대에 齊나라의 丞相

---

80) "대저 취한 사람이 수레에서 떨어지면 비록 빨리 달리더라도 죽지는 않을 것이다. 관절은 남과 같으나 해를 입음이 남과 다른 것은 그 정신이 온전하기 때문이다(夫醉者之墜車. 雖疾不死. 骨節與人同. 而犯害與人異. 其神全也)." 郭慶藩 輯, ≪莊子集釋≫, 636쪽. 장자 지음, 김창환 옮김, ≪莊子外篇≫, 475쪽.
81) <王者不治夷狄論>, ≪蘇軾文集≫, 권2.

曹參은 蓋公을 등용하였는데, 蓋公은 齊나라를 다스리는데 淸淨을 중요시하였다. 그리하여 백성이 안정되고 나라가 잘 다스려 졌다'[82]는 예를 들었다. 前漢 當時는 전란을 평정한지 얼마 되지 않았던 시점이라 백성들이 쉬고자 하던 갈망이 컸던 때였다. 그리하여 曹參과 蓋公은 淸淨無爲를 정치에 적용하여 백성들의 상처를 어루만질 때라고 판단한 것이다. 이것을 통해 소동파는 지나치게 인위적이고 강압적인 王安石의 신법을 간접적으로 비판하였다.

이처럼 소동파는 신법의 문제점과 폐단을 통찰하고 그에 대한 대응책으로서 「淸淨」과 「無爲」를 중시한 도가사상의 정치적 적용을 주장하였다. 이것은 新法批判의 이론적 근거의 하나가 되었다. 이점은 소동파가 주로 유가적 측면에서 현실정치에 대응했다는 것과 대비해 보면 상당히 이채를 띠고 있다고 할 수 있다. 여기서 소동파의 삼가사상 수용에 있어 어느 특정한 환경과 시기에 처해 그 순간에 있어 가장 적절하다고 여긴 사상을 적용하는 실용적인 측면을 중시했다는 것을 파악할 수 있다.

처해 있는 현실환경이 어려울 때 소동파에게는 인식의 돌파구로서의 현실초월적 경향이 강하게 나타난다. 다음에는 정신적으로 초월적 인식의 측면이 강한 그의 「超然」적인 사유를 <超然臺記>를 통해 파악해 보고자 한다.

무릇 사물에는 모두 볼만한 것이 있다. 진실로 볼만한 것이 있다면 모두 즐길 만한 것이 있으니, 반드시 신기하고 괴이하거나 웅장하고 화려한 것일 필요는 없다. 술지게미를 먹고 묽은 술을 마시더라도 취

---

82) ≪蘇軾文集≫, 권11.

할 수 있으며, 과일과 채소, 초근목피를 먹고도 배부를 수 있다. 이로
미루어 보건대 내 어디를 가도 즐겁지 않겠는가?

대저 福을 구하고 禍를 피하는 것은, 福은 기쁘고 禍는 슬프기 때
문이다. 사람의 욕망에는 끝이 없지만 사물이 나의 욕망을 만족시켜
주는 데는 한계가 있다. 좋아하고 미워하는 분별이 내 마음 속에서
충돌되고, 取捨選擇이 눈앞에서 교차한다면, 즐거운 일은 항상 적고
슬픈 일은 늘 많게 된다. 이것을 일러 禍를 구하고 福을 저버린다고
하는 것이다.

무릇 禍를 구하고 福을 저버림이 어찌 인간의 常情이리요? 사물이
인간의 정을 덮었기 때문이다. 저 세상사람들은 사물의 안에서 노닐
고 사물의 밖에서 노닐지 않는다. 사물은 크고 작은 것 없이, 모두 그
안에서 보면 높고 크지 않음이 없다. 저것이 높고 큰 것에 의지해 나
에게 다가오면, 나는 항상 현란하고 어리둥절하여 마치 틈 가운데서
싸움을 보는 것 같으니, 또 어찌 승부가 어느 곳에 있는지 알겠는가?
이 때문에 좋아하고 미워하는 것이 뒤얽히어 생기고 근심과 즐거움이
뒤섞여 생기는 것이니, 크게 슬프지 않을 수 있겠는가?

……

이때 나의 동생 子由가 마침 濟南에 있다가 이 소식을 듣고는 <超
然臺賦>를 짓고 또 이 臺를 「超然臺」라고 이름 지어 주었다. 이것은
(그가) 나의 '어느 곳에 가서도 즐기지 않는 것이 없는 것'이 대개 사
물의 밖에 노닐고 있었기 때문임을 본 것이다.

(凡物皆有可觀. 苟有可觀, 皆有可樂, 非必怪奇瑋麗者也. 飽糟啜漓皆可
以醉, 果蔬草木皆可以飽. 推此類也, 吾安往而不樂. 夫所爲求福而辭禍者,
以福可喜而禍可悲也. 人之所欲無窮, 而物之可以足吾欲者有盡. 美惡之辨
戰乎中, 而去取之擇交乎前, 則可樂者常少, 而可悲者常多. 是謂求禍而辭
福. 夫求禍而辭福, 豈人之情也哉. 物有以蓋之矣. 彼遊於物之內, 而不遊於
物之外. 物非有大小也, 自其內而觀之, 未有不高且大者也. 彼挾其高大以臨

我, 則我常眩亂反覆, 如隙中之觀鬪, 又烏知勝負之所在. 是以美惡橫生, 而憂樂出焉. 可不大哀乎. …… 方是時, 余弟子由適在濟南, 聞而賦之, 且名其臺曰超然. 以見余之無所往而不樂者, 蓋遊於物之外也)[83]

위의 <超然臺記>에서 소동파는 禍와 福, 美와 惡에 대한 차별적 인식의 원인이 사물에 집착하는데 있음을 파악하고, 이러한 집착에서 벗어나 사물 밖에서 노니는 고도의 정신적 자세를 견지할 것을 주장하였다. 이것은 발상의 전환이라고 할 수 있다. 그리하여 궁극적으로 열악한 환경에서도 그 어려움을 이겨내고 즐길 수 있는 자유로운 경지에 도달하고 있다.

'超然'이란 낱말은 《老子》 第26章의, '비록 화려하고 풍부한 물질적 누림이 있더라도, 태연하게 처하여 물욕밖에 초연한다(雖有榮觀, 燕處超然)'[84]는 구절에서 연유하는 말이다. 외부세계에 超然하여, '어느 곳에 가더라도 즐겁지 않음이 없다(無所往而不樂)'는 초월적 경지는 당시 소동파의 열악한 정치적, 경제적인 여건에도 불구하고 다가오는 인생을 보다 편안히 맞을 수 있도록 해 주었다. 이러한 경지는 老子的 관념과 禍福, 美惡, 憂樂 등에 대한 莊子의 齊物論的 사유에서 유래했다.

현실지향의 여건이 막혀졌을 때 소동파는 삶의 돌파구를 모색하게 된다. 그것은 사물에 대한 인식의 변화와 관점의 전환을 생성시킨다. 密州시절에 이어 黃州 貶謫時節 소동파는 결코 절망하지 않고 새로운 성찰과 인식을 통해 얼마든지 새로워질 수 있다는 것을 보여주었다. 다음의 <前赤壁賦>는 소동파의 인식을 우주자연적인 경지로 확대시키고

---

83) <超然臺記>, 《蘇軾文集》, 권11. 密州에서 40세 때 지음.
84) 余培林 註譯, 《新譯老子讀本》, 53쪽.

있다.

蓋將自其變者而觀之,	대개 그 변한다는 측면에서 보면
則天地曾不能以一瞬.	천지도 일순간을 멈추어 있지 못하지만,
自其不變者而觀之,	그 불변한다는 측면에서 보면
則物與我蓋無盡也.	만물과 내가 모두 무궁하다네.[85]

여기서 소동파는 相對的인 측면에서 삶과 세계에 대한 보다 근본적인 인식을 하고 있다.

소동파는 晚年에 惠州와 儋州에서의 기나긴 폄적을 마치고 中原으로 回歸하는 길에서 다음과 같이 도가의 齊物論的 인생관을 피력하고 있다.

寵辱能幾何,	寵愛와 汚辱이 그 얼마인가.
悲歡浩無垠.	슬픔과 즐거움은 넓어 그 끝이 없구나.
回視人間世,	인간세상을 돌아보니
了無一事眞.	마침내 한 가지 일도 참됨이 없구나.
……	……
窮通付造物,	곤궁함과 통달함을 조물주에게 맡겨 두니
得喪理本均.	얻음과 잃음의 이치가 본래 같구나.[86]

여기서 만년시절 소동파는 지나간 인생의 寵愛와 汚辱, 슬픔과 즐거움이 허망하게 여겨지며, 곤궁과 통달함을 조물주에게 맡김에 얻음과 잃음의 이치가 같음을 터득하고 있다. 그것은 바로 내면적인 삶의 요청

---

85) <前赤壁賦>, ≪蘇軾文集≫, 권1.
86) <用前韻再和孫志擧>, ≪蘇軾詩集≫, 권45. 儋州를 떠나 中原으로 향하는 고개
　　를 넘어 지음.

에 부응하여 어떠한 대립도 존재하지 않는 절대의 세계로 귀결되는 것이다.

이렇듯 소동파의 도가사상 수용은 장자사상을 핵심으로 하고 있다. 장자사상은 절대자유의 정신세계를 추구하여 언제나 정신을 광막한 대우주 속에 맡기어 그 무엇에도 얽매이지 않는 초월적 경지에 이르는 것이다.

소동파의 시에 나타난 도가사상은 첫째, 내용전반에 道家的인 분위기가 나타남, 둘째, 시의 소재의 확대, 셋째, 사유의 확대로 거시적 시야를 지님, 넷째, 說理的이고 인생철리적인 내용이 많음, 다섯째, 도가사상 특히 ≪莊子≫의 풍부한 상상력과 환상적인 내용은 소동파의 낭만적 시풍에 영향을 주었다는 것 등으로 개괄할 수 있겠다.

이제 소동파의 전 생애를 나름대로 관통하고 있는 道敎思想에 대해서도 간략히 파악해 보겠다. 道敎는 道家와 깊은 관련이 있다. 그러나 보다 엄밀히 말해 道家思想과 道敎思想은 구분이 된다. 도가사상은 老莊思想을 주축으로 하고 있으며, 도교사상은 도가사상에다가 고유의 민간신앙을 융합시킨 것이다. 그런데 소동파에 있어 도가사상과 도교사상은 밀접한 내재관계를 가지므로 여기서는 그의 도교사상에 대해서도 약술할 필요가 있다.

소동파는 도교사상 중에서 주로 養生術과 煉丹에 깊은 관심을 표명, 실천하고 있다. 소동파에게 있어 양생술은 정신적 긴장의 해소를 통해서 정신적 평형을 유지하고 또한 육체적 건강을 키우는 데 있다. 그리하여 노쇠의 방지와 수명의 연장으로 長生을 추구하고 있다. 소동파가 실행한 양생술은 대략 호흡운동, 氣의 운행, 침을 주기적으로 삼키는 방

법, 햇빛과 달빛에 자신의 몸을 목욕하는 것 등이다. 그는 煉丹에 대해
서도 지적인 관심을 기울였으나 그 위험성에 대해서는 이성적으로 대처
하고 있다.[87]

㉠

마땅히 속히 道敎와 方士의 서적을 사용해 스스로 養生과 煉丹에
힘쓰려 하네. 귀양살이에 일이 없어 자못 그 한 둘을 엿보았네. 지난
번에 이곳 黃州 天慶觀 道堂 방 세칸을 빌려 동짓날 후 이곳에 들어와
서 49일만에 나갔다네. 내 자신이 이곳에 貶謫되지 않았다면 어찌 이
렇게 할 수 있었으리요.

(當速用道書方士之言, 厚自養鍊. 謫居無事, 頗窺一二. 已借得本州天慶
觀道堂三間, 冬至後, 當入此室, 四十九日乃出, 自非廢放, 安得就此.)[88]

㉡

최근 저는 자못 養生의 비결을 알게 되었습니다. 또한 제가 느끼기
에도 어느 정도 터득하였습니다. 요즘 저를 보는 사람들마다 이전과
는 자못 다르게 仙風道骨이 있다고들 합니다. …… 道術에는 여러 가
지 방법이 있는데 그 요점을 터득하기가 어렵습니다. 그러나 내가 보
기에는 오직 고요한 마음으로 눈을 감아 점차 습관이 되는 것입니다.
…… 자주 하면 功이 있음을 느낄 것입니다. 다행히 이 말을 믿으시어
참된 기운을 몸에 운행시킨다면 瘴冷이 어찌 사람에게 근접하겠읍니까?

(近頗知養生, 亦自覺薄有所得, 見者皆言道貌與往日殊別. …… 道術多
方, 難得其要, 然以某觀之, 惟能靜心閉目, 以漸習之. …… 數爲之, 似覺有
功. 幸信此語, 使眞氣運行體中, 瘴冷安能近也.)[89]

---

87) 林語堂 著, 宋碧雲 譯, ≪蘇東坡傳≫(遠景出版事業公司 : 臺北, 1980) 223~244,
354~357쪽. 林語堂 著, 陳英姬 譯, ≪蘇東坡評傳≫, 301~317, 451~453쪽.
88) <答秦太虛七首, 其四>, ≪蘇軾文集≫, 권52.

ⓒ

暮年眼力嗟猶在,	노년이라도 眼力은 그나마 괜찮은데
多病顚毛却未華.	병이 많아 머리털이 빛나지 않는다.
故作明窓書小字.	그래서 밝은 창가에 작은 글씨 써놓고
更開幽室養丹砂.	다시 그윽한 방 만들어 丹砂를 만든다.90)

ㄱ에서는 49일간 天慶觀에 들어가 養生과 煉丹에 몰입한 사실을 토로하였다. ㄴ에서는 養生術과 運氣를 실천하여 仙骨道風을 이룬 것을 표현하였다. ㄷ에서는 자신이 병이 많게 되자 南堂에서 煉丹에 몰두한 것을 기록하였다. 이상에서 소동파는 도교의 양생술과 煉丹에 많은 관심을 가졌으며 그 실천에도 적극적이었음을 알 수 있다.

또한 소동파는 <思無邪齋贊>에서 道敎의 용어를 사용해 음식과 약초의 정수를 사용하고 아침의 햇빛과 밤의 달빛에 목욕하는 것이 효과가 있다고 하였다. 또한 內丹을 수련하려 했으며 「思無邪丹」을 煉丹해내고자 하였다.91) 이처럼 그는 道敎의 煉丹과 養生術로 신체의 건강을 도모하였다.

한편 그는 도교사상에 있어서도 "하늘을 나는 신선으로 변화한다는 술수나 ≪黃庭≫, ≪大同≫의 法術, 그리고 太上, 天眞, 木公, 金母 등의 이름, …… 아래로 丹藥이라는 기이한 재주나 符籙 등과 같은 하찮은 술수" 등에 대해서는 경멸의 자세를 숨기지 않았다.92) 이는 이성적 가치판단을 통해서 미신이나 불합리한 것은 제거하여 편협되지 않는 소동

---

89) <與王定國四十一首, 其八>, ≪蘇軾文集≫, 권52.
90) <南堂五首, 其二>, ≪蘇軾詩集≫, 권22.
91) ≪蘇軾文集≫, 권21. 林語堂 著, 陳英姬 譯, ≪蘇東坡評傳≫, 451쪽, 參照.
92) <上淸儲祥宮碑>, ≪蘇軾文集≫, 권17. 葛兆光, ≪道敎與中國文化≫(東華書局：臺北, 1989), 231쪽. 葛兆光 著, 沈揆昊 譯, ≪道敎와 中國文化≫, 273쪽, 參照.

파의 합리적이고도 이성적인 수용양상을 보여주고 있다.

이상에서 살펴 본대로 소동파는 도가적인 영향을 받아 초월적 인식에 도달하였음을 알 수 있다. 또한 현실정치에 도가의 淸淨, 無爲를 원용하여 신법비판의 이론적 근거로 삼았으며, 또한 육체적, 정신적 건강을 위해 도교의 양생술을 실천하였다. 대체로 도가나 도교사상에 대한 소동파의 수용은 이성적, 비판적, 실용적, 그리고 합리적인 수용양상을 보이고 있다. 그리하여 도가적인 초월과 超然을 바탕으로 '어디로 가든지 즐겁지 않음이 없다(無所往而不樂)'는 樂天的인 사유로 발전되고 있다. 소동파에게 있어 도가사상은 인식의 지평을 확대심화시켜 고뇌에 대한 정신적 해방구의 역할을 하고 있다. 시의 경우 도가사상은 자연친화시, 인생철리시, 음주시, 은퇴의 문제 등과 내재적 연계를 지닌다.

4. 佛家思想의 受容 – 對立이 存在 않는 絶對世界의 追求

도가와 불가는 그 본체를 자연에 두는가, 인간의 마음에 두는가에 따라 상이하지만, 虛無나 寂滅로 현상계를 벗어나 보려는 그 근본적 의도는 상통한다.[93] 여기서 도가와 불가사상은 유가적 현실세계를 벗어나 내면의 평형을 추구하려고 하는 초월의지를 아울러 지니고 있음을 파악할 수 있다.

소동파의 佛家思想에 대한 접근동기와 심취원인은 1. 독실한 불교신앙을 지닌 가정분위기, 2. 儒·佛·道의 삼가사상이 융합되어 가는 北宋의 시대적 추세, 3. 어려서부터 모호하게나마 老莊思想에 접근하였기

---

93) 陳玉卿, <東坡記文考>, 83쪽, 參照.

때문에 노장사상을 내부에 융해시킨 중국 불교의 禪宗思想에 접근하기 용이하게 되었다는 점, 4. 불교에 대한 대략을 王彭으로부터 들은 후부터 불교서적을 좋아하게 되었다는 점, 5. 자신의 삶의 질을 향상시켜주고 내용을 풍부하게 해주는 모든 것에 관심을 기울이는 소동파의 지적 탐구심, 6. 정치생애에서의 잦은 괴리감에서 야기된 고뇌의 해결로 정신적 평형의 획득의 필요성, 7. 부모와 아내의 죽음 등 잦은 家患에서 인생의 의미를 새로이 인식하게 된 점, 8. 佛僧들과의 교유, 특히 정치적으로 불우한 시기에 자신에게 보여준 많은 지식인들의 냉대와는 격이 다른 佛僧들이 보여준 온후한 정에 대한 인간적 감동, 9. 불가사상 자체의 성격이 소동파의 본성인 드넓은 자유정신과 부합되는 면이 많기 때문에 비교적 쉽게 수용할 수 있었다는 점 등으로 파악할 수 있다. 이는 그의 道家사상에 대한 수용원인과도 상당한 유사점을 지니고 있다.

佛敎는 인간의 현실세계는 물론 시간과 공간까지 초월한 우주적 범주를 가지고 있다고 할 수 있다. 蘇轍은 다음과 같이 소동파의 불가사상 수용에 대해 언급하였다.

> 후에 佛家의 책을 읽게 되자 實相을 깊이 깨닫게 되었고, 그것을 孔子와 老子에 더하니 널리 사물에 통하여 막힘이 없고 넓어 그 끝이 보이지 않았다.
> (後讀釋氏書, 深悟實相, 參之孔老, 博辯無礙, 浩然不見其涯也.)[94]

여기서 소동파가 佛書를 읽고서 인생의 본질을 파악하였고, 또한 보다 일찍 접하였던 유가와 도가사상과 합하니 인식범주가 상당히 확대되

---

94) 蘇轍, <亡兄子瞻端明墓誌銘>, ≪欒城集≫, 欒城後集, 권22, 1422쪽.

었다는 것을 파악할 수 있다. 이러한 인식의 심화확대는 소동파의 삶의 질을 높여 주었고 풍요롭게 해주었으며, 넓은 시야로 인생을 관조할 수 있도록 하여 주었다.

> 나는 처음에 佛法을 알지 못하였는데, 그대(王彭)가 그 대략을 말해 주어, 그 지극하고 은미한 뜻을 미루어 스스로 증험하니, 저로 하여금 의심하지 않게 해주었습니다. 제가 佛敎書籍을 좋아하게 된 것은 모두 그대로부터 시작된 것입니다.
>
> (予始未知佛法, 君爲言大略, 皆推見至隱以自證耳, 使人不疑. 予之喜佛書, 皆自君之.)95)

여기서 그는 鳳翔判官 시절 王彭으로부터 불교의 기초를 배워 당시까지 모호하게 인식하고 있었던 불교에 대해 흥미를 갖게 되었다고 밝히고 있다. 이것은 불교에 대한 소동파의 접근에 있어서 중요한 만남이었다.

그 후 정치적인 갈등으로 지방관을 자청해 부임하게 된 杭州通判시절부터 소동파는 점차 불교에 대한 이해가 깊어 갔다. 北宋 당시 杭州는 특히 불교가 번성하여 대략 360개나 되는 절이 있었고96) 많은 고승들이 있었다. 특히 당시 소동파는 佛寺를 찾아가 고승들과의 만남을 통해 인생에 대한 문제의 해답을 얻고자 했으며, 또한 관직생활로 인해 내면에 쌓인 번뇌를 해소하고자 하였다.

㉠

당시 동남쪽에 일이 많았는데 관직에 매인 몸이라 한가할 겨를이

---

95) <王大年哀詞>, ≪蘇軾文集≫, 권63.
96) "三百六十寺, 幽尋遂窮年". <憶西湖寄晁美叔同年>, ≪蘇軾詩集≫, 권13, 參照.

없었다. 그리고 나는 바야흐로 나이가 젊어 氣가 盛하여 관직에 있기가 편안하지 못하였다. 매번 가서 스님을 뵈올 때마다 正坐하고 마주 대하였다. 가끔 한 말씀을 들으면 백 가지 근심이 얼음 녹듯 사라지고 몸과 마음이 편안하게 되었다.

　(時東南多事, 吏治少暇, 而余方年壯氣盛, 不安厥官. 每往見師, 淸坐相對, 時聞一言, 卽百憂氷解, 形神俱泰.)[97]

ⓛ

不知修何行,	무슨 수행하는 지는 알 수 없지만
碧眼照山谷.	푸른 눈으로 산골짜기를 비추시네.
見之自淸凉,	그를 바라보면 저절로 맑고 서늘하여
洗盡煩惱毒.	모든 煩惱의 독이 다 씻어지네.[98]

위의 두 시문에서 소동파는 杭州通判 재직시절 高僧을 만나고 나니 모든 번뇌와 근심이 다 해소됨을 표현하고 있다.

ㄱ은 杭州通判시절에 소동파가 바쁜 관직생활에서도 海月法師 惠辯을 자주 찾아 뵙고 인생의 의미에 대한 가르침을 받았던 것에 대하여 회상한 글이다. 당시 소동파는 자신의 氣가 센 이유로 인해 현실세계와의 대립과 모순을 경험하고 있었다. 그러나 가서 스님을 뵈올 때면 그로 인한 근심이 다 해소되어 몸과 마음이 편안하게 되는 경지에 이르렀다는 것이다.

ㄴ에서는 소동파가 수행하시는 辯才스님의 푸른 눈과 깨끗한 모습을 바라보기만 하면 맑고 서늘하여 마음의 번뇌가 다 씻어지는 경지에 도

---

97) <海月辯公眞贊幷引>, ≪蘇軾文集≫, 권22.
98) <贈上天竺辯才師>, ≪蘇軾詩集≫, 권9. 45세 때의 작품.

달하게 된다고 하였다. ㉠, ㉡에서 소동파의 불교에 대한 심취는 杭州의 고승들과의 교유에서 더욱 깊어지고 있음을 파악할 수 있다.

소동파는 불교 그 중에서도 중국화된 불교로서 '본마음이 곧 부처'라고 하는 禪宗과 깊은 관계를 맺었다. 이 禪宗思想은 소동파의 불교사상의 핵심적 부분이라 할 수 있다. 그것은 인간의 본성을 직관적으로 탐색하는 윤리학이었고, 奇智로 응대하고 三昧로 유희를 하며 깨달음을 표현하는 대화의 예술이었으며, 깨끗하고 자연스러운 생활방식과 인생 정취의 결합이었다. 禪宗은 내향적인 返照에 의하여 외재적 형상을 버리고 마음을 반조하며 대상과 자아를 모두 잊고 고요히 생각하여 마음의 고요를 얻는 방식의 자아해탈을 요구하였다. 禪寺의 맑고 조용하고 한가하고 편안함, 禪僧의 날카로운 공격(機鋒)과 깨우치는 말, 禪理의 심오하고 미묘함, 禪家의 깨달음(悟)이라는 자아심리의 평형 등등은 사대부들에 대하여 강한 유혹의 힘을 가지고 있었다.99)

당시의 불교는 여러 종파가 있었으며 그 중심세력인 禪宗도 5개 종파로 나뉘어 있었으나, 소동파는 宗派관념에 얽매이지 않았다. 그의 方外之友 중에 辯才, 慧辯, 梵臻 등은 天台宗에 속했고 懷璉, 契嵩 등은 雲門宗에 속했다.100) 惠州에 있을 때 그는 永嘉羅漢院의 禪僧 惠誠에게 자신과 벗이 된 禪僧 십여 명의 이름을 이야기한 적이 있는데, 거기에는 道潛(參寥子), 維琳, 圓照, 秀州 本覺寺의 一長老 楚明, 仲殊, 守欽, 思義, 聞復, 可久, 淸順, 法穎 등이 있었다.101) 北宋 당시 이러한 불교의 특성은 이미 老莊思想의 기초를 배운 소동파에게 매력을 느끼게 하였다.

---

99) 葛兆光 著, 鄭相泓, 任炳權 共譯, ≪禪宗과 中國文化≫, 53〜66쪽.

100) 史良昭, ≪浪迹東坡路≫, 187쪽.

101) 葛兆光 著, 鄭相泓, 任炳權 共譯, ≪禪宗과 中國文化≫, 70쪽.

집권세력과의 정치적 입장의 차이로 인해서 「烏臺詩案」이라는 필화 사건에 휘말려 黃州로 貶謫(45~49세)된 소동파는 더욱 자아와 현실세계 간의 번민과 갈등을 느끼게 되었다. 이러한 번뇌의 해소를 위해 이 시기에 소동파는 더욱 적극적으로 불교에 몰입해 갔다. 자아가 변하지 않고는 소동파 자신의 생명조차 부지할 수 없을 정도의 절박한 상황이었다. 바로 「곤궁하게 되면 변하게 되고, 변하게 되면 통하게 된다(窮則變, 變則通)」102)는 말과도 통한다. 절박한 환경에 부응하여 소동파의 인생관과 습관 및 사상도 생존과 정신적 건강을 위해 변화가 요구되었다.

그 이듬해 2월 黃州에 도착하였다. 거처가 대충 정해지고 의식주가 점차 해결됨에 따라 문을 닫고 외부와의 출입을 끊은 채 놀란 혼백을 가다듬고 물러나 엎드려 생각하여 스스로 새롭게 되는 방법을 구하였다. 지난날의 모든 생각과 행동을 돌이켜 보니, 모두 도에 어긋나는 것이었으니, 단지 이번에 죄를 얻은 때문만은 아니다. 하나를 새롭게 하려다 둘을 잃을까 두려워하니, 유추해 보면 후회할 것이 많다. 이에 탄식하여 말했다. '나의 道는 氣를 다스리기에 부족하였고 천성은 習性을 이기기에 부족하였다. 그 근본을 다스리지 않고 지엽만 고친다면 지금 비록 고친다 하여도 후에 다시 그런 짓을 반복할 것이다. 그러니 어찌 스님에게 나아가 한 번 깨끗이 씻어버리지 않겠는가?'
성 남쪽에 精舍가 있는데 安國寺라 한다. 그곳에는 울창한 숲과 긴 대나무 속에 연못과 정자가 있다. 하루 이틀 간격으로 찾아가 향을 피우고 고요히 앉아 깊이 성찰하니 대상과 자아를 잊고 몸과 마음이 모두 텅 비는 경지에 이르렀다. 죄와 허물이 생겨난 곳을 구하려 해도 찾을 수가 없었다. 한 생각으로 清淨하니 더러움이 저절로 없어지고 안팎으로 얽매이지 않고 자유로워 맺히는 곳이 없었다. 홀로 슬며

---

102) ≪周易≫, <繫辭下>.

시 즐거워하며, 아침에 절에 가서 저녁에 돌아온 것이 이제 5년이 되었다.

(其明年二月, 至黃. 舍館粗定, 衣食稍定, 閉門却掃. 收召魂魄, 退伏思念, 求所以自新之方, 反觀從來擧意動作, 皆不中道, 非獨今之所以得罪者也. 欲新其一, 恐失其二, 觸類而求之, 有不可勝悔者. 於是, 喟然歎曰..'道不足以御氣, 性不足以勝習. 不鋤其本, 而耘其末, 今雖改之, 後必復作. 盍歸誠佛僧, 求一洗之?' 得城南精舍曰安國寺, 有茂林修竹, 陂池亭榭. 間一二日輒往, 焚香默坐, 深自省察, 則物我相忘, 身心皆空, 求罪垢所從生而不可得. 一念淸淨, 染汚自落, 表裏儵然, 無所附麗. 私竊樂之. 旦往而暮還者, 五年於此矣.)[103]

소동파는 黃州에 폄적되어서는 모든 대상과 단절한 공간에 침잠하여 냉철한 자아반성을 통해 이전 자신의 言動이 도에 맞지 않았음을 인정하고 있다. 그리고 새로운 생명력을 획득하기 위해서는 충천하는 氣로 인해 야기된 습관을 고치고 道로써 자신의 强氣를 순화시키는 것이 근본적 치유방법이라고 인식하고 있었다. 그리하여 자주 安國寺에 찾아가 焚香하고 默坐하여 자아성찰을 통해 대상과의 괴리로부터 조화를 얻고 있다. 더 나아가 자아내면의 갈등조차 없어진, 정신적으로 자유스럽고 높은 경지에까지 이르고 있다. 그러면서도 "죄와 허물이 생겨난 것을 구하려 해도 찾을 수가 없었다(求罪垢所從生而不可得)"고 하여 이곳으로 폄적된 것이 자신의 잘못이 아니라 정치적 갈등의 산물임을 암시하고 있다.

이 시기 불교에 대한 소동파의 관심은 불교의 심오한 이론체계보다는 심경의 평정을 추구하는 등의 생활화된 불교에 쏠리고 있다. 「東坡居士」란 號는 소동파가 이 黃州의 동쪽 언덕(東坡)에서 농경생활을 한데

---

103) <黃州安國寺記>, ≪蘇軾文集≫, 권12.

서 연유하는데, 간접적으로는 唐代의 大詩人 白居易(香山居士)가 忠州 東坡에서 경작하며 꽃을 심으며 이를 詩作으로 남긴 것을 흠모한 사실과 연관되고 있다.104) 이 호는 바로 이 '東坡'와 在家佛者라는 의미의 '居士'와 결합된 것으로 후대에 '蘇軾'이라는 本名보다 더 알려지게 된다.

폄적기에 佛敎에 관계된 시문이 많은데 그 이유 중의 하나는 현실참여적인 詩文을 지으면 혐의를 받게 될 우려가 있었기 때문이다.105)

한편 그의 仕宦前期에 있어서의 불교에 대한 이해는 이성적 인식을 토대로 한 비판적인 경향도 아울러 나타내고 있다.

齋戒하여 계율을 지키고 佛經을 봉송하고 탑을 높게 꾸미는 것은 부처님이 밤낮으로 사람에게 가르쳤던 것이다. 그런데 그 무리들 중 어떤 이는 齋戒하여 계율을 지킴은 無心한 것만 못하며, 佛經을 외움은 無言만 못하며, 탑을 높이 쌓고 절을 치장하는는 것은 無爲만 못하다고 여긴다. 그 마음이 無心하고 그 입이 無言하고 그 몸이 無爲한 것은, 곧 배불리 먹고 즐길 뿐이라고 할 수 있다. 이는 크게 부처님을 속이는 것이다.

(齋戒持律, 講誦其書, 而崇飾塔廟, 此佛之所以日夜敎人者也. 而其徒或者以爲齋戒持律不如無心, 講誦其書不如無言, 崇飾塔廟不如無爲. 其中無心, 其口無言, 其身無爲, 卽飽食而嬉而已, 是爲大以其佛者也.)106)

이처럼 소동파는 당시 일부 佛敎의 '無心', '無言', '無爲'한 현상 등

---

104) 王水照, ≪蘇軾≫, 82쪽, 注) 8, 參照.

105) "近來絶不作文, 如懺贊引, 藏經碑, 皆專爲佛敎, 以爲無嫌, 故偶作之, 其他無一字也." <與王佐才二首, 其一>, ≪蘇軾文集≫, 권57, 黃州에서 作. "多難畏人, 不復作文字, 惟時作僧佛語耳." <與程彝仲六首, 其六>, ≪蘇軾文集≫, 권58. 黃州에서 지음.

106) <鹽官大悲閣記>, ≪蘇軾文集≫, 권12.

을 보이고 있는 문제에 있어서 비판하고 있다. 이는 이러한 '無心', '無言', '無爲'한 그 자체를 비판한 것이 아니라 이것을 잘못 적용시킨 현상적 폐단에 대한 비평이라고 보여진다. 그만큼 수양을 통한 실천을 강조한 것이다.

더 나아가 그는 <中和勝相院記>에서 "부처의 道는 이루기 어렵다. 그것을 말하자면 마음이 쓰라리고 고통스럽다(佛之道難成, 言之使人悲酸愁苦)."라는 서두 아래, '수행자들이 각고의 노력을 통해 정진을 해도 천만억 년의 오랜 세월을 고행한 후에야 이룰 것이고, 그렇지 못한 자들은 골육을 버리고 베옷을 입고 농사짓는 것 이상의 고행을 해야 한다는 전제 아래, 이렇게 佛道를 이루기 어려우니 이것은 일반 백성들이 즐길 바가 아니다'107)라는 논조로 비판하고 있다.

> 佛典은 예전에도 읽었습니다만 제가 우매하여 그 妙處를 이해할 수 없었습니다. 홀로 때때로 佛敎의 표면적인 假說을 취해서 스스로 心靈의 煩惱를 씻었습니다. 그러나 농부가 잡초를 뽑는 것과 같아 뽑아도 곧 (煩惱가) 돋아나니, 비록 이로움은 없는 것 같으나 결국은 그것을 제거하지 않는 것보다는 낫습니다.
>
> 세상의 군자들이 말하는 「超然과 玄悟」라는 것을 저는 알지 못합니다. 예전에 陳述古는 禪을 논하기를 좋아하였는데 스스로 지극하다고 여기었고, 저의 말을 천하고 비루하다고 여겼습니다. 저는 당시 述古에게 말하였습니다. '그대가 말한 것을 음식에 비유하자면 龍의 고기와 같고 제가 배운 것은 돼지고기와 같습니다. 龍과 돼지는 상당한 거리가 있습니다. 그러나 그대가 종일토록 龍의 고기를 말하는 것은 제가 돼지고기를 먹고 실로 맛있고 배부른 것만 같지는 못합니다.' 그대

---

107) ≪蘇軾文集≫, 권12, 요약.

가 佛典을 읽고 터득한 것이 과연 무엇입니까? 生死를 벗어나고 三乘[108]을 초월하여 부처가 되는 것입니까? 아니면 저 같은 무리와 어울리겠습니까?

佛·老를 배우는 것은 본래 「靜」(마음을 고요하게 함)하고 「達」(달관)하는 것을 기대하는 것인데, 靜한 것은 게으름(懶)과 유사하고 達한 것은 방종(放)과 유사합니다. 그리하여 배우는 자는 간혹 그 기대하는 것에 도달하기도 전에 먼저 그 유사한 것(폐단)을 얻으니 그 害가 없다고 할 수 없습니다. 저는 항상 이 점에 대하여 의문을 가졌었습니다. 그래서 그대에게 이 편지를 올립니다.

(佛書舊亦嘗看, 但闇塞不能通其妙, 獨時取其粗淺假說以自洗濯, 若農夫之去草, 旋去旋生, 雖若無益, 然終愈於不去也. 若世之君子, 所謂超然玄悟者, 僕不識也. 往時陳述古好論禪, 自以爲至矣, 而鄙僕所言爲淺陋. 僕嘗語述古, ‘公之所談, 譬之飮食龍肉也, 而僕之所學, 猪肉也, 猪之與龍, 則有間矣, 然公終日說龍肉, 不如僕之食猪肉實美而眞飽也’. 不知君所得於佛書者果何耶? 爲出生死, 超三乘, 遂作佛乎? 抑尙與僕輩俯仰也? 學佛老者, 本期於靜而達, 靜似懶, 達似放, 學者或未至其所期, 而先得其所似, 不爲無害. 僕常以此自疑, 故亦以爲獻.)[109]

≪蘇軾散文選注≫에서는 이 글에서 나타난 佛學思想에 대한 소동파의 수용태도를 ① 심오한 이론에 빠지지 않고 자신에게 적합한 것을 수용함, ② 당시의 佛學을 수용하는 현상적 폐단을 지적하고 이러한 폐단을 경계해야 함 등으로 지적하고 있다.[110] 소동파는 黃州 폄적시절에 지은 이 글에서 불교의 妙處는 이해하지 못하였지만 불교의 표면적 假說을

---

108) 三乘 : 중생을 태우고 生死의 바다를 건너 열반의 언덕에 이르게 하는 세 가지 敎法. 곧 聲聞乘, 緣覺乘과 菩薩乘을 말한다.
109) <答畢仲擧二首, 其一>, ≪蘇軾文集≫, 권56.
110) 王水照, 王宜瑗 選注, ≪蘇軾散文選注≫, <答畢仲擧書>, 96쪽, <說明> 부분.

통해서 心靈의 번뇌를 씻어 버렸다고 하였다. 그리고 예전 陳述古외의 禪에 대한 대화를 인용하여 述古가 말하는 것은 龍의 고기와 같으며, 자신이 말하는 것은 돼지고기와 같다고 하였다. 여기서 용의 고기란 현실에 존재하지 않는 추상적인 진리이며 돼지고기란 현실에서의 실용적 가치가 있는 진리라고 할 수 있다. 이로 보건대 소동파는 사상의 수용에 있어 현실에 적용할 수 있는 실용적 측면을 중시하고 있음을 알 수 있다.

소동파는 당시 일반인들의 불가와 도가사상의 수용에 있어서의 현상적 폐단도 함께 지적하고 있다. 여기서 그는 불가와 도가사상을 배우는 것은 「靜」하고 「達」하고자 하는 것인데, 그 現象에서 보면 「靜」한 것은 '게으름'과 유사하고 「達」은 '구속 없음(방종)'과 유사하다고 하였다. 그리하여 배우는 자가 그 원래의 목표에 도달하기도 전에 그 폐단을 먼저 얻는 경향이 있다고 냉철하게 지적하고 있다. 이것은 당시 불가와 도가사상에 대한 수용상에 있어 현상적인 문제점을 지적한 것이다.

또한 소동파는 심오한 사고를 통해 일상생활 속에서도 계시를 얻고 대자연 속에서 초월적 깨달음을 획득하기도 하였다. 다음의 禪詩는 黃州貶謫時期를 마치고 汝州로 갈 때 廬山을 지나며 東林寺의 常總長老에게 드린 것이다.

溪聲便是廣長舌,　　개울물 소리는 바로 부처님의 긴 설법
山色豈非淸靜身.　　산 경치는 어찌 부처님의 淸淨하신 몸이 아니리요
夜來八萬四千偈,　　밤에 들은 팔만 사천의 偈頌들을
他日如何擧似人.　　어찌하면 훗날 사람들에게 다 들려줄까.111)

---

111) <贈東林總長老>, ≪蘇軾詩集≫, 권23.

이처럼 흘러가는 개울물 소리를 부처님의 긴 설법소리로, 산의 경치를 부처님의 청정한 몸(法身)으로 비유하고 있다. 밤에 들으니 개울물 소리가 佛道를 깨치고 나서 읊는 수많은 偈頌소리로 들린다고 읊고 있다. 여기서 자연 속에서 흘러가는 시냇물 소리를 통해 가슴으로 터득한 불법의 진리를 많은 중생들에게 다 들려주고 싶은 소동파의 염원을 담고 있다.

惠州貶謫時期(59~62세)의 소동파는 불교에 관한 독서, 승려들과의 교유, 佛寺로의 참배, 그리고 인생에 대한 보다 깊은 성찰 등으로 인해 더욱 의식세계를 확대심화시키게 된다. 이에 초연과 달관의 관조적 태도를 획득하게 된다. 이렇게 하여 시가작품에 있어 설리성과 사유성을 강하게 띠게 하였다. 소동파는 불가사상에의 몰입을 통해 파도처럼 자신에게 다가오는 고뇌와 번민에 함몰되지 않고, 긍정적이고 적극적인 생의 활로를 모색하였다.

나는 佛敎를 배운 자가 아니므로 그것이 어디에서 온 것인지 모른다. 다만 孔子님께서 말씀하셨다. '詩三百을 한마디로 말하면, 생각함에 사악함이 없다'. 대저 생각이 있다는 것은 사악하다는 것이다. 선과 악이 한가지로 생각이 없다면 흙과 나무와 같은 것이다. 어찌하여 생각함이 있으면서도 사악함이 없게 할 수 있으며, 생각함이 없으면서도 흙이나 나무가 아니게 할 수 있을까?

아아! 늙었구나. 어찌 몇 년의 여가를 얻어 佛寺에 의탁하여 佛典을 다 밝혀 생각함이 없는 마음으로 如來의 뜻과 합치할 수 있을까? 그리하여 얻는 바가 없는 까닭으로 얻게 되기를 바란다. 惠州에 謫居하여 일년내내 일이 없어 마땅히 이 뜻을 행할 수 있을 것 같았다. 그러나 이곳 州의 절에는 이렇다 할 佛敎의 經藏이 없으므로 거주하고 있는 방을 「思無邪齋」라 이름 짓고 銘을 지어 그 뜻을 밝히는 바이다.

(吾非學佛者, 不知其所自入, 獨聞之孔子曰.. ‘一言而蔽之, 曰, 思無邪.’ 夫有思皆邪也, 善惡同而無思, 則土木也, 云何能使有思而無邪, 無思而非土木乎. 嗚呼, 吾老矣, 安得數年之暇, 託於佛僧之宇, 盡發其書, 以無所思心會如來意, 庶幾於無所得故而得者. 謫居惠州, 終世無事, 宜若得行其志. 而州之僧舍無所謂經藏者, 獨榜其所居室曰, 思無邪齋, 而銘之致其志焉.)112)

여기서 소동파는 孔子의 「思無邪」를 變用하여 생각함이 있으면서도 사악함이 없는 경지와 생각함이 없으면서도 흙이나 나무 같은 무생물이 아닌 경지를 추구하고 있다. 더불어 佛書를 읽어 불교의 진리를 터득하고자 하는 열망을 드러내고 있다. 그러나 그 지방의 절에 佛書가 적어 그것에 대한 아쉬움을 대신 <思無邪齋銘>을 짓는 것으로 대체시키고 있다.

8년간의 기나긴 제2차 폄적(혜주, 해남도 폄적)의 생활을 마치고 쓴 아래 偈와 詩에서 소동파의 만년의 불교관을 엿볼 수 있다.

㉠

惡業相纏三八年,	악업이 서로 얽매인 지 38년
常行八棒十三禪.	항상 八棒 十三禪을 행하네.
却着衲衣歸玉局,	衲衣를 걸치고 玉局觀으로 돌아가니
自疑身是五通仙.	내가 생각해도 「五通仙」인 듯하여라.113)

---

112) <虔州崇慶禪院新經藏記>, ≪蘇軾文集≫, 권12. 紹聖2年(1395년, 60세) 5月 27日 作.

113) 僧 惠洪, ≪冷齋夜話≫. 魏啓鵬, <蘇詩禪味八題>, 蘇軾硏究學會 編, ≪東坡詩論叢≫, 22쪽, 再引用.

ⓛ

與君皆丙子,	그대와 나는 모두 丙子年 生으로
各已三萬日.	우리는 각기 3만 일을 살았구나.
一日一千偈,	하루에 천 수의 偈頌을 외운다 해도
電往那容詰.	번개같이 가는 세월을 어찌할 수 있으리요.
大患緣有身,	큰 환난은 모두 내 몸이 있기 때문인 것을
無身則無疾.	몸이 없다면 질병도 없다네.
平生笑羅什,	평생 구라마십보고 웃었네.
神呪眞浪出.	신통한 주문도 참으로 부질없다는 것을.114)

㉠은 소동파가 海南島로부터 玉局觀으로 命받아 가면서 스님에게 희롱 삼아 답하는 偈이다. 여기서 자신이 「五通仙」115)과 유사한 경지에 올랐음을 넌지시 표현하고 있다. 제1구는 자아와 현실세계간의 수십 년간의 괴리를 상징한 것이요, 제2구는 禪을 행함으로서 그 괴리를 조화로 전이시키려는 노력이다. 제3, 4구는 다음 임지로 玉局觀의 명을 받아 가게 되니 현재의 자신이 「五通仙」의 경지에 이른듯하여 가슴이 뿌듯하게 느껴짐을 표현하였다. 이것은 그가 空門에서 진정한 해탈과 자유를 얻은 것을 방불케 한다. 이러한 정신경계는 마침내 소동파가 수십 년간의 악업이 맺힌 고해를 지나게 해주었다.116)

---

114) <答徑山琳長老>, ≪蘇軾詩集≫, 권45.

115) 任道斌 主編, ≪佛敎文化辭典≫, 341쪽. 參照. 여기서 「五通」이란 「五神通」이라고도 하는데, 禪을 수행하여 얻게 된 다섯 가지 신통력을 의미한다. 구체적으로는 ① 天眼通 : 각종 경계를 볼 수 있는 것, ② 天耳通 : 여러 가지 소리, 언어를 들을 수 있는 것, ③ 他心通 : 육도 중생의 마음을 이해하는 것, ④ 宿命通 : 남과 자신의 來世 및 百千萬世의 운명을 알 수 있는 것, ⑤ 神足通 : 하늘, 땅을 날아다니고 三界를 출입하며 행동이 자유롭게 되는 것 등을 의미한다.

116) 魏啓鵬, <蘇軾禪味八題>, 蘇軾硏究學會 編, ≪東坡詩論叢≫, 23쪽.

㉡은 소동파가 죽음에 임박하여 徑山長老 維琳에게 화답한 시이다. 제5, 6구에서 그의 모든 인생의 고통은 육신이 존재하기 때문에 생긴 것이라고 인식하고 있다. 이것은 《老子》 第13章에서 출전을 두고 있다.117) 여기서 불가사상에 대하여 소동파는 그가 상대적으로 보다 먼저 읽고 영향을 먼저 받은 도가사상을 통해 더 깊은 이해가 가능하였다고 여겨진다. 더불어 兩家思想이 그에게 융합적으로 작용하고 있다는 사실을 파악할 수 있다. 偈頌을 외어도 번개 같이 가는 세월은 막을 수 없다고 한 것은 인간적인 풍모를 느끼게 해 준다.

이제 소동파가 파악한 佛家의 구체적 내용에 살펴보겠다. 우선 佛家 道의 존재범위에 대해 살펴보면 다음과 같다.

> 蕭然한 是非, 가거나 머무르거나 앉거나 눕거나, 마시거나 먹거나 말하거나 침묵하는 가운데 衆妙가 모두 갖추어져 있어, 앞에 드러나지 않음이 없다. 보아도 있지 않고 물리쳐도 없지 않다. 홀연히 知覺할 수 있다면 요컨대 妙는 이와 같다.
>
> (蕭然是非, 行住坐臥, 飮食語默, 具足衆妙, 無不現前. 覽之不有, 却之不無, 悠知覺之, 要妙如此.)118)

여기서 소동파는 道란 가고 머물며 앉고 눕고, 먹고 마시고 말하고 침묵하는 일상생활 가운데에 존재하고 있음을 밝히고 있다. 억지로 발견하려 해도 나타나지 않고, 물리치려 해도 없어지지 않지만 그 진리(道)

---

117) "내게 큰 근심이 있는 까닭은 내게 몸이 있기 때문이다. 내 몸이 없다면 내게 무슨 근심이 있으리오(吾所以有大患者, 爲吾有身. 及吾無身, 吾有何患)." 余培林 註譯, 《新譯老子讀本》, 第13章. 34쪽.
118) <觀妙堂記>, 《蘇軾文集》, 권12.

의 실체는 바로 작은 일상생활 가운데에 있다는 것이다.

㉠

위로는 천자가 만수무강하여 영원히 神主가 되시고, 때마다 五福을
모아 그 백성들에게 베푸시어, 地獄과 天宮이 함께 淨土가 되고 有性
無性의 만물이 모두 부처님의 道를 이루게 되기를 기원합니다.

(上祝天子萬壽, 永作神主, 斂時五福, 敷錫庶民. 地獄天宮, 同爲淨土, 有
性無性, 齊成佛道.)[119]

㉡

佛以大圓覺,	부처님은 大圓覺으로
充滿河沙界.	河沙界에 가득 차 계신데
我以顚倒想,	나는 顚倒된 생각으로,
出沒生死中.	生死가운데서 출몰하는구나.
云何以一念,	어찌하여 일념으로
得往生淨土.	淨土往生을 얻을까?
我造無始業,	내가 지은 無始業은
本從一念生.	본래 一念에서 생겨난 것
旣從一念生,	이미 一念에서 생겨난 것이라면
還從一念滅.	도로 一念에서 멸하여지는 것이니
生滅滅盡處,	生과 滅이 모두 다 없어진 곳에서는
則我與佛同.	나와 부처가 같다네.[120]

㉠의 경지는 소동파가 목표로 하는 불교적 理想世界라 할 수 있다. 여
기서 불교의 범주는 천자, 백성은 물론 시공을 초월하여 지옥, 天宮까지

---

119) 〈方丈記〉, 《蘇軾文集》, 권12. 陳玉卿, 〈東坡記文考〉, 94쪽, 參照.
120) 〈阿彌陀佛頌〉, 《蘇軾文集》, 권20.

확대되며 궁극적으로는 우주만물로까지 확대되었음을 확인할 수 있다.

ⓛ은 돌아가신 부모님의 서방세계로의 귀의를 염원하기 위해 지은 頌이다. 여기서 마음에서 모든 것이 생겨나는 것이며 生과 滅이 다 없어진 열반의 경지에서는 나(자아)와 부처님의 경지가 같다고 하였다. 大圓覺은 원만무결한 깨달음이고, 河沙界는 바로 河沙世界로 恒河(갠지즈강)의 모래의 수처럼 많은 佛世界를 의미한다. 無始業은 아무리 거슬러 올라가도 그 처음이 없는 한없이 오랜 과거에 지은 業이다.121) 여기서 그는 모친을 여읜 데서 연유하는 정신적 고통을 잊기 위해 애를 쓴 결과로 부처님의 해탈경지에까지 이르기도 하였음을 볼 수 있다.

㉠

我亦涉萬里,	나 또한 만리를 돌아다니다
淸血滿襟袪.	피눈물로 옷깃을 흠뻑 적시네.
漂流二十年,	스무 해를 표류하고 나니
始悟萬緣虛.	비로소 온갖 인연이 비었다는 것을 깨달았네.122)

㉡

水中照見萬象空.	물 가운데 비추어 보니 萬象이 空이다.
……	
夢幻去來殊未已.	夢幻 속에서 가고 옴이 그치지 않다.123)

㉠에서 소동파는 스무 해 동안 수만 리 길을 돌아다니고 나서 보니,

---

121) 金長煥, <東坡의 佛敎에 대한 接近過程>, 中國語文學, 第11輯, 150쪽. 參照. ≪漢語大辭典≫, 參照.
122) <答任師中, 家漢公>, ≪蘇軾詩集≫, 권15.
123) <王鞏淸虛堂>, ≪蘇軾詩集≫, 권19. 元豊2年(1079년, 44세) 때의 작품.

온갖 인연이 空이라는 것을 깨달았음을 표명하고 있다. ⓛ에서는 물에 비추어 보니 만상이 텅 비었다는 사실에서 인생에 대한 「空」적 인식과 「夢幻」적 인식을 유추시키고 있다.

여기서 「空」이란 현실적 사물의 虛無를 말함이 아니고 모든 행위나 사물은 영원불변한 존재가 아니라 시시각각 변천과정에 있는 존재이니, 그것들은 마침내 원래의 衆緣으로 흩어져서 빈(空) 것으로 되기 마련이란 것을 말로 표현한 것이다. 따라서 「空」이란 사물의 실상을 표현함과 동시에, 해탈자가 모든 것에서 초월하여 無欲, 無染, 淸淨하게 되었을 때 그 빈 심상을 표시한 것이다.124)

여기서 불교사상에 대해서 맹목적이 아니라 자신의 이성적 인식을 통해 수용하였으며 인생의 고뇌를 해결하는 데 치중하였음을 파악할 수 있다. 소동파는 道의 존재범위, 불교적 理想世界, 그리고 人生이 「空」이며 「夢幻」임 등을 인식하였음을 알 수 있다.

소동파는 그의 생애에서 불교와 관련된 수많은 詩文을 창작하였다.125) 이러한 蘇詩의 佛敎的 경향에 대해 劉熙載는 ≪藝槪≫에서 다음과 같이 말하였다.

> 東坡의 詩는 있는 것(有)을 비게(空)하는 데 뛰어났고 또 없는 것(無) 속에서 있는 것(有)을 창출하는데 뛰어났다. 그 틀은 실로 禪語로부터 얻은 것이다.
>
> (東坡詩善空諸所有, 又善於無中生有, 機栝自禪語中得來.)126)

---

124) 蔡洙翰, <道家의 無와 佛敎의 空>, 都珖淳 編, ≪道敎와 科學≫, 206~267쪽, 참조.

125) 예를 들어, 明代의 徐長孺가 輯錄한 ≪東坡禪喜集≫은 頌, 贊, 偈, 銘, 記, 書後, 書, 禪喜紀事, 問答語錄 등 佛敎와 관련된 소동파의 작품들을 모아 놓은 것이다.

劉熙載는 蘇東坡詩가 「有」를 「空」으로 하거나 「無」에서 「有」를 창출하는 능력이 빼어났는데 이러한 독창성은 그 발상이 禪語에서 수용한 것임을 통찰하고 있다.

이상을 종합해 볼 때 소동파의 시에 나타난 불가사상적 요소[127]는 첫째, 詩語나 詩의 내용전반에 佛家的 분위기가 배어 있음, 둘째, 시의 소재를 확대시켜 주었으며, 시가표현수법을 풍부하게 해줌, 셋째, 자아성찰을 통한 사유의 확대심화를 거친 결정체인 禪理的, 인생철리적인 경향이 나타남 등으로 요약할 수 있다.

이상에서 소동파의 정신은 안주하지 않고 새로운 세계를 향해 전진을 계속했으며, 어떠한 대립도 존재하지 않는 절대세계를 추구하였다는 것을 알 수 있다. 그 일환이 바로 모든 것은 마음이 주재하며 인생의 온갖 인연과 萬象이 「空」이라는 불가사상의 수용이다. 불가사상에 대한 소동파의 수용은 주로 이성적, 비판적, 실용적 수용양상을 띠고 있다. 불교에 대한 소동파의 관심은 불교의 심오한 이론체계보다는 심경의 평정을 추구하는 생활화된 불교에 쏠리고 있다. 바로 불교의 자아성찰을 통한 수양과 번뇌의 해탈에 치중하고 있다는 것이다. 연륜의 전개, 정치적 수난에 따라 소동파는 점차 불가사상에 대한 이해가 깊어갔으며 더욱 이에 심취하였다.

요컨대 소동파에 있어서 禪을 중심으로 하는 불가사상은 정치적 좌

---

126) 劉熙載, ≪藝槪≫, 97쪽. 李日剛, ≪中國詩歌流變史(上)≫, 581쪽.
127) 金長煥은 蘇東坡의 詩文에 나타난 佛教의 영향에 대해 1. 시문에 나타난 理趣性, 2. 藝術風格상의 自然性, 3. 언어재료의 확대 등으로 요약하고 있다. <東坡의 佛教에 대한 接近過程>, 中國語文學, 제11집, 157~158쪽.

절로 고뇌에 시달리는 자신의 현 위상을 인식하게 하고 내면적 성찰을 통해 인식의 지평을 확대심화시켜 주었다. 이에 피폐된 자아의 영혼을 구제시켜 심리의 평형을 회복하게 되었다. 이에 따라 더욱 생의 활로를 모색할 수 있었다. 불가사상은 주로 그의 자연친화시, 인생철리시, 禪詩 등과 내재적 연계를 가진다.

5. 儒佛道思想의 融合 및 諸家思想에 對한 受容樣相

소동파는 儒·佛·道 삼가사상에 대해 모두 심오한 사유와 통찰력을 통한 이성적 인식을 하고 있다. 그는 초기에 이성적 판단에 근거하여 유가, 불가, 도가사상의 개별적인 부정적 측면에 대하여는 비판적인 인식을 견지하고 있다. 또한 소동파는 만물의 변화에 대응하기 위해 삼가사상에 대해 이성적이고 실용적으로 수용하고 있다. 여기서 무조건적인 신앙이 아니라 이성적 사유를 통해서 검증된 진리의 정수만을 취사선택하고 있음도 알 수 있다. 이처럼 소동파는 三家思想에 대해 모두 맹신적인 절대종교로서가 아니라 자아의 주체적 기준에 따른 理性的, 實用的이고 선택적인 수용양상을 보이고 있음을 파악할 수 있다.

그러면 이제 소동파의 삼가사상의 융합적 인식에 대해 파악해 보겠다. 劉乃昌은 소동파의 철학사상의 특징을 삼가사상을 융합한 기초 위에 簡易, 致用, 圓通을 指向한 점이라고 하였다.[128] 이것은 곧 삼가사상의 융합 및 간략하고 용이성의 추구, 실용적인 수용양상을 지적한 것이다. 三家思想은 각기 상이한 관점과 범주를 가지고 있다. 그러나 상통점의

---

128) 劉乃昌, <簡論蘇軾的思想>, ≪紀念蘇軾貶儋八百九十周年學術討論集≫, 42~43쪽.

존재 및 소동파의 경륜과 사유를 통한 폭넓은 내면세계, 그리고 삼가사상이 합류되어 가는 北宋의 시대적 추세 등으로 인하여 소동파는 이 개별사상들을 융합적으로 인식할 수 있었다.

靜故了群動,	고요하기 때문에 모든 움직임을 멈추게 할 수 있고
空故納萬境.	비었기 때문에 만 가지 경계를 받아들이네.
閱世走人間,	세상을 보며 인간세상을 달리고
觀身臥雲嶺.	자기 몸이 구름 감도는 고개 위에 누움을 보네.[129]

여기서 그가 허심탄회한 빈 마음으로 세상만물에 대처하고 수용하는 자세를 견지하고 있다는 것을 파악할 수 있다. 이것은 곧 기존의 인식에 구애되지 않고 마음을 비워 만물의 변화를 통찰하는 것이다. 이것은 三家思想에 대한 융합의 인식적 토대이기도 하다.

㉠

바야흐로 어지럽고 전도되어 苦海 가운데에 유랑하다가도 한 생각이 바르고 참되기만 하면 만 가지 법이 모두 갖추어 진다.

……

서로 반대되면서도 서로 쓰임이 되니, 儒家와 佛家가 바로 그렇다.

……

明公이 東坡居士(나)에게 이르되,

'관리는 世間의 法을 행하고,

승려는 出世間의 法을 행한다.

世間이 곧 出世間이니

이 둘은 똑같아 둘이 아니다. ……'

---

129) <送參寥師>, ≪蘇軾詩集≫, 권17.

儒家와 佛家는 의논하지 않고도 같은 것이다.

(方其迷亂顚倒流浪苦海之中, 一念正眞, 萬法皆具. …… 相反而相爲用. 儒與釋皆然. …… 明公告東坡居士, 曰, '宰官行世間法, 沙門行出世間法, 世間卽出世間, 等無有二. ……' 儒釋不謀而同.)130)

ⓛ

臣이 삼가 헤아려 보니 道家者流는 본래 皇帝, 老子에서 나왔습니다. 그 道는 淸淨無爲를 宗으로 삼고 虛明應物을 用으로 삼으며, 자비와 검소와 다투지 않음을 行으로 삼습니다. 이것은 ≪周易·繫辭≫의 '무엇이 근심이고 걱정인가'와 ≪論語≫의 '어진 이는 고요하고 장수를 누린다'는 仁者靜壽의 說과 부합함이 이와 같습니다.

(臣謹案道家者流, 本出於皇帝老子. 其道以淸淨無爲爲宗, 以虛明應物爲用, 以慈儉不爭爲行, 合於周易何思何慮, 論語仁者靜壽之設, 如是而已.)131)

ⓒ

어제 子由가 ≪老子新解≫를 부쳐와서 그것을 아직 다 읽지 못했는데 책을 덮고 탄식하였다. 만일 戰國시대에 이 책이 있었더라면 商鞅이나 韓非子가 없었을 것이며, 漢初에 이 책이 있었더라면 孔子·老子가 하나가 되었을 것이요, 晉·宋간에 이 책이 있었더라면 佛敎·老子도 둘이 아니었을 것이다.

(昨日子由寄老子新解, 讀之不盡卷, 廢卷而歎. 使戰國時有此書, 則無商鞅, 韓非, 使漢初有此書, 則孔老爲一, 晉宋間有此書, 則佛老不爲二.)132)

㉠은 南華長老 契嵩을 위하여 지은 글이다. 南華長老는 契嵩의 法號이

---

130) <南華長老題名記>, ≪蘇軾文集≫, 권12.
131) <上淸儲祥宮碑>, ≪蘇軾文集≫, 권17. 元祐6年(1091年, 56세)에 作.
132) <跋子由老子解後>, ≪蘇軾文集≫, 권66.

다. 그는 儒・佛의 일치를 주장하여 소동파의 유가와 불가의 융합적 인식에 깊은 영향을 끼친 스님이다. 이 글에서 소동파는 불가와 도가는 그 관점이 상이하면서도 서로 보완적 역할을 하고 있다고 했다. 곧 苦海 가운데에 있다 할지라도 한 생각이 바르고 참되면 만가지 法이 갖추어진다는 전제 아래, 이 兩家思想은 상반되면서도 내면적으로는 상호보완하고 있다는 것이다. 또한 그는 여기에서 진일보하여 世間과 出世間은 둘이 아니라는 明公(契嵩)의 견해를 제시하여, 이 儒・佛 思想이 대국적인 의미에 있어서 동일하다고 했다.

ⓛ에서 소동파는 도가사상과 유가의 ≪周易≫, ≪論語≫의 상통되는 부분을 제시함으로써 이 兩家思想의 융합의 가능성을 보고 있다.

ⓒ은 소동파가 蘇轍의 ≪老子新解≫를 읽고 그 跋文으로 쓴 글이다. 여기서 소동파는 ≪老子≫의 가치를 높이 평가하고 있다. 그리하여 소동파가 ≪老子≫와 法家, 儒家, 佛家 등과의 融合 가능성을 제시하고 있다. 이 글에서 만년의 소동파는 三家思想을 융합적인 견지에서 파악하고 있음을 알 수 있다.

아래에서 소동파는 더욱 명료하게 三家思想의 융합된 경지를 바다로, 각 개별사상을 개별적인 강으로 비유하여, 삼가사상을 융합적 견지에서 파악하고 있다.

> 아아! 孔子와 老子를 다르다 하고, 儒家와 佛家를 나누는구나. 또 佛家사이에서도 參禪이다 戒律이다 서로 공박을 하네. 내가 大海를 보니 北, 南, 東이 있네. 江河가 비록 다르다 하나 바다에 이르면 하나가 되네.
> (嗚呼. 孔老異門, 儒釋分宮. 又於其間, 禪律相攻. 我見大海, 有北南東. 江河雖殊, 其至則同.)[133]

여기서 일반인들이 儒·佛·道思想을 각기 개별적인 것으로 생각하고 있는 것과, 불가에 있어서 參禪과 戒律로 나뉘어져 서로 공박을 하고 있는 기존의 문제점을 제기하고 있다. 이 문제에 대해 소동파는 개별적인 강은 그 출발점은 다르나 바다에 도달하게 되면 하나로 귀결된다는 참신한 비유를 들었다. 그리하여 儒·佛·道思想의 그 출발점과 관점 및 과정에 있어서는 차이가 있지만 궁극적으로 도달하는 귀결점에 있어서는 동일하다는 견해를 제시하고 있다. 이처럼 그는 만년에 들어 儒·佛·道思想을 융합적으로 인식하고 있다.

이러한 소동파의 삼가사상의 융합은 세상만물에 대처하고 수용할 수 있는 텅빈 마음, 모든 것을 자기의 가슴속에 포용하여 자기 것으로 소화시킬 수 있는 사상의 용광로와 같은 넓은 마음, 그리고 각 사상의 고유의 범주와 특징을 잘 고려함 등의 성격을 지닌다. 그리하여 현실참여의 문제는 유가사상으로, 예술의 문제나 번뇌의 해소 등 마음을 다스리는 문제는 佛·道家思想으로, 대응방식에 있어 여러 사상을 각기 슬기롭게 응용하고 있다.

소동파의 仕宦時期에는 주로 유가적인 현실지향성이 두드러지게 드러났고, 貶謫時期에는 주로 佛·道家 思想에 몰입하여 인식의 확대심화 양상이 나타나고 있다. 그는 유가사상이라는 인식의 틀을 가지고 시대의 문제들을 통찰하였으며, 그것을 정치적으로 해결하기 위해 노력을 경주하였다. 그리고 평생 仁義를 근본으로 하여 백성들을 위하는 인도주의 정치의 시행과, 국가적 위기에 대처하는 우국충정이라는 두 가지 핵심을 일관성 있게 실천하였다.

---

133) ＜祭龍井辯才文＞, ≪蘇軾文集≫, 1961쪽.

이러한 현실지향의 여건이 막혔을 때 소동파는 인식의 돌파구로서의 현실초월적 인식이 강하게 나타났다. 특히 佛·道思想에의 몰입으로 유가적 기존인식의 체계에 더하여 인식의 지평을 넓혀 나갔다. 佛·道思想은 내면적인 삶의 요청에 부응하여 어떠한 대립도 존재하지 않는 절대세계로 소동파를 인도하게 된다. 그는 불가사상에의 몰입을 통해 파도처럼 자신에게 다가오는 고뇌에 함몰되지 않고 긍정적이고 적극적인 생의 활로를 모색하였다. 그는 개성이 강했기 때문에 현실세계와의 대립과 모순을 경험하고 있었다. 그리하여 모든 것은 마음이 주재하며 인생의 온갖 인연과 萬象이 「空」이라는 불교사상에의 심취로 절대세계를 추구하게 된다. 이에 그는 佛僧들을 만나게 되면 근심이 해소되고 번뇌가 씻어지는 경지에 도달하곤 하였다. 소동파에게 있어 도가사상은 인식의 지평을 확대심화하면서 고뇌로부터의 정신적 해방구 역할을 하고 있다. 그는 고정관념을 벗어나 사물에 초연할 수 있는 경지를 달성하였다. 요컨대 莊子思想을 핵심으로 하는 소동파의 도가사상의 수용은 자아와 현실세계간의 괴리를 초극하는 超越意志로 작용하고 있다고 하겠다.

소동파는 자신과 사회, 국가에 도움이 될 사상은 무엇이든 수용하려고 하였다. 그만큼 실용적인 자세를 견지하고 있다. 그가 三家思想을 수용한 근본목적은 외부환경의 변화에 대응하고자 함이었다. 그는 사회, 국가, 정치의 질서와 백성을 위해 유가사상에 힘을 기울였고, 현실세계와의 괴리로 인한 번뇌를 해소하기 위해 도가사상과 불가사상에도 몰입하였다. 또한 개인적인 육체적, 정신적 건강을 위해 도교의 養生과 煉丹 등에도 힘을 썼다. 그리하여 자신이 주체가 되어 필요한 사상적 성분을 자신을 위시한 사회, 국가에 알맞게 실용적으로 수용하여 자양분으로 삼아 자아, 사회, 국가의 발전을 도모하였다. 그러면서도 소동파는 초기에 유가사상의 부정적 측면에 대해 이성적 판단 하에 비판적 인식을 견지하고 있었으며, 아울러 불가, 도가사상의 현상적인 부정적인 측면에 대해서도 비판적인 태도를 취하고 있다. 이는 물론 그가 삼가사상의 긍정적인 측면에 대해서는 숭상하고 있다는 것을 전제로 한다. 이러한 儒·佛·道思想에 대한 理性的 수용양상은 宋代의 이성을 중시하는 시대적 영향을 받은 것이기도 하며, 그 나름의 개성이 반영된 것이다.

그는 자신은 儒家徒로 자임하면서도 유불도 사상을 융합하여 주체적으로 살려는 의지를 보여주고 있다. 또한 三家의 개별사상을 경우에 따라 달리 선택적으로 수용하고 있다. 이것은 三家思想의 관점과 주장, 특징을 고려하여 경우에 따라 수용한 것이라 할 수 있다. 그리고 소동파는 삼가사상의 일부 현상적 측면에 대해 부정의 과정을 거쳐, 후기에 들어서는 궁극적으로 기존의 자신의 유가사상과 폄적기에 심취한 佛·道思想을 융합하는 경지에 이르고 있다. 결국 晩年에 들어서는 인식이 확대심화되어 궁극적으로 三家思想을 융합적으로 인식하게 되었다. 이는 三家思想이 서로 상통점을 지니고 있음과 아울러 三家의 시각과 범주가 상이하기 때문에 상호 보완적인 작용을 했기 때문이라 여겨진다.

그의 사상과 시와의 관련성을 두고 볼 때 유가사상은 현실참여시, 자연친화시 등 현실과 자연의 관련된 부분에 주로 나타나고, 불가사상은 자연친화시, 禪詩 및 인생철리시 등과 관련을 맺고 있다. 그리고 道家思想은 자연친화시, 書畵藝術詩, 인생철리시, 飮酒 및 은퇴와 관련된 시 등과 연계가 있다.

제3장 作品分析(1)－主題別 作品研究

詩 내용의 분류는 관점에 따라 달라질 수 있고 하나의 작품이 여러
主題 및 素材, 題材를 함유할 수도 있어 보편타당한 분류란 사실상 어
렵다. 특히 古今과 삼라만상의 모든 것이 아니 들어간 것이 없을 정도
의 다양성을 지닌 蘇詩는 한 수의 시에 두 가지 이상의 주제와 제재 그
리고 情調가 함유된 경우가 많아서 더욱 분류를 어렵게 하고 있다. 우
선 기존의 분류를 몇 가지 例示하여 검토해 보겠다.

㉠

(南宋) 王十朋은, ≪集註分類東坡先生詩≫에서 詩題에 의해서 78류로
細分하고 있다. 그 세목은 다음과 같다. 「紀行, 述懷, 詠史, 懷古, 古跡,
時事, 宮殿, 省宇, 陵廟, 墳塋, 居室, 堂宇, 城郭, 壁塢, 田圃, 宗族, 婦女,
仙道, 釋老, 寺觀, 塔, 節序, 夢, 月, 雨雪, 風雷, 山岳, 江河, 湖, 泉石, 溪
潭, 池沼, 舟楫, 橋梁, 樓閣, 亭榭, 園林, 果實, 燕飮, 試選, 書畵, 筆墨, 硯,
音樂, 器用, 燈燭, 食物, 酒, 茶, 禽鳥, 獸, 虫, 魚, 竹, 木, 花, 菜, 菌蕈, 投
贈, 戲贈, 簡寄, 懷舊, 尋訪, 酬答, 惠貺, 送別, 留別, 慶賀, 游賞, 射獵, 題
詠, 醫藥, 卜相, 傷悼, 絶句, 歌, 行, 雜賦 諸類」[1]

(宋) 蘇軾, 黃庭堅 著, ≪東坡詩, 山谷詩≫(岳麓書社 : 長沙, 1992)에서는 여기에다가 和陶詩와 補遺를 추가하고 있다.

ⓛ

胡雲翼은 ⓙ의 분류에 근거하여 다음과 같이 축약하여 분류하였다. 우선 蘇詩를 4분하고 각 항목을 세부적으로 다시 분류하여 전체를 17류로 구분하고 있다.

1. 寫景詩 : 1) 遊覽詩 2) 山水詩 3) 田園詩
2. 詠物詩 : 1) 詠月詩 2) 詠樹詩 3) 詠花詩 4) 詠酒詩 5) 雜詠詩
3. 感懷詩 : 1) 述懷詩 2) 懷古詩 3) 感舊詩
4. 應酬詩 : 1) 酬答詩 2) 題詠詩 3) 寄贈詩 4) 送別詩 5) 慶賀詩 6) 遊
   仙詩[2]

ⓒ

張樸民은 1. 傷別悼亡 2. 閒適偶感 3. 詠物卽事 4. 山水自然 5. 諷喩詩 6. 和陶詩 등으로 6류로 구분하고 있다.[3]

ⓔ

ㄱ. 劉乃昌은 1. '백성을 동정하고 生産에 관심을 기울인 시(同情人民,

---

1) (宋) 蘇軾, 黃庭堅 著, ≪東坡詩, 山谷詩≫, <蘇軾詩目錄> 참조. ≪增刊校正王狀元集註分類東坡先生詩≫, 四部叢刊本, 23~51쪽.
2) 胡雲翼, ≪宋詩硏究≫, 54~57쪽.
3) 張樸民, <泛論蘇東坡的詩>, 自由談, 31卷 3期, 1980. 3.

關心生産 詩)' 2. 愛國詩 3. 叙事史詩 4. 寫景詩 5. 理趣詩 6. 繪畫書法詩 등으로 분류하고 있다.4)

ㄴ. 劉乃昌은 또 다른 지면에서 1. 政治詩 2. 諷喩詩 3. 景物詩 4. 理趣詩 5. 和陶詩 등으로 분류하고 있다.5)

ⓜ

游國琛은 시를 포함하여 詞, 散文, 辭賦 등의 소동파 전체 문학작품을 1. 勵志 2. 感懷 3. 諷喩 4. 效陶 5. 親族 6. 禪道 7. 抒情 8. 情趣 9. 詠物 10. 諧謔 등의 10가지로 분류하고 있다.6)

ⓗ

王水照는 1. 政治詩 2. 抒情詩 3. 寫景詩 4. 哲理詩 등의 4가지로 분류하고 있다.7)

ⓢ

李日剛은 1. 社會政治詩 2. 個人情懷의 表現 3. 自然景物을 노래한 것 등 크게 3가지로 분류하고 있다.8)

㉠은 蘇詩를 어느 누구보다도 상세하게 분류한 반면, 분류기준이 모

---

4) 劉乃昌, ≪蘇軾文學論集≫, 4~7쪽.
5) 劉乃昌, 「蘇軾」組, 山東大學 文史哲研究所 主編, ≪中國歷代著名文學家評傳(제3권)≫, 山東教育出版社, 1984, 237~250쪽.
6) 游國琛, ≪蘇東坡生平及其作品述評≫, 68~156쪽.
7) 王水照, ≪蘇軾≫, 153~163쪽.
8) 李日剛, ≪中國詩歌流變史≫(文津出版社：臺北, 1987), 572~580쪽.

호하고 중복된 항목이 많다. 그리하여 이 방법을 대부분의 詩에 적용하여 독자가 일정한 부류의 시를 찾는 데 큰 도움을 줄 수도 있겠으나, 너무 세분하였기 때문에 혼란을 야기할 우려도 존재한다.

ⓛ에서는 1과 2, 그리고 4와 1, 2, 3이 상충하는 소지가 많고, 1자체에서도 1)과 2)가 상충될 소지가 있다. 또한 개설서인 때문이겠지만, 이렇게 분류한 저자 자신이 이에 따라 구체적으로 蘇詩의 내용분석을 하지 않았다.

ⓒ은 2, 3, 4가 상충되는 경우가 많고, 6역시 2, 3, 4, 5와 상충되는 경우가 존재한다. 이렇게 분류한 필자 자신이 例示한 시가 소논문이라는 편폭의 제한 때문에 많은 인용시를 통해 충분히 증명할 수 없었다.

ⓔ의 분류 ㄱ은 상대적으로 볼 때 비교적 합리적인 부류이다. 다만 저자 자신이 ≪蘇軾文學論集≫에서 1, 2, 4에 대해서는 고찰하였으나, 3과 5에 대해서는 실제 작품분석을 통해 증명해 내지 않았다. 분류 ㄴ에서는 1과 2가 상충의 소지가 있고, 5는 다른 항과 상이한 분류원칙을 적용한 것이다.

ⓜ에서는 소동파의 전체문학을 분류한 것이어서 나름대로의 가치를 지닌다. 여기서 5가 다른 항목과 상충될 수 있고 9도 이외의 항목과 중복되는 경우가 많다. 저자는 각 항목에 그에 해당되는 인용시를 통해 나름대로 예증을 하고 있다.

ⓗ의 분류는 蘇詩를 잔가지는 자르고 핵심만 부각시킨 듯하다. 이 책이 시연구서가 아닌 評傳類라는 이유로 한정된 지면에서 다루었기에 그 한계성은 인정되지만, 핵심을 부각시킨 좋은 분류방법이라 여겨진다.

ⓢ의 분류도 핵심만을 부각시킨 듯하다. 이 책도 전문연구서가 아니라 詩歌史이기 때문에 간단히 분류하였다. 2의 '個人情懷의 표현'이 소

동파의 대다수의 시에 나타나기 때문에 1, 3과도 관련을 짓는 경우가 많다.

이 외에도 江正誠은 <蘇軾之生平及其文學>(國立臺灣大學 中文研究所 碩士論文, 1972. 6)에서 내용을 1. 戲作詩, 2. 民生疾苦詩, 3. 人生哲理詩, 4. 自我를 표현한 시 등으로 네 가지로 분류하였다. 다만 4. '自我를 表現한 시'는 蘇詩의 대다수의 시에 나타나는 특징이기 때문에 당연히 다른 항목과 관련된다는 점 때문에 상충되는 경우가 많다.

이상에서 개략적으로 살펴보았듯이 각각의 分類가 나름대로의 장점을 지니고 있다. 그렇지만 여러 항목으로 분류한 경우 대체로 단일한 분류방식이 아니라 복합적 분류방식을 기준하여 분류하고 있다. 이에는 불가피한 것이겠지만 대체로 상충될 수 있는 여지를 남기고 있다. 사실상 蘇詩의 특징을 고려해 여러 가지로 상세히 분류하는 것은 상충되는 일면이 약간 존재하더라도 나름대로 장점이 많다. 그리고 蘇詩 자체가 다양성을 함유하고 복잡다단하기 때문에 상충되는 면이 완전히 제거된 분류는 어렵다고 여겨진다. 어느 분류가 낫다고 하는 것은 관점의 문제가 되는 경우도 있다. 여기서 고정불변하고 완전무결한 분류는 어렵다는 것을 窺知할 수 있다. 초점에 따라 얼마든지 다른 분류가 가능하기 때문이다. 단순하게 분류하는 것은 상충점을 줄이는 측면에서 볼 때 유리한 면도 존재한다고 본다. 그래서 다만 ㅂ처럼 등 단순하고 포괄적으로 분류한 것이 상대적으로 상충되는 부분을 줄일 수 있고 핵심을 명료하게 부각시킬 수 있는 방법이 되는 것이 아닌가 생각된다.

다만 위의 분류는 대부분 蘇軾詩集, 槪說書, 評傳類, 紹介書, 小論文에서의 분류이므로 研究分析을 통한 결과로 도출되었다기보다는 표본적인 것을 대상으로 삼아 印象的으로 分類한 감이 짙다.

이로 보건대 蘇詩는 초점에 따라 다른 분류가 얼마든지 가능하다는 것을 보여주고 있다. 여기서 蘇詩의 분류에서는 蘇詩와 작자의 참모습을 보다 잘 파악할 수 있는 방법이 보다 옳은 방법이 된다는 것을 염두에 두고 분류하고자 한다. 그리하여 잔가지를 자르더라도 상충되는 면을 극소화시키면서 蘇詩의 핵심적인 內容을 부각시켜 그 진면목을 찾을 수 있는 分類方法을 모색하려고 한다.

그런데 一元的인 일반적인 분류방법만으로는 소동파시와 작자의 진면목을 나타내기 어렵다고 여겨진다. 二元的인 분류방법이 그 참모습을 보다 잘 파악할 수 있다고 사료된다. 그리하여 제3장 '작품분석(1)'에서는 일반적인 시 연구에서 통용되는 주제별 작품연구를, 제4장 '작품분석(2)'에서는 소동파시에 특수하게 나타나는 의식세계의 주요 단면에 대한 연구를 틀로 사용하겠다.

이 장에서는 주제별 연구를 중심으로 하여, 현실참여의 의지, 자연과의 친화, 이별과 향수, 음주의 정취, 예술세계에의 몰입, 그리고 인생철리의 터득 등 6가지로 분류하여 분석하고자 한다.

제1절 現實參與의 意志

현실지향성은 소동파의 詩에서 역동적으로 드러나는 뿌리깊고 일관된 주제 중의 하나이다. 소동파는 지식인이자 官吏로서 갖가지 고난과 시련을 견디며 시대의 문제점을 제시하고, 그것을 시로써 노래하고 있다. 그는 시대적, 정치적인 문제를 분석하고 그것이 백성들에게 미친 폐단을 묘사, 풍자적으로 표현하였다. 그의 정치풍자시를 비롯한 현실참여시는 당시 사회에 신선한 충격을 주어 각계에 적잖은 파문을 일으켰다.

이 현실참여의 문제는 본질적으로 그의 유가사상과 연계되고 있다. 소동파는 유가사상이라는 틀을 가지고 평생 仁義精神을 근본으로 하여 백성들을 위하는 人道, 애민정신과 국가적 위기에 대처하는 우국충정이라는 두 가지 이념을 일관성 있게 실천하였다.

현실참여의 의지에 관한 소동파의 정신적 배경은 다음의 세 가지로 요약할 수 있겠다.

첫째, 현실에 대한 풍부한 체험이다. 소동파는 40여 년의 仕宦生涯에서 중앙의 정치가, 지방관리, 貶謫客으로서 각기 상이한 계층에서 다양하고 폭넓은 체험을 쌓았다. 다시 말하면 그는 중앙의 정치가로 지내며 높은 정치적 식견에 의해 국가의 총체적이고 핵심적인 문제를 파악하였고, 지방관리를 역임하며 정치의 폐단이 백성들에 가져다준 고난을 목도하였다. 또한 폄적객의 입장에서 하부계층의 고통을 더욱 가까이 체험할 수 있었다. 이러한 다양한 경력과 예리한 통찰력은 그의 정치적인 시야를 넓혀 주었고 정치, 사회문제의 핵심을 간파하게 하였다. 그리하여 그때그때 현실참여시로 표현하였다.

둘째, 어떤 사건에 대해서든지 묵과하지 않는 직설적인 성격이다. 소동파는 그의 글에서 자신의 직설적인 성격을 다음과 같이 피력하였다.

나의 성격은 언어를 삼가지 않아서 남과 친하거나 소원하거나에

구분이 없이 당장 폐부의 마음을 숨김없이 쏟아 내 남에게 보인다.
그런데 다하지 못하는 경우가 있으면 마치 음식을 먹고 삼키지 않은
것 같아 반드시 토해 낼뿐이다.

  (余性不謹言語, 與人無親疏, 輒輸寫腑臟, 有所不盡如茹物不下, 必吐出
乃已.)9)

말은 마음에서 발하여 입에서 부딪친다. 토해 내면 남을 거스르게
되고 삼키면 나를 어기게 된다. 생각건대 차라리 남을 어길 것이다.
그러므로 마침내 토해 내고 만다.

  (言發於心而衝於口, 吐之則逆人, 茹之則逆余. 以爲寧逆人也, 故卒吐之.)10)

위의 두 예문에서 소동파는 사회의 모순이나 자신에게 거슬리는 일
을 목도하게 되면 침묵하지 않고 과감히 말이나 詩文으로 표현하였음을
알 수 있다. 이러한 성격 때문에 그는 '烏臺詩案'이라는 筆禍事件의 피
해자가 되어 죽을 뻔하기도 하였다. 물론 이러한 직설적 성격은 氣가
盛했던 청장년기에 비교적 주된 면모로 나타나고 있다. 그러나 인생의
파란만장을 경험한 후기에는 銳氣가 다소 순화되어 이러한 경향은 줄어
들고 대체로 평담하게 표현되고 있다.

셋째, 소동파는 추상적인 공리공론보다는 자신의 인생과 사회, 그리
고 국가에 구체적으로 관계되는 일에 더 큰 관심과 열정을 쏟았다. 그
는 당면한 정치, 사회, 경제, 국방 등의 여러 문제에 대해 우회적이 아
니라 능동적이고 적극적으로 대처하고 있다. 말하자면 문제의 핵심을
간파하여 진실을 밝혀 현실을 개선시키려는 의도가 도처에서 드러난다.

---

9) <密州通判廳題名記>, ≪蘇軾文集≫, 권11.
10) <思堂記>, ≪蘇軾文集≫, 권11.

이러한 정치풍자시 등 현실참여의 의지가 드러나 있는 시는 그 수량이나 질로 볼 때 소동파시의 기본면모나 성과를 대표하기에는 부족한 면이 있다.11) 그러나 결코 간과해서는 안될 부분이다. 특히 중국의 경우 文化大革命시기에 소동파문학이 평가절하 되면서 그의 현실참여시에 대한 연구가 더욱 미비되었기 때문에, 그 이후 근 20년간에는 소동파에 대한 보다 정당한 평가를 하고자 많은 학자들이 노력을 기울이고 있다. 그 가운데 민생고와 정치풍자에 관한 시의 경우 그 가치를 부각시키려는 소동파학계의 흐름이 강렬하게 제기되고 있다.12) 그것은 어느 사회나 현실을 보다 나은 사회로 만들기 위한 노력이 있기 마련이지만 소동파는 이러한 노력을 시가를 통해 강력히 반영하고 있기 때문으로 보인

---

11) 李日剛, ≪中國詩歌流變史≫, 576쪽.

12) 그 대표적 실례는 다음과 같다.

劉乃昌, <論蘇軾同情人民的詩篇>, ≪蘇軾文學論集≫(齊魯書社 : 濟南, 1982) : 여기서는 實事求是的인 분석과 평가를 의도하였다.

朱靖華, <論蘇軾同情人民的詩歌>, ≪蘇軾新論≫(齊魯書社 : 濟南, 1983) : 여기서 소동파가 현실생활에 기초를 두고 백성에 접근하였으나 이와 동시에 때로 은둔하려는 마음도 존재했다고 그 한계성을 토로하였다.

王水照, <評蘇軾的政治態度和政治詩>, ≪唐宋文學論集≫(齊魯書社 : 濟南, 1984) : 여기서 소동파의 시문을 근거로 엄밀한 분석을 통해 그의 정치태도와 정치시를 재정립시키고 있다.

徐中玉, ≪蘇東坡文集導讀≫(巴蜀書社 : 成都, 1990) 「導言 제2장 '言必中當世之過'－蘇軾創作의 現實主義精神」: 여기서 그는 蘇軾文學에 나타난 목적성, 비판성, 실용성, 우국지정 등을 중시하였다.

禹埈浩, <蘇東坡의 政治社會諷刺詩 硏究>(中國語文學, 제17집, 1995) :「新法시행 이전」과 「新法시행 이후 烏臺詩案 이전」, 그리고 「烏臺詩案 이후」로 3분하여 28수의 대표시를 들어 각 시기 애민사상에 입각, 정치를 풍자하는 시들을 고찰하고 있다. 그리하여 상징적인 비유와 寓意的인 諷刺로 當代의 진상을 밝힐 수 있는 제재를 망라하여 거침없이 질책하는 호방한 개성을 드러내고 있다고 결론 맺고 있다.

다. 또한 시를 통해 신법을 풍자할 경우 제재가 있었던 北宋의 언론 폐
쇄적 경향에도 불구하고 다수의 현실참여시를 지었다는 점에서 특히 중
요하다고 본다.

　여기서는 소동파의 현실참여 의지에 관한 詩들을 民生苦, 정치풍자,
애국충정 등으로 전형화시켜 살펴보고자 한다.

1. 民生疾苦

　소동파는 기나긴 仕宦生涯동안 여러 임지를 돌아다니며 임지내의 당
면한 문제들, 예컨대 메뚜기 재해, 운하개설, 병원건립, 토목사업, 신생
아 遺棄, 도적, 水災, 旱災, 수도관 설치 등의 문제를 해결하려고 노력하
였고 그때그때 보고 느낀 정황을 시로 기록하였다. 이 항에서는 정치외
적인 요인인 자연재해, 賦役 등에 의해 백성들이 당한 고통에 대한 시
와 민생고에 대해 작자가 관리로서의 자기반성과 마음가짐 등 주로 내
면을 향한 울림을 표현한 시를 다루겠다.

　　　㉠

　　三年東方旱,　　　삼년 동안 동쪽지방이 가물었더니
　　逃戶連欹棟.　　　도망간 백성 집이 텅비어 연달아 쓰러졌구나.
　　老農釋未歎,　　　늙은 농부는 따비를 놓고 탄식하니
　　淚入飢腸痛.　　　눈물이 주린 창자로 들어가 쓰라리더라.[13]

　　　㉡

　　鹽事星火急,　　　염전 일이 성화처럼 급한데

---

13) <除夜大雪, 留濰州, 元日早晴, 遂行, 中途雪復作>, ≪蘇軾詩集≫, 권15.

誰能恤農耕.	누가 농경을 근심하리요?
薨薨曉鼓動,	둥둥 새벽 북이 울리니
萬指羅溝坑.	수많은 손들이 구덩이에 얽혀 있다.
天雨助官政,	내린 비가 관청의 일을 도와
泫然淋衣纓.	뚝뚝 옷과 갓끈을 적신다.
人如鴨與猪,	사람은 오리와 돼지처럼
投泥相濺驚.	진흙탕에 던져져 놀랜다.14)

㉠에서 소동파는 가뭄으로 인한 백성들의 참상을 목도하고는, 그 정황을 객관적으로 묘사하고 있다. 그는 민생의 고통을 자신의 일 인양 동정하고 있다.

㉡에서는 염전 일에 부역 나온 백성들을 감독하는 지방관으로서의 작자의 견문을 詩化한 것이다. 여기서 바쁜 농사일에도 불구하고 관청에서 시킨 염전 일에 불려나온 백성들이 비를 맞아 온 옷을 적시면서 진흙탕에서 오리나 돼지처럼 일하는 고통스런 모습이 분명하게 나타나 있다.

이처럼 民生苦는 그 자체로 묘사되기도 했지만 소동파는 자신이 관리임을 의식하여 관리로서의 내면의식과 어우러져 표현되어 있는 경우가 상당히 많다. 이제 민생고와 관리로서의 자아를 관련시켜 조명해 보겠다.

㉠

| 王事雖敢愬, | 임금의 일에 뉘라서 감히 하소연 하리오마는 |
| 民勞吏宜羞. | 백성이 수고로우면 官吏는 마땅히 부끄러운 법이라.15) |

---

14) ＜湯村開運鹽河雨中督役＞, ≪蘇軾詩集≫, 권8.

㉡

平生所慙今不恥,	평소에 부끄러운 것이 지금은 부끄럼도 없이
坐對疲氓更鞭箠.	앉아서 지친 백성을 대하며 다시 매질이나 한다.
道逢陽虎呼與言,	길에서 陽虎같은 인물을 만나면 인사하고 이야기를 나누며
心知其非口諾唯.	마음으로는 그의 그릇됨을 알면서도 입으로는 고분거린다.16)

㉠은 백성의 고통에 대한 관리로서의 책임감과 자기반성을 표현한 시이다. 소동파 자신이 관리로서 시행하지 않을 수 없는 나라의 일이 있었다. 그런데 그 일을 시행하기 위해서 부득이하게 백성들의 민폐를 끼치게 되었다. 관리로서 어쩔 수 없는 일이긴 하지만 양심의 가책으로 갈등이 인다.

㉡은 과거에는 부끄럽게 여기던 일들이 이제 일상적인 일로 변해 버린 것에 대한 반성의 시이다. 여기서 구체적으로 두 가지 문제에 대해 토로하고 있다. 하나는 법을 어긴 지친 백성들에게 매질을 하는 데 대한 내면적 갈등이다. 또 하나는 그릇된 관리들과 대면하였을 때 속으로는 그 나쁨을 알면서도 겉으로는 고분고분 지내는데 대한 양심의 가책을 표출한 것이다.

㉠

秋禾不滿眼,	가을 벼는 흉년들어 얼마 없고
宿麥種亦稀.	가을보리는 종자조차 부족하다.
永愧此邦人,	이 지방 사람들에게 늘 부끄럽구나.

---

15) ＜和子由聞子瞻將如終南太平宮溪堂讀書＞, ≪蘇軾詩集≫, 권4.
16) ＜戲子由＞, ≪蘇軾詩集≫, 권7.

芒刺在膚肌.	그들의 피부에는 까끄라기가 박혔는데
平生五千卷,	내가 평생 읽은 오천 권의 책은
一字不救飢.	한 字도 굶주림을 구제하지 못한다니.17)

ⓛ

除日當早歸,	섣달 그믐날 밤 일찍 귀가해야 마땅하나
官事乃見留.	관청 일로 묶여 있네.
執筆對之泣,	붓을 들고 죄수들이 가여워 눈물 흘린다.
哀此繫中囚.	이 감옥에 수감되어 있는 죄수들이 가여워라.
小人營餱糧,	가난한 백성들 호구지책으로 저지른 일이
墮網不知羞.	법망에 저촉되어 부끄러움도 모른다.
我亦戀薄祿,	나 역시 관리의 적은 봉록에 연연하여
因循失歸休.	꾸물거려 은둔하고픈 소원도 저버렸다.
不須論賢愚,	어진 이 어리석은 이 따질 것 없이
均是爲食謀.	모두 먹기 위해 하는 일
雖能暫縱遣,	어느 누가 잠시나마 그들을 석방시켜 줄 수 있을까?
閔默愧前修.	민망하여 묵묵히 옛날 賢人에게 부끄러워라.18)

㉠은 흉년이 되자 자신이 읽은 수많은 서적의 한 글자도 백성들의 굶주림에는 무력함을 한탄하고 있는 시이다.

㉡은 소동파가 除夜에 관청 일로 귀가하지 못하고, 호구지책을 위해 죄를 범한 죄수들을 동정하는 시이다. 생존을 위해 법망에 저촉된 가여운 죄수들과 생활을 위해 적은 봉록에 연연하는 자신의 모습은 모두 먹고살기 위한 것이라는 공통점을 가지고 있다고 하였다. 아울러 작자는

---

17) <和孔郎中荊林馬上見寄>, ≪蘇軾詩集≫, 권14.
18) <熙寧中, 軾通守此郡. 除夜, 直都廳, 囚繫皆滿, ……, 前詩>, ≪蘇軾詩集≫, 권32.

잠시라도 그들을 집으로 돌려보내 가족과 함께 지내게 하지 못해 옛 현인들에게 부끄러워하고 있다.

이러한 자기 반성적인 시들은 "시를 지어 먼저 나 자신의 잘못을 추궁한다(作詩先自劾)"[19]는 그의 지론과도 상통하는 일면이다.

呂梁自古喉吻地,　　呂梁은 예로부터 요충지

萬頃一抹何由呑.　　만 이랑의 광활한 토지를 무슨 수로 삼킬 수 있으리?

坐觀入市卷閭井,　　앉아서 보니 물이 저자에 들어와 마을을 삼키자

吏民走盡餘王尊.[20]　관리와 백성들은 다 달아나고 태수인 나만 남아 있다.[21]

이 시는 水災의 절망적 상황에서도 솔선수범하여 난국을 극복하려하는 官吏로서의 책임감이 돋보인다. 소동파는 홍수에도 끝까지 제방을 사수하여 결국은 홍수를 물리친 漢代의 太守 王尊에게 자신을 빗대고 있다.

我誰窮苦不如人,　　나는 비록 곤궁함이 남만 못하나

要亦自是民之一.　　요컨대 역시 백성중의 하나이네.

形容可似喪家狗,　　형용은 상갓집 개처럼 초라하나

未肯耶耳爭投骨.　　귀를 곧추세우고 던진 뼈 다투려 하지 않는다.[22]

---

19) <和李邦直沂山祈雨有應>, ≪蘇軾詩集≫, 권15.

20) 여기서 소동파는 홍수를 물리친 王尊의 故事를 사용하고 있다. 王尊은 漢代에 東郡太守로 임명되었는데, 당시 강물이 넘쳐 홍수가 제방을 침수해 들어왔다. 이에 王尊은 강물의 神 河伯에게 기도하고 제방 위에서 잠을 잤다. 얼마 후 제방이 무너지자 관리와 백성들이 다 달아났고 단지 한 관리만 王尊과 함께 제방을 지키고 있었는데, 드디어는 홍수가 물러가 버렸다고 한다. ≪漢·王尊傳≫. ≪蘇軾詩集≫, 774쪽, <註釋> 部分.

21) <答呂梁仲屯田>, ≪蘇軾詩集≫, 권15.

이것은 黃州時節에 지은 것으로 폄적된 관리신분이긴 하지만, 백성의 곤경을 걱정하는 시이다. 폄적된 자신 역시 백성중의 한 사람이라고 하여 일반백성에게로 자신을 접근시키는 태도를 보여주고 있다. 여기서 그의 형용은 상갓집 개와 같으나 내면에서는 격조를 잃지 않는 자부심도 나타내고 있다.

여기서 소동파는 관리로서 백성들의 고통과 관련하여 자아 반성적 측면, 백성들에의 동정심, 난국타개의 책임감 등을 시로 표현하고 있음을 알 수 있다.

2. 政治諷刺

소동파는 평소 "목적의식이 있는 글을 짓고(有爲而作)", "말은 반드시 현 시대의 잘못을 적중시켜야 한다(言必中當世之過)"[23]고 토로한 것처럼, 실용적이고 비판적인 태도를 중시하고 있다. 또 陳師道는 "소동파의 詩가 처음에는 劉禹錫을 배워 원망과 풍자가 많았다."[24]고 하였는데, 이는 주로 仕宦前期의 정치풍자시에 나타난 소동파의 직언성을 표현한 말이다. 또한 아우 蘇轍은 "公(소동파)은 지방관을 맡게 되자 일이 백성들에게 불편함이 있음을 보고는 감히 말하지 않고 감히 묵묵히 보지도 않았다. 시인의 뜻에 따라 일에 의탁해 풍자하여 나라에 보탬이 있기를 희망하였다.(公旣補外, 見事有不便於民者, 不敢言, 不敢默視也, 緣詩人之義, 托事以諷, 庶

---

22) <次韻孔毅父久旱已而甚雨三首, 其一>, ≪蘇軾詩集≫, 권21.
23) "先生之詩文, 皆有爲而作, 精悍確苦, 言必中當世之過" <鳧繹先生詩集敍>, ≪蘇軾文集≫, 권10.
24) "蘇詩始學劉禹錫, 故多怨刺." ≪後山詩話≫. (淸) 何文煥 輯, ≪歷代詩話≫, 中華書局, 306쪽.

幾有補於國)"25)고 하였다. 이것은 소동파의 정치풍자시의 근본목적이 나라의 정치에 보탬이 되고자 하는데 있음을 파악한 말이다.

전술하였듯이 杭州通判, 密州, 徐州, 湖州知州시절에 新法에 대한 소동파의 비판이 담긴 시가가 널리 유행하게 되었다. 이에 그는 반대파에 의해 요주의 인물로 지목되어, 烏臺詩案이라는 필화사건을 겪었다. 현존하는 (宋) 朋九萬의 《東坡烏臺詩案》과 周紫芝의 《詩讞》, 그리고 (淸) 張鑒의 《眉山詩案廣證》 등에 수록된, 新法을 공격했다고 고발된 수십 수의 詩文을 통해 대략적인 상황을 알 수 있다. 이에 의거 소동파가 신법을 풍자했다고 문책 당한 詩文들의 내용을 요약하면 다음과 같다. 첫째, 原作이 신법과 무관한데도 斷章取義하여 견강부회한 해석을 내려 모함한 것, 예) <八月十五日看潮五絶, 其四> 등. 둘째, 原作에 확실히 신법을 반대한 내용이 있으며, 이에 또한 진실한 생활이 포함되어 신법의 폐단을 반영한 것, 예) <吳中田婦嘆>. 셋째, 신법에 반대한 시를 통해 소동파의 보수적 정치사상을 반영한 것, 예) <寄劉孝叔> 등이다.26)

王水照는 소동파의 정치태도 및 정치시와 관련지어 시기별로 네 가지로 나누어 다음과 같이 고찰하고 있다. 1. 과거합격 후 王安石新法의 배태기 : 소동파는 사회 위기의식 하에 당시 時局을 분석하여 개혁을 주장하였다. 2. 16년간의 신법추진기 : 소동파는 신법의 시행착오로 말미암은 백성들의 고난에 초점을 맞추어 신법의 폐단을 공격 비판하는 수구파의 논조로 바뀌었다. 3. 元祐更化시기 : 신법의 전면폐지를 주장한 司馬光과 충돌하는 등 일부 신법을 옹호하고 있다. 여기서 그는 객관적인 상황을 고려하여 장점을 살릴 수 있게 되기를 주장하였다. 4. 哲宗親政

---

25) <亡兄子瞻端明墓誌銘>, 蘇轍 著, 曾棗莊, 馬德富 校點, 《欒城集》, 권22.
26) 王水照, 《蘇軾》, 59~62쪽, 參照.

시기 : 新舊黨爭의 회오리를 벗어난 시기이다. 이렇듯 소동파에게는 變革과 反變革의 대립적 요소 있음을 알 수 있다. 여기서 소동파는 만사와 만물은 모두 부단한 변화 중에 생존, 발전한다는 것을 주장하였다. 그의 정치태도는 그의 생활의 변화와 정치환경의 변화에 따라 변화하는, 정치사상상의 모순성이 존재한다. 그러나 일관성이 있다. 그는 시를 통해 극복할 수 없는 新法의 내재모순을 지적하였으며, 신법이 필연적으로 실패할 수밖에 없는 원인을 반영하고 있다.[27] 중요한 것은 소동파가 항상 백성의 입장에서 백성의 피해를 극소화시키면서 점진적 변화를 추구하는 점진적 개혁론에 바탕하고 있다는 점이다.

여기서는 정치, 특히 新法의 試行錯誤로 인해 나타난 폐단에 대해 소동파가 諷刺한 시들을 다루겠다.

今年粳稻熟苦遲,	올해엔 메벼 익는 게 정말로 늦으니
庶見霜風來幾時.	서리바람 부는 가을 며칠 안 되어 오리라.
霜風來時雨如瀉,	서리바람 불어올 수확기에 비가 쏟아지니
杷頭出菌鎌生衣.	쇠스랑에 곰팡이 나고 낫에도 녹이 슬었다.
眼枯淚盡雨不盡,	눈물 마르도록 울어도 비는 그치지 않으니
忍見黃穗臥靑泥.	누런 이삭이 논바닥에 누운 것을 어찌 차마 눈뜨고 보랴!
茅苫一月隴上宿,	띠풀 움막에서 한 달간 논두렁에 머물다가
天晴穫稻隨車歸.	날이 개자 벼를 베어 수레에 싣고 돌아왔다.
汗流肩䞓載入市,	땀을 흘리며 어깨가 붉도록 짐지고 시장으로 싣고 가니
價賤乞與如糠粞.	애걸해도 값이 싸서 겨싸라기 값만 받았다.
賣牛納稅坼屋炊,	소를 팔아 세금 내고 집헐어 밥지으니
慮淺不及明年飢.	생각 얕아 내년에 굶을 것 미처 생각 못한다.

---

27) 王水照, <評蘇軾的政治態度和政治詩>, ≪唐宋文學論集≫, 229~249쪽.

官今要錢不要米,　관청에서는 요즘 돈을 달라지 쌀은 마다하는데
西北萬里招羌兒.　서북 만리의 羌族을 회유하기 위함이라.
龔黃滿朝人更苦,　龔遂와 黃覇같은 좋은 신하가 조정에 가득해도 백성은
　　　　　　　　　더욱 고달파
不如却作河伯婦.　차라리 강물에 몸을 던져 물귀신 마누라 되느니만 못하리.28)

　이것은 吳中 지방 어느 농가의 아낙의 탄식을 빌어 가을 비(자연현상)
와 그릇된 세금정책(인위적 현상)으로 인해 빚어진 백성들의 참상을 기록
한 시이다. 전반부에서는 가을 비가 심하게 내리자 누런 이삭이 논바닥
에 누워 버려 수확이 어렵게 된 상태를 묘사하고 있다. 후반부에서는
이윽고 날이 개어 벼를 수확하여 시장에 갔으나 겨우 싸라기 값에도 못
미치는 헐값에 팔 수밖에 없었다. 그것으로 세금을 내려니 그나마 관청
에서는 현금을 요구하기에 소를 팔아 세금을 내었다고 하였다.
　이는 新法으로 인해 수반된 통화부족의 문제를 지적한 것이다. 이전
에는 現物로 세금을 냈었는데 통화가 부족하자 이제 靑苗法에서는 세금
을 현금으로 내라고 한다. 이러한 당시의 통화부족현상의 한 이유는 강
국 西夏를 억제할 의도로 서북지방 羌族의 長級을 돈으로 회유하였기
때문이다.29) 漢代의 '龔遂와 黃覇같은 훌륭한 신하가 조정에 가득해도
백성은 더욱 고달프다'는 것은 당시의 조정에 훌륭한 신하가 가득하다
는 것으로 新法추진자들을 풍자, 조롱한 것이다. 그리하여 아낙은 이런
세상에 사느니 차라리 강물에 몸을 던져 물귀신 마누라가 되느니만 못
하다고 한탄하고 있다. 여기서 소동파는 自然災害 및 現物이 아닌 현금

---

28) 〈吳中田婦歎〉, 《蘇軾詩集》, 권8.
29) 王水照, 《蘇軾》, 61쪽, 참조.

을 요구하는 新法의 租稅政策에 의해 고통받는 농민의 二重苦를, 농삿
군 아낙의 한탄을 빌어 諷刺하고 있다.

江淮水爲田,	揚子江과 淮水 물로 밭을 삼고
舟楫爲室居.	배와 노로 집을 삼는다.
魚蝦以爲粮,	물고기와 새우로 양식을 삼으니
不耕自有餘.	밭 갈지 않아도 저절로 생활이 넉넉하다.
異哉魚蠻子,	이상하구나. 물고기 잡는 어부여.
本非左袒徒.	본래는 왼편으로 옷을 여미는 오랑캐의 무리가 아니었도다.
連排入江住,	나무쪽을 연결해 배를 만들어 강위에서 지내고
竹瓦三尺廬.	대나무로 기와를 만들어 석자 오두막집 지어 산다.
於焉長子孫,	어느덧 아들과 손자를 키웠는데
戚施且侏儒.	그들은 곱추에다 난쟁이라.
擘水取魴鯉,	물을 헤치며 방어와 잉어 잡는데
易如拾諸途.	마치 길가에서 줍는 듯이 쉽더라.
破釜不著鹽,	깨어진 솥에는 소금이 하나도 붙어 있지 않고
雪鱗芼青蔬.	눈같이 흰 물고기와 푸른 채소를 삶은 국으로
一飽便甘寢,	한 번 배불리 먹고 달게 잔다.
何異獺與狙.	수달피나 원숭이와 무엇이 다르리.
人間行路難,	인간세상의 행로 어려워라.
踏地出賦租.	땅 밟는 사람은 모두가 세금을 낸다네.
不如魚蠻子,	고기잡이 야만인이
駕浪浮空虛.	파도 타고 허공에 떠 있는 것만도 못하구나.
空虛未可知,	허공에 배타고 다녀도 아직은 알 수 없어라
會當算舟車.	앞으로는 마땅히 배에도 세금을 매기리라.
蠻子叩頭泣,	물고기 잡는 어부가 머리를 조아리며
勿語桑大夫.	신법집행 관리에게 말하지 말라고 애걸한다.30)

여기서 앞으로는 水上생활하는 어부들에게까지 세금을 징수할 것이라는 우려를 통해 신법을 풍자하고 있다. 또한 그들의 음식생활에 소금이 없다는 부분에서 鹽法에 대하여 암시적으로 비판하고 있다. 紀昀은 이 시를 "香山의 一派로서, 읽으면 완연한 (杜甫의) <秦中吟>이다(香山一派, 讀之宛然秦中吟也)."라고 평하여, 白居易의 풍유시와 같은 계열의 시로 보고 있다.31)

㉠

老翁七十自腰鎌,	칠십 노인이 손수 허리에 낫을 차고
慚愧春山筍蕨甜.	봄 산에서 맛좋은 대나무 순과 고사리를 뜯는 것을 부끄러워한다.
豈是聞韶解忘味,	어찌 舜임금의 韶음악을 들어 맛을 잊은 것이리요?
邇來三月食無鹽.	근래 석달 동안이나 소금 없는 채소만 먹고 지냈다오32)

㉡

杖藜裹飯去忽忽,	명아주 지팡이 끌고 점심 싸 들고 성안으로 바삐 걸어가니
過眼靑錢轉手空.	눈 깜짝할 사이 여름에 관가에서 빌린 靑苗錢이 텅 비었다.
贏得兒童語音好,	아이들만 서울말을 익혔을 뿐
一年强半在城中.	일년에 절반이상을 (세금 내느라 돈 빌리느라) 성안에서 머무른다.33)

---

30) <魚蠻子>, ≪蘇軾詩集≫, 권21.
31) 紀昀 批點, ≪蘇文忠公詩集≫, 권21. 王水照, ≪蘇軾選集≫, 147쪽.
32) <山村五絶, 其三>, ≪蘇軾詩集≫, 권9.
33) <山村五絶, 其四>, ≪蘇軾詩集≫, 권9.

㉠에서 작자는 鹽法의 시행착오로 山村의 백성들이 소금기 없는 채소만 먹고 생활하는 실상을 통해, 신법을 풍자하고 있다. 이렇게 석달이나 소금을 먹지 못한다는 것은 孔子가 음악을 좋아하여 석달이나 음식 맛을 몰랐던 것과는 다르다는 것이다.

㉡에서는 靑苗錢을 시행한 후에 나타나는 전형적인 폐단을 실례를 들어 신법을 비판하고 있다. 그것은 바로 청묘전을 빌어 쓴 농민이 세금 내고 돈 빌리느라 일년의 절반 이상을 성안에서 지내며 그 빌린 돈을 낭비하고 있다. 그리하여 아이들만 성안의 말을 익히게 되었다는 것이다.

소동파의 정치풍자시는 백성들에 대한 깊고 넓은 애정을 저변에 깔고 있는 선의의 비판이라고 할 수 있다. 治者의 한 사람으로서 작자는 일반백성들의 목소리와 감정에 접근하여 그들의 절망적인 상황을 희망으로 전환시키려는 노력을 시로 표현하고 있는 것이다. 이러한 풍자의 목적은 그것의 개선을 희구한 데 있는 것이다.

3. 愛國衷情

이 항에서는 北宋代에 西夏와 遼라는 강국의 출현으로 야기된 대외적인 문제 및 대내적인 민족 간의 문제 등과 관련하여 작자의 애국충정이 담긴 시를 다루겠다.

먼저 대외적인 문제에 대한 애국충정을 파악해 보겠다.

㉠

丈夫重出處,	丈夫는 出仕와 은퇴의 선택을 중히 여겨
不退要當前.	물러나지 않으면 마땅히 전진해야 하리라.
西羌解仇隙,	西羌이 적대관계를 풀고 화친했건만

猛士憂塞壖.	우리 용맹한 선비는 변방을 근심하고 있다.
廟謨雖不戰,	조정의 정책은 비록 전쟁을 바라지 않건만
虜意久欺天.	저 오랑캐의 뜻은 오래도록 하늘을 속여 왔다.
山西良家子,	山西의 양가집 아들은
錦緣貂裘鮮.	비단으로 담비가죽에 단 두른 선명한 옷 입고
千金買戰馬,	천금으로 전쟁용 말을 사고
百寶粧刀鐶.	보물로 칼집을 단장하였다.
何時逐汝去,	어느 때나 그대를 따라 가서
與虜試周旋.	오랑캐와 겨루어 쳐부술까?34)

ⓛ

近買貂裘堆出塞,	근자엔 담비가죽 옷을 사서 변방에 나가
忽思乘傳問西琛.	역마 타고 홀연히 西琛(西夏를 지칭함)에 가서
	공 세우고 싶어라.35)

ⓒ

聖明若用西凉簿,	영명하신 천자께서 만일 西凉主簿로 나를 써 주신다면
白羽猶能效一揮.	흰 깃털 부채 한 번 휘둘러 전쟁에서 공로 세우리라.36)

　이 세 수의 시는 모두 西夏와의 전쟁에 출정하여 戰功을 세우고 싶은 작자의 의욕을 표현하고 있다. 특히 ⓐ은 出仕와 은퇴의 기로에서 현실적으로는 出仕하여 국가에 공을 세우는 길을 선택하여 고수하였음을 밝히고 있다. 이어서 그는 西夏가 北宋과 겉으로는 화친했건만 암암리에 호시탐탐 북송을 침공하고자 하는 저의가 있음을 파악하고 있다.

---

34) <和子由苦寒見寄>, ≪蘇軾詩集≫, 권5.
35) <九月二十日微雪, 懷子由弟二首, 其一>, ≪蘇軾詩集≫, 권4.
36) <祭常山回小獵>, ≪蘇軾詩集≫, 권13.

㉠

聞說官軍取乞聞,	듣건대 관군이 乞聞을 함락시켰는데
將軍旗鼓捷如神.	장군의 깃발과 북이 귀신같이 빨랐다고 한다.
故知無定河邊柳,	그러므로 알겠도다. 이제 無定河가의 버드나무가
得共中原雪絮春.	中原과 함께 하얀 버들개지 핀 봄을 맞을 것이다.[37]

㉡

露布朝馳玉關塞,	선전포고를 알리는 檄文이 아침에 玉門關으로 달려갔는데
捷烽夜到甘泉宮.	승전을 알리는 봉화는 밤에 甘泉宮에 도달했네.
似聞指揮築上郡,	방금 上郡에 성 쌓기 지휘하는 소식을 들은 것 같더니만
已覺談笑無西戎.	이미 담소하는 새에 西戎을 정벌했다고 하네.
放臣不見天顏喜,	쫓겨난 신하라 용안에 기쁨 넘친 걸 보지 못하고
但驚草木回春容.	다만 초목에 봄 자태가 돌아왔음에 놀라네.[38]

이 두 수의 시는 소동파가 黃州貶謫 시절 西夏와의 전투에서 北宋의 승전보를 듣고 愛國衷情이 발로되어 지은 것들이다. 당시 西夏는 北宋을 위협하는 강대한 세력으로 성장하였다.

㉠은 소동파가 46세(元豊4년, 1081년) 때 陳季常의 편지를 통해 對西夏 전쟁에서의 전승소식을 듣고 지은 시이다. 3, 4구에서 無定河같은 변경 지대에도 중국의 봄이 퍼져갈 것이라 하여 北宋의 영구적인 승리에 대한 바람을 드러내고 있다.

㉡의 末 2구에서 '단지 초목에 봄자태가 돌아왔다'는 것은 전승으로

---

37) <聞捷>, ≪蘇軾詩集≫, 권21.
38) <聞洮西捷報>, ≪蘇軾詩集≫, 권21.

인한 변방의 해방에 기쁨을 표현한 것이다. 또 현재 자신의 위상이 쫓겨난 신하인지라 승전보를 듣고 황제의 용안에 기쁨이 넘쳐 있을 것을 보지 못하는 그의 안타까운 심경을 나타내고 있다.

雲海相望寄此身,	구름과 바다를 바라보는 이곳에 이내 몸 부쳤거늘
那因遠適更沾巾.	어찌 그대가 멀리 떠난다 해서 다시 수건을 적시랴?
不辭馹騎凌風雪,	그대는 역마타고 風雲을 무릅쓰고 가서
要使天驕識鳳麟.	거란 임금에게 중국에 봉황과 기린 같은 인재가 있음을 알려야 하리.
沙漠回看淸禁月,	(그대는) 사막에서 우리 중국 궁중의 달을 돌아보겠고
湖山應夢武林春.	(遼나라의) 호수와 산을 보며 내가 있는 杭州의 봄을 꿈꾸리라.
單于若問君家世,	遼의 임금 單于가 만일 우리 가문을 묻거들랑
莫道中朝第一人.	中國 조정의 제일가는 집안이라고 말하지 말게나.39)

이는 거란에 사신으로 나가는 아우 蘇轍에게 쓴 시이다. 아우와의 작별의 정을 억누르고, 소철에게 거란의 임금에게 北宋에 인재가 많음을 과시할 것을 당부하고 있다. 또한 가문을 자랑하지 말고 겸손한 태도를 보일 것을 권유하고 있다.

소동파는 당시 北宋에게 위협적인 세력으로 성장하고 있는 西夏와 遼(거란)에 대해 우려하고, 출정하여 공을 세우고 싶은 마음도 있었지만, 대내적인 민족 간의 문제에도 관심을 기울이고 있다.

---

39) <送子由使契丹>, ≪蘇軾詩集≫, 권31.

咨爾漢黎,	슬프다! 우리 漢族과 (해남도의 現地人인) 黎族은
均是一民.	모두가 하나의 백성인데
鄙夷不訓,	비루한 야만인이라도 가르치지 않는 것이
夫其豈眞.	그 어찌 옳은 일이랴?
怨憤劫質,	(漢族이) 겁탈하고 인질로 잡음을 (여족은) 원망하고 분해하며
尋戈相因.	서로 싸우기만 찾는다.
欺謾莫訴,	속임을 당해도 (여족은) 하소연할 곳이 없으니
曲在我人.	그 잘못은 우리 漢族에게 있도다.40)

이는 海南 貶謫時節에 지은 것으로, 당시 海南 땅에서 토착민인 黎族과 이주민인 漢族간의 불화현상을 목격하고는 그 원인을 밝혀 민족 간의 화합을 도모하는 시이다. 불화의 내적 원인은 당시 한족이 여족을 겁탈하고 인질로 삼은 데 있었다. 그런데도 여족은 하소연할 곳도 없어 피차의 대립이 지속된 것이다. 소동파는 여족과 한족이 모두 北宋의 백성이라는 인식 하에, 한족인 자신들이 반성을 하여야 된다는 취지를 역설하고 있다. 이것은 작자가 두 민족 간의 불협화음이라는 부정적 측면을 노출시켜 훗날 긍정적으로 개선된 사회를 희구한 것이다.

소동파의 현실참여시는 그의 현실지향성과 실용주의정신을 형상화하고 있다. 풍부한 관직이력, 직설적인 성격, 현실지향적인 태도 등도 이러한 시를 규정하는 요인들이다. 당시 소동파의 사회적인 지명도도 높았으니 만치 그의 현실참여시는 당시사회에 신선한 충격과 파장을 던졌으리라 여겨진다.

---

40) <和陶勸農六首, 其一>, ≪蘇軾詩集≫, 권41.

‘民生疾苦’에 관한 시는 여러 지역을 순시한 체험에 바탕 하여 백성들의 고통을 묘사한 것이다. 이러한 詩는 소동파가 백성들에 대한 동정을 절실히 형상화시켜 우리의 심금을 울리고 있는 것이다. 또한 “백성들이 수고로우면 관리는 마땅히 부끄러운 법”이라는 말에서 단적으로 알 수 있듯이 이러한 민생고에 대해 그의 내면에는 갈등과 반성, 그리고 난국타개의 책임감이 앞선다. ‘정치풍자’에 관련해서 소동파는 당시 신법의 시행착오로 인한 사회의 구조적인 모순을 전형화시켜 부각시키고 있다. 정치, 특히 신법이 백성들에게 초래한 고난을 백성들의 체험담을 듣고 날카로운 통찰력으로 지적해 그 해결과 변혁을 지향하고 있다. 다시 말해 작자는 현실과 민생고에 나타난 부정적인 측면을 드러내 그것을 개선하고자 의도하고 있다.

‘애국충정’과 관련해서 당시의 시대상황 아래서 北宋의 위협세력이 된 西夏와의 전투에 출정하여 전공을 세우고자 하는 의욕, 對西夏 전투에서 北宋의 승전보를 듣고 난 후의 감격, 그리고 거란에 사신으로 가는 아우에게의 당부 등으로 작자의 애국정신을 표현하고 있다. 아울러 그는 海南폄적시절 민족간의 화합을 부르짖고 있다. 곧 海南地方의 원주민인 黎族과 이주민인 漢族간의 불화원인이 한족에 있다는 것을 밝혀, 이 두 민족이 모두 北宋의 백성이라는 인식 하에 화합해야 한다는 취지를 부각시키고 있다.

이처럼 그의 현실참여의 의지는 애민과 애국으로 귀결되고 있다. 소동파는 추상적인 공리공론보다는 인간의 삶에 도움이 되는 구체적이고 실제적인 일에 깊은 관심과 정열을 기울이고 있다. 이러한 바탕에는 현실이 불가항력적 체념의 대상이 아니라 변혁과 개선이 가능한 것이라는 인식이 내재되어 있다고 볼 수 있다.

제2절 自然과의 親和

소동파의 현실참여시가 현실세계에서 포부를 펼쳐 理想社會를 건설하고자 하는 의도로 쓰여졌다면, 그의 자연친화시는 자연에 몰입함으로써 정신의 위안과 淨化에 도달하는 것으로 나타나고 있다. 포우프(Pope)는 自然이 모든 것의 기준이 되며, 生命, 힘, 美, 그리고 예술의 원천, 목적, 試金石을 동시에 提供해 준다고 하였다.[41] 그러기에 모든 문인, 예술가가 자연을 모범으로 삼아 문학과 예술을 함양하였던 것이다.

자연은 인간의 영원한 안식처이기도 하다. 작자는 내면세계에 함축된 역량만큼 자연을 심미적으로 인식하는 것이 가능하다. 소동파는 山, 水, 해, 달, 별, 구름, 눈, 꽃, 나무, 과일, 그리고 農耕 등 부단히 자연과의 관계를 밀접하게 맺으며 자연 속에서 더 나은 자신의 삶을 추구하고 있다. 그는 「行萬里路」의 나그네 같은 인생을 통해 많고 다양한 자연을 접할 수 있었다. 그는 世波의 흐름에 따라 임지를 바꾸게 되었고 어느 지역에 있든지 임지 부근의 명승지를 찾아 유람하기를 즐겨하였다. 이것은 貶謫地에서도 예외가 아니었다. 그는 자신의 즐거움과 심리적 평정을 추구하기 위해서 자연에 더욱 친화하고자 노력하였다.

유람을 좋아하는 자유분방한 그의 기질은 작품에도 부단히 반영되고 있다. 전술하였듯이 沈德潛은 소동파시를 평하여 "天馬가 굴레를 벗어

---

41) "먼저 自然을 따를지니, 그의 언제나 변함없는 올바른 基準에 따라 그대의 判斷力을 형성하라. 틀림이 없는 自然! 항상 거룩하게 빛나며, 하나의 맑고 불변하는 普遍的 光明, 生命, 힘 그리고 美, 모든 자에게 藝術의 源泉, 目的, 試金石을 동시에 提供하느니라." 李商燮, 《文學理論의 歷史的 展開》, 53쪽. 재인용. Alexander Pope, An Essay on Criticism, 68~76행, Allen-Clark 5면.

나고, 나르는 神仙이 노니는 것 같다.(天馬脫羈, 飛僊遊戲)"42)라고 하였다. 이것은 소동파문학의 자유성과 동태적 성격을 핵심적으로 간파한 것이라 하겠다. 자신이 관심을 가진 모든 것에 대해 호기심이 강렬한 그는 자연미에 대해서도 자연스럽게, 또 의도적으로 추구하였다. 자연과 환경에 의해 마음이 움직이는 것은 인간의 본성이다. 그는 인간의 영원한 안식처인 자연과의 친화를 시도하여 내면에 존재하는 고민과 우수를 떨쳐 버리려고 시도하였다.

소동파의 자연시는 山水詩人的인 敍景에 그치지 않고, 主知的인 태도로 그 자연을 인간 또는 인사에 관련시키고 있다. 그가 묘사하는 자연은 객관적인 無情한 자연이 아니라, 어디까지나 인간이 친밀하게 지낼 수 있는 또는 인간에 대하여 미소를 던지는 자연인 것이다. 요컨대 그것은 인간과 자연 사이에 내재하는 신뢰의 감정을 기조로 한 것이라고 할 수 있다.43)

그만큼 소동파의 자연에 대한 인식은 생동적이며, 표현된 자연 또한 살아 있는 자연이다. 이 자연에 대한 생동하는 의식과 살아 생동하는 자연과의 사이에서 합창곡의 가사, 악보 같은 시가 창작되고 있다. 소동파시의 특색은 주로 自然景物을 읊은 시나 개인정회를 노래한 시에 표현되어 있다.44)

이 절에서는 자연과의 친화에 대한 시를 대상으로 산수유람, 농촌생활, 그리고 自然歸依 등 3가지로 분류, 분석해보고자 한다. 그리하여 그의 자연친화시의 특징이 무엇인지 파악하고자 한다. 더불어 자연공간은

---

42) ≪說詩晬語, 卷下≫. 臺靜農 編, ≪百種詩話類編≫, 1185쪽.
43) 李鴻鎭, <東坡詩考>, 中國學報, 제17집, 106~107쪽.
44) 李日剛, ≪中國詩歌流變史≫, 576쪽.

소동파에게 어떠한 의미를 지니고 있는가를 파악하고자 한다.

1. 山水遊覽

소동파는 과거를 보러 고향을 떠난 후 전 생애를 통해 관리로서 임지를 따라 중국대륙을 유람하였다. 가는 곳마다 자신의 足跡을 시로 남기어 수많은 유람시를 지었다. 그는 인생행로에서 자연스레 만나게 되는 자연을 읊기도 했지만 자연을 관조함에 있어 의식적으로 동경하는 자연 대상을 찾아 審美하는 경우도 많았다. 그의 산수유람시는 양이 상당히 많고 질적인 면에 있어서도 그의 개성을 잘 드러내고 있는 秀作이 많다.

我本麋鹿性,	나는 본래 사슴 같은 성질이 있어
諒非伏轅姿.	진실로 끌채 밑에 엎드려 구속받는 자태가 없다.[45)

湖上四時看不足,	호숫가 사계절을 아무리 봐도 족하지 않은데
惟有人生飄若浮.	오직 내 인생은 부평초처럼 표표히 떠돌아다니네.[46)

이처럼 그는 자신이 구속받기를 싫어하는 사슴 같은 야성적인 본성이 있음을 표현하고 있다. 또한 호숫가 사계절은 아무리 봐도 물리지 않는데, 이것은 항상 새로움을 주기 때문인 것이다. 그런데도 자신의 인생은 정치의 변화에 따라 부평초처럼 표표히 떠돌아다닌다. 여기서 소동파는 의식적으로 방랑을 좋아하거니와, 또한 객관적 상황에 의해

---

45) <次韻孔文仲推官見贈>, ≪蘇軾詩集≫, 권8.
46) <和蔡準郞中見邀遊西湖三首, 其一>, ≪蘇軾詩集≫, 권7. 熙寧5년(1072년, 37세) 4월에 지음.

방랑을 하지 않을 수도 없었던 자신의 의식적, 無意志的 방랑의 생애를 나타내고 있다. 이에는 자연에 대한 동경이 내포되어 있다.

여기서는 산수를 유람하는 시들을 대상으로 고찰하여 그 특징을 파악하겠다. 다만 이에 해당되는 시가 상당히 많아 소동파가 유람한 장소를 기준으로 하여 배(舟, 船), 樓亭, 절(寺) 등의 유람을 살펴보고, 그리고 유람과 시창작과의 관계를 살펴보겠다.

먼저 그의 舟遊(船遊)를 살펴보겠다. 그는 본성이 물가에 가기를 좋아하였다. 그것은 변화하는 물의 성질이 자신의 본성과 부합하였기 때문일 것이며, 또한 당시 배가 필수적인 교통수단이었기 때문일 것이다.

我性喜臨水,	나의 天性 물에 가는 것 좋아했는데
得潁意甚奇.	潁水에 오니 생각이 심히 기이하다.
到官十日來,	관사에 도착한지 십일 동안
九日河之湄.	구일은 물가에 가 있었다.
……	……
畫船俯明鏡,	채색 유람선을 타고 거울 같이 맑은 물을 내려다보면서
笑問汝爲誰.	(물속의 나에게) 웃으며 '너는 누구냐?'고 물었다.
忽然生鱗甲,	갑자기 비늘 껍질 같은 파문이 일어
亂我鬚與眉.	물에 비친 내 얼굴의 수염과 눈썹이 일렁거리더니
散爲百東坡,	흩어져 백 사람의 東坡 자신으로 되었다가
頃刻復在茲.	금방 다시 본 모습으로 돌아온다.[47]

소동파가 거울 같이 잔잔한 潁水에서 배를 타고 유람하다가 물에 비친 자신의 모습을 기묘하게 묘사한 시이다. 그는 潁州知州로 부임한지

---

47) ＜泛潁＞, ≪蘇軾詩集≫, 권34. 元祐六年(1091년, 56세), 潁州에서 지음.

열흘 동안 아흐레는 물가에 갈 정도로 물을 좋아하였다. 여기서 갑자기 잔잔하던 물 위에 물결이 일자, 물에 비친 자신의 얼굴이 백 사람의 東坡(蘇軾)로 변화되었다가 다시 금방 원래 모습으로 돌아온 정경을 탁월한 필치로 묘사하고 있다. 이처럼 그는 순간적 형상을 잘 포착하여 시로 표현하고 있다.

㉠

我行日夜向江海,	내 여행길 밤낮으로 江海를 향하나니
楓葉蘆花秋興長.	단풍잎 갈대꽃에 가을 흥취 넘치도다.
長淮忽迷天遠近,	긴 淮水 홀연히 가마득하니 하늘은 멀어졌다 가까워졌다 하고
靑山久與船低昻.	靑山은 오래도록 배와 더불어 높았다 낮았다 출렁거린다.
壽州已見白石塔,	壽州 땅의 白石塔은 어느덧 눈에 보이지만
短棹未轉黃茅岡.	사공의 바쁜 삿대질에도 배는 아직 黃茅岡을 벗어나지 못하였다.
波平風軟望不到,	물결이 잔잔하고 바람 산들거리는데 뱃길 오히려 더디니
故人久立烟蒼茫.	저녁노을 자욱한 속에 벗은 오래도록 서서 날 기다리고 있겠지.48)

㉡

放生魚鼈逐人來,	방생한 물고기와 자라가 사람을 따라오고
無主荷花到處開.	임자 없는 연꽃은 도처에 피어 있다.

---

48) <出潁口初見淮山, 是日至壽州>, ≪蘇軾詩集≫, 권6. 熙寧4년(1076년, 36세), 杭州通判 赴任途中 潁水에서 壽州로 배타고 가는 여행길에서 지음.

水枕能令山俯仰,　　배 위에 누우니 물결 따라 산이 오르락내리락
風船解與月徘徊.　　바람 따라 흘러가는 배는 달과 함께 배회한다.[49]

　　위 두 수의 시에는 일렁일렁 오르락내리락하는 배 위에서 작자와 경관의 동태적 형상이 신선하게 묘사되어 있다.

　　㉠은 소동파가 가을의 여행길에 배 위에서 지은 시이다. 단풍잎과 갈대꽃에서 계절감이 물씬 배어나고 있다. 작자가 탄 배의 움직임에 따라 靑山도 출렁이고 있는 듯이 여겨진다. 목적지 壽州에 빨리 도착하고 싶은 마음은 굴뚝같지만 배는 상대적으로 느리게만 느껴진다. 그리고 벗이 도착지에서 오래도록 기다리고 있으리라고 믿는 데서는 훈훈한 우정이 살며시 부각되고 있다.

　　㉡은 소동파가 연꽃이 무성하게 피어 있는 호수에서 밤에 배를 타고 달빛을 받으며 배회하고 있는 시이다. 작자는 배 위에 누워서 물결 따라 산이 일렁이는 모습을 보고 있다. 바람 따라 흘러가는 배 위에 비친 달빛의 분위기가 훨씬 정감을 고조시키고 있다. 이 시는 순수한 경관중심으로 묘사하고 있는데도, 작자가 자연에 동화된 경지에 있음을 파악할 수 있다.

長洪斗落生跳波,　　긴 여울물이 뚝 떨어져 용솟음치는 물결 생기는데
輕舟南下如投梭.　　경쾌한 배 남으로 달려감이 베틀 북 쏘는 듯.
水師絶叫鳧雁起,　　뱃사공 절규하니 오리 기러기 위로 나르는데
亂石一線爭磋磨.　　좁은 물길에 어지러운 돌 한 줄기 서로 부대낀다.
有如兎走鷹隼落,　　토끼가 뛰는 것보고 매가 하늘에서 덮치듯

---

49) <六月二十七日望湖樓醉書五絶, 其二>, ≪蘇軾詩集≫, 권7. 熙寧5년(1072년, 37세), 杭州에서 지음.

駿馬下注千丈坡.	준마가 천길 벼랑에서 뛰어내리듯
斷絃離柱箭脫手,	거문고줄 끊어져 기러기발 떠나듯, 쏜 살이 궁수의 손 벗어나듯
飛電過隙珠翻荷.	번개 문틈을 지나고 구슬이 연잎에서 구르듯.
四山眩轉風掠耳,	사방의 산이 빙빙 돌고 바람이 귀를 할퀸다.
但見流沫生千渦.	흐르는 물거품에 수천의 소용돌이가 생기는 것만 보인다.
嶮中得樂雖一快,	험한 가운데 樂을 얻으니 비록 한 순간 유쾌하여도
何異水伯誇秋河.	河神이 가을 강물을 과시함과 무어 다르랴?
我生乘化日夜逝,	내 인생 천지조화의 기운을 타고 밤낮으로 흘러감이여.
坐覺一念逾新羅.	앉아서 깨달으니 잠깐 사이에 먼 新羅땅을 지나간 듯.[50]
紛紛爭奪醉夢裏,	어지러운 쟁탈전이 술이 취해 꾼 꿈속 같은데
豈信荊棘埋銅駝.	어찌 가시덤불에 銅駝를 묻어 둔 것 믿으리?[51]
覺來俯仰失千劫,	깨어나니 짧은 순간에 천겁을 모르고 지내 왔구나.
回視此水殊委蛇.	돌아보니 지나온 이 강물은 자못 여유스럽다.[52]

소동파가 '百步洪'이라는 물살이 센 여울물에서 배를 타고 하류로 급히 달려 내려가면서 지은 시이다. 여기서 '洪'은 강이 갑자기 좁아지고 물살이 급한 곳을 가리킨다.

전반부는 景이 중심이고 후반부는 理가 중심이다. 이에는 세밀한 관찰력이 밑받침된 동태적 경관묘사가 일품이다. 특히 좁은 물길을 배로

---

50) '時空의 제한을 받지 않고 순식간에 멀고 먼 곳에 있는 新羅 땅을 지나간 것 같다'는 의미이다. 繆越, 霍松林, 周振甫, 吳調公 撰寫, ≪宋詩大觀≫, 392쪽, 참조

51) 이 두 구는 '사람들이 다투어 권세와 利欲을 쟁탈함이 마치 술이 취해 꾼 꿈 속과 같아, 세상일이 변화가 신속하여 洛陽宮門 앞에 있는 구리 낙타(銅駝)가 끝내는 가시덤불에 묻히게 될 것을 어찌 알겠는가?'라는 의미이다. 繆越, 霍松林, 周振甫, 吳調公 撰寫, ≪宋詩大觀≫, 392쪽, 참조.

52) <百步洪>, ≪蘇軾詩集≫, 권17. 元豐元年(1078년, 43세)에 徐州에서 지음.

재빠르게 내려감을 "① 토끼가 뛰는 것을 보고 매가 하늘에서 날아 덮치듯,53) ② 천길 언덕에서 준마가 달려 내려 떨어 질듯, ③ 끊긴 줄이 기러기발을 떠나듯, ④ 쏜살이 궁수의 손에서 벗어나듯, ⑤ 나르는 번개가 문틈을 지나듯, ⑥ 구슬이 연잎에서 구르듯" 등의 6가지 형상으로 연속적으로 비유한 예는 참신하여 전례를 찾기 어렵다.

또한 "이 인생 천지조화의 기운을 타고 밤낮으로 흘러감이여"구에서는 자신의 인생이 자연에 동화되어 흘러감을 표명하고 있다. 마지막 2구에서 소동파는 위험을 모르고 험한 곳을 지난 후의 안도감과 여유 있게 험하게 지나온 행적을 뒤돌아보는 여유도 보여주고 있다. 이 시는 순간적인 형상의 포착이 뛰어나고, 긴박감이 잘 표현되고 있다. 또한 빠른 물살(景), 험한 가운데의 樂과 지나온 강물을 돌아본 후의 여유(情), 그리고 이 속에서 인생이 천지조화의 기운을 타고 흘러 감(理)이 조응되고 있다.

汪師韓은 이 시에 대해 다음과 같이 평하여, 탁월한 비유, 분방한 기세, 끝까지 다하는 筆力, 氣를 기름, 그리고 기발한 시구를 얻음 등을 표현하였다.

"비유를 사용하여 문장에 넣는 것 이것은 소동파의 장기이다. 이 시에서 급한 물결과 가벼운 배를 묘사하여 그 기세가 번갈아 나오고, 筆

---

53) ① 부분을 錢鍾書는 a. '토끼가 뛰고', b. '매가 하늘에서 날아 덮치듯' 이라는 두 가지 形象으로 보고 있다.(錢鍾書 注, 李鴻鎭 譯, ≪宋詩選註≫, 106쪽.) 그리하여 전체적으로 7가지 形象의 比喩를 했다고 하였다. 가능한 해석이다. 그러나 王水照(≪蘇軾≫, 45쪽)와 柳種睦(≪蘇軾詞研究≫, 280쪽)은 ①을 한 개의 形象으로 보아 전체적으로 6가지 形象으로 비유한 것이라고 하였다. 筆者도 王水照, 柳種睦의 說에 의거, ①이 개별적인 형상이 아닌 同時進行形象으로 판단하여 한 가지 形象으로 보고 있다. 그러므로 6가지 形象의 比喩라고 하였다.

力이 餘地를 없앴으니, 또한 참으로 험한 가운데서 樂을 얻은 것이다. 後幅에서는 氣를 길러 홀가분하였는데, 오히려 때로 奇拔한 시구가 보인다(用譬喩入文, 是軾所長. 此篇摹寫急浪輕舟, 氣勢迭出, 筆力破餘地, 亦眞是險中得樂也. 後幅養其氣以安舒, 猶時見警策)."54)

> 江月照我心, 강위에 뜬 달은 내 마음을 비추고
> 江水洗我肝. 강물은 내 肝을 씻는구나.55)

강위에서 배를 타고 밤에 달을 보며 지은 시의 첫째 연이다. 자연 속의 달과 강물이 작자의 마음을 정화시키는 작용을 함을 잘 묘사하고 있다.

> 春江渌未波, 봄 강물 맑디맑아 물결은 일지 않고
> 人臥船自流. 사람이 눕자 배는 절로 흘러간다.
> 我本無所適, 나는 본래 갈 곳 없는 몸
> 泛泛隨鳴鷗. 두둥실 떠가며 우는 갈매기 따르리라.
> 中流遇洑洄, 물 흐름 중간에서 소용돌이 만나자
> 捨舟步層丘. 배를 버리고 언덕을 거닌다.56)

5월 5일 아들 過와 놀이를 나가서 지은 시이다. 여기서 두둥실 절로 흘러가는 배에 누워, 나르는 갈매기를 따라 살고자 하는 모습과, 그러다가도 소용돌이를 만나자 배를 버리고 언덕을 거니는 모습이 돋보인다. 이에는 소동파가 자연에 몸을 맡기어 담담히 따르는 자연적 삶의

---

54) 汪師韓, ≪蘇詩選評箋釋≫, 권2. 王水照, ≪蘇軾選集≫, 115쪽.
55) ＜藤州江上夜起對月, 贈邵道士＞, ≪蘇軾詩集≫, 권44.
56) ＜和陶游斜川＞, ≪蘇軾詩集≫, 권42. 海南貶謫時節에 지음.

태도가 잘 나타나고 있다. 소동파는 자연을 자아와 융합할 수 있는 공간으로 보고 있다. 이것은 자연과의 동화를 의미한다.

이제 樓閣이나 亭子에서 조망한 자연경치를 묘사한 시를 살펴보겠다.

黑雲翻墨未遮山,	먹물을 뒤엎은 듯한 검은 구름 산허리에 걸쳤는데
白雨跳珠亂入船.	흰 구슬처럼 튀는 빗발 어지러이 배 안으로 들이친다.
卷地風來忽吹散,	땅을 휘감는 바람이 문득 비구름 불어 흩트리자
望湖樓下水如天.	望湖樓 아래의 물이 금시 하늘빛처럼 맑게 변했다.[57]

소동파가 杭州 西湖에 있는 望湖樓에서 여름 날씨의 신속한 변화에 따른 경관의 변동을 묘사한 시이다. 날씨가 「먹구름－비－회오리바람－快晴」 등으로 변화함에 따라 동태적으로 변화하는 순간적 자연경관을 선명하게 묘사하였다. 배 안에서 본 먹구름, 빗발, 회오리바람과 망호루에서 조망한 하늘처럼 맑고 고요한 물빛 등이 청신하고 생동적으로 묘사되어 있다. 분위기가 動的인데서 靜的으로 급변하면서 이 양자의 대비 하에 뒷부분의 정적인 경치가 부각되고 있다.

游人脚底一聲雷,	유람객 발밑에서 나는 우르릉 천둥소리가 요란하고
滿座頑雲撥不開.	가득 덮인 먹구름은 걷히지 않는다.
天外黑風吹海立,	하늘 저쪽에서 검은 폭풍 일어 해일 같은 파도 우뚝 서서 달려오더니
浙東[58]飛雨過江來.	浙江 동쪽에서 쫙 하고 날리는 비가 江을 가로질러 뿌옇게 몰려온다.

---

57) <六月二十七日望湖樓醉書五絶, 其一>, ≪蘇軾詩集≫, 권7. 杭州通判으로 在職할 때인 熙寧5년(1072년, 37세), 杭州에서 지음.
58) '浙東' : 杭州는 浙江(錢塘江)의 서쪽에 있기 때문에 이와 같이 불렀다.

十分瀲灩金樽凸,　신나게 쏟아져 내리는 비는 술잔 위에 철철 넘치는 술
　　　　　　　　　같고
千杖鼓鏗羯鼓催.　많은 작대기로 장고 두드리듯 빗방울이 소리치며 내리
　　　　　　　　　퍼붓는다.
喚起謫仙泉灑面,　옥황상제가 謫仙 李太白을 불러 하늘 샘물로 얼굴을 씻
　　　　　　　　　어 술 깨우듯
倒傾鮫室瀉瓊瑰.　바다를 뒤집어 보배 같은 시구를 쏟아 뿌린다.59)

吳山의 최고봉에 위치한 有美堂에서 본 錢塘江의 조망을 시간의 추이
에 따라 묘사한 시다. 천둥과 먹구름, 폭풍우와 파도가 웅장하여 박력
이 넘친다. 비오기 전과 폭풍우가 내리는 광경이 동태적이고 긴박감이
넘치게 묘사되고 있다. 여기서 제5, 6구는 폭우가 쏟아지는 형상이 시
각적, 청각적 이미지로 순간의 형상을 밀도 있게 파악하였다. 특히 "바
다를 뒤집어 보배 같은 시구를 쏟아 뿌린다"는 마지막 구는 산수유람과
시창작과의 관계를 묘사하여, 격동하는 자연현상이 작자의 靈感을 격발
시켜 시창작에 큰 역할을 함을 밝히고 있다.

　이 시에 대해 查愼行은 다음과 같이 평하였다. "전체 시는 대부분 폭
우를 묘사한 것인데, 章法이 기이하다.(通首多是摹寫暴雨, 章法亦奇.)60)

決去湖波尙有情,　흘러가는 물 막아 이루어진 호수의 물결 그래도
　　　　　　　　　情이 흘러
却隨初日動簷楹.　도리어 아침 햇살 따라 처마와 기둥에 일렁거린다.
溪光自古無人畵,　시냇물 빛은 예로부터 그려낸 사람이 없으니

---

59) <有美堂暴雨>, ≪蘇軾詩集≫, 권10. 杭州通判 在職時인 熙寧6년(1073년, 38세),
　　杭州에서 지음.
60) 查愼行, ≪初白庵詩評≫, 卷下. 王水照, ≪蘇軾選集≫, 73쪽.

憑杖新詩與寫成.　　이제 새 시를 지어 묘사해 볼까나.61)

　여기서 소동파는 시냇물 빛을 보는 조망이 뛰어나다는 의미를 지닌 「溪光亭」에서 시냇물을 보고 있다. 그리하여 梅堯臣이 일찍이 "써내기 어려운 경치를 마치 눈앞에 있듯이 묘사한다(狀難寫之景, 如在目前)"62)고 말한 것과 같이, 표현하기 어려운 순간형상을 잘 포착하고 있다. 작자가 호수 물결을 有情한 것으로 보고 있는 것에서 자연과 교감하고 있는 경지를 느낄 수 있다. 특히 시냇물 빛을 시를 지어 묘사해 내고자 하는 작자의 의욕과 빼어난 솜씨가 일품이다.

劍氣崢嶸夜挿天,　칼날처럼 삐죽삐죽 솟아오르는 새벽 햇살이 하늘을 뚫고
瑞光明滅到黃灣.　상서로운 그 빛 번쩍번쩍 黃灣에 이른다.
坐看暘谷浮金暈,　정자에 앉아 暘谷에서 금빛 태양 떠오르는 장관을 보니
遙想錢塘湧雪山.　예전 錢塘湖에서 보던 雪山처럼 용솟음치던 흰 물보라
　　　　　아련히 생각난다.
已覺蒼涼蘇病骨,　시원한 기운이 병든 뼈마디를 소생시키는 기분을 벌써
　　　　　느낀다.
更煩沆瀣洗衰顔.　다시 이슬 기운이 노쇠한 내 얼굴을 씻어 준다.
忽驚鳥動行人起,　홀연 새가 푸드득 날며 행인들의 거동에 놀라는데
飛上千峰紫翠間.　태양은 이미 천개의 봉우리 푸르스름한 사이로 날아올
　　　　　랐다.63)

---

61) <和文與可洋川園池三十首, 溪光亭>, ≪蘇軾詩集≫, 권14. 熙寧九年(1076년, 41세) 지음.

62) 歐陽修, ≪六一詩話≫. (淸) 何文煥 輯, ≪歷代詩話≫, 267쪽.

63) <浴日亭>, ≪蘇軾詩集≫, 권38. 紹聖元年(1094년, 59세) 九月, 廣州로부터 惠州 貶謫地로 가는 도중에 亭子를 올라 지음.

작자가 浴日亭에 올라 태양이 솟아오르는 경관을 바라보며 시간의 추이에 따라 변모하는 순간적 경치를 묘사한 시이다. 浴日亭은 태양이 목욕하는 정자라는 의미이다. 칼날 빛처럼 삐죽삐죽 솟아오르는 햇살이 黃灣에 이를 때 작자는 정자에 앉아 해 돋는다는 暘谷에서 금빛 해가 떠오르는 것을 보고 있다. 이 때 대자연의 상쾌한 새벽 정기가 병든 작자의 뼈마디를 소생시키고 바람 이슬의 기운이 노쇠한 그의 얼굴을 씻어 준다. 여기서 자연은 작자에게 養生의 공간이 되고 있다.

이제 작자가 절(寺)을 유람하며 창작한 시를 보겠다. 소동파는 절을 유람하기도 좋아하였는데, 이는 그가 불교 신자이기도 했지만, 그보다는 자연을 좋아하는 그의 성품이 그윽한 풍치의 절(寺)과 그 주위의 경관을 더욱 좋아하였기 때문일 것이다.

天欲雪, 雲滿湖,	하늘엔 눈이 내리려는 듯 호수 가득 구름 덮였고
樓臺明滅山有無.	누대는 드러났다 사라졌다, 산도 보일 듯 말듯.
水清石出魚可數,	물 맑아 바닥 돌까지 환히 보여 노니는 고기의 수까지 셀 수 있고
林深無人鳥相呼.	깊은 숲엔 인적도 없고 새들만 지저귄다.
臘日不歸對妻孥,	臘日인데도 집에 돌아가 처자식과 어울리지 않고
名尋道人實自娛.	명목은 道僧을 만나러 나섰건만 실은 스스로 즐기기 위해서지.
道人之居在何許,	道僧이 사시는 곳 어디쯤일까?
寶雲山前路盤紆.	寶雲山 가는 길 구불구불 험난하구나.
孤山孤絶誰肯廬,	孤山은 孤絶하니 오두막 짓고 살 사람도 없으련만
道人有道山不孤.	道僧이 높은 도 닦으시니 산도 외롭지 않으리.
紙窗竹屋深自暖,	대나무 얽어 만든 집에 종이 창문을 내니 깊고 따뜻하여
擁褐坐睡依團蒲.	베옷 입고 풀방석에 앉은 채 주무시기도 한다.

天寒路遠愁僕夫, 날씨 춥고 갈 길 멀다고 하인들은 마냥 걱정하지만
整駕催歸及未晡. 멍에 챙기어 서둘러 돌아오니 저물기 전이라.
出山廻望雲木合, 산을 벗어나 뒤돌아보니 구름이 나무를 가렸고
但見野鶻盤浮圖. 다만 솔개가 높이 떠 절 탑 위를 맴돌고 있구나.
玆遊淡薄歡有餘, 이번 나들이 담박한 대로 뿌듯한 즐거움 남아 있어
到家怳如夢蘧蘧. 집에 돌아오니 꿈속의 일인 듯 황홀하기만 하구나.
作詩火急追亡逋, 이 감흥 흐려질까 봐서 서둘러 뒤쫓아 시를 지어 보나니
淸景一失後難摹. 맑은 경치 사라져버리면 다시는 그려내기 어려우리.64)

이것은 겨울철 소동파가 杭州通判으로 부임(熙寧4년, 1071년, 36세, 11월)한지 얼마 후, 눈이 내리려는 날씨에 孤山의 두 스님을 찾아가는 행로에서 돌아오기까지 전과정의 경관과 작자의 감흥이 잘 나타나 있는 시이다. 경치를 중심으로 묘사하고 있으면서도 유람으로 인한 자신의 내면적인 흐뭇함이 시간의 추이에 따라 배어나고 있다.

작자는 행로 중의 경관을 사실적으로 묘사하였다. 눈이 내리려는 날씨라 구름이 덮여 있는 호수와 그 구름 때문에 누대와 산이 보일 듯 말 듯한 모습을 그림 그리듯 묘사하고 있다. 제6구의 "유람의 명목은 道僧을 만나러 가는 것이지만 실은 스스로 유람을 즐기기 위해서였다"라는 시구에 명시된 것처럼 소동파는 산수의 유람이 이번 나들이의 진정한 목적이라고 하여 그 즐거움을 만끽하고 있는 속마음이 잘 드러나 있다.

제9, 10구 "孤山은 외롭게 외떨어진 곳이라 오두막 짓고 살 사람도 없으련만/ 道僧이 높은 道 닦으시니 山도 외롭지 않으리"는 의미심장하다. 山名이 孤山인데서 착안, 孤山의 孤의 의미를 잘 살려서 그 반대적

---

64) <臘日遊孤山訪惠勤惠思二僧>, ≪蘇軾詩集≫, 권7. 熙寧4년(1071년, 36세) 겨울, 12월 24일 杭州通判時節에 지음.

의미로 '스님이 도를 닦으시니 산도 외롭지 않으리'라고 하였다.

　마지막 두 구에서는 감흥의 순간이 지나가 버리면, 맑은 경치의 순간 형상을 포착하기가 어렵다고 하였다. 이것은 "사물의 *妙*함을 구하는 것은 마치 바람을 붙들어 매고, 그림자를 붙잡는 것과 같다(求物之妙, 如繫風捕影)"[65]라는 자신의 창작론과 부합된다. 바로 시가를 지을 때의 순간적 형상의 포착이 어렵고도 중요하다는 시가창작의 법칙을 잘 형상화시키고 있다.

朝見吳山橫,	아침에 본 吳山은 가로섰더니
暮見吳山縱.	저녁에 보니 오산이 세로로 섰구나.
吳山故多態,	오산은 본디 여러 자태라
轉折爲君容.	형태가 변하여 그대 위해 용모를 꾸민다.
幽人起朱閣,	스님이 이 절경에다 붉은 누각을 지었는데
空洞更無物.	그 안에는 아무 물건도 없이 텅 비었다.
惟有千步岡,	오직 千步 높이의 멧부리 오산이 있어
東西作簾額.	동서로 창문의 발처럼 둘러 있다.
……	……
雕欄能得幾時好,	아로새긴 난간은 얼마나 좋은 세월 보며 서 있을까?
不獨憑欄人易老.	단지 난간에 기대어 나만 쉽게 늙을 뿐이 아니리라.
百年興廢更堪哀,	백년의 흥망성쇠가 더욱 슬프니
懸知草莽化池臺.	아득히 알겠도다. 못과 臺가 풀숲으로 변화될 것을
遊人尋我舊遊處,	훗날 유람객아 내가 전에 놀던 곳을 찾으려거든
但覓吳山橫處來.	다만 오산이 가로지른 이곳을 찾아오게나.[66]

---

65) ＜答謝民師推官書＞, ≪蘇軾文集≫, 권49. 王水照 選註, ≪蘇軾選集≫, 420쪽.

66) ＜法惠寺橫翠閣＞, ≪蘇軾詩集≫, 권9. 熙寧6년(1073년, 38세), 杭州通判時節에 지음.

소동파가 法惠寺 橫翠閣을 유람하면서 바라본 吳山의 변화무쌍한 자태와 橫翠閣에 대한 감개를 묘사한 시이다. 먼저 시간에 따라 오산이 변모하는 모습을 묘사하고, 다음에 세월의 흐름에 따라 없어질 누각을 예상하는 감개를 거시적 안목으로 표현하고 있다.

특히 吳山을 인격화시켜, 오산은 본디 여러 자태인데 심미적인 안목으로 보는 유람객을 위해 산이 용모를 꾸민다고 표현하였다. 6구 '그 안에는 아무 물건도 없이 텅 비었다(空洞更無物)'에서의 '無物'은 佛敎에서는 우주와 내가 하나라는 뜻으로 보고 있다. 끝으로 이 橫翠閣은 언젠가는 소멸될 것이니 훗날 유람객이 소동파 자신이 놀던 곳을 찾아오려면 오산이 가로지른 이곳을 찾아오라고 당부하고 있다. 이는 작자의 거시적 안목과 먼 훗날까지 불멸할 자신의 시에 대한 자부심을 느끼게 해 준다.

汪師韓은 이 시를 평해 "初唐體를 지어 淸麗하고 무성하며, 神韻이 뛰어나려고 한다(作初唐體, 淸麗芊眠, 神韻欲絕)."67)고 하였다.

肩輿任所適,	가마 타고 가는 대로 맡겨 두었다가
遇勝輒流連.	경치 좋은 곳을 만나면 머물고 노닌다.
焚香引幽步,	향불 사르고는 그윽이 걸음을 옮기고
酌茗開淨筵.	차를 마시며 깨끗한 자리를 편다.
微雨止還作,	가랑비는 그쳤다가 다시 내리니
小窓幽更妍.	창 밖 경치 그윽하고 아름다워라.
盆山不見日,	盆山엔 태양이 보이지 않는데
草木自蒼然.	초목은 저절로 파랗다.
忽登最高塔,	홀연히 가장 높은 탑을 오르니

---

67) 汪師韓, ≪蘇詩選評箋釋≫, 권2. 王水照, ≪蘇軾選集≫, 58쪽.

眼界窮大千.	시야에 大千世界가 다 들어온다.
卞峰照城郭,	卞峰은 성곽을 비추고
震澤浮雲天.	太湖는 구름 덮힌 하늘에 훤히 떴다.
深沈旣可喜,	깊게 가라앉은 경치 즐겁고
曠蕩亦所便.	탕탕히 넓은 것 대하니 마음 또한 편하다.
幽尋未云畢,	그윽한 경치 다 찾지도 못했는데
墟落生晚煙.	마을에선 저녁연기 모락모락.(68)

이는 작자가 단오절에 여러 절을 유람하며 명승지를 찾아 돌아다니는 探勝의 기록이다. 가마가 가는 대로 맡겨 두고 명승지를 만나면 머물어 노닐며 구경하는 것을 기록한 제1~4구에서 소동파의 인위를 가하지 않고 발이 가는 대로 자연에 맡기는 풍모가 돋보인다. 작자는 가장 높은 탑에 올라 널리 사방의 경치를 보니 마음이 편한 느낌을 받고 있다.

이제 고개(嶺), 바다, 별(星), 湖水眺望, 尋春野遊, 貶謫行路 등의 유람시를 각기 한두 수씩 택하여 살펴보겠다.

一念失垢汚,	일념에 티끌과 더러움을 모두 버리고 나니
身心洞淸淨.	몸과 마음 환하게 청정해지누나.
浩然天地間,	넓고 너른 천지 사이에
惟我獨也正.	오직 나 홀로 정당하여라.
今日嶺上行,	오늘 고개 마루를 걸으니
身世永相忘.	내 몸과 세상을 모두 길이 잊어버리누나.
仙人拊我頂,	仙人이 나의 정수리를 어루만지니

---

68) <端午遍游諸寺得禪字>, ≪蘇軾詩集≫, 권18. 元豐2년(1079년, 44세)에 지음.

結髮受長生.　　　머리 묶어 장생하리라.[69]

　이는 소동파가 惠州貶謫地를 향해 가는 길에 大庾嶺을 넘어가면서 지은 시이다. 여기에는 현실세계에서의 갈등과 번뇌를 모두 잊은 청정심과 비록 폄적되어 가는 길이지만 지난 날의 자신의 言動이 정당했다는 자부심을 표현시킨 시이다.

　그가 힘겨운 발걸음을 옮겨 높은 大庾嶺을 오르자, 一念에 그 간의 갖가지 내면적 갈등, 번뇌를 모두 잊고 심신이 청정한 경지에 도달하고 있다. 그것은 직접적으로는 높은 고갯마루를 힘들여 오른 후에 느끼는 쾌적함, 뿌듯함에서 발로되는 경지이다. 간접적으로 우주천지에 독존하는 자아에 대한 자부심은 바로 소동파 자신이 폄적되어 가는 길이지만 자신의 내면세계에는 아무런 부끄러움과 잘못이 없다는 자아의식의 발로이다. 그리하여 소동파는 자아와 현실세계를 모두 잊는 경지에 도달하고 있다. 이 시에서의 자연은 현실세계와의 괴리로부터 온 고뇌의 망각공간이며 정신적 상처의 치유공간의 역할을 겸하고 있다.

東方雲海空復空,　동녘의 구름바다는 텅 비고 또 텅 비었는데
群仙出沒空明中.　여러 신선이 空明(훤한 공중)에 출몰한다.
蕩搖浮世生萬象,　출렁출렁 파도 위에 뜬 세상에 만상이 생겨나니
豈有貝闕藏珠宮.　어찌 조개 대궐과 보배 궁궐이 있으리요?
心知所見皆幻影,　내 마음엔 눈에 보이는 것이 모두 幻影이라
敢以耳目煩神工.　감히 내 이목으로 조화옹의 솜씨를 번거롭게 헤아린다.
歲寒水冷天地閉,　초겨울이라 바닷물은 차갑고 천지 기운이 막히었건만

---

69)　<過大庾嶺>, ≪蘇軾詩集≫, 권38. 紹聖元年(1094년, 59세), 惠州貶謫地를 향해 가는 길에서 지음.

爲我起蟄鞭魚龍.	나를 위해 칩거해 있는 물고기와 용을 일으켜 채찍질한다.
重樓翠阜出霜曉,	층층 누각과 푸른 언덕(蜃氣樓)이 서리 새벽에 나타나니
異事驚倒百歲翁.	기이한 일인지라 이 고장의 백세된 노인도 놀래 자빠진다.
人間所得容力取,	인간 세상에서 얻는 것은 힘으로 취할 수 있다지만
世外無物誰爲雄.	세상밖에는 아무 물건 없으니 잘난 사람이 어디 있으리요?
率然有請不我拒,	나의 갑작스런 요청에도 造化翁께서 거절하지 아니하시니
信我人厄非天窮.	진실로 나의 재난은 하늘이 궁하게 한 것은 아니로다.
潮陽太守南遷歸,	옛날 韓愈가 남쪽 귀양에서 돌아오는 길에 衡山이 맑아져
喜見石廩堆祝融	石廩峰과 祝融峰이 나타난 현상을 보고 즐거워했다지.
自言正直動山鬼,	그는 정직함은 山神도 감동시킨다고 말했었지.
豈知造物哀龍鍾.	어찌 알리오? 조물주가 궁한 사람 가엽게 여긴 것임을.
伸眉一笑豈易得,	눈썹 펴고 한 번 시원히 웃는 웃음 어찌 쉽사리 얻으리요?
神之報汝亦已豐.	신이 나에게 보답해 주시어 이런 佳景을 나타냈구나.
斜陽萬里孤鳥沒,	황혼 빛 만리에 외로이 날던 새가 사라져 버리니
但見碧海磨靑銅.	푸른 바다엔 구리거울을 깨끗이 닦은 듯 아무 것도 없어졌다.
新詩綺語亦安用,	새 시를 지어 멋들어지게 묘사해도 무슨 소용 있으리?
相與變滅隨東風.	모두 다 동풍 따라 사라져 버리는 것을!70)

이는 소동파가 登州知州로 가서 바다의 신기루를 보고 느낀 감회를 표현한 시이다. 작자는 경치, 의론, 상상, 환상적인 분위기를 통해 신기루의 「無－有－無」71)의 변화 상태를 핍진하게 묘사하고 있다. 여기서 앞의 「無」와 뒤의 「無」의 실제 내용은 같지 않다. 표면적으로는 같더라

---

70) <登州海市>, ≪蘇軾詩集≫, 권26. 元豐八年(1085년, 50세) 가을, 登州知州 時節에 지음.

71) 吳鷺山 等 選註, ≪蘇軾詩選註≫, 156쪽에서는 "신기루가 無에서 有로 有에서 無로 향하는데, 層次가 분명하다"고 하였다.

도 어떤 일을 경험하기 전과 경험한 후의 마음 상태는 다르기 때문이다. 환언하면 전체적으로 작자는 ① 理性的 사유에 의한 신기루의 否定段階와 ② 실제로 나타난 신기루에 대한 肯定段階, 끝으로 ③ 이 신기루가 모두 동풍을 따라 「無」로 사라짐의 단계 등을 묘사하고 있다. 동시에 景과 理, 情이 서로 관계를 가지며 조응되고 있다.

제1~6구에서는 이성적인 필치로 바닷가에서 바라본 바다에 萬象이 생겨나는 경치를 호기심을 가지고 묘사하고 있다. 제7~20구에서는 기이한 신기루의 현상을 직접 보고 놀라는 이 고장 노인의 모습과 그로부터 감흥된 자아의 형상을 韓愈의 옛 일을 빌어 묘사하고 있다. 곧 唐나라 때의 韓愈의 故事[72]와 이번의 자신의 예를 통해 인간과 자연의 조응 관계를 부각시키고 있다. 신기루가 나타나는 장면은 이 시의 최고조라 할 수 있다. 그리고 신기루를 보게 해 달라는 갑작스런 자신의 기도에 造化翁이 허락한 사실로 본다면, 「烏臺詩案」에 걸려 투옥되었다가 풀려나 4년 남짓 黃州貶謫期를 보내었던 이전의 자신의 재난이 모두 하늘이 窮하게 한 것이 아니라고 여기고 있다. 제21구~끝구에서는 순간적인 신기루의 현상이 모두 사라지고 바다에는 아무 것도 없는 일상적인 현실로 회귀하고 있다.

---

72) 繆越, 霍松林, 周振甫, 吳調公 撰寫, ≪宋詩大觀≫, 427쪽. 王水照 選注, ≪蘇軾選集≫, 175쪽.
  韓愈가 임금에게 상소를 올렸다가 임금의 노함과 반대파의 배척을 받아 陽山令으로 貶謫되었다. 그 후에 召還되어 北上하는 도중에 衡山을 지나다가, 나쁘던 날씨가 갑자기 좋아졌다. 이러한 자연적 현상에 감동하여 韓愈는 자신의 정신이 하늘을 감동시켜 순식간에 봉우리들을 볼 수 있었다고 생각하고 <謁衡嶽廟遂宿嶽寺題門樓> 詩를 지었다(永貞元年, 가을에 지음)는 故事이다. 여기서 소동파는 韓愈가 潮州刺史로 貶謫되었다가 북쪽으로 귀환하는 길에 衡山을 지나면서 지었던 詩(元和15년)라고 誤認하고 있음을 알 수 있다.

參橫斗轉欲三更,	參星은 비끼고 北斗七星 흘러 삼경이 되려 하는 깊은 밤
苦雨終風也解晴.	지루하던 비바람이 멎자 날씨 화창하게 개었다.
雲散月明誰點綴,	실구름 한 점 없는 휘영청 밝은 달빛 누가 장식한 것일까?
天容海色本澄淸.	맑은 하늘과 푸른 바다는 본래 맑고 파란 것
空餘魯叟乘桴意,	부질없이 孔子가 뗏목 타고 떠나려 한 느낌 남아 있고
粗識軒轅奏樂聲.	파도 소리 들으니 軒轅이 타던 곡조가 연상된다.
九死南荒吾不恨,	海南 땅에서 구사일생 겪은 고생 나는 한탄하지 않는다.
玆游奇絶冠平生.	이번 놀이는 평생에 본 절경 중에서 으뜸인가 하노라.73)

이는 소동파가 海南貶謫을 마치고 바다를 건너며 지은 시이다. 고난의 해남폄적시기를 으뜸의 절경을 본 놀이라고 총괄적으로 평가하고 있다. 비바람이 멎고, 參星과 北斗七星이 보이고, 휘영청 달빛이 비치고, 파도 소리가 곡조로 연상되는 밤 배 위의 갖가지 정조들은 모두 자유를 되찾은 작자의 기쁜 심정을 반영시키고 있다. 다시 말해 情과 景이 융합되고 있다. 특히 末2구는 자신의 海南貶謫에 대한 핵심적인 평가로서 이 속에 긍정적이고 낙관적인 소동파의 성격이 드러나고 있다.

天高夜氣嚴,	하늘은 높고 밤기운 냉랭한데
列宿森就位.	수많은 별들 자기 자리 지키고 있다.
大星光相射,	큰 별은 빛을 우리에게 쏘고
小星鬧若沸.	작은 별은 반짝반짝 끓어오르는 것 같다.
天人不相干,	하늘과 사람은 본래 서로 간여하지 않는 것
嗟彼本何事.	아! 저 별들이 도대체 무슨 일인가?
世俗强指摘,	세속에서는 상상력을 발휘하여 그것들을 가리키어

---

73) <六月二十日夜渡海>, ≪蘇軾詩集≫, 권43. 元符3년(1100년, 65세) 6월, 海南 瓊州를 출발하여 육지로 回歸하는 배에서 지음.

<table>
<tr><td>一一立名字.</td><td>하나하나 이름을 붙여 주었다.</td></tr>
<tr><td>南箕與北斗,</td><td>남쪽의 箕星과 북쪽의 北斗星은</td></tr>
<tr><td>乃是家人器.</td><td>원래 가정에서 쓰는 그릇 이름에서 유래한다.</td></tr>
<tr><td>天亦豈有之,</td><td>하늘에도 어찌 그런 것이 있을까?</td></tr>
<tr><td>無乃遂自謂.</td><td>아마 우리 세인들이 그렇게 불렀을 뿐인 것을.</td></tr>
<tr><td>迫觀知何如,</td><td>만약 별 가까이 가서 관찰해 보면 어떨까?</td></tr>
<tr><td>遠想偶有似.</td><td>멀리서 보고 상상하니 우연히 비슷한 점이 있는 것.</td></tr>
<tr><td>茫茫不可曉,</td><td>天道는 광대무변하여 우리가 알 수 없는 것이라</td></tr>
<tr><td>使我長歎喟.</td><td>나로 하여금 긴 한숨 쉬게 하는 구나.[74]</td></tr>
</table>

　　이는 소동파가 밤길에 별을 보고 未知의 우주에 대한 느낌을 이지적으로 적은 시이다. 여기서 별이라는 우주의 형상까지 시의 제재가 확대되고 있다. 작자는 자기 자리를 지키고 빛을 발하는 별을 관찰하여 그 형상을 사실적으로 기록하고 있다. 그리고 하늘과 사람은 서로 간여하지 않는 것인데, 사람들이 상상력을 발휘하여 별들의 이름을 붙여 주었다고 하고 있다. 사람과 하늘의 관계 여부는 여기서 논할 바가 아니나, 전반적으로 당시로서는 상당히 건전한 상식에 근거한 이성적 사유를 견지하고 있다고 보여진다. 또한 소동파는 광대무변한 우주의 세계는 알 수 없는 것이라고 하여 不可知의 것에 대한 판단은 유보하고 있다.

<table>
<tr><td>水光瀲灩晴方好,</td><td>호수 물빛이 반짝반짝 날이 맑아 마침 아름답더니</td></tr>
<tr><td>山色空濛雨亦奇.</td><td>山色이 안개 끼어 어스름하게 비오니 이 또한 기이하구나.</td></tr>
<tr><td>欲把西湖比西子,</td><td>西湖를 가져다가 西施에게 견준다면</td></tr>
<tr><td>淡粧濃抹總相宜.</td><td>엷은 단장 짙은 단장 모두 어울린다.[75]</td></tr>
</table>

---

74) <夜行觀星>, ≪蘇軾詩集≫, 권2. 嘉祐5년(1060년, 25세)에 지음.
75) <飮湖上初晴後雨, 其二>, ≪蘇軾詩集≫, 권9. 熙寧6년(1073년, 38세), 杭州에서

 이는 작자가 西湖를 읊은 유명한 絶句이다. 작자가 서호가에서 술을 마시다 날씨가 개였다가 금시 구름이 끼어 비오는 날씨의 변화를 통해 호수의 순간형상을 핵심적으로 포착하여 그 총체적인 특징을 구현해 놓았다. 똑같은 서호가 확연히 다른 날씨로 인해 판이한 두 개의 개성미 넘치는 형상으로 나타남을 신선한 비유와 생동하는 언어로 묘사했다. 여기서 아름다운 西湖를 같은 「西」字로 시작되는 절세미인 西施에 비유한 것은 절묘하다.

東風未肯入東門,	봄바람 아직 黃州城 동문으로 불어 들어오지 않은 때(추울 때)
走馬還尋去歲村.	말 타고 지난 해 왔던 마을 다시 찾았다.
人似秋鴻來有信,	사람은 가을 기러기처럼 오는데 기별 있지만
事如春夢了無痕.	지난 일들 봄날의 꿈같아 흔적 없이 사라지도다.
江城白酒三杯釅,	江城의 허연 막걸리 텁텁한 석 잔에
野老蒼顔一笑溫.	농부의 늙은 얼굴 따뜻한 웃음 짓는다.
已約年年爲此會,	이미 해마다 이 모임 갖고자 했으니
故人不用賦招魂.	친구들 날 부르는 招魂詩 지을 필요 없으리.76)

 이는 소동파가 黃州貶謫時節 한 해 전에 갔던 女王城에 대한 무궁한 정 때문에 이듬해 같은 날 다시 유람가서 지은 시이다. 제3, 4구는 쉬지 않고 변화하는 세계에서 지난 날의 일(사건, 상황 등)은 봄꿈처럼 흔적 없이 사라져가고 말지만, 사람은 가을 기러기처럼 옛 일을 회고하여 다

지음.

76) <正月二十日, 與潘·郭二生出郊尋春, 忽記去年是日同至女王城作詩, 乃和前韻>, 《蘇軾詩集》, 권21. 元豐5년(1082년, 47세), 黃州에서 지음. 池榮在 編譯, 《中國詩歌選》, 619~620쪽, 參照.

시 온다는 뜻이다. 여기서 진취적 기상으로 정치 포부를 실행하고자 했던 지난 시절조차 흔적 없이 사라진 작자의 폄적시기의 심경을 유추해 낼 수 있다.

제5~8구에서는 소동파 자신은 黃州貶謫生活에 이미 적응하여 나름대로의 삶을 즐기고 있으니, 서울(汴京)에 있는 친구들이 이제는 자신을 다시 불러들이려는 노력을 할 필요가 없다는 의미를 토로하고 있다. 이것은 어떤 환경에 처하든지 거기에 잘 융화, 적응하는 작자의 환경 적응력이 표현된 것이다. 이러한 적응력은 고통스런 폄적생활을 극복하고 조화로운 삶을 추구하는 의지의 표상이 되고 있다.

西湖天下景,	西湖의 경치는 천하의 으뜸이라.
游者無愚賢.	賢者 愚者 가릴 것 없이 모두 와서 노닌다.
淺深隨所得,	깊든 얕든 자신이 구하는 것을 감상하나
誰能識其全.	누가 杭州의 全景을 다 알리오?
嗟我本狂直,	아! 나는 본래 우직하고 미치광이라
早爲世所捐.	일찍부터 세상으로부터 버림당했다.
獨專山水樂,	오로지 산수를 즐기는 낙을 독차지하니
付與寧非天.	이렇게 한 것이 어찌 하늘의 뜻 아니리요?
三百六十寺,	삼백 육십 개의 절을
幽尋邃窮年.	일년 내내 헤매고 다녔다.
所至得其妙,	가는 곳마다 그 妙함을 터득하니
心知口難傳.	마음으로는 알지만 입으로 전하기 어렵구나.
至今淸夜夢,	지금껏 맑은 밤 꿈속에서도
耳目餘芳鮮.	매혹적인 그 경치 내 눈과 귀에 남아 있다.77)

---

77) <懷西湖寄晁美叔同年>, ≪蘇軾詩集≫, 권13. 熙寧8年(1075년, 40세)에 密州에서 지음.

이것은 密州知州로 재직할 때 지난 항주통판시절 항주유람의 총체적인 회상을 기록해 친구에게 보낸 시이다. 먼저 杭州 西湖의 경치는 천하의 으뜸이라서 賢者와 愚者가 모두 와서 유람하지만 항주의 全景을 다 알기는 어렵다고 했다. 이어서 자신은 현실세계와 괴리되었기에 반대급부적으로 산수자연을 즐기는 樂을 독차지하고 있다고 하였다. 그런데 그것은 바로 하늘의 뜻이라고 하였다. 그래서 그는 杭州에 있는 360개의 절(寺)을 일년 내내 헤매고 다녔으며, 가는 곳마다 그 묘함을 터득하였다. 그러나 그것을 입으로는 전하기 어렵다는 언어표현 능력의 한계도 토로하고 있다. 또한 그는 산수유람을 통해 번뇌를 해결하고 있다. 소동파는 시 한 수 그 자체에서 어떤 문제를 제기하고는, 그 시 안에 그 해결점도 함께 마련해 놓고 있다는 점을 알 수 있다.

여기서 자연은 유람의 흥취를 제공하고 있다. 또한 不遇의 슬픔을 덜게 해주는 대상, 곧 그것을 안으로 흡수하는 완충지대가 되고 있다.

그는 자연을 통해 자아를 성찰하기도 하였다.

杖藜觀物化,	명아주 지팡이에 의지하여 삼라만상의 변화를 살펴보고
亦以觀我生.	또한 나의 인생을 돌이켜 본다.
萬物各得時,	만물이 모두 때를 얻었는데
我生日皇皇.	내 평생 날마다 쫓기듯 정신없이 보내는구나.[78]

여기서 작자는 지팡이에 의지해 거닐며 삼라만상의 변화를 관찰하고 있다. 그리하여 인생에 대한 의미를 찾고자 한다. 그리고 우주의 만상이 모두 조화로운 경지에서 각기 제 위치를 찾고 있는데 자신만은 뭔가

---

78) <西齋>, ≪蘇軾詩集≫, 권13.

쫓기듯 보내고 있다고 반성하고 있다.

한편 소동파에게 있어 술은 자연과의 융화를 누리게 하며 한적한 정취를 더욱 깊게 하는 매개작용을 하여, 궁극적으로 삶에 대한 생명감을 충일하게 하고 있다.

㉠

朝曦迎客艶重岡,	눈부신 아침 햇살 손님 맞아 겹겹 멧부리 곱게 비추고
晚雨留人入醉鄕.	석양 무렵 내리는 비는 사람을 醉鄕에 들게 하누나.
此意自佳君不會,	이러한 멋 절로 멋들어지니 그대는 모르리라.
一杯當屬水仙王.	한잔 술을 水仙王 사당에 권해 드리리라.79)

㉡

我飮不盡器,	나는 술 마심에 술 그릇 채로 다 마실 정도는 아니고
半酣味尤長.	절반쯤 취하니 술맛이 더욱 짜릿하다.
籃與湖上歸,	가마 타고 호숫가에서 집으로 돌아가는데
春風灑面凉.	봄바람이 얼굴을 스치니 서늘한 기분이다.80)

㉠에서는 아름다운 자연 속에서 술에 무르녹아 낭만적 정취를 謳歌하는 소동파의 모습을 발견할 수 있다. 아침 햇살이 겹겹의 멧부리를 곱게 비추고, 저녁 비는 술을 마시게 한다. 이러한 멋을 즐기며 술에 취하는 작자의 모습에는 절로 풍류가 솟아나고 있다. ㉡에서는 술에 절반쯤 취할 때의 가볍고 흥겨운 기분이 잘 드러나고 있다. 절반쯤 취한 酒興을 만끽하며 호숫가에서 집으로 돌아갈 때 봄바람이 얼굴을 스친다. 여기서

---

79) <飮湖上初晴後雨二首, 其一>, ≪蘇軾詩集≫, 권9.
80) <湖上夜歸>, ≪蘇軾詩集≫, 권9.

자연과 작자가 술을 매개로 하여 융화되고 있음을 파악할 수 있다.

㉠

明月易低人易散,　　밝은 달은 쉽게 지고 사람도 쉽게 흩어진다.
歸來呼酒更重看.　　돌아와 술을 불러 다시 거듭 달을 바라본다.[81]

㉡

收拾小山藏社甕,　　작은 산을 거둬들여 술 단지에 감추고
招呼明月到芳樽.　　밝은 달을 불러 꽃다운 술독에 이르게 한다.[82]

㉠은 밝은 달은 변화하는 존재로서 영원히 밝지는 않는 법이고, 사람도 無常한 존재라서 모였다가는 이내 흩어지곤 한다는 기본적 구도에서 출발하고 있다. 이것은 삼라만상이 무상하다는 보편성을 먼저 전제하고 있는 것이다. 이럴 때 한 잔의 술은 작자로 하여금 심미인식을 가지고 달을 정감있게 관조하게 한다. 여기서 술은 자연에 접근하고 더 나아가 자연과 융화하는 매개체가 된다. ㉡에서 소동파는 작은 산을 모아 놓아 술 단지 속에 감추고 밝은 달을 술독에 불러들인다. 술 단지는 山을 감추고 밝은 달을 내포하는 도구가 된다. 여기서 작자는 자연을 술 단지에 담아 그 자연을 마시는 호쾌한 기상을 암시적으로 보여주고 있다.

　위의 두 시에서 작자는 음주를 통해 달과 가까워지고자 하는 의지를 가지고 관조하고 있다. 여기서 달은 낭만정신의 상징으로서 酒興에 따라 더욱 친근감있게 작자에게 다가서고 있음을 알 수 있다.

---

81) ＜中秋見月和子由＞, 《蘇軾詩集》, 권17.
82) ＜新釀桂酒＞, 《蘇軾詩集》, 권38.

山川同恍惚,   山과 냇물은 나와 함께 아득하여 황홀하고
魚鳥共蕭散.   물고기와 새들은 나와 함께 자유롭다.
客至壺自傾,   손님이 이르자 술병은 절로 기울고
欲去不得間.   떠나가려 해도 갈 틈새가 없다.[83]

　여기서 산과 냇물과 자아, 물고기와 자아가 하나가 되고 있다. 곧 物我가 일체가 되고 있다. 이 때 손님이 와서 작자와 함께 술을 마시니 손님은 돌아갈 틈조차 없이 주인인 작자와 술잔을 돌린다. 여기서 술은 자연과의 융화에 있어 매개체가 되고 있다. 그리하여 한적한 정취를 더욱 깊게 하는 작용을 하고 있다. 바로 그는 술을 마시고 아름다운 자연 속에서 자아와 자연이 무르녹은 浪漫的 정취를 구가하고 있다.

　한편 소동파는 산수유람을 통해 자연을 창작의 寶庫이며, 함양한 호연지기로 인해서 창작적 필력이 왕성해지는 문학적 승화공간으로 보고 있다.

㉠
遣子窮愁天有意,   그대를 궁하고 수심 많게 하는 것은 하늘의 뜻이니
吳中山水要淸詩.   吳中의 산수는 맑은 시를 요구한다네.[84]

㉡
遊遍錢塘湖上山,   錢塘의 호숫가 산을 두루 유람하고서
歸來文字帶芳鮮.   돌아와 쓴 시어에는 신선한 꽃향기 머금어 있구나.[85]

---

83) ＜飮酒四首, 其二＞, ≪蘇軾詩集≫, 권49.
84) ＜和晁同年九日見寄＞, ≪蘇軾詩集≫, 권14. 熙寧九年(1076년, 41세), 密州에서 지음.
85) ＜送鄭戶曹＞, ≪蘇軾詩集≫, 권16.

ⓒ

| 急雨豈無意, | 소나기가 어찌 뜻이 없으리요? |
| 催詩走群龍. | 시를 재촉하여 수많은 龍을 달리게 한다.86) |

㉠은 소동파가 친구의 좌절을 보고 궁하고 수심 많게 하는 것은 하늘의 뜻이니, 좌절 가운데서 자연을 벗삼아 유람하면 좋은 시가 창작된다고 토로한 시이다. 이는 곧 궁하고 수심이 많았었던 자신의 경험에 비추어 친구에게 궁한 시절을 빌어 유람을 많이 하고 좋은 시를 쓰라는 부탁의 말이다.

㉡은 소동파가 호숫가의 산을 오르고서 지은 시어에 꽃향기 머금어 있다는 자신의 경험을 통해, 산수유람이 시의 筆力과는 밀접한 관계에 있음을 부각시켜 묘사한 시이다. 그는 산수유람에 의해서 함양된 호연지기가 詩筆能力에 무한한 힘을 부여해 준다고 인식하고 있다.

ⓒ은 소나기가 詩情을 일으키게 하여 시를 생동감 있게 짓는 데 일조를 한다는 것이다. 여기서 자연은 시창작에 영감을 제공하고 있음을 파악할 수 있다.

이것들은 자연과의 친화를 통해 호연지기를 양성하고 나면 자연스레 「新意」와 「妙理」가 생기며 시의 筆力이 왕성해진다는 것으로, 자연과 시창작의 관계를 중점적으로 표현한 것이다.

이상에서 살펴보았듯이 소동파의 산수유람시는 視覺, 聽覺을 통한 세밀한 관찰과 신선한 비유로 경치의 순간적 형상을 포착하여 긴박감 넘

---

86) <行瓊儋間, 肩輿坐睡. ……>, ≪蘇軾詩集≫, 권41. 紹聖4년(1097년, 62세) 海南島의 儋縣 폄적지로 가는 길에 지음.

치는 動態美를 구현하고 있다. 그리고 때로 주관적 정서와 객관적 경관
이 융합되거나 조응되고 있다. 또 때로 景과 理, 情이 照應되고 있으며
그 속에 자아를 반영시키고 있다. 더불어 인위를 가하지 않고 발이 가
는 대로 맡기는 자연스런 유람태도와 유람으로 인한 내면의 흥취가 드
러나고 있다. 여기서 자연은 고뇌의 망각, 정신적 상처의 치유, 養生의
공간이며 현실해방의 공간이 되고 있다. 때로 소동파는 산수유람을 통
해 현실세계와의 괴리로 인한 고뇌를 일탈하고자 하였다.

　한편 술은 자연과의 융화의 매개가 된다. 그는 술을 마시고 아름다운
자연 속에서 자아와 자연이 무르녹은 낭만적 정취를 구가하고 있다.

　산수유람은 그에게 자연과의 일체감을 통해 淨化된 시인의 정신, 곧
삶의 현장에서 소용돌이치던 일체의 티끌을 벗어버리고 보다 고양된 정
신면모를 보유하게 하였다.

2. 農村生活의 情景

　여기서는 첫째, 소동파가 농촌의 평화로운 정경을 농민의 자격으로서
가 아닌 국외자의 시점에서 관조한 모습을 표현한 시와 관리로서 농촌
을 지나며 농업신기구를 보고 그것의 확산에 대한 염원이 담겨 있는
시, 둘째, 黃州와 惠州 폄적시절에 방관자로서가 아닌 생존을 위해 몸소
농경노동을 체험하면서, 그에 대한 여러 가지 절절한 경험이 배어 있는
애환을 기록한 시 등을 대상으로 삼겠다.

> 東風知我欲山行,　봄바람(東風)은 내가 산 구경 가는 줄 아는 듯
> 吹斷簷間積雨聲.　처마 새에 여러 날 낙숫물 소리를 불어서 멎게 했다.

嶺上晴雲披絮帽,	고개 위의 맑은 흰 구름은 하얀 솜 모자를 헤쳐 쓴 듯하고
樹頭初日掛銅鉦.	갓 나온 해님은 나무 가지 위에 구리 쟁반처럼 걸려 있다.
野桃含笑竹籬短,	나지막한 대울타리 안에는 복사꽃이 활짝 웃음을 머금었고
溪柳自搖沙水淸.	맑은 모래 시냇가에는 버들이 흥겨워 한들거린다.
西崦人家應最樂,	서쪽 산모퉁이 농가 살림은 마냥 즐거운 듯
煮芹燒筍餉春耕.	미나리 부침 지지고 죽순 볶아 봄밭 가는 농부에게 새참 드린다.[87]

소동파가 杭州부근의 임지를 순시하는 행로인 新城길에서 봄날 평화로운 농촌의 풍정을 흥겹게 묘사한 시이다. 비가 갠 청명한 봄에 행로에서 본 농촌은 복사꽃이 웃음을 함뿍 머금고 있고 버들이 한들거리는 정취를 지니고 있다. 작자는 흥겨운 감정을 風物 속에 이입시키고 있는데, 자연은 작자를 반겨주고 작자는 그 자연 속에 일체감을 이루고 있다. 곧 경관과 작자의 정서가 융합되어 있다. 또한 고개 위의 흰 구름을 하얀 솜 모자를 헤쳐 쓴 것 같다고 하고, 갓 나온 태양을 구리 쟁반으로 묘사한 비유법은 뛰어나다. 특히 마지막 두 구는 농부의 아낙네가 미나리 부침을 해서 새참으로 농부에게 드리는 농촌의 정경을 아쉬움 없이 묘사하고 있다. 이 시는 직접 농사짓는 농부로서가 아닌 지나가는 길에서 관리로서 보는 농촌의 情景을 흥겹게 묘사해 내었다.

汪師韓은 "野桃, 溪柳 一聯은 시어를 제련함이 神筆이다. 보통사람이 이를 얻으면 세상에 이름이 나기에 족하다.(有野桃, 溪柳一聯, 鑄語神來, 常人得之便足以名世.)"[88]라 하여 소동파가 神筆이라고 했다.

---

87) ＜新城道中, 其一＞, ≪蘇軾詩集≫, 권9. 熙寧6년(1073, 38세) 봄, 杭州通判시절에 지음.
88) 汪師韓, ≪蘇詩選評箋釋≫, 권2. 王水照, ≪蘇軾選集≫, 61쪽.

幽尋本無事,	본래 목적 없이 그윽한 경치 찾아 소요하니
獨往意自長.	홀로 거닐어도 그 의미 무궁하다.
釣魚豐樂橋,	豐樂橋에서 물고기 낚고
茱杞逍遙堂,	逍遙堂에서 구기자 캔다.
羅浮春欲動,	羅浮山에는 봄기운이 약동하고
雲日有淸光.	구름 낀 햇빛은 맑은 빛 감돈다.
處處野梅開,	곳곳마다 들매화가 피어 있고
家家臘酒香.	집집마다 술 익는 향내가 번진다.89)

소동파는 목적의식 없이 그윽한 농촌의 자연경치를 찾아 소요하고 있다. 이 과정에서 약동하는 봄철 자연의 생동감을 통해 작자의 高揚된 생명의식을 유추할 수 있다. 소동파는 이러한 농촌의 자연경관과 융화하여 이 생명력과 일체를 이루고 있다. 이로 인해 소동파의 생명의식도 소생, 약동하고 있음이 행간에 드러나고 있다. 작자 자아와 농촌의 정경이 작자의 소요정신과 일체를 이룬 조화의 경지가 되고 있음도 느낄 수 있다.

이제 관리로서 농촌을 지나다가 본 신식 농기구 水車와 모내기 농기구 「秧馬」에 관한 시를 살펴보겠다.

翻翻聯聯銜尾鴉,	水車의 물이 절로 엎어지면서 번갈아 나오는데 꼬리를 문채 하늘을 나르는 까마귀 같다.
犖犖确确蛻骨蛇.	크고 견고한 水車는 뱀이 허물을 벗어 내듯 물을 벗어 올린다.

---

89) ＜殘臘獨出二首, 其一＞, ≪蘇軾詩集≫, 권39. 惠州에서 지음.

分疇翠浪走雲陣,　　밭두덕 사이로 푸른 물결 구름떼 달리듯 이 이
　　　　　　　　　　랑 저 이랑으로 물 보내어
刺水綠鍼抽稻芽.　　물에 푸른 침을 찌르니 벼싹이 뾰족뾰족하구나.90)

일명 龍骨車라고도 불리는 당시의 신식 농기구인 水車를 사용하여 가
뭄에 모내기를 원활하게 하는 농촌의 모습을 묘사하고 있다. 그리하여
경제적인 효율을 증대시키기를 염원하는 작자의 애민정신이 드러나고
있는 시이다.

　　내가 예전에 武昌을 유람하다가 농부들이 모내기하는 농기구인 秧
馬를 타고 모내는 것을 본 적이 있다. 그것은 느릅나무와 대추나무로
배 부분을 만들어 미끄럽게 잘 나가도록 하고, 가래나무와 오동나무
로 등 부분을 만들어 가볍도록 하였다. 배 부분은 작은 배처럼 그 앞
부분과 뒷부분을 높게 만들고, 등 부분은 기와를 뒤집어 놓은 것처럼
만들었다. 그리하여 그 두 허벅다리가 참새처럼 논의 흙속에서 잘 가
도록 하면서 머리 부분에다 묶은 짚을 매서 만든 그물망에 모를 심는
데 편리하게 하였다. 하룻동안 천 이랑에 모내기를 할 때 난쟁이처럼
등을 굽혀 모를 심던 이전과 비교해 보다면, 예전의 수고로움과 지금
의 편안함이 天壤之差 이다.

　　(予昔遊武昌, 見農夫皆騎秧馬. 以楡棗爲腹欲其滑, 以楸桐爲背欲其輕,
腹如小舟, 昂其首尾, 背如覆瓦, 以便兩髀, 雀躍於泥中, 繫束藁其首以縛秧.
日行千畦, 較之傴僂而作者, 勞佚相絶矣.)

春雲濛濛雨凄凄,　　봄 구름 어둑어둑 비는 처량하게 내리는데
春秧欲老翠剡齊.　　모내기 늦어 푸른 침같이 뾰족한 볏모는 가지런하다.

---

90) ＜無錫道中賦水車＞, ≪蘇軾詩集≫, 권11.

嗟我婦子行水泥,　아! 우리 농사꾼 아낙은 물 논을 다니며 모내는데
朝分一壟暮千畦.　아침으로 한 논바닥 저녁까지 천 두둑 심는구나.
腰如箜篌首啄鷄,　箜篌처럼 가는 허리에 닭이 모이 쪼듯 꾸부정한 목
筋煩骨殆聲酸嘶.　근골이 다 지쳐 입에선 헉헉 지친 신음소리 난다.

我有桐馬手自提,　내게는 오동나무로 만든 말이 있어 손으로 끄니
頭尻軒昂腹脇低.　앞머리와 꽁무니는 높고 배 부분은 나지막하다.
背如覆瓦去角圭,　배 부분은 기와 엎은 듯 둥그스러워 모가 없이 잘나가고
以我兩足爲四蹄.　내 두발이 네 말굽을 대신하여 올라탄다.
聳踊滑汰如鳧鶩,　삐쭉 솟아 뛰는데 매끄럽게 잘 나가는 것이 오리 같고
纖纖束藁亦可齎.　모를 가늘게 짚으로 묶으니 담기도 좋구나.
何用繁纓與月題,　어찌 고삐, 끈, 말굽 등의 馬具를 쓸 필요가 있겠나?
却從畦東走畦西.　빨리 가는데 동쪽 이랑에서 서쪽 이랑까지 순식간이라.

山城欲閉聞鼓鼙,　山城에 저녁 되어 북소리 들리자
忽作的盧躍檀溪.　홀연 적토마가 檀溪를 건너뛰듯 빨리 집으로 뛰어 간다.
歸來掛壁從高樓,　집에 돌아오면 벽에 걸어 높은데 매달아 두니
了無芻秣飢不啼.　끝내 꼴 먹일 필요 없고 배가 고파도 울지 않는구나.
少壯騎汝逮老矣,　내가 젊어서 너를 타고부터 늙은 지금까지
何曾蹶軼防顚隮.　어찌 한 번이나 엎어졌거나 엎어질 걸 방비한 적 있으랴?
錦韀公子朝金閨,　비단 안장에 말 탄 公子가 금마문에 조회하면서
笑我一生蹋牛犁,　내가 일생 얼룩소를 타는 것 비웃었건만
不知自有木駃騠.　내게 나무로 만든 천리마가 있음을 모르리라.[91]

　소동파가 武昌지방에서 자신이 직접 견문했던 「秧馬」라는 말 모양의

---

91) <秧馬歌>, ≪蘇軾詩集≫, 권38. 단락은 시 내용 이해의 편의를 위해 만들었음.

신식 모내기 농기구를 이곳 惠州지방에 보급시키고자 하는 취지가 엿보인다. 여기서는 재래식 인력으로 하는 모내기의 괴로움을 먼저 묘사하고, 이어서 신식 농기구의 모양, 재질, 효용성 등을 눈에 보이듯 세밀하게 묘사하고 있다.

소동파는 정치적 좌절로 인한 黃州貶謫時期에 환경에 어느 정도 적응하면서 손수 농경을 시작하게 된다. 그 직접적인 동기는 농경이 자신과 식구들의 배고픔을 해결하는 생계 수단이었기 때문이고, 간접적인 동기는 관직을 버리고 졸박함을 지키어 전원에 귀의해 농경생활을 실천한 문학과 행적, 그리고 인품의 스승인 陶淵明에 대해 심취했기 때문이다.

소동파는 어느 환경에서나 자신과 유사한 처지에 있던 古人들의 문학, 행적을 자신과 同一化하여 배우려 노력했는데, 황주폄적시기 도연명에의 접근도 이 일환이다. 이에 소동파는 비록 타의에 의해 전원에 왔지만 흠모하는 도연명에의 접근을 시도하여 <東坡八首> 등으로 대표되는 전원농경시를 짓게 된다.

이 <東坡八首>에는 직접적인 농경노동을 통해 농경에 대한 세밀한 관찰력과 애착이 스며있다. 구체적으로 고달픈 농경에 대한 탄식과 희망, 그리고 농경을 도와준 친구에 대한 우정 등과 곡물을 심어, 그것이 싹트고, 여문 다음 거두는 농경의 전과정 속에 갖가지 애환이 담겨있다.

내가 黃州에 온지 2년이 되었는데 날로 생활이 궁핍해졌다. 오랜 친구인 馬正卿(馬夢得)이 내가 먹을 것이 부족한 것을 불쌍히 여겨 나를 위해 郡에다 故營地 수십 마지기를 요청하여 그 안에서 내가 농사지을 수 있도록 해 주었다. 그 땅은 이미 오랫동안 황폐된 채로 있어서 가시덤불과 기와 조각들이 덮여 있었다. 또 올해는 크게 가물어 땅을 개간하기가 힘들어 나의 근력이 쇠진하였다. 괭이를 놓고 탄식하다가 이 시를 짓고서 수고로움을 스스로 가련히 여기고, 내년의 수확으로써 이 노고를 잊어버리길 바란다.

(余至黃州二年, 日以困匱. 故人馬正卿哀余乏食, 爲於郡中請故營地數十畝, 使得窮耕其中. 地其久荒爲茨棘瓦礫之場, 而歲又大旱, 墾闢之勞, 筋力殆盡. 釋耒而歎, 乃作是詩, 自愍其勤, 庶幾來歲之入以忘其勞焉.)92)

위의 序文에서 소동파는 농경을 시작한 시기, 원인, 경과 및 농경과정의 고통, 그리고 소박한 희망 등을 간략하게 서술하고 있다. 이제 <東坡八首>의 其四, 其五 두 수를 택해 소동파의 전원농경에 대해 살펴보자.

種稻淸明前,	청명절 전에 볍씨를 뿌리고
樂事我能數.	앞으로 즐거운 일들 헤아려 본다.
毛空暗春澤,	실비 내리어 봄 못이 어둑어둑
針水聞好語.	볏모가 물에 침처럼 뾰족이 나오니 풍년이 들겠구나.
分秧及初夏,	초여름이 되어 모내기하니
漸喜風葉擧.	점점 바람에 흔들리는 잎사귀 소리 흥겹다.
月明看露上,	달이 밝아 볏모에 오른 이슬을 보니
一一朱垂縷.	하나하나 구슬이 주렁주렁 달린 듯.
秋來霜穗重,	가을이 오자 서리 맞은 이삭은 무거워져
顚倒相撐拄.	엎어질 듯 서로 버티고 있다.
但聞畦隴間,	다만 들리는 것은 이랑 사이에서
蚱蜢如風雨.	메뚜기가 비바람처럼 후드득하는 것 뿐.
新春便入甑,	새로 방아 찧어 시루에 찌니

---

92) <東坡八首·敍>, ≪蘇軾詩集≫, 권21.

玉粒照筐筥.	玉같은 쌀알이 광주리를 비추겠지.
我久食官倉,	나는 오래도록 관청 쌀만 먹었는데
紅腐等泥土.	벌겋게 뜬 것이 진흙과 같았었지.
行當知此味,	앞으로 이 참맛을 알게 될 것이니
口腹吾已許.	맛있는 입맛 이미 기약했구나.93)

여기서 벼를 심을 때 가진 즐거운 장래에 대한 희망, 볏모가 물에 돋을 때의 흥겨움, 모내기할 때의 뿌듯함, 벼가 점차 주렁주렁 달릴 무렵의 벼이삭, 가을에 무거워 고개 숙인 벼이삭, 그리고 방아 찌어 먹을 때의 비할 수 없는 마음 등 농경의 전 과정이 한 수의 시 안에 잘 나타나고 있다. 전체적으로 작자의 농사짓는 흥겨움이 배어나고 있다.

良農惜地力,	훌륭한 농부는 땅의 힘을 아낀다니
幸此十年荒.	이 땅 십년 묵은 것 다행이라.
桑柘未及成,	뽕은 아직 자라지 않았지만
一麥庶可望.	보리 수확은 바랄 수 있네.
投種未逾月,	씨를 뿌린지 한 달도 되지 않았는데
覆塊已蒼蒼.	흙 위로 싹이 나 새파랗게 변했다.
農夫告我言,	농부가 내게 알려 주는 말
勿使苗葉昌.	‘싹을 너무 더부룩하게 하지 마세요.
君欲富餅餌.	수확이 많아 밥과 떡 실컷 먹고 싶으면
要須縱牛羊.	소와 양을 풀어놓아 싹을 밟아야 해요.’
再拜謝苦言,	몇 번이고 그 충고에 감사하니,
得飽不敢忘.	배불리 먹게 되면 잊지 않겠소.94)

---

93) <東坡八首, 其四>, ≪蘇軾詩集≫, 권21. 元豐4년(1081년, 46세), 黃州에서 지음.
94) <東坡八首, 其五>, ≪蘇軾詩集≫, 권21.

작자는 이 땅이 10년이나 묵은 황무지라 농사가 잘될 것이란 희망을 견지하고 있다. '보리 싹이 터서 새파랗게 땅을 덮으면 소나 양을 놓아 밟아 주어야 수확이 풍성하게 된다'는 농사에 대한 경륜을 가진 농부의 조언을 듣고, 그 은혜를 잊지 말아야겠다는 소동파의 인간미 넘치는 다짐과 농사일을 배우려는 진지한 자세를 표현하고 있다.

去年東坡拾瓦礫,	지난해엔 東坡의 기와 조각과 자갈을 골라냈고
自種黃桑三百尺.	몸소 뽕나무를 삼백 그루나 심었다.
今年刈草蓋雪堂,	올해엔 풀을 베어 雪堂을 짓느라
日炙風吹面如墨.	태양과 바람에 얼굴을 시꺼멓게 그을렸다.
……　　……	
破陂漏水不耐旱,	무너진 못 둑은 물이 새서 가뭄에 견디지 못하고
人力未至求天全.	사람의 힘이 이르지 못하니 하늘만 바라볼 뿐.
會當作塘徑千步,	모름지기 직경 千步의 못을 만들어
橫斷西北遮山泉.	서북쪽을 횡단하여 산의 샘물을 막아야지.
四隣相率助擧杵,	사방 이웃들 서로 이끌고 와서 흙을 다져 준다.
人人知我囊無錢.	사람들은 내 주머니가 텅 빈 줄 안다.
明年共看決渠雨,	내년에 함께 도랑이 터지듯 쏟아지는 비를 보리라.
飢飽在我寧關天.	주림과 배부름은 내게 달린 것, 어찌 하늘이 관계된 것이랴?[95]

이는 농경과 집을 짓는 일 및 샘을 막아 못을 만드는 일을 묘사한 시이다. 특히 못을 만드는데 이웃이 도와주는 데서는 흐뭇한 농촌의 상호 협동정신이 돋보인다. 소동파는 작년에는 뽕나무를 삼백 그루 심었고

---

95) <次韻孔毅父久旱已而甚雨三首, 其二>, ≪蘇軾詩集≫, 권21. 黃州貶謫地에서 지음.

올해는「雪堂」을 짓느라 얼굴이 시커멓게 그을렸다. 특히 "배고픔과 배부름은 나에게 있는 것이지 어찌 하늘이 관계된 것이랴?"구에서는 소동파가 하늘의 역량보다는 인간의 의지와 노력 역량을 중시하고 있음을 알 수 있다.

이상의 '농촌생활'에 관한 시에서 외부에서 관조한 농촌정경과 내부에서 체험한 전원농경시를 살펴보았다. 작자는 농부가 아닌 곁에서 보는 농촌의 정경을 묘사하였는데, 연륜이 쌓여 갈수록 농촌의 풍정과 자연에 동화되어 갔음을 파악할 수 있다. 여기서 경관을 人格化하였는데 그 비유가 탁월하다. 또한 농촌의 정경을 보면서도 그는 실용주의정신을 표출하여 신식 농기구를 널리 보급시키고자 의도하고 있다. 여기에도 애민정신이 저변에 깔려 있다고 할 수 있다.

전원농경시에서는 소동파가 폄적된 처지라 배고픔을 스스로 해결해야 하는 처지에서 일개 농부가 되어 농민과 애환을 함께 나누고 있음을 볼 수 있다. 농경에 대한 애착과 탄식, 농경에 있어서의 희망, 우정, 농경의 전 과정, 그리고 인간의지와 노력의 중시 등의 내용에서 고생스러운 농경노동이지만 그 가운데 진지하고 흥겨운 자세가 돋보인다. 이러한 전원농경시의 저변에는 陶淵明의 문학, 인품과 행적에 대한 흠모가 깔려 있다. 그렇지만 소동파의 전원농경시는 도연명을 본받는 자체에 그치지 않고 이에서 더 나아가 소동파 자신의 개성을 뚜렷이 발휘하고 있으며 줄기찬 생명력을 표현하고 있다.

더불어 농경생활은 소동파에게 있어 자아와 자연을 親和시키고 농민과의 일체감을 이루는 계기가 되었다. 소동파의 이러한 농경생활을 읊은 시들은 중국의 대다수 시인들처럼 외부에서 보는 관조적 전원풍경만을 읊은 것이 아니다. 바로 먹고사는 절실한 생존적 필요성에 의해 농경생활을 몸소 실행하는 과정에서의 알알이 맺힌 희로애락을 진솔하게 표현함으로써 농경문학으로서의 가치가 부각되고 있다.

3. 自然에의 歸依

현실세계는 때로 인간에게 고달픔을 주기도 한다. 그럴 때면 자연에 歸依하여 자연과 동화하는 생활을 그리게 된다. 그리고 자연물에 자아를 투영하여 애상과 번뇌를 기탁하기도 하고 자연물에서 생명의 의지를 발견하기도 한다.

여기서는 첫째, 자의든 타의든 자연 속에 몰입하여 유유자적하게 한적한 정취를 읊은 시, 둘째, 꽃에 자아를 투영한 것, 그리고 열악한 조건 하에서도 꿋꿋한 생명력을 보이고 있는 식물에 기탁하여 자아의 줄기찬 생명의지를 표현한 것 등을 대상으로 삼겠다.

먼저 한적의 정취를 살펴보자.

㉠

강과 산, 바람과 달은 본래 일정한 주인이 없으니, 한가로운 자가
바로 주인이라네.
(江山風月, 本無常主, 閑者便是主人.)96)

㉡

東坡居士가 술에 취하고 배불리 먹고는 안석에 기대어 있으니, 흰

---

96) <與范子豊八首, 其八>, ≪蘇軾文集≫, 권50. 一作, <臨皐閑題>, 王水照, 王宜瑗
選注, ≪蘇軾散文選註≫, 148쪽. 黃州에서 지음.

구름은 왼쪽으로 둘러 있고, 맑은 강물은 오른쪽으로 돈다. 겹문이 활
짝 열려 있어, 숲과 산이 솟아 들어온다.

　　(東坡居士酒醉飯飽, 倚于几上, 白雲左繞, 淸江右洄, 重門洞開, 林巒岌入.)97)

　㉠에서 소동파는 한가한 자가 강과 산, 바람과 달 등 자연을 심미적
으로 인식할 수 있는 주인이라고 하였다. ㉡에서는 배불리 먹고 술에
취하여 안석에 기대어 하늘에 둘러진 흰 구름과 휘돌고 있는 맑은 강물
을 관조하고 있는 소동파의 모습이 잘 드러나고 있다.

　폄적지에서 소동파가 관조하는 자연은 貶謫客의 피폐된 심리상태를
평온하게 해 주었다.

　　사는 곳이 강에서 열 걸음도 떨어지지 아니하여, 바람, 물결, 안개,
비가 아침 저녁으로 변화하고, 강남의 여러 산을 앉아서도 볼 수 있
으니 이런 행복은 일찍이 없었다.

　　(寓居去江無十步, 風濤煙雨, 曉夕百變, 江南諸山在几席, 此幸未始有也.)98)

　여기서 자연은 소동파에게 무한한 행복감을 주고 있음을 파악할 수
있다. 이러한 자연과의 친화는 자아와 경관과의 부단한 상호작용을 통
해, 不平靜의 심리상태를 평정상태로 전환시킬 수 있게 된다. 작자는 현
실세계와의 괴리에서 오는 심리적 갈등을 자연과의 친화를 통해 심리적
평정으로 전환시키고 있다.

---

97) <書臨皐亭>, ≪蘇軾文集≫, 권71. 王水照, 王宜瑗 選注, ≪蘇軾散文選注≫, 147쪽.
98) <與溫公>, ≪蘇東坡全集≫(下), 100쪽. 申鉉錫, <蘇軾의 謫居時期 文學考察>,
　　22쪽. ≪中國人文科學≫, 제7집, 參照. 惠州에서 지음.

陰晴朝暮幾回新,	흐림, 맑음, 아침, 저녁 몇 번이나 새롭구나.
已向虛空付此身.	이미 허공에다 이내 몸을 부쳤거늘.
出本無心歸亦好,	나옴에 본래 無心터니 돌아가도 또한 좋아라.
白雲還似望雲人.	흰 구름은 또한 구름을 바라보는 사람과 같구나.[99]

이는 望雲亭에서 바라보는 구름을 淸新하게 묘사한 시이다. 望雲亭은 구름을 바라보는 정자란 의미이다. 구름의 변화무쌍함에는 영원한 자유인 소동파가 대우주를 집으로 하여, 하고 싶은 대로 살고자 하는 자유 정신이 드러나 있다.

晩風落日元無主,	저녁 바람 노을빛은 본래 주인이 없으니
不惜淸凉與子分.	이 청량함을 그대와 나누어도 아깝지 않네.[100]

이는 조물주의 보고인 호숫가 자연 속에 노닐며 상쾌한 밤공기를 즐기는 한적한 분위기가 물씬 나는 시이다.

縱橫憂患滿人間,	인간세계는 이런저런 우환으로 가득 차 있는데
頗怪先生日日閑.	괴이하게도 선생은 날마다 한가롭게 지내신다.
昨夜淸風眠北牖,	간밤에 맑은 바람 부는 북창아래 잠들었다가
朝來爽氣在西山.	아침에 깨어 보니 상쾌한 기운이 西山에 가득하다.[101]

---

99) <和文與可洋川園池三十首, 望雲樓>, ≪蘇軾詩集≫, 권14. 熙寧九年(1076년, 41세)에 지음.

100) <會客有美堂, ……, 其一>, ≪蘇軾詩集≫, 권9. 熙寧6년(1073년, 38세) 5월, 杭州通判時節에 지음.

101) <和文與可洋川園池三十首, 吏隱亭>, ≪蘇軾詩集≫, 권14. 熙寧9년(1076년, 41세)에 지음.

이는 憂患으로 가득찬 인간세계를 벗어나 자연속에서 유유자적한 생활을 하고 있는 모습을 잘 묘사하고 있는 시이다. 전반적으로 動的인 인생이었지만 소동파는 마음 한 구석으로는 늘 이러한 한적한 경지를 추구하고 있었다.

環州多白水,	고을을 빙 돌아 맑은 물 많은데
際海皆蒼山.	바다에 이어진 곳 모두 푸른 산.
以彼無盡景,	저 다함없는 경치에다가
寓我有限年.	내 유한한 생애를 부친다.
東家著孔丘,	동쪽 집에는 孔子와 같은 분이 살고
西家著顔淵.	서쪽 집에는 顔淵과 같은 이가 산다.
市爲不二價,	이 지방에는 시장의 가격이 일정하고
農爲不爭田.	농부는 밭을 다투지 않는다.
周公與管蔡,	옛날 周公은 형제 管叔, 蔡叔과
恨不茅三間.	초가삼간에서 함께 살지 않았음을 한탄했다지.
我飽一飯足,	나는 밥 한 그릇에도 배부르고
薇蕨補食前.	식전에는 고사리로 보충한다.
門生饋薪米,	문하생들이 쌀과 땔감을 보내 주어
救我廚無煙.	우리 부엌 연기 올리도록 도와주네.
斗酒與隻鷄,	한 말 술과 한 마리 닭을 가지고
酣歌餞華顚.	취해 노래하며 백발 여생을 보낸다.
禽魚豈知道,	새들과 물고기가 어찌 도를 알리오마는
我適物自閑.	내가 自適하니 사물도 스스로 한가롭도다.
悠悠未必爾,	여유 있게 억지로 하지 않고
聊樂我所然.	애오라지 나대로의 삶을 즐기도다.[102]

---

102) ＜和陶歸園田居六首, 其一＞, ≪蘇軾詩集≫, 권39. 紹聖二年(1095년, 60세) 三月,

이 시는 陶淵明의 <歸園田去, 其一>을 和韻한 것이다. 여기서 소동파는 산수자연의 무한한 경치를 유한한 생명의 기탁처로 인식하여 주위의 사람들과 어울리며, 소박한 전원생활을 영위하는 자연귀의의 상태를 표현하고 있다. 末4구는 자아중심적 사유로서 자연대상에 작자의 의식을 투영시키고 있다. 이것은 여유 있게 자연과 상호 교감을 맺으며 참된 삶을 즐기는 자연귀의 생활에 대한 소묘이다. 여기서 새나 물고기가 道를 알아서 자유로운 것이 아니라, 내 마음의 의식이 유유자적하여 사물도 스스로 한가롭게 비치는 것이다. 여기서의 동물(새나 물고기)은 자아의 의식 속에 투영된 대상물인 것이다. 이 시에서의 자연은 인간의 자연적 본성으로의 복귀공간이 된다고 할 수 있겠다.

특히 제3, 4구 "저 다함없는 경치에다가/ 내 유한한 생애를 부친다(以彼無盡景, 寓我有限年)"에서는 상당히 함축적이고 축약된 언어로 소동파 자신의 자연귀의를 표명하고 있다.

新浴覺身輕,	새로 목욕하니 몸이 상쾌해지고
新沐感髮稀.	방금 머리 감으니 머리털이 가벼워지누나.
風乎懸瀑下,	폭포수 아래서 바람 쐬고
却行詠而歸.	발걸음을 돌려 읊조리며 걸어 돌아온다.
仰觀江搖山,	우러러보니 강물 위에 비추인 산이 흔들거리고
俯見月在衣.	굽어보니 달빛이 옷에 비추인다.103)

작자의 자아와 자연이 조화됨을 담담히 서술하고 있다. 우선 작자는

惠州에서 지음.
103) <和陶歸園田居六首, 其三>, ≪蘇軾詩集≫, 권39. 紹聖2년(1095년, 60세) 3월,
　　惠州에서 지음.

목욕과 머리감기 등의 일상사를 통해 심신이 가벼워지고 있다. 이어서 자연에서 소요하니 자연물이 생동적인 자태로 자아에게로 그 모습을 드러내고 있다. 이러한 정경융합의 경지는 심미인식을 지닌 관조적 자아가 있었기에 가능하다고 하겠다.

소동파가 자연에 귀의하여 한적한 정취만을 읊은 것은 아니다. 소동파는 꽃을 對象으로 하여 그 자체의 미를 표현하기도 하였다. 그러나 그가 타의로 자연에 귀의한 후 꽃을 바라본 시점에서 의식적이든 무의식적이든 자아의 심경을 꽃에 이입시킨 시들이 다수를 차지하는데 그 문학적 가치가 높다. 이러한 꽃의 心象은 소동파의 黃州와 惠州, 海南貶謫時節의 시에 주로 나타나고 있다.

何人把酒慰深幽,　　누가 술을 들어 깊고 그윽한 매화를 위로할까?
開自無聊落更愁.　　피어도 무료하고 떨어지니 더욱 근심스럽네.
幸有淸溪三百曲,　　다행히 맑은 시내 삼백 구비 있어
不辭相送到黃州.　　나를 黃州까지 마다 않고 전송하네.[104]

소동파가 黃州貶謫地로 가는 도중 逐客으로서의 수심을 매화에 기탁하여 매화꽃과 동류의식을 가지고 지은 시이다. 제3, 4구에서는 시냇물을 인격화하여 목적지까지 가는 무료함을 달래주는 친구로 삼아 자신의 번뇌를 해소시키고 있다. 여기서 고난 중에서도 외롭지만은 않으리라는 잠재된 자신감과 생명력이 내재되어 있음을 알 수 있다.

---

104) <梅花二首, 其二>, ≪蘇軾詩集≫, 1026쪽. 元豐3년(1080년, 45세) 봄, 黃州貶謫
　　地로 가는 길에 春風嶺을 지나며 지음.

江城地瘴蕃草木,   강을 낀 黃州땅 습기 많고 초목 무성한데
只有名花苦幽獨.   오직 이름난 해당화 매우 쓸쓸히 보이더라.
嫣然一笑竹籬間,   대울타리 사이에서 빙긋 한 번 웃으니
桃李漫山總粗俗.   온 산 가득한 桃李꽃은 모두 거칠고 촌스럽게 보인다.
也知造物有深意,   분명히 알겠도다. 조물주께서 깊은 뜻 있어
故遣佳人在空谷.   일부러 佳人을 이 텅빈 골짜기에 보낸 것임을.
自然富貴出天姿,   자연스럽고 부귀한 모습은 하늘이 낸 자태이니
不待金盤薦華屋.   금 쟁반에 담아 화려한 집에 모셔 놓을 것도 없다.
朱脣得酒暈生臉,   붉은 입술 술 마신듯 발그레 두 볼 상기되고
翠袖卷紗紅暎肉.   푸른 소매 엷은 비단 말아 올리니 붉게 살이 비친다.
林深霧暗曉光遲,   깊은 숲에 안개 자욱하여 새벽 빛 늦어 날 샌 줄 모르는데
日暖風輕春睡足.   날은 따뜻하고 바람은 살랑대어 봄잠 무르녹더라.
雨中有淚亦悽愴,   빗속에 눈물 있어 또한 꽃은 더욱 처량하고
月下無人更淸淑.   달빛 아래 사람 아무도 없으면 더욱 청초하다.
先生食飽無一事,   선생은 배불리 먹고 할 일 하나도 없어
散步逍遙自捫腹.   이리저리 거닐며 자기 배를 문지른다.
不問人家與僧寺,   남의 집이건 절간이건 물어 보지도 않고
拄杖敲門看修竹.   지팡이 짚고 가서 문을 두드리고 길게 자란 대를 구경한다.
忽逢絶艶照衰朽,   갑자기 절색가인(海棠花)이 노쇠한 내 몸 비추자
歎息無言揩病目.   탄식하며 말없이 어두운 눈만 씻는다.
陋邦何處得此花,   누추한 고장에 어디서 이 꽃이 났을까?
無乃好事移西蜀.   호사가가 西蜀 땅에서 옮겨온 게 아닐까?
寸根千里不易致,   한 치의 뿌리라도 천리 길을 옮겨오기 쉽지 않으리니
銜子飛來定鴻鵠.   씨를 물고 날아온 건 틀림없이 따오기 일게다.
天涯流落俱可念,   하늘 먼 곳 흘러온 너나 나나 다 외로운 처지.
爲飮一樽歌此曲.   한 동이 술을 마시며 이 곡조를 노래하네.[105]

---

105) <寓居定惠院之東, 雜花滿山, 有海棠一株, 土人不知貴也>, ≪蘇軾詩集≫, 권20.

소동파가 黃州貶謫地에서 쓸쓸한 외적 풍모 가운데서도 웃음을 잊지 않고 격조있게 핀 해당화의 기품을 보고 자아와 同一化시켜 쓴 시이다.

자연스럽고 부귀한 모습으로 핀 黃州의 해당화를 佳人으로 의인화하고 있다. 黃州의 해당화는 속된 桃李꽃에 대비되어 이채를 띠고 있다. 이 해당화는 조물주가 깊은 뜻을 가지고 이곳 벽지에 보낸 것이다. 이 자연스럽고 부귀한 모습의 해당화는 바로 재능과 포부를 지니었으나 결국은 黃州로 폄적되고 만 작자 자신의 형상을 투영시킨 것이다. 이 꽃이 작자의 쇠하고 시든 모습을 비추는 정경에서 소동파 자아의 침통함이 노출되고 있다. 바로 이 해당화는 소동파의 자화상인 것이다.

작자는 이 꽃이 바로 고향 西蜀 땅으로부터 따오기가 씨를 날라 와 이곳에 피운 것이라는 상상으로 치닫고 있다. 여기서 이 해당화와 黃州로 폄적되어 온 소동파는 모두 天涯流落한 외로운 처지라는 동질성이 부각되고 있다. 꽃을 매개체로 보아 작자의 감정을 이입하여, 자신의 형상이 고결성과 格調로 묘사된 해당화와 같다는 시어는 내면세계에 깃들인 소동파의 드높은 자부심과 품격을 드러내고 있다. 당시의 貶謫客 소동파는 해당화를 애상과 번뇌를 주는 대상이자 자아의 반영물로 인식하고 있다.

이 시에 대해 魏慶之와 紀昀은 다음과 같이 극찬하고 있다.

> 東坡의 이 시는 詞格이 超逸하여 다시 前人을 蹈襲하지 않았다.
> …… 平生에 남을 위해 쓰는 것을 좋아하였으니, 대개 세상에서 刻石
> 한 것이 五六本이 있었는데, '소동파 평생의 得意詩'라고 이른다.
> (東坡作此詩, 詞格超逸, 不復蹈襲前人. …… 平生喜爲人寫, 蓋人間刊石

元豐3년(1080년, 45세), 黃州貶謫地에서 지음.

者, 自有五六本, 云軾平生得意詩也.)[106]

　　순전히 해당화에다 스스로를 기탁하여, 風采가 高尙秀發하고, 흥취
가 隱微深厚하더니, 후반부는 더욱이 烟波가 질탕(跌宕)하다. 이러한
유형은 참으로 동파가 아니면 할 수 없다. 동파도 一時의 興이 일지
않으면 또한 쓸 수 없다.

　　(純以海棠自寓, 風姿高秀, 興象微深, 後半尤烟波跌宕. 此種眞非東坡不
能, 東坡非一時興到亦不能.)[107]

이제 매화에 자신을 기탁한 시를 보자.

怕愁貪睡獨開遲,	근심을 두려워하고 잠이 많아 홀로 늦게 피고서
自恐氷容不入時.	눈같이 하얀 모습 때에 맞지 않게 핌을 두려워하네.
故作小紅桃杏色,	일부러 살짝 발그스레한 빛을 띠었는데
尙餘孤瘦雪霜姿.	눈서리 맞은 외롭고 마른 자태 아직 남아 있네.
寒心未肯隨春態,	추위를 이기고 피는 마음은 봄 자태 따르려 하지 않고
酒暈舞端上玉肌.	玉처럼 맑은 살갗에 까닭 없이 술기운이 올라 있네.[108]

　　이는 매화를 자아와 동일화시켜 지은 시이다. 여기서 '일반 꽃이 피
는 시절에 맞지 않게 피는' 성질과 '눈서리 맞은 외롭고 마른 자태'로
매화를 묘사하고 있다. 이것은 시류에 영합하지 못해 「烏臺詩案」이라는
필화사건의 주인공이 되어 마침내 貶謫客이 된 외롭고 고결한 자신의

---

106) 魏慶之, ≪詩人玉屑≫, 권17. 王水照, ≪蘇軾選集≫, 136쪽.
107) 紀昀 批點, ≪蘇文忠公詩集≫, 권20. 王水照, ≪蘇軾選集≫, 136쪽.
108) <紅梅三首, 其一>, ≪蘇軾詩集≫, 권21. 元豐5년(1082년, 47세), 黃州貶謫地에서
　　지음.

형상을 매화에 移入시켜, 형상화한 것이다.

春風嶺上淮南村,　　예전 春風嶺의 淮南村을 지나다가
昔年梅花曾斷魂.　　흐드러지게 핀 매화꽃 보고 넋이 나갈 정도로
　　　　　　　　　황홀했었지.
豈知流落復相見,　　이제 떠돌이 되어 다시금 매화보게 될 줄은 예
　　　　　　　　　전엔 미처 몰랐었네.
蠻風蜑雨愁黃昏.　　귀양 온 남방 땅에 비바람 부니 황혼 되어 더욱
　　　　　　　　　愁心에 잠기누나.
……　　　　　　　……
酒醒夢覺起繞樹,　　술 깨고 꿈 깨고는 일어나 나무를 빙빙 도니
妙意有在終無言.　　오묘한 뜻 있지만 끝내 아무 말이 없다.109)

　　소동파는 松風亭 아래에 활짝 핀 매화를 보고서, 예전 黃州로 폄적가
는 도중(元豐2년, 곧 1080년, 45세)에 만났던 흐드러지게 핀 매화를 회상하
기에 이른다. 이제 떠돌이 신세가 되어 惠州貶謫地에서 매화 꽃을 다시
보며 꽃에 수심스런 자아형상을 반영시키고 있다. 지금 보고 있는 매화
는 현재의 단순한 매화 그 자체로만 보이지는 않는다. 바로 지금의 이
매화는 과거의 흔적을 지닌 것으로 소동파에게 인식되고 있다. 즉 소동
파는 매화를 통해서 자신의 과거와 현재의 모습을 연결시켜 동시에 보
면서, 말할 수 없는 침묵상태에 빠져들고 있다. 이것은 과거에 대한 아
련한 회상인 동시에 폄적객으로서의 수심에 찬 고뇌이기도 하다. 그러
나 소동파는 끝내 침묵하여 妙意에 찬 여운만을 남기고 있다.

---

109) ＜十一月二十六日, 松風亭下, 梅花盛開＞, ≪蘇軾詩集≫, 권38. 紹聖元年(1094년,
　　60세), 惠州貶謫地에서 지음.

紀昀은 "朱熹는 극히 東坡를 미워하였는데, 유독 이 시를 누차 和韻하여 그치지 않았다(朱晦庵極惡東坡, 獨此詩屢和不已)."110)고 하였다. 일찍이 소동파는 程頤와 개성의 차이, 학문의 차이로 인해 사이가 좋지 않았는데, 朱熹는 程頤와 학문계통을 이어 받은 학자이다. 그리하여 朱熹는 평소 소동파에 대해 그다지 높이지 않았는데, 이 시의 성취에 대해서는 높이 평가하고 있음을 알 수 있다.

자연을 심미적으로 관조하여 참된 삶을 즐기는 것은 한가한 자가 만끽할 수 있는 한없는 즐거움이다. 소동파는 산수자연의 무한한 경치를 유한한 자아생명의 기탁처로 삼아 자연과 상호 교감을 맺고 있다. 여기서 자연 속에서 무한한 생명력을 발견하고, 나아가 자연과 하나로 어우러짐을 알 수 있다. 소동파의 시에 나타난 꽃은 의인화되고 더 나아가 자아와 동일시되고 있다. 많은 꽃이 있지만 자신이 특정한 꽃을 선택하고, 그 꽃에서 자신의 이미지가 담긴 꽃을 발견하여 그 자연적 존재에서 역동적인 상상력을 보게 된다. 그리하여 그 꽃에 수심 어린 자아와 시류에 맞지 않는 자아, 그리고 능력과 포부를 지니고서도 소외되어 먼 이방에 폄적되어 있으면서 격조와 자부심을 잃지 않는 고결한 자아의 형상을 반영시키고 있다. 여기에는 극한의 고뇌 속에서도 삶 자체를 허무하게 받아들이지 않는 작자의 자부심이 넌지시 표현되고 있다. 더 나아가 삶 자체에 대한 동경이 내포되어 있다. 이것은 꽃과의 無言의 대화를 통한 자아의 현위상에 대한 직시이기도 하다.

소동파는 구속받기를 싫어하는 野性과 動的인 것을 좋아하는 성향이

---

110) 紀昀 批點, ≪蘇文忠公詩集≫, 권38. 王水照, ≪蘇軾選集≫, 219쪽.

있다. 이러한 본성이 당시의 정치환경과 어우러져 소동파로 하여금 「宦遊」라고 불리는 임지에 따라 방랑하는 일생을 살게 했으며, 자연을 애호하고 또한 자유정신의 소유자가 되게 하였다. 그의 자연친화시에서는 자연이 동경의 세계에서 동화의 세계로 발전하고 있다. 자연친화시를 고찰하여 그 특징을 다음과 같이 도출해 내었다.

첫째, 자연에 대한 세밀한 시각, 청각적 관찰과 참신한 비유로 순간적 형상을 포착하여 그 동태적인 미를 구현시켰다.

둘째, 자연은 시창작에 있어 靈感을 제공하는 공간이요, 詩筆을 함양하는 공간이자, 자아성찰의 공간이다.

셋째, 인공을 가하지 않고 자연스럽게 발 가는 대로 맡기는 유람태도와 그로 인한 유람의 흥취가 드러나고 있다.

넷째, 의인화한 꽃에 자아를 반영시켜 現位相을 직시하고 나아가서는 자신의 영혼을 淨化시켰다. 곧 자아와 꽃을 同一化시켜 時流에 맞지 않아 수심 어린 자아형상, 그리고 능력과 포부를 지니고서도 소외되어 먼 이방에 폄적되었지만 격조와 자부심을 잃지 않는 고결한 자아형상이 반영되어 있다.

다섯째, 삶의 토대로서의 자연에서 전원생활을 영위해 나갔으며 그것을 문학으로 승화시켰다. 소동파의 전원농경시는 자신의 개성을 뚜렷이 발휘하고 있으며 생존을 위한 노력을 표현하고 있다. 더불어 농경생활은 소동파에게 있어 자연과 친화하고 농민과의 일체감을 이루는 계기가 되었다. 여기에서의 자연은 노동과 생산의 현장이며, 농경노동 과정에서의 哀歡이 스며 있는 곳이다.

여섯째, 주관적 정서와 객관적 경관을 융합시켜 양자가 조응되고 있다. 이러한 정경융합에서 더 나아가 때로는 情, 景, 理가 조응되고 있다.

여기서 격동하는 감정은 自制力을 거처 보다 원숙한 멋과 균형미를 보여주고 있다.

일곱째, 소동파의 자연친화시에는 번뇌와 같은 자신의 문제를 때로 노출시키고 그 해결점도 그 자체 내에 마련하고 있거나, 또는 현실문제를 내버려두고 자연에 몰입하여 자아를 성찰함으로써 결과적으로 고뇌가 해소되고 있다. 바로 자연은 현실세계로부터 소외된 영혼의 안식처 역할을 하고 있다.

대체로 소동파에게 있어 자연은 환희와 흥취의 제공, 고뇌의 해소, 정치적 요인에 의한 정신적 상처의 치유, 문학적 昇華, 자아형상의 반영, 번잡한 현실의 해방, 그리고 자연적 본성으로의 복귀 등의 다양한 의미를 함유하고 있다고 하겠다.

요컨대 소동파의 자연친화시는 자연 속에서 무한한 생명력을 발견하고, 자연과의 일체감을 통하여 靈魂을 淨化하며, 궁극적으로 자신의 새 생명을 養生한 것이라고 할 수 있다. 이처럼 그는 자연에 몰입함으로써 현실세계의 문제들에 대해 일정한 거리를 두고 있었던 시간이 많았다. 그렇기에 역설적으로 그 자신이 현실에 더욱 애착을 가지고 낙천적, 긍정적으로 살 수 있게 하였다.

제3절 離別과 鄕愁

인간은 누구나 자연적이든 인위적이든 무언가로부터 단절된 상황이 있게 마련이다. 그로 인해 심리적으로 충족되지 못한 상태가 존재한다.

소동파의 시에는 잦은 임지의 이동으로 아우 및 친구와의 이별, 그리고 離鄕으로부터 온 짙은 鄕愁 등의 서정이 농후하게 나타나 있다.

이러한 서정은 비애와 번뇌를 느끼게 한다. 심리 내면의 격절상태를 표현함에 있어 소동파는 순간의 마음의 상태를 사실적, 생동적으로 차분히 표현하고 있다. 전반적으로 충족하지 못한 상태에서 일어나는 자연발생적 내면세계를 진솔한 묘사를 통하여 표현함으로써 정신을 승화시키고 있다고 보여진다. 소동파는 자신의 서정시에서 감정의 분출 그 자체도 중시했지만 감정을 절제하여 비애를 止揚하고 있다. 이는 "항상 마땅히 가야할 곳에서는 가고, 항상 멈추지 않으면 안될 곳에서는 멈춘다(常行于所當行, 常止于所不可不止)"111)는 그의 문장에 대한 견해와도 통하는 것이다.

이 절에서는 이별, 향수 주제의 시를 고찰대상으로 삼고자 한다. 기실 이러한 주제들은 인간의 보편적인 서정을 표현한 것이다. 여기서 '이러한 격절감을 어떻게 해소 승화시켰는가', 또 '이 과정에서 어떠한 독창적 견해를 보여 주었는가'를 파악하여 소동파의 시를 고찰하는 한 단계로 삼으려 한다. 다시 말해 이러한 주제에서 나타난 소동파가 자신의 내면세계에 존재하는 뭔가 부족함, 허전함, 안타까움, 번뇌의 응어리를 어떻게 토로하였으며, 어떻게 해결·극복하였는가를 고찰해 보겠다.

1. 離別

인생은 기쁨과 슬픔, 만남과 이별 곧 '悲歡離合'의 연속적 과정이다. 이별은 대상과의 공간거리의 멀어짐이다. 사람은 출생과 죽음 사이의

---

111) <答謝民師推官書>, ≪蘇軾文集≫, 권49.

인생행로에서 무수한 만남과 이별을 경험하게 된다. 대체로 만남의 기쁨보다는 이별의 쓰라림이 더욱 절실하게 부각되어 시창작을 용이하게 한다. 그것은 만남이 합일의 충만감을 주지만, 진지한 정을 교류한 대상과의 이별은 쓰라림, 허전함의 응어리를 남기게 하기 때문이다. 이러한 단절의 쓰라림으로 인한 사색과 성찰은 인생에 대한 심오한 인식의 계기가 된다. 소동파는 '行萬里路'의 직접경험을 통해 다양한 이별을 경험하여 헤어지거나 멀리 여행을 떠나는 사람을 보낼 때 지은 송별시와 떠나는 사람이 남아 있는 사람에게 작별할 때 짓는 留別詩, 그리고 이별의 정조를 담은 시들을 창작하였다.

이별에 대한 슬픔은 인간의 보편적 감정이다. 蘇詩에 있어 시기에 따른 이별의 정서가 일정치 않다. 막 고향을 떠난 시절이나 仕宦前期에는 비교적 이별의 정서가 농후하게 나타나고 있다. 그러나 중년기 이후에는 이별의 애틋한 정이 오히려 담담하게 변모되고 있다. 이러한 감정 농도의 변모는 잦은 이별로 이별이 평상화되고, 연륜이 쌓임에 따라 감수성이 둔화되는 데에 원인이 있을 수 있다. 그리고 또한 소동파 자신의 감정에 대한 조절력량이 뛰어났음도 한 원인이라 할 수 있다. 특히 철학, 사상을 통한 인식의 확대가 그 원인이 될 수 있다.[112]

소동파의 '이별'시에 있어서 또 하나의 특징은 아우 蘇轍 및 친구, 동

---

112) 소동파의 詞에서 보이는 離別情調는 그의 詩보다 상대적으로 강렬한 서정을 드러내고 있다. 대체로 杭州通判時節(36~39세)부터 나타나기 시작한 소동파의 詞에는 이별의 정이 강렬하게 묘사되고 있다. 그것은 이 당시 소동파의 주위에 함께 詞를 창작하는 문인들이 많이 있었고 함께 관직에 있는 이들과의 이별의 계기도 많았기 때문일 것이다. 또한 詩가 절제된 형식인데 비해 詞는 상대적으로 열린 형식이라, 詞에는 강렬한 이별의 감정을 표현하기에 적합한 요소가 있었기 때문으로 보인다.

료 등 남자들과의 이별정조가 주종을 이룬다는 것이다. 이에 반해 여자는 소동파의 이별의 대상에서 상대적으로 주도적 위치를 점유하지 못하고 있다. 그 이유는 그에게 현숙한 부인이 있고 杭州通判 이후부터 惠州貶謫時期까지 총명하고 어여쁜 첩 朝雲도 가까이 있었기 때문에 이에 대한 부족함을 덜 느꼈기 때문이라 추측된다.

不飮胡爲醉兀兀,	술도 아니 마셨거늘 어찌 취한 듯 얼떨떨할까!
此心已逐歸鞍發.	내 마음 이미 말 타고 되돌아가는 그대를 쫓고 있네.
歸人猶自念庭闈,	돌아가는 그대는 아버님 생각하겠지만
今我何以慰寂寞.	난 지금 이 적막한 가슴을 무엇으로 달래리요.
登高回首坡隴隔,	높은 곳에 올라 머리 돌려 바라보니 언덕이 가려서
但見烏帽出復沒.	검은 모자만이 언뜻언뜻 나타났다가 다시 사라진다.
苦寒念爾衣裘薄,	심한 추위에 네 얇은 가죽외투가 마음에 걸리누나.
獨騎瘦馬踏殘月.	홀로 야윈 말 타고 새벽 달빛 밟고 가는 그대 뒷모습.
路人行歌居人樂,	왕래하는 행인들은 노래하고 집에 있는 이들은 즐거운데
童僕怪我苦悽惻.	나만 유독 서글퍼한다고 머슴이 의아해 하네.
亦知人生要有別,	나 역시 안다네, 인생행로에 결국 이별이 있음을.
但恐歲月去飄忽.	다만 세월이 훌쩍 떠나가 버릴까 두렵다네.
寒燈相對記疇昔,	아우여 기억하는가? 예전 어느 밤 차가운 등불 아래 서로 마주한 때를.
夜雨何時聽蕭瑟.	밤비 내리던 소슬한 그 정경을 언제 다시 들을 수 있을까?
君知此意不可忘,	그대는 우리의 옛 언약을 잊지 않았겠지?
愼勿苦愛高官職.	높은 벼슬에 마음 뺏기지 않도록 삼가려무나![113]

---

113) <辛丑十一月十九日, 旣與子由別於鄭州西門之外, 馬上賦詩一篇寄之>, ≪蘇軾詩集≫, 권3. 嘉祐6年(1061년, 26세)에 지음.

이는 소동파가 첫 임지인 鳳翔으로 부임하는 도중에 京師로부터 멀리 떨어진 鄭州 西門 밖까지 전송 나온 아우 蘇轍과 첫 이별을 하며 말위에서 지은 시이다.

이 시는 세 단락으로 나눌 수 있다. 제1단락(1~8구)은 이별 직후 심화된 격절심정의 토로이다. 첫 이별로 인해 술도 안 마셨는데도 취한 듯 얼떨떨함 속에 앞길을 향해 차마 떠나지 못하고 가슴 속 깊이 스며드는 적막감을 해소하려고 언덕에 오른다. 뒤돌아보니 자신(소동파)을 바래다 주고 되돌아가는 아우가 쓴 검은 모자만이 아스라이 언덕에 가려 보이다 사라지다 한다. 홀로 야윈 말 타고 새벽달빛을 밟고 되돌아가는 아우의 뒷모습을 보며, 혹심한 추위에 얇은 아우의 옷이 마음에 걸리는 농도 깊은 형제애가 나타난다. 이별로 인해 격절감이 高揚되어 '出復沒' '裘薄' '獨騎瘦馬' '殘月' 등의 시어와 그 행간에 배어나고 있다.114)

제2단락(9~12구)에서는 이별에 대한 보편적 인식과 이별로 인한 비애의 원인을 서술하고 있다. 9, 10구의 머슴의 말은 이별의 상념으로부터 현실로의 전환계기가 된다. 이어서 이별을 인간의 일상사라는 객관적 인식으로 전환시켜 격앙되는 비애의 감정을 억제하고 있다. 그러면서도 어이할 수 없는 세월의 빠름 때문에 언제나 다시 동생과 만나게 될 것인가를 염려하고 있다.

제3단락(13~16구)에서는 아우와의 지난 일을 회상하며, 훗날 높은 벼슬에 너무 연연하지 말고 은퇴하자던 약속을 지킬 것을 당부하고 있다. 과거회상을 통해 순수성을 지켜 고관직에 연연하지 말자는 것이다. 이

---

114) 繆越, 霍松林, 周振甫, 吳調公 撰寫, ≪宋詩大觀≫, 312쪽, 참조. 曾棗莊은 '裘薄' '獨騎瘦馬' '殘月' 등의 詩語에 이별후의 처량하고 적막한 분위기가 부각되고 있다고 하였다.

것은 현실적 立身揚名에 대한 지나친 집착을 止揚하자는 의지의 표명이다. 26세에 지은 이 시에서 벌써 인생역정을 어느 정도 경험한 듯한 성숙미를 노출시키고 있다.

近別不改容,	가까이 이별할 때에는 슬픈 모습 짓지 않다가
遠別涕霑胸.	멀리 이별하자니 눈물이 흘러 가슴을 적시누나.
咫尺不相見,	지척간이라도 서로 보지 못한다면
實如千里同.	정말 천리 먼 곳에 떨어져 있는 것과 같다네.
人生無離別,	인생에 이별이 없다면
誰知恩愛重.	뉘라서 恩愛가 소중한 줄을 알겠는가?
始我來宛丘,	처음 내가 宛丘에 왔을 때
牽衣舞兒童.	아우의 아이들이 내 옷자락을 끌며 춤추었지.
便知有此恨,	그때 아우는 이 슬픔이 있을 줄 알았던지
留我過秋風.	나를 머무르게 하여 가을을 지내게 했지.
秋風亦已過,	가을바람도 이미 지나가 버리니
別恨終無窮.	이별의 슬픔은 마침내 끝이 없었다네.
問我何年歸,	(조카들) 내게 물었지, “어느 때 돌아오실 건가요?”
我言歲在東.	난 말했었지, “歲星이 동쪽에 있을 때[115] 오마”고.
離合旣循環,	이별과 만남은 항상 순환하는 것
憂喜迭相攻.	근심과 기쁨도 서로 번갈아 온다네.
語此長太息,	이렇게 말하고 길게 탄식한다.
我生如飛蓬.	내 인생은 흩날리는 쑥과 같은 것.
多憂髮早白,	근심이 많으면 머리털이 일찍 희어지는 법
不見六一翁.	六一翁(歐陽修)을 보지 못하였는가?[116]

---

115) 歲星이 동쪽에 있을 때는 3년 후이다. 宋代의 官制에 따르면 文官은 3년에 한 번씩 관직이 이동된다. 그러므로 3년 후는 소동파의 杭州通判의 임기가 만료되는 때이다.

이는 소동파가 熙寧4년(1071년, 36세)에 杭州通判 임지로 가는 도중 陳州에 있는 아우 蘇轍에게서 두 달간 머물다가, 그해 9월 蘇轍이 潁州까지 자신을 배웅 나왔을 때 출발에 임해 지은 留別詩이다. 소동파는 여기서 이별에 대한 적극적 재인식으로, 분출되는 비애의 감정을 止揚·超克하고 있다.[117] 곧 이별에 대한 인식, 이별로 인한 강렬한 슬픔의 표현과 그 극복이 작품의 주제를 이루고 있다. 전체 시는 다음의 세 단락으로 나눌 수 있다.

제1단락(1~6구)에서는 近別과 遠別에 대한 인간의 보편적 심리 파악과 이별의 가치에 대한 재인식을 토로하고 있다. 近別, 遠別에 대한 보편적 심리는 遠別이 近別보다 아쉬움과 슬픈 감정의 농도가 더욱 절실하다. 그러나 포괄적 안목으로 볼 때는 이별이라는 동일범주에 속한다고 하였다. 이어서 이별이라는 과정을 통해서 참사랑의 가치를 발견·제고시킬 수 있다는 적극적 발상이 나타나고 있다. 대개 어느 사람과 같이 있을 때는 사랑의 실체를 잘 인식하지 못하다가 공간적인 거리가 멀어졌을 때에야, 비로소 그 격절감으로 인해 사랑의 참가치를 확인하게 되는 경우가 많다.

제2단락(7~14구)에서는 이별경과에 대한 서술을 통해 이번 이별의 무궁한 비애를 진솔하게 드러내고 있다. 조카들과 아우 蘇轍은 이별의 슬픔을 미리 감수해서 소동파가 떠남을 만류하였다. 그런데 가을바람이 홀연 지나가 버리고 蘇轍과의 이별의 시각이 임박하게 되자 소동파는

---

116) <潁州初別子由二首, 其二>, ≪蘇軾詩集≫, 권6. 熙寧4년(1071, 36세)에 지음.
117) 여기서 '悲哀의 止揚'이라는 말은 吉川幸次郎이 宋詩의 인생관의 하나로 도출해낸 말로, 소동파의 詩에 대해서도 적용하고 있다. 또 吉川幸次郎은 여기서 '이별과 만남'은 循環哲學的 인생관을 표현한 것이라고 하였다. 吉川幸次郎 著, 鄭淸茂 譯, ≪宋詩槪說≫, 32~36쪽, 參照.

무궁한 이별의 한을 토로하고 있다.

제3단락(15~20구)에서는 소동파는 이별과 만남은 순환구조라는 것, 그리고 "인생은 흩날리는 쑥과 같은 것(我生如飛蓬)"이라 하여 인생의 부침을 우주의 흐름에 맡겨 버리는 인식적 토대 하에 이별의 비애를 초극·지양하고 있다.

특히 15~16구에는 "이별과 만남은 순환하는 것/ 근심과 기쁨도 서로 번갈아 온다네(離合既循環, 憂喜迭相攻)"라 하여, 인생은 이별과 만남, 근심과 기쁨 등의 순환구조로 되어 있다는 것을 밝히고 있다. 만남만 있다던가 이별만 있는 인생, 그리고 기쁨만 있거나 근심만 있는 인생은 존재하지 않는다. 이 상대적인 양자가 순환되는 것이 인생이다. 이별로 인해 만남이 더욱 부각되고, 근심으로 인해 기쁨이 더욱 부각되는 것이다. 이러한 인식에 바탕 하여 소동파는 인생의 본원적인 비애를 극복하고 있다. 이와 유사한 정서는 아래 소동파의 詞에서도 나타나고 있어, 방증자료로 삼을 만하다.

> 人有悲歡離合,　　사람에게는 기쁨과 슬픔, 만남과 헤어짐이 있고
> 月有陰晴圓缺.　　달에는 맑음과 흐림, 둥글어짐과 이지러짐이 있는 법.
> 此事古難全.　　　이 일은 옛날부터 온전하기 어려웠어라.[118]

이 詞에서는 인생과 자연물(달)을 대비시켜 그 공통점을 함축적으로 표현하고 있다. 곧 인생에는 기쁨과 슬픔, 만남과 헤어짐이 존재하고, 달에는 맑음과 흐림, 둥글어짐과 이지러짐이 존재한다는 것이다. 이렇

---

118) ＜水調歌頭＞(明月幾時有), 曹樹銘 校編, ≪蘇東坡詞(上)≫, 168쪽. 鄒同慶, 王宗堂, ≪蘇軾詞編年校注≫, 173쪽.

듯 인간은 완전무결을 추구하지만 완전무결하지 못하고, 오히려 부족함이 있기에 더욱 완전무결함이 부각되는 것이다.

이러한 개별적인 것들이 순환적으로 반복되기에, 역설적으로 전체 인생에서는 단조로움을 해결하게 되며, 더욱 생동감이 있고 풍부한 삶을 살 수 있다고 보여진다. 이러한 거시적, 순환적 인식은 또한 역경과 비애를 초극할 수 있는 역량이 되고 있다.

이어서 우주의 흐름에 자신의 몸을 맡겨 버리는 소동파의 인식태도를 살펴보겠다.

이 시의 제18구 "내 인생은 흩날리는 쑥과 같은 것(我生如飛蓬)"에는 표면적 의미가 인생이 흩날리는 쑥같이 정처 없다는 것이다. 그 내재의미는 우주의 흐름에 자신을 맡겨버린다는 것을 의미한다. 이러한 인식을 통해 소동파는 보다 큰 새로운 힘을 얻게 되는 것으로 보여진다. 이것은 곧 인생에서의 선택에 따른 무한한 변화가능성을 예견하고, 무언가의 거대한 조류에 의해 야기되는 인생의 浮沈을 흐름에 맡겨 흘러가는 것을 의미한다.

마지막 2구는 근심을 많이 한 사람의 표본으로 歐陽修를 선정, 그가 근심으로 인해 머리털이 희어졌으니, 지나친 이별에 대한 근심을 止揚하자는 의미로 파악된다.

이 시에서 소동파는 이별의 슬픔을 절실하게 느끼지만 동시에 이별을 순환구조로 보아 그 비애를 超克하고자 노력하고 있다. 여기서 그가 감정을 조절하는 능력이 있음을 알 수 있다. 이러한 내적 감정조절은 그의 전체 시에서 나타나는 보편적 양상의 하나이기도 하다.

吏民莫扳援,　　　관리와 백성들아! 떠나는 나를 잡아끌지 말게나.

歌管莫淒咽.	송별하는 주악소리 너무 슬피 오열하지 말게나.
吾生如寄耳,	내 인생은 이 세상에 부쳐 있을 뿐이니
寧獨爲此別.	어찌 단지 이번의 이별만이 있으리요?
別離隨處有,	이별은 가는 곳마다 있는 법이요,
悲惱緣愛結.	비애와 번뇌는 사랑 때문에 생기는 것.
而我本無恩,	나는 본래 은덕 있는 사람이 아닌데
此涕誰爲設.	여러분은 누구를 위해 이 눈물을 흘리지요?
紛紛等兒戲,	어지러이 날 붙잡는 아이들 장난처럼 날 잡아 끌어
鞭鐙遭割截.	떠나려는 말채찍과 발 디디는 등자(鐙子)가 떨어질 지경이라.
道邊雙石人,	길가에 서있는 한 쌍의 돌부처야?
幾見太守發.	이전에 몇 번이나 태수가 떠나가는 것을 보았던가?
有知當解笑,	그대가 알았다면 응당 이 행동을 보고 가소로이 여기어
撫掌冠纓絶.	갓끈을 떨어뜨릴 정도로 손뼉 치며 웃으리라.[119]

소동파가 徐州知州의 임기를 마치고 떠나려고 함에 현지의 관리와 백성들이 떠나는 자신을 만류할 때 느낀 이별의 정서를 표현한 시이다. 紀昀은 "이 시는 氣局이 渾然히 이루어졌고, 문체 또한 극히 자연스럽고 구성지다(此首氣局渾成, 文情亦極宛轉)."[120]라고 평하고 있다.

3~6구에서 "내 인생은 이 세상에 부쳐 있을 뿐이니/ 어찌 단지 이번의 이별만이 있으리요? 이별은 가는 곳마다 있는 법이니/ 비애와 번뇌는 사랑 때문에 생기는 것"이라 하였는데, 여기서 그는 도처에 이별이 있다는 인식을 하고 있다. 그리고 비애와 번뇌는 사랑 때문에 생기는 것이라고 하였다. 그는 이렇게 이별의 당위성과 비애의 원인을 냉정히

---

119) <罷徐州, 往南京, 馬上走筆寄子由五首, 其一>, ≪蘇軾詩集≫, 권18. 元豐2년(1079년, 44세)에 지음.
120) 紀昀 批點, ≪蘇文忠公詩集≫, 권18. 王水照, ≪蘇軾選集≫, 121쪽.

포착하고 있다. 그리하여 이별의 평상성을 파악하여 이별의 슬픔에 함몰되지 않고 있다.

또한 그는 자신을 잡아끄는 관리와 백성들 및 오열하는 송별의 주악 소리에 대하여 담담히 대처하고 있다. 그렇지만 자신이 이곳 徐州의 知州로 근무하다가 백성, 관리들에게 잘 대해 준 것이 없다고 겸손히 생각한다. 그런데도 이렇게까지 예의와 정성을 다하여 떠남을 만류하는 현지 관리 및 백성들에 대해 내심 고마움을 느끼고 있을 것이다. 그 다음에 태수가 이임하는 광경을 오랫동안 익히 보고 있었을 길가의 石像을 등장시켜, 이 석상은 이러한 거창한 이별상황을 보고 웃을 것이라고 하였다.

여기서도 소동파는 이별의 평상성을 인식하고, 이별의 슬픔을 절제하여 감정을 조절하고 있다.

이별은 대상과의 공간거리의 멀어짐이다. 초기의 소동파는 이별로 인해 격절감과 무궁한 비애를 느끼고 있다. 그렇지만 동시에 그는 이별과 만남이 순환한다는 인생법칙을 표현하고 있다. 그리하여 이별은 가는 곳마다 있다고 하였다. 이러한 이별의 循環構造에 대한 인식은 인간의 본원적 비애를 극복하는 힘이 된다. 즉 이별이라는 격절의 과정을 통해 소동파는 이별을 참사랑의 가치를 파악하고 심화시키는 적극적 계기로 발전시키고 있다.

소동파는 농후한 이별의 정을 토로하다가도 그 시 자체에서 또한 이별의 슬픔을 동시에 超克하려는 노력도 동시에 하고 있다. 이는 인생은 나그네길이며, 자신의 "인생은 이 세상에 부쳐 살 뿐"이라는 사유가 존재하였기 때문이다. 그리하여 분출하는 강렬한 이별의 정을 억제하여 차분하게 가라앉히고 있다. 이렇게 초탈적 인생태도로 감정의 과잉노출을 절제하여 비애를 초극시키고 있다. 이러한 양상의 시어는 "我生如飛蓬" 등에서 나타나고 있다.

궁극적으로 소동파는 연륜이 깊어감에 따라 이별의 비애를 느끼긴 하나 거기에 함몰되지 않으며, 감정의 자기조절을 통해 비애를 지양하고 이별의 정서를 질적으로 고양시키고 있다.

2. 鄉愁

故鄉은 자신이 태어나고 자란 곳으로 어릴 때 경험한 우주의 본향이다. 정든 고향은 일단 떠나게 되면 새로 부닥치는 공간과 대비되어 꿈속에서도 그리는 근원의 장소이며, 영원히 잊을 수 없는 기억의 창고이다. 또 고향을 떠난 사람은 고향을 갈구하며 사는 귀소본능이 있다.

소동파는 뜻을 세워 고향 蜀땅을 떠난 후 기나긴 宦遊를 통해 드넓은 중국대륙을 떠돌아다니다가 결국은 나그네로서 타향에서 죽었다. 그는 생활공간의 확대에 반해 고향으로의 회귀를 더욱 갈망하기도 했다. 삶이 외롭고 고달프거나 현실적 모순을 감내하기 어려울 때에 더욱 절실하게 고향에 대한 그리움에 젖어 드는 법이다.

특히 그의 仕宦前期의 시에는 宦遊로 인해 고향에 찾아가지는 못하나 고향으로의 회귀심경이 담긴 편린이 자주 나타나고 있다. 더욱이 仕途의 출발점이 된 鳳翔簽判時節과 그 이후 기존 집권층과의 정치적인 갈등을 느낄 때, 그리고 貶謫時期의 초기시점, 즉 대체로 離鄉의 초기시점 및 곤궁했던 시기에 향수와 고향회귀의 심경이 더욱 자주 노출되고 있다.

仕宦前期 소동파의 詞에는 고향과의 멀어짐에 대비되어 농후해진 향

수가 유감없이 드러나고 있다.[121]

소동파는 또한 功名을 이룸을 귀향, 退隱의 전제조건으로 삼았는데
그것은 다음의 詞들에서 방증할 수 있다.

何日功成名遂了,	언제나 功名을 이루어
還鄕.	고향에 돌아가려나?[122]

一旦功成名遂,	하루아침에 공명이 이루어진 후,
……	……
歲云暮, 須早計, 要褐裘,	나이가 이미 늦었으니, 일찌감치 계획 세워, 소박한 평민옷을 입고서,
故鄕歸去千里, 佳處輒遲留.	천리 먼 고향으로 돌아가, 좋은 곳에 이르면 곧 느긋하게 머무르리.[123]

이제 詩를 통해 본격적으로 그의 향수에 대해 고찰해 보겠다.

소동파는 과거급제 후 모친상으로 일시 귀향하였다가(22~24세) 입신

---

121) <醉落魄>(輕雲微月), 曹樹銘 校編, ≪蘇東坡詞(上)≫, 106쪽. 鄒同慶, 王宗堂,
≪蘇軾詞編年校注≫, 58쪽. 杭州通判 在職時, 熙寧7년(1074년, 39세) 지음.
此生飄蕩何時歇,　　　 이내 인생에 떠돌이 생활은 언제 끝나려나.
家在西南, 常作東南別. 집은 서남쪽에 있는데 항상 동남으로 떨어져 가네.
<永遇樂>(明月如霜), 曹樹銘 校編, ≪蘇東坡詞(上)≫, 190쪽. 鄒同慶, 王宗堂,
≪蘇軾詞編年校注≫, 247쪽.
天涯倦客,　　　　　　 하늘 한쪽 멀리 있는 지친 나그네,
山中歸路,　　　　　　 산 속에 나있는 고향으로 가는 길,
望斷故園心眼　　　　 고향으로 향하여 뚫어지게 바라보는 내 마음의 눈이여.
122) <南鄕子>(東武望餘杭), 鄒同慶, 王宗堂, ≪蘇軾詞編年校注≫, 90쪽. 杭州通判在
職時 熙寧7년(1074년)에 지음.
123) <水調歌頭>(安石在東海), 鄒同慶, 王宗堂, ≪蘇軾詞編年校注≫, 211쪽.

양명의 정치적 포부를 안고 다시 고향을 떠났다.

朝發鼓闐闐,	아침에 배타고 떠나니 북소리 둥둥
西風獵畵旆.	西風에 그림 그린 깃발 나부끼네.
故鄕飄已遠	고향을 이미 멀리 뒤에 두고,
往意浩無邊	가없이 광대한 저 지평선 너머로 떠나려 하네.124)

이렇게 큰 포부를 안고 고향을 떠난 이후 첫 부임지인 鳳翔時節에는 고향 및 혈육과의 격절로 인해 짙은 향수를 느끼게 된다. 그리하여 당시 京師에서 부친 蘇洵을 모시고 있는 아우 蘇轍과 한 달에 한 번씩 시를 교환하여 깊어 가는 향수를 달래기도 하였다.

詩成十日到,	시가 이루어진지 열흘이면 도착하니
誰謂千里隔.	누가 천리를 격해 있다 하리요?
一月寄一篇,	한 달에 한 편을 보내니
憂愁何足擲.	우수를 어찌 족히 던져 버릴까?125)

당시 鳳翔에 있는 소동파는 開封에 있는 아우 蘇轍과는 서로 시를 주고받았는데, 한 번 보내면 열흘 후에 도착되니 천리 먼 곳에 격해 있음을 모를 정도이다. 그렇지만 한 달에 한 편을 보낼 뿐이니 솟아오르는 憂愁를 그래도 다 던져 버리지 못하는 아쉬움을 표시하고 있다.

아래에서 소동파는 鳳翔時節 삼년 내내 고향생각을 하루도 하지 않은 날이 없다고 했다.

---

124) <初發嘉州>, ≪蘇軾詩集≫, 권1.
125) <次韻子由除日見寄>, ≪蘇軾詩集≫, 권3.

三年無日不思歸,　　삼년동안 하루도 고향 돌아갈 생각을 하지 않는 날 없어
夢裏還家旋覺非.　　꿈속에선 옛 집에 돌아가나 문득 깨고 나면 아니라네.
臘酒送寒催去國,　　臘日 술로 추위를 보내면 고향에 돌아갈 생각만 깊어지고
東風吹雪滿征衣.　　봄바람에 눈(雪) 날려 나그네 옷에 가득 떨어진다.126)

꿈속에서도 고향 집에 돌아가는데 깨고 나면 타향이다. 더욱이 오늘
이 臘日인지라 술 마시니 고향생각이 더욱 간절해진다. 이 때 소동파는
고향을 떠난 지 오래되지 않았으며, 감수성이 예민한 청년이었다. 더욱
이 鳳翔이 秦과 蜀의 교차지라 고향으로 통하는 길목이었기 때문에 향
수가 더욱 간절했으리라. 秦嶺을 넘으면 곧 고향 蜀이었기 때문에 소동
파는 鳳翔의 해당 각 縣에 游歷할 때면 항상 고향생각이 절실해졌다.127)

다음 두 수의 시는 모두 鳳翔簽判시절에 지은 것으로 모두 귀향을 갈
구하는 심경이 나타나 있다. 이것은 소동파의 심리에 내재된 자신의 근
원인 고향과 그 자연에 대한 아련한 회귀심경이 표현된 것이다. 특히
이향후 그다지 오래되지 않은 시점이기에 더욱 향수가 절실했다고 보여
진다.

㉠

憶弟淚如雲不散,　　아우를 생각하니 눈물이 흘러 구름처럼 흩어지지 않고
望鄕心與雁南飛.　　고향 그리는 마음 기러기와 함께 남녘으로 날아간다.128)

㉡

憶昔與子皆童丱,　　옛날 생각하니 당시 아우와 나 모두 총각머리 하고

---

126) <華陰寄子由>, ≪蘇軾詩集≫, 권5.
127) 曾棗莊, <岐梁偶有往還詩 ― 二蘇合著『岐梁唱和集』初探>, 191쪽, 參照.
128) <壬寅重九, 不預會, 獨遊普門寺僧閣, 有懷子由>, ≪蘇軾詩集≫, 권4.

年年廢書走市觀.　해마다 책을 덮어두고 뛰어 달리며 시장 구경했었지.
市人爭誇鬪巧智,　시장상인은 서로들 교묘한 장삿속 다투어 짜내니
野人喑啞遭欺謾.　시골 사람은 어리벙벙 번번이 그 속임수에 넘어갔지.129)

㉠에서 작자는 아우 蘇轍을 그리워하며, 기러기에 감정을 이입시켜 상상으로 남녘의 고향 蜀땅으로 날아가고 있다. 여기서 기러기는 가고 싶지만 갈 수 없는 고향을 연결시키는 傳言者의 역할을 하고 있다.

㉡은 소동파가 아우 蘇轍의 시를 받고 이에 화답한 시의 일부이다. 당시의 시는 멀리 떨어진 사람과의 편지의 구실도 하였었다. 그 시로 인해 소동파는 고향에서 천진난만하게 뛰어 놀던 어린 시절을 추억하며 더욱 간절한 離鄕의 정을 토로하고 있다.

㉠

西南歸路遠蕭條,　西南 고향으로 난 歸路 아득히 바라보니 심사 쓸쓸
　　　　　　　　하다.
倚檻魂飛不可招.　난간에 기대서니 어느 새 魂이 故鄕으로 날아감을
　　　　　　　　불러들일 수 없다.
野闊牛羊同雁鶩,　아득한 너른 벌판 소와 양들은 기러기, 따오기처럼
　　　　　　　　작게 보이고
天長草樹接雲霄.　하늘은 광활하여 먼 산의 초목이 구름과 맞닿았네.
昏昏水氣浮山麓,　어슴푸레 물 기운이 산록을 덮었고
泛泛春風弄麥苗.　화창한 봄바람은 산들산들 보리 싹을 흔드네.
誰使愛官輕去國,　무엇이 벼슬을 좋아하게 해 고향을 떠나게 했던가?
此身無計老漁樵.　고기 잡고 나무할 계책 없는 내 신세.130)

---

129) <和子由蠶市>, ≪蘇軾詩集≫, 권4.
130) <題寶雞縣斯飛閣>, ≪蘇軾詩集≫, 권4.

ⓛ

門前商賈負椒荈,	문 앞에는 상인들 산초와 茶 지고 가는데
山後咫尺連巴蜀.	산 뒤로 지척 길 넘으면 고향 巴蜀 땅 이어지네.
何時歸耕江上田,	어느 때나 강가 밭에 돌아가 농사지을까?
一夜心逐南飛鵠.	이 밤 내내 내 마음은 따오기 따라 남으로 나르네.[131]

ㄱ은 산이 격한 고향길 바라보며 혼은 고향으로 달려가나 몸은 관직으로 인해 가지 못하는 심경을 읊고 있다. 이 시에 대해 方東樹는 다음과 같이 평했다.

"이것은 고향에 돌아가고 싶은 생각을 기록한 것이다. 처음에 시의 本意를 기술하고, 중간의 4구는 누각 아래에서 조망한 경치를 묘사하였는데, 기발하게 警覺시켜 즉시 보는 듯하다. 모든 曲折을 수습하고 또 처음의 돌아갈 수 없는 뜻에 응하였다.

(此思歸作也. 起述作詩本意, 中四寫閣下所望之景, 奇警如見, 收曲折, 又應起處不得歸意.)[132]

ㄴ은 고향 방향에 위치한 蟠龍寺를 유람하며 지은 시이다. 절실한 향수가 일자 마음대로 그곳에 갈 수 있는 상인, 따오기 등의 객체들에 감정을 이입시켜 그것을 전달시키고 있다. 아울러 은퇴해 농사를 짓고자 하는 의지도 표출하고 있다.

다음 시는 소동파가 熙寧4년(1071년, 36세) 11월, 杭州通判 부임도중 長

---

131) <二十七日, 自陽平至斜谷, 宿於南山中蟠龍寺>, ≪蘇軾詩集≫, 권4.
132) 方東樹, ≪昭昧詹言≫, 권20. 王水照, ≪蘇軾選集≫, 8쪽.

江 하류에 위치한 金山寺를 유람하면서 저녁부터 밤까지의 시간적 추이
에 따라 시상을 전개하며 귀향의 의지를 읊은 작품이다.

我家江水初發源,	내 고향은 長江이 시작되는 발원지,
宦游直送江入海.	벼슬길에 떠돌다 곧바로 하류까지 이르렀네.
聞道潮頭一丈高,	여긴 큰 파도 한 길 높이 솟는다 하더니
天寒尙有沙痕在.	추운 겨울이라 모래톱에 그 흔적 역력하네.
中泠南畔石盤陀,	중령천 남쪽에 우뚝 선 너럭바위
古來出沒隨濤波.	예로부터 파도 따라 나타났다 꺼졌다 한다네.
試登絶頂望鄕國,	絶頂에 올라 멀리 고향 蜀 땅 바라보니
江南江北靑山多.	강남 강북의 첩첩청산 막아섰구나.
羈愁畏晚尋歸楫,	나그네 향수에 밤이 무서워 돌아가는 배 찾으니
山僧苦留看落日.	스님은 한사코 낙조를 보라고 만류한다.
微風萬頃鞾文細,	넓은 강물에 미풍 부니 만경창파 고운 무늬 짖고
斷霞半空魚眉赤.	半空에 비낀 노을에 비치어 물고기 꼬리가 붉구나.
是時江月初生魄,[133]	때마침 강위에 어스름 초생달
二更月落天深黑.	二更이라 밤 깊어 달 지자 칠흑 같은 밤
江心似有炬火明,	江 가운데 갑자기 무엇인가 횃불처럼 피어오르니
飛焰照山栖鳥驚.	산을 밝힌 그 불꽃에 깃들인 새 놀라 깨네.
悵然歸臥心莫識,	쓸쓸히 절에 돌아와 자리에 누웠으나 마음엔 모를 일.
非鬼非人竟何物.	귀신도 아니러니 사람도 아니러니 도대체 무엇일까?
江山如此不歸山,	아름다운 고향산천 두고 돌아가지 않는다고
江神見怪警我頑.	江神도 내 고집을 괴이하게 여기네.

---

133) '初生魄'에 대해 조선시대 梁慶遇의 ≪霽湖詩話≫에 "동파의 '金山寺'시에 '是
時江月初生魄, 二更月落天深黑'이라 했는데, 二更에 떨어지는 것은 '生明'이지,
'生魄'이 아니다. 대개 경솔한 잘못이다. 杜陵(杜甫)에게는 이런 실수가 없다."
라고 했다. 기태완 선역, ≪송시선≫, 214쪽.

我謝江神豈得已, 내 강신에게 고하나니, 어쩔 수 없다네.
有田不歸如江水. 농사할 밭 있으면 고향에 돌아갈 것을 강물을 두고
                  맹세하네.134)

이 시는 세 단락으로 나눌 수 있다. 제1단락(1~8구)은 金山寺에서 본 고향 쪽 산수의 모습에서 연유된 思鄕心을 토로하고 있다. 초겨울에 고향 蜀에서 발원하여 바다로 들어가는 長江과 벼슬살이로 떠도는 소동파와의 만남에서, 물씬한 사향의 정이 배어나고 있다. 너럭바위의 정상에 올라보니 고향 쪽엔 첩첩청산이 가로막혀 있다. 이것은 작자의 宦遊地 點과 멀리 떨어진 고향에 갈 수 없는 심경을 암시하고 있다.

제2단락(9~18구)은 저녁부터 밤 二更까지의 시간적 추이에 따른 金山에서의 낙조구경 과정이다. 제3단락(19~22구)에서는 자신의 귀향의지를 강물에 맹세하고 있다. 전체적으로 파란이 많고 기세가 분방하다. 특히 1, 7, 19~21구는 고향에 대한 그리움과 귀향의지를 표현하는 연결고리가 되어 수미쌍관을 이루고 있다.

이 시에 대해 紀昀은 "首尾가 謹嚴하며, 筆筆이 군세다. 음절이 짧으면서 파란이 심히 광활하다(首尾謹嚴, 筆筆矯健, 節短而波瀾甚闊)."135)라고 평했다.

行歌野哭兩堪悲, 나그네 노래와 들에서 哭하는 소리 둘 다 슬픔
                  으로 가득 찼고
遠火低星漸向微. 저 멀리 등불 반짝반짝 하늘에 별이 하나 둘 희
                  미해지는 새벽이라.
病眼不眠非守歲, 섣달그믐 밤 지새우느라 그런 것도 아니련만 병

---

134) <游金山寺>, ≪蘇軾詩集≫, 307쪽.
135) 紀昀 批點, ≪蘇文忠公詩集≫, 권7. 王水照, ≪蘇軾選集≫, 42쪽.

든 눈 잠 못 든다.

鄕音無伴苦思歸.　　고향 사투리로 대화할 짝 없는 이곳 돌아갈 생
　　　　　　　　　　각만 사무칠 뿐.136)

이는 熙寧6년(1073년, 38세) 杭州通判時節 소동파가 공무로 인근의 常
州, 潤州 일대를 돌아보고 常州 교외에서 除夜를 맞아 고향을 생각하며
지은 시이다. 해가 바뀌는 제야라 옛 고향생각이 더욱 간절해져 잠을
못 이루고 있다. 더욱이 이곳은 고향에서 멀리 떨어진 남방이라 고향사
투리로 대화할 짝도 없어 더욱 향수에 젖어드는 심경을 표현하고 있다.

七千里外二毛人,　　고향 떠나 칠 천리 밖 어느덧 半白의 나그네 되어
十八灘頭一葉身.　　열여덟 여울 중에 惶恐灘 한 조각배에 몸을 실었네.
山憶喜歡勞遠夢,　　산을 보면 고향의 錯喜歡舖 생각나 멀리 꿈속에 맴
　　　　　　　　　　돈다.
地名惶恐泣孤臣.　　이곳을 惶恐이라 부른다니 귀양 가는 외로운 신하
　　　　　　　　　　눈물짓게 하누나.137)

이는 소동파가 59세 때 폄적지 惠州로 가는 길에 惶恐灘을 지나다가
지은 시이다. 이곳 산을 보면 고향의 錯喜歡舖가 맴돈다. 그리고 '惶恐'
이라는 이곳 여울(灘)의 명칭에 연유하여 임금께 황공스럽다는 의미가 생
각나자, 쫓겨가는 신하(貶謫客인 소동파 자신)의 가슴은 눈물로 흠뻑 젖는다.

故山不可到,　　　고향산천 돌아갈 수 없어
飛夢隔五嶺.　　　날아가는 꿈속에서조차 五嶺이 막는구나.138)

---

136) <除夜野宿常州城外二首, 其一>, ≪蘇軾詩集≫, 권11.
137) <八月七日, 初入韻, 過惶恐灘>, ≪蘇軾詩集≫, 권38.

이는 海南貶謫地에서 지은 시이다. 폄적지에 매여 있는 몸이라 소동파는 현실세계에서는 고향에 갈 수 없다. 꿈을 꾸면 꿈속에서조차 고향으로 가는 길에 위치한 험난한 五嶺이 장애물이 되어 막히어 갈 수 없는 상황이 전개된다. 이는 고향에 대한 간절한 그리움과 꿈속에서조차 갈 수 없는 격절감의 표현이다.

還鄉亦何有,	고향 돌아가는 일 또한 무슨 어려움이 있으리?
暫假壺公龍.	잠시 壺公의 龍[139]을 빌려 타고 가면 될 것을.
蛾眉向我笑,	고향의 峨嵋山은 나를 향해 미소 짓고
錦水爲君容.	탁금강은 그대 위해 용모 단장하리.[140]

이는 소동파가 海南貶謫地에 도착한지 얼마 후 아우 蘇轍에게 보내는 시이다. 고향에 돌아갈 수 없는 상황이라는 것을 뻔히 알면서도 내면세계에서는 돌아가는 일이 쉽다고 발상을 전환시키고 있다. 그리하여 현실세계에서 못 이룬 귀향을 소동파는 상상의 세계로 진입하여, 壺公의

---

138) <和陶雜詩十一首, 其二>, ≪蘇軾詩集≫, 권41.
139) ≪蘇軾詩集≫, 권41, 2249쪽, 施註, 參照. '壺公의 龍'은 ≪後漢書・費長房傳≫에 나오는 故事이다. 그 內容을 要約해서 쉽게 풀이하면 다음과 같다.
   [약을 파는 어느 할아버지(神仙)가 있었다. 그는 약국의 끝에 하나의 병(壺)을 걸어 놓았는데 장사가 끝나면 그 병속으로 뛰어 들어갔다. 費長房이 이층에서 이 광경을 보고는 기이하게 여겼다. 그리하여 그 할아버지를 따라서 병속으로 들어갔다. 이에 어느덧 깊은 산으로 들어갔다. 이윽고 그 할아버지는 長房이 사직하고 돌아가려 하자 長房에게 한 대나무 지팡이(竹杖)를 주며 말하였다. "이것을 타고 가는 대로 맡기면 곧 저절로 도착할 것이다. 도착하게 되면 이 지팡이를 葛陂 못 가운데 던져라."
   長房이 지팡이를 타고 순식간에 돌아와서 곧 지팡이를 못에 넣고 돌아보니, 바로 그 지팡이가 龍이었더라.]
140) <次前韻寄子由>, ≪蘇軾詩集≫, 권41.

대나무 지팡이를 타고 가면 된다고 자신하고 있다. 더욱이 고향의 峨嵋山은 자기를 기다리며 미소 짓고 있을 것이며, 濯錦江은 아우를 위해 단장을 하리라고 상상하고 있다. 이것은 형제가 고향을 생각하듯이, 고향의 산과 강도 자신들을 생각할 것이란 인식이다.

이와 같은 절실한 향수와 고향에로의 회귀의지는 연륜의 깊어감과 佛·道思想 등에 바탕한 인식의 확대심화 및 거시적 인생태도에 의해 점차 담담하게 변모되어 갔다. 그리하여 杭州通判時節(36~39세) 이후로는 불교, 莊子思想의 영향으로 인생을 달관하려고 의식적으로 자신의 넋을 가라앉혀 주는 새로운 지방을 「제2의 고향」으로 인식하고자 하는 심경도 동시에 존재하고 있다.

㉠

此心安處是故鄕   이내 마음 편안한 곳이 바로 내 고향이라네.[141]

㉡

便爲齊安民,   이제 齊安의 백성이 되었으니
何必歸故丘.   하필 옛 고향에 돌아갈 필요 있으리요?[142]

㉠에서는 마음을 편안하게 해 주는 곳이 바로 고향이라고 인식하고 있다. 이후의 시에서도 그러한 현지적응 심경이 자주 노출되고 있다. 이것은 소동파가 행로의 도처마다 그 환경을 즐기고 순응하려고 지속적

---

141) <定風波>(常羨人間琢玉郎), 龍楡生 校箋, ≪東坡樂府箋≫, 179쪽. 鄒同慶, 王宗堂, ≪蘇軾詞編年校注≫, 578쪽.
142) <子由自南都來陳三日而別>, ≪蘇軾詩集≫, 권20.

인 노력을 한 시인이라는 것을 밝혀 준다.

ⓛ은 黃州貶謫地에서 지은 시이다. 齊安은 곧 黃州이다. 폄적지에서 오래 생활하자 黃州땅에 정이 들어 향수가 점차 담담해지고, 현지에 적응하는 자세가 드러나고 있다.

이상에서 파악한 '鄕愁' 주제 시에서는 주로 공간의 격절로 고향에 대한 간절한 그리움이 새, 상인 등의 전달매개체에 기탁, 감정이입되고 있다. 고향과의 거리가 비교적 가까웠고 또 젊은 시절이라 감수성이 예민하던 鳳翔簽判時節, 정치적 문제로 지방관리를 자청했던 杭州通判時節, 그리고 자신의 정치적 위치가 좋지 않던 폄적기의 초반기에는 더욱 절실한 향수와 귀향의지가 나타나고 있다.

소동파에게 있어 향수는 대체로 연륜의 성숙에 따라 담담해지는 경향이 있으나, 40대 후반 이후의 黃州, 海南 등의 폄적지에서는 간혹 억제할 수 없는 절실한 향수와 귀향의지를 표현하기도 했다.

이별의 격절감은 무궁한 비애를 느끼게 한다. 그러나 이별과 만남은 순환과정이라는 인식을 통해 소동파는 이별을 참사랑의 심화 계기로 발전시키고 있다. 다시 말해 소동파는 이별의 비애를 느끼긴 하나 거기에 함몰되지 않으며, 감정의 자기조절을 통해 비애를 止揚하고 그것을 질적으로 高揚시키고 있다.

소동파는 간절한 향수를 기러기, 따오기, 상인 등의 전달매개체에 기탁하여 감정을 이입시키고 있다. 그러나 그의 고향으로의 회귀심경에는 功名을 이룬 다음에 귀향, 은퇴하겠다는 전제조건이 작용하고 있다. 그리하여 그 가운데 때로는 상상의 세계에 몰입하여 고향회귀의 의지를 표현하기도 하였다. 그러나 대체로는 시간의 추이와 더불어 자신의 넋을 가라앉혀 주는 곳을 제2의 고향으로 삼고자 하는 환경적응자세로 점차 전환되고 있다.

이러한 서정주제와 관련해서 소동파는 애상에 함몰되지 않고 서서히 극복하고 소화하며 절제하는 건전한 의식세계의 면모를 보여주고 있다. 여기서 그의 外柔內剛的 일면을 파악할 수 있다.

이상에서 파악건대 대체로 소동파에게는 다음과 같은 意識世界의 3단계[143]가 순환되고 있음을 파악할 수 있다. 이는 소동파의 전체시에 대입시켜도 부합된다.

1단계-문제의 발생으로 인해 비애와 번뇌가 생긴다.

2단계-자아성찰을 통해 비애와 번뇌의 원인과 그 실체를 파악하려는 노력을 傾注하고 있다.

3단계-발상의 전환으로 비애, 번뇌를 超克하여 궁극적으로 정신적 평정을 획득하고 있다.

요컨대 소동파의 시에 나타난 이별, 향수의 서정은 그 괴리에서 오는 격절감의 해결을 모색하는 과정에서 온 심리적 고양을 통하여 인생을 가치 있고 충일하게 살고자 하는 갈망의 한 표현이다. 그리하여 외부와의 끊임없는 상호충격을 통하여 격절감이 耐久性을 지니면서 발전, 극

---

143) 이와 연관되는 王水照의 說이 있다. 그는 소동파는 傳統人生思想과 개인체험의 기초하에 [苦難-省悟-超越]의 心態段階가 존재한다고 하였다. 王水照, <蘇軾的人生思考和文化性格>, 89쪽.
또한 그는 退隱時期 소동파의 心態는 [悲哀-省悟-超越]의 단계를 가진다고 하였다. 王水照, <蘇·辛退隱時期心態平議>, 文學遺産, 1991, 제2기, 70쪽.
이 말들은 이 절의 결론과도 부합하고 있을 뿐 아니라 전체 시에 대해서도 적용이 가능하다는 점을 밝혀 둔다.

복되어지고 있다. 더불어 격절감을 진솔한 표현으로써 카타르시스 함으로써 현실에 더욱 충실할 수 있는 내적 근간의 하나가 되었다고 파악된다. 곧 이러한 부류의 시 역시 삶에 대한 애착의 한 표출방법이다.

제4절 飮酒의 情趣

시의 매개체로서 술은 상당한 의미를 지닌다. 술은 사람에게 슬픔과 괴로움을 잊게 해주고, 즐거움을 더해 주며, 또 감정을 고조시켜 이로 인해 느껴지는 감동은 평소보다 훨씬 더하다고 한다. 무수한 시인이 술을 통해 인생의 기쁨을 배가시키고, 슬픔과 괴로움을 초극시키는 매개물로 삼아 시를 읊었다. 일찍이 소동파는 술잔을 들고 술의 別號를 다음과 같이 불렀다.

> 應呼釣詩鉤,　　　응당 '시를 낚아 올리는 낚시'라 부르고,
> 亦號掃愁箒.　　　또한 '근심을 쓸어버리는 빗자루'라 부른다.[144]

여기서 그는 술을 '시를 낚아 올리는 낚시'이며, 또한 '근심을 쓸어버리는 빗자루'라 하여, 「시창작에 있어서의 동기유발」과 「우수해소」라는 두 가지 성격으로 전형화시키고 있다.

소동파는 술에 대한 이해도 매우 깊어 陶淵明과 李白 등 술로 이름을 남긴 대시인과 비교해도 실로 '술이 술이라 할 수 있는 까닭(酒之所以謂

---

144) ＜洞庭春色＞, ≪蘇軾詩集≫, 권34.

酒’을 말할 수 있었고, ‘술을 아는 것(知酒)’으로 말하자면 ‘千古의 一人’이라고 할 수 있다.145) 그는 일찍이 자신이 남보다 못한 것이 세 가지가 있는데, 그것은 바둑, 飮酒, 노래라고 하였다.146) 여기서 그가 술을 잘 못한다는 말은 주량이 적다는 것을 의미한다. 그렇지만 그는 술의 흥취를 누구 못지않게 좋아하였으며, 때로는 직접 여러 가지 술을 제조하여 그 맛을 음미하기도 하였다. 그는 美酒 감식가일 뿐만 아니라, 스스로 술을 빚어 만드는 양조 시험가이기도 하였다. 예로 그는 밀감주, 松醪, 桂酒, 眞一酒 등 많은 종류의 술을 빚어 마셨다.147) 또한 酒類를 찬미한 그는 辭賦에서도 酒種에 따른 제목을 택하여 주로 술을 제조하고 즐기는 흥취를 표현하기도 했다.148)

이처럼 소동파의 음주는 개성적인 면이 돋보인다. 이 절에서는 소동파의 음주시를 酒中의 興趣와 憂愁의 解消로 大別하여, 그 특징을 파악하고자 한다.

1. 酒中의 興趣

劉若愚는 「술」에 대한 관념을 논하면서 「醉」에 대하여 말하길, ‘그저 마신다거나 흥을 낸다거나 하는 따위와 똑같은 것이 아니라, 그것은 오

---

145) ‘對若干酒的瞭解, 也都能够深入, 較諸陶淵明, 李太白等以酒留名的大是認, 實在更能說得出「酒之所以謂酒」……所以, 如以「知酒」來說, 他仍可允推爲千古一人－前無古人, 後無來者.’ 陳香 編著, ≪蘇東坡別傳≫, 124쪽.
146) 劉維崇, ≪蘇軾評傳≫, 24쪽, 參照. "彭乘, 墨客揮犀云, 子瞻嘗自言平生有三不如人, 謂著棋, 吃酒, 唱曲也". 曹樹銘 校編, ≪蘇東坡詞(上)≫, 33쪽, 재인용.
147) 林語堂 著, 宋碧雲 譯, ≪蘇東坡傳≫, 347~348쪽. 林語堂 지음, 陳英姬 옮김, ≪蘇東坡評傳≫, 441~442쪽.
148) 禹埈浩, <蘇東坡辭賦研究>, 178쪽.

히려 일상적인 몰두로부터 정신적인 면으로 빠져들어 가는 상태를 의미
한다.'149)고 하였다. 여기서 酒中의 홍취는 술 마시는 가운데 우러난 도
도한 정취를 말한다.

본래 소동파는 주량이 적었지만 술을 좋아하기로는 남이 미치지 못
할 정도였다. 狂飲이 아니라 조금씩 그 맛을 음미했던 것이다.

나는 종일 술을 마셔도 五合을 넘지 않으니 천하에 술 마실 줄 모
르는 것으로 하면 내 밑에 가는 자가 없다. 그러나 남이 술 마시는 것
을 기뻐하여 손님이 잔을 들어 서서히 들이키는 것을 보면 내 흉중이
넓어지고 안정되어 그 달콤한 맛을 느끼는 것은 손님보다 더하다. 한
가로이 거함에 일찍이 손님이 없는 날이 없었으며, 손님이 이르면 반
드시 술상을 차리니 천하에 마시기 좋아하는 것으로 하면 내 위에 가
는 자가 없다.

(予飲酒終日, 不過五合, 天下之不能飲, 無在予下者. 然喜人飲酒, 見客
擧杯徐引, 則予胸中爲之浩浩焉, 落落焉, 醋適之味, 乃過於客. 閑居未嘗一
日無客, 客至, 未嘗不置酒. 天下之好飲, 亦無在予上者.)150)

여기서 소동파는 자신은 비록 주량은 적지만 술을 마시면 그 주흥이
최고조에 달해 마음이 넓어지고 안정된다고 했다. 그리하여 자신이 천
하에 술 마시는 興을 좋아하는 것으로 친다면 최고의 경지에 도달하였
다고 자부하고 있다.

나는 주량이 지극히 적어
항상 잔을 드는 것을 낙으로 삼는다.

---

149) 劉若愚 著, 李章佑 譯, ≪中國詩學≫, 91쪽.
150) <書東皐子傳後>, ≪蘇軾文集≫, 권66.

왕왕 취한 듯 앉아 잠자는데
남이 취한 것으로 여기나
도리어 내 마음은 분명히 깨어 있으니,
대개 그것이 취한 상태인지 깬 상태인지 알 수 없다.
揚州에 있을 때
술을 마시고 정오가 넘으면 문득 술자리를 끝낸다.
객이 돌아가고 나는 옷을 풀고 다리를 죽 뻗고 앉아 있으면
온종일 즐거움은 부족하나 그 쾌적함은 남음이 있다.
그러므로 陶淵明의 飮酒詩 20수에 화답한다.
대체로 뭐라고 이름지을 수 없는 기분을
내 아우 子由와 晁无咎學士에게 보이노라.
(吾飮酒至少, 常以把盞爲樂, 往往頹然坐睡, 人見其醉, 而吾中了然, 蓋
莫能名其爲醉爲醒也. 在揚州時, 飮酒過午輒罷. 客去, 解衣盤礴, 終日歡不
足而適有餘. 因和淵明飮酒二十首, 庶以彷佛其不可名者, 示舍弟子由, 晁无
咎學士.)151)

이 글은 짜임새 있는 序文이다. 이에는 술의 정취를 즐기는 소동파의
음주태도가 나타나 있다. 그는 술을 마시며 취한 상태인지 깬 상태인지
알 수 없는 순간에 느끼는 형언할 수 없는 쾌적한 기분을 즐기고 있다.

㉠

我不如陶生,	나는 陶선생님만 못해
世事纏綿之.	세사에 얽히고설킨다.
云何得一適,	어찌하여 한 번 편안함을 얻게 되면
亦有如生時.	또한 선생님과 같을 때도 있다.

---

151) <和陶飮酒二十首, 幷敍>, ≪蘇軾詩集≫, 권35.

寸田無荊棘,	마음에 거리낌이 없는 것
佳處正在玆.	좋은 곳은 바로 여기에 있다.
縱心與事往,	마음을 따라 일과 더불어 가니
所遇無復疑.	만나는 것에 다시 의심할 것 없다.
偶得酒中趣,	우연히 酒中趣를 깨달으면
空杯亦常持.	빈 잔이라도 항상 잡는다.152)

ⓛ

唯有醉時眞,	오직 취할 때의 참됨이 있어
空洞了無疑.	텅 비어 끝내 의심치 않는다.
墜車終無傷,	수레에서 떨어져도 다치지 않는다는
莊叟不吾欺.	莊子 노인의 말은 거짓이 아니다.153)

ⓒ

醉中雖可樂,	醉中이 비록 즐겁긴 하나
猶是生滅境.	아직 生滅의 경지에 있다.
云何得此身,	어찌하면 이 몸의 해탈을 얻을까?
不醉亦不醒.	그것은 不醉不醒의 경지이다.154)

ⓐ에서 소동파는 자유자재하여 일마다 거리낌이 없는 경지에 든 陶淵明에 대한 자신의 사모와 57세가 된 지금에야 淵明의 정신을 체득했음을 읊었다. 소동파는 연명에 미치지 못해 세사에 구속되는 경우가 많았으면서도 어떻게 하면 마음에 맞을까 하고 자문하고 그 自適의 경지를 추구하고 있다. 그리하여 때로는 陶淵明과 같을 때도 있다고 하였다. 마

---

152) <和陶飮酒二十首, 其一>, ≪蘇軾詩集≫, 권35.
153) <和陶飮酒二十首, 其十二>, ≪蘇軾詩集≫, 권35.
154) <和陶飮酒二十首, 其十三>, ≪蘇軾詩集≫, 권35.

음에 거리낌 없이 행동하는 것, 거기에 인생의 아름다움이 있다. 마음에 맞는 대로 일해 나가니, 마치 孔子가 "일흔 살에 마음에 하고자 하는 바를 좇아도 법도를 넘지 않았다(七十而從心所欲, 不踰矩)"155)라고 한 것처럼 만나는 것마다 의심할 것 없이 모두 사리에 맞는 경지를 터득하고 있다. 먼저 세사에 얽매이는 자아를 표현하고는 陶淵明을 모범으로 하여 자신의 마음에 거리낌이 없는 경지를 추구하고 있다. 그리하여 우연히 「酒中趣」를 얻으면 빈 잔이라도 항상 잡으며 음주의 정취를 얻은 모습을 토로하고 있다.

ⓒ에서 소동파는 음주로 참된 경지에 도달하였고, 더 나아가 無我의 경지를 체득하고 있다. 그는 음주 후에 자신의 몸을 잊었기에 두려움이 없고, 두려움이 없기에 수레에서 떨어져도 다치지 않았던 경지에 도달한 것이다. 요컨대 그는 수레에서 떨어져도 죽지는 않는다는 ≪莊子·達生≫에 나타난 莊子의 음주경지156)를 체득한 것이다. 취함으로써 참에 이를 수 있으므로 醉語는 참됨의 표현이 될 수 있다.

ⓒ에서 취하면 비록 즐거우나 아직 生滅의 경지에 있는 것이고, 不醉不醒하여야 해탈의 경지에 이를 수 있다는 것이다. 이것은 취한 듯 깬 듯 알 수 없지만 거나하게 느껴지는 상태이다. 그는 주량이 세지 못하였기에 더욱 그러했을 것이다.

---

155) ≪論語·爲政≫.

156) "대개 술 취한 자가 수레에서 떨어지면 비록 빨리 달리더라도 죽는 일이란 없다. 뼈마디나 관절은 남과 같은데 상해를 입는 것이 남과 다름은 그 정신 상태가 온전한 때문일세. 수레를 탔다는 것도 모르고, 떨어졌다는 것 역시 모르네(夫醉者之墜車. 雖疾不死. 骨節與人同. 而犯害與人異. 其神全也, 乘亦不知也, 墜亦不知也.)" 郭慶藩 輯, ≪莊子集釋≫, <達生> 636쪽. 장자 지음, 김창환 옮김, ≪莊子外篇≫, 475쪽.

醉中走上黃茅岡,　　취중에 黃茅岡을 걸어 오르니
滿岡亂石如群羊.　　언덕 가득 어지러운 돌, 무리 지은 양처럼 많다.
岡頭醉倒石作牀,　　언덕 위에 취해 쓰러져 돌로 침상을 삼고
仰看白雲天茫茫.　　우러러보니 흰 구름 하늘에 흘러가는구나.157)

여기서 소동파는 취중에 언덕에 올라 돌로 침상을 삼고 누워서 하늘을 우러러보니 흰 구름이 흘러간다고 하였다. 여기서 술은 한적한 정취를 누리게 하고 있다.

이렇듯 일반적으로 飮酒者는 술에 취하게 되면 그 도도한 酒氣와 함께 취한 모습을 드러내기 마련이다. 그러므로 술은 더욱 人間의 감추어진 면모와 개성을 적나라하게 표현시키는 매개체가 된다. 소동파는 자신의 취한 모습을 생동감 있게 묘사하고 있다. 이제 소동파가 술에 취해 있는 모습을 시각적, 심리적 측면에서 조명해 보겠다.

㉠
醉歸扶路人應笑,　　술 취해 돌아오다 길에서 부축 받으니 남들 응
　　　　　　　　　당 웃으며,
十里珠簾半上鉤.　　십리 길가에 내 모습 보려고 주렴이 반쯤 갈구
　　　　　　　　　리에 올라갔으리.158)

㉡
偶對先生盡一樽,　　우연히 선생을 대하여 술 한 동이를 비우고서
醉看萬物洶崩奔.　　취해 만물을 보니 솟아오르고 무너지고 달린다.159)

---

157) <登雲龍山>, ≪蘇軾詩集≫, 권17.
158) <吉祥寺賞牧丹>, ≪蘇軾詩集≫, 권7.
159) <和孔君亮郎中見贈>, ≪蘇軾詩集≫, 권15.

㉡

口業向詩猶小小,　　口業은 시에서는 오히려 소소한데
眼花因酒尙紛紛.　　술로 인해 어릿어릿한 눈꽃(眼花)에 눈은 아직
　　　　　　　　　　어지럽다.160)

　위의 세 수의 시는 작자가 술에 흠뻑 취한 후에 視覺的으로 느끼는 정황을 사실적이고도 생동적으로 묘사한 것이다. ㉠은 관리의 직위에 있는 소동파가 술에 취해 부축 받으며 돌아오는 자신의 모습을 視點을 바꾸어 인가에서 백성들이 자신을 바라보는 모습으로 전환시켜, 객관화된 시점으로 묘사한 것이다. ㉡은 술에 취한 소동파가 느낀 것으로, 자신이 보고 있는 물상들이 솟아오르고 무너지고 달리는 현란한 모습을 생동적으로 묘사하고 있다. ㉢에서 술취한 뒤에 어릿어릿한 눈꽃에 의해 어지러워하는 자신의 상태를 표현하고 있다. 여기서 口業은 입으로 지은 죄업을 의미한다.

㉠

曉日着顏紅有暈,　　새벽 해가 얼굴에 붙어 붉게 햇무리가 진 듯
春風入髓散無聲.　　봄바람이 골수에 들어와 소리 없이 흩어진다.161)

㉡

半醒半醉問諸黎,　　반쯤 취한 듯 반쯤 깬 듯 현지 사람들에게 길을
　　　　　　　　　　물어 가니
竹刺藤梢步步迷.　　대나무 가시와 등나무 가지에 걸음마다 걸리적

---

160)　<庚辰歲正月十二日, 天門冬酒熟, 予自漉之, 且漉且嘗, 遂以大醉, 二首, 其二>,
　　　≪蘇軾詩集≫, 권43.
161)　<眞一酒>, ≪蘇軾詩集≫, 권39.

거린다.

但尋牛矢覓歸路,   단지 소똥이 떨어진 곳 따라 돌아갈 길 찾아가니
家在牛欄西復西.   집은 소 외양간 서쪽 또 저 서쪽이라.162)

㉠은 술취한 뒤의 작자의 양상을 시각적·심리적으로 표현한 것이다. 먼저 새벽 해에 붉게 물들은 듯한 얼굴 모습을 시각적으로 형용하고 있다. 이어서 따스한 봄바람이 骨髓에 들어와 흩어질 때의 아늑한 기분을 심리적 측면에서 잘 표현하고 있다. ㉡에서는 소동파가 海南貶謫地에서 술에 취해 길을 잃고는 사람들에게 길을 물으며 가고 있다. 가는 길에 가시에 걸음마다 걸리적거리고 마침내는 소똥을 찾아 목적지에 가는 모습을 생동적으로 표현하고 있다.

㉠

入城都不記,   성안으로 돌아온 일을 모두 기억 못하는 것은
歸路醉眠中.   돌아오는 길에 술취해 잠자고 있었기 때문.163)

㉡

小舟眞一葉,   나뭇잎 같은 작은 배를 탔는데
下有暗浪喧.   배 밑에는 검은 물결 철렁거린다.
夜棹醉中發,   밤에 노 저어 취중에 떠나니
不知枕几偏.   베개가 치우침도 몰랐다.
天明問前路,   하늘이 훤해져 앞 길 물으니
已度千重山.   이미 천겹 산을 지났다네.164)

---

162) <被酒獨行, 遍至子雲, 威, 徽, 先覺四黎之舍, 三首, 其一>, ≪蘇軾詩集≫, 권42, 元符二년(1099년)에 儋州에서 지음.
163) <訪張山人得山中字二首, 其二>, ≪蘇軾詩集≫, 권16.

　　앞의 두 시는 술로 인한 망각작용을 묘사하고 있다. ㉠은 술에 취해 작자 자신이 성안으로 돌아온 일을 모두 잊은 정황의 묘사이다. ㉡은 검은 물결이 출렁거릴 때에 작자가 작은 배를 타고 밤에 술취한 상태로 가는데 베개가 치우침도 모르고 지났던 일을 기록한 것이다. 여기서 검은 물결은 그 자체의 의미도 보유하지만, 아울러 험난한 현실세계를 비유한 것이기도 하다.165) 모르는 게 약이라고 험난한 현실세계의 망각에 술이 그 매개적 작용을 하고 있다. 곧 술은 험난한 현실세계를 안전하게 지날 수 있도록 망각하게 하는 작용을 지니고 있는 것이다.

　　한편 蘇詩에 나타난 술은 벗과의 교감과 이웃과의 유대감, 그리고 골육과의 정을 심화시켜 원활한 인간관계를 맺게 하고 있다.

　　㉠

　　臨行怪酒薄,　　　　떠나려 함에 술이 옅음이 괴이하더니
　　已與別淚俱.　　　　이미 서로 이별함에 눈물이 쏟아지는구나.166)

　　㉡

　　若對青山談世事,　　만일 青山에 대해 더러운 세상일 얘기한다면
　　當須擧白便浮君.　　응당 벌주로 막걸리 한 사발 가득 부어 그대 드리리.167)

　　㉢

　　擧酒屬千里　　　　술을 들어 천리 먼 곳에 있는 아우에게 권한다.168)

---

164) ＜和陶飮酒二十首, 其五＞, ≪蘇軾詩集≫, 권35.
165) 여기서 '검은 파도가 험난한 세상을 비유한 것'이란 말은 宋九龍, ≪蘇東坡和陶淵明詩之比較硏究≫, 44쪽, 참조.
166) ＜送岑著作＞, ≪蘇軾詩集≫, 권7.
167) ＜贈孫莘老七絶, 其一＞, ≪蘇軾詩集≫, 권8.
168) ＜和陶飮酒二十首, 其十六＞, ≪蘇軾詩集≫, 권35.

㉣

北船不到米如珠,	북에서 배가 오지 않으면 쌀값은 진주 값
醉飽蕭條半月無.	반달이나 썰렁하니 취하고 배부른 적 한 번도 없다.
明日東家當祭竈,	내일은 동쪽 이웃집 부엌 제사 지내는 날이라
隻鷄斗酒定膰吾.	닭과 술 흠뻑 내게도 나눠 보내 주리라.169)

㉠은 작자가 눈물이 쏟아질 듯한 섭섭한 마음으로 친구와 이별할 때 마신 송별주를 읊고 있다. 여기서 음주는 우정을 심화시켜 주는 요소가 있음을 알 수 있다. ㉡에서 소동파는 친구가 靑山을 앞에 두고 세상사의 더러운 이야기를 한다면 벌주를 그에게 한 사발 부어 주겠다고 다짐하고 있다. 여기서 작자는 청산을 배경으로 하여 술 마실 때는 그 대화의 소재가 淸談的인 내용이어야 함을 강조하고 있다. ㉢은 소동파가 술을 들어 천리 먼 곳에 있는 아우 蘇轍에게 권한다는 것이다. 여기서 술로서 가족에 대한 정을 표현하고 있다.

㉣은 소동파가 술을 마시고 싶었으나 없어 마시지 못하던 차에 내일이 되면 현지 주민이 술을 자신에게도 보내 주리라는 인정미를 기대하고 있는 시이다. 작자가 폄적되어 거주하고 있는 海南島는 섬이라서 육지에서 배가 오지 않으면 쌀값은 보배 값이 된다. 이즈음 작자는 배가 고플 정도로 양식마저 없기에 술에 취하는 경우는 더욱 없다. 마침 내일이 이웃집에서 竈王神에게 제사를 지내는 날인지라 닭과 술을 작자 자신에게도 흠뻑 나누어주리라는 기대감에 차 있다. 여기서 소동파가 현지의 백성들과 원만한 인간관계를 유지하고 있음과, 海南 땅의 훈훈한 인정이 배어 나고 있음을 파악할 수 있다.

---

169) <縱筆三首, 其三>, ≪蘇軾詩集≫, 권42.

음주는 또한 현실을 초탈하게도 한다. 이러한 양상은 대체로 莊子의 齊物論과 忘我의 경지 및 자연추구의 경향과도 관련을 맺고 있다.

　　膠西先生 趙明叔은 집이 가난한데 술을 좋아하여 아무 술이나 따지지 않고 마셔 취했다. 그는 항상 '묽은 술이라도 茶보다는 좋고, 추하게 생긴 마누라라도 홀로 사는 빈 방보다는 좋다'고 말했다. 그 말이 비록 비루하지만 達觀에 가깝다. 그러므로 그 의미를 확대시켜 東州(密州)의 樂府를 보충하고자 한다. 그런데 그 말이 아직 부족함이 있다고 여겨져 다시 한 편을 화답해 지어, 애오라지 독자에게 한 가지 웃음거리를 제공할 생각이다.

　　(膠西先生趙明叔, 家貧, 好飮, 不擇酒而醉. 常云..薄薄酒, 勝茶湯, 醜醜婦, 勝空房. 其言雖俚, 而近乎達, 故推而廣之以補東州之樂府. 旣又以爲未也, 復自和一篇, 聊以發覽者之一噱云爾.)

薄薄酒, 勝茶湯,	묽은 술일망정 茶보다는 낫고
麤麤布, 勝無裳.	거친 옷일망정 옷이 없는 것보다 낫다.
醜妻惡妾勝空房.	못생긴 아내와 못된 첩일망정 독수공방보다 낫다.
五更待漏靴滿霜,	꼭두새벽에 待漏院에서 신발 가득 서리 맞는 벼슬살이
不如三伏日高睡足	삼복더위에 해가 높이 솟을 때까지 실컷 자고
北窓凉.	북창아래 시원한 바람을 쐬는 야인생활보다 못하다.
珠襦玉柙	구슬로 장식한 저고리 입고 옥으로 만든 관에 넣어져
萬人祖送歸北邙,	만인의 장송을 받으며 北邙山에 돌아가는 것은
不如懸鶉百結	누덕누덕 기운 남루한 옷을 입고
獨坐負朝陽.	홀로 앉아 아침 햇빛 쐬며 살아가는 것만 못하다.
生前富貴, 死後文章,	살아 생전 부귀와 사후에 문장이 남겨지길 원하나
百年瞬息萬世忙,	백년도 한 순간이요 萬世도 바삐 지나갈 뿐
夷齊盜跖俱亡羊,	어진 이 백이숙제도 천하도둑 도척도 죽어 없어지기

는 마찬가지

不如眼前一醉	지금 당장 눈앞에서 한 번 취하여
是非憂樂兩都忘.	是非와 憂樂을 모두 잊는 것만 못하다.170)

이것은 서문에서도 밝혔듯이 "맑은 술이라도 차보다는 낫고/ 못생긴 마누라도 독수공방보다는 낫다"는 경험에 바탕한 인간의 보편적인 진리를 담고 있는 말에 착안하여, 그 의미를 확대시켜 지은 시이다. 이른 새벽부터 바쁜 벼슬살이는 실컷 자고 나서 시원한 바람을 쏘이는 야인의 생활만 못하며, 호화롭게 차려입고 무덤에 드는 것은 남루한 옷을 입고 아침 햇볕을 쬐는 것만 못하다는 실례를 들었다. 이를 통해 부자연스러운 부귀한 생활보다는 자유롭고 한적하게 사는 인생의 소소한 기쁨을 중시하는 소동파의 면모를 살필 수 있다. 더 나아가 작자는 인생이란 순간적인 것이니 눈앞에서 술을 마시고 한 번 취하여 일체의 是非, 憂樂을 망각하는 상태에 이르고자 한다. 곧 술은 근심을 해소하는 데 그치지 않고 초탈의 상태로 전환시키는 매개체가 되고 있다.

여기서 소동파는 莊子的인 발상과 해학적인 어투로 음주를 통해 인간의 본원적 자유를 추구한 초탈적인 인생태도를 보여주고 있다.

㉠

百年六十化,	백년 인생에서 육십 년이 지났는데
念念竟非是.	생각하고 생각해도 결국 옳지 않았다.
是身如虛空,	이 몸은 허공과 같은데
誰受譽與毁.	누구에게서 칭찬과 꾸지람을 받을까?
得酒未擧杯,	술을 얻었으나 잔은 들지 않는다.

---

170) <薄薄酒二首, 幷引 및 其一>, ≪蘇軾詩集≫, 권14.

喪我固忘爾.　　나를 버리는 게 진실로 너를 잊는 것이라.
倒牀自甘寢,　　침상에 쓰러져 스스로 달게 잠드니
不擇菅與綺.　　거적이든 비단이든 가리지 않는다.171)

ⓛ

醉中有歸路,　　醉中에는 돌아가는 길이 있어
了了初不迷.　　정신이 맑아 애당초 미혹되지 않는다.
乘流且復逝,　　흐름을 따라 내려가다가
抵曲吾當回.　　굽이를 만나면 나도 마땅히 따라 돌아가리.172)

ⓒ

漁父醉, 蓑衣舞,　　어부가 취하자 도롱이 옷 입고 춤추네.
醉裏却尋歸路.　　취한 가운데 문득 돌아가는 길 찾는다.
輕舟短櫂任橫斜,　　가벼운 배 짧은 삿대로 비스듬히 가는 대로 맡기고
醉後不知何處.　　술 깬 후에 어느 곳에 있는지도 모른다.173)

ⓔ

漁父醒, 春江牛,　　어부가 술 깨니 봄 강은 한낮이라
夢斷落花飛絮.　　꿈 깨니 꽃 떨어지고 버들개지 날아다닌다.
酒醒還醉醉還醒,　　술 깼다가는 다시 취하고 취했다가는 다시 깨니
一笑人間今古.　　한 번 인간세상 古今을 웃음으로 날려보낸다.174)

㉠에서는 57세가 되어 회상해 보니 자신의 과거 생애가 옳지 않았다

---

171) <和陶飮酒二十首, 其六>, ≪蘇軾詩集≫, 권35.
172) <和陶飮酒二十首, 其九>, ≪蘇軾詩集≫, 권35.
173) <漁父四首, 其二>, ≪蘇軾詩集≫, 권25.
174) <漁父四首, 其三>, ≪蘇軾詩集≫, 권25.

고 반성을 하며, 세인의 칭찬이나 꾸지람 같은 데에는 개의치 않는다. 그리고 자신을 잊는 忘我의 경지에 도달하고 있다. 여기서 거적이든 비단 이부자리든 형식을 중히 여기지 않고 잠드는 소동파의 초탈적인 면목을 드러내고 있다. ㉡에서 소동파는 술을 마심에 있어 만취가 아니라 정신을 차려 미혹되지 않는 정도로 술을 마시는 절제된 음주태도를 보여주고 있다. 이어서 그는 인생행로도 흐름을 따라 자연스럽게 가다가 장애물을 만나면 돌아가는, 인위적이 아닌 자연적인 것을 중시하는 인생태도의 핵심을 드러내 보이고 있다. ㉢, ㉣에서는 음주가 浪漫的 생활의 구가에 역동적 힘이 됨을 파악할 수 있다. 여기서 소동파는 술에 취해 가벼운 배가 가는 대로 맡겨 두고, 또 인간세상 古今을 너털웃음으로 날려보내고 있는 어부의 모습을 통해 자신의 초탈적인 인생태도를 잘 드러내고 있다.

㉠

已向閑中作地仙,	이미 한가한 가운데 땅의 신선이 되었고
更於酒裏得天全.	더욱이 술 가운데 하늘의 온전함을 얻었다.175)

㉡

午醉醒來無一事,	낮에 취했다 깨어나니 할 일 하나 없어
只將春睡賞春晴.	다만 봄잠 자면서 맑은 봄빛 감상하리라.176)

위의 두 수의 시는 술이 매개가 되어 증폭시켜 무르녹은 소동파의 한적한 정취를 표현하고 있다. ㉠에서 술을 마심으로써 작자는 땅의 신선

---

175) <李行中秀才醉眠亭三首, 其一>, ≪蘇軾詩集≫, 권12.
176) <春日>, ≪蘇軾詩集≫, 권25.

이 되고, 또한 하늘의 온전함을 얻고 있다. ㉡에서는 낮에 취했다가 깨어나니 아무 할 일이 없어 다시 봄잠을 자면서 맑은 봄빛을 감상하는 가운데 작자의 한적한 정취가 배어나고 있다.

한편 술은 문예창작에 있어 靈感과 흥취를 배가시킨다. 소동파는 일찍이 다음과 같이 말하였다.

> 나는 술 마신 후에 興이 나 수십 자를 쓰면 술기운이 일어서 열 손가락으로 나오는 것을 느끼게 되는데 크게 妙語이다.
> (吾酒後乘興作數十字, 覺酒氣拂拂從十指出也, 大是妙語.)[177]

소동파로 하여금 문학·예술을 창작하게 하는 것은 그에게 함양된 氣인데, 술은 문학·예술창작의 계기를 만들어 주고 증폭시키는 매개작용을 하고 있음을 알 수 있다.

身如受風竹,	그(陶淵明)의 몸은 바람 받는 대나무가
掩冉衆葉驚.	너풀너풀 나뭇잎들 흔들리듯
俯仰各有態,	굽어보고 우러러보아 각기 모습 있어
得酒詩自成.	술 얻자 시는 저절로 이루어진다.[178]

이 시는 술이 시창작의 촉진제가 되고 있음을 표현하고 있다. 소동파는 陶淵明이 몸을 자연에 맡겨 바람에 흔들리는 대나무처럼 俯仰自如하였고, 술을 얻으면 시는 저절로 이루어진다고 하여 淵明을 찬미하였다.

---

177) 趙德麟, ≪候鯖錄≫, 卷二. 游信利, <蘇東坡的論文之道>, ≪蘇東坡的立身與論文之道≫, 96쪽, 再引用.
178) <和陶飲酒二十首, 其三>, ≪蘇軾詩集≫, 권35.

㉠

空腸得酒芒角出,	빈속에 술을 마시니 날카로운 붓 기운이 싹트듯 생겨나서
肝肺槎牙生竹石.	간과 폐에서 솟아 나오는 힘으로 竹과 石을 그린다.
森然欲作不可回,	엄숙히 그 기운으로 그림을 그리고자 하니 돌이킬 수 없어
吐向君家雪色壁.	정기를 토해 내듯 그대 집의 눈처럼 흰 벽에 그린다.[179]

㉡

草書亦何用,	草書는 또 무슨 소용이 있어
醉墨淋衣巾.	취한 먹으로 衣巾에 뿌리니
一揮三十幅,	한 번 휘저으면 삼십 폭이라.
持去聽坐人.	이것을 가져가 앉은 사람에게 주리.[180]

㉠에서 음주는 심리내부에서 발동한 창작욕구가 相乘作用을 하여 그 내면에서 용솟음치는 추진력으로 벽에 그림을 그리는 데 일조하고 있다. 이 시에 대해 王師韓은 다음과 같이 평했다.

그림이 취한 데서 나오니, 시는 다만 醉筆로 정신을 洗剔하였다. 四句를 읽으면 森然히 魂을 움직인다. 구절마다 가파르고 빼어나니, 集中에 별도로 一格을 열었다.

(畫從醉出, 詩特爲醉筆洗剔精神. 讀起四句, 森然動魂也. 句句巉絶, 在集中另闢一格.)[181]

㉡에서는 소동파가 술에 취하여 먹으로 衣巾에 뿌리니 한 번 휘저으

---

179) <郭祥正家, 醉畫竹石壁上, 郭作詩爲謝, 且遺二古銅劍>, ≪蘇軾詩集≫, 권23.
180) <和陶飲酒二十首, 其二十>, ≪蘇軾詩集≫, 권35.
181) 汪師韓, ≪蘇詩選評箋釋≫, 권3. 王水照, ≪蘇軾選集≫, 161쪽.

면 삼십 폭의 그림이 된다고 하였다. 이 두 수에서 술은 서예, 회화 등의 예술창작에 있어 靈感을 일으키고 그것을 증폭시키는 매개체가 됨을 피력하고 있다.

齋廚聖賢雜,　　　주방에는 청주와 탁주가 섞여 있어
無事時一中.　　　일없을 때 술 마심을 樂으로 한다.
誰言大道遠,　　　누가 大道를 멀다 하리요?
正賴三杯通.　　　석잔 술이면 대도에 통하는 것을.182)

여기서 소동파는 술이 마음을 호탕하게 하여 우주의 大道에 통하게 하기도 한다고 하였다.

老來專以醉爲鄕　　늙어감에 오로지 술 취함으로 고향을 삼았다.183)

不妨樽酒寄平生　　동이 술로서 평생을 지내도 무방하리.184)

위의 두 시는 늙어감에 술에 취하는 것으로써 고향을 삼고 술동이를 가지고 평생을 지내고자 하는 자신의 희망을 나타내고 있다. 여기서 소동파가 얼마나 술을 좋아하였는가를 가늠할 수 있다.

한편 소동파는 中山의 솔가지로 손수 탁주를 빚어 마시고 느낀 흥취를 적은 <中山松醪賦>에서 다음과 같이 언급하고 있다.

曾日飮之幾何,　　일찍이 날마다 술 마신 지 얼마인가?

---

182) <和陶飮酒二十首, 其十七>, ≪蘇軾詩集≫, 권35.
183) <次韻趙令鑠>, ≪蘇軾詩集≫, 권26.
184) <次韻許沖元送成都高士敦鈴轄>, ≪蘇軾詩集≫, 권30.

覺天刑之可逃.	천형의 병이 달아남을 깨닫는다.[185]

이처럼 그는 날마다 술을 마시니 天刑의 병이 다 달아남을 깨닫기까지 하였다. 여기서 그가 적정량의 음주는 건강에도 도움이 된다고 생각했음을 알 수 있다.

虛而明,	텅비면서 맑아지고
一而通,	하나이면서도 통한다.
安而不懈,	편안하되 해이해지지 않고
不處而靜,	은거하지 않아도 조용하며
不飮酒而醉,	술을 마시지 않아도 취하고
不閉目而睡.	눈감지 않아도 잘 수 있다.[186]

이것은 소동파의 음주에 있어 더 나아간 경지라고 여겨진다. 다시 말하면 그는 술로 빈 마음을 얻었고, 더 나아가 술을 마시지 않고도 취하는 禪的 해탈의 경지에 도달하였다고 생각된다.

이상 '酒中의 興趣'와 관련하여 작자는 주량이 적지만 쾌적한 상태를 얻었고, 술에 취한 모습을 생동감 있게 묘사하고 있다. 또한 술은 忘我의 경지에 도달하게 하며, 망각작용이 있고, 원활한 인간관계와 초탈적 인생태도에 도움을 준다. 아울러 술은 문예창작에 영감을 제공하며, 大道에 통하게 한다고 하였다.

---

185) <中山松醪賦>, ≪蘇軾文集≫, 권1. 58세, 定州知州時節에 作. 禹俊浩, <蘇東坡辭賦研究>, 182~183쪽, 參照.
186) <思堂記>, ≪蘇軾文集≫, 363쪽. 陳玉瓊, <東坡「記」文考>, 74쪽 參照.

2. 憂愁의 解消

음주는 근심을 사라지게 하는 하나의 수단이 되기도 한다. ≪事文類聚≫에는 근심을 사라지게 하는 데는 술만 한 것이 없다고 하였고 근심을 없애고 즐거움을 가지게 한다는 것이다.[187] 우수의 해소는 蘇詩에서 자주 드러나는 양상이다. 그러면 음주와 관련된 시에서 소동파가 어떻게 「解憂」를 이루었는가를 살펴보기로 하겠다.

左手持蟹螯,　　　　왼손으로 게의 다리를 잡고
舉觴矚雲漢.　　　　술잔을 들고 은하수 바라본다.
天生此神物,　　　　하늘이 이 신령스런 물건(술)을 낸 것은
爲我洗憂患.　　　　나를 위해 우환을 씻어 버리고자 함이라.[188]

여기서 소동파는 안주로 게의 다리를 잡고 술잔을 들고서 하늘의 은하수를 바라본다. 그리하여 넓어진 정신이 우주로 확대되고 있다. 아울러 그는 하늘이 신령스런 이 술을 낸 것은 자신의 우환을 씻어 버리라고 한 것이라고 하였다. 이것은 「解憂」의 매개체로서의 「술」의 작용을 잘 표현한 것이다.

사람에게는 평소에 잠재의식 속에 스며있어 표출하기 어렵거나 곤란한 억눌린 감정이 존재하기 마련이다. 이 때 술은 그 억제된 내면세계에 잠겨 있는 울분, 하소연, 답답함 등을 풀도록 도와준다. 蘇詩에서는 평소 억제되었던 내면세계가 음주로 인해 표출되고 있다.

---

187) 鄭純子, <우리나라 술에 대한 小考>, 70쪽.
188) <飮酒四首, 其二>, ≪蘇軾詩集≫, 권49.

㉠

飮中眞味老更濃,	술 마시는 참맛은 늙을수록 짙어 가는데
醉裏狂言醒可怕.	취중의 내 狂言은 깨고 나니 두려워라.
閉門謝客對妻子,	문 닫고 손님 사절하고는 처자를 마주하고
倒冠落佩從嘲罵.	삐딱하게 갓 쓰고 패물찬 것 팽개치고 남이야
	조롱하거나 욕하거나 그냥 둔다.189)

㉡

武昌痛飮豈吾意,	武昌에서의 痛飮이 어찌 내 뜻이었으랴?
性不違人遭客惱.	본성은 남과 어그러지지 않으나 남에게 거슬림
	받았기 때문이라.190)

㉢

有道難行不如醉,	道가 있으나 행하지 못함은 취함만 못하고
有口難言不如睡.	입이 있으나 말하지 못함은 잠자는 것만 못하다.
先生醉臥此石間,	선생은 취해 이 돌 사이에 누워 계시니
萬古無人知此意.	만고에 이 뜻을 아는 이가 없더라.191)

　㉠은 소동파가 黃州貶謫地에서 지은 시이다. 그는 폄적되어 온데 대한 자신의 불만스런 심경을 취중을 빌어 토로할 때는 어느 정도 후련하기도 하였다. 그러나 깨고 나면 자신의 말이 메아리가 되어 도리어 자신에 대해 불이익이 올까 봐 두려움까지 동시에 느낀다. 여기서 폄적지에서의 답답함을 술을 마심으로써 어느 정도는 해소시키지만, 이것이

---

189) <定惠院寓居月夜偶出>, ≪蘇軾詩集≫, 권20. 元豐3년(1080)에 지음.
190) <孔毅父以詩戒飮酒, 問買田, 且乞墨竹, 次其韻>, ≪蘇軾詩集≫, 권22.
191) <醉睡者>, ≪蘇軾詩集≫, 권48.

근본적인 해결책은 되지 않는다는 것을 알게 된다. 그리하여 남들과의 접촉을 단절하고 집안에서만 멋대로 행동하며 고통을 내면세계에 침잠시키고 있다. 이로 미루어 소동파의 음주는 억제된 자아를 표출시키는 매개가 되고 있음을 파악할 수 있다. ㉡에서 소동파의 음주의 한 원인이 현실세계와의 괴리에 있으며, 음주는 이러한 괴리를 해소하는 하나의 방편임을 알 수 있다.

㉢에서 소동파가 은연중에 현실과의 괴리를 드러내고 더 나아가 이에 대한 해소방법으로 술과 잠이라는 차선책을 활용하고 있다. 구체적으로는 道가 있으나 행하지 못함은 취함만 못하고, 입이 있으나 말하지 못함은 잠을 잠만 못하다는 자신의 경험을 바탕으로 한 보편적 원리를 제시하고 있다. 자신은 바위 사이에 취해 누워 있으니 萬古에 이 뜻을 아는 자가 없다고 하였다. 이러한 초극적 해소의 자세는 억제된 자아를 昇華시키는 하나의 독특한 방법이 되고 있다.

이를 통해 볼 때 ㉠, ㉡에서 자신의 문제를 제기하고서, ㉢에서는 그 문제에 대한 해결방안을 모색하고 그 해결점을 발견하고 있음을 알 수 있다. 이렇게 어느 시에서 자신의 문제점을 제시하고 동시에 그 시나 혹은 연계되는 시에 그 해결방안도 표현한 것은 소동파시의 특징 중의 하나라 할 수 있다.

아래 시는 표현할 수 없어서 안타까웠던 자아의 현위상을 시창작과 음주로서도 토로하지 못한다는 두 측면에서 조망하고 있다.

> 避謗詩尋醫,　　　비방을 피하는 시는 의사를 찾으러 갔고
> 畏病酒入務.　　　병을 두려워하는 술은 일하러 갔다.192)

---

192) ＜七月五日, 其一＞, ≪蘇軾詩集≫, 권14.

외부환경 때문에 술을 마시지 못함을 역설적이고 해학적으로 표현하고 있다. "비방을 피하는 시는 의사를 찾으러 갔다"는 것은 시를 짓는 데 따른 비방을 피하기 위해 시를 창작하지 못하다는 의미이고, "병을 두려워하는 술은 일하러 갔다"는 것은 병에 걸릴까 두려워 술을 마시지 않는다는 의미이다.193) 여기서 "尋醫"와 "入務"는 俗語이다. 이같은 俗語入詩的 경향은 蘇詩에서 자주 보인다.194)

곧 이 시는 내심으로는 시를 짓고 싶지만 또 다시 비방을 받을까 시를 짓지 못하고, 술을 마시고 싶지만 병에 걸릴까 두려워 술을 못 마시는 억제된 자아의 현위상을 해학적으로 표현하고 있다.

我本畏酒人,	나는 본래 술을 두려워하는 사람
臨觴未嘗訴.	잔을 대하여 일찍이 하소연한 적 없다.
平生坐詩窮,	평생 시에 연루되어 곤궁해졌었기에
得句忍不吐.	詩句를 얻어도 차마 토해 내지 않는다.
吐酒茹好詩,	술을 토해 내며 좋은 시를 삼키니
	(술을 안 먹고 시를 안 쓰니)
肝胃生滓汚.	간과 위에는 더러운 찌꺼기가 생긴다.195)

술을 마셔도 하소연하지 못하고, 시구를 얻어도 그것을 시로 토해 내지 못하고 있다. 그리하여 소동파는 이렇게 술을 마시지 않고 시도 창작하지 않으니 간과 위에는 더러운 찌꺼기가 생긴다고 하였다. 곧 폄적 시기 억제되어 있는 자아를 표현해야 후련한 법인데, 그렇게 하지 못하

---

193) <七月五日, 其一>, ≪蘇軾詩集≫, 권14, 「주석」 부분, 참조.
194) 劉乃昌, ≪蘇軾文學論集≫, 89쪽.
195) <叔弼云, 履常不飮, 故不作詩, 勸履常飮>, ≪蘇軾詩集≫, 권34.

여 내면에 응어리가 생겨나고 있는 작자의 심리상태를 나타내고 있다.

이상에서 술이 현실세계와의 괴리에서 오는 억제된 작자의 자아를 표출하는데 매개체가 되고 있음을 파악할 수 있다. 정반대로 시를 쓸 수 없고 술도 마실 수 없어, 억제된 내면세계를 표현하지 못하는 안타까운 심경도 헤아려 볼 수 있다.

㉠

白酒無聲滑瀉油　　허연 막걸리를 소리 없이 죽 가슴에 쏟아 붓고
醉行堤上散吾愁.　　취하여 강둑 거닐며 나의 근심 털어 버린다.[196]

㉡

少年多病怯杯觴,　　어렸을 적 잔병 많아 술잔 들기도 겁내었는데
老去方知此味長.　　늙어 감에 바야흐로 그 맛 짜릿함 알게 되었네.
萬斛羈愁都似雪,　　얽히고설킨 시름은 눈덩이 같은데
一壺春酒若爲湯.　　봄날 빚은 술 한 병이면 끓는 물에 눈 녹듯 사라진다.[197]

㉢

夜來飢腸如轉雷,　　밤에 굶주린 창자의 꼬로록 소리 천둥소리 같고
旅愁非酒不可開.　　나그네 수심은 술이 아니면 걷을 수 없다.[198]

㉣

使我有名全是酒,　　나를 유명하게 한 것은 모두 술 때문
從他作病且忘憂.　　그를 따라가 병에 걸렸고 또 근심을 잊었다.[199]

---

196) <陳州與文朗逸民飮別, 携手河堤上, 作此詩>, ≪蘇軾詩集≫, 권20. 元豊3년 正月에 지음.
197) <次韻樂著作送酒>, ≪蘇軾詩集≫, 권20. 元豊3년(45세, 1080년) 지음.
198) <次韻孔毅父久旱已而甚雨三首, 其三>, ≪蘇軾詩集≫, 권21.

㉠, ㉡, ㉢은 모두 黃州貶謫地에서 지은 시이다. ㉠은 黃州로 폄적되어 있는 자신의 근심을 술에 취해 강둑을 거닐며 털어 버리고 있는 모습을 묘사한 시이다. ㉡에서 소동파는 어렸을 때는 잔병으로 술잔을 들기도 겁이 났었는데, 늙어 감에 따라 이제는 짜릿한 술맛을 알게 되었다고 하였다. 그리고 자신의 시름 덩어리가 눈덩이 같이 큰데 봄날 빚은 술 한 병을 마시기만 해도 눈이 녹듯 그 시름이 녹아 사라진다고 하였다. ㉢에서 작자는 굶주린 창자의 꼬르륵하는 소리가 천둥소리 같은데, 자신의 나그네 같은 인생행로에서 배어나는 수심은 술이 아니면 해소할 수 없다고 하였다. ㉣에서 소동파는 술은 자신을 유명하게 한 매개체라고 전제하고서, 술로 인해 병에 걸렸고 또한 근심을 잊었다고 하였다. 여기서 그는 술의 긍정적 측면과 부정적 측면을 모두 파악하고 있다.

我觀人間世,	내가 인간세상을 살펴보니
無如醉中眞.	취한 가운데의 참된 것만 못하다.
虛空爲銷殞,	허공도 녹아 없어지는데
況乃百憂身.	하물며 백가지 근심이 있는 몸이랴?[200]

인간세상은 영광과 오욕, 참과 거짓이 혼재되어 있는 곳이다. 소동파는 이것들이 취한 가운데의 참된 정만 같지 못하다고 전제하고 있다. 그리고 술에 취하면 허공도 녹아 없어지는데 온갖 근심이 서려 있는 몸이야 말할 것이 없다고 하여, 술의 우수의 해소작용을 토로하고 있다.

---

199) <次韻王定國得晉卿酒相留夜飮>, ≪蘇軾詩集≫, 권30.
200) <飮酒四首, 其一>, ≪蘇軾詩集≫, 권49.

여기서 인간세상의 혼탁함을 술에 취함으로써 씻어버리고자 하는 작자
의 모습을 엿볼 수 있다.

이토록 술을 좋아하는 소동파지만 위와는 상반되게 때로는 술로 인
해 건강이 나빠졌음을 자인하였다. 그리하여 그는 만년이 된 62세 때에
陶淵明의 <止酒> 시에 和韻하여 술을 끊고자 하는 의지를 표명하기도
하였다.

> 나는 당시 치질에 걸려 신음하였는데, 아우 子由도 또한 밤새 자지
> 못하였다. 그래서 아우는 淵明의 시를 읊으며 내게 술을 끊으라고 권
> 하였다. 이에 (나는) 原詩의 韻에 和韻하여 이로써 이별의 뜻으로 주
> 었는데, 정말로 끊기를 희망한 것이다.
> (余時病痔呻吟, 子由亦終夕不寐. 因誦淵明詩, 勸余止酒. 乃和原韻, 因
> 以贈別, 庶幾眞止矣.)

微痾坐杯酌,	작은 병은 술 마신 때문이니
止酒則瘳矣.	술을 끊으면 이 병 나으리.
……	……
從今東坡室,	이제부터 나 東坡의 집에는
不立杜康祀.	杜康의 사당은 세우지 않으리.201)

여기서 소동파는 병 때문에 그토록 좋아하던 술마저 끊고자 하는 의
지를 표명하고 있다. 그는 자신의 병의 원인이 음주에 있고 술을 끊으
면 당연히 그 병이 나을 것이라고 하였다. 杜康은 옛날 술을 만들었던
사람인데, 두강의 사당을 세우지 않겠다는 말은 술을 마시지 않겠다는

---

201) <和陶止酒>, ≪蘇軾詩集≫, 권41.

의미이다.

이상에서 보면 소동파는 술을 통해 자아를 표현하고, 酒中의 興趣를 얻고 우수를 해소하여 忘我의 경지, 빈 마음의 경지까지 도달하였고, 더 나아가 마시지 않고도 취하는 禪的 해탈경지까지 체득한 대시인이라 할 수 있겠다.

소동파는 술을 마심에 있어 만취가 아니라 미혹되지 않는 정도로 정신을 차려 술을 마시는 절제된 음주태도를 보여주고 있다. 소동파의 음주시는 독특한 음주의 정취를 표현한 것이 많다. 소동파는 작자가 술에 흠뻑 취한 후에 視覺的, 심리적으로 느끼는 醉한 모습을 사실적이고도 생동적으로 묘사하고 있다. 술은 망각작용이 있어, 험난한 인생을 살아가는데 때로 일조하기도 한다. 또한 술은 원만한 인간관계를 누리는 매개체가 되고 있다. 친구간의 우정이 배어 있는 이별주, 벌주, 가족에 대한 정이 담긴 술, 그리고 제사 후에 이웃에게 술을 나누어주는 현지의 훈훈한 인정미 등이 그 예가 된다.

소동파는 음주를 통해 莊子的인 발상과 해학적인 어투로 인간의 본원적 자유를 추구한 초탈적인 인생태도를 보여주고 있다. 그는 세인의 칭찬이나 꾸지람에 초연하여 자신을 잊는 忘我의 경지에 까지 도달하고 있다. 여기서 거적이든 비단 이부자리든 형식을 중히 여기지 않고 잠들 줄 아는 소동파의 소탈한 면목을 드러내고 있다. 이어서 그는 인생행로도 흐름을 따라 자연스럽게 가다가 장애물을 만나면 돌아가는 무위자연을 추구하는 인생태도를 잘 드러내고 있다. 한편 술은 문학·예술창작에 있어 靈感을 제공하며 그것을 증폭시키는 매개작용도 하고 있다.

'憂愁의 解消'에 관련해서 술에 취해 강둑을 거닐며 쌓인 시름을 털어 버림, 자신의 시름 덩어리가 눈덩이 같이 큰데 봄날 빚은 술 한 병을 마시기만 해도 눈이 녹듯 그 시름이 녹아 사라짐, 그리고 자신의 나그네 같은 인생행로에서 배어나는 수심은 술이 아니면 해소할 수 없음 등으로 표현되었다. 또한 술은 억제된 내면세계를 표출하는 매개체이기도 하다.

소동파의 음주시에는 위의 여러 양상이 심적 불만이 쌓여있던 폄적기 및 지방관 재직시절에 더욱 농후하게 나타나고 있다. 또한 그의 음주시에서는 자신의 문제를 제시하고, 그 문제에 대한 해답을 얻고자 모색하는 과정이 엿보이고 있으며, 그 해결을 이룬 경우가 많다.

소동파는 음주로써 억압된 자아를 표출시켰으며 현실의 각박한 삶에서 일탈하였고, 상상력의 확대로 정신적 자유를 획득하였다. 또한 원활한 인간관계를 추구하여 인간미를 高揚시켰고, 또한 자연미를 심화시킬 수 있었다. 곧 술은 그에게 있어 인간미, 自然美, 그리고 예술미 고양의 매개체가 되고 있다. 여기서 「酒中趣」는 술에 취함으로써 淨化, 여유 및 無我, 忘我의 경지에 도달함을 의미한다.

요컨대 소동파의 음주시는 술의 최면작용을 통해 자아와 세계의 대립관계로부터 조화관계로 전환시키고 있다. 이것은 인생을 淨化시키는 고차적인 효용성인 것이다. 소동파는 음주를 통해 세속의 속박을 벗어나 물질세계를 망각하고 현실초탈의 경지에 진입하고 있다. 아울러 불만의 마음을 평정의 상태로 전환시켜 靈魂의 안식을 얻음으로써, 나름대로 인생의 멋과 조화를 누리고 있다.

제5절 藝術世界에의 沒入

예술에 있어서 宋代는 理智的이고 이론적이며 개성과 정신적 가치를 중시하는 특징을 지니고 있다. 소동파는 繪畵에서 宋代 文人畵 발전의 주역이 되었고, 書藝에서는 蔡襄, 黃庭堅, 米市과 함께 北宋四大家의 한 사람으로 칭송되고 있다. 이렇게 볼 때, 詩文 뿐만 아니라 예술에서도 當代의 거물이라고 할 수 있다. 본래 사람은 어떤 형태로든 자기를 표현하는 방법을 찾게 마련인데, 소동파는 현실세계와 예술세계를 부단히 넘나들면서 분출하는 자아의 정신을 예술로 승화시키어 자기내면의 절제와 조화를 획득하고 있다.

姜寬植은 소동파의 書畵觀을 '適意悅神'과 '墨戱三昧' 및 '詩書畵의 일치'로 파악하고 있다.202) 이것은 곧 예술을 통한 정신적 희열과 고도의 정신집중상태, 그리고 詩書畵를 궁극적으로 하나로 꿰뚫을 수 있는 비평기준이 가능하다는 것 등을 나타낸 것이다. ≪東坡詩, 山谷詩≫ <東坡詩> 부분에는 書畵에 관한 소동파의 시가 중에 書畵類가 114수, 筆墨類가 9수, 硯類가 8수 실려 있다.203)

여기서는 이미 생존 당시 높은 평가를 받고 있는 繪畵나 書藝와 같은 소동파의 예술창작 그 자체는 주된 논의의 대상으로 삼지 않겠다. 이 논문에서는 서화예술시를 통하여 그가 시로 회화와 서예와 같은 예술을 어떻게 형상화하였으며 또한 예술을 통해 어떻게 자아를 반영하여 자기구원을 도모하였는지, 더 나아가 어떻게 書畵에 몰입하여 자아정화에까지 도달하였는가를 파악해 보려고 한다. 더불어 시에 산견되는 예술이

---

202) 姜寬植, <東坡 蘇軾의 文人畵論 硏究>, 37~57쪽 참조.
203) (宋) 蘇軾, 黃庭堅著, ≪東坡詩, 山谷詩≫, <東坡詩> 부분, 196~224쪽 참조.

론도 간략히 도출해 보겠다.

1. 繪畵藝術

題畵詩는 화면상의 여백에 써넣어지든 아니든 간에 시인이 그림을 시적 제재나 대상으로 하여 지은 시이다. 그런데 題畵詩 創作은 항상 詩的 제재나 대상이 된 그림에 대한 시인의 감상을 전제로 한다. 따라서 詩的 陳述에는 그림과 시인간의 만남의 양상이 반영될 수밖에 없다.[204]

소동파의 題畵詩는 80여 수인데 元祐 以前(50세 이전)에 42수가 있고 元祐時期(51~58세) 8년간에 40여 수가 있다. 소동파의 元祐 이전의 題畵詩는 徐州知州 시기에 일부 수작이 나타나고 있는 것 외에, 그 후 元祐時節 수도 汴京에서 재직하는 시기에 다수 창작하였는데 여기서 수준 높은 예술적 견해를 표현하고 있다. 그것은 당시 작자가 수도에서 當代를 대표하는 시인, 화가, 서예가, 예술감상가 들과 교류하여, 자주 모여 그림 그리기와 그림의 감상을 하는 등 예술적 환경이 좋았기 때문이라 할 수 있다. 그리고 소동파 題畵詩의 특징은 1. 畵面의 再現과 畵意의 補充 및 畵境의 재창조, 2. 자아표출과 현실의 寓意, 3. 藝術哲理의 발현, 등이라고 할 수 있다.[205] 소동파의 題畵詩는 풍부한 내용과 광범위한 제재를 지니고 있는데, 대별하면 人物, 山水, 鳥獸, 花卉, 木石, 宗敎故事 등으로 나뉠 수 있다.[206]

여기서는 소동파의 제화시를 범주로 하여, 그 핵심적인 것을 아래와

---

204) 崔敬桓, <韓國題畵詩의 陳述樣相 硏究>, 178쪽.
205) 以上은 謝桃坊, ≪蘇軾詩 硏究≫, 114~124쪽, 참조.
206) 吳枝培, <讀蘇軾的題畵詩>, 192쪽.

같이 4분하여 개별 작품을 통해 검토하고자 한다.

1) 佛畫

何處訪吳畫,	어디서 吳道子의 그림을 찾아볼까.
普門與開元.	普門寺와 開元寺가 바로 거기로구나.
開元有東塔,	開元寺의 동쪽에 탑이 서 있는데
摩詰留手痕.	王維의 손으로 그린 자취가 거기 남아 있다.
吾觀畫品中,	내가 그림의 品格을 자세히 보니
莫如二子尊.	왕유와 오도자 이 두 분처럼 높은 이가 없다.

道子實雄放,	오도자는 정말로 웅장하고 호방하여
浩如海波翻.	기운이 바다파도가 뒤집어지듯 힘차다.
當其下手風雨快,	그림을 그리기 시작할 때는 비바람이 휘몰아치듯 빨라
筆所未到氣已吞.	붓이 닿기도 전에 기상은 이미 세상을 삼킨다.
亭亭雙林間,	우뚝한 두 그루 나무사이에
彩暈扶桑暾.	(부처님의 머리 위에) 오색구름이 扶桑에서 솟아오르는 새벽태양처럼 떠오르더라.
中有至人談寂滅,	가운데 계신 석가모니 부처님께서 열반의 경지를 얘기하니
悟者悲涕迷者手自捫.	佛法을 깨달은 자는 슬피 울고 깨닫지 못한 자는 손만 만지작거린다.
蠻君鬼伯千萬萬,	오랑캐 우두머리 천만무리가
相排競進頭如黿.	자라머리 나오듯 서로 다투어 불법을 들으려고 나온다.

摩詰本詩老,	왕유는 본래 큰 시인이니

佩芷襲芳蓀.	(그의 기질과 品格은) 芷草를 차고 향내나는 풀옷을 입은 듯.
今觀此壁畵,	지금 왕유가 그린 이 벽화를 살펴보니
亦若其詩淸且敦.	그림도 그의 시풍처럼 맑고 돈후하다.
祇園弟子盡鶴骨,	기원정사의 부처님 제자들은 학의 골격처럼 비쩍 말랐고
心如死灰不復溫.	마음은 꺼진 재처럼 평온해져 名利를 높게 여기지 않는다.
門前兩叢竹,	문 앞의 두 떨기 대나무는
雪節貫霜根.	눈 맞은 마디가 서리 맞은 뿌리까지 관통하고 있다.
交柯亂葉動無數,	두 무더기 대나무 가지가 뒤엉키고 많은 잎 무수히 움직이지만
一一皆可尋其源.	대나무 잎 하나하나 모두 그림솜씨의 근원을 찾을 수 있다.
吳生雖妙絶,	오도자의 그림이 비록 기묘하게 뛰어났으나
猶以畵工論.	오히려 화가로만 논할 뿐이다.
摩詰得之於象外,	왕유의 그림은 형상밖에 내재된 여운이 있어
有如仙翮謝籠樊.	신선 새가 조롱을 벗어나 훨훨 나르는 듯하다.
吾觀二子皆神俊,	내가 보건대 두 분의 그림은 모두 신통하고 빼어났는데
又於維也斂袵無間言.	특히 왕유의 그림에 대해서는 비판할 것이 없어 옷섶만 여민다.[207]

이는 <鳳翔八觀, 八首> 가운데 제3수이다. <鳳翔八觀>은 石鼓, 眞興

---

207) <王維吳道子畵>, <鳳翔八觀>의 하나, ≪蘇軾詩集≫, 권3. 嘉祐6년(1061년, 26세)에 지음. 여기서 단락은 필자가 편의상 나누었음을 밝힌다.

寺閣 등 鳳翔의 8가지 빼어난 자취를 8수의 시로 형상화시킨 것이다. 이 시에는 吳道子(吳道玄)와 王維의 회화예술에 대한 소동파의 핵심적이고 총체적인 평가가 담겨 있다. 이에는 또한 산문의 형식을 시에 도입한 시의 산문적 경향(「以文爲詩」)도 나타내고 있다.

제1단락에서는 오도자와 왕유의 그림을 총괄하여 이 두 분의 畵格이 최고라고 인정하였다. 제2단락은 오도자와 왕유 각자의 회화예술에 대한 개별적 평가이다. 이 단락은 두 부분으로 나뉜다. 전10구에서는 오도자 그림의 雄放한 기세의 풍격과 그림의 창작과정 및 그림의 내용을 생동적으로 묘사하고 있다. 후10구에서는 왕유 그림의 淸敦한 화풍이 그의 시풍과 같다고 하여 시화일치론을 폈고, 이어서 왕유 그림의 내용을 평가하고 있다.

여기서 소동파는 고도의 예술적 감식력으로 생동적인 인물묘사, 화가의 내면세계와 그림의 핵심적 근원까지 파악하고 있다. 이것은 대상의 핵심파악에 뛰어난 소동파의 능력을 나타내고 있다. 일찍이 소동파가 왕유에 대해 "詩中有畵", "畵中有詩"208)라고 비평한 것은 그 대표적인 예이다. 이처럼 소동파는 어느 대상을 묘사함에 있어 그 핵심을 파악하여 한 마디로 표현한 경우가 많은데, 이 경우 대체로 그 평가의 의미가 함축적이고 객관타당성을 보유하고 있다고 여겨진다.

제3단락은 이 두 분의 회화에 대한 총체적인 평론이다. 여기서 소동파는 오도자의 그림이 "기묘하게 뛰어났으나 화가로서만 논할 수 있다"고 하였다. 이에 비해 왕유의 그림에 대해서는 "형상 밖에서 터득하여/신선 새가 조롱을 벗어나 훨훨 나르는 듯하다(摩詰得之於象外, 有如仙翮謝籠

---

208) ≪東坡題跋≫, 卷5. <書摩詰藍田煙雨圖>, ≪宋人題跋, 上≫.

樊)"고 하여 형상 밖의 내재된 여운 및 굴레를 벗어나 자유를 구가하고 있음을 파악하였다. 여기서 왕유의 그림이 상대적으로 소동파 자신의 기호와 정신에 더욱 부합됨을 표현하고 있다.

요컨대 이 시에는 그림을 묘사할 때 그 핵심을 파악하여 한 마디로 총결하여 정수를 획득한 묘미가 뛰어나며, 아울러 자유를 중시하고 속박을 싫어하는 소동파의 개성이 예술에서도 드러나고 있음을 알 수 있다.

2) 人物, 動物

(1) 人物形象

深宮無人春日長,	깊은 궁중엔 사람은 뵈질 않고 봄낮만 길어
沉香亭北百花香.	沉香亭 북쪽에는 온갖 꽃 향기 짙어라.
美人睡起薄梳洗,	미인이 낮잠 자다 일어나 엷게 머리 빗고 세수하니
燕舞鶯啼空斷腸.	제비가 춤추고 꾀꼬리 울어대어 부질없이 애가 탄다.
畵工欲畵無窮意,	畵工이 미인의 무궁한 뜻 그리려 하나
背立東風初破睡.	봄바람을 등지고 서서 막 잠깬 모습이라.
若敎回首各嫣然,	만일 그 미인을 머리 돌려 한 번 빙그레 웃게 한다면
陽城下蔡俱風靡.	陽城과 下蔡209)의 귀공자들 모두 넋을 잃으리라.
杜陵飢客眼長寒,	杜陵의 배고픈 나그네 杜甫는 오랫동안 눈빛 흐린 채
蹇驢破帽隨金鞍.	다리 저는 나귀 타고 해진 모자 쓰고 금안장 말탄 귀공자들을 따른다.
隔花臨水時一見,	꽃나무 건너 물가에 임해 미인을 흘깃 본 것이
只許腰肢背後看.	그저 앞 얼굴 못 보고 등뒤만 바라보았었구나.
心醉歸來茅屋底,	마음에 취해 띠풀 초가집에 돌아와서야
方信人間有西子.	바야흐로 인간세상에서 西施같은 아리따운 여자가 있음을 믿었다.210)

---

209) 옛날 楚나라 縣의 명칭으로 귀족들을 봉한 곳이다.

　　이는 직접적으로는 얼굴을 등지고 하품과 기지개를 하는 미인을 그린 周昉의 그림을 본데서 연유하며, 간접적으로는 曲江의 교외에서 노니는 唐代 귀족부녀를 묘사한 杜甫의 <麗人行>을 출발점으로 하여, 소동파가 유희 삼아 지은 미인에 대한 시이다. 소동파는 7, 8구에서 원래의 그림이 미인의 앞모습을 드러내지 않고 뒷모습만을 보이고 있다고 묘사하고, 그 미인을 머리 돌려 한 번 빙그레 웃게 한다면 귀공자들이 넋을 잃게 할 것이라고 하였다. 이것은 감춤의 미학이라고 할 수 있는데, 미인의 앞모습을 감춤으로서 역설적으로 그 미인의 미를 상상하게 하여 암암리에 그 미인형상을 더욱 부각시키고 있다.

君不見	그대는 보지 못했는가?
潞州別駕眼如電,	潞州別駕가 눈은 번갯불처럼 반짝여서
左手挂弓橫撚箭,	왼손에 활을 걸고 화살 비껴 당기는 것을.
又不見	또 보지 못하였던가?
雪中騎驢孟浩然,	눈 속에 나귀를 탄 孟浩然이
皺眉吟詩肩聳山.	눈썹 찡그린 채 시를 읊을 적에 양어깨가 산처럼 솟아 있는 초상화를.
飢寒富貴兩安在,	추위와 배고픔 또 부귀가 다 어디에 있는가?
空有遺像留人間.	공연히 초상화만 이 세상에 남겨 놓았을 따름이라.
此身常擬同外物,	이 몸은 항상 外物과 同化할 것을 생각하여
浮雲變化無蹤跡,	뜬 구름처럼 변화무쌍 남은 자취도 없다네.
問君何苦寫我眞?	묻노니 그대 어찌 내 초상화를 그리려 하는가?
君言好之聊自適.	그대는 말했지. 그리는 것을 좋아하여 잠시 스스로 즐기는 것이라고.
黃冠野服山家容,	(내 초상화는) 누런 갓에 野人 옷 입은 은자의 모습이니

---

210) <續麗人行>, ≪蘇軾詩集≫, 권16. 元豊元年(1078년, 43세), 徐州에서 지음.

意欲置我山巖中.	(이것은 그대가) 나를 산과 바위 가운데 두어 숨어살게 하려는 뜻이라.
勳名將相今何限,	공적과 명성 있는 장수나 재상이야 지금 어찌 한둘이겠는가?
往寫褒公與鄂公.	가서 褒公이나 鄂公211) 같은 이들의 초상화를 그리게나.212)

이는 소동파가 자신의 초상화에서 外物과 동화하고자 또 은거하고자 하는 자아형상을 발견하고, 더불어 이것을 그려 준 何秀才에 대한 감사의 표시를 하고 있는 시이다.

1~6구에서 한때 潞州別駕의 벼슬을 지냈던 唐 玄宗 및 孟浩然의 초상화에 관하여 언급하여, 생전에는 빈부와 귀천의 차가 있어도 인간은 결국 죽어 없어지는 존재임을 밝히고 있다. 소동파 자신의 인생은 뜬구름과 같이 자취도 없이 사라질 순간적인 것이라고 생각하고 있다. 그리하여 이 변화무쌍한 인생에서 外物과 동화하여 자아와 대상이 일치되기를 희망하고 있다. 이것은 소동파의 거시적인 인생관과 초월정신의 반영이다. 이어서 초상화에 나타난 자신의 모습이 은거하는 산사람의 모습임을 드러내어 은근히 은거를 희망하는 자아형상을 반영하고 있다. 이처럼 이 초상화에는 소동파의 핵심적 정신특징이 구현되고 있다고 생각된다. 더불어 말미에 자신과 같은 사람보다는 고관대작의 초상화를 그리는 것이 더 나은 것이라고 하여 은근히 자신의 초상화를 그려 준 何秀才에 대한 고마움을 함축하여 표출하고 있다.

---

211) 두 사람 모두 唐의 개국공신으로, 褒公은 段志元이고, 鄂公은 尉遲敬德을 말한다. <贈寫眞何充秀才>, ≪蘇軾詩集≫, 권12, 588쪽, <註釋> 부분 참조.
212) <贈寫眞何充秀才>, ≪蘇軾詩集≫, 권12.

(2) 말(馬)의 形象

龍顱鳳頸獰且妍.　용머리 봉황 목같이 생겨 사납고도 예쁘다.
奇姿逸德隱駑頑,　기이한 자태와 超逸한 재주를 가진 말이 노둔한 말 속
　　　　　　　　에 숨어 있다.
碧眼胡兒手足鮮.　파란 눈의 오랑캐 아이가 맨발 벗고
歲時剪刷供帝閑,　歲時마다 말을 추려서 황제의 마구간에 들인다.
柘袍臨池侍三千.　도포 입은 황제가 못에 임하니 삼천 궁녀 그를 모시어
紅粧照日光流淵,　붉은 단장이 햇빛에 비치어 그 빛이 못에 비춘다.
樓下玉螭吐淸寒.　다락아래 玉龍은 맑고 찬 기운을 어홍 뱉고
往來蹙踏生飛湍,　왕래하여 달리는데 날리는 물결이 인다.
衆工砥筆和朱鉛.　모든 畵工들 붓을 빨아 붉은 물감에 섞으니
先生曹霸弟子韓,　선생은 曹覇요, 제자는 韓幹이라.
廐馬多肉尻脽圓.　마구간 말은 살이 많고 궁둥이는 둥근데
肉中畵骨誇尤難,　살 속의 뼈를 그리니 더욱 그리기 어려운 것 자랑한다.
金覊玉勒繡羅鞍.　金玉으로 굴레하고 수놓은 비단으로 안장하고
鞭箠刻烙傷天全,　채찍과 각인으로 자연성을 상하게 하니
不如此圖近自然.　이 그림의 자연에 가까운 것만 못하다.
平沙細草荒芊綿,　평평한 모래에 말먹이 풀이 더부룩 거칠고 성하니
驚鴻脫免爭後先.　놀란 기러기와 달아나는 토끼가 先後를 다투는 듯 빨리
　　　　　　　　달린다.
玉良挾策飛上天,　王良은 말채찍 잡고 하늘을 오르니
何必俯首服短轅.　어찌 반드시 머리 굽혀 짧은 끌채를 차리요?[213]

　이는 韓幹의 <牧馬圖>를 보고 지은 제화시이다. 기이한 자태와 초일
한 재주를 가진 말이 노둔한 수많은 말속에 숨어 있음을 드러내고 있는

---

213) <書韓幹牧馬圖>, ≪蘇軾詩集≫, 권15. 熙寧10년(1077년, 42세)에 지음.

데, 그 말(馬)은 "다락아래 玉龍은 맑고 찬 기운을 어흥 뱉고/ 왕래하여
달리는데 날리는 물결이 인다"고 할 정도로 뛰어난 기상을 지니고 있
다. 이것은 자질과 능력을 갖추고 있으면서도 중앙정계에서 인정을 받
지 못하는 소동파 자아를 넌지시 비유, 반영하고 있다고 추측된다. 이
어서 韓幹의 말(馬)그림에 대해 말의 살 속에 있는 뼈를 그렸다고 평가
하여, 핵심을 꿰뚫는 韓幹의 그림 솜씨를 칭찬하고 있다. 그리고 "금옥
으로 굴레하고 수놓은 비단으로 안장하고/ 채찍과 각인으로 자연성을
상하게 하니/ 이 그림의 자연에 가까운 것만 못하다"고 하여, 채찍과
각인 등 말의 자연성을 상실시키는 외부적 억압요소 배제를 의도하여,
자연성을 중시하는 소동파의 풍모를 그려내고 있다. 끝 두 구에서는 자
신의 본질적인 자아를 버리면서까지 등용을 바라지는 않고 있는 자부심
강한 자아형상도 반영하고 있다.

二馬幷驅攢八蹄,　　두 말이 나란히 달려 여덟 발굽 가지런하고
二馬宛頸騣尾齊.　　두 필은 완연히 목갈기와 꼬리털이 가지런하다.
一馬任前雙擧後,　　한 말은 앞발로 땅 디디고 뒷다리 두 개 들어 발길질하고
一馬却避長鳴嘶.　　한 말은 문득 뒷걸음질해 피하며 길이 울부짖는다.
老髥奚官騎且顧,　　수염이 허연 늙은 말먹이꾼이 말 타고 돌아보니
前身作馬通馬語.　　전생에 말이었는지 말(馬)과 말(語)이 통한다.
後有八匹飮且行,　　뒤의 여덟 필은 물을 마시고 어정어정 걸으며
微流赴吻若有聲.　　시냇물에 가 입을 대니 꿀떡꿀떡 물 마시는 소리 들리는 듯.
前者旣濟出林鶴,　　앞 말은 도랑물 건너 숲을 나가 학처럼 목을 빼고
後者欲涉鶴俯啄.　　뒷말은 건너려다 학처럼 고개 숙여 땅에서 주워먹는다.
最後一匹馬中龍,　　제일 끝의 한 말은 말 가운데 용마인데
不嘶不動尾搖風.　　소리치지도 움직이지도 않고 꼬리로 바람내더라.
韓生畵馬眞是馬,　　韓幹이 그린 말은 진짜 말 같고

蘇子作詩如見畵.　　내가 지은 시는 그림을 보는 것 같다.
世無伯樂亦無韓,　　세상에는 말을 잘 부리는 伯樂이 없고 또 말 잘 그리는
　　　　　　　　　　韓幹도 없으니
此詩此畵誰當看.　　이 시와 이 그림을 누가 보아줄까?214)

　이는 韓幹의 말 그림을 보고 지은 제화시로, 14필의 말의 개별적 동작을 생동적으로 묘사하여 말의 형상특징을 드러내고 있다. 먼저 6필의 말의 동작을 묘사하고, 이어서 말먹이꾼이 말(馬)의 말(언어)에 통한다고 하여 말먹이꾼과 말(馬)의 상호교감을 묘사하였다. 그 다음에 8필의 말이 꿀떡꿀떡 물을 마시는 소리를 연상해 내고 그 가운데 3필을 선택하여 개성적인 동작을 구체적으로 묘사하고 있다.

　13~14구에서 소동파는 "韓幹이 그린 말은 진짜 말과 같고/ 자신이 지은 시는 그림을 보는 것과 같다"고 하여, 한간의 그림솜씨와 자신의 시짓는 솜씨가 사실적이요 생동적임을 밝히고 있다. 이처럼 그는 한간 그림의 핍진성을 표출하고, 아울러 그림을 묘사한 자신의 시의 핍진성에 대해서도 자부하고 있다. 이것은 그가 形似(형태의 핍진함)의 기초를 중시하고 있으며, 아울러 시와 그림이 별개가 아니라 하나로 합일할 수 있는 가능성을 실제작품에서 보여준 것이다. 마지막 두 구에서는 당시 세상에서는 말의 능력을 인정해 주는 伯樂도 없고 한간같이 말을 그리는 능력이 빼어난 자도 없다고 하여, 이러한 현실에 대해 은근히 탄식을 하고 있다. 이는 묵시적으로 자신의 능력과 자질은 뛰어난데도 당쟁의 와중에서 고통을 느끼고 있음을 대변하고 있다고도 여겨진다.

---

214) <韓幹馬十四匹>, ≪蘇軾詩集≫, 권15. 熙寧10년(1077년, 42세)에 지음.

(3) 새(鳥)의 形象

野雁見人時,	들 기러기가 사람을 보면
未起意先改.	아직 날아가기도 전에 날려는 티가 난다.
君從何處看,	그대는 (저 기러기를)어디에서 보았기에
得此無人態.	이렇게 사람 분위기가 없게 그렸는가?
無乃槁木形,215)	고목같이 서로 의식 않는 모습 이 아닌가?
人禽兩自在.	사람도 기러기도 자유자재의 경계로다.216)

이는 소동파가 陳直躬 處士의 기러기 그림을 보고 지은 제화시로서, 표면적으로는 정적인 가운데 날려고 하는 순간의 기러기의 동적인 내면적 정신상태를 예리하게 파악하고 있는 것이다. 1, 2구의 "들 기러기가 사람을 보면/ 아직 날아가기도 전에 날려는 티가 난다"에서 작자는 기러기를 비범한 관찰력으로 은밀히 파악하여 날려고 하는 순간적 형상을 포착한 것이다. 이는 기러기의 내면심리 상태를 핵심적으로 파악한 것이다. 3, 4구에서는 화가와 기러기가 서로 상대를 전혀 의식하지 않고 있는 천연적 분위기임을 알 수 있다. 그리하여 사람 분위기가 전혀 없는 것이다. 이것은 곧 화가가 기러기 자신을 그리고 있음을 아는지 모르는지 기러기는 놀라지 않고, 화가도 기러기를 의식하지 않고 있는 집중적, 자연적 상태이다. 이것은 대상을 의식하지 않고 자유자재의 경지

---

215) 위 인용시에서 "고목 같은 모습(槁木形)"이란 것은, "육체는 진실로 고목처럼 될 수 있고, 마음도 진실로 불 꺼진 재와 같게 할 수 있습니까?(形固可使如槁木, 而心固可使如死灰乎)"(郭慶藩, ≪莊子集釋≫, 43쪽. 안동림, ≪장자≫, <齊物論>, 47쪽. 장자 지음, 김창환 옮김, ≪莊子內篇≫, 51쪽) 등에서 유래하는데 곧 의도가 없이 마음은 허심하여 物我相忘의 경지까지 이를 수 있다는 것이다.

216) <高郵陳直躬處士畵雁二首, 其一>, ≪蘇軾詩集≫, 권24.

에 이른 莊子的 어우러짐의 경지라 할 수 있다. 그리하여 5, 6구에서는 物我相忘의 상태에서 사람과 기러기가 모두 자유자재의 경지에 있음을 표현하고 있다.

衆鳥事紛爭,	여러 새들이 일마다 다투는데
野雁獨閑潔.	들 기러기는 홀로 한가롭고 깨끗하다.
徐行意自得,	서서히 나르니 그 뜻이 자연스럽고
俯仰若有節.	굽었다 우러렀다 하는 것 절도가 있는 듯.
我衰寄江湖,	나는 쇠하여 강호에 남은 삶을 의탁하니
老伴雜鵝鴨.	늙어 거위와 오리와 섞이어 지내리.[217]

이는 陳直躬의 기러기 그림을 묘사한 제화시이다. 1, 2구에서 일마다 다투는 뭇새들과 대비되어 홀로 한가로운 들 기러기의 형상이 부각되어 있다. 3, 4구에서 그 들 기러기는 자연스러움 속에 절도가 있어 보인다. 그림에서의 새의 한적하고 자연스러움에 소동파가 몰입하고 있다. 5, 6구에서는 은거하여 자연과 벗삼으며 한적히 보내고자 하는 작자의 정이 반영되고 있다. 전체적으로 당시의 복잡한 정계를 벗어나 그 중압감으로부터 해방되어, 한가롭고 여유 있고 자연스러운 기러기를 동경하며, 거위, 오리와 섞이어 강호에 은거하고 싶은 소동파의 자아형상을 반영하고 있다.

3) 山水自然

何人遺公石屛風,	어떤 이가 歐陽公께 돌 병풍을 선사했는데
上有水墨希微踪.	병풍 속에 수묵화 자취가 희미하게 나타나있다.

---

217) <高郵陳直躬處士畫雁二首, 其二>, ≪蘇軾詩集≫, 권24.

不畫長林與巨植,	숲과 큰 나무는 그려 있지 않고
獨畫峨嵋山西雪嶺上	내 고향 峨嵋山 西雪嶺 위의
萬歲不老之孤松.	만년이나 늙지 않는 외로운 소나무만 그려져있다.
崖崩澗絶可望不可到,	무너질 듯 깎아지른 벼랑과 시냇가의 절경이 바라보이고
孤烟落日相溟濛.	외로운 안개와 지는 해가 한데 어울려 어스름하다.
含風偃蹇得眞態,	바람을 머금고 오만한 듯 기세 있게 참모습을 얻었나니
刻畫始信天有工.	묘사해 낸 그림이 실로 하늘의 신통한 솜씨라.
我恐	나는 두려워라.
畢宏韋偃死葬虢山下,	畢宏과 韋偃을 虢山 아래에 장사지냈다는데
骨可朽爛心難窮.	뼈는 썩었어도 빼어난 그 마음은 다하지 않았음이.
神機巧思無所發,	두 분의 신들린 재주와 공교로운 마음을 다펴지 못해
化爲烟霏淪石中.	안개와 이슬비가 되어 돌 속에 배어 있나 보다.
古來畫師非俗士,	예로부터 화가는 속된 선비와는 다르나니
摹寫物像略與詩人同.	物象을 그려냄은 시인과 같다고 하겠네.
願公作詩慰不遇,	원컨대 歐陽公께서 시를 지어 두 분의 불우함을 위로하시어
無使二子含憤泣幽宮.	두 분이 무덤에서 원한 품게 하지 말도록 해 주십사.[218]

이는 어떤 분이 歐陽修에게 선사한 돌병풍을 보고 지은 제화시이다. 당시는 소동파가 王安石 일파와 정견이 맞지 않아 지방관을 자청, 杭州 通判으로 부임하러 임지로 가다가 潁州에 은거하고 있는 구양수를 만났

---

218) <歐陽少師令賦所蓄石屛>, ≪蘇軾詩集≫, 권6. 熙寧4년(1071년, 36세)에 지음.

을 즈음이다. 소동파는 우선 돌병풍에 그려져 있는 그림의 내용을 묘사하였다. 그 돌병풍에는 소동파의 고향 峨嵋山에 있는 萬年이나 늙지 않는 외로운 소나무가 그려져 있다. 거기에는 벼랑, 시냇가의 절경, 안개, 기울어져 가는 태양이 조화를 이루고 있는데, 그 그림의 기세가 천연의 솜씨이다. 소동파는 안개와 이슬비가 唐나라 때의 화가 畢宏과 韋偃의 영혼이 화한 것이라고 상상하고 있다.

소동파는 "예로부터 화가는 속된 선비가 아니니/ 物象을 그려내기는 시인과 마찬가지다"라고 詩畵의 일치를 주장하여, 대상의 외부형태 묘사와 자기 내면정신을 표출하는 것이 시와 그림의 공통된 성분임을 밝히고 있다.

山蒼蒼, 水茫茫,	산은 푸릇푸릇 물은 가없이 넓은데
大孤小孤江中央.	大孤山 小孤山 강 중앙에 솟았다.
崖崩路絶猿鳥去,	벼랑은 가파르고 길은 끊어져 원숭이와 새마저 떠나갔고
惟有喬木攙天長.	오직 교목만이 하늘을 찌르듯 높이 자랐다.
客舟何處來?	나그네의 배는 어디서 오는가?
棹歌中流聲抑揚.	뱃사공의 노랫소리 강 복판에서 높았다 낮았다 하며
沙平風軟望不到,	모래사장 평평 바람 잔잔 (孤山은) 바라보이기만 할 뿐.
孤山久與船低昂.	孤山은 오래도록 출렁거리는 배따라 오르락내리락.
峨峨兩烟鬟,	높은 大小의 孤山은 쪽진 처녀처럼 안개 싸인 속에 솟아올라
曉鏡開新粧.	새벽강물을 거울삼아 새로 말끔히 단장했다.
舟中賈客莫漫狂,	배탄 장삿군은 부질없이 허튼 소리 말아라.
小姑前年嫁彭郞.	小姑가 전년에 강가의 돌 바위 彭郞에게 시집갔다고![219]

---

219) <李思訓畵「長江絶島圖」>, 《蘇軾詩集》, 권17. 元豊元年(1078년, 43세)에 徐州에서 지음.

이는 소동파가 徐州에서 李思訓의 그림 <長江絶島圖>를 보고 지은 제화시이다. 그림 가운데 산과 강, 배와 배에 탄 사람이 어우러져 있다. 풍경에 치중하여 묘사하면서 작자의 자연친화적 경지를 드러내고 있다.

1~4구는 푸른 산, 넓은 강물, 가파른 벼랑, 하늘을 찌를 듯 솟은 교목 등 그림 속의 풍경을 묘사하고 있다. 5~8구에서는 소동파의 상상 속에 뱃사공의 노랫소리가 들려 오고 있는 듯이 여겨진다. 곧 시각적 효과가 청각적 효과를 자극하여 생동감을 부각시키고 있다. 이어서 孤山도 배가 흔들림에 따라 흔들리게 묘사하여 동태적인 풍모를 드러내고 있다. 이것은 작자가 이러한 체험을 하였기에 묘사가 가능하다고 본다. 9, 10구에서는 산을 처녀로 비유하여, 산이 새벽강물을 거울삼아 새로 단장하였다고 하였다. 그 신선한 이미지가 인상적이다.

마지막 2구에서 본래 小姑가 彭郎에게 시집갔다는 현지의 민간전설을 결합하고 諧音, 擬人의 표현수법을 운용하였다. 특히 孤山을 소녀로 彭郎磯를 소년으로 비유한 민간전설과 결합시킨 것은 해학적 취미가 넘쳐 난다.[220]

전반적으로 이 시는 그림에 대한 사실적 묘사를 기초로 하여 소동파의 통찰력과 상상력, 의인법을 마음껏 발휘하고 있어 생동적인 효과를 주고 있다.

竹外桃花三兩枝,	대숲밖에 복사꽃 두세 가지 피어나고
春江水暖鴨先知.	봄 강물 따뜻해짐을 오리 먼저 아는구나.
蔞蒿滿地蘆芽短,	온 땅 쑥 가득하고 갈대 움 자그맣게 돋을 때
正是河豚欲上時.	이때가 바로 복어가 물 따라 오르는 시기로다.[221]

---

220) 王水照, 王宜瑗, ≪蘇軾詩詞選注≫, 46쪽.

이는 惠崇의 <春江曉景> 그림에 題畵한 시이다. 이는 자연친화적 체험에 바탕을 둔 관찰력과 직관력이 뛰어나며 농후한 생활의 체취가 넘쳐흐르고 있다. 이 시의 원천이 되는 그림은 사라졌으나 이 시는 남아 있어 예술적 생명력은 무한하다는 것을 알려주고 있다.

1~3구에서는 視點이 땅위에서 강물로 또 물가로 움직이고 있으며, 이러한 경치로부터 4구에서는 다시 물속으로 상정되고 있다. 시의 순서가 매우 분명하며 구성과 안배가 엄격하다. 그리하여 이 때가 복어가 거슬러 올라오는 봄 時點임을 작자 나름의 경험과 관찰에 근거하여 핵심적으로 파악하고 있다.222) 아울러 여기서는 암암리에 소동파가 좋아하는 복어를 먹을 수 있는 계절임을 연상하게 하여 부지불식중에 미각을 돋우고 있다.

이 시는 작자자신과 식물, 동물의 교감을 그려낸 그림을 시를 통해 그려 볼 수 있는 "詩中有畵"적인 가작이다. 또한 봄철 약동하는 대자연의 생명력이 작자와 독자에게 즐거움과 생명력을 부여하고 있다.

江上愁心千疊山,	수심을 자아내는 강가의 천겹 산
浮空積翠如雲烟.	공중에 뜬 푸른 빛 구름안개 같아라.
山耶雲耶遠莫知,	산인가 구름인가 아득하여 알 수 없는데
烟空雲散山依然.	안개가 걷히고 구름이 흩어져도 산은 그대로 서 있다.
但見	다만 눈에 보이는 것은
兩崖蒼蒼暗絶谷,	어두컴컴한 양쪽의 벼랑과 깎아내린 듯 가파른 골짜기
中有百道飛來泉.	그 사이에 폭포수 되어 날아 떨어지는 백 줄기 물줄기.

---

221) <惠崇春江晚景二首, 其一>, ≪蘇軾詩集≫, 권26. 元豊8年(1085년, 50세)에 汴京에서 지음.

222) 侯健 등 지음, 임춘성 옮김, ≪문학이론학습≫, 273쪽.

縈林絡石隱復見,　숲을 감돌고 바위를 감싸며 휘돌아 숨었다가는 다시 드러나

下赴谷口爲奔川.　아래에 이르러 골짜기 어귀로 흘러 달리는 냇물 된다.

川平山開林麓斷,　냇물은 평평히 흐르고 산은 열리어 숲도 끊어졌는데

小橋野店依山前.　조그만 다리와 주막집이 산 앞에 붙어 있다.

行人稍度喬木外,　행인 한두 사람이 큰 나무 저쪽으로 건너가고

漁舟一葉江呑天.　한 조각 고깃배 떠 있는 강물은 하늘을 삼킨다.

使君何從得此本,　사또 王定國은 어디서 이 그림을 얻었을까?

點綴毫末分淸姸.　붓끝을 놀리어 이 맑고 아리따운 경치를 그려 놓았구나.

不知　모르겠도다.

人間何處有此境,　인간세상 어느 곳에 이러한 절경이 있을까?

徑欲往買二頃田.　당장 가서 두 이랑 밭을 사고 싶구나.

君不見　그대는 보지 못했던가?

武昌樊口幽絶處　武昌, 樊口의 그윽하고 빼어난 곳에

東坡先生留五年.　나 동파선생은 오년 세월 거기에 머물렀었지.

春風搖江天漠漠,　봄바람에 강물은 살랑살랑 하늘은 아득아득

暮雲卷雨山娟娟.　여름엔 저녁구름이 비를 거두어 산은 선명하고

丹楓翻鴉伴水宿,　가을 단풍나무에 까마귀 날다가 나와 함께 물가에 잠들고

長松落雪驚醉眠.　겨울 낙락장송에 눈 내리는 소리에 술취해 든 잠에서 깨노라.

桃花流水在人世,　桃花流水는 이곳 인간 세상에 있는 법.

武陵豈必皆神仙.　武陵桃源이 어찌 반드시 신선세계이리요?

江山淸空我塵土,　강산은 맑고 텅 비었는데 나는 티끌 세상에 있어

雖有去路尋無緣.　비록 그 세상으로 가는 길 있다 해도 찾을 인연 없구나.

還君此畵三歎息,　그대에게 이 그림을 돌려주고 세 번을 탄식하니

山中故人　　　　　산중의 친구들은

應有招我歸來篇.　응당 나를 불러 歸去來 시를 지으리라.223)

　　이는 王定國 소장하고 있는 王晉卿의 산수화에 대해 지은 제화시이다.

제1단락에서는 그림 속의 맑고 아름다운 경치를 사실적으로 구체화

시키고 있어 마치 본래의 그림을 보는 듯하다. 1~4구는 遠景을 묘사하

고 있다. 안개와 구름은 동태적이고 산은 정태적인데, 靜과 動이 서로를

부각시켜 궁극적인 조화를 이루고 있다. 5~8구는 작자의 시점이 먼데

서 가까운 데로 높은 데서 낮은 데로 변화하고 있다. 벼랑에서 아래로

떨어지는 폭포수의 물줄기가 드러났다가(顯) 숨었다가는(隱) 다시 드러나

(顯) 냇물이 되고 있다. 9~12구는 近景을 묘사하고 있다.224) 강물에 하

늘이 비추고 있는 것을 강물이 하늘을 삼키고 있다고 묘사하고 있다.

가파른 벼랑, 골짜기, 날리는 물줄기, 숲과 바위, 냇물, 조그만 다리, 주

막집 등이 절묘하고 안정감 있게 배치되어 있다. 여기서 그림 속의 주

막집, 행인, 고깃배는 따뜻한 인간풍정을 드러내 주고 있다.

　　제2단락에서는 현실로 돌아와 인간세상에서 드문 절경인 그림 속의

이곳에서 은거하여 농사짓고 싶은 작자의 바람을 표출하고 있다. 제3단

락에서는 자신이 보고 있는 그림에서 연유되어, 아스라한 추억으로 남

아 있는 과거 황주폄적시절을 회상하고 있다. 5년 가까운 黃州에서의

세월을 춘하추동의 사계절로 축약시켜 핵심적으로 표현하고 있다. 폄적

당시는 고통스러운 일도 많았건만 지내고 보니 이제는 아름다운 추억거

---

223) <書王定國所藏烟江疊嶂圖>, ≪蘇軾詩集≫, 권30. 元祐3년(1088년, 53세)에 汴

　　京에서 지음. 여기서 단락은 필자가 임의로 나눈 것임.

224) 繆越, 霍松林, 周振甫, 吳調公 撰寫, ≪宋詩大觀≫, 437~438쪽.

리가 되고 있다.

제4단락에서는 다시 현실세계(현재의 시점)로 돌아와 이러한 아름다운 자연으로 은거를 희망하고 있다. 여기서 소동파는 桃花流水, 武陵桃源으로 이름 불리어진 이상향이 별도의 세계에 존재하는 것이 아니라, 인간 세계 곧 현실세계에 존재한다고 하였다. 이것은 소동파의 이성적이고 이지적인 인식태도라 생각된다.

이 시는 전체적으로 그림 속의 절경을 읊었고 그러한 절경을 동경하여 그 속에서 은거하고 싶은 정이 배어나 있으며, 그리고 인간현세를 중시하는 이성적, 이지적인 태도가 유감없이 발휘되고 있다. 즉 情·景·理가 융합되어 있다고 할 수 있다.

汪師韓은 이 시에 대해 다음과 같이 평하였다.

> 필경 그림을 위하여 記를 지은 것이다. 그러나 摹寫의 神妙함은 아마 記文을 짓는 것으로서는 오히려 韻語의 곡진하면서도 정이 있는 것만 같을 수가 없을 것이다. '君不見'以下는 안개와 구름이 감기고 걷히듯 앞과 어울린다. 자연으로 祖를 삼고 元氣로서 뿌리를 삼지 않음이 없다.
>
> (竟是爲畵作記. 然摹寫之神妙, 恐作記反不能如韻語之曲盡而有情也. '君不見'以下, 烟雲卷舒, 與前相稱, 無非以自然爲祖, 以元氣爲根.)225)

4) 樹木, '折枝'

여기서는 竹畵와 折枝畵에 대한 소동파의 제화시를 중점적으로 살펴보기로 하겠다.

---

225) 汪師韓, ≪蘇詩選評箋釋≫, 권4. 王水照, ≪蘇軾選集≫, 193쪽.

與可畫竹時,	與可(文同의 字)가 대나무를 그릴 때
見竹不見人.	대나무만 보고 사람은 보지 않는다.
其獨不見人,	어찌 사람만을 보지 않으리?
嗒然遺其身.	멍하니 자신의 존재조차 잊어버렸다.
其身與竹化,	그 몸이 대나무와 함께 동화되어
無窮出淸新.	(붓에서) 청신함이 무궁하게 솟아나온다.
莊周世無有,	이제 莊周가 세상에 없으니
誰知此疑神.226)	누가 이러한 凝神의 경지를 알리요?227)

　이는 文同의 대나무 그림에서 발원하여, 文同의 정신집중상태와 그로 인한 그림의 意境에 대해 쓴 제화시이다. 여기서 意境은 작자의 主觀情意와 客觀物境이 상호융합되어 형성된 藝術境界를 의미한다.228) 이 시에서 文同이 대나무를 그릴 때 대상을 관찰함에 고도의 집중력으로 忘我의 경지에 이르러 완전히 자신이 대나무로 화할 정도임을 밝히고 있다. 곧 이는 마음을 텅 비움으로써 더욱 효과적으로 대상의 핵심을 파악하는 凝神(정신집중)의 경지이다.

　이러한 文同의 竹畵에 대한 경지는 소동파의 <文與可畫篔簹谷偃竹記>에서의,

---

226) ‘疑’는 ‘凝’라고도 한다. 여기서 ‘疑神’(凝神)은 사상이 고도로 집중되어 物我相忘의 상태라는 뜻이다. ≪莊子≫ <達生>에 “뜻을 쓰는 것이 분산되지 않으면, 정신이 집중된다(用志不分, 乃凝於神)”(郭慶藩 輯, ≪莊子集釋≫, <達生>)이라는 말이 있는데 이와 같은 의미이다. 장자 지음, 김창환 옮김, ≪莊子外篇≫, 481쪽.

227) <書晁補之所藏與可畫竹三首, 其一>, ≪蘇軾詩集≫, 권29. 元祐二年(1087년, 52세)에 지음.

228) 袁行霈 著, 七人 共譯, ≪中國詩歌藝術研究≫, 47쪽.

　　대나무를 그리려는 사람은 먼저 마음 속에 대의 완전한 형상과 神
韻을 구체화시켜야 하며, 붓을 들고 실물을 응시하여 그리려는 대상
을 보고서는, 급히 손을 놀려 붓을 휘둘러서 곧장 자기가 본 바를 좇
아 묘사하여야 한다.

　　(畵竹必先得成竹於胸中, 執筆熟視, 乃見其所欲畵者, 急起從之, 振筆直
遂, 以追其所見)229)

라는 ‘成竹在胸’理論(가슴 속에 대를 완성하는 것, 곧 가슴속에 대나무의 완전한
형상과 神韻을 구체화시킨다는 것)과 상호 연계되고 있다.

　　이렇듯 文同은 대상의 의미를 포착하여 자기화 하는 데 전력을 기울
였다. 그와 동시에 자신이 그린 이미지에 내재하는 정신을 불러 일으켜
자신의 정신과 조화를 이루고자 하였다. 이것은 소동파 자신의 회화에
도 통용되는 말이다.

　　이처럼 소동파는 文同의 竹畵를 예로 들어, 대상과 자아가 혼연일체
가 된 그림에는 청신한 의경이 무궁하게 나옴을 중시하고 있다.

若人今已無,	이 사람(文與可)이 지금엔 이미 죽었으니
此竹寧復有.	이 대나무는 어찌 다시 있으랴?
那將春蚓筆,	어찌 봄지렁이같이 구불구불한 붓을 가지고
畵作風中柳.	바람에 한들거리는 나약한 버들을 그리는가?
君看斷崖上,	그대는 끊어질 듯한 절벽 위에다가
瘦節蛟蛇走.	비쩍 마른 대나무가 교룡처럼 쭉 달아나듯 한 걸 봤는가?
何時此霜竿,	어느 때나 서리맞은 이 대나무가
復入江湖手.	다시 강호에서 낚시질하는 어부의 손에 들어갈까?230)

---

229) <文與可畵篔簹谷偃竹記>, ≪蘇軾文集≫, 권11.

이 그림은 남아 있으나 이 그림의 작자 文同(文與可)은 이미 죽었기에 이러한 대나무는 다시 그릴 수 없게 되었다. 3~6구에서는 절벽 위에서 교룡이 달리듯 살아 움직이는 생동적인 文同의 대나무 그림을 묘사하고 있다. 7, 8구에서는 ‘어느 때나 이 그림 속의 대나무가 낚시꾼의 손으로 들어갈까?’ 라는 가정법을 씀으로써 그림 속 대나무의 살아 있는 듯한 생동적인 모습을 더욱 부각시키고 있다. 여기에는 대나무를 통해 낚시 질이 연상되고, 그로 인해 낚시를 드리우며. 강호에 은거하고 싶은 소 동파의 마음도 드러나 있다고 보인다.

論畵以形似,	그림을 논하는데 형체를 그대로 본뜨기를 주장한다면
見與兒童鄰.	그 견식은 아이들처럼 유치한 것.
賦詩必此詩,	시를 짓는데 반드시 이 시라야 한다면
定非知詩人.	정녕코 시를 아는 사람이 아니리라.
詩畵本一律,	시와 그림은 본래 이치가 같은 것
天工與淸新.	天然스럽고 또한 淸新해야 한다.
邊鸞雀寫生,	邊鸞의 참새 그림은 생동하고 있고
趙昌花傳神.	趙昌의 꽃 그림은 (살아 있듯) 내면정신을 표현했다.
何如此兩幅,	어이하여 이 두 폭의 그림은
疎淡含精勻.	성기고 담박하면서도 필법이 정밀한가?
誰言一點紅,	누가 말했던가? 한 점 붉은 꽃으로
解寄無邊春.	가없는 봄빛을 기탁할 줄 안다고.231)

---

230) <書晁補之所藏與可畵竹三首, 其二>, ≪蘇軾詩集≫, 권29. 元祐二年(1087년, 52 세)에 지음.

231) <書鄢陵王主簿所畵折枝二首, 其一>, ≪蘇軾詩集≫, 권29. 元祐2년(1087년, 52 세)에 지음.

이 시는 王主簿가 그린 折枝畵에 대해 쓴 제화시이다. 折枝는 花卉畵의 표현수법의 하나로 꽃을 그릴 때 단지 한두 가지만 그리고 뿌리 같은 것은 그리지 아니하는 화법을 말한다.

1, 2구에서 소동파가 形似(형태의 핍진함)를 기초로 한 形神(정신의 표현)을 중시하고 있음을 알 수 있다. 3, 4구의 "시를 짓는데 반드시 이 시라야 한다면/ 반드시 시를 아는 사람이 아니리라"라는 말은, 시를 짓는데 일정한 격식이나 제목에 따라 판에 박힌 내용을 짓는 것보다는 시를 지을 순간의 상황과 정신의 변화에 따른 가변성, 순간적 선택 가능성의 여지를 중시한 것이다. 그래야 더욱 생동적이고 신선하게 표현할 수 있다는 것이다. 5, 6구는 시와 그림은 본래 한 가지 이치로서 천연스럽고 청신함을 추구하고 있음을 표명하고 있다.

7, 8구에서는 邊鸞의 참새 그림과 趙昌의 꽃 그림이 생동적이며 내면 정신을 표현했음을 예증하여, 傳神을 중시함을 밝히고 있다. 이어서 9~12구에서는 소동파는 이 시의 출발점이 된 王主簿의 두 폭의 그림이 한 점 붉은 꽃과 여백을 가지고 가없는 봄빛을 기탁했다고 하였다. 이것은 생략을 통해 본질을 부각시키고 여백미가 드러난 이 그림의 핵심을 단적으로 드러낸 것이다.

바로 한 송이 꽃이 주는 간결선명한 형상미를 통해서, 화가는 봄의 정신을 전달할 수 있고, 감상자는 '含蓄不盡'하는 意趣를 느끼게 되는 것이다. 이는 바로 傳神과 氣運生動을 중시하는 文人畵의 정신이며, 骨氣와 意在言外를 중시하는 시정신과도 일맥상통하는 것이다.232)

위의 제화시를 통해 소동파는 내면 정신세계를 중시하는 시화창작이

---

232) 李永朱, <蘇軾詩論研究>, 45쪽.

론을 도출해 내고 예증하였다.

米市은 소동파의 墨竹과 枯木 그림을 평가하여 '소동파는 墨竹을 그릴 때 땅에서부터 단번에 곧장 머리끝까지 그려 마디를 나누지 않았는데, 그 이유를 소동파는 대나무가 마디를 따라 자라지 않기 때문이라고 주장하였다. 또한 소동파의 <木石圖> 그림에서 고목은 가지와 줄기가 규룡처럼 매우 꾸불꾸불하고 돌의 皴은 굳세고 또한 매우 괴기하여 마치 그의 가슴 속에 맺혀 있는 울적함과 같다'233)라고 하였다. 이에 비추어 볼 때 소동파는 자신의 시화이론과 마찬가지로 실제 그림의 창작에 있어서도 내면정신이 자연스레 표현되었음을 방증할 수 있겠다.

瘦竹如幽人,	파리한 대나무는 숨어사는 사람 같고
幽花如處女.	산중의 그윽한 꽃은 처녀와 같다.
低昂枝上雀,	굽었다 우러렀다 하는 가지 위의 참새
搖蕩花間雨.	흔들흔들하니 꽃 사이의 비가 후드득 떨어진다.
雙翎決將起,	두 깃을 털고 푸드득 날아가려 하니
衆葉紛自擧.	뭇 잎들 분분히 후드득 떨어진다.
可憐採花蜂,	꽃에서 꿀을 따는 가련한 벌들이여
淸蜜寄兩股.	맑은 꿀을 두 발에 묻혔구나.
若人富天巧,	이 그림을 그린 이는 정말로 하늘이 낸 재주꾼
春色入毫楮.	봄빛이 붓과 종이에 들었어라.234)

이 시는 봄날의 생동미를 보여주고 있다. 1, 2구에서 파리한 대나무가 숨어사는 은자와 같으며, 산중의 그윽한 꽃은 처녀와 같다고 하였다.

---

233) 米市, ≪畵史≫. 溫肇桐著, 姜寬植譯, ≪中國繪畵批評史≫, 168쪽. 要約.
234) <書鄢陵王主簿所畵折枝二首, 其二>, ≪蘇軾詩集≫, 권29.

이것은 산중의 은자가 되고픈 작자의 희망을 암암리에 반영하고 있다.

　나뭇가지 위에서 참새가 흔들거리니 그로 인해 꽃 사이로 비가 후드득 떨어지고, 이어서 푸드득 날아가려 할 때 뭇 잎이 후드득 떨어짐을 통해 생동성과 동태성을 부각시키고 있다. 또한 꽃에서 꿀을 따는 꿀벌이 맑은 꿀을 두 발에 묻혔다고 하여, 시각에서 연유하여 미각까지 상상력을 통해 확장시키고 있다. 折枝畵를 통해 새와 꿀벌의 동작이 연유한 묘한 분위기를 파악하고 그것을 동태적이고 생동감 있게 제화시로 묘사한 소동파의 직관과 상상력은 뛰어나다고 하겠다. 9, 10구는 이 그림을 그린 화가 王主簿와 그 그림에 대한 작자의 총체적인 칭찬이요 평가이다.

2. 書法藝術

　서예에 있어 北宋四大家 중에 소동파, 黃庭堅, 米市 三人은 서로 친우로서 일생동안 교제를 계속하였다. 그 중에서도 소동파가 중심이 되었고 黃庭堅과 米市은 날개 구실을 하였다. 이들은 명민하게 시대추세를 통찰하고 王羲之를 배우면서 顔眞卿을 부흥시키고 이로써 새로운 양식을 창조할 수가 있었다. 그들은 모두 당시까지의 서예에 구애되지 않고 새롭고 독자적인 서풍을 창출하려고 여러 가지로 古人의 書法을 연구하여 열심히 노력을 기울였다. 北宋시대에 확립된 書風은 인간성을 안으로 감추고 생생한 개성의 자유를 발휘하는 것으로서 書(붓글씨)를 만드는 정신이 스스로 거기에 나타나 있다. 宋代의 문화는 전대의 그것과는 다른 자유정신의 기풍을 품고 이지적인 문화가 되었다. 蘇, 黃, 米 三人은 시대의 요청에 부응하여 자유로운 개성과 인간적인 정신을 표현하는 데

알맞은 書風을 창조하고 독서인의 바람을 성취하도록 하는 가능성, 그
리고 극한의 가능성을 몸소 나타내고 있었으며 이미 무의식중에 행동하
고 있었다. 이 무렵 자유활달한 예술비평이라고 할 수 있는 서예에 대
한 논의가 왕성하게 된다. 서예는 北宋시대에 널리 일반독서인들이 참
여하여 정신적으로 서로 교류하는 하나의 예술, 또는 자유로이 즐기면
서 창작도 하고 감상도 할 수 있는 예술로서 성립하게 되었다. 그 가운
데 소동파의 서예는 참으로 기백이 웅대하며, 渾厚의 기풍이 속 깊이
감추어져 있다.235)

소동파의 書論은 '曉書'와 '人品의 重視' 두 가지로 대별할 수 있다.
여기서 '曉書'는 곧 書藝의 참 의미가 외형적인 것뿐만이 아니라, 내재
하고 있는 흐름의 오묘함까지도 보고 듣고 느끼는데 있다는 것이다. 그
리고 '인품의 중시'는 붓글씨에는 인품이 표현되어 있어야 참다운 글씨
가 될 수 있으며, 또한 바른 인품을 갖추고 있어야 바른 글씨를 쓸 수
있다는 것이다.236) 여기서 소동파가 이해하는 인품은 도덕방면만을 의
미하는 것이 아니라 '神情', '風彩', '趣' 등의 정신내용도 포함하는 것
이다.237)

여기서는 서예에 관한 소동파의 시를 통해 산견되는 서예관과 서예
이론을 살펴보고자 한다. 또한 그의 서예시에 감추어져 있는 자아반영
적 측면에 착안하여 작자의 인생태도도 살펴보고자 한다.

---

235) 이상 神田喜一郎 著, 李憲淳, 鄭充洛 譯, ≪中國書藝史≫, 202~211쪽, 요약.
236) 金炳基, <東坡書法研究>, 194~198쪽, 참조.
237) 伊根, <歐陽修與蘇軾論書法>. 北京大學 古文獻研究所, 四川大學 古籍整理研究所
    編, ≪國際宋代文化研討會論文集≫, 唐凱琳, <宋代文化的代表人物蘇軾－美國漢
    學界近年來研究情況簡介>, 455쪽, 재인용.

吾雖不善書,	나는 비록 붓글씨를 잘 쓰지는 못하나
曉書莫如我.	글씨를 알기로는 나만한 이 없으리라.
苟能通其意,	진실로 붓글씨의 참 뜻을 통할 수 있다면
常謂不學可.	항상 배우지 않았다고 해도 가하다고 하겠다.
貌妍容有矉,	西施같은 미인이야 때로는 얼굴 찡그림 있었으니
璧美何妨楕.	玉이 아름답다면 타원형인들 어떠리.
端莊雜流麗,	글씨는 바르고 장엄하면서도 유려함이 섞이고
剛健含婀娜.	강건한 곳에 날씬한 점이 포함되어야 한다.
好之每自譏,	나는 붓글씨를 좋아하지만 매양 내 자신을 비웃는데
不獨子亦頗.	유독 그대만 (붓글씨를) 치우치게 좋아하는 것도 아니네.
書成輒棄去,	나는 붓글씨가 이루어지면 문득 버리니
謬被旁人裹.	그릇되게 옆 사람이 주워 가기도 한다.
體勢本闊落,	글씨의 體勢는 본래 활달, 웅건 해야 하지만
結束入細麽.	結束부분은 세미하게 써야 하는 것이라.
子詩亦見推,	그대의 시에선 나를 잘 쓴다고 추켜주니
語重未敢荷.	그 말이 무거워 내 감히 감당하지 못하겠구나.
爾來又學射,	난 근래에 또 활쏘기를 배우는데
力薄愁官笴.	힘이 약해서 관청의 활시위를 당길 수 없다.
多好竟無成,	좋아하는 것이 많으면 필경 성공하지 못하고
不精安用夥.	정밀하지 않으면 많아도 소용없는 것.
何當盡屛去,	언젠가는 붓글씨나 활을 모조리 버려서
萬事付懶惰.	만사 게으르게 지낼 수 있으랴.
吾聞古書法,	내가 들으니 옛날의 서법은
守駿莫如跛.	천리마를 지키기보다는 손에 익은 절룩말이 낫다고 한다.
世俗筆苦驕,	(그러나) 세속은 필법이 매우 교만하여
衆中强嵬峨.	무리 가운데 억지로 형체만 높이 괴이하게 만들었다.
種張忽已遠,	鍾繇와 張芝같은 神筆이 홀연 이미 멀어졌으니
此語與時左.	이 말은 현 시대에는 어긋난다.238)

이는 아우 蘇轍의 시에다가 次韻하여 소동파 자신의 서예이론을 표출한 시이다.

이 시의 예술적 특징에 대해 謝桃坊은 다음과 같이 파악하고 있다. 1. 유모어적인 필치로 자아를 조롱하며 서법자체에도 조롱을 가해 서법 같은 제재에다가 의미를 부여하였다. 2. 산문의 구법과 언어를 사용하여 시를 지어('以文爲詩') 자유자재로 표출하였다. 3. 理趣가 뛰어나고 논리적이며, 이미 서법론의 범주를 초월하여 광활한 철리적 의의가 있다.239)

이 시에서 도출된 서예이론은 다음과 같다.

첫째, 曉書, 이것은 곧 붓글씨를 아는 것으로, 바로 서예의 참 뜻에 통하는 것이다. 이에 대해서는 소동파 자신이 글씨를 아는 데 자신만한 이가 없다고 하여 서예에 대한 작자의 자부가 배어 있다. 이어서 "서예의 참 뜻에 통한다면 배우지 않아도 가하다"고 했는데, 이 말의 핵심은 "배우지 않아도 된다"는 의미가 아니라 "서예의 참 뜻에 통하는데 있다"는 것이다. 당연히 서예의 참 뜻은 배워야만 알게 되는 것이다. 이것은 소동파의 아들인 蘇過가 "先君(소동파)의 서예는 단지 至大하고 至剛한 기운이 흉중에서 발하여 손으로 응한 것이다."240)라고 평한 것처럼 소동파가 가슴 속에서 우러난 내면정신을 손을 통해 표출하여, 궁극적으로 서예의 참뜻에 통했다는 것으로 방증할 수 있다.

둘째, 서예는 바르고 장엄함(端莊) 속에 유려함이 섞이고, 강건함 속에 날씬한 점이 포함되어야 한다. 소동파는 이와 같은 상반된 두 풍격이

---

238) <次韻子由論書>, 권5. 治平1년(1064년. 29세)에 鳳翔判官 재직시 지음.

239) 謝桃坊, ≪蘇軾詩研究≫, 1987. 56쪽.

240) '特以至大至剛之氣發於胸中而應之以手', 葛立方, ≪韻語陽秋≫. 徐永年, 曹慕樊主編, ≪東坡選集≫, 26쪽, 재인용.

서로 모순되는 것이 아니라 상호 융합되고 고차원적으로 조화되어야 한다는 것이라고 보았다. 이것은 복합적이면서도 모종의 생명력을 느끼게 해 준다. 이 말은 소동파의 인생과 문학에서도 부합되는 말이다. 그의 인생과 문학도 강직한 면과 다정다감한 일면이 공존하고 있으며, 궁극적으로 이 양자가 조화를 이루고 있다.

셋째, 서예의 體勢는 활달, 웅건함을 주장하지만 하지만, 結束부분은 정밀하게 마쳐야 한다.

더불어 필세가 웅건하고 엄정한 천리마와 같은 서예와 筆勢가 우둔하지만 손에 익은 절룩말과 같은 서예에 있어 옛날의 서법은 후자를 중시하고 있다고 하였다. 그러나 이것을 잘못 적용한 폐단으로 당시의 書風은 교만하여 형태만 높이 괴이하게 만들었다고 지적하고 있다.

人生識字憂患始,	인생은 글자를 알면서부터 우환이 시작되니
姓名粗記可以休.	이름이나 대강 적으면 그만 두어도 괜찮다.
何用草書誇神速,	무엇 하러 초서를 쓰는데 귀신처럼 빠른 걸 자랑하는가?
開卷惝怳令人愁.	책을 펼치면 어리벙벙 남을 근심스럽게 만든다.
我嘗好之每自笑,	나도 전부터 좋아는 하지만 매양 스스로도 웃었지
君有此病何能瘳.	(그런데) 그대가 이 병에 걸렸으니 어떻게 고칠 텐가?
自言其中有至樂,	스스로 말하기를 이 속에 지극한 즐거움이 있어
適意無異逍遙遊.	뜻에 맞는 것이 소요의 세계와 다르지 않다고 했지.
近者作堂名醉墨,	근자에 지은 서재를 醉墨堂이라고 이름 붙인 것은
如飮美酒消百憂.	좋은 술 마시듯 온갖 시름 녹여버리자는 뜻이겠지.
乃知柳子語不妄,	그러니 알겠다. 柳宗元의 말이 망령되지 않다는 것을.
病嗜土炭如珍羞.	병들면 흙이나 숯의 맛이 산해진미와 같다고 했지.
君於此藝亦云至,	그대는 이 예술(草書)에 대해 역시 공부가 지극하다고 하겠다.

堆牆敗筆如山丘.　　버려진 담장에는 쓰다 버린 붓이 산처럼 쌓여 있고
興來一揮百紙盡,　　홍이 나 한 번 휘두르면 단숨에 종이 백장이 없어지니
駿馬倏忽踏九州.　　준마가 홀쩍 천하를 밟고 지나 간 듯하구나.
我書意造本無法,　　나의 글씨는 내면정신으로 지어 본래 법도가 없어
點畵信手煩推求.　　점과 획은 손가는 대로 써 잘 쓰겠다고 추구하는 것을
　　　　　　　　번거롭게 여긴다.
胡爲議論獨見假,　　어찌하여 (그대는) 나에게만 평가를 잘해 주면서
隻字片紙皆藏收.　　나의 한 조각 글씨라도 모두 수장하는가?
不減鍾張君自足,　　鍾繇와 張芝에게 못하지 않은 사람은 그대이고
下方羅趙我亦優.　　아래로 羅暉와 趙襲보다는 나 또한 나으리라.
不須臨池更苦學,　　張芝처럼 못가에 나가 다시 애써 배울 것은 없을 듯.
完取絹素充衾裯.　　온전하게 비단을 가져다가 이불이나 만들리라.241)

　　이는 당시 초서와 예서에 뛰어난 사람인 石蒼舒의 醉墨堂에 대하여
쓴 시이다. 이에는 자연스레 소동파의 내면세계와 자연스러움을 중시하
는 서예이론이 도출되고 있다. 처음에는 자신과 석창서의 서예에 대해
깎고 조롱하듯 하였으나, 결국은 이에 대해 자신의 자부심을 표출하고
석창서에 대해 슬며시 칭찬하였으니, 波瀾起伏의 기법이 뛰어났다.

　　우선 역설적으로 "인생은 글자를 알면서부터 우환이 시작된다"라는
자조와 조롱이 섞인 구로 시작하여, 자신과 석창서의 공통된 괴벽은 초
서를 좋아하는 것이라 토로하였다. 이어서 서예 속에는 지극한 즐거움
이 있으니 뜻에 맞는 것이 소요의 세계와 같다고 하였다. 또한 「醉墨堂」
이라는 이름에는 붓글씨를 쓰게 되면 술 마시듯 시름을 녹여 버리는
'解憂'작용이 있다고 하였다. 이 부분은 書藝의 '至樂'과 '逍遙', 그리고

---

241) <石蒼舒醉墨堂>, ≪蘇軾詩集≫, 권6. 熙寧2년(1069년, 34세)에 지음.

'解憂'작용이라는 소동파의 서예관의 핵심이 잘 나타나고 있다.

"버려진 담장에는 쓰다 버린 붓이 산처럼 쌓여 있고/ 흥이 나 한 번 휘두르면 단숨에 종이 백장이 없어지니"에서, 소동파는 초서에 대한 석창서의 극한적 노력을 드러내고 있다. 바로 興으로 인해 "준마가 훌쩍 천하를 밟고 지나간 듯" 신속하게 초서를 쓰는 수준 높은 상태에 도달하고 있다고 하였다.

이 시에서 도출된 소동파의 서예이론을 요약하면 다음과 같다.

첫째, 소동파의 붓글씨는 내면정신으로 써서 본래 법도가 없다. 이것은 정신을 중시하는 이론이다. 대개 법도는 각고의 수련으로 정립한 다음에 잊어버려야 만이 자유스러운 대가의 경지에 진입할 수 있다.

그러므로 이 말은 정말 법도가 없다는 말과는 구분되어야 한다. 이것은 소동파가 "浩然히 붓이 가는 대로 맡기면서도 법도를 잃지 않아야만 서예의 참 의미를 알 수 있다(浩然聽筆之所之而不失法度, 乃爲得之)"242)고 하여 법도를 중시하는 태도를 밝히고 있음에 비추어 보면 더욱 분명하다. 그것은 소동파는 吳道子의 그림의 경지를 설파함에 있어 "법도 가운데 새로운 뜻을 내고, 호방한 밖에 묘한 이치를 부친다(出新意於法度之中, 寄妙理於豪放之外)"243) 고 하였는데, 여기서 이것이 그의 예술전반에 대해서도 통한다는 것을 알 수 있다.

둘째, 점과 획을 손가는 대로 자연스레 쓰고자 했지 억지로 추구하지는 않았다. 곧 노력을 기울이되 지나치게 인위적이지 않고, 천연의 자연스러움을 추구하는 이론이다.

---

242) <東坡題跋>, 卷4, 77쪽, <書所作字後>, ≪宋人題跋, 上≫. 金炳基, <東坡書法研究>, 194쪽.
243) <書吳道子畵後>, ≪蘇軾文集≫, 권70.

이 시는 石蒼舒의 초서에 대한 칭찬과 서예에 대한 자신의 자부심, 뜻에 맡김으로써 자연스럽게 된 자유창작의 중시, 그리고 서화예술을 통한 정신세계의 표현 등이 나타나 있다고 하겠다.

杜陵評書貴瘦硬,　서예에 대한 杜甫의 평은 마르고 굳센 것을 귀히 여기나
此論未公吾不憑.　이러한 논조는 공정치 못하니 나는 믿지 않는다.
長短肥瘦各有態,　길고 짧거나 풍만하거나 홀쭉한 것은 각기 고유의 자태
　　　　　　　　가 있는 것이니
玉環飛燕誰敢憎.　楊貴妃와 趙飛燕의 아름다움을 누가 감히 미워하랴?244)

여기서 옛날 杜甫가 붓글씨에 있어 마르고 굳센 것을 높이 평가한 사실에 대해 소동파는 동의하지 않고, 붓글씨의 개성미를 존중하는 자신의 견해를 제시하고 있다. 중국에서는 전통적으로 시대에 따라 미인의 기준이 차이가 있다. 그러나 趙飛燕은 날씬한 미인을 대표하고, 唐代의 楊貴妃는 풍만한 미인을 대표로 하는데 둘 다 미인의 대명사이다. 소동파는 여기서 서예에 있어 어느 하나의 풍격만 오로지 좋다고 고집하지 않고, 서예의 글씨가 길거나 짧거나, 혹은 풍만하게 살찌거나 아니면 홀쭉하거나 간에 상반된 각각의 풍격의 미가 존재하느니 만큼, 그 개성미를 존중해야 한다는 것을 주장하고 있다.

소동파의 서화예술에 관한 시는 작자의 심미관이 투영되어 있으며, 내면정신이 표현되어 있다. 여기에는 그림이나 서예의 핵심을 파악하는 능력이 탁월하며, 시의 議論化, 산문화 경향도 나타나고 있다.

---

244) <孫莘老求墨妙亭詩>, ≪蘇軾詩集≫, 권8.

제화시는 그림을 시로 형상화시킨 것이다. 소동파는 제화시에서 그림의 핵심을 꿰뚫는 웅혼한 기세로 핍진함 가운데 상상력을 일으켰으며 아울러 자신을 찾는 작업까지 하고 있다. 그리하여 그림 자체의 내용뿐만 아니라 그 속에서 의식, 무의식적으로 자아형상까지 발견, 표현하고 있다. 그 실례로 그의 제화시에는 속박을 벗어나고자 하는 작자의 자유의지와 대상과 同化하고자 하는 의도가 드러나고 있다. 또한 그림에 대한 사실적 묘사에 근거하여 작자의 상상력을 가미시키고 있으며, 그림과 같은 절경의 자연 속에 은거하여 농사지으며 살고자 하는 의지가 담겨 있다. 그리고 복잡한 현실세계를 벗어나 한가롭게 江湖에 은거하고픈 의지도 표현되어 있다.

더불어 말이 기이한 자태와 超逸한 재주를 지니고도 보통 말들 가운데 숨어있는 그림을 통해 자신이 능력과 의지를 갖추고 있으면서도 중앙정계에서 인정받지 못하는 상황을 드러내었다. 아울러 자화상을 보고 만년의 침착함과 자신의 과거 폄적지에 대한 자부심 어린 회고 등을 표현하고 있다.

그의 제화시에는 일련의 회화이론도 도출되고 있다. 예컨대 대나무를 그릴 때 고도의 집중력으로 망아의 경지에 이르러 완전히 자신이 대나무로 동화되는 경지를 보였고, '形似'를 기초로 하면서도 '神似'를 더욱 중시하였으며 또한 詩畵一律論을 주장하여 풍격이 청신하고 천연의 미가 있다. 소동파의 제화시에는 약동하는 생동감이 구현되어 있다. 또한 산란한 정신을 응결시키고 번뇌를 제거하며, 자연의 기운을 흡입하여 현실의 중압감에서 벗어나 자아를 정화시키고 있다고 보여진다.

한편 그의 서예시에는 작자의 서예관과 서예이론, 그리고 작자의 인생태도가 함유되어 있다. 소동파의 서예관은 解憂, 至樂, 逍遙로 요약할 수 있다. 그는 서예론에서 장엄함과 유려함이 섞여 있는 것에 대해, 이 양자는 모순이 아니라 자신에게 있어서는 융합, 조화되고 있음을 밝히고 있다. 또한 서예를 내면정신으로 쓰는 정신중시의 양상을 보이고 있다. 그것은 인위적이지 않고 자연스럽게 씀을 중시하며, 개성미를 추구한다는 것을 의미하기도 한다. 이러한 서예관과 서예이론은 또한 소동파의 인생태도가 반영된 것이기도 하다.

소동파는 예술의 본질을 찾으려고 노력하였으며, 미적 대상의 핵심파악에 뛰어났다. 요컨대 소동파시에 나타난 서화예술에서는 작자가 속세의 구속을 벗어나 예술세계에 진입, 대자연의 생명력을 부여받고, 궁극적으로 정신을 정화시키고 있음을 파악할 수 있다.

제6절 人生哲理의 터득

인생은 인간이 하루하루를 살아가는 삶의 총체이다. 소동파는 현실의 일상생활, 자연과의 친화, 佛·道思想에 연유한 철학적 인식태도 등에 바탕을 둔 깊은 사유를 통해 나름대로의 인생철리를 터득하고 있다. 인생철리는 진실된 삶을 추구하는 과정에서 자아성찰을 토대로 획득한 精髓라 할 수 있다. 소동파의 이러한 부류의 시는 독자에게 내면의 깊은 곳에서 공감을 준다. 그의 여러 부류의 시에는 산발적으로 인생철리가 농축되어 표현되고 있다. 이것은 소동파시의 한 특징을 이룬다.

중국에서는 예로부터 문학과 철학과의 관계가 상당히 밀접하여, 문학에 철학적 내용이 함유되어 있다. 이 말은 물론 작자가 확실한 철학적

문제를 명확히 인식하고 그 문제를 체계를 세워서 나타내고 있다는 뜻
이 아니라, 문학적 표현을 통해서 그 밑바닥에 무의식적으로 깔려 있는
체계가 서지 않은 哲理的 견해를 찾아볼 수 있다는 뜻이다.[245] 인생철
리가 담긴 소동파의 시에는 우리가 평상시에 자주 보고 느끼는 것이지
만 미처 남이 간파하지 못한 '新意'와 '妙理'가 있다.

> 枝上柳綿吹又少,　　가지 위에 버들개지 바람 불면 또 적어지는데
> 天涯何處無芳草.　　하늘 끝 어디라고 향내나는 풀 없으리요?[246]

이는 <蝶戀花>(花褪殘紅靑杏小) 詞인데, 여기서는 형편이 좋든 나쁘든
어떤 상황에서도 즐기고 누릴 수 있는 대상이 존재한다는 느낌을 강하
게 풍기고 있다. 다시 말해 소동파의 인생살이에 있어 중앙관이나 먼
지방의 폄적지, 외진 곳, 지방관 등 어느 경우, 어느 곳에서 있든지 심
미인식을 가지고 추구하기만 하면 그에 따라 풍부한 삶을 획득할 수 있
다는 것을 유추하게 해준다. 이는 정치를 통해 인간의 道를 구현하려
했던 소동파의 꿈이 비록 世波('風')에 의해 좌절되었으나, 이 또한 바람
과 같은 자연이치로 달관하고 있는 모습에서 그대로 투영된다고 할 수
있다. 여기서는 세파에 超然해 보고자 했던 소동파의 심미적 樂天性을 보
여줌으로써 이 글을 읽는 이로 하여금 超然과 超越을 음미하게 해준다.
　이 절에서는 소동파의 시에 나타난 인생철리를 生活哲理, 自然哲理,
佛·道哲理 등으로 3分하여 고찰해 보겠다. 그리하여 '生活哲理'에서는

---

245) 박이문, ≪문학 속의 철학≫, <머리말>, 參照.
246) <蝶戀花>(花褪殘紅靑杏小), 龍楡生 校箋, ≪東坡樂府箋≫, 347쪽. 鄒同慶, 王宗
　　堂, ≪蘇軾詞編年校注≫, 753쪽.

일상생활의 편린에서 착안한 심오한 사유로 인해 터득한 철리를, '自然 哲理'에서는 산수와 물고기, 새 등 동물과의 만남과 교감을 통해 예리 한 관찰력으로 터득한 철리를, '佛·道哲理'에서는 佛家와 道家의 사상 에 연유한 철리를 다루기로 하겠다. 각기 그 출발점은 다르지만, 이 삼 자는 개별적, 독립적으로 존재하는 것이 아니라, 상호 내재적인 연계가 이루어지는 경우가 많다. 여기서 두 가지 이상에 연계되는 것은 그중 重點이 쏠리는 곳으로 분류하겠다.

그리하여 소동파가 다양한 인생역정에서 어떠한 인생철리를 획득하 였는지, 또 그것이 소동파의 인생행로에서 어떠한 긍정적인 관점과 저 력을 제공하여 주었는지를 고찰하고자 한다.

1. 生活哲理

소동파는 소소한 일상생활에서도 자아와 대상을 가벼이 보지 않고 나름의 시각으로 철리를 발견, 응집시키고 있다.

我生天地間,	내가 천지사이에 살고 있는 것은
一蟻寄大磨.	한 마리 개미가 큰 맷돌에 붙어 있는 것과 같다.
區區欲右行,	애써 오른쪽으로 가려 해도
不救風輪左.247)	바람 이는 바퀴가 왼쪽으로 돎을 어쩌지 못한다.
誰云走仁義,	비록 仁義의 길 간다 해도
未免違寒餓.	추위와 굶주림을 떠나 살려고 발버둥침을 면하지

---

247) 棱嚴經, "그러므로 風輪이 있어 세계를 주재한다.(故有風輪, 執持世界)", ≪蘇軾詩 集≫, 권20, 1053쪽. 注, 再引用. 吉川幸次郎은 '風輪'을 "人生運命의 主宰"라고 보았다. 吉川幸次郎 著, 鄭淸茂 譯, ≪宋詩槪說≫, 145쪽.

못한다.

劍米有危炊,	칼끝으로 쌀 일고 위태로이 취사하듯 극히 곤궁하며
針氈無隱坐.	바늘방석에 앉은 듯이 불안한 처지이다.
豈無佳山水,	어찌 아름다운 경치 없을까마는
借眼風雨過.	눈을 빌렸나 싶으면 비바람 치고 만다.
歸田不待老,	전원으로 돌아감에 늙기를 기다리지 않고
勇決凡幾個.	용단을 내리는 이 몇이나 될까?
幸玆廢棄餘,[248]	다행이 나는 찌꺼기 같이 버려졌는데도
疲馬解鞍馱.	지친 말이 안장의 짐을 푼 것 같다.
全家占江驛,	온 식구가 강가의 驛舍를 차지하니
絶境天爲破.	絶境(세상과 격절된 지경)을 하늘이 열어 준 것 같고
飢貧相乘除,	굶주림, 가난함을 저울질해 보니
未見可弔賀.	슬퍼해야 할 지 축하해야 할 지 알 수 없다.
澹然無憂樂,	담담히 근심도 즐거움도 없고 보니
苦語不成些.	괴로운 말 이루어지지 않는다.[249]

이는 黃州貶謫地에서 쓴 시이다. 여기서 소동파는 자신의 인생을 주체의지에 따라 개척, 매진하려고 의도했지만 거대한 時勢의 흐름에 어찌할 수 없이 흘러 살아온 자신의 과거를 절실히 회상하고 있다. 그리하여 결국에는 평정을 이룬 현재의 심경을 평담한 시풍으로 승화시키고 있다. 風輪은 바람 이는 바퀴라는 뜻으로 거센 世波를 상징한다고 보아진다.

---

248) "幸玆廢棄餘"구는 莊子의 齊物思想에 근거한다. 齊物思想은 모든 是非, 大小, 可不可, 幸不幸 등을 절대적 차별로 보지 않고 상대적 차별로 인식하는 것이다. 吉川幸次郎 著, 鄭淸茂 譯, ≪宋詩槪說≫, 147쪽, 參照.

249) <遷居臨皐亭>, ≪蘇軾詩集≫, 권20.

과거에 소동파는 자신이 적극 지향했던 유가의 仁義의 길을 다 실행하느라 노력했다. 그러나 결국 이루지 못하고 바늘 방석 위에 앉은 불안한 심경이었다. 그래도 현재는 비록 타의에 의해 黃州로 폄적된 신세이지만 지친 말이 안장을 푼 듯한 평온한 심경이다. 역경을 다행으로 인식하는 발상의 전환을 통해 현실세계와의 대립상태를 超克하고 있다. 근심도 괴로움도 없다는 것은 폄적기의 정신적, 육체적, 경제적 괴로움을 이미 정신적으로 극복한 심경의 표현이다. 이것은 고통을 통해 인생을 심도 있게 인식한 후 현재의 상황에 담담히 대처하는 소동파의 초연함과 달관을 드러낸 것이다. 이 시는 발상의 전환에 의해 哲理를 깨달아 심적 평형을 이룬 것이라고 할 수 있다.

이렇게 大勢에 의해 움직일 수밖에 없도록 주체능력이 제한된 자아의 인식은 아래에서도 양상을 약간 달리하여 표출되고 있다.

縱浪大化中,　　비록 큰 변화(大化) 가운데 물결 같이 노니나
正爲化所纏.　　바로 그 큰 변화에 의해 얽매이고 있다.250)

여기서 "큰 변화가운데서 물결 같이 노닌다"는 것은 큰 변화(大勢)의 그물 속일 망정 소동파는 물결 같이 노닐며 자신의 자유의지에 의해 행동함을 의미한다. "바로 그 큰 변화에 의해 얽매이고 있다"는 것은 자유롭게 행동하는 것 같지만 결국에는 그 큰 변화에 의해 얽매일 수밖에 없는 자신을 함축하고 있다고 보여진다. 이는 현실세계와 자아간의 관계를 드러내고 있다. 곧 현실세계 내에서 마음껏 자유의지를 발휘하고 노니는 자유로운 자아와, 현실세계에 의해 얽매이게 되는 자아 사이의

---

250) <問淵明>, 《蘇軾詩集》, 권32.

대립을 의미한다.

　이러한 갈등은 소동파의 생애를 통해서도 엿볼 수 있는데, 그가 新舊黨爭의 소용돌이 속에서 누차 지방관리, 조정의 관리, 貶謫客 등을 역임한 것이 대체로 모두 時勢의 흐름에 어찌할 수 없이 흘러온 삶의 행적인 것이다. 물론 소동파 개인의 성격, 노력과 천성의 자유의지, 주체의 지도 어느 정도 무시할 수 없는 역할을 해 온 것은 사실이다. 그러나 그의 인생행로에 있어 일개 개인의 힘으로는 어찌할 수 없는 커다란 조류에 의해 얽매인 면이 컸다는 것을 파악할 수 있다. 다시 말하면 소동파는 우주의 흐름, 大勢의 흐름에 따라 파도 타듯 자유롭게 살아왔지만 결국에는 그 대세의 그물에 갇힌 운명을 깨닫고 마는 물고기의 신세가 되었다는 것을 깨달았다는 것을 파악하고 있다.

　이는 陶淵明이 “비록 큰 변화(大化)에 의해 움직이나/ 기뻐하지도 않고 두려워하지도 않는다(縱浪大化中, 不喜亦不懼)”251)고 한 것과 대비된다. 여기서 도연명은 우주자연의 변화를 타고 물결치듯 노니나 기뻐하지도 않고 두려워하지도 않는 달관적 경지에 도달하고 있다. 소동파를 이러한 달관, 해탈의 경지에 든 도연명과 대비해 보면 대체로 큰 변화(大勢)에 따라 노닐기는 하지만 결국 개인, 집단, 政派 등 인간의 상호관계에 의해 야기되는 현실세계에 의해 얽매이고 있다. 곧 소동파에게는 아직 완전히 달관하지는 못한 인간적인 면모가 드러나 있다.

雨洗東坡月色淸,　비가 동쪽 언덕(東坡)을 씻으니 달빛은 휘영청 한데
市人行盡野人行.　장삿군 발은 끊어지고 돌아가는 시골사람은 길에 다니네.
莫嫌犖确坡頭路,　울퉁불퉁 험한 언덕길 싫어하지 말지니

---

251) ＜形影神三首, 神釋＞, 丁仲祜, ≪陶淵明詩箋注≫, 43쪽.

自愛鏗然曳杖聲.　　내 스스로 딸그락거리며 지팡이 끄는 소리 사랑하노라.252)

이는 黃州貶謫地의 동쪽 언덕(東坡)에서 자연을 소요하며 인생에 대한 느낌을 표출한 시이다. 여기서 비가 내린 후 밝은 달빛 속을 소요하며 험한 언덕길을 사랑하는 작자의 심리를 통해 역경이나 고난에도 좌절하지 않고 그것을 즐기고자 하는 점이 부각되고 있다. 그리고 이에는 인생의 풍랑, 고통을 거친 후에 획득한 일상의 소소한 것에 대한 잔잔한 기쁨과 심리적 평정상태가 드러나 있다. 울퉁불퉁 험한 언덕길은 험난한 인생행로를 상징하고 있기도 하다. 곧 3, 4구는 어려운 인생행로에서도 당사자의 낙천적 성향이 있으면 또 다른 심미적 인식이 가능하다는 것을 묵시적으로 보여주고 있다. 이러한 심미인식은 곧 생활에 대한 애착의 한 표현이며, 여기에는 소동파의 꿋꿋한 내면이 투영되고 있다고 보여진다.

臥看落月橫千丈,　　누워서 천길 비스듬히 뉘엇뉘엇 지는 달을 보다가
起喚淸風得半帆.　　일어나 돛을 반쯤 높이로 달아 맑은 바람을 부른다.
且並水村欹側過,　　다시금 물가 마을을 향해 비스듬히 지나간다.
人間何處不巉巖.　　인간세상 어느 곳인들 험하고 가파르지 않을쏜가?253)

이는 소동파가 紹聖元年(1094년, 59세)에 惠州貶謫을 명받아 安徽 當塗 부근의 慈湖夾을 지나는 길에 지은 시이다. 작자는 달빛이 멀리 비추는 밤배를 타고 아주 어렵게 물가 마을을 지난다. 돛을 달아 청풍을 불러들여 배가 빨리 가도록 한다. 末句에서는 이러한 자연(景) 속에서의 체험

---

252)　<東坡>, ≪蘇軾詩集≫, 권22. 元豐6년(1083년, 48세)에 지음.
253)　<慈湖夾阻風五首, 其五>, ≪蘇軾詩集≫, 권37.

을 통해서 인간세상의 현실은 어느 곳이나 험하고 가파르다는 것을 표현하고 있다. 곧 자신이 처한 현실에서의 난관은 당연히 존재하는 것이라는 체념이다. 이러한 체념은 소동파 자신의 험난한 인생행로에서 초연하게 지나갈 수 있는 내재적인 힘이 되었다고 여겨진다.

人生難處是安穩.　　인생에서 어려운 것은 바로 편안한 생활이라.254)

이는 역사고적지 驪山을 배경으로 쓴 시의 한 구이다. 이것은 앞의 경우와는 관점이 다르다. 이는 화려했던 여산이 무너져 버렸던 역사적 사실에서 얻어낸 경구로서 사람은 편안한 생활이 오래 지속됨을 경계해야 한다는 것이다. 이러한 편안한 생활에 대한 우려는 소동파의 ≪東坡易傳≫에서 "사람이 오래 편안함에 빠지게 되면 질병이 생기는데, 이것을 蠱라하며, 천하가 오래 편안하여 하는 것이 없게 되면 폐단이 생기는데, 이것을 蠱라 한다(人久宴溺而疾生之, 謂之蠱, 天下久安無爲而弊生之, 謂之蠱)255)라고 한 것과 일맥상통하는 내용이다. 바로 편안한 생활을 오래하게 되면 곧 안일함에 젖어들게 되어 매너리즘에 빠지게 됨을 우려하고 있는 것이다.

2. 自然哲理

소동파는 자연대상을 예리한 시각으로 관찰하여 거기다 자신의 경험을 응집시켜 깊은 철리를 얻기도 하였다.

---

254) <驪山>, ≪蘇軾詩集≫, 권49.
255) 曾棗莊, ≪蘇軾評傳≫, 241쪽, 再引用.

㉠

湖上移魚子,	호수에 새끼 물고기를 옮겨 놓으니
初生不畏人.	처음에는 사람을 두려워하지 않더니
自從識鉤餌,	낚시미끼를 알고부터는
欲見更無因.	보려 해도 숨어 보이지 않는구나.256)

㉡

鳥樂忘罝罘,	날아다니는 새가 즐거우면 그물을 잊고
魚樂忘鉤餌.	헤엄치는 물고기가 즐거우면 낚시 미끼를 잊는다.
何必擇所安,	어찌 반드시 편안한 것을 택해서이겠는가?
滔滔天下是	천하의 도도한 풍조가 이와 같도다.257)

㉠은 소동파가 물고기를 관찰한 결과 체득한 철리이다. 새끼 물고기가 애당초는 사람을 두려워하지 않았었는데 낚시미끼에 한 번 걸렸다가 벗어난 이후부터는 사람이 자신을 보려고만 해도 도망쳐서 숨어 버린다는 것을 묘사한 시이다. 여기서 사람이 처음에 아무것도 모를 때에는 어떤 대상에 대해서도 두려움을 느끼지 않다가, 그 어떤 대상이 자신을 해쳤거나 해칠 우려가 있다는 것을 경험, 판단하게 되면, 자신의 보호 본능에 의해 그 대상은 물론 그와 동류의 것까지 피하고자 한다는 보편적 철리를 유추해 낼 수 있다.

㉡에서 새가 즐거우면 자신을 잡으려고 설치해 놓은 그물을 잊기 쉽고, 물고기가 즐거우면 자신을 잡으려고 하는 낚시 미끼를 잊기 쉽다고 하였다. 소동파는 이러한 명제를 통해, 사람이 현실의 즐거움에 도취되

---

256) <次韻子由岐下詩, 魚>, ≪蘇軾詩集≫, 권3.
257) <出都來陳, 所乘船上有題小詩八首, 不知何人有感於余心者, 聊爲和之, 其二>, ≪蘇軾詩集≫, 권6.

어 있다가 위험요소가 봉착하는 것도 잊기 쉽다는 보편적 인생철리를
표출시키고 있다. 여기서 사람이 표면적으로 편안하고 즐거울 때에도
이면에 도사리고 있는 위험요소, 곧 자신을 해칠 우려가 있는 대상(敵)
을 경계해야 한다는 것을 유추할 수 있다.

> 已外浮名更外身,　　보잘 것 없는 헛된 명성과 몸을 버리고 나니
> 區區雷電若爲神.　　그까지것 번개와 천둥이 무어 그리 대단하랴?
> 山頭只作嬰兒看,　　산꼭대기에서는 어린아이의 울음소리로만 보이는데
> 無限人間失箸人.　　세상엔 천둥소리에 놀라 젓가락을 놓친 이들 많더라.258)

이는 제목에서 밝힌 대로 唐道人이 천둥에 대한 소감을 말한 데 착안
하여 인생문제까지 유추시킨 시이다. 여기서 우리네 인생사에서는 천둥
소리가 위험하다고 겁내는 이가 많은데, 이러한 인간의 공포, 번뇌는
명성과 몸 등에 대한 집착에서 생겨나고 있다. 그리하여 이러한 집착에
서 벗어나는 것이 현실적 고난에서 벗어나는 좋은 방법이라는 것을 암
시하고 있다. 곧 편견과 속단에서 벗어나 참된 진리를 파악하고, 목숨
과 명성 같은 外物的 경계를 초월하게 되면 공포, 우환, 난관 속에 있더
라도 그것들을 내적으로 극복할 수 있는 역량을 얻게 된다는 것이다.
　마지막 구에서는 ≪三國演義≫에서 曹操가 劉備를 초대하였을 때 조
조가 유비에게 '현재 천하의 영웅은 그대와 나 두 사람뿐이다'라고 하
자, 유비는 일부러 대경실색하여 젓가락을 놓쳐 버렸다는 故事를 사용

---

258) ＜唐道人言, 天目山上俯視雷雨, 每大雷電, 但聞雲中如嬰兒聲, 殊不聞雷震也.＞(唐
　　道人이 말하길, '천목산에서 천둥치는 가운데 비내리는 것을 굽어보니 큰 번
　　개 천둥 칠 때마다 구름 속에서 아기의 울음소리만 들리고 천둥소리는 들리
　　지 않는다' 하네), ≪蘇軾詩集≫, 권9. 熙寧6년(1073년) 지은 것으로 추정됨.

하였다. 이것은 三國時代의 영웅인 조조와 유비가 함께 있을 당시 마침 천둥소리가 크게 났는데, 이 소리에 놀람을 빌어 유비는 놀란 듯이 하여 자신의 眞情을 은폐시킨 것이라 한다. 이 시에서는 劉備를 膽小한 사람으로 비유하고 있다. 이처럼 소동파는 감정이 풍부하고 사상이 활달한 哲人이라 항상 一事, 一言, 一行 중에도 철리를 얻는 데 능한 경우가 많다. 이 絶句는 구조가 짜임새 있고 용어가 분명하여 호걸의 기풍이 있다.259) 이 시는 바로 구체적 자연에 연유하여 헛된 명성과 몸 등 小我的 境界를 타파하면 다가오는 현실적 문제는 쉽게 해결된다는 보편적 철리를 드러낸 작품이다.

此生忽忽憂患裏,	내 人生 홀연 근심 걱정으로 지나가는 세월 속에서
淸境過眼能須臾.	맑은 경치는 눈에 스치듯 잠깐이다.260)

자신의 인생이 본래 근심 걱정 속에 빨리도 지나가는데, 좋은 경치는 눈에 스치듯 잠깐이라고 하였다. 보편적인 우리네 인생은 우환 속에 빨리 지나가는 경우가 많고 좋은 일은 순간적인 것이다. 이것은 자연을 통해 보편적인 일상생활에서 느낄 수 있는 자아성찰을 표현한 것이라고 할 수 있다.

ㄱ

靑山若無素,	靑山이 만일 평소 왕래가 없다면
偃蹇不相親.	거만하여 나를 친하게 여기지 않을 것이네.

---

259) 王水照, 王宜瑗 選注, ≪蘇軾詩詞選注≫, 38~39쪽.
260) <舟中夜起>, ≪蘇軾詩集≫, 권18. 元豐3년(1080년, 45세), 湖州知州로 부임하는 도중에 지음.

要識廬山面,	廬山의 진면목을 알려고 한다면
他年是故人.	훗날 친한 친구가 될 것이다.261)

ⓛ

自昔懷淸賞,	오래 전부터 廬山 구경 마음에 품고 있었기에
神游杳靄間.	항상 꿈속에서 아득히 구름노을 속에서 놀았었네.
如今不是夢,	이제는 꿈이 아니라
眞箇在廬山.	정말로 여산에 와 있네.262)

위 두 시에서는 대상(廬山)에 접근하고자 하는 자아의 의지에 따라 대상은 자신에게 가까워질 수 있다는 철리를 보여주고 있다. 곧 여기서 작자는 자아의 의지와 노력에 따라 대상인 자연과의 합일이 가능하다는 것을 철리적으로 드러내고 있다.

㉠에서는 對象(廬山)이 처음 볼 때는 그 가파르고 우뚝한 모양이 마치 나(작자)와 친하려 하지 않을 듯하지만, 대상에 대해 나의 친하고자 하는 의지와 노력정도에 따라 상호간의 교감의 심도가 깊어져 결국은 친한 친구가 되게 됨을 토로하고 있다. 여기서 소동파는 여산을 무인격체인 자연 그 자체가 아니라 상호교감이 가능한 인격체로 간주하고 있다. 그리하여 자아와 대상과의 거리가 존재하더라도 자신이 대상에게 다가가려는 의식적인 노력이 있다면 대상과 합일될 수 있다는 것을 묵시적으로 보여주고 있다. 기실 이러한 접근의지와 실천적 노력에 의해 대상과 합일의 경지에 도달할 수 있다는 것은 우리 사회의 개인 간이나 혹은 어떠한 대상에 대해서도 통용이 가능한 철리이다.

---

261) <初入廬山三首, 其一>, ≪蘇軾詩集≫, 권23.
262) <初入廬山三首, 其二>, ≪蘇軾詩集≫, 권23.

㉡에서는 廬山을 이전부터 꿈속에서만 그리다가 현실화된 모습으로 눈앞에 전개될 때의 충만한 감동을 행간에 나타내고 있다.

橫看成嶺側成峯,　가로 보면 고개로 보이고 측면에서 보면 봉우리 되니
遠近高低各不同.　멀리 가까이 높게 낮게 본 시점에 따라 그 모습 같지 않네.
不識廬山眞面目,　廬山의 진면목을 알지 못하는 것은
只緣身在此山中.　단지 내 몸이 이 산 가운데 있기 때문일세.263)

이 시는 소동파의 철리적 정수가 담겨 있는 작품으로, 소동파가 黃州貶謫地를 떠나 汝州로 가는 도중 열흘간 廬山을 유람한 후 그 총체적 통찰을 표현한 七言絶句이다. 소동파는 黃州貶謫生活의 고뇌를 겪으면서 '詩窮而後工'의 이론을 실천하여 인생의 심오한 이치를 통찰하고 그것을 승화시켰다. 표면적으로는 廬山만을 읊고 있으나, 음미해 볼수록 내재된 의미가 확대되어 보편적인 철리를 띠고 있음을 파악할 수 있다. 짧은 시폭에서 작자는 동적 체험을 통해, 橫·側·遠·近·高·低 등 작자의 위치에 따른 視點의 차이에 의해 여산을 관찰하여 각기 상이한 모습으로 나타나는 여산유람의 총체적 정수를 함축적으로 개괄시켰다.

1, 2구에서 작자는 개별적, 微視的 방법으로 대상을 파악한 후에 총체적, 거시적인 곳으로 그 인식을 확대시켰다. 3, 4구에서는 작자가 산 내부에 있기 때문에 그 산의 진면목을 알 수 없다는 것을 통해, 대상 내부에서의 대상에 대한 주관적, 局部的 인식보다는, 대상내부를 벗어난 대상외부에서의 객관적 視點에서 더욱 더 대상의 참 모습을 총체적으로 파악할 수 있다는 인생철리를 드러내고 있다. 바둑에 비유하자면

―――――――――――――――――――

263) <題西林壁>, ≪蘇軾詩集≫, 권23. 元豊7년(1084년, 49세)에 지음.

바둑을 두는 당사자보다는 옆에서 훈수 두는 사람이 전반적인 대국상황을 더 잘 파악할 수 있다는 이치와 같다. 이것은 기존 인식의 한계를 극복한 뒤 얻게 된 대상에 대한 객관적이고 보편타당성을 지닌 새로운 인식이다.

전체 시는 1자, 1구의 평이한 시어가 작자의 체험과 독창적 인식태도로 밑받침되면서 긴밀한 내적 연계 하에 응축된 언어로 표현되어 한없는 울림을 주고 있다.

요컨대 이러한 대상에 대한 다각도의 視點을 통해 터득, 응축된 인생철리는 고통스런 인생역정과 대상에 대한 세밀한 관찰을 거친 후 작자의 내면세계에서 우러나온 참을 추구하는 시적 생명추구의 결실이자, 인생을 통찰한 결정체라 할 수 있다. 黃庭堅은 이 시에 대해 다음과 같이 평했다.

> 이 노인은 般若의 橫說竪說에 대해 끝내 쓸데없는 말이 없으니, 그 붓끝에 혀가 있지 않다면, 또한 어찌 이렇게 전하지 못하는 妙함을 토해낼 수 있었겠는가?
>
> (此老於般若橫說竪說, 了無剩語, 非其筆端有舌, 亦安能吐此不傳之妙.)264)

3. 佛·道思想的 哲理

소동파는 佛家나 道家的인 사유를 바탕으로 하여 나름의 지적 성찰을 투영하여 그것을 철리로 승화시켰다.

---

264) 《苕溪漁隱叢話, 前集》, 권39. (이 條는 釋 惠洪, 《冷齋夜話》, 권7과 文字가 조금 차이가 있다.) 王水照, 《蘇軾選集》, 160쪽.

人生到處知何似,　인생길 가는 곳 무엇과 같은지 아는가?
應似飛鴻踏雪泥.　응당 나르는 기러기 눈 진흙 밟는 것 같겠지.
泥上偶然留指爪,　눈 진흙 위에 우연히 발자국 남겨 놓았지만
鴻飛那復計東西.　기러기 날아가면 어찌 다시 날아갈 방향을 헤아리겠는가?
老僧已死成新塔,　노승은 이미 열반에 들어 새 사리탑 들어섰고
壞壁無由見舊題.　허물어진 담벽에는 우리가 쓴 옛 시구 찾을 길 없네.
往日崎嶇還記否,　지난 날 험했던 길 아직 기억하는가?
路長人困蹇驢嘶.　길은 먼데 사람은 피곤하고, 절름거리는 노새는 울부짖
　　　　　　　　　었었지.265)

　이 시는 소동파가 5년 전 澠池에서의 일에 대한 회고를 통해 인생의 우연성, 불확실성, 유한성 및 인생의 어려움에 대한 체득과 관조를 토로한 것이다. 특히 전반부 4구는 소동파시의 대표격의 하나로 가히 壓卷이라 할 수 있다.

　전반부(1~4구)에서는 '기러기가 눈진흙 땅에 발자국을 남겨놓고는 어느 방향으로 날아갔는지 알 수 없다는 것'을 의미하는 '雪泥鴻爪'의 생동적인 비유로 인생이 우연성, 불확실성 가운데 자기도 정확히 모를 미래의 길로 향하고 있다는 인생철리를 개괄하고 있다. 이것은 불교의 禪的인 깨달음이다. 인생은 무한한 선택의 順列 중에 하나하나를 선택하여 가는 과정이다. 인생에서 미리 정해진 단 하나의 길은 존재하지 않는 법이다. 소동파는 인생이란 기러기가 눈 진흙에 발자국을 남기듯이 순간의 궤적을 남기고 불확실한 길을 걷는 존재라는 것을 인식하고 있

---

265) <和子由澠池懷舊>, ≪蘇軾詩集≫, 권3. 嘉祐6년(1061년, 26세), 소동파가 鳳翔簽判의 임지로 가는 도중에 5년 전에 왔었던 澠池를 지나며 아우 蘇轍의 <懷澠池寄子瞻兄> 詩에 和韻한 작품이다.

다. 이것은 소동파의 정처 없는 나그네와 같은 삶의 길을 예고하고 있기도 하다.

후반부(5~8구)에는 지난 날 여행체험을 회상하여 인생의 유한성을 예증하고 있다. 소동파는 5년 전인 嘉祐元年(1056년, 21세)에 아우 소철과 함께 부친을 따라 과거응시를 위해 澠池의 僧 奉閑의 僧房에 묵었었다. 이제 다시 오니 당시의 노승은 이미 죽어 사리탑으로 화하고 시구를 적어 두었던 벽도 허물어져 버린 변화를 체험했다. 이를 통해 인생의 유한성을 통찰하고 있다. 사람(僧 奉閑)의 生時로부터 죽음으로의 변화, 5년 전 題詩해 두었던 벽의 무너짐, 즉 '人滅'과 '物失'의 변화과정은 비애를 느끼게 한다. 그것은 구체적 행적이 사라짐에 대한 비애이기도 하다. 또한 그는 당시 갈 길은 먼데 사람은 지치고 노새도 울부짖던 행로의 어려움을 인생길의 험난함으로 슬며시 비유하고 있다.

그러나 소동파는 이러한 비애를 전반부에서의 禪的 철리로써 극복하고 있다. 소동파가 가정환경에 의해 자연스럽게 접근하게 된 불교에 대하여 아직 인식이 초보단계에 있었던 26세 때의 작품인데도 인생역정을 두루 거친 듯한 원숙한 풍취가 배어 나오고 있다. 또한 和韻詩라는 韻에 따른 제약에도 불구하고 자유롭고 거침없이 자신의 심사를 표현한 소동파의 창작능력이 일품이다.

法師住焦山,	법사께서 焦山에 머무르시지만
而實未嘗住.	실은 일찍이 머무신 적이 없다.
我來輒問法,	내가 와서 문득 佛法을 여쭈어도
法師了無語.	법사께선 끝내 말씀이 없으시네.
法師非無語,	법사께서 말씀이 없으신 게 아니라
不知所答故.	대답할 바를 모르신 까닭이라.

君看頭與足,	그대 보게나. 머리와 발은
本自安冠屨.	본래 스스로 갓과 신발에 편안히 여기는 것을.
譬如長鬚人,	비유하건대 긴 수염을 가진 사람이
不以長爲苦.	수염이 길다고 고통스럽게 여기지 않았었는데
一旦或人問,	어느 날 아침 어떤 이가 묻기를
每睡安所措.	'잠을 잘 때마다 수염을 어디에다 두는지요?'
歸來被上下,	돌아와 이불 위에 두었다가 이불 밑에 두었다가
一夜無着處.	하루 밤도 가만히 있을 수가 없었다.
展轉遂達晨,	이리저리 뒤척거리다 드디어는 새벽에 이르렀으니
意欲盡鑷去.	마음으론 다 뽑아 버리고 싶었다.
此言雖鄙淺,	이 말이 비록 비천하지만
故自有深趣.	고로 그 가운데 깊은 뜻이 있다.
持此問法師,	이 말을 가지고 법사께 물으니
法師一笑許.	법사께선 한바탕 웃음으로 허락하신다.[266]

여기서 긴 수염을 가진 사람이 평소 아무 의식없이 잠을 자고 지냈을 때는 자유롭던 자신의 긴 수염이, 어디다 두고 자느냐의 질문에 대답하기 위하여 의도적으로 의식을 하자 불안하고 어색해져서 부자연스럽게 변했다는 故事를 예로 들어, 어떤 것에 대한 집착을 버리는 것이 중요하다는 것을 예증하고 있다. 禪的인 사유를 일상적인 내용과 언어로 표현하여, 인간사 마음먹기에 달렸다는 것을 암시하여 준다. 이는 곧 '一切唯心造'임을 설파한 철리시라 할 수 있다.

吾生本無待,	내 인생 본래 특별히 기대함 없이
俯仰了此世.	굽어보고 우러러보며 이 세상을 마치려네.

---

266) <書焦山綸長老壁>, ≪蘇軾詩集≫, 권11. 熙寧7년(1074년, 39세)에 지음.

念念自成劫,　　　생각하는 짧은 순간도 영겁의 긴 시간이 되고

塵塵各有際.　　　티끌 하나하나에도 각기 저마다의 世界가 있다네.

下觀生物息,　　　밑으로 온갖 물상 숨 쉬며 사는 것을 바라보니

相吹等蚊蚋.　　　모기와 하루살이 같이 작구나.[267]

이는 불가와 도가사상에 대한 소동파의 인식이 혼합, 융해되어 있는 시이다. 여기서 소동파는 인생의 만년에 처해 있는 자신에게 다가오는 장래의 인생을 담담히 맞으며 우주의 질서에 따라 사심없이 살고자 하는 달관적 정신세계를 드러내고 있다. "생각하는 짧은 순간도 영겁의 긴 시간이 되고(念念自成劫)"에서는 佛敎의 시간관념을 사용해 시간을 상대적으로 파악하면, 생각하는 짧은 순간도 영겁의 긴 시간이 된다고 하였다. "티끌 하나하나에도 각기 저마다의 세계가 있다(塵塵各有際)"에서는 道敎的 세계관[268]을 통해 미세한 티끌일지라도 자아의 주체성을 지니며 자신의 세계와 공간을 만들고 있다고 하였다. 곧 만물은 자신의 독립적 세계를 가지고 있다는 것이다.

또한 끝 2구에서 소동파는 세상을 굽어보니 살기 위해 애쓰는 사람들 및 만물의 존재가 모기나 하루살이가 숨을 쉬는 것과 다름이 없다고 느끼고 있다.

이 시에서 소동파가 거시적이고 상대적인 佛·道思想的 시간관과 공간관을 통해 사유세계를 확장, 심화시키고 있음을 파악할 수 있다. 또한 이 시에서 佛·道思想이 소동파에게 있어 개별적으로 분리되어 존재

---

267) 〈遷居〉, 《蘇軾詩集》, 권40.

268) 王水照, 《蘇軾》, 129쪽, 참조. 佛敎에서는 世界가 成, 住, 壞, 空이 한 차례 순환되는 것, 다시 말하면 한 번 개벽한 때로부터 다음 개벽할 때까지의 긴 시간을 劫이라고 하였다. 道敎에서는 세계를 티끌(塵)로 보고 있다.

하는 것이 아니라 융화, 혼재되어 존재하고 있다는 것도 아울러 파악할
수 있다.

若言琴上有琴聲,　　만약 거문고 위에 거문고 소리가 있다면
放在匣中何不鳴?　　갑 속에 넣으면 어이하여 소리가 울리지 않나?
若言聲在指頭上,　　만약 소리가 손가락 끝에 있다면
何不於君指上聽?　　그대의 손가락 끝에선 어이하여 들을 수 없나?[269]

　　소동파 자신은 이 시를 偈라고 보았다. ≪涅槃經≫에서 "비유하건대
琴瑟, 箜篌 같은 악기는 비록 묘한 음이 있다 해도, 만일 묘한 손가락이
없다면, 끝내 소리를 발할 수가 없다(譬如琴瑟箜篌, 雖有妙音, 若無妙指, 終不能
發)."고 하였다. 소동파는 이 불교의 이치를 가지고 前人은 이 시가 불경
에서 근본한다고 하였으니, 또한 근거가 없는 것은 아니다. 그러나 반
드시 禪을 비유한 시로만 볼 필요는 없다. 이 시는 통속적이고 쉬우며
형상가운데 철리를 깃들이고 있다. 독자는 그 가운데 밝히고 있는 거문
고와 손가락 사이의 변증관계를 빌려 여러 가지 암시를 얻을 수 있
다.[270]

　　곧 위 시는 거문고와 손가락 중에 어느 하나만으로는 음악이 탄생되
지 않으며, 반드시 이 양자가 合一해야 음악이 탄생된다는 것이다. 곧
사람의 의지가 담겨 있는 연주자의 손(주관조건)과 그 손에 의해 연주되
는 대상 곧 악기(객관조건)가 인간에 의해 결합되어 어떠한 것이 완성이
된다는 보편적 철리를 추출해 낼 수 있다. 다시 말하면 연주자의 의지

---

269) <琴詩>, 王水照 選註, ≪蘇軾選集≫, 147쪽. 元豊5년(1082년, 47세), 6월에 지음.
270) 王水照, 王宜瑗 選註, ≪蘇軾詩詞選注≫, 64~65쪽.

가 담긴 손가락이라는 주관적 조건과 손가락의 동작에 의해 소리를 낼 수 있는 역량을 가진 거문고라는 객관적 조건이 결합되어야 음악이라는 제3의 완성체가 이루어진다는 것이다.

인생철리를 담은 소동파의 시는 자연과 인생에 대한 세밀한 관찰과 성찰 및 佛·道思想的 사유를 통해 작자의 내면세계에서 우러나온 '妙理'를 응축시킨 시적 생명의 결정체이다. 이것은 생애의 전반부에서도 간혹 나타나지만, 정치적 갈등과 고통스런 폄적생활을 경험한 이후에 더욱 농후하게 나타나고 있다. 그것은 주로 발상의 전환으로 기존인식의 한계를 극복한 후 거시적 관점에서 인생을 통찰한 정수라 할 수 있다.

이 절에서 제시된 소동파의 인생철리시는 자신이 의식하였건 의식하지 못했건 간에 이러한 시들을 음미하는 독자의 감수성에 비례하여 깊은 철리를 드러내고 있다는 것을 알 수 있다. 그의 시는 전체적으로 일관된 철학적인 체제를 가지고 있지는 않지만 삶의 경험과 경륜에서 바탕한 철리적 견해의 편린들을 제시해 주고 있다. 또한 이에는 佛敎와 道敎的 사유의 영향 및 北宋時代의 說理的 사유의 영향이 있으며, 전반적으로 생동적이고 신선한 느낌을 주어 시대를 초월한 보편적 가치를 지니고 있다.

인생은 大勢의 흐름과 자아의 주체적 자유의지의 관계에 따라 정해지게 마련인데, 소동파는 자신의 정치생애가 前者에 의해 어찌할 수 없는 운명의 굴레에 구속되어 왔다고 인식하고 있다. 그렇지만 그 속에서도 자유의지에 따라 행동하고 있었으며 어느 곳에 있든지 심미인식을 가지고 보면 對象은 자아의 내면세계의 풍성함만큼 더욱 풍성해질 수 있다고 파악하고 있다. 더불어 현실은 어차피 험하고 가파르다는 인식을 통해 험한 인생의 세파를 쉽게 항해할 수 있는 내재적 힘을 터득하고 있으며, 또한 인생에서 더욱 어려운 것은 오히려 편안한 생활에 안주함이니 그것을 경계해야 한다고 하였다.

또한 그는 아무 것도 모르던 어린 시절에는 사람을 두려워하지 않다가 위기상황을 경험하고 나서야 보호본능에 의해 사람을 피해 버리는 새끼 물고기의 예를 들어, 사람도 위기를 당하게 되면 자신의 경험에 바탕한 보호본능에 의해 그 위험요소를 피하고자 한다는 보편적 이치를 유추해 내고 있다. 그리고 목숨과 명예 같은 小我的 境界는 집착에서 생기는데, 이러한 집착을 벗어나게 되면 공포, 우환, 난관, 불안 속에 있더라도 그것들을 초극할 수 있는 역량을 얻게 된다는 것을 터득하고 있다. 이는 인간의 일은 집착심을 버리면 마음이 편안해 진다는 불교의 '一切唯心造'적 인식과 연관되고 있다.

그리고 소동파는 산수유람을 통해서, 대상에 접근하고자 하는 자아의 의지가 있다면, 자아와 대상은 합일의 가능성이 있다는 것, 대상의 내부에 있을 때보다는 대상을 벗어난 객관적 시점에서 더욱 대상의 참모습을 통찰할 수 있다는 철리를 파악하고 있다. 이것은 고정관념의 한계를 극복한 뒤 얻게 된 대상에 대한 객관적이고 보편타당한 인식이라 할 수 있다.

한편 소동파는 '雪泥鴻爪'라는 생동적인 비유로 인간은 우연성, 불확실성의 길을 가는 존재라는 인생철리를 터득하고 있다. 곧 불교의 禪的인 성찰을 통해 인생의 무한한 선택의 가능성을 계시한 인생철리를 터득한 것이다. 이러한 내면적 자아성찰은 소동파의 삶의 원동력을 이루고 있다고 파악된다. 아울러 그는 이상세계가 먼 곳에 존재하는 것이 아니라 가까운 현실세계에 존재한다는 철리를 터득하고 있다.

요컨대 소동파시에 담긴 인생철리는 자아성찰을 통한 대상에 대한 새로운 인식과 존재의 확충이라고 할 수 있다. 그리하여 일상적인 일에서 흔히 느낄 수는 있으되 표현하지 못했던 정감을 '新意'와 '妙理'로 표출해 내었다. 그것은 거시적 사유로 대상과 자아를 객관화시켜, 현실의 역경을 벗어나고 삶을 풍부하게 할 수 있는 참된 인생의 내적 원동력이 되고 있다고 파악된다. 또한 그의 인생철리시는 작자의 체험을 평이한 시어를 가지고 독창적, 거시적 인식와 긴밀한 내적인 연계 하에 응축, 표현하여 안과 밖으로 한없는 울림을 주고 있다. 그리하여 그의 인생행로에 긍정적인 관점과 저력을 제공하고 있다.

이외에도 소동파의 시에는 飮食詩(음식, 茶 등), 생활정취시(목욕, 낮잠, 壽石, 바둑 등), 論詩詩, 諧謔詩, 詠史詩 등이 있다.

제4장 作品分析(2)－意識世界의 斷面

시 연구에 있어 작품에 대한 분류·분석의 틀은 고정불변하거나 완전무결한 것이 없다. 시와 작자의 진면목을 가장 잘 드러낼 수 있는 틀을 지니는 것이 좋은 연구방법이라고 여겨진다. 그렇다면 제3장의 일반적인 시연구의 주제별 분류·분석방법만으로는 소동파시의 핵심을 밝히는 데 한계가 없지 않다. 이렇게 볼 때 소동파시의 작품분석은 二元的 분류체계가 보다 효율적이라고 판단된다. 여기서는 시에 나타난 정신적 지향에 있어서의 핵심적인 면을 염두에 두었다. 그리하여 이 章의 "작품분석(2)"에서는 작자의 의식세계의 주요 단면에 착안하여 다음과 같이 4가지로 나누어 분석하겠다.

구체적으로는 1. 出仕와 隱退의 문제, 2. 시공간의 격절로 인한 서정, 3. 현실세계와의 괴리와 그 해소, 4. 陶淵明에의 동일화양상과 도연명시의 창조적 수용 등이다.

제1절 出仕와 隱退

  사람의 심리에는 자신의 현재상황을 벗어나려고 하는 遠心力과 현 상황에 적응하고 정착하여 融和하고자 하는 求心力이 상호작용하고 있다고 생각된다.[1] 이러한 심리는 出仕와 隱退에 관한 소동파의 시에서도 적용될 수 있다.

  소동파는 26세 때 원대한 정치적 포부를 품고 出仕하여, 66세 서거 일 개월 전에 병으로 致仕할 때까지 평생 관직으로 일관하였다. 소동파의 이러한 40년의 정치생애 가운데 8년은 京師에서 황제의 측근으로 있었으며, 11년을 貶謫地(黃州에서 대략 4~5년, 惠州, 海南에서 대략 6년)에서 보내고, 그 외의 21년(그 사이 부친상 2년을 제외한다면 대략 19년)을 지방관으로 지냈다.[2] 여기서 소동파가 최소한 표면적으로는 出仕를 그만둔 적이 없다는 것을 알 수 있다. 그러므로 소동파의 일관적인 맥락은 出仕라고 할 수 있다. 「부록」 <소동파의 官職移動表>를 보면 중앙관, 지방관, 貶謫客을 오간 그의 행적이 일목요연하다.

  中國士人들의 仕隱觀은 儒家의 仕隱觀에 기초하는 것이 일반적이다. 유가적 仕隱觀은 孔子와 孟子의 말이 핵심이 된다. 여기서는 오랜 세월

---

1) 이것은 錢鍾書의 ≪포위된 성(圍城)≫에서도 보이는 '성안에 있는 사람은 성밖으로 탈출하고 싶어하지만, 성밖에 있는 사람은 안으로 들어오고 싶어하는 심리'의 구조와 관련을 지니고 있다. 錢鍾書 지음, 오윤숙 옮김, <머리말>, 참조.
2) 楊剛 遺著, <論蘇軾―紀念蘇軾逝世八百五十年>, 112쪽, 참조.
  단 楊氏는 이 논문에서 蘇軾의 첫 出仕가 25세 河南福昌縣主簿로부터 계산하였다. 그러나 蘇軾이 이 관직을 제수 받은 사실은 있으나 실제로는 부임하지 않았으므로 26세 鳳翔簽判으로의 부임이 첫 出仕라고 보아야 한다. 그러므로 지방관역임의 햇수는 대략 19년이다.

士人들의 仕와 隱간의 선택에 있어 지침이 된 孟子의 글을 보겠다.

> 선비는 궁하여도 義를 잃지 않으며, 영달하여도 道를 떠나지 않는
> 것이다. 궁하여도 義를 잃지 않기 때문에 선비가 자신의 지조를 지키
> 며, 영달하여도 道를 떠나지 않기 때문에 백성들이 실망하지 않는 것
> 이다. 옛 사람들은 뜻을 얻으면 恩澤이 백성에게 가해지고, 뜻을 얻지
> 못하면 몸을 닦아 세상에 드러나니, 궁하면 그 몸을 홀로 선하게 하
> 고, 영달하면 천하를 겸하여 선하게 하는 것이다.(士窮不失義, 達不離
> 道. 窮不失義, 故士得己焉, 達不離道, 故民不失望焉. 古之人, 得之, 澤加
> 於民, 不得之, 修身見於世, 窮則獨善其身, 達則兼善天下.)[3]

여기서 옛 선비들은 道와 義를 바탕으로 하여 영달할 때는 천하를 잘
다스려 백성들에게 은택을 베풀고 궁할 때는 修身에 힘쓴다는 것을 알
수 있다.

소동파의 아래 글에는 그의 仕隱觀이 잘 나타나 있다.

> 옛날의 군자는 굳이 벼슬을 하려고 들지도 않았고 굳이 벼슬을 안
> 하려고 들지도 않았다. 꼭 벼슬을 해야 하면 자신을 잊었고 꼭 벼슬
> 을 안 해야 하면 임금을 잊었다. 이것은 음식이 胃에 적당하면 그만인
> 것에 비유할 수 있다. 그러나 의리를 실행하고 절개를 지킬 수 있는
> 선비가 드물어서 재야인사는 고향에 안주하여 빠져 나오기 힘들고 出
> 仕한 사람은 이익을 탐하여 거기서 헤어날 줄을 모른다. 그러므로 양
> 친을 버리고 세속과 인연을 끊었다는 비난이 생기고, 녹에나 연연하
> 면서 일시적인 안일이나 추구하는 폐단이 생기게 되는 것이다.(古之君
> 子, 不必仕, 不必不仕. 必仕則忘其身, 必不仕則忘其君. 譬之飮食, 適於饑

---

3) 《孟子・盡心上》, 成百曉 譯註, 《懸吐完譯孟子集註》, 379~380쪽.

飽而已. 然士罕能蹈其義, 赴其節. 處者安於故而難出, 出者狃於利而忘返.
於是有違親絶俗之譏, 懷祿苟安之弊.)[4]

여기서 소동파는 옛 군자들이 出仕와 隱退 어느 한 쪽을 期必하지 않
고 그 시점에 맞게 자연스러움을 따라 선택하는데, 간혹 출사와 은퇴에
있어 정도가 지나치면 각각 나름대로의 폐단이 있다고 지적하고 있다.

여기에서는 먼저 소동파의 出仕와 隱退간의 葛藤樣相을 仕宦期와 貶
謫期의 각 경우에 따라 파악하고, 다음에 소동파가 그 갈등의 해소를
어떠한 모델을 통해 어떠한 인생태도에 따라 自己化시키어 전개해 나갔
는지 파악해 보고자 한다.

1. 出仕와 隱退心境의 二重構造

功名을 달성하고 시대를 구하려고 하는 出仕意志는 소동파의 현실지
향성의 가장 중요한 한 부분으로 자리 잡고 있으나, 그에게는 이와 상
반된 은퇴심리도 내재하고 있었다. 仕宦期의 경우, 소동파는 중앙관 재
임시 정치권 내부의 알력으로 자신이 비난받거나 참소 당할 때 자주 지
방관으로 나갈 수 있도록 청원하여 허락 받는 형식으로 나타나고 있
다.[5] 이처럼 그는 그의 반대자 및 참소자들과의 정면대결을 통해 상대
편을 제압하여 자신의 뜻을 펼치는 방법을 취한 것이 아니라, 자신이

---

4) <靈壁張氏園亭記>, ≪蘇軾文集≫, 卷11. 柳種睦, ≪蘇軾詞硏究≫, 31쪽.
5) 「부록」, <소동파의 官職移動表>에서 불 수 있듯이, 소동파는 36세 때 중앙관으
   로 재직시 地方官을 자청하여, 杭州通判으로 임명되었으며, 또한 54세 때에도
   翰林學士로 재직할 당시 다시 지방관을 자청하여, 杭州知州로 임명된 예가 있다.

중상모략을 받는 데 대해 염증을 느낀 나머지 중앙관을 떠나 지방관으로 가고자 청원하였던 것이다.

또한 과거응시기 및 仕宦期의 경우, 소동파의 出仕와 隱退심경은 二重奏의 갈등구조를 이루고 있다. 그는 중앙관과 지방관 재임시 功名을 달성하려는 목표를 품었으며 그에 따라 애민, 인도주의 정신 하에 자신의 직무에 충실을 기하였다. 먼저 그의 出仕意志에 대한 시부터 살펴보겠다.

㉠

富貴本無定,	부귀는 본래 정해진 것이 아니거늘
世人自榮枯.	세상 사람들 스스로 영화롭게도 되고 시들기도 한다.
囂囂好名心,	요란스럽게 명성을 사모하는 마음
嗟我豈獨無.	아! 어찌 유독 내게만 없으리요?
不能便退縮,	물러나 위축될 수는 없으나
但使進少徐.	단지 조급하게 앞으로 나아감을 경계한다.
我行念西國,	나는 가며 西蜀 고향 그리워하나.
已分田園蕪.	몸은 이미 전원과는 멀어졌다.
……	
人生重意氣,	인생은 意氣를 소중히 여기는 법
出處夫豈徒.	출사와 은퇴가 어찌 헛된 장난이리요?6)

㉡

仁義大捷徑,	仁義는 커다란 지름길이요
詩書一旅亭.	詩書는 잠깐 지나가는 여관이라.7)

---

6) <渼陽早發>, ≪蘇軾詩集≫, 卷2. 25세에 지음.
7) <和劉道原寄張師民>, ≪蘇軾詩集≫, 卷7.

ⓒ

飢謀食,	배고프면 먹을 것을 구하고
渴謀飮,	목마르면 마실 것을 구하니
功名有時無罷休.	功名이 때가 있거니 쉴 수가 없네.8)

㉠은 과거응시기의 시이다. 여기서 그는 관직에 들어설 준비를 할 무렵, 자신에게 명성을 좇는 마음이 존재함을 표명하고 있다. 이는 진취적 성향이 강렬하게 표현된 것이다. 그러나 그는 조급히 서두르지는 않고 있다. 그리고 가벼이 움직이지 않고 義氣를 중히 여겨 出仕와 隱退를 신중히 선택하겠다는 다짐을 하고 있다.

㉡에서 그의 사고와 행동은 유가사상의 仁義를 중시하는 기초토대에서 출발함을 알 수 있다. 詩書 등의 문학창작에 대해서는 여관처럼 지나가는 과정의 의미밖에 부여하지 않고 있다. 그는 이 시에서 유가적 인의를 달성하기 위해 출사한 것이라는 것을 암시적으로 표현하고 있다.

㉢에서 소동파는 자신의 출사는 배고프면 먹을 것을 구하고 목마르면 마실 것을 구하는 것처럼, 功名을 추구함을 목표로 삼고 있다고 하였다. 아울러 공명을 이루는 것은 때가 있는 법이니, 현재는 그 공명을 달성하느라 쉴 틈이 없다고 표명하고 있다.

그러나 소동파가 이처럼 유가적 仁義를 토대로 하여 공명을 추구하고자 하는 강렬한 出仕意志의 이면에는 이와는 상반된 은퇴의지가 한 구석에 도사리고 있었다.

---

8) <和蔡準郎中見邀遊西湖三首, 其三>, ≪蘇軾詩集≫, 卷7.

㉠

退居吾久念,　　隱退를 내 오래 마음에 그렸으니
長恐此心違.　　길이 이 마음 어긋날까 두려워라.9)

㉡

欲求五畝宅,　　다섯 畝의 땅에 집이나 짓고
灑掃樂淸淨.　　가슴속 근심 털어 버리고 청정함 즐기고 싶네.
聊爲山水行,　　애오라지 산수를 향한 길 있으니
遂此麋鹿性.　　드디어 이 노루 같은 野性을 이루네.10)

㉢

人間膏火正爭光,　　인간세계의 불은 바야흐로 밝음을 다투고 있는데
每到藏春得暫凉.　　숨겨진 봄을 찾아 잠시의 서늘함을 얻네.
多事始知田舍好,　　일이 많으니 비로소 시골 농부 집 좋음을 알겠고
凶年偏覺野蔬香.　　흉년이 되니 들 채소에 향내가 난다.
溪山勝畵徒能說,　　시내와 산은 그림보다 나으니 그 어찌 말로 할 수
　　　　　　　　　있으리?
來往如梭爲底忙.　　베틀 북처럼 오가는 것 어찌나 바쁜지.
老去此身無處著,　　늙어감에 이 몸은 머무를 곳 없어
爲翁栽揷萬松岡.　　노년을 위해 萬松岡에 나무를 심겠네.11)

㉣

人事無涯生有涯,　　사람의 일은 끝이 없건만 생애는 끝이 있다.
逝將歸釣漢江槎.　　장차 돌아가 漢江의 뗏목에서 낚시를 드리우리.12)

---

9) ＜中隱堂詩, 其一＞, ≪蘇軾詩集≫, 卷4.
10) ＜徑山道中次韻答周長官兼贈蘇寺丞＞, ≪蘇軾詩集≫, 卷10. 杭州通判재직시 지음.
11) ＜景純見和, 復次韻贈之, 二首, 其二＞, ≪蘇軾詩集≫, 卷11.
12) ＜次韻陳海州乘槎亭＞, ≪蘇軾詩集≫, 卷12.

㉠, ㉡에서 소동파는 出仕한지 얼마 되지 않는 시점에서 은퇴에 대한 강렬한 의지를 표명하고 있다. 특히 ㉡에서 소동파는 노루 같은 야성적 본성에 따라 현실의 번잡함을 벗어나, 조그마한 땅에 집 짓고 살며 근심걱정을 털어 버리고 청정한 자연정취를 즐기고자 염원하고 있다.

㉢에서도 현실의 번거로운 일들을 떨쳐 버리고 잠시 자연을 찾아 서늘함을 즐기고 있다. 그러다가 종국에는 시골로 가 살고 싶은 심경을 토로하고 있다.

㉣에서 그는 자신의 유한한 생애를 직감하고는 뗏목을 타고 낚시를 드리우는 생활을 하고 싶다고 은퇴의지를 보이고 있다.

한편 소동파의 시 가운데에는 내면세계에 출사와 은퇴의 양자가 갈등구조로 나타나 있는 것들이 많다.

人生本無事,	인생살이 본래 아무 일 없는데도
苦爲世味誘.	세상맛에 유혹되어 괴로워라.
富貴耀吾前,	부귀는 내 앞에서 번쩍거리고
貧賤獨難守.	빈천은 홀로 지키기 어려운 것.
誰知深山子,	뉘라서 알리오? 깊은 산골에 사는 이들이
甘與麋鹿友.	사슴과 벗해 사는 것을 달게 여김을.
置身落蠻荒,	몸이 황무지 오랑캐 땅에 떨어져도
生意不自陋.	살아가는 뜻 누추하게 여기지 않는다.
今予獨何者,	지금 나는 홀로 어인 일로
汲汲强奔走.	급급하게 벼슬살이 찾아 분주히 헤매나?[13]

이는 소동파가 出仕하기 이전인 과거응시기에 지은 시이다. 여기서

---

13) <夜泊牛口>, ≪蘇軾詩集≫, 卷1.

그는 理智的인 사유로 出仕와 隱退간 선택에 있어 원초적인 갈등심리를 드러내고 있다. 먼저 出仕에 유혹되는 자신을 표명하고 있다. 부귀는 앞에서 번쩍거리며 자신을 유혹하고 빈천은 지키기 어려운 것이라 하여, 이 부귀를 위해 출사의 길로 나가고 있는 자신을 암시하고 있다. 이어서 은거자들의 생활을 실례로 들어 그들이 산골에 은거하며 그 생활에 만족해하고 있었음을 표현하고 있다. 그렇지만 은거자들과는 달리 자신은 벼슬을 찾아 분주히 노력하는 현실적 면모를 드러내고 있다.

眼看時事力難任,   보기에 시대의 일 내 힘으로 맡기 어려운데도
貪戀君恩退未能.   임금의 은혜를 탐해 물러남에 능하지 못하다.[14]

여기서 소동파는 시대의 일은 능력에 부치어 감당하기 어렵다고 하였다. 그리고 이렇게 시대를 구하는 일에 능력의 한계를 느끼면서도 임금의 은혜를 탐하여 은퇴하지 못한다는 갈등을 토로하고 있다.

㉠
微官共有田園興,   말단 관리 우리 둘 다 전원에 흥취가 있으니
老罷方尋隱退廬.   늙어 일 마치면 바야흐로 隱退할 오두막 찾으리.
栽種成陰十年事.   종자를 심어 그늘을 이루는 것은 십 년의 일이라.
倉黃求買百金無.   황망히 사고자 하나 돈이 없구나.[15]

㉡
山林飢餓古亦有,   산림에서의 飢餓는 예로부터 있던 일

---

14) <初到杭州寄子由二絶, 其一>, ≪蘇軾詩集≫, 卷7.
15) <傅堯兪濟源草堂>, ≪蘇軾詩集≫, 卷6.

無田不退寧非貪.　　경작할 밭 없어 은퇴 못함이 어찌 탐욕이 아니리요?
……

行當投劾謝簪組,　　장차 탄핵서 던지고 벼슬 인끈을 던져 버리고
爲我佳處留茅庵.　　날 위해 좋은 곳에 초가집 지으리라.16)

㉠에서 소동파는 자신의 田園興趣에 따라 은퇴해서 살 오두막을 구하고자 하는 심경을 표출하고 있다. 그러나 경제적인 이유로 인해 밭을 사지 못하고 있다고 밝히고 있다.

㉡에서도 그는 자신이 은퇴하지 못한 이유가 표면적으로는 경작할 밭이 없어서라는 것을 밝히고 있다. 그것은 산림에서 기아에 허덕이었던 사례가 예전부터 있었기 때문이다. 그러나 경작할 밭을 가지고 은퇴하는 것이 어찌 탐욕이 아니냐 라고 반문하고 있다. 그러면서 장차 벼슬을 벗어버리고 경치 좋은 곳에다 초가집을 짓고 은퇴하겠다는 의지를 표출하고 있다.

실지로 소동파는 黃州貶謫이후 몇 차례 은거를 위한 시도를 했었다. 黃州에 있을 때 黃州의 동남쪽 30리 되는 沙湖라는 곳에 田地를 샀으나 汝州로 옮기라는 명령으로 이곳에서의 은거가 실현되지 않았고, 汝州로 가는 도중에 金陵의 蒜山 松林 속에 집을 짓고 싶다고 생각하여 땅을 구했으나 이루지 못했으며 마침내 常州 宜興에다 田地를 사서 常州거주의 허락까지 받았으나 곧 登州知州로 옮기게 되어 며칠 만에 그 곳을 떠나야 했다.17)

---

16) <自金山放船至焦山>, ≪蘇軾詩集≫, 卷7. 熙寧4년(1071년, 36세) 杭州通判으로 부임하는 도중에 지음.

17) 柳種睦, ≪蘇軾詞研究≫, 38쪽, 재인용. 橫山伊勢雄, <蘇軾の隱逸思想について― 陶淵明との關係な中心として―>, (東京敎育大學文學部紀要>, 72, 1969. 3.) 123쪽.

㉠

我本山中人,	나는 본래 산중의 사람인데
寒苦盜寸廩.	가난하여 작은 곳간을 훔쳤네.
文辭雖少作,	문장은 비록 졸렬하여
勉强非天稟.	억지로 노력하지만 천품이 아니다.[18]

㉡

莫敎印綬繫餘年,	벼슬 인끈에 매여 여생을 보내지 말 것이니
去掃墳墓當有日.	고향에 돌아가 성묘하는 날 반드시 있으리.
功成頭白早歸來,	공을 이루고 머리털 희게 되면 일찌감치 돌아가
共藉梨花作寒食.	함께 배꽃을 깔고 한식날을 보내자꾸나.[19]

위 두 시에서 소동파의 出仕의 목표는 봉록을 구하기 위함이요, 더 나아가 功名을 이루기 위해서라는 것을 알 수 있다. ㉠에서 소동파는 먹고사는 문제의 해결 곧 봉록을 구하기 위해 출사하고 있다고 하였다. 그리고 문장에 힘을 기울이지만 天品은 아니라면서 문장능력의 한계도 토로하고 있다. ㉡에서는 공을 이루고 늙게 되면 일찌감치 돌아가 한적을 누리겠다고 다짐하고 있다. 여기서 소동파의 은퇴에 있어 전제조건은 공명을 이루는 것이다. 그것은 功名을 달성하여 지식인으로서의 사명을 완수한 다음에 은퇴, 귀향하겠다는 것이다.[20]

---

18) <監試呈諸試官>, ≪蘇軾詩集≫, 卷8.
19) <送表弟程六知楚州>, ≪蘇軾詩集≫, 卷27.
20) 소동파의 詞 "何時功成名遂了, 還鄕"(<南鄕子>(東武望餘杭)), "功成名遂早還鄕"(<臨江仙>(詩句端來磨我鈍)) 등은 이러한 그의 심리가 반영된 것이다.

> 早歲便懷齊物志, 일찍이 齊物(萬物一如)의 뜻을 품었으나
>
> 微官敢有濟時心. 낮은 관직이라 감히 시대를 구할 마음을 품으리요[21]

여기서 소동파는 큰 뜻을 품었건만 낮은 관직이라 어찌할 수 없다는 한계를 피력하고 있다.

이상에서 본 바와 같이 소동파에게 있어서 隱退意志는 몸은 出仕의 길을 계속 달리고 있으므로 내면세계에서는 갈등구조가 나타날 수밖에 없다. 이렇게 隱退意志가 대두된 원인은, 야성적인 자유정신에 의한 자아내면의 본원적 은퇴의지, 정계, 관계에서의 갈등과 불만족, 그리고 번거로운 관리의 직무에 대한 혐오감 때문이다. 이외에 관리이기 때문에 하지 않을 수 없는 일에 대한 존재적 갈등, 자연을 추구하는 본성에 따라 전원에 귀의한 陶淵明에 대한 흠모 등의 요인이 있다.

2. 政治中心地로의 回歸意志와 第2의 故鄕意識의 二重構造

惠州, 海南貶謫期의 소동파는 폄적지를 이탈하여 정치적 중심지인 中原으로 回歸하려는 의지를 가지고 있었다. 이와 동시에 그는 타의로 이루어진 폄적생활 속에서 謫居地의 환경에 적응하여 제2의 고향으로 삼아 현지에 정착하려는 노력을 기울이고 있다. 이러한 의식을 여기서는 「第2의 故鄕意識」으로 부르겠다. 위의 시기에 그에게는 이 두 가지 의식이 강약의 상태가 서로 뒤바뀌며 二重奏로 되어 나타나고 있다.[22] 이

---

21) <次韻柳子玉過陳絶糧二首, 其二>, ≪蘇軾詩集≫, 卷6.

22) 黃州貶謫期의 소동파의 隱退의 심경은 陶淵明의 隱退모델을 추구한 경향을 위주로 하므로 이 節의 '陶淵明의 隱退모델추구'에서 다루겠다.

러한 상반된 두 가지 의식의 공존은 이 시기 소동파의 심리상태의 단면을 집약적으로 나타내고 있다고 할 수 있다.

먼저 惠州시기에 나타난 소동파의 中原回歸意識부터 검토해 보기로 하겠다. 기실 소동파 시가에 나타난 회귀의식은 적어도 3가지 의미가 내포되어 있다. 그 내용에는 조정에 회귀하여 다시 기용되기를 갈망하는 것, 또 관직을 벗어나 고향으로 회귀하는 것, 그리고 산림에 은퇴하여 자연으로 회귀함 등이다.[23] 다만 여기서의 중원회귀는 첫 번째가 주된 범주가 된다. 소동파는 이 시기 역사적 주체로서 자신의 오랜 숙원인 정치적 功名을 이루고 싶은 열망을 실천할 수 있는 정치적 중심지 中原으로의 回歸에 대한 의지(곧 Center 指向性)를 의식, 무의식간에 표출하고 있다.

ㄱ

내가 예전에 中山(定州)으로 갈 적에 연일 황사현상으로 太行山을 또렷하게 보지 못하였었다. 이제 嶺南으로 가려하니 자못 그것이 안타까웠다. 그러다가 臨城·內久를 지나는데 날씨가 홀연 청명해졌다. 서쪽으로 太行山을 보니 초목까지 또렷이 셀 수 있었고 능선이 북쪽으로 달리는데 절벽과 계곡은 수려하고 웅장하였다.

이에 홀연히 깨달아 탄식하였다. '내가 남쪽으로 유배 갔다가 속히 돌아올 징조로구나. 이것은 옛날 唐나라의 韓愈가 衡山을 지나다가 지은 衡山詩의 상서로움과 같도다. '이것을 아들 邁에게 써주어 기억하도록 하였다.(予初赴中山, 連日風埃, 未嘗了了見太行也. 今將適嶺表, 頗

---

23) 唐凱琳, <蘇軾詩歌中的"歸"－宋代士大夫貶謫心態之探討>, 요약. 北京大學 古文獻研究所, 四川大學 古籍整理研究所 編, ≪國際宋代文化硏討會論文集≫ 535~536쪽.

以是爲恨. 過臨城・內丘, 天氣忽淸徹. 西望太行, 草木可數, 岡巒北走, 崖
谷秀傑. 忽悟歎曰：吾南遷其速返乎? 退之‘衡山’之祥也. 書以付邁, 使志
之.)

逐客何人著眼看,   쫓겨난 신하인 나를 어느 누가 눈여겨볼 것인가?
太行千里送征鞍.   太行山 천리 길이 내 가는 길 전송하는구나.
未應愚谷能留柳,   愚谷도 柳宗元을 永州에 머물도록 하지 못했는데
何獨衡山解識韓.   어찌 유독 衡山이 韓愈만을 알아주겠는가?24)

ⓛ
蘇武豈知還漠北,   옛날 蘇武는 어찌 고비사막 북쪽에서 돌아올 줄
                   알았으랴
管寧自欲老遼東.   管寧은 스스로 遼東 땅에서 늙고자 했었다네.25)

ㄱ에서 소동파는 惠州로 貶謫오는 남행길에서 臨城을 지나다가 날씨
가 홀연 맑게 변하게된 자연의 형상에 느낌을 받아, 이후 남쪽에 貶謫
가서도 속히 回歸할 수 있을 것 같은 예감을 표출시키고 있다.

이러한 中原回歸에 대한 기대심리는 韓愈와 柳宗元의 두 故事에 근거
하여 표출되고 있다. 柳宗元은 일찍이 永州에 貶謫되어 愚公谷에 거처
하였는데 그 이름을 愚溪로 바꾸어 자신의 근심을 기탁하였었다.26) 그
러나 그 계곡도 그를 영원히 그 곳에 살도록 만류하지는 못하여 결국
柳宗元은 회귀하였다. 또 韓愈가 衡山을 지나다가 기도하자 雲海가 걷
히었던 일이 있었다고 한다. 그리하여 이러한 좋은 징조를 보고서, 그

---

24) <臨城道中作, 幷引>, ≪蘇軾詩集≫, 卷37.
25) <十月二日初到惠州>, ≪蘇軾詩集≫, 卷38.
26) 柳宗元, <愚溪詩序>. 謝氷瑩 等 註譯, ≪新編古文觀止≫, 512쪽, 참조.

는 살아서 회귀하리라는 기대심리를 가졌었다.

소동파는 이렇듯 韓愈와 柳宗元이 회귀한 고사를 통해 미래 자신의 中原回歸의 가능성을 자연현상과 그 변화에 의해 예감하고 있다. 이 두 故事는 소동파의 中原回歸意志를 반영하고 있다. 그리하여 太行山의 기상의 변화를 보고 太行山이 소동파 자신을 알아줄 것이라는 자부심으로 중원회귀에 대한 기대심리를 반영시키고 있다.

ⓛ에서는 고난스런 이방생활을 겪고 결국 回歸할 수 있었던 蘇武와 管寧의 歷史故事를 빌어 소동파 자신도 中原으로 회귀할 것이라는 의식을 은연중에 反映하고 있다.

蘇武는 漢武帝 시절 匈奴의 땅에서 19년간 節義를 지키고 있다가 결국 귀환할 수 있었다. 管寧은 三國時代 魏나라 사람으로 黃巾賊의 난을 피해 遼東으로 가서 살며 詩書를 강의하면서 그 곳에서 늙고자 하였으나, 종국에는 고관이 되어 中原으로 回歸하였었다.

아래 시구는 표면상으로는 현지에의 적응의지가 드러나고 있긴 하다. 그러나 遼東 땅에서 늙고자 했었지만 결국 回歸하였던 管寧의 事跡에 근거하여 본다면, 이 시구에는 기필코 中原으로 회귀하고자 하는 소동파의 의지가 잠재적으로 강렬하게 깔려 있다고 파악된다.

위 두 시에서 파악할 수 있는 소동파의 中原回歸에 대한 의지는 역설적으로 열악한 폄적환경을 이겨 나가는 데 모종의 희망적인 저력이 되고 있다고 보여진다.

다음으로 이 시기 中原回歸에의 의지에 상반되는 또 다른 心理狀態인 소동파의 「제2의 고향의식」에 대해 살펴보겠다. 소동파는 나그네 같은 인생행로에서 폄적지인 惠州의 자연과 인간에게 관심과 애착을 보이면서 현지생활에 적응하려고 지속적인 노력을 기울였다. 이는 현지에의 적응의지라 할 수 있는데 이러한 심경을 「제2의 고향의식」이라고 개괄할 수 있다.

㉠

남북 어느 곳에 가 머물든지 반드시 운명일 것입니다. 이 마음 또한 (中原으로) 돌아갈 것을 생각하고 있지 않습니다. 내년에 밭을 사고 집을 지어 惠州사람이 되겠습니다.
(南北去住定有命, 此心亦不念歸, 明年買田築室, 作惠州人矣.)27)

㉡

이제 북쪽(中原)으로 돌아갈 날이 없습니다. 그러므로 스스로 惠州사람이라고 여기며 점차 오래 거주할 계책을 세웠습니다. 이렇게 일생을 마치어도 또한 무엇이 불가하리요?
(今北歸無日, 因遂自謂惠人, 漸作久居計. 正使終焉, 亦有何不可.)28)

㉠, ㉡에서 소동파는 자신이 中原으로 回歸할 가능성이 거의 없다는 조정에서의 정계소식을 통해 듣고 소동파는 진정 惠州사람이 되어 오래도록 살겠다고 다짐하고 있다. 이로 보건대 역설적으로 당시 소동파의 내면세계에는 조정으로의 회귀심리가 한 부분에 강렬하게 자리잡고 있었음을 반영한다. 여기서 惠州사람이 되겠다는 것은 물론 자율적인 선택에 의한 것이 아니라, 타율적인 상황에 의해 구속되지 않을 수 없었던 것이다. 이렇듯 소동파의 거취문제는 타율적 환경 곧 중앙정치계의

---

27) <與王定國四十一首, 其四十>, ≪蘇軾文集≫, 卷52.
28) <與孫志康二首, 其二>, ≪蘇軾文集≫, 卷56.

판도변화가 자아의 거취를 결정하는 측면이 상대적으로 강하게 풍긴다. 그러나 한번 惠州사람이 되겠다고 마음을 정하자 그의 심정은 더욱 평정으로 전이되고 있다.

㉠

坐倚朱藤杖,	앉아 붉은 등나무 지팡이에 의지하고
行歌紫芝曲.	걸으며 商山四皓가 지은 <紫芝曲>을 노래한다.
不逢商山翁,	商山四皓를 만나지는 못해도
見此野老足.	이 시골노인을 보니 만족스럽다.
願同荔支社,	원컨대 우리함께 여지 모임 만들고
長作鷄黍局.	길이 기장 모임, 닭 모임 만드세.29)

㉡

海國空自煖,	海國의 하늘은 절로 따뜻하고
春山無限清.	봄 山은 가없이 맑도다.
氷溪結瘴雨,	얼음 얼었던 계곡에는 안개비 서리고
雪菌到江城.	눈발 같은 흰 안개 江城에 이른다.
更待輕雷發,	다시 가벼운 천둥이 쳐서
先催凍筍生.	얼었던 죽순 돋기를 기다린다.
豊湖有藤菜,	豊湖에 등나무 나물 있는데
似可敵蓴羹.	고향의 순나물 국에 필적할 정도로 맛있구나.30)

㉢

羅浮山下四時春,	나부산 아래는 사계절이 늘 봄과 같아서
盧橘楊梅次第新.	노귤, 양매 등이 번갈아 새롭게 익는다.

---

29) <和陶歸園田居六首, 其五>, ≪蘇軾詩集≫, 卷39.
30) <新年五首, 其三>, ≪蘇軾詩集≫, 卷40.

| 日啖荔支三百顆, | 날마다 여지를 삼백 개나 먹으니 |
| 不辭長作嶺南人. | 오래도록 嶺南 사람되길 사양 않으리.31) |

㉣

前年家水東,	재작년엔 강 동쪽에 살았는데
回水夕陽麗.	머리를 돌리면 석양이 아름다웠지.
去年家水西,	작년에는 강 서쪽에 살았는데
濕面春雨細.	얼굴 촉촉이 적시는 보슬비가 내렸지.
東西兩無擇,	동쪽, 서쪽 다 선택함이 없이
緣盡我輒逝.	인연이 다하면 난 곧 떠나갔었지.
今年復東徙,	올해 또 동쪽으로 이사하여
舊館聊一憩.	예전 살던 집에서 임시로 잠시 쉬네.
已買白鶴峰,	이제 백학봉 가까운 곳 땅을 사서
規作終老計.	늙으막에 살 계획 세워 두었지.
長江在北戶,	긴 강물이 북쪽 창으로 보이는데
雪浪舞吾砌.	눈같이 흰 물결 섬돌 사이로 춤춘다.32)

㉠에서 소동파는 현지의 백성들과 어울려 여지모임과 기장과 닭을 먹는 모임을 만들어 惠州의 환경에 적응하려는 의지를 파악할 수 있다.

㉡에서 소동파는 惠州의 봄철 풍광과 음식에 대한 찬미를 통해 현지 환경에의 적응의지를 표출시키고 있다. 곧 惠州의 약동하는 봄철 경치를 읊으며 현지의 등나물 국이 고향의 순나물 국에 못지않게 맛있다고 하여 점차 타향생활에 적응하고 있음을 나타내고 있다.

㉢에서 소동파는 惠州 폄적지의 부근인 羅浮山 아래에서 나는 盧橘,

---

31) <食荔支二首, 其二>, ≪蘇軾詩集≫, 卷40.
32) <遷居>, ≪蘇軾詩集≫, 卷40.

楊梅, 荔支 등의 여러 아열대 과일들이 차례로 익어 감을 읊고 있다. 여기서 자신이 만난 새로운 환경을 즐기고 있음을 알 수 있다. 특히 이름난 과일 여지를 하루에 삼백 개나 먹어 嶺南사람이 되어 늙으리라고 하였다. 이것은 편안한 마음으로 과일을 통해 惠州를 제2의 고향으로 삼으리라고 다짐하는, 환경에의 적응의지를 단적으로 표출시킨 것이다. 思鄕心은 여전히 존재하건만 동시에 소동파는 어디나 마음을 편히 해 주는 곳을 제2의 고향으로 삼고자 노력하였다.

ⓛ는 佛敎的 사유인 인연에 따라 거처를 옮기면서 각기의 아름다운 자연을 감상하는 소동파의 심미인식이 돋보이는 시이다. 기실 거주지 이동은 貶謫客으로서의 거주의 부자유를 반영한 것인데, 소동파는 그런 것에 얽매이지 않고 긍정적으로 보아 인연에 따른 선택이라고 인식하고 있다. 더욱이 白鶴峰 부근에 땅을 사두어 노년에 거주할 준비를 하여 현지의 자연에 적응하려는 의지는 제2의 고향의식의 반영이라고 할 수 있다. 여기서 작자는 순리와 인연을 따르면서 정신적 평형을 획득하고 있다. 이것은 「隨遇而安」이라 할 수 있다. 그 의미는 작자가 만나고 부대끼는 모든 대상에 대해 마음을 편하게 갖는 것이라고 할 수 있다.

이제 海南島貶謫期의 제2의 고향의식과 中原回歸에 대해 파악해 보겠다.

㉠

平生學道眞實意,　　평생 道를 배우는 참된 뜻이
豈與窮達俱存亡.　　어찌 역경이라고 없어지며, 順境이라고 보존할 것인가?
天其以我爲箕子,　　하늘이 나를 이 시대의 箕子로 삼는 것이니
要使此意留要荒.　　요컨대 이 뜻 저 변방의 황무지에 남기리.
他年誰作輿地志,　　훗날 어느 누가 지리서를 쓸 것인가?

海南萬里眞吾鄕.　　만리 먼 이곳 海南땅이 정말 나의 고향이라네.33)

ⓛ

借我三畝地,　　三畝 땅을 빌어 가지고
結茅爲子隣.　　초가집 지어 그대와 이웃하겠네.
飮舌儻可學,　　이 지방 사투리를 배울 수 있다면
化爲黎母民.　　이 黎母 땅의 백성이 되리라.34)

ⓗ은 소동파가 마지막 謫居地 儋州로 향하는 여정에서 지은 시이다. 작자는 道를 배우는 참된 뜻은 역경(窮)과 順境(達)에 관계없이 존재한다고 하였다. 여기서 箕子는 殷나라가 망한 후 周武王에 의해 朝鮮에 봉하여진 殷나라의 賢臣이다. 이 시에서 소동파는 옛날 箕子가 朝鮮에 가서 백성들을 교화시켰듯이, 자신도 이 海南島에서 箕子같은 사람이 되겠다고 다짐하고 있다. 그리하여 자신의 고향은 해남도라고 다짐하면서 훗날 누군가가 지리서를 쓰게 되면 자신의 해남도에서의 행적을 기록하리라고 예측하고 있다. 이것도 현지에 적응하여 살고자 하는 심경의 한 표현이다.

ⓛ에서 작자는 해남도 땅에서 현지백성들과 이웃하여 소박하게 초가집을 짓고 살고자 의도하고 있다. 또한 자신이 해남 말을 배울 수 있다면 이 해남 사람이 되겠다고 다짐하고 있다.

그러나 결국 그는 정계의 변화에 의해 해남도를 떠나 육지로 향하게

---

33) <吾謫海南, 子由雷州, 被命卽行, 了不相知, 至梧乃聞其尙在藤也, 旦昔當追及, 作此
　　詩示之>, ≪蘇軾詩集≫, 卷41. 紹聖4년(1097년, 62세) 5월 소동파가 海南島 儋
　　州로 향하는 도중 梧州에서 지음.
34) <和陶田舍始春懷古二首, 其二>, ≪蘇軾詩集≫, 卷41.

된다. 다음 시는 소동파가 해남도 儋州를 떠나 廉州安置로 옮기라는 명령에 의해 廉州로 향해 바다를 건너갈 즈음에 지은 것이다.

餘生欲老海南村,　　여생을 海南島 촌에서 늙으려 했는데
帝遣巫陽招我魂.　　하늘 임금이 巫陽[35]을 보내 내 혼을 부르네.
杳杳天低鶻沒處,　　아득히 하늘 끝 송골매 사라지는 곳.
靑山一髮是中原.　　머리카락같이 아득한 靑山, 그 곳이 바로 中原일세.[36]

여기서 徽宗의 등극으로 政界에 판도변화가 일어나 소동파는 海南貶謫을 마치고 廉州安置로 옮기게 된다. 그리하여 서서히 의식 속에 잊으려 했으나 잊혀지지 않던 中原回歸意志가 현실화되는 과정에 있다.

이상에서 파악하였듯이 소동파의 中原으로의 回歸意志와 제2의 고향의식의 두 가지 양상은 각기 소동파의 내재심리가 표출된 것이다. 이 두 양상은 二重奏의 갈등구조를 보이며 폄적시기 소동파의 정신세계의 한 측면을 보여주고 있다. 곧 어느 시점에서는 강렬한 회귀의지를 보이다가도, 다른 시점에서는 현지에 머무르면서 동화하고자 노력하고 있다. 그리하여 이 양자는 오히려 시간의 추이에 따라 심리적 동요를 보이며 상호 相乘作用을 통해 작자의 심경을 평정으로 이끌고 있다. 물론 작품에 있어서는 폄적지의 현지에의 적응노력인 「제2의 고향의식」이 前者보다 비교적 지속성을 가지며 주된 면모로 나타나고 있다. 그러나 그 후

---

35) 楚辭 <招魂>에 屈原의 영혼이 구천에 떠도는 것을 天帝가 불쌍히 여겨 巫陽에게 그 영혼을 불러오라고 명령한 부분이 있음, 近藤光男, ≪蘇東坡(漢詩大系, 제17권)≫, 340쪽.
36) <澄邁驛通潮閣二首, 其二>, ≪蘇軾詩集≫, 卷43. 元符三年(1100년, 65세)에 지음.

의 소동파의 실제행적에 의하면 정계의 변화에 의해 회귀 중에 예전 田地를 사 둔 적이 있던 常州에 도착하여 서거하는 것으로 나타나고 있다.

3. 出仕와 隱退間 葛藤의 解消

1) 白居易의 '中隱' 및 陶淵明의 隱退모델의 追求

한편 소동파는 出仕와 隱退간의 갈등을 해소함에 있어 唐代 詩人 白居易의 '中隱'모델과 東晉의 전원시인 陶淵明의 은퇴모델을 표본으로 삼아 이를 본받고자 노력하고 있다. 出仕와 隱退意志는 소동파의 잠재의식에서 자주 소용돌이치면서 갈등을 일으키고 있지만 그는 은퇴의 결단을 내릴 수가 없었다.

白居易의 出仕는 봉록을 통한 의식의 해결, 곧 기본생존의 문제를 해결하기 위함이요, 천하를 아울러 구제하려는 이상을 실천하는 방법이다. 그러나 官界에 대한 염증과 좌절을 맛보게 되자 白居易는 隱逸을 향한 의지를 나타내었지만 실천하지 못하였다. 이에 대한 대안으로 그는 '中隱'을 택하였다. 白居易의 '中隱'은 실질적으로 出仕를 하고 있으면서도 정신적으로는 은퇴의 기분을 가질 수 있는 일거양득의 선택인 것이다.[37] 소동파는 자신의 출사와 은퇴가 白居易의 경우와 유사하다고 생각하였다.

우선 白居易의 <中隱>시를 통해 '中隱'의 구체적 의미와 白居易의 '中隱' 취향에 대해 살펴보기로 하겠다.

---

37) 兪炳禮, <白居易의 仕隱意識>, 硏究論文集(誠信女大), 제27집, 전체 요약.

大隱住朝市,   大隱은 조정과 시가지에 사는 것
小隱入丘樊.   小隱은 구릉과 울타리 안에 드는 것
丘樊太冷落,   구릉과 울타리 안은 너무나 쓸쓸하고
朝市太囂誼.   조정과 시가지는 너무나 시끄러우니
不如作中隱,   차라리 中隱이나 하여
隱在留司官.   관직 속에 은일함이 더 낫겠네.
似出復似處,   속세를 떠난 듯 속세에 처한 듯
非忙亦非閑.   바쁜 것도 아니요 한가한 것도 아니라네.
不勞心與力,   마음과 몸을 피로하게 하지 않고
又免飢與寒.   그래도 굶주림과 추위는 면하며
終歲無公事,   일년내내 공무는 없고
隨月有俸錢.   달마다 봉급은 나온다네.
君若好登臨,   높은 곳에 올라 굽어보고 싶으면
城南有秋山.   성 남쪽에 가을 동산이 있고
君若愛遊蕩,   마음대로 실컷 놀고 싶으면
城東有春園.   성 동쪽에 봄 산이 있다네.
君若欲一醉,   한바탕 실컷 취하고 싶으면
時出赴賓筵.   때때로 손님들의 잔치에 나가
洛中多君子,   낙양의 여러 군자들과
可以恣歡言.   마음 놓고 즐겁게 얘기할 수 있다네.
君若欲高臥,   베개를 높이 베고 자려고 한다면
但自深掩關.   문만 꽁꽁 걸어 닫으면
亦無車馬客,   車馬타고 찾아온 손님이
造次到門前.   갑작스레 문 앞에 이르지도 않는다네.
人生處一世,   사람이 한 세상 살아가는데
其道難兩全.   양쪽 모두 온전하긴 어려운 법
賤卽苦凍餒,   빈천하면 참으로 춥고 배고프며

貴則多憂患.	고귀하면 이래저래 우환이 많다네.
唯此中隱士,	다만 이 中隱의 선비만이
致身吉且安.	吉하고 편안함에 한 몸을 맡겨
窮通與豊約,	곤궁과 형통, 풍요와 절약
正在四者間.	바로 이 네 가지의 가운데에 있다네.38)

이 시에 의하면 세속을 떠나 산림 속에 은거하는 것은 '小隱'이요, 조정이나 세속의 여러 사람들 속에 그대로 묻혀 있으면서 마음만 세속을 떠나 있는 것이 '大隱'이다. '大隱'을 하면 너무 시끄럽고 '小隱'을 하면 너무 적적하니 그 중간인 '中隱'을 하자는 것이다. '中隱'은 한직을 맡고 있으면서 세속적인 일에 얽매이지 않고 산림 속에 은거하는 은자들처럼 거리낌없이 사는 것을 뜻한다. 그렇게 하면 양자의 장점을 다 취할 수가 있는 것이다.39)

이렇게 속세에 처한 듯 속세를 떠난 듯, 바쁜 것도 아니고 한가한 것도 아니며, 그러면서도 벗과의 우정, 자연정취를 만끽할 수 있는 '中隱' 생활은 소동파가 바라던 바였다. 그리하여 그는 出仕와 隱退간의 갈등 해결의 일환으로 실질적으로 出仕를 하여 功名을 추구하며, 동시에 의식주 등의 경제적인 혜택을 누리면서도 정신적으로는 은퇴의 기쁨을 누릴 수 있는 白居易의 '中隱'사상을 추구하고 있다.

이제 白居易의 '中隱'과 관계있는 소동파시를 예로 들어 검토해 보겠다.

未成小隱聊中隱,	小隱을 이루지 못했으니 애오라지 中隱을 이루어야지.
可得長閑勝暫閑.	긴 한가로움이 짧은 한가로움보다 낫네.

---

38) ≪白居易集≫, 卷22(中華書局 : 北京, 1988). 柳種睦, ≪蘇軾詞研究≫, 40~41쪽.
39) 柳種睦, ≪蘇軾詞研究≫, 40~41쪽.

我本無家更安往,   나는 본래 집이 없으니 다시 어디로 갈까나?
故鄕無此好湖山.   고향에는 이처럼 아름다운 호수와 산이 없다네.40)

　여기서 소동파는 산중에 은거한다는 의미인 '小隱'을 이루지 못하고 그 대안으로 가장 현실적인 '中隱'을 희망하고 있다. 그리하여 긴 한가로움을 만끽하면서 아름다운 호수와 산이 있는 이곳 杭州의 산수미에 도취하며 半仕半隱的인 생활을 하고자 희망하고 있다.

微生偶脫風波地,   미천한 인생 풍파의 땅을 벗어나니
晩歲猶存鐵石心.   만년에 오히려 철석같은 마음 존재하네.
定似香山老居士,   정녕 香山居士 白居易와 같이
世緣終淺道根深.   세상인연 마침내 얕아도 도의 뿌리는 깊구나.41)

　여기서 소동파는 고초를 겪었던 폄적지를 벗어나니 내면세계는 고통에 의해 더욱 철석같이 강인해 졌다고 하였다. 더불어 자신이 白居易처럼 세상의 인연은 적고 道의 뿌리는 깊다고 自評하고 있다. 이처럼 그는 누차 백거이에게 자신을 비교하고 동일화하였다. 이 시의 3구에서 소동파는 스스로 다음과 같은 注를 달아 그것을 구체적으로 설명하고 있다.

　白樂天(白居易)은 江州司馬로부터 忠州刺史에 제수되고 얼마 뒤에는 主客郎中으로 知制誥가 되었으며 마침내 中書舍人에 배수되었다. 나는

---

40) ＜六月二十七日望湖樓醉書五節, 其五＞, ≪蘇軾詩集≫, 卷7.
41) ＜軾以去歲春夏, 侍立邇英, 而秋冬之交, 子由相繼入侍, 次韻絶句四首, 各述所懷, 其四＞, ≪蘇軾詩集≫, 卷28.

비록 자신을 감히 그에게 비할 수가 없겠지만 黃州에서 貶謫생활을
하다가 다시 기용되어 登州知州가 되고 조정으로 소환되어 禮部郎中
에 되었으며 마침내 과분하게도 中書舍人이 되었으니, 그 貶謫되거나
외직(지방관)으로 나가거나 조정에 머무는 일과 그 때의 나이가 대략
서로 비슷하여, 바라건대 이 분이 만년에 누렸던 한적의 즐거움을 다
시금 누리고 싶다.(樂天自江州司馬, 除忠州刺史, 旋以主客郎中知制誥,
遂拜中書舍人. 軾雖不敢自比, 然謫居黃州, 起知文登, 召爲儀曹, 遂忝侍從,
出處老少, 大略相似, 庶幾復享此翁晚節閑適之樂焉.)[42]

여기서 소동파는 白居易와 자신의 행적 및 그 때의 나이가 공통점을
지니고 있음을 밝히고, 백거이가 만년에 누렸던 한적함을 자신도 다시
누리고자 희망하고 있다.

<予去杭十六年而復來, 留二年而去. 平生自覺出處老少, 麤似樂天, 雖
才名相遠, 而安分寡求, 亦庶幾焉. 三月六日, 來別南北山諸道人, 而下天竺
惠淨師以醜石贈行, 作三絶句(내가 杭州를 떠난 지 16년이 지나 다시
와 2년을 머물다 떠난다. 나의 평생 出處(出仕와 隱退)와 그때의 나이
가 대략 樂天과 같다. 비록 재주와 명성이 서로 현격하나 분수를 편히
여기어 구하는 것을 적게 함은 또한 거의 가깝다고 할 것이다. 3월 6
일, 이곳에 와 남쪽과 북쪽 산의 여러 道人들과 이별하고 下天竺의 惠
淨스님께서 못생긴 돌을 노자 삼아 주시니, 이에 絶句 세 수를 짓다),
其二> :

出處依稀似樂天,　　나의 出仕와 隱退는 白樂天과 비슷한데

---

42) <軾以去歲春夏, 侍立邇英, 而秋冬之交, 子由相繼入侍, 次韻絶句四首, 各述所懷, 其
四>, ≪蘇軾詩集≫, 卷28, 1507쪽. 소동파의 自注 번역. 柳種睦, ≪蘇軾詞研究≫,
64~65쪽.

敢將衰朽較前賢.　　감히 노쇠한 내가 옛 현인(白樂天)과 비교할 수 있으리.43)

　여기서도 소동파는 자신의 당시까지의 出仕와 隱退의 행적에 있어 白居易(白樂天)와 공통점을 재차 피력하고 있다. 이것이 바로 그가 백거이를 좋아하고 그가 주장한 '中隱'을 동경하게 된 배경의 하나임을 알 수 있겠다.

　이로 보건대, 소동파는 白居易처럼 出仕와 隱退간의 모순을 극소화시키고 현실적으로 出仕하여 공명을 달성하면서도 정신적으로는 은퇴의 정서를 누리고자 하였음을 유추할 수 있다. 곧 出仕, 隱退의 장점을 둘 다 이루어 한적하게 세월을 보내는 것, 그 일거양득을 위해 선택한 것이 바로 '中隱'이라는 것이다.

　한편 소동파는 자유의지에 따라 은퇴, 전원생활을 영위했던 陶淵明을 모범으로 삼아 폄적지에서 농경노동을 실천하는 기쁨을 누리기도 했다. 또한 자주 陶淵明과 관련시켜 자신의 은퇴의지를 표명하고 있다.

　陶淵明은 중국 역대문인들 마음속의 흠모대상이었다. 이것은 그들이 관직사회에서 은퇴하고 싶어 하는 욕구가 자주 발동하지만 여러 요인에 의해 실행하지 못하는 은퇴를, 陶淵明은 자유의지에 의해 결단을 내려 실천하였기에, 문인들은 잠재된 은퇴에 대한 대리만족감을 지니고 있었다.44) 소동파도 이러한 성향을 지닌 전형적인 시인의 하나이다.

---

43) <予去杭十六年而復來, 留二年而去. 平生自覺出處老少, 麤似樂天, 雖才名相遠, 而安分寡求, 亦庶幾焉. 三月六日, 來別南北山諸道人, 而下天竺惠淨師以醜石贈行, 作三絶句, 其二>, ≪蘇軾詩集≫, 卷33.
44) 高大鵬, ≪陶詩新論≫, 時報出版社, 38, 45쪽. 陳英姬, <東坡의 政治生涯와 文學

그러나 陶淵明式의 완전한 전원은퇴는 소동파에게 있어 하나의 理想이었다. 자신이 현실사회 특히 官界, 政界에서 해야 할 의무감과 성취감. 그리고 功名의식이 너무나 컸기 때문이다. 다만 貶謫期에 陶淵明의 歸園田居를 이상적인 모델로 삼아 정신적인 면에서 이러한 기쁨을 누릴 수 있었다.

기실 소동파는 도연명의 전원은퇴를 동경하여 이에 대해 黃州貶謫期에 東坡(동쪽 언덕)에서의 농경생활로 현실화시키고 있다. 그리고 앞에서 언급하였듯이 常州의 田地를 구입하기도 했다. 더불어 惠州, 海南貶謫地에서의 부분적 농경생활 및 이외의 和陶詩에 나타난 은퇴심경은 陶淵明의 은퇴에 대한 소동파의 동경과 그 실천의 행적이다. 이러한 것들은 전원은퇴에 대한 강렬한 의지의 표현이다. 그러므로 소동파의 은퇴의지에는 도연명의 전원隱居의 그림자가 서려 있는 경우가 많음을 알 수 있다. 이제 도연명과 관련된 소동파의 仕隱관련의 시를 살펴보겠다.

㉠

居官不任事,	관리로 있으나 맡은 일 없어
蕭散羨長卿.	조용하고 한가롭던 司馬相如 부러워라.
胡不歸去來,	어찌 돌아가지 않고
滯留愧淵明.	체류하여 淵明에게 부끄러워하는가?
……	
歸田誰賤辱,	전원으로 돌아감이 비록 천하고 욕되나
豈失泥中行.	어찌 진흙 길 가는 잘못 있으리?[45]

과의 關係 試論―和陶詩를 中心으로>, 89쪽.
45) <湯村開運鹽河雨中督役>, 《蘇軾詩集》, 卷8.

    ⓛ

嗟我與世人,	아! 나와 세상 사람들 마찬가지니
何異笑百步.	어찌 백 보로써 오십 보를 비웃으리요?
功名一破甑,	공명은 하나의 깨진 항아리
棄置何用顧.	내버려두고 어찌 돌아볼 것 있으리?
更憑陶靖節,	다시 陶淵明을 의지해
往問征夫路.	가서 나그네에게 길을 물어보리.46)

　ⓘ에서 우선 소동파는 관리로 있으면서도 한가롭게 지냈던 司馬相如를 부러워하고 있다. 이것은 白居易의 '中隱'과도 통한다. 이어서 '歸去來'하지 못한 자신의 내심에는 陶淵明에게 부끄러움이 있다. 歸田이 천하긴 하나 진흙탕 길을 가는 듯한 현실과의 괴리감은 없기에 마음은 편하다는 것이다. 이 시에서는 白居易式의 '中隱'과 陶淵明式의 隱退를 소동파가 혼재하여 추구하고 있다는 것을 넌지시 가늠할 수 있다.

　ⓛ에서 그는 먼저 자신과 세상사람들은 오십보 백보처럼 매한가지라 하였다. 그리고 자신은 줄곧 功名을 추구했으나 그 공명은 이미 이룰 수 없는 깨어진 항아리라고 하고 있다. 이어서 자신이 도연명의 은퇴를 인생행로의 지침으로 삼고 있음을 밝히고 있다.

　다음에는 陶淵明의 시에 和韻한 소동파의 和陶詩를 통해 隱退意志와 仕隱間의 갈등을 예시해 보겠다.

    ⓘ

我緣在東南,	나의 인연은 동남쪽에 있으니

---

46) <與周長官, 李秀才遊徑山, 二君先以詩見寄, 次其韻二首, 其一>, ≪蘇軾詩集≫, 卷10.

往寄白髮餘.	가서 백발의 여생을 보내야지.
遙知萬松嶺,	아득히 알겠도다. 萬松嶺 밑에
下有三畝居.	三畝의 거주할 땅이 있음을.47)

ⓛ

歸休要相依,	歸休하여 서로 의지하여
謝病當以次.	병을 핑계로 벼슬 버림도 순서대로 한다.
豈知山林士,	어찌 알겠는가? 산림에 은퇴한 선비는
骯髒乃爾貴.	이처럼 강직하여 뜻 못 얻어 귀하게 됨을.
乞身當念早,	이제 일찌감치 사직해야지
過是恐少味.	늦으면 그 맛이 덜하리라.48)

ⓒ

每用愧淵明,	매양 淵明에게 부끄러운 것은
尙取禾三百.	아직도 禾三百(녹봉)을 받는 것이라.49)

　ㄱ은 소동파가 揚州知州시절(57세)에 지은 시이다. 여기서 그는 자신의 인연은 동남 쪽에 있으니 그 곳에 가 여생을 보내겠다고 하고 있다. 그리하여 萬松嶺 아래 살만한 조그마한 땅이 있다고 말하고 있다. 당시 소동파의 희망은 杭州 萬松嶺으로 돌아가 농사짓는 것이었다.

　ㄴ에서 소동파는 몸은 관직에 있건만 마음으로는 여전히 사직하여 은거하는 것을 꿈꾸고 있다. 자신의 강직한 성품을 지키었기에 뜻을 못 얻었고 오히려 그에 따라 귀하게 됨을 피력하고 있다. 그리하여 아우

---

47) <和陶飲酒二十首, 其十>, ≪蘇軾詩集≫, 卷35.
48) <和陶飲酒二十首, 其十四>, ≪蘇軾詩集≫, 卷35.
49) <和陶飲酒二十首, 其十五>, ≪蘇軾詩集≫, 卷35.

蘇轍에게 우리 둘 다 일찌감치 은퇴해야지 이 은퇴가 늦으면 그 맛이 줄어들 것이라고 토로하고 있다.

ⓒ에서 작자의 내심에 出仕와 隱退와의 갈등이 도사리고 있다는 것을 알 수 있다. 그는 아직도 자신이 녹봉을 구하여 벼슬살이에 있는 것이 도연명에게 부끄럽다는 것을 드러내고 있다.

소동파는 淵明과는 시대와 天命, 政治觀 그리고 개성의 차이가 있어 出仕와 隱退를 선택하는 입장이 다른 처지임을 잘 알고 있었으므로 은퇴의 결단을 내릴 수 없었다. 그러므로 은퇴하여 자연가운데에서 자기 성품대로 자유롭게 지내는 淵明을 흠모함으로써 정신적 위안을 삼았다.50) 이렇듯 陶淵明式의 완전 隱退는 소동파에게 있어 하나의 이상이었다. 그 이유를 단적으로 말한다면, 그것은 소동파 자신이 현실사회 특히 政界와 官界에서 해야 할 의무감과 성취욕구, 그리고 공명의식이 너무 컸었기 때문이었다.

이상에서 본 것처럼 소동파의 出仕와 隱退는 陶淵明과 白居易의 모델이 혼재된 결합적 성격을 띠고 있다. 곧 엄밀하게 구분 짓기는 어렵겠지만 대체로 현실에서 가능한 것은 白居易의 半仕半隱的 모델이요, 隱退의 이상형은 陶淵明모델인 것이다. 결국 소동파는 白居易의 '中隱'모델에서 仕와 隱을 동시에 누릴 수 있는 일거양득의 행동지침을 찾고자 했다. 또한 중년과 만년의 폄적기에 그는 陶淵明의 은퇴모델에 감화되어 농경생활을 체험하였고 정신적인 은일의 위안을 얻었다고 할 수 있겠다.

---

50) 陳英姬, <東坡의 政治生涯와 文學과의 關係試論-和陶詩를 중심으로>, 73, 88~ 89쪽, 참조.

2) 時勢와 인연에 따른 自然的·被動的 選擇

ㄱ

高人無心無不可,	고상한 사람은 허심탄회하여 어디가나 다 마음에 맞으니
得坎且止乘流浮.	구덩이를 만나면 잠시 멈추고 흐름을 타면 떠간다네.51)

ㄴ

吾生如寄耳,	내 인생은 이 우주에 붙어 살 뿐이니
出處誰能必.	出仕와 隱退를 누가 期必할 수 있으리?52)

위 두 수의 시에서 소동파의 仕隱間의 선택에 대한 핵심적 특성을 찾아볼 수 있다. ㄱ에서 소동파의 인생태도의 핵심은 허심탄회하여 어디가나 마음에 맞는 자연스러움을 추구한다는 것을 알 수 있다. 그것은 '구덩이를 만나면 잠시 멈추고 흐름을 타고 떠가는' 자연스러움으로 상징되고 있다. 이러한 태도는 피동적으로 보이긴 하지만, 소동파 자신은 가장 자연스런 삶이라고 본 것 같다.

ㄴ에서 소동파는 자신의 인생이 이 우주에 붙어사는 것일 뿐이므로, 出仕와 隱退간의 선택은 억지로 期必함이 없이 시세의 변화에 따라 자연스럽게 결정된다는 것이다.

이로 볼 때 궁극적으로 소동파는 시세의 흐름과 인연에 따라 出仕와 隱退간의 葛藤을 해소시키면서 자연적이며, 피동적인 仕隱間의 선택을 했다고 볼 수 있다. 이는 역설적으로 "어느 곳에 가든지 즐겁지 않음이

---

51) <和蔡準郎中見邀遊西湖三首, 其二>, ≪蘇軾詩集≫, 卷7.
52) <送芝上人遊廬山>, ≪蘇軾詩集≫, 卷35.

없다(無所往而不樂)"53)라는 그의 낙천적 태도와 내재적으로 밀접한 관계가 있다.

소동파는 26세에 원대한 정치적 포부를 품고 出仕하여, 66세 서거 한 달 전에 병으로 致仕할 때까지 그는 평생 관직을 추구하였다. 이러한 出仕意志는 그의 현실지향적 성향을 표시하는 것이지만, 그에게는 이와 상반된 은퇴심리도 한 구석에 내재하고 있었다. 그에게 있어 출사와 은퇴간의 이중구조는 과거응시기와 仕宦期에 주로 나타나고 있고, 중원회귀의지와 제2의 고향의식간의 이중구조는 폄적기에 주로 나타나고 있다.

仕宦期, 소동파는 중앙관 재임시 정치권 내부의 알력으로 자신이 비난받거나 참소 당할 때 자주 지방관으로 나갈 수 있도록 청원하고 그것을 허락 받는 형식으로 나타나고 있다. 그는 그의 반대자 및 참소자들과의 정면대결을 통해 상대편을 제압하여 자신의 뜻을 펼치고자 하지 않고 중상모략에 염증을 느낀 나머지 중앙을 떠나 지방으로 가고자 하였던 것이다. 또한 仕宦期의 경우 출사와 은퇴심경은 갈등구조를 이루고 있다. 그는 중앙관과 지방관 재임시 공명을 달성하려는 목표와 애민, 인도주의 정신 하에 자신의 직무에 충실을 기하였다. 또 한편으로 대두된 은퇴에 대한 갈망은, 야성적인 자유정신에 의한 본원적 은퇴의지, 정계, 관계에서의 갈등과 불만족, 번거로운 관리의 직무에 대한 혐오감, 관리이기 때문에 하지 않을 수 없는 일에 대한 갈등, 그리고 자연을 추구하는 본성에 따라 전원에 귀의한 陶淵明에 대한 흠모 등의 원인 때문

---

53) <超然臺記>, ≪蘇軾文集≫, 卷11.

으로 파악된다.

貶謫期의 경우, 소동파의 의식세계의 일단에는 中原에 대한 회귀의지와 현지적응의 심리인 第2의 故鄕意識이 이중주적 갈등구조가 되고 있다. 中原回歸意志는 소동파 자신이 평생을 견지해 왔던 현실지향성의 발로로서 정치적 중심세계를 지향하는 의지이다. 이와는 상반된 제2의 고향의식은 폄적지를 자신의 생활공간으로 영속화시켜 그곳에 안주하고자 하는 현지에 대한 적응의지이다. 후자는 정치적 중심지인 中原으로의 回歸 가능성이 거의 사라지자 차선책으로 선택된 길이기도 하다.

出仕와 은퇴의지, 이 양자는 시간의 추이에 따라 변모양상을 보이고 있다. 특이한 점은 궁극적으로 양자가 갈등구조 자체에서 끝나는 것이 아니라 상호 상승작용을 일으켜 도리어 작자의 심경을 평정으로 전환시키는데 일조하고 있다는 것이다.

한편 소동파는 出仕와 隱退간의 갈등을 해소함에 있어 白居易의 '中隱'모델과 陶淵明의 은퇴모델을 표본으로 삼아 본받고자 노력하고 있다. 출사와 은퇴의지는 그의 잠재의식에서 자주 소용돌이치면서 갈등을 일으키고 있지만 그는 은퇴의 결단을 쉽게 내릴 수가 없었다. 그는 出仕를 하여 공명과 경제적인 혜택을 누리면서도 정신적으로는 은퇴의 기쁨을 누릴 수 있는 白居易의 '中隱'사상에 경도되고 있다. '中隱'이란 한가한 관직을 가지면서 정신적으로 은거의 기쁨을 누릴 수 있는 일거양득의 모델이었다. 또한 소동파는 자유의지에 따라 은퇴하여 전원생활을 영위했던 도연명을 모범으로 삼아 폄적지에서 농경노동을 실천하는 누리기도 했다. 그러나 陶淵明式의 완전은퇴는 소동파에게 있어 하나의 이상에 불과하였다. 은퇴해 농경생활을 하기에는 소동파 자신이 현실사회 특히 政界, 官界에서 해야 할 의무감과 성취욕구, 그리고 功名意識이 너무 컸었기 때문이었다.

이처럼 소동파의 출사와 은퇴는 白居易모델과 陶淵明모델을 시기에 따라 선택적, 결합적으로 수용하였다. 곧 仕宦期에 실천가능한 것은 白居易의 半仕半隱的 '中隱'이요, 貶謫期에 실천가능한 이상형은 도연명의 완전은퇴이다. 그는 이 어느 것도 완전하게 종신토록 실천하지는 못하였다. 정계의 변화(時勢)가 그렇게 만들지 않았으며 자신의 은퇴의지도 확고하지 않았기 때문이다. 시각에 따라서는 폄적기는 타의에 의한 강제적 은퇴라고 볼 수도 있으며, 이 경우 실제 농경에 종사하였으므로 정신적으로는 은퇴, 歸田의 의미도 보유하고 있다. 요는 주체적 의지에 의해 선택한 것이 아니라, 정치권의 판도변화 곧 여건의 변화가 그의 진로에 결정적 영향을 미치고 있다는 것이다.

요컨대 소동파는 白居易, 陶淵明의 仕隱모델을 시기에 따라, 자연스럽게 선택적으로 수용하고, 또한 정계의 판도변화에 따른 피동적 경향을 보이고 있다. 이러한 경향을 소동파 자신은 無爲自然的 삶의 태도로 인식하고 있다. 이는 "어느 곳에 가든지 즐겁지 않음이 없다(無所往而不樂)"는 그의 낙천적 태도에 바탕한다. 그리하여 그는 출사와 은퇴간의 갈등을 해소하며, 그리고 한편으로는 갈등을 마음속에 계속 지니며, 세상을 살아왔다고 할 수 있다.

제2절 時空間의 隔絶로 因한 抒情

소동파의 시에는 폄적지의 막힌 공간에서의 처절하게 탄식하는 공간

위주의 격절이 있다. 그리고 세월의 빠른 흐름에 대한 안타까운 심경, 그리고 인간으로서 피할 수 없는 보편적 심상인 삶과 죽음에 대한 느낌 등 시간위주의 격절적 서정도 깊이 드러나고 있다.

1. 空間爲主의 隔絶－貶謫 : '途窮'之歎

여기서는 제한된 공간인 폄적지에서 느낀 출로가 막힌 데 대한 탄식을 노래한 격절적 서정을 중심으로 고찰해 보겠다.

본래 중국에서 '貶謫'이란 관직에 있던 자가 잘못을 범했을 경우에 관직을 강등시키거나 아니면 이름뿐인 한직을 주어 일정 지역 내에서만 살 수 있도록 하는 제도이다. 즉 이 경우 그 대상자는 일정지역 내에서만 거주해야 하며, 거주이전의 자유가 없는 경우가 많다. 소동파는 주로 정치적 당파간의 알력문제로 인해 黃州, 惠州, 海南(대략 黃州에서 4년 2개월 가량, 惠州, 海南에서 대략 5년 8개월 가량) 폄적지에서 보냈다.

막힌 공간인 폄적지에서 소동파는 절실한 격절적 체험을 하게 된다. 곧 폄적 그 자체의 생활적, 경제적, 정치적 괴로움은 물론이고, 평소 절친했던 친구들이 자신과의 만남, 편지 등의 교류를 끊는 등 썰렁한 세파를 경험하기도 하였다.

폄적지에서의 소동파의 심경을 한 가지로 일괄해서 말할 수는 없다. 다양성을 지니며 변모하고 있기 때문이다. 이 항에서는 소동파가 폄적지에서 현실세계와 자아와의 괴리로 인해 자신이 정신적, 육체적으로 억압받고 있는 부자유한 상태에 놓여 있다고 인식하여, 그로 인한 당시 그의 처절한 탄식과 울부짖음에 초점을 맞추겠다. 다시 말해 자신의 공간, 곧 갈 길이 막히었다고 인식한 폄적공간의 의미가 물씬 드러난 시

를 범주로 삼아 극한시기에 있어서의 소동파의 의식세계의 한 면모를
파악해 보고자 한다.

우선 황주폄적시절부터 살펴보기로 하겠다. 아래의 두 수는 소동파가
黃州貶謫地에서 세상과 격절된 자신의 처지를 함축적으로 묘사한 것이다.

㉠

獨有孤旅人,	홀로 외로운 나그네 있어
天窮無所逃.	하늘이 곤궁함을 내려도 도망갈 곳 없네.54)

㉡

君門深九重,	임금계신 구중궁궐은 너무 깊고
墳墓在萬里.	西蜀 고향의 부모님 산소는 만리 먼 곳에 있는데
也擬哭途窮,55)	갈 길이 끊어져 통곡하는 내 신세
死灰吹不起.	재가 사그라져 불어도 살아나지 못하는 심경일세.56)

㉠에서 소동파는 자신의 인생이 외로운 나그네길이란 전제하에, 하늘
아래 어디로도 도망갈 곳 없는 격절의 공간 속에 놓여 있는 절박한 위
상을 표현하고 있다. 여기에는 저 하늘 아래 어디에도 외로운 나그네에
게 완전한 자유를 주지 못한다는 절대절망의 위기에 봉착한 심경이 드

---

54) ＜東坡八首, 其一＞, ≪蘇軾詩集≫, 권21.
55) 여기서 '也擬哭途窮' 구는 ≪晉書·阮籍傳≫에 나타난 阮籍의 故事를 원용한
    것이다. 완적은 항상 길을 정하지 않고 홀로 가다가 길이 막히면 곧 한 바탕
    통곡하고는 수레를 몰고 돌아왔다고 한다. 王水照, ≪蘇軾選集≫, 145쪽, 註釋,
    참조.
56) ＜寒食雨二首, 其二＞, ≪蘇軾詩集≫, 권21.

러나고 있다.

ⓛ에서는 임금계신 구중궁궐 곧 중앙정계는 너무 깊고, 西蜀 고향에 있는 부모님 산소도 너무 멀다고 하여 자신의 격절감을 표현한 후, 자신이 더 갈 길이 없는 막다른 길목에 있어 이제는 진취적 감정조차 잊고 처절하게 울고 있는 절망적인 소동파의 내면세계를 표현하고 있다.

당시 정치적, 경제적 곤란은 물론 자신과 내왕하던 일부 인사들이 연락을 끊는 등 인간세상의 각박함도 맛보게 된다.

我謫黃岡四五年,   내가 黃岡에 귀양 온 지 4, 5년 되었는데
孤舟出沒烟波裏.   외로운 배 안개 낀 파도 속에 출몰한다.
故人不復通問迅,   친구들 문안소식 더 이상 없어지고
疾病飢寒疑死矣.   질병과 추위, 배고픔에 거의 죽을 뻔했다.[57]

黃州로 귀양 온 지 4년 이상이 되어, 자신의 괴로운 심경을 외로운 배에 기탁하여 표현하고 있다. 특히 평상시 친하던 친구들도 자신과 연락을 끊었고, 게다가 질병, 추위, 배고픔에 거의 죽을 지경까지 이르렀다고 밝히고 있다.

일반적으로 사람은 어떠한 크나큰 고통을 당하게 되면 몇 년이 지난 뒷날에도 꿈속에나 生時나 자주 그 상황이 연상되어 몸서리쳐질 때가 많다. 훗날 소동파는 「烏臺詩案」으로 조사 받을 때나 감옥에 있을 때를 회상하기도 하였다.

---

57) <送沈逵赴廣南>, ≪蘇軾詩集≫, 권24.

去年御使府,	작년 어사대 감옥에 갇혀 있을 때
擧動觸四壁.	사방이 벽으로 막혀 거동조차 할 수 없었다.
幽幽百尺井,	컴컴한 百尺 깊은 우물 속 같아
仰天無一席.	하늘을 우러러 봐도 한 구석 없이 막혔었다.
隔牆聞歌呼,	담장 너머에선 떠들썩 노래하고 지르는 소리 들리는데
自恨計之失.	스스로 한탄하길 내 계책 잘못됐다네.
留詩不忍寫,	시를 짓고도 차마 적지 못하고
苦淚漬紙筆.	괴로운 눈물만이 종이와 붓을 적시었었네.[58]

　이는 소동파가 이 시를 짓기 한 해 전, 「烏臺詩案」이라는 필화사건으로 감옥에 갇혀 있던 때를 회상하는 내용이다. 당시 깊은 우물 속 같은 컴컴한 감옥에서 거동조차 부자연스러운 막힌 공간의 체험을 회상하고 있다. 그 중에 어느 순간 담 너머 넓은 세상과 자신이 갇혀 있는 감옥 사어의 격절된 공간을 형상화시키고 있다. 이때는 이 사건이 잘못 판결나면 사형을 당할 수도 있는 절박한 상황이었다. 이에 그는 또한 시를 쓰려 해도 눈물만이 넘쳐나는 처절함도 진솔하게 묘사하고 있다.

憂患已空猶夢怕	우환이 이미 텅 비었는데도 오히려 꿈에서조차 두려워라.[59]

　여기서 당시의 법관들의 조사과정 및 감옥에서 겪은 고통과 두려움이 사무쳐, 훗날 꿈속에서까지 두려움에 시달릴 정도의 소동파의 깊은

---

58) <曉至巴河口迎子由>, ≪蘇軾詩集≫, 권20.
59) <次韻前篇>, ≪蘇軾詩集≫, 권20.

후유증을 유추할 수 있다. 이제는 정신적으로 우환을 극복했는데도, 여전히 고통에 시달렸던 과거상황에 대한 잠재의식이 가끔 꿈을 통해 나타나고 있음을 표현하고 있다.

四州環一島,　　　네 고을이 한 섬을 삥 둘렀고
百洞蟠其中.　　　백 개의 마을이 그 가운데 서려 있다.
我行西北隅,　　　나는 서북쪽 모퉁이를 가는데
如度月半弓.　　　마치 반달이나 활 절반모양으로 지나가는 듯.
登高望中原,　　　높이 올라 中原 쪽을 바라보니
但見積水空.　　　다만 넓은 바닷물과 하늘만 보인다.
此生當安歸,　　　내 인생은 마땅히 어디로 돌아가야 되나?
四顧眞途窮.　　　사방을 돌아봐도 정말 길이 다 막히었구나.60)

이는 소동파가 해남도에 도착해서 瓊州를 지나 적거지 儋州로 가는 도중에 지은 시이다. 당시 海南島는 瓊州, 崖州, 儋州, 萬州의 네 고을이 전체 섬을 빙 둘러 있고, 그 가운데 백 개의 마을이 또아리를 틀고 있는 형국이었다. 그는 먼저 섬의 서북쪽으로 반달모양의 행로를 돌아 儋州로 가고 있다. 도중에 높은 곳에 올라 북쪽의 중원을 바라보니 보이는 것은 바닷물과 하늘뿐이다. 바로 여기서 작자는 사방이 바다로 막힌 격절공간을 절실하게 느끼고 있다. 그것은 곧 인생의 막다른 곳에 봉착한 느낌이다.

　바다 건너 멀리 이 海南島라도 자의로 왔다면, 또 돌아갈 수 있다는 보장이 있기만 하다면 있는 동안 기쁘게 보내련만, 자신은 타의에 의해

---

60) ＜行瓊儋間, 肩輿坐睡. ……, 戲作此數句＞, ≪蘇軾詩集≫, 권41. 紹聖4년(1097년, 62세) 7월, 儋州로 가는 도중에 지은 시이다.

이곳에 온 것이다. 더욱이 해남도는 당시 변방으로 여러 가지 환경이 좋지 않았다. 소동파는 <與程秀才三首, 一>에서 당시 해남의 생활환경에 대해 다음과 같이 말하고 있다.

> "음식에는 고기가 없고, 병들어도 약이 없고, 거주할 집이 없으며, 나가도 친구가 없고, 겨울에는 숯이 없으며, 여름에는 찬 샘물이 없다. 그러나 또한 쉽게 모두를 설명할 수 없다. 대체로 모두 없을 뿐이다.
> (此間食無肉, 病無藥, 居無室, 出無友, 冬無炭, 夏無寒泉, 然亦未易悉數, 大率皆無耳)"[61]

이러한 열악한 환경에서 나름대로 의미를 부여하고 생존하는 데는 자신의 발상의 전환이 필요했다.

> 내가 처음에 海南에 왔을 때, 돌아보니 하늘과 바다가 끝이 없어, 처연히 슬퍼하여 말했다. '언제나 이 섬을 벗어날 수 있으리요?' 그 뒤에 생각하였다. 천지는 쌓인 물 가운데 있고, 九州(대륙)는 큰 바다 가운데 있으며, 중국은 작은 바다 가운데 있으니, 생물 치고 섬에 살지 않는 것이 어디 있으리요?'
> (吾始至南海, 環視天水無際, 悽然傷之, 曰, "'何時得出此島也?' 已而思之, 天地在積水中, 九州在大瀛海中, 中國在少海中, 有生孰不在島者?)"[62]

이는 紹聖5년(1098년, 63세)에 海南島에서 지은 글이다. 여기서 소동파는 처음 해남폄적지에 도착했을 때 바다로 둘러싸인 이곳에 닫혀 있다고 인식하여 이 섬을 벗어나고파 했다는 것을 알 수가 있다. 그러나 얼

---

61) ≪蘇軾文集≫, 권55. 紹聖5년(1098년, 63세) 초여름에 지음.
62) <試筆自書>, ≪蘇軾文集≫, 蘇軾佚文彙編, 권5.

마 후 九州(대륙)가 큰 바다 가운데 있으며, 중국도 작은 바다 가운데 있으니, 사람 치고 섬에 살고 있지 않은 자는 아무도 없다고 인식하고 있다. 이러한 거시적인 시야에 의한 발상의 전환은 소동파가 바다 멀리 폄적지에서의 격절공간에서 답답함과 괴로움을 초극할 수 있는 정신적인 힘이 되고 있다고 보여진다.

我本海南民,　　　　나는 본래 海南 사람인데
寄生西蜀州.　　　　西蜀州에 부쳐 살았네. 63)

이는 해남폄적을 마치고 돌아가며 지은 시이다. 여기서도 소동파는 발상의 전환을 시도하고 있다. 사실상 본래 소동파는 西蜀사람이며, 해남도에 귀양와 있었다. 그런데 거꾸로 그는 자신이 본래 해남사람인데 西蜀에 부쳐 살았다고 하고 있다. 이것은 심리의 평정을 위한 발상의 전환이라고 할 수 있다.

이렇듯 황주폄적지에서 소동파는 자신이 드넓은 우주 어느 곳으로도 도망갈 수 없는 외롭고 막혀 있는 공간에 있는 존재, 더 이상 갈 길이 없는 막다른 곳에 있는 절망적 존재라는 것을 표현하고 있다. 이러한 극단적 심리는 만년 해남폄적시절에는 바다로 사방이 막히었다는 구체적인 격절감으로 나타나고 있다. 해남도은 섬이었기에 육지에서의 폄적과는 또 다른 절박한 막힌 공간임을 경험하게 된다. 그리하여 그는 이 섬을 벗어나고 싶어 했다. 그렇지만 어찌할 수 없이 생활환경, 경제적 문제, 교우 등 거의 모든 것이 결핍된 환경에서 소동파는 살아나가야

---

63) <別海南黎民表>, ≪蘇軾詩集≫, 권43.

했다.

이러한 환경을 무엇보다도 정신적으로 극복하여야 한다고 생각하였다. 고뇌의 주체가 이제는 극복의 주체가 되어야 했다. 이에 발상의 전환이 필요하게 된다. 그리하여 폄적이라는 공간격절을 발상의 전환으로 초극하고 있다.

여기서 대략 '문제제시-해결방안강구-정신적으로 超克' 등으로 전개되는 소동파의 의식세계의 논리를 파악할 수 있다.

2. 時間爲主의 隔絶

여기에서는 한 번 가면 다시 돌아올 수 없는 一回性, 不可逆性의 시간성을 파악하고, 그 세월의 흐름을 안타까워하는 감정이 담겨있는 '惜時'시와 인간으로서 필연적 귀결처인 죽음에 대한 소동파의 인식과 그 정신적 극복의 의지를 주대상으로 삼은 '生死' 詩에 대해 고찰해 보겠다.

1) 惜時-세월의 흐름에 대한 안타까움

중국시인들은 시간에 대하여 예리한 느낌을 나타내며 그것이 한 번 가면 되돌아오지 않음에 슬픔을 표시하고 있다. 역설적으로 이 생명은 유한하고 보잘 것 없다는 이유 때문에 그것은 무엇보다 진기하고 가치가 있는 것 같이 보인다.[64] 기실 이러한 관념은 인간의 보편적 감정이다. 여기서는 편의상 시간, 세월의 흐름에 대해 안타깝게 여기는 작자의 감회를 묘사한 시를 '惜時' 시라 규정하겠다. 그리하여 이들 시에서 소동파가 세월을 어떻게 인식하고 있는가, 또한 한정된 시간에 대한 인

---

64) 劉若愚 著, 李章佑 譯, ≪中國詩學≫, 74~78쪽.

식을 어떻게 극복하고 있는가를 고찰해 보기로 하겠다.

ㄱ

人生如朝露,　　　　인생은 아침이슬 같은 것
白髮日夜催.　　　　백발이 밤낮으로 재촉한다.65)

ㄴ

日月何促促,　　　　쉼 없는 세월 어찌 그리도 빨리 지나 가는가!
塵世苦局束.　　　　(나는) 속세의 인생살이에 괴로이 매어 있구나.66)

ㄷ

我觀去來今,　　　　내가 과거, 현재, 미래를 보니
未始一念留.　　　　애당초 한 순간도 쉰 적이 없구나.

　ㄱ은 曹操의 <短歌行>67)에서 "술을 대하며 노래하자/ 인생은 얼마나 되는가? 비하건대 아침이슬같은 것/ 가는 날 괴로움 많아라(對酒當歌, 人生幾何. 譬如朝露, 去日苦多)."라 하여, 이미 표현했던 양식이다. 곧 인생은 아침이슬처럼 한 순간에 아무 흔적도 없이 사라져 가는 무상한 존재라는 것이다.

　ㄴ에서는 세월의 빠름에 대한 인식과 그 빠른 시간성에도 불구하고 자신이 세상살이에 얽매여 있다는 인식을 하고 있다. 곧 이 두 시는 인생의 순간성과 세월의 飄忽性을 인식하게 해 준다.

　ㄷ에서 소동파는 시간의 흐름이 과거, 현재, 미래 어느 한 순간도 쉰

---

65) <登常山絶頂廣麗亭>, ≪蘇軾詩集≫, 권14.
66) <仙都山鹿>, ≪蘇軾詩集≫, 권1.
67) 丁範鎭, ≪中國文學史≫, 61쪽, 참조.

적이 없다고 인식하고 있다.

夢裏靑春可得追,　　꿈속에 나타난 청춘시절 쫓아갈 수 있을까?
欲將詩句絆餘暉.　　시구지어 남은 봄빛을 얽어매어 두고자 하네.[68]

여기서 소동파는 꿈속에 나타났던 청춘시절을 정지시켜, 시 창작으로 승화시키고자 했다. 여기서 꿈속에서 나타난 자신의 청춘시절을 쫓아가고자 하였다. 이는 빨리 지나가는 현실에서의 세월은 무엇보다 귀중함을 인식한 것이라 유추하게 한다. 이러한 시간에 대한 정지를 희구하는 상념은 우리나라의 민요 <노들 강변>에서도 '無情 세월 한 허리를/ 칭칭 동여서 매어나 볼까'라는 표현으로 나타나고 있다.

　다음 두 시는 鳳翔에서 세모가 되자 세월의 흐름에 대한 감회를 적어 아우 蘇轍에게 보내는 시들이다. 본래 3수가 연작시의 형태로 되어 있는데 여기서는 두 수만 살펴보겠다.

㉠

故人適千里,　　친구가 천리 길을 가는데
臨別尙遲遲.　　이별에 임해서는 아직도 머뭇머뭇하네.
人行猶可復,　　사람이 떠나면 그래도 돌아올 수 있건만
歲行那可追.　　한 해(歲)가 지나면 어찌 쫓아갈 수 있으랴?
問歲安所之,　　해(歲)에게 묻노니 "어디로 가나요?"
遠在天一涯.　　"멀리 하늘 한 끝에 있네."
已逐東流水,　　이미 동쪽으로 흐르는 물을 따라
赴海歸無時.　　바다로 들어가면 돌아올 기약 없네.

---

68) <和子由四首, 其二, 送春>, ≪蘇軾詩集≫, 권13.

東隣酒初熟,	동쪽 이웃엔 술이 막 익었고
西舍彘亦肥.	서쪽 이웃엔 돼지 또한 살쪘네.
此爲一日歡,	짐짓 하루 즐거움을 만들어
慰此窮年悲.	이 해가 사라지는 슬픔을 위로해 본다.
勿嗟舊歲別,	지난해와 이별한다고 슬퍼말게나.
行與新歲辭.	장차 새해와도 작별할 것을.
去去勿回顧	가고 가서 되돌아보지 말게나.
還君老與衰.	곧 그대도 늙고 쇠잔하게 되리니.[69]

ⓣ

欲知垂盡歲,	저물어 가는 해(歲)를 알고자 한다면
有似赴壑蛇.	골짜기로 들어가는 뱀을 보라.
修鱗半已沒,	뱀의 긴 몸 절반이 이미 들어가 사라졌는데
去意誰能遮.	들어가려는 뜻 뉘라서 막을쏜가?
況欲繫其尾,	하물며 그 꼬리를 잡아매고자 한다면
誰勤知奈何.	몸부림친다 해도 어찌할 수 없다.[70]

ⓢ에서는 먼저 사람의 이별과 세월의 흐름을 대비시키면서 세월의
흐름을 부각시키고 있다. 즉 사람과의 이별은 순환적이기에 다시 돌아
와 만날 수 있는 가능성이 있지만, 이에 반해 세월의 흐름은 한번 가면
돌아올 수 없는 一回性, 不可逆性的인 것으로 파악하고 있다. 그리하여

---

69) <歲晩相與饋問爲饋歲, 酒食相邀, 呼爲別歲, 至除夜, 達旦不眠, 爲守歲. 蜀之風俗如
    是. 余官於岐下, 歲暮思而不可得, 故爲此三詩以寄子由, 其二, 別歲>, ≪蘇軾詩集≫,
    권4.

70) <歲晩相與饋問爲饋歲, 酒食相邀, 呼爲別歲, 至除夜, 達旦不眠, 爲守歲. 蜀之風俗如
    是. 余官於岐下, 歲暮思而不可得, 故爲此三詩以寄子由, 其三, 守歲>, ≪蘇軾詩集≫,
    권4.

세모 하루 술을 마시고 돼지고기를 먹으며 즐김으로써 일회성의 세월에 대한 비애를 위로하고 있다. 시간의 흐름은 당위적이다. 사라지는 현재의 시간에 대한 애착은 현재의 시간 곧 현실에 충실하라는 당부로 나타나고 있다. 세월은 빨리 흘러가 버려 인생은 곧 늙어지게 마련이니 이미 흘러가버린 지난 날들은 뒤돌아보지 말고 닥쳐오는 현실에 충실하라고 당부하고 있다. 이는 현재와 미래 지향성의 의미로 보여진다. 전반적으로 이 시는 감정이 절제되고 있으며, 理趣를 풍기고 있다.

ⓛ에서는 골짜기에 들어가는 뱀의 형상을 세모에 비유하여 '사라짐'의 시간성에 대한 강렬한 애착을 부각시키고 있다. 특히 빨리 지나가는 시간을 잡을 수 없다는 것을, 골짜기로 들어가는 뱀으로 비유한 것은, 긴박감과 동태성을 강렬하게 느끼게 하는 탁월한 수법이다. 이것은 자신의 생활경험 속에서 세밀한 관찰력을 절묘한 비유의 형태로 발현시킨 것이다.

梨花淡白柳深靑,	배꽃은 담담한 흰 빛 버들은 짙은 푸른 빛
柳絮飛時花滿城.	버들개지 날리는 봄에 배꽃이 온 성안에 만발했구나.
惆悵東欄二株雪,	슬프다 동쪽 난간에 핀 두 그루 백설의 꽃
人生看得幾淸明.	인생에 몇 번이나 이 청명절을 보낼 수 있을까?71)

이는 청명절에 활짝 핀 배꽃과 흰 버들이 어우러진 풍정 가운데 배꽃을 더욱 부각시킨 시이다. 특히 1, 2구에서의 화창한 청명절 시기의 풍광 속에, 3, 4구에서는 이러한 밝은 분위기의 경치에서 나는 '몇 번이나

---

71) <和孔密州五絶, 東欄梨花>, ≪蘇軾詩集≫, 권15. 熙寧7년(1077년, 39세) 4월에 소동파는 密州知州로부터 徐州知州로 옮겼다. 이 시는 대략 徐州에 도착한 후에 지었을 것으로 추정된다.

청명절을 볼 수 있을까' 라고 하였다. 여기서 인생이라는 한정된 시간을 안타깝게 여기는 애상이 드러나고 있다.

春宵一刻值千金,　　봄밤은 한 순간이 천금의 값어치
花有淸香月有陰.　　꽃에서는 맑은 향기, 달빛은 몽롱하네.
歌管樓臺聲細細,　　아련히 다락에서 들리는 노래와 풍악소리
鞦韆院落夜沉沉.　　그네 드리운 뜨락엔 밤은 깊어만 가네.[72]

　이는 봄밤, 꽃향기, 몽롱한 달빛, 다락에서 들리는 노래와 풍악소리, 그네를 드리우고 있는 뜨락 등의 배경 하에 봄밤은 깊어만 가는 낭만적 정경을 기조로 하고 있다. 여기서 작자가 봄밤의 정취에 깊이 빠져드는 상태에 있음을 알 수 있다. 그리고 이러한 짧은 봄 밤은 일각이 천금의 값어치가 있다고 했는데, 이것은 사물이 자아내는 정취 속에 흘러가는 시간의 귀중함을 표현한 것이다.

長庚與殘月,　　　　새벽 샛별과 이지러진 달은
耿耿如相依.　　　　깜빡깜빡 비추며 서로 의지해 있다.
以我旦暮心,　　　　나의 목숨이 사그라져 가는 절박한 심경으로
惜此須臾暉.　　　　이 순간적 인생이 사라져 가면서 발하는 빛을 아낀다.[73]

　이는 소동파가 만년 惠州貶謫地에서 지은 시이다. 새벽 샛별과 이지러진 달은 서로 비추며 남은 시간을 의지하고 있다. 여기서 새벽의 샛별과 이지러진 달은 인생의 황혼 무렵에 처한 작자의 아쉬운 심경을 반

---

72) <春夜>, ≪蘇軾詩集≫, 권48.
73) <和陶貧士七首, 其一>, ≪蘇軾詩集≫, 권39.

영하고 있다. 인생의 황혼 무렵에 처해 있는 자신이기에 더욱 더 사그라져 가는 순간에 발하게 되는 빛을 아끼고 있다. 이는 남은 생애의 시간을 아끼는 '惜時'적 자아인식이 드러난 것이다.

이처럼 거시적 안목에서 보면 인생은 순간적이고 세월은 표표히 흘러간다. 그러기에 세월의 흐름은 안타깝고 시간은 귀중하다. 소동파는 세월의 飄忽性, 일회성을 인식하고, 사라지는 시간에 대한 애착을 드러내고 있다. 또 한정된 시간에 대한 안타까움을 표현하고, 흘러가는 시간을 매어두고 싶어하는 '시간정지에 대한 희구'가 나타나고 있다. 그리고 만년에는 황혼 무렵에 처해있는 자아를 반영하여 생명이 사라져가면서 타오르는 빛을 더욱 중시하고 있다. 이것들은 남은 삶에 대한 애착의 한 표현이다.

그는 이것을 시창작으로 승화시켜, 시간의 不可逆性에 대한 비애를 인정하면서도 고차원적으로 그러한 비애를 止揚하고 있다.

2) 生死

生과 死는 사람의 가장 중요한 2大 사건이다. 여기서는 태어남(生)보다는 소동파가 느낀 再生과 죽음(死)에 비중을 두고자 한다. 그리하여 소동파의 친구, 고향어른 등의 죽음에 대한 간접경험과 자신이 生死의 기로를 경험하고 生을 획득하였던 직접경험, 그리고 生死에 대한 발전적 견해를 통하여 生死로 인한 격절감과 그 극복의지를 고찰하고자 한다.

初驚鶴瘦不可識,　처음 보았을 때 학처럼 말라 놀래 알아보지 못하겠더니
旋覺雲歸無處尋.　어느새 구름 타고 열반하시니 찾을 곳 없어라.

三過門間老病死,	세 번 절 문을 지나는데 老, 病, 死를 다 보았고
一彈指頃去來今.	한 번 손마디 퉁길 순간에 과거, 현재, 미래가 다 있구나.
存亡慣見渾無淚,	存亡을 익히 보아왔던 터라 죽음 자체에 대해선 눈물 전혀 없지만
鄕井難忘尙有心.	시골 고향에서 같이 살던 정 그래도 잊기 어렵구나.
欲向錢塘訪圓澤,	錢塘에서 그대를 찾아 방문하려면
葛洪川畔待秋深.	내세에 葛洪川가에서 추석 때 재회할 수 있겠지.[74]

이는 소동파가 세 번째로 절을 찾아가니 동향스님인 文長老(법명은 文及)가 열반한 일을 묘사하여 그의 죽음에 대한 감정과 그와 사후세계에서의 재회에 대한 희망을 표현하고 있다.

기실 이 시는 소동파가 文長老를 찾아간 3부작의 마지막 편이라고 할 수 있다. 이 삼부작에서 각기 다른 감회를 표출하고 있다.

그 1부는 <秀州報本禪院鄕僧文長老方丈>[75]으로서, 이는 소동파가 秀州를 지나다가 동향스님인 文長老를 첫 번째로 방문하고 쓴 시이다. 그는 道가 있는 이 동향스님을 만나 고향말로 대화하며 진지한 감정을 교류하고 있다. 2부는 그 이듬해 두 번째로 文長老를 만나서 지은 <夜至永樂文長老院, 文時臥病退院>[76]으로서, 당시 소동파는 명을 받고 常州로 가는 도중, 秀州를 지나다가 文長老가 병환중이라는 소식을 듣고 병문안을 갔던 사실을 묘사한 시이다. 달밤에 문장로를 찾아가니 그는 병이 악화되어 대답할 수 없는 상황이었다. 그래도 문장로 대신에 늙은 학이 머리를 들고 자신을 바라보며 긴 얘기를 해주는 듯한 감을 느꼈었다.

---

74) <過永樂, 文長老卒>, ≪蘇軾詩集≫, 권11. 熙寧7년(1074년, 39세), 5월에 지음.
75) <秀州報本禪院鄕僧文長老方丈>, ≪蘇軾詩集≫, 권8.
76) <夜至永樂文長老院, 文時臥病退院>, ≪蘇軾詩集≫, 권11. 熙寧6년(1073년) 11월에 지음.

다시 1년 후에 이 제3부가 지어졌다. 여기서 세 번 이 절을 찾아왔는데, 그 사이에 문장로의 老, 病, 死를 다 볼 수 있었다. 그리고 이 짧은 순간에 과거, 현재, 미래를 다 느끼었다. 그리고 이미 불교의 '生死一如'77)와 ≪莊子≫의 "죽음과 삶 및 있음(存)과 없어짐(亡)이 하나임(死生存亡之一體)"78) 등을 익히 들었기에 스님의 열반 자체에 대해서 소동파는 눈물을 흘리지 않았다. 그래도 고향에서 함께 살던 생각에 서글픈 정을 느끼지 않을 수 없었다. 여기서 소동파는 그의 죽음이 슬프지만 비애의 감정을 절제하고 있다.

末2구에서는 來世에 文長老와 재회하기를 바라고 있다. 여기서 하나의 故事79)를 사용하고 있다. 이는 옛날 唐의 李源이 錢塘에서 이미 열반에 든 (서거한) 친구인 圓澤和尙을 방문하여 그의 後身을 만났듯이, 葛洪川가에서 깊은 가을에 문장로를 만날 수 있겠다는 기대감의 반영이다.

---

77) 편집부 엮음, ≪100문 100답, 불교입문편≫, 대원정사, 159쪽, '生死一如'는 眞如편으로 보면 生도 없고 死도 없어 그 사이에 조금도 차별이 없는 평등함을 말한다.
78) 莊子 著, 안동림 譯, ≪莊子≫, <大宗師>, 197쪽. 장자 지음, 김창환 옮김, ≪莊子內篇≫, 287쪽.
79) 徐續 選注, ≪蘇軾詩選≫, 72쪽, 요약. 圓澤은 唐 洛陽 惠林寺의 스님으로 李源과는 13년간 친구의 정을 나누었다. 두 사람은 함께 蜀땅을 유람하였다. 圓澤이 죽음에 임하여, 李源에게 '내가 죽으면 王氏의 아들로 다시 태어날 터이니 12년 후 가을 달밤에 杭州 天竺寺 밖에서 만나자'고 했다.
    圓澤이 죽은 후 12년 후에 李源이 약속대로 杭州에 가니, 葛洪川가에서 圓澤의 後身인 한 牧童이 소를 타고 뿔피리를 불며 <竹枝詞>를 노래하고 있었는데, 그 노래가사가 李源과 圓澤 자신들을 얘기하고 있는 듯하였다. 이에 李源이 그 목동이 圓澤임을 알고 안부를 물었다는 故事이다. 여기서 소동파가 死後의 세계를 어느 정도 認定하고 있음을 알 수 있다.

百年三萬日,	인생 백년 3만일 동안을
老病常居半.	태반은 늙어감과 병환 속에 지난다.
其間互憂樂,	그 사이에도 기쁨과 슬픔이 섞여
歌笑雜悲嘆.	노래와 웃음 속에도 비탄이 늘 함께 따른다.[80]

여기서 소동파는 대체로 인생을 낙천적으로 보면서도 뭔가 안으로 우수가 곁들어 있음을 생각하게 해 준다. 우리네 인생은 3만일, 곧 백년도 못사는데 그 태반이 늙음과 병환 속에 지나가 버리며, 그 사이에도 기쁨과 슬픔이 섞이어 있다고 하였다. 더욱이 웃음 속에도 비탄이 따르고 있다는 것이다. 여기서 소동파가 평소 物外에 초연하여, '어느 곳에 가더라도 즐겁지 않음이 없다(無所往而不樂)'[81]는 초연적 정신의 이면에는 위와 같은 복합된 정조도 혼재하고 있음을 알 수 있다.

十年不還鄉,	십년동안 歸鄉하지 않았더니
兒女日夜長.	아이들 밤낮으로 부쩍 자랐다.
豈惟催老大,	어찌 늙고 크기만 재촉할 건가?
漸復成彫喪.	점차 다시 시들고 죽게 되는 것
每聞耆舊亡,	고향 어른 돌아가셨단 소식 들을 때마다
涕泣聲輒放.	눈물 흘리며 대성통곡을 한다.[82]

소동파는 죽음이 인간의 필연적 현상임을 알면서도, 고향어른의 부음에 비애의 감정을 감추지 못하고 있다. 죽음에 대한 비애라는 인간적인 보편적 정서를 느끼게 해 준다.

---

80) <喬太博見和復次韻答之>, ≪蘇軾詩集≫, 권12.
81) <超然臺記>, ≪蘇軾文集≫, 권11. 密州에서 40세 때 지음.
82) <京師哭任遵聖>, ≪蘇軾詩集≫, 권15.

　　아래에서는 소동파자신이 생사의 갈림길에서 느낀 절실한 감정을 고
찰해 보겠다. 다음 두 수의 시에는 소동파가 「烏臺詩案」으로 감옥에 있
을 때 죽음을 각오하고 있는 처절함과, 출옥 당시에 生死의 岐路에서 生
을 획득한 기쁨이 대비되어 나타나고 있다.

　㉠

聖主如天萬物春,　성스러운 임금 하늘같아 만물이 봄을 만났건만

小臣愚暗自亡身.　나 같은 하찮은 신하 어리석어 스스로 몸을 망치었네.

百年未滿先償債,　백년 인생 다 살지도 못하고 먼저 죽게 되었으니

十口無歸更累人.　남은 열 식구 갈 곳 없어 남의 누만 끼치게 되었다.

是處靑山可埋骨,　이 곳 청산에 내 뼈야 묻을 수 있을 것이나

他時夜雨獨傷神.　내 죽은 훗날 비오는 밤에 아우만 홀로 가슴 아파 하리.

與君今世爲兄弟,　그대와 더불어 이 세상에서 형제가 되었으니

又結來生未了因.　또 來生에 이 세상에서 맺지 못한 인연을 맺자꾸나.[83]

　㉡

百日歸期恰及春,　백여 일 만에 감옥에서 나오니 마침 봄이라.

餘年樂事最關身.　남은 생애의 즐거운 일 모두 이 몸과 관계된 일이리.

出門便旋風吹面,　문을 나서니 경쾌한 바람이 내 얼굴에 불어오고

走馬聯翩鵲啄人.　말 달려 가는 길에 까치 날며 깍깍 지저귀네.

却對酒杯疑是夢,　문득 술잔을 대하니 모두가 아득한 꿈만 같고

試拈詩筆已如神.　시험삼아 붓을 잡아 시 지으니 이미 신들린 것 같아라.

此災何必深追咎,　이번 재앙에 하필 허물을 캘 필요 있겠는가?

竊祿從來豈有因.　벼슬살이하다 그런 것이지 어찌 다른 까닭 있으리요?[84]

---

83) ＜予以事繫御事臺獄, ……, 二首, 其一＞, ≪蘇軾詩集≫, 권19. 一名 ＜獄中寄子由＞.

84) ＜十二月二十八日, 蒙恩責授檢校水部員外郎黃州團練副使, 復用前韻二首, 其一＞,
　　≪蘇軾詩集≫, 권19.

㉠은 소동파가 御史臺 감옥에 있을 때 사형을 예감하고 죽음을 각오하며 쓴 비장한 시이다. 이에는 또한 작자가 아우 蘇轍에게 현세에서 다하지 못한 인연을 내세에서 다시 맺고자 하는 데서 형제간의 우애도 엿볼 수 있다. 전반적으로 士人으로서의 기본정조인 忠君과 과거 자신의 어리석음의 인정, 그리고 이로 인해 죽음에 이를 뻔하면서 느낀 고독과 悔恨이 표출되어 있다.

㉡은 출옥 당시 지은 시로, 죽음까지 몰고 갈 뻔했던 갈림길에서 자유를 얻은 기쁨을 노래하고 있다. 술잔을 대하니 감옥에서의 고통스럽던 일 모두 꿈속과 같이 여겨진다. 마침 계절은 봄이며 자신의 남은 생애는 즐거운 일로만 가득 채워지리라. 마음이 흥거운 탓에 바람도 흥겹고 말달려 가는 길에 까치소리도 흥겹다. 더불어 용솟음치는 창작에의 욕구가 샘처럼 솟는다. 末2구에서는 이번 재앙이 벼슬살이를 하다가 자신의 잘못 때문에 일어난 것이 아니라는 것을 암시적으로 보여주고 있다. 또한 ㉡시의 <其二>에서 "평생 문자가 나의 累가 되었으니/ 이후로는 명성이 낮은 것을 싫어하지 말아야지(平生文字爲吾累, 此去聲名不厭低)"[85]라 하여, 문장 때문에 죽음 직전까지 갔으니, 앞으로는 名聲의 高下에는 상관하지 않겠다는 작자의 다짐이 나타나 있다.

不悟俗緣在,	속세의 인연이 있음을 깨닫지 못하고
失身蹈危機.	失身하여 위기일발의 지경에 이르렀다.
刑名非所學,	刑名은 배우지 않아
陷穽損積威.	함정에 빠져 위엄을 잃었다.

---

85) <十二月二十八日, 蒙恩責授檢校水部員外郎黃州團練副使, 復用前韻二首, 其二>, 《蘇軾詩集》, 권19.

逐恐生死隔,　　　　드디어 生과 死가 隔하여

永與雲山違.　　　　영원히 雲山과 함께 살고자 하는 생각이 어그러

　　　　　　　　　　질까봐 두려웠다.86)

　　이는 黃州貶謫時節 소동파가 淨居寺를 유람하고 지은 시이다. 여기서 작자는 자신의 정치생애에 있어 위기일발의 시점에 봉착해 함정에 빠졌던 시절을 회고하고 있다. 그리고 영원히 이 세상과 결별하게 될 뻔했던 것을 두려워하였던 심경을 피력하였다. 여기서 '雲山'은 티끌세상과 멀리 떨어진 곳으로 은자의 거처를 의미한다. 이는 정치현실에서의 시련을 자연에 회귀하여 거기서 그 심회를 풀고자 의도한 것으로 보여진다.

　　㉠

生死猶如臂屈伸　　生과 死는 팔을 굽히고 펴는 것과 같다.87)

　　㉡

從來一生死,　　　　종래에는 生과 死를 하나로 보았는데

近又等癡慧.　　　　요즘은 어리석음과 지혜까지도 동일시하게 되었다.88)

　　㉢

平生生死夢,　　　　평생의 生, 死, 夢

三者無優劣.　　　　이 세 가지는 우열을 따질 수 없다.89)

---

86) <游淨居寺>, ≪蘇軾詩集≫, 권20.

87) <弔天竺海月辯師三首, 其二>, ≪蘇軾詩集≫, 권10. 이 시는 熙寧6年(1073년, 38
　　세) 杭州通判時節에 지음.

88) <和陶桃花源>, ≪蘇軾詩集≫, 권40.

89) <別海南黎民表>, ≪蘇軾詩集≫, 권43.

이 시들은 生死에 대한 소동파의 발전된 인식을 표현한 것이다. 여기에는 불교와 莊子의 生死觀의 영향이 엿보인다. ㉠에서 生과 死를 본래 하나인 것이 상이한 변화양상으로 나타난 것이라 유추할 수 있다. 바로 生死에 대한 소동파의 거시적 인식을 단적으로 표현한 것이라고 볼 수 있다. ㉡은 만년에 海南貶謫地를 떠나며 지은 시이다. 여기서 과거 소동파는 生과 死를 하나로 보았고, 이즈음에는 어리석음과 지혜까지도 동일시하게 되었다는 것이다.

㉢에서는 生, 死, 夢의 세 가지 중에 어느 것이 낫고 못한 차별이 없다는 경지에 이르렀음을 보여주고 있다.

소동파는 죽음을 유한적 생명을 지닌 인간의 필연적 사건의 하나로 인식하고 있다. 그러나 기본적으로 죽음에 대한 공포가 어느 정도 존재하고 있으며, 주위 사람의 죽음으로 인한 비애도 분출하고 있다. 그러나 佛敎와 莊子的 死生觀의 영향으로 궁극적으로는 죽음을 담담하게 대처하여 비애를 절제하며, 死後世界도 인정하고 있다. 또한 자신이 죽음이 가까웠다고 생각하였을 경우에는 암담, 처연하였고, 생사의 기로에서 再生을 얻었을 경우에는 자유를 얻은 기쁨을 창작으로 전환하여 노래하였다. 또한 이 생생한 경험으로 인해 사유가 더욱 확장되고 있다. 그리하여 궁극적으로 生死를 동일시하고, 나아가 어리석음과 지혜까지 동일시하게 되었다.

그는 대략 11년간을 폄적지에서 보냈다. 그는 폄적지의 막힌 공간에서 현실세계와 자아와의 괴리로 인해 억압받고 있는 부자유한 상태에 놓여 있다고 인식하고 있다. 그리하여 黃州貶謫地에서 그는 처절하게 탄식하였고 울부짖었다. 때로는 하늘아래 어디로도 도망갈 곳 없는 격절의 공간 속에 놓여 있는 자신의 절박한 위상을 표현하였다. 그러나 만년기의 경우 바다로 막힌 海南貶謫地의 극한 상황에서도 그는 발상의 전환을 통해 정신적으로 극복을 하고 있다.

소동파는 세월의 飄忽性, 일회성을 인식하고 사라지는 시간에 대한 애착을 드러내고 있다. 그는 시간의 不可逆性에 대한 비애를 인정하지만 보다 고차원적으로 그러한 비애를 초극하여 하루하루의 생활에 충실하고자 하는 면모를 표현시키고 있다.

그는 자신이 生死의 기로에서 방황하면서 生의 의미를 중시하게 되며 불교, 莊子思想의 영향으로 生死를 동일시하는 거시적 인식을 보유하게 되었다.

제3절 現實世界와의 乖離와 그 解消

애당초 시인 자아와 현실세계 사이에 아무런 괴리가 없었다면 시는 훌륭해지기가 어려웠을 것이다. 자아와 현실세계간의 괴리가 시인의 가슴을 번뇌와 수심 등 각종 정신적 불평형상태에 처하게 한다. 그리고 그에 대응하여 자신의 의식세계를 평형상태로 전환시키기 위한 노력의 일환에 의해 자연발생적으로 훌륭한 시가 나오는 것이다.

소동파는 원대한 포부를 품고 官界에 진입하여, 역사적 주체로서 사대부의 사명을 완수하려고 노력하였다. 그의 생애는 정치와 불가분의 관계를 가지고 있다. 당시 北宋代 정치집단에서는 新法에 관한 이념적인 문제 및 기존 정치질서 문제에 대한 입장과 견해의 차이로 당쟁이 발생하였다. 그러다가 드디어는 개인 간의 사사로운 감정이 생기고 권력다툼의 장으로 변질되어 갔다.[90]

소동파는 정치적으로 得意의 기간보다 失意의 기간이 길었다. 정계에서 신법을 반대한 이유로 신법파 및 소인배들과 가끔 마찰을 일으켰다. 이는 성품이 강직하고 직언을 서슴지 않는 그의 성격이 반영된 것이기도 하다. 그는 「성품이 강직하고 재주가 옹졸하다(性剛才拙)」[91]는 말이 자신의 특징을 규정지었다고 생각하였다. 그는 정계에서 자신이 옳다고 생각하는 것을 굽히지 않고 강직하게 주장했기에, 반대파에게 미움받고 모함 당해 누차 폄적되었다. 정치적 권력쟁탈 와중에 희생되어 폄적된 그에게 있어, 현실세계와의 괴리는 당연히 존재했다. 黃州에서 보낸 제1차 폄적기에는 강렬한 고뇌의 감정표출 및 정신적 위축상태가 나타나 있다. 이에 비해 제2차 폄적기에는 전에 비해 고뇌가 대체로 담담하게 처리되고 있다. 이것은 인생의 만년기에 처해 연륜에 의한 감정제어력과 佛·道思想의 수용으로 사려가 깊어짐, 그리고 陶淵明에의 同一化 등에 힘입었기 때문이다. 더불어 이전 제1차 폄적기에 이미 극단의 고뇌를 경험했었기에 어느 정도 고뇌에 면역되었기 때문이라고 할 수 있겠다.

여기서는 소동파의 시를 통해, '세상을 위해 유익한 무언가를 하기 위해 꾸준히 노력하는 작자에게 다가온 현실세계와의 괴리의 양상이 어떻게 표현되었으며', 그가 '이러한 갈등구조를 어떠한 해소방식을 통해

---

90) 梁鍾國, <宋代 士大夫 社會의 形成過程과 發展形態에 관한 研究>, 高麗大 史學科 博士論文, 1992, 239쪽, 249쪽 참조.
91) 蘇轍, <追和陶淵明詩引>. 溫謙山纂訂, ≪和陶合箋≫, 1쪽 재인용.

조화구조로 전환시켰는가?'를 논하고자 한다. 포괄적으로 본다면 시 창작 그 자체에 이미 '현실세계와의 괴리와 그 해소' 양상이 내포되겠지만 여기서는 다음에 국한해 고찰하겠다. 그리하여 우선 시에 나타난 소동파의 자아인식과 현실세계인식을 먼저 검토하고, 이 양자 간의 괴리를 파악하겠다. 그 다음에 궁극적으로 작자가 어떠한 양상으로 괴리를 해소, 超克시키고 있는가에 초점을 맞추어, 1. 초월의지 2. 생명의지 3. 窮達에 대한 달관 4. '思無邪'의 추구 등을 중심으로 논지를 전개해 나가고자 한다.

1. 現實世界와의 乖離

1) 自我와 現實世界의 認識

우선 소동파의 자아인식에 대해 몇 수의 시를 통해 검토해 보겠다.

王安石의 신법에 대한 문제점을 소동파는 상소문을 통해 직접적으로 上達하고, 또 詩文을 통해 은근하게 비판하였다. 이러한 일련의 행위로 신법파들에게 예의 주시되던 그는 지방관을 자청해 나가기도 하였고, 1, 2차에 걸친 폄적을 당하여 정치적, 경제적, 정신적 괴로움을 겪기도 하였다. 그러나 그의 신법비판 의도는 국가와 백성들을 위한 것이었다.

> 許國心猶在,　　나라 위해 이 한 몸 바칠 마음은 아직 남아 있건만
> 康時術已虛.　　시대를 구제할 계책은 이미 텅 비었다.[92]

---

92) <望湖亭>, 《蘇軾詩集》, 권38.

59세 惠州貶謫地로 가던 행로에 지은 작품으로, 그는 노년이 된 지금 폄적객이라는 현실적 제약으로 인해 현실지향적인 자신의 이상을 달성하지 못하는 심정을 담담히 토로하고 있다. 아래 두 수는 같은 행로의 작품이다.

㉠

我本修行人,	나는 본래 수행자였었는데
三世積精鍊.	三世동안 精鍊을 쌓고 있다가
中間一念失,	중간에 한 번 생각을 그르쳐서
受此百年譴.	백년 금생에서 죗값을 톡톡히 치르고 있다네.93)

㉡

東坡信畸人,	나 동파는 진실로 기형아
涉世眞散材.	세상살이에는 정말로 무용한 재목.
……	……
踐蛇及茹蠱,	(남방 땅에서) 뱀을 밟고 벌레 먹으며 살아도
心空了無猜.	마음은 텅비어 끝내 싫어하지 않는다.
携手葛與陶,	葛洪과 陶淵明의 손을 부여잡고
歸哉復歸哉.	돌아가자꾸나, 돌아가자꾸나.94)

㉠에서 불교의 윤회적 사유를 빌어, 자신이 前生에 수련을 하다가 잘못을 범했기 때문에 現生의 백년인생 동안 고통의 業을 받고 있다고 표명하고 있다.

㉡에서 그는 자신이 기형아이며, 利欲의 각축장인 현실세상에서는 무

---

93) <南華寺>, ≪蘇軾詩集≫, 권38.
94) <和陶讀山海經, 其十三>, ≪蘇軾詩集≫, 권39. 惠州폄적지에서 지음.

용지물이라고 自嘲하고 있다. 그러나 이러한 자조의 내면에는 열악한 남방 惠州폄적지의 생활 속에서도 청정하고 텅빈 마음을 가지고 사는 작자의 자부심이 내재되어 있다. 그리하여 이 시기 마음의 스승인 葛洪과 陶淵明의 대열에 끼어 함께 손을 마주 잡고 이상세계로 돌아갈 것을 내심 희구하고 있다.

我生値良時,	나의 생애는 좋은 시대를 만나
朱金義當紆.	부귀는 으레 내가 차지하게 될 것이다.
天命適如此,	천명이 마침 이와 같아서
幸收廢棄餘.	다행히도 버려지게 된 나머지에 거두어 쓰이게 되었다.
不思犧牛龜,	소와 거북처럼 희생물이 될 것은 생각하지 않고
兼取熊掌魚.	곰 발바닥과 물고기를 한꺼번에 다 취하려 했다.[95]

이는 海南島에서 폄적살이를 하던 그가 사면의 소식을 듣고서 지은 65세의 작품이다. 그는 자신의 시대가 좋은 시대라서 부와 귀를 누릴 수 있으리라 생각하고 있다. 그리하여 자신이 일단 추방되었지만 결국 다시 등용될 것을 믿고 있다. 그리고 과거에 자신은 희생될 것은 생각지 않고 포부를 달성하기 위해 힘썼으나, '名聲과 職位로 상징되는 곰 발바닥과 물고기'[96] 두 가지를 다 취하려 하였기에 결국은 희생이 되었다고 하였다.

이제 현실세계에 대한 소동파의 인식을 대략적으로 살펴보겠다.

---

95) ＜和陶始經曲阿＞, ≪蘇軾詩集≫, 권43.
96) 宋九龍, ≪蘇東坡和陶淵明詩之比較研究≫, 230쪽.

㉠

人間何處不巉巖　　인간세상 어느 곳인들 험하고 가파르지 않을 손가?[97]

㉡

蝸角虛名,　　달팽이 뿔처럼 헛된 명예
蠅頭微利,　　파리 머리 같은 조그만 이익
算來著甚乾忙.　　계산하고 따지느라 헛되이 바쁘구나.[98]

㉢

共見利欲飮食事,　　利欲으로 음식 먹는 일 보니
各有爪牙頭角爭.　　각기 발톱과 어금니, 머리와 뿔로 다툰다.
爭時怒發霹靂火,　　다툴 때는 벽력처럼 노기가 발하여
險處直在嵌巖坑.　　험한 곳 곧장 구덩이에 빠진다.
人僞相加有餘怨,　　인위(人僞)적으로 서로 보태면 원망이 생기고
天眞喪盡無純誠.　　천진함 다 잃으면 순수함 없어진다.
徒自取先用極力,　　한갓 힘 다해서 스스로 먼저 취하나
誰知所得皆空名.　　얻은 것은 모두 헛된 명성임을 누가 알리오.[99]

㉠에서 그는 세파에 시달렸던 인생경험에 의해 인간세상은 어느 곳이나 나름대로의 고통과 고난이 존재한다는 사실을 인식하고 있다. 이것은 현실세계에서의 자신의 고난을 객관적인 관점에서 관조한 것이라 할 수 있다.

㉡은 47세 黃州에서 지은 詞인데, 여기서 그는 헛된 명예와 작은 이

---

97) <慈湖夾阻風五首, 其五>, ≪蘇軾詩集≫, 권37.
98) <滿庭芳>(蝸角虛名). 曹樹銘 校編, ≪蘇東坡詞≫, 237쪽. 鄒同慶, 王宗堂, ≪蘇軾
　　詞編年校註≫, 458쪽.
99) <贈陣守道>, ≪蘇軾詩集≫, 권40.

익을 추구하느라 바쁜 群像들의 모습을 간파하고 있다. ㉢에서 현실사
회는 利欲을 다투다가 구덩이에 빠져 버리는 각축장이라고 인식하고 있
다. 현실세계는 泥田鬪狗의 장소인 것이다. 여기서 천진함과 순수성을
중시하고 거짓됨을 배격하는 소동파의 면모를 아울러 파악할 수 있다.

2) 自我와 現實世界 간의 乖離

이제 현실과의 갈등요소가 출현됨으로 나타난, 자아와 현실세계간의
괴리 양상을 파악해 보겠다.

㉠

草長江南鶯亂飛,	풀은 강남에서 자라고 꾀꼬리는 어지러이 나는데
年來事事與心違.	근년 들어 일마다 내 마음과 어긋난다.[100]

㉡

少學不爲身,	어려서 내 몸만을 위하지 않는 것 배워
宿志固有在.	일찍부터 품은 뜻 진실로 그득하다.
雖然敢自必,	비록 감히 기필할 수 있겠느냐마는
用舍置度外.	쓰이고 버려짐은 置之度外이다.
天初若相我,	만일 하늘이 애당초 나를 돕는다면
發跡造宏大.	자취 열어 큰 뜻 이루게 하리.
豈敢負所付,	어찌 감히 부탁한 바를 저버리리요?
捐軀欲投會.	기회를 보아 이 몸을 버리고자 했다.
寧知事大謬,	어찌 알았으리요? 일이 크게 어그러져
擧步得狼狽.	걸음걸음마다 낭패볼 줄을.[101]

---

100) <常潤道中, 有懷錢塘, 寄述古五首, 其二>, ≪蘇軾詩集≫, 권11.
101) <聞子由爲郡僚所捃, 恐當去官>, ≪蘇軾詩集≫, 권22.

㉠에서 자연은 예나 지금이나 변함이 없는데, 근년 들어 일마다 여의
치 않음을 표현하고 있다. ㉡에서 그는 자신만을 위하는 것이 아니라
국가와 백성을 위해 일하려는 포부를 지니고 있었다. 그리고 자신이 등
용되든지 버려지든지는 놔두는 수밖에 없다고 하였다. 만일 하늘이 자
신을 돕는다면 자신의 몸을 버려서라도 큰 뜻을 이룰 수 있을 것을 믿
고 있다. 그러나 결국 현실에서는 걸음마다 일이 어그러져서 낭패를 보
게 되었다고 밝히고 있다.

㉠

我今身世兩相違,	지금 내 몸과 세상이 서로 어긋남은
西流白日東流水.	태양은 서쪽으로 가는데 강물은 東流하는 것과 같구나.[102]

㉡

六秩行當啓,	육십대 나이 시작되는데
區中緣更疎.	이 세상 인연은 더욱 멀어 진다.
不貪爲我寶,	헛되이 탐내지 않음은 나의 보배요
安步當君車.	편안히 걷는 것은 임금이 내려 주신 수레와 같다.[103]

㉠에서 그는 자아와 현실세계간의 괴리현상을 서쪽으로 흘러가는 태
양과 동쪽으로 흘러가는 대다수의 중국의 강물을 대비시켜 그 괴리감을
역동적으로 묘사하고 있다.

㉡에서 작자는 세상과의 인연이 멀어진 그 괴리감에 고뇌하고 있다.
그리고 헛된 욕심이 없는 경지를 추구하고 있는 자세를 드러내고 있다.

---

102) ＜寓居合江樓＞, ≪蘇軾詩集≫, 권38.
103) ＜無題＞, ≪蘇軾詩集≫, 권38.

여기서 현실에 부합하여 안분 자족하는 모습이 돋보인다.

2. 現實世界와의 乖離 解消

소동파는 의식적으로 현실세계와의 괴리감으로부터 이탈하려고 노력하고 있다. 그 의식적인 노력은 대체적으로 1. 자연과의 친화, 2. 佛·道思想에 대한 경도로 인식을 확대심화시킴, 3. 陶淵明의 경지의 추구와 陶詩의 창조적 수용, 4. 현지주민들과의 교류, 5. 歸隱하고자 함, 6. 음주 등과 내재적으로 긴밀하게 연계되어 있다. 이는 기본적으로 굴레를 벗어나고파 하는 자유정신의 소유자로서의 성향과 어느 곳으로 가든지 그 상황을 즐길 수 있는(無所往而不樂)[104] 낙관적 성향이 발현된 것이다. 이는 심적 평형을 유지하기 위한 노력이기도 하다.

이제 괴리를 단절하기 위한 소동파의 노력이 시적으로 형상화된 사례를 살펴보자.

> 繫悶豈無羅帶水,　　苦悶을 얽어매는 데는 어찌 羅帶水가 없으리요?
> 割愁還有劍鋩山.　　愁心을 끊어 버리는 데는 또한 劍鋩山이 있다.[105]

여기서 그는 현실세계와의 괴리로 인한 고민과 수심을 단절시키고자 하는 의지와 확신을 보여주고 있다. 이 두 구는 대구를 이루고 있다. 특히 「비단 띠(羅帶)」로 고민을 얽어매고, 「칼날 끝(劍鋩)」으로 수심을 끊는다고 한 표현은 매우 흥미롭다.

---

104) <超然臺記>, 孔凡禮 點校, ≪蘇軾文集≫, 권11.
105) <白鶴峰新居欲成, 夜過西隣翟秀才, 二首, 其一>, ≪蘇軾詩集≫, 권40.

　이제 작자가 현실세계와의 괴리 그 자체에서 끝나지 않고, 보다 근원적으로 그 해결을 위해 어떠한 노력의 양상을 보이고 있는지 아래의 4가지로 추출해 보겠다.

1) 超越의 意志

　소동파는 자신의 인생을 이 세상에 잠시 부쳐 사는 것으로 인식하고 있다. 이것은 '吾生如寄耳' 구로 집약되어 ≪蘇軾詩集≫에서 여러 번 반복되어 나타나고 있으며, 이와 유사한 어조의 구는 상당히 많다.106) 그 중에 몇 개의 예를 들어 이 의미를 파악해 보겠다.

㉠

吾生如寄耳,	내 인생은 이 세상에 부쳐 살 뿐
初不擇所適.	애당초 갈 곳을 선택하지 않았네.
但有魚與稻,	다만 물고기와 벼가 있으니
生理已自畢.	생계는 이미 저절로 갖추어졌네.107)

㉡

吾生如寄耳,	내 인생은 이 세상에 부쳐 살뿐이니
何者爲禍福.	어느 것이 福이며 어느 것이 禍인가?
不如兩相忘,	둘 다 잊어버리는 것만 못하네.
昨夢那可逐.	어제 꾼 꿈을 어찌 좇을 수 있으랴.108)

---

106) 柳種睦, ≪蘇軾詞研究≫, 141~142쪽. 王水照, <蘇軾的人生思想與其文化性格>, 89~90쪽. 鍾來因, ≪蘇軾與道家道教≫, 359쪽, 참조.
107) <過淮>, ≪蘇軾詩集≫, 권20.
108) <和王晉卿>, ≪蘇軾詩集≫, 권27.

ⓒ

客去室幽幽,	손님이 돌아간 뒤 방안이 고요한데
服鳥來座隅.	복조새가 와서 모퉁이에 자리잡고 앉는다.
引吭伸兩翅.	목을 빼고 양 날개를 펼치고서
太息意不舒.	길게 한숨 쉬니 뭔가 마음이 불편한 듯.
吾生如寄耳,	내 인생은 이 세상에 부쳐 살뿐이니
何者爲吾廬.	어느 것이 나의 오두막이 될까?109)

ⓓ

| 吾生如寄耳, | 내 인생은 이 세상에 부쳐 살뿐이니 |
| 嶺海亦閑遊. | 嶺南과 海南도 역시 한적한 놀이였네.110) |

위에서 '吾生如寄耳'구는 소동파가 우주자연의 微小하며 나그네 같은 존재이자 불확실성의 존재인 자아를 표현하고 있다.

ⓐ은 黃州폄적지로 가는 행로에 지은 것이다. 이리로 온 것이 자신이 선택한 것은 아니지만 지금 이곳에도 먹을 양식이 풍부하니 생계걱정은 덜 수 있다고 위안하고 있다. 여기서 인생선택에 있어서 그의 피동적인 면을 느낄 수가 있다.

ⓑ은 黃州에 폄적되었던 소동파가 조정의 부름을 받아 수도 汴京으로 돌아왔을 때(51세) 지은 것이다. 자신에 연루되어 다른 곳으로 폄적되었다가 수도로 돌아온 駙馬 王詵에게 화답하는 것이다. 여기서는 禍福을 모두 잊고자 하는 소동파의 태도를 가늠할 수 있다.

ⓒ은 62세 폄적지 海南島에서 지은 시이다. 여기서 별도로 지정된 소

---

109) <和陶擬古九首, 其三>, ≪蘇軾詩集≫, 권41.
110) <鬱孤臺>, ≪蘇軾詩集≫, 권45.

동파 자신의 오두막이 없다는 것은 어디나 다 그의 오두막이 될 수 있
다는 의미도 보유하고 있다고 보여진다.

㉣은 61세 해남도 폄적을 마치고 大庾嶺을 넘어 귀환하는 길에 지은
것이다. 여기서 그는 자신의 인생이 우주에 부쳐 사는 존재일 뿐이라고
하였으며, 고통스러웠던 嶺海(惠州와 海南)의 폄적지도 역시 한적한 놀이
였다고 회상하고 있다. 이것은 그의 발상의 전환적 성향을 드러낸 것이
라고 할 수 있다.

吉川幸次郎은 이러한 "吾生如寄耳"구에 대해, 표면적으로는 인생의
불확정성과 無常함을 의미하고 있지만, 왕왕 또한 인생은 長久한 지속
이지, 짧고 잠시 적인 존재는 아니라는 것도 의미하고 있다고 하였
다.111) 吉川幸次郎의 이러한 견해에 대해, 다음과 같이 부언, 제기하고
자 한다. '吾生如寄耳'구에는 자신이 인생의 주재자이기도 하지만 보다
거시적 안목에서 볼 때는 더 큰 무엇 곧 주재자에 부쳐 사는 미소한 존
재, 혹은 자신도 어찌할 수 없는 거대한 힘에 의해 흘러가는 존재라는
것을 내재적으로 의미한다고 본다. 다시 말하면 이것은 무한한 인생선
택의 가능성을 예견하고, 무언가의 거대한 조류에 의해 야기되는 인생
의 부침을 흐름에 맡겨 흘러가는 것이다. 그리하여 영원하고 광대한 우
주의 흐름 속에 자신의 몸을 맡기는 태도라고 판단된다. 그러므로 吉川
幸次郎이 제기한 바와 같이 "吾生如寄耳"구가 인생이 장구한 지속이냐
혹은 짧고 잠시 적인 존재이냐에 그 핵심이 있지는 않다고 보여진다.
더욱이 吉川幸次郎이 단정한 '인생은 장구한 지속'이라고만 한정지을
수 없는 구체적 증거로 소동파는 <和陶還舊居>에서 "세상에 태어남은

---

111) 吉川幸次郎 著, 鄭淸茂 譯, ≪宋詩槪說≫, 152~156쪽.

본래 잠시 부쳐 사는 것/ 이내 몸은 생각할수록 잘못되었다네(生世本暫寓, 此身念念非)"112)라 하여 오히려 인생이 잠시 부쳐 사는 것이라고 한 예를 들 수 있다.

요컨대 소동파의 "吾生如寄耳"의 태도는 일견 인생의 무상을 읊은 피동적, 소극적인 것으로 보일 수도 있다. 그러나 이것은 부딪치는 환경마다 편안한 마음을 유지시킬 수 있는 「隨遇而安」적인 태도와 합치되어 영원하고 광대한 우주의 흐름 속에 자신의 몸을 맡기는 태도인 것이다. 이렇게 얻은 마음의 침잠과 위안은 자신의 인생에 지속적으로 새 생명력을 주고 있다.

더불어 그가 한 조각배에 몸을 맡기어 현실세계에서의 번잡함과 번뇌를 벗어나려는 노력을, '寄'字를 쓴 두 例를 통해 살펴보겠다.

㉠

長恨此身非我有,	이 몸이 내 소유 아님 항상 한탄하거니와
何時忘却營營.	아등바등 사는 생활 언제나 잊으려나?
夜闌風靜縠紋平,	밤 깊어 바람 자니 물결도 잔잔하여라.
小舟從此逝,	작은 배를 타고 이곳을 떠나
江海寄餘生.	江海에다 여생을 맡겨 볼까나.113)

㉡

芒鞋不踏利名場,	짚새기 신고 명리를 다투는 마당 밟지 않고
一葉輕舟寄淼茫.	한 조각 가벼운 배에 아득한 내 몸을 부쳤다.114)

---

112) <和陶還舊居>, ≪蘇軾詩集≫, 권41.

113) <臨江仙>(夜飲東坡醒復醉). 曹樹銘 校編, ≪蘇東坡詞≫, 252쪽. 鄒同慶, 王宗堂, ≪蘇軾詞編年校註≫, 467쪽.

114) <雨夜宿淨行院>, ≪蘇軾詩集≫, 권43.

㉠은 47세 黃州에서 지은 詞로, 여기서 배는 風塵세상과 江海와의 연결고리가 되고 있다. ㉡은 65세 바다를 건너 귀환하던 길에 지은 시로, 여기서 그는 名利를 다투는 현실세계를 잠깐 벗어나 배에 몸을 맡기면서 마음을 청정하게 하고 있다.

소동파는 莊子思想과 佛敎思想의 영향을 받아 현실세계를 초월하려는 의지를 자주 드러내고 있다.

㉠

學仙度世豈無人,	신선술을 배워 인간세상을 건너려는데 어찌 사람이 없으리?
餐霞絶粒長苦辛.	산 기운 노을 먹고 곡식 끊어 오랫동안 참고 견디었다.
安得獨從逍遙君,	어찌 홀로 逍遙君(莊子)을 쫓아
冷然乘風駕浮雲,	쌀쌀한 바람 타고 뜬구름 수레 삼아 갈까?
超世無有我獨尊.	세상을 초월한 이 없어도 나는 하겠다.115)

㉡

人間熱惱無處洗,	인간세상의 뜨거운 번뇌를 녹일 곳 없어
故向西齋作雪峰.	西齋에 눈 봉우리(雪峰)를 만들었네.116)

㉢

人將蟻動作牛鬪,	귀 밝은 사람은 개미 움직임도 소싸움으로 들리는데
我覺風雷眞一噫.	귀 먼 사람은 태풍소리도 숨소리 같아 마음 편안하네.
聞塵掃盡根性空,	시끄러운 소리 못 들으니 六根은 모두 공허하여

---

115) <留題仙都觀>, ≪蘇軾詩集≫, 권1.
116) <雪齋>, ≪蘇軾詩集≫, 권18.

不須更枕淸流派.　　굳이 맑은 시냇물 찾아가 귀 씻을 일없네.117)

㉠은 24세 모친상을 마치고 부친, 아우와 함께 南行할 때 지은 시로, 여기서 작자는 莊子를 쫓아 절대적 광막한 세계에 소요하고 싶어 하고 있다. 이는 초월에 대한 강력한 의지를 표현한 것이다.

㉡은 44세 徐州에서 지은 시로, 그는 「雪齋」라 불리는 서재를 만들어 그 곳에다 눈(雪)을 그렸는데, 그것은 현실세계와의 괴리에서 오는 번뇌를 녹이고자 의도함이다.

㉢에서 그는 귀 먹은 사람을 비유하여 현실세계에서의 다툼을 듣지 않고자 의도하고 있다. 귀 밝은 일반사람들은 현실에서의 모든 싸움을 더욱 강조하여 듣게 마련이다. 그러나 귀머거리는 시끄러운 風塵세상의 소리를 못 들으니 眼, 耳, 鼻, 舌, 身, 意 등 六根은 모두 비어 굳이 나쁜 소리를 듣고 귀를 씻을 일이 없다고 하였다. 이는 불가사상과 관련된다.

㉠

我少卽多難,　　나는 젊어서부터 난관이 많아
遭回一生中.　　일생을 불우하게 지냈다.
百年不易滿,　　백년 인생 다 채우기 쉽지도 않건만
寸寸彎强弓.　　순간순간을 억센 활 당기듯 힘들게 살아왔다.
老矣復何言,　　늙었구나! 다시 무슨 말을 할까보냐.
榮辱今兩空.　　이젠 榮辱이 모두 텅 비었네.
泥洹尙一路,　　아직 열반의 길하나 있으니
所向餘皆窮.　　이로 향하는 길 외에는 모두 막혔다.118)

---

117) <次韻秦太虛見戱耳聾>, ≪蘇軾詩集≫, 권18.
118) <次前韻寄子由>, ≪蘇軾詩集≫, 권41.

ⓛ

早知臭腐卽神奇,	일찍이 알았었네. 더럽고 썩은 것이 신기함을.
海北天南總是歸.	바다 북쪽 하늘 남쪽 모두 돌아갈 곳이라.
九萬里風安稅駕,	구만리 바람 타고서 편하게 멍에 푼다.
雲鵬今悔不卑飛.	구름 타고 나는 붕새가 이제서야 낮게 날지 않았음을 후회한다.119)

ⓙ은 불교적 사유를 풍기고 있다. 그는 자신이 젊어서부터 난관이 많아 일생을 불우하게 살아왔다고 여기고 있다. 다시 말해 백년인생을 순간순간 억센 활을 당기듯 어렵게 살아왔다는 것이다. 이제 늙어 그간의 영광과 오욕은 모두 텅 비고 열반(죽음 혹은 번뇌가 끊어진 해탈의 경지)으로 향하는 길만 남아있다고 하였다.

ⓛ은 62세 海南島에서 지은 시로, 여기서 "더럽고 썩은 것"은 혼탁한 현실세계를 의미한다. 더럽고 썩은 이 현실세계에 바로 神奇함이 존재한다고 하였다. 그리고 상상의 세계에 진입하여 현실을 초월하고 있다. "구름 타고 나는 붕새가 이제서야 낮게 날지 않았음을 후회한다(雲鵬今悔不卑飛)"에서는 자신이 크고 높게 살려다가 작고 일반적인 것을 추구하지 않았음을 탄식하고 있다. 이는 드높은 이상을 추구하다가 현실에서의 소소한 문제들을 등한시하였다는 의미이다. 곧 현실에 대한 회한이 섞인 애착을 반영한 것이다.

2) 生命의 意志

소동파는 실각되어 폄적된 시기에도 굴하지 않고 내면세계는 더욱

---

119) <次韻郭功甫觀予畵雪雀有感二首, 其一>, ≪蘇軾詩集≫, 권45.

강인한 生의 의지를 보이고 있다. 이제 열악한 조건 아래에서도 강인한
생명력을 보이고 있는 茶, 소나무, 꽃에 관한 시들을 통해 어려운 시기
에도 생명이 약동하는 소동파의 내면을 살펴보겠다. 여기서의 例詩는
주로 혜주와 해남도 폄적기의 작품이다.

松間旅生茶,　　　　소나무 사이에 기생하는 茶가 돋아났는데
已與松俱瘦.　　　　소나무처럼 말랐다.
茨棘尙未容,　　　　띠풀과 가시나무가 차나무를 용납 못하고
蒙翳爭交構.　　　　더부룩하게 茶와 얽혀 있다.
天公所遺蘖,　　　　하늘이 버린 이 생명
百歲仍稺幼.　　　　백년이나 오래 되어도 여전히 어리구나.
紫筍雖不長,　　　　붉은 茶싹 비록 잘 자라지 못하나
孤根乃獨壽.　　　　외로운 뿌리는 홀로 장수한다.
移栽白鶴嶺,　　　　(내가 사는) 白鶴嶺에다 옮겨 심으니
土軟春雨後.　　　　봄비 내리고 나자 흙이 푹신푹신 부드럽구나.
彌旬得連陰,　　　　열흘이 다 되도록 어둑어둑하더니
似許晩遂茂.　　　　이렇게 늦게 서야 무성히 자라는구나.
能忘流轉苦,　　　　찻잎은 流轉하던 고통을 잊고서
戢戢出鳥味.　　　　뾰족뾰족 새부리처럼 돋아 나온다.[120]

　열악한 환경에도 불구하고 무성하게 자라난 茶나무의 끈질긴 생명력
을 통해 자신의 줄기찬 生의 약동을 반영한 시이다. 자생하는 茶나무가
가시나무와 띠풀에 의해 둘러싸여 잘 자라지 못함에도 불구하고 그 뿌
리는 튼튼하다. 그 茶나무를 자신의 거주지인 白鶴嶺에 이식시키어 봄

---

120) <種茶>, 《蘇軾詩集》, 권40.

비를 맞게 하고 좋은 흙 위에서 자라게 하니 그 茶나무가 무성해졌다. 여기서 띠풀과 가시나무는 소인배를, 붉은 茶싹은 소동파 자신을 상징하고 있다.

歲暮似有得,	세모라 마음에는 얻음이 있는 듯
稍覺散亡還.	흩어진 정신이 조금은 집중됨을 느끼네.
有如千丈松,	나는 저 천길 높이 솟은 소나무같이
常苦弱蔓纏.	항상 덩굴 풀에 휘감겨 고통스러웠네.
養我歲寒枝,	추위에 시달려도 꿋꿋해지는 가지의 정신을 길러
會有解脫年.	나도 해탈할 날 있으리라.121)

현재 덩굴 풀에 얽매어 고통받는 소나무는 소인배에게 밀려 폄적살이 하는 자신의 상징이요, 추운 겨울이 되어 둘러싸고 있던 덩굴풀이 시들면 해탈하게 되는 소나무는 곧 자신의 해탈에 대한 강렬한 기대감의 반영이다. 이것이야말로 솟구치는 생명의 의지를 표현한 것이 아닐 수 없다.

幽芳本長春,	긴 봄날 핀 그윽한 꽃송이
暫瘁如食月.	잠깐 새에 月食한 것처럼 파리해졌구나.
且當付造物,	조물주께 당부하려 해도
未易料枯柿.	시들어 가는 꽃 살려내기 쉽지 않으리.
也知宿根深,	알겠도다. 묵은 뿌리가 깊으니
便作紫筍茁.	곧 자주색 순이 돋아나리라.
乘時出婉娩,	봄 시절을 타서 예쁘게 돋아나와

---

121) <和陶歲暮作和張常時>, ≪蘇軾詩集≫, 권40.

爲我暖栗冽.	날 위해 썰렁한 추위 따뜻하게 해 주는구나.
……	……
誰言一萌動,	뉘라서 싹 하나 움튼다고 할까?
已覺萬木活.	이미 온 세상 나무가 생기가 차있다네.[122]

소동파는 시들었다가 다시 생기 있게 변한 꽃을 통해 줄기찬 生의 약동을 표현하였다. 이것은 또한 폄적기의 역경을 희망으로 전환시키고 있는 소동파의 의지를 반영한 것이기도 하다.

3) 窮達에 대한 達觀

소동파는 기나긴 仕宦生涯의 역정에서 인생의 희비애락을 폭넓고 깊이 있게 체험하였다. 그는 정부의 고관을 지내며 영달을 체험하였기도 하였다. 반면 그는 폄적지에서 강도 높은 시련을 받기도 하였다. 역경은 그로 하여금 발상의 전환을 초래케 하였다. 그리하여 현실세계와의 괴리 해결을 모색하였다. 여기에서는 惠州貶謫期와 杭州通判時節 및 海南貶謫期 시를 예를 들어 窮과 達에 대한 소동파의 관점을 조명하겠다. 더불어 이 양자를 아울러 달관하고 있는 그의 면모를 파악해 보고자 한다.

우선 窮(逆境)과 達(順境, 榮達)에 대한 소동파의 견해를 살펴보겠다.

窮은 대체적으로 뜻을 얻지 못함, 정치적 불우와 정신적 번뇌 그리고 경제적 곤궁상태를 포괄하고 있다. 우선 惠州貶謫期의 시를 보자.

㉠

내가 惠州로 유배 온 지 1년이 되었는데 衣食은 점점 곤궁해지고

---

122) <次韻子由月季花再生>, ≪蘇軾詩集≫, 권41.

重陽節은 다가오는데 술동이와 부뚜막은 썰렁하구나. 이에 陶淵明의 <詠貧士>七篇에 화답한다.

(余遷惠州一年, 衣食漸窘, 重九伊邇, 樽俎蕭然, 乃和淵明貧士七篇.)

遙憐退朝人,	회상하건대 조정에서는 중양절에
餥酒出大官.	떡과 술을 하사했었지.
豈知江海上,	어찌 알았으리오? 江海에서는
落英亦可餐.	떨어진 꽃잎도 먹을 만하다는 것을
典衣作重陽,	옷을 저당 잡혀 重陽節을 세려니
徂歲憐將寒.	세월이 감이 더욱 썰렁하구나.
無衣粟我膚,	옷 없어 살갗에 소름이 돋고
無酒嚬我顔.	술 없어 얼굴이 찌푸려지누나.
貧居直可歎,	가난한 생활 참으로 한스러워라.
二事長相關.	옷 없고 술 없음이 오래도록 붙어 다니네.123)

ⓛ

내가 王參軍의 땅을 빌려 채소를 심었는데 그 넓이가 半畝도 안되었다. 나는 아들 過와 함께 한 해 동안 배불리 먹고 밤중에는 술에 취했다. 숙취를 풀 것이 없어 문득 채소를 캐서 지져 먹었다. 그 맛은 땅의 기름기를 포함하고 있었고, 그 氣는 바람이슬을 실컷 먹고 있었기에, 비록 맛있는 쌀과 고기라 하더라도 이에 미치지 못하였다. 인생은 모름지기 어떤 것이길래 이외에 다른 것을 탐하랴. 이에 네 구를 짓다.

(吾借王參軍地種菜, 不及半畝, 而吾與過子終年飽飫, 夜半飮醉, 無以解酒, 輒擷菜煮之. 味含土膏, 氣飽風露, 雖粱肉不能及也. 人生須底物, 而更貪也? 乃作四句.)

---

123) <和陶貧士七首, 幷引 및 其五>, ≪蘇軾詩集≫, 권39.

秋來霜露滿東園,	가을이 오자 서리이슬 동쪽 정원에 가득한데
蘆菔生兒芥有孫.	무우는 아들 낳고 겨자는 손자 낳았네.
我與何曾同一飽,	나는 (이것들을 먹고도) 何曾[124]같은 부자처럼 배부른데
不知何苦食鷄豚.	어찌 고생스레 닭과 돼지고기 먹을 필요 있으랴.[125]

㉠은 소동파가 陶淵明의 <詠貧士, 其五>시에 和韻한 詩로서, 가난에 대한 절실한 경험을 토로한 시이다. 그는 우선 重陽節을 맞아, 과거 자신이 조정의 大臣으로 있을 때의 화려함과 현재 폄적지에서 맞는 처절한 가난을 대비하고 있다. 여기서 빈궁에 대해 아직은 달관하지 못하고 있음을 드러내고 있다.

㉡은 작자가 남의 땅을 빌어 몸소 채소를 심어 수확을 거두며 충만한 희열을 표현한 시이다. 직접 농경하는 수확의 기쁨은 何曾같은 지배계층이 먹는 육식에 못지않다는 정신적 기쁨을 드러내고 있다.

㉠에서 경제적 궁핍으로 인한 고통을 호소하고 있고, 이것이 수확으로 인해 ㉡에서는 달관, 自適하는 모습으로 전환되고 있다.

다음에 仕宦前期와 海南貶謫期의 시를 통해 窮과 達에 대한 소동파의 소감을 살펴보자.

---

124) 何曾은 西晉初에 丞相과 太傅을 역임한 사람이다. <擷菜, 幷引>, ≪蘇軾詩集≫, 권40, 2202쪽. 「詰案」: ≪晉書≫에서는, 「何曾은 성격이 사치하여 꾸미는데 힘을 써서 반찬의 맛이 임금보다 지나쳤다. 하루의 음식에 萬錢을 들일 정도였는데도 오히려 '젓가락 놓을 곳이 없다'고 말했다」고 하였다.

125) <擷菜, 幷引>, ≪蘇軾詩集≫, 2201쪽.

㉠

吾宗古遺直,	나는 옛날의 고결한 이를 숭앙해 왔으나
窮達付前定.	사람의 窮과 達은 이미 정해져 있는 것.126)

㉡

昔我未嘗達,	예전에 나는 일찍이 達觀하지 못했었는데
今者亦安窮.	지금은 또한 궁함에도 편히 여긴다.
窮達不到處,	窮과 達이 이르지 못하는 곳
我在阿堵中.	나는 그 가운데 있다.127)

㉠에서는 窮과 達의 운명이 미리 정해진 것이라고 인식하고 있다. 이러한 견해 역시 현실에서의 고민을 달관으로 전이시키는 역량으로 작용하고 있다. ㉡에서 작자 자신이 과거와는 달리 궁함에도 편히 여기며 나아가 窮과 達의 구분에 초연하는 경지에 이르렀다고 피력하고 있다.

이제 窮과 達에 대한 소동파의 이러한 견해는 어떠한 인식적 배경에서 이루어질 수 있었는가를 파악해 보겠다.

내가 일찍이 惠州의 嘉祐寺에 머물러 살았을 적에 발걸음을 따라 松風亭 아래를 산책했다. 다리가 꽤나 피곤하여 정자로 가서 쉬고 싶은 생각이 들었다. 그런데 정자는 나무 끝에 걸린 듯 높이 있기에, '어떻게 하면 저기에 도달할 수 있을까?'라 생각하였다. 한참만에 홀연히 '어찌 이곳이 쉴 수 없는 곳이랴!'고 생각이 들었다. 이로부터 낚시에 걸렸던 물고기가 낚시를 벗어난 듯 홀연 해탈하였다.

---

126) <徑山道中次韻答周長官兼贈蘇寺丞>, ≪蘇軾詩集≫, 권10. 杭州通判 시절의 작품이다.
127) <和陶擬古九首, 其二>, ≪蘇軾詩集≫, 권41. 海南貶謫期의 작품이다.

(余嘗寓居惠州嘉祐寺, 縱步松風亭下. 足力疲乏, 思欲就林止息. 望亭宇
尙在木末, 意謂是如何得到? 良久. 忽曰. ʻ此間有甚麼歇不得處?ʼ, 由是如
掛鉤之魚, 忽得解脫.)128)

이것은 발상의 전환을 통해 일상적 목표에서 해방되자 정신적 자유
를 획득하게 되었다는 취지를 토로한 글이다. 궁한 처지에서도 추구하
던 목표를 잠시 잊고, 바로 어디서나 해탈할 수 있다는 생각은 順境과
困境을 초연, 달관할 수 있는 정신역량이 되고 있다.

4) ʻ思無邪ʼ의 追求

惠州로 폄적된 후 소동파는 밀물처럼 밀려오는 번민의 해소를 모색
하고 있다. 그것은 자아성찰을 통한 평정의 추구이다. 그는 어떻게 해
야 ʻ번뇌가 사라진 정신적 평형상태를 획득할 수 있을까ʼ하는 문제에
대해 사색하였다. 그 해결책의 하나는 바로 儒·佛·道 思想이 혼융된
작자의 「思無邪」의 경지라고 할 수 있다.

㉠

葺爲無邪齋,　　　　「思無邪齋」라 부르는 서재를 지어서
思我無所思.　　　　아무 것도 생각하는 바 없는 경지를 추구한다.129)

㉡

凡聖無異居,　　　　무릇 성인은 이 세상과 다른 곳에 존재하는 것이 아
　　　　　　　　　　니라

---

128) <記游松風亭>, ≪蘇軾文集≫, 권71.
129) <和陶移居二首, 其二>, ≪蘇軾詩集≫, 권40.

<table>
<tr><td>清濁共此世.</td><td>淸과 濁이 함께 하는 이 세상과 함께 있다.</td></tr>
<tr><td>心閑偶自見,</td><td>마음이 한가로우면 그 경지가 우연히 나타나고</td></tr>
<tr><td>念起忽已逝.</td><td>잡념이 일면 홀연 사라져 버린다.</td></tr>
<tr><td>欲知眞一處,</td><td>참된 그 경지를 알려면</td></tr>
<tr><td>要使六用廢.</td><td>六用을 없애야 하리라.</td></tr>
<tr><td>桃源信不遠,</td><td>理想世界인 桃花源은 실로 멀지 않으니</td></tr>
<tr><td>杖藜可小憩.</td><td>지팡이 짚고도 조금 쉴 수 있는 바로 그곳이라.130)</td></tr>
</table>

㉠에서 작자는 불현듯 떠오르는 잡념과 번뇌를 잊기 위해「思無邪齋」라는 서재를 지어서 무념무상의 경지를 추구하였음을 피력하였다.

㉡서 六用은 곧 六根의 功用이다. 六根은 사람을 미혹시키게 하는 여섯 가지 근원인 眼, 耳, 鼻, 舌, 身, 意 이다. 이러한 6가지 感官의 작용에 의한 감정을 멈추는 것이 바로「思無邪」의 경지에 도달하는 방편이 된다는 것이다.

마음의 한적상태를 이룰 때 성인의 경지가 나타나고, 잡념이 일게 되면 홀연 그 경지가 사라진다고 하였다. 여기서 번뇌가 일어나면 소동파는 그 번뇌를 해탈하기 위해 감관작용을 모두 멈추는 禪的인 노력을 했다는 것을 알 수 있다.

여기서 주목할 만한 점은 理想世界가 먼 곳에 존재하는 것이 아니라, 가까운 현실세계에 존재한다는 이치이다. 이렇듯 소동파는 일상생활에서 번뇌와 갈등이 없는 상태 곧 정신적 해탈을 추구하였다. 이제 그가 추구한「思無邪」의 경지에 대해 예문을 들어 파악해 보겠다.

나 東坡居士가 동생 子由에게 佛法을 물었다. 子由는 불교의 언어로

---

130) <和陶桃花源>, ≪蘇軾詩集≫, 권40.

써 대답하여, '본래 깨달음은 반드시 밝은 것이니, 無明(진리에 어두운 狀態)을 밝게 깨닫는 것이다.'라고 대답했다.

東坡居士는 흔연히 孔子의 말씀 가운데 '≪詩經≫ 삼백 편을 한 마디로 요약하면, 생각함에 사악함이 없는 것이다'라는 말이 상기되었다.

① 무릇 생각이 있다는 것은 (그 가운데) 사악함이 있다는 것이다. ② 생각이 없다면 흙이나 나무와 같이 될 것이다. ③ 내가 어떻게 하면 도를 깨우쳐 '생각함이 있으면서도 생각하는 바가 없도록' 될 수 있을 것인가?

④ 이에 두건을 쓰고 단정히 앉아 종일 말을 하지 않고 밝게 눈을 뜨고 바라보아도 보이는 것이 없었다. 마음을 가다듬고 바로 생각하여 깨닫는 바가 없는 境地에 이르니, 이에 道를 터득했다.

그리하여 나의 서재를 「思無邪齋」라 이름지었다. 그 서재에 銘을 지었으니 다음과 같다.

큰 근심은 몸이 있기 때문이라.
몸이 없다면 병도 없을 것이라.
확연히 스스로 밝게 깨우치니
거울마다 나의 참모습 비추는 거울이 아니네.
마치 물로써 물을 씻음에
두 물이 한 가지로 깨끗한 것과 같다네.
넓은 이 우주천지 사이에
오직 나 혼자만이 바르다네.

(東坡居士問法于子由. 子由報以佛語曰'本覺必明, 無明明覺'. 居士欣然有得于孔子之言曰'詩三百一言以蔽之曰, 「思無邪」.'夫有思皆邪也. 無思則土木也. 吾何自得道, 其惟有思而無所思乎.

于是幅巾危坐, 終日不言, 明目直視, 而無所見. 攝心正念而無所覺. 于是

得道. 乃名其齋曰「思無邪」. 而銘之曰,

大患緣有身, 無身則無病.
廓然自圓明, 鏡鏡非我鏡.
如以水洗水, 二水同一淨.
浩然天地間, 喩我獨也正.)[131]

「思無邪」란 본래 孔子가 ≪詩經≫의 정신을 압축하여 표현한 말이다. 위 인용문에서 思(생각함)를 '邪(사악함)이 없다'로 풀이한 것은 同一聲韻으로 字의 해석을 하는 중국의 종래 방식을 따른 것이라 여겨진다. 그 의미는 생각함이 있으면 그 가운데 사악함이 끼어 있는 경우가 많다는 것이라 여겨진다. '생각이 없다면 흙이나 나무와 같다'는 명제는 ≪莊子≫의 "육체는 진실로 죽은 나무와 같게 할 수 있으며, 마음은 진실로 불 꺼진 재와 같게 할 수 있습니까?(形固可使如槁木, 而心固可使如死灰乎)"[132]와도 연관된다. 이는 모습은 마른 나무와 같고 마음은 꺼진 재와도 같다는 것과 통하는 말이다. 土, 木은 무생물이므로 일체의 감정도 意志도 없다. 인간이 이와 같을 수는 없는 것이다. 그러므로 소동파는 ①, ②를 뛰어 넘고 그 止揚으로서 ③을 갈구한 것이 아닌가 생각된다. 왜냐하면 ④에서 보듯 土, 木과 같은 감정을 취하더라도 의지만은 같을 수가 없기 때문이다.

즉 ③은 생각함이 있으면서도 사악함이 없고, 생각하는 바가 없으면

---

131) <思無邪齋銘, 幷敍>, ≪蘇軾文集≫, 574쪽. 여기서 일련번호는 필자가 편의상 임의로 부가한 것임.

132) 郭慶藩 撰, ≪莊子集釋≫, <齊物論>, 43쪽. 장자 지음, 김창환 옮김, ≪莊子內篇≫, 51쪽.

서도 흙이나 나무 같은 무생물이 생각이 없는 것과는 달리 생각함이 있다는 의미이다. 이어서 소동파는 정좌하고서 종일 말없이 밝게 직시하였으나 보이는 것이 없고, 마음을 추슬러 바로 생각하여 깨달음조차 없는 경지에 이르렀다. 이처럼 말로 쉽게 표현하기 어려운 무념무상의 경지가 「思無邪」의 도라고 소동파는 인식했다고 여겨진다. 이는 바로 위의 '생각함이 있으면서도 사악함이 없고, 생각하는 바가 없으면서도 흙이나 나무 같은 무생물이 생각이 없는 것과는 달리 생각함이 있음의 경지'를 함유하는 것이라 보여진다.

銘에서 소동파는 큰 근심은 육신의 존재로부터 생기며 육신이 없으면 병도 없는 법이라고 주장하고 있다. 이것은 老子의 「大患有身」곧 "내가 큰 걱정이 있는 까닭은 내 몸이 있기 때문이다(吾所以有大病者, 爲吾有身)"133)이란 말에서 유래하고 있다. 소동파는 이 이치를 깨닫자 마음이 넓어지며, 이윽고 우주천지 사이에 오직 자신만이 정당하다는 자부심을 토로하고 있다. 아마도 身은 명예와 財富를 갈망하는 肉身일 것이다. 세속적인 인간은 이를 얻기 위해 이전투구하지만, 이 세속적인 현실을 버리면 마음이 넓어지게 될 것이다. 소동파는 여기서 자신이 정당하다고 생각하게 된 것이라고 여겨진다. 이러한 자부심은 소동파 자신이 지난 오랜 기간 동안 정치생애에서 내면에 부끄럼없이 정당하게 행동했기에 가능했던 것이라고 보여진다.

위의 전체 문장에서 소동파는 「思無邪」를 佛・道思想과 결합시켜 사용하고 있다. 이 용어는 그 근원이 유가어이나 이 글에서의 의미는 佛・道思想的 색채가 더욱 부각되고 있다. 孔子의 「思無邪」는 작자의 생

---

133) 余培林, ≪新譯老子讀本≫, 제13장, 34쪽.

각 속에 사악함이 없는 ≪詩經≫의 창작정신을 의미하고, 소동파의 「思
無邪」는 '생각함이 있으면서도 생각하는 바가 없는' 청정한 경지를 나
타낸다고 파악된다.

소동파는 젊은 시절 함양된 氣가 밖으로 빛났으며, 세상을 위한 원대
한 포부를 이루려고 분투하였다. 그러나 정치적 견해차로 인한 반대파
와의 갈등으로, 끝내 공명을 달성하지 못하고 희생되었다. 이에 나약함
과 무력함 등 자신의 한계를 절감하였다. 그리하여 전생에 수행자였는
데 한 번 잘못을 범해 현세에서 고통 받는 존재이며, 세상에서의 기형
아, 무용지물이라고 자아를 자조적으로 인식하기도 하였다. 한편 소동
파는 현실세계를 利欲을 다투는 군상들의 각축장이며, 苦海라고 인식하
고 있다. 반면 이러한 혼탁한 현실에서 이상향을 구현시킬 수 있다는
믿음도 동시에 지니고 있었다.

소동파는 자아와 현실세계와의 괴리를 다음과 같은 방법을 통해 조
화구조로 전환시키고 있다. 여기서 전제되어야 할 점이 있다. 그것은
기본적으로 자신이 어디에 가든지 어느 상황에 있든지 그 상황에서 즐
길 수 있는 것들을 최대한 즐기는 낙천적인 성향이 있다는 것, 그리고
그가 난관봉착시 적극적 현실투쟁보다는 佛·道家사상 자체에 내재해
있는 정신적 평형 추구방법을 자신의 심적 조절의 방법으로 원용하고
있다는 것이다.

그는 "내 인생은 이 세상에 부쳐 살 뿐(吾生如寄耳)"이라고 하였는데,
이는 자신이 미소한 존재이며 불확실성의 존재임을 알고 조류가 흘러가
는 대로 몸을 맡기고자 함이다. 또한 그는 「雪齋」라 불리는 서재에다가
눈을 그려 번뇌를 녹이고자 하였듯이, 상상의 세계를 소요함으로써 현
실을 초월하려 하였다. 아울러 그는 열악한 조건에도 줄기찬 생명력을

보이고 있는 식물을 통해 生의 약동과 자아의 생명의지를 표현하였다. 더불어 역경에서도 초연하고자 하였으며 나아가 窮(逆境)과 達(榮達)을 모두 달관하고자 하였다. 이외에도 그는 「思無邪齋」를 지어 갈등이 없는 세계는 청정한 마음의 경지에 있다고 하여 「思無邪」의 경지를 추구하고 있다.

이렇듯 그는 역경에서도 生이 약동하였으며, 泥田鬪狗의 현실세계에 초연하고 나아가 그 현실을 초월하고 달관하려는 의지가 있었다. 이것들은 그가 자아와 현실세계간의 괴리를 해소시키는 좋은 방법이 되고 있다. 그리하여 그는 괴리에서 야기된 갈등구조를 적극적인 자유의지를 통해 조화구조로 전환시키고 있다. 「현실과의 괴리와 그 해소」는 소동파의 정신적 지향에 있어 한 중요한 축이다.

제4절 陶淵明에의 同一化樣相과 陶淵明詩의 創造的 受容

소동파는 인생행로에서 자신이 접하게 된 典籍과 유적에서 본 古人의 행적과 작품이 자신의 처지나 심리상태와 유사하거나 배울 점이 있으면, 그 대상에 자신을 同一化시켜 귀감으로 삼고자 하였다. 古人이 어느 특정한 상황에서 실행하였던 정신과 행동을 배우고 닮으려고 하는 의식이 소동파의 작품에서 자주 드러나고 있다. 이것은 소동파시의 특징 중의 하나이기도 하다.

영국의 벤 존슨은 詩文學에 있어서의 모방에 대해 "다른 시인의 알맹이 寶貨를 자기 자신을 위하여 사용할 수 있도록 변모시킬 수 있는 능력, 다른 누구보다도 한 사람의 훌륭한 인물을 선택하여 바로 그 사람 자체가 되는 것"134)이라고 피력했다. 이것은 同一化樣相과 통하는 말이다. 여기서 동일화양상이란 한 인물을 대상으로 설정하여 그 인물의 행적, 문학, 위인 등을 스승으로 삼아 배우고 닮고자 하는 것을 의미한다.

소동파는 시에서 자신의 행적을 白居易와 동일화시키고 있고,135) 惠州로 오던 南行 행로에서 柳宗元·韓愈의 행적과 자신의 행적을 동일화시키고 있다.136) 또한 惠州에서는 葛洪을 자신과 동일화시키고 있다.137) 하지만 이러한 경우는 古人의 典籍이나 유적지에 가까이 접할 때의 심경의 일치나 경도에 의한 불연속적이고 개별적인 심리현상에 불과한 것이다. 소동파에 있어 보다 연속적이고 심도 있는 동일화양상의 전형적인 대상은 陶淵明이라고 할 수 있다. 소동파의 시에는 和陶詩 및 그 외에 도연명에게서 터득하거나 그와 관계있는 작품들이 존재하고 있다.

이 절은 소동파가 중년이후 만년으로 갈수록 도연명과 그의 문학이 소동파의 의식에 있어서 주요한 고리가 되고 있다는 점에 착안하여 설정하였다. 여기서는 인간 도연명에 대한 심취와 同一化양상의 측면 및 도연명시의 창조적 수용의 측면에 대해 和陶詩를 중심으로 고찰하겠다. 도연명과 陶詩에 대한 동일화 양상은 소동파 자아와 현실세계간의 괴리

---

134) 李商燮, 《文學理論의 歷史的 展開》, 48쪽, 再引用.
135) 「定似香山老居士, 世緣終淺道根深.」 <軾以去歲春夏, ……, 其四>, 《蘇軾詩集》, 권28.
　　"出處依稀似樂天, 敢將衰朽較前賢." <予去杭十六年而復來, 留二年而去. 平生自覺出處老少, 麤似樂天, 雖才名相遠, 而安分寡求, 亦庶幾焉. ……, 其二>, 《蘇軾詩集》, 권33.
136) <臨城道中作>, 《蘇軾詩集》, 권37. <慈湖夾阻風五首, 其三>, 《蘇軾詩集》, 권37, 參照.
137) 《蘇軾詩集》, 2068쪽, 2129쪽, 2131쪽, 참조.

에 연유한다. 그리하여 만년기 소동파의 인격, 문학의 스승인 도연명에 대한 흠모와 시에 있어서 동일화양상의 표지인 「和陶詩」(陶淵明詩의 韻에 맞추어 지은 시)에서 原詩인 도연명시의 내용과 韻律에 따른 제약에도 불구하고 소동파가 어떻게 자아형상을 창조적으로 반영, 不平의 심리를 평정으로 전환시켰나 하는 점에 초점을 맞추어서 논술하고자 한다.

기실 和陶詩에는 소동파의 만년의 심경을 대변할 정도로 그 다양하고 복합된 정조가 반영되어 있다. 도연명과 관련된 소동파의 시에는 소동파의 의식세계를 이루는 핵심 중의 하나가 드러나 있다. 그리하여 도연명 및 도연명시와 관련된 시를 통해 소동파가 「不平」의 상태에서 「平」의 상태로 전환되는 핵심적 심리의 궤적을 밝힐 수 있을 것이라고 생각한다.

1. 陶淵明에 대한 心醉와 그 同一化樣相

陶淵明(365~427년)은 혼란이 극에 달했던 東晉과 宋의 교체기에 생존하였다. 도연명은 현실세계와의 괴리를 절감하자 자연을 사랑하는 본성을 따라 관직의 굴레를 박차고 나와 자율적인 선택에 의해 자연에 귀의하였다. 그리하여 고된 농경생활을 통해 참된 인생행로를 걸으며 술과 자연을 노래했던 시인이다. 그의 문학과 인품 및 행적은 참된 인생을 지향하는 후세의 많은 문인들의 귀감이 되었다.

소동파는 정치생애에서 정치적 반대세력에 밀려서 黃州 및 남방 惠州와 海南으로 폄적된 北宋의 문인이며 정치가이다. 그는 평소 시대를 구제하려는 큰 포부를 품고 仕宦世界에 진입한 후 유가적 현실지향성을 평생 그의 가슴에 간직하고 실행했었지만, 불우하게도 당시 정계에서 그것을 이루지 못하고 타의로 폄적되었다. 생애의 후반 무렵 그는 젊은 시절 충천했던 氣로 인해 야기되었던 현실세계와의 괴리를 절감하고, 늦게서야 陶淵明의 위인 및 행적과 문학을 모범으로 하여 자신의 强氣를 순화시키어 조화로운 세계를 염원하였다.

사실 陶淵明에 대한 소동파의 관심과 흠모의 정은 젊은 시절부터 시에 표출되고 있다. 그는 36세에 이미 "전원은 곳곳마다 좋으니/ 연명이 어찌 돌아가지 않으리요?(田園處處好, 淵明胡不歸)"138)라 하여 연명에게 관심을 표명하였다.

또한 黃州貶謫時期 47세의 작품인 <江城子> 詞에서는 다음과 같이 읊고 있다.

> 夢中了了醉中醒,　　꿈속이 선명하여 취중에 깨어보니,
> 只淵明, 是前生.　　연명만이 나의 전생이다.139)

이처럼 소동파는 자신과 淵明을 동일화시키고 있다. 또한 이 黃州時期 소동파는 연명의 <歸去來辭>를 농민들이 노래로 부르기 쉽도록 윤색한 <哨徧>(爲米折腰) 詞를 짓기도 하였다.140) 심지어 "내가 곧 연명이요, 연명이 곧 나이다(我卽淵明, 淵明卽我也)"141)라고 하여 연명과 자신을 동일화시키기도 하였다.

惠州貶謫時期에도 그는 "다닐 때마다 ≪陶淵明集≫을 가지고 다니었

---

138) <出都來陳. ……, 聊爲和之, 其三>, ≪蘇軾詩集≫, 권6.
139) <江城子>(夢中了了醉中醒). 龍楡生 校箋, ≪東坡樂府箋≫, 137쪽. 曹樹銘 校編, ≪蘇東坡詞≫, 232쪽. 鄒同慶, 王宗堂, ≪蘇軾詞編年校註≫, 352쪽.
140) <哨徧>(爲米折腰). 龍楡生 校箋, ≪東坡樂府箋≫, 145쪽. 鄒同慶, 王宗堂, ≪蘇軾詞編年校註≫, 388쪽.
141) <書淵明東方有一士詩後>, ≪蘇軾文集≫, 권67. 紹聖2년(1395년, 60세)에 지음.

다. 울적함을 쏟아낸 것은, 바로 이것에 의지할 뿐이다(隨行有≪陶淵明集≫. 陶寫伊鬱, 正賴此爾).”142)라고 하였다. 또한 “오직 ≪陶淵明集≫ 한 질과 ≪柳宗源詩文集≫ 몇 권을 항상 좌우에 놓고 두 벗으로 삼았다.(惟陶淵明一集, 柳子厚詩文數策, 常置左右, 目爲二友)”143)라고 토로하였다. 이는 소동파가 어려운 시기에 ≪陶淵明集≫을 항상 곁에 두고 자주 보면서 자신의 울적한 심사를 달랬던 것을 표현한 것이다.

이제 소동파의 和陶詩 창작과정을 대략적으로 살펴보겠다.

揚州知事時節(57세)에는 최초의 和陶詩인 <和陶飮酒二十首>를 창작하여 淵明에의 흠모의 정을 구체화시키고 있다. 惠州貶謫期(59~62세)에 소동파는 陶淵明의 시와 행적에 부단한 관심과 흠모의 정을 기울이며 그에 대한 동일화의 의지를 집중적으로 토로하여, 연명의 전체 시에 화답할 요량으로 계속적으로 和陶詩를 지었다. 惠州貶謫期와 海南貶謫期(62~65세)에 다수의 和陶詩를 지어 전체 和陶詩 109수를 남기고 있다.144) 이 和陶詩는 도연명의 자연스런 시적 경지에 도달하려고 노력한 흔적이 나타나 있다.

이 一群의 和陶詩들은 지난 날 소동파 자신의 충천했던 氣가 야기시킨 인생행로의 어려움을, 천재의 작품에서 내버렸던 자아를 발견하듯이, 도연명의 시에 감발되어 자신의 내면세계를 반영한 성격을 지니고 있

---

142) <與程全父十二首, 其十>, ≪蘇軾文集≫, 권55. 惠州에서 지음.
143) <與程全父十二首, 其十一>, ≪蘇軾文集≫, 권55. 惠州에서 지음.
144) 종전 학계에서는 소동파의 和陶詩의 총수에 대해 王文誥의 124수 설을 따르고 있는데, 이는 4편의 4언시 20장을 20수로 인식한 것이다. 그 외에도 여러 설이 있다. 소동파가 지은 和陶詩는 109수 보다 많을 것이나, 현존하는 화도시의 수는 109수이다. 金甫暻, <蘇軾“和陶詩”硏究>, 復旦大學 中文系 博士論文, 2008. 11.

다. 그중에 어떤 시는 운치가 배어나고 있어 그 예술성이 돋보이기도 한다.

소동파가 和陶詩를 창작할 때의 전제조건은 평상시 소동파가 도연명 시를 숙독하여 익히 그 내용을 환히 알았다는 것이요, 또한 자신의 환경과 심경이 陶詩와 연관이 될 때 陶詩와 陶淵明의 심경을 염두에 두고 지은 것이라는 점이다. 그러므로 그 순서가 ≪陶淵明集≫에 있는 것과는 달리, 자신의 심경에 따라 陶詩 가운데서 하나하나씩 끄집어내어 和作하였다.

이제 소동파가 和陶詩를 짓게 된 동기를 살펴보기로 하겠다.

나는 시인에 대해서 유별나게 좋아하는 사람은 없으나 오로지 淵明의 시만은 좋아한다. 연명의 시는 많지는 않으나 그 시가 질박하면서도 고우며, 파리하면서도 살쪄 있으니 (이 점은) 曹植, 劉楨, 鮑照, 謝靈運, 李白, 杜甫 諸人이 다 미치지 못하는 것이다.……
나는 연명에 대해 어찌 유독 그 시만 좋아하겠는가? 그 위인에 대해서 실로 느낌이 있다. 연명이 죽을 때 아들 儼 등에게 말하길, ‘내가 젊어서는 窮苦하여 늘 집이 가난하여 동서로 유랑하였으며 성격은 괴팍하고 재주는 옹졸하여 세상과 어긋난 일이 많았다. 스스로 생각하니 자신을 위하다가 속세의 근심을 남길 것 같아서 힘써서 세상을 등졌기 때문에 너희들로 하여금 어릴 때부터 춥고 배고프게 만들었구나.’라고 하였다.
연명의 이 말은 아마 실지의 기록일 것이다. 내 진실로 이러한 병이 있었으나, 일찍이 스스로 알지 못하여 반평생 벼슬길에서 속세의 근심될 만한 일만 저질렀다. 이것이 연명에게 깊이 부끄러워 만년이 되어 그 만에 하나라도 스승의 모범으로 삼고자 하는 까닭이다.

　　(吾於詩人, 無所甚好, 獨好淵明之詩, 淵明作詩不多. 然其詩, 質而實綺,
癯而實腴, 自曹劉鮑謝李杜諸人, 皆莫及也. ……
　　吾於淵明, 豈獨好其詩也, 如其爲人, 實有感焉. 淵明臨終疏告儼等, '吾
少而窮苦, 每以家弊, 東西游走, 性剛才拙, 與物多忤. 自量爲己, 必貽俗患.
黽勉辭世, 使汝等幼而饑寒.' 淵明此語, 蓋實錄也. 吾眞有此病, 而不蚤自
知, 半生出仕, 以犯世患, 此所以深愧淵明, 欲以晩節師範其萬一也.)[145]

　　이 글에서 소동파는 和陶詩를 창작하게 된 동기를 명료하게 두 가지
로 밝히고 있다.

　　첫째, "질박하면서도 고우며, (겉으로 보기에는) 파리하면서도 (안으
로는) 살쪄있는(質而實綺, 癯而實腴)" 도연명시의 고도의 예술성에 감명 받
았기 때문이다. 소동파는 처음에 陶詩에 대해 잘 이해하지 못했었는데
후에 벼슬살이에서 得意와 失意를 겪고 나서부터, 겉으로는 담담하나
곱씹을수록 감칠맛이 나는 陶詩의 내재미를 새로 인식하게 되었다. 특
히 貶謫期를 거치며 陶詩에 대한 인식과 평가는 도연명에 대한 동경과
흠모와 결합되어 더욱 원숙미를 드러내고 있다.

　　이와 관련되어 소동파는 <書唐氏六家書後>에서 陶詩의 예술성에 대
하여 다음과 같이 언급하고 있다.

　　도연명의 시를 살펴보면 처음 보기에는 산만하여 거두어들이지 않
은 것 같지만, 반복하여 보면 그 奇趣를 알 수 있다.
　　(觀陶彭澤詩, 初見若散緩不收, 反覆不已, 乃識其奇趣.)[146]

---

145) 蘇轍, <追和陶淵明詩引>. 溫謙山纂訂, ≪和陶合箋≫, 2쪽.
146) <書唐氏六家書後>, ≪蘇軾文集≫, 권69.

이처럼 소동파는 陶詩를 처음 볼 때는 그 맛을 깊이 알기 어렵지만, 반복해 보면 그 내재된 묘미를 충분히 알 수 있다고 하여, 陶詩의 함축미에 대해 극찬하고 있다.

이러한 내재된 함축미는 平淡風格으로 나타나게 되는데 陶詩의 평담은 소동파가 자신의 시풍변모 양상에 대해 얘기할 때 표출한 바 있는 "기실 평담이 아니라 현란의 극치이다(其實不是平淡, 絢爛之極也)."147)라는 말과도 통하는 의미이다.

둘째, 파란만장한 생애를 거친 만년기 소동파가 도연명의 문학, 위인과 행적을 자신의 이상적 전형으로 인식하여 도연명을 인생의 스승으로 섬기고자 하였기 때문이다. 그는 도연명과 자신의 공통점은 "성격이 괴팍하고 재주는 옹졸하여, 세상과 어긋나는 점이 많았다(性剛才拙, 與物多忤)"라고 생각하였다. 이렇게 현실세계와의 괴리라는 측면은 陶·蘇 兩人이 공통되고 있다. 그러나 그 행적에 있어 '도연명은 자의로 전원에 귀의해 개체와 자연을 융화시켜 자유와 영원성을 추구하고 있다'.148) 이에 반해 소동파는 폄적이라는 커다란 좌절을 입어 타의에 의해 쫓겨나와 그 기한이 풀릴 때까지 일정기간 동안 자연에 몸을 의탁하고 있다. 인생의 만년의 시점에서 소동파는 도연명의 인품과 행적을 모범으로 삼아 同一化함으로써 자아의 영혼을 구제하려고 和陶詩를 창작한 것이다.

이제 자신의 和陶詩에 대한 소동파의 得意感과 자부에 대해 살펴보겠다.

---

147) <與二郞姪一首>, ≪蘇軾文集≫, 佚文彙編, 권4.
148) 王水照, <蘇·辛退居時期心態平議>, 73쪽, 참조.

옛날의 시인은 擬古의 작품은 있었으나 古人을 추모하여 화답한 것은 아직 없었다. 古人을 追和한 것은 나에게서부터 시작된다. …… 나는 전후하여 陶詩의 109편에 대해 화답하였다. 그 得意한 점에 있어서는 나 스스로도 연명에게 별로 부끄럽지 않다고 여기고 있다.

(古之詩人有擬古之作矣, 未有追和古人者也. 追和古人則始於吾 …… 吾前後和其詩凡一百有九篇, 至其得意, 自謂不甚愧淵明.)[149]

여기서 소동파는 古人의 시를 추모하여 和韻한 '追和詩'는 자신이 처음 창작한 것이라고 자부하고 있다. 기실 소동파 이전에도 古人의 시에 和韻한 시가 있다. 또한 紹聖4년(1097년, 62세) 12월 19일까지 자신이 창작한 和陶詩 109수에 대해 그 원천이 되는 작가인 도연명에게도 별로 부끄럽지 않다고 하였다.

이어서 소동파의 和陶詩를 통해 연명에 대한 소동파의 評 및 陶淵明에 대한 소동파의 동일화양상에 대하여 살펴보겠다.

㉠
淵明獨淸眞,   연명은 홀로 맑고 참되어
談笑得此生.   담소하며 이 참된 삶을 얻는다.[150]

---

149) 蘇轍, <追和陶淵明詩引>. 溫謙山 纂訂, ≪和陶合箋≫, 1~2쪽. 여기서 和陶詩를 109편이라고 한 것은 소동파가 이 글을 쓸 시점인 紹聖4년(62세) 12월 19일까지 창작한 和陶詩의 숫자이며, 당연히 그 후에 지은 和陶詩는 이 편수에 포함되지 않았다. 그러나 1章을 1首로 간주하는 등 총수를 셈하는 기준이 달라, 이에 대한 보다 정확한 수는 보다 정밀한 기준에 따르는 것이 필요하다.
150) <和陶飮酒二十首, 其三>, ≪蘇軾詩集≫, 권35.

ⓛ

淵明初亦仕,	연명은 애당초 또한 出仕하였으나
絃歌本誠言.	거문고타며 부른 노래 본래 성실한 말이었다.
不樂乃徑歸,	벼슬살이 즐겁지 않아 곧 바로 버리고 돌아와서
視世羞獨賢.	세상을 돌아보고 홀로 어짊을 부끄러워하였네.151)

ⓒ

誰謂淵明賢,	누가 연명이 가난하다고 했던가?
尙有一素琴.	그래도 줄 없는 거문고 하나 있네.
心閑手自適,	마음은 편안하고 손은 自適하여
寄此無窮音.	여기다 한없는 음률을 부치었네.
佳辰愛重九,	아름다운 계절 중양절을 사랑하여
芳菊起自尋.	일어나 향기로운 국화꽃을 찾았네.152)

ⓐ에서 소동파는 연명이 談笑하며 여유있게 참된 삶을 영위하였다고 평하였다. ⓛ에서는 淵明의 仕隱선택이 참된 마음의 선택에 의한 것임을 기리고 있다. ⓒ에서는 연명이 가난하지만 거문고에 한없는 음률을 부치고 국화꽃을 감상하며 자신의 심회를 기탁한 것을 기리고 있다.

ⓐ

淵明吾所師,	연명은 내가 스승으로 삼는 분
夫子乃其後.	그대는 바로 그 후손이라.
挂官不待年,	갓을 벗어 걸고는 세월을 기다리지 않았는데
亦豈爲五斗.	어찌 또한 五斗米 녹봉을 바랐겠는가?

---

151) <和陶貧士七首, 其二>, ≪蘇軾詩集≫, 권39
152) <和陶貧士七首, 其三>, ≪蘇軾詩集≫, 권39.

我歌歸來引,　　　　나는 <歸來引>을 노래하며
千載信尙友.　　　　천년을 격한 옛 스승과 벗하였도다.153)

㉡

愧此稚川翁,　　　　이 稚川翁(葛洪)이 고맙게도
千載與我俱.　　　　천년 뒤의 나와 그 뜻을 같이 한다.
畫我與淵明,　　　　나와 연명과 같이 그리면
可作三士圖.　　　　「三士圖」로 삼을 만하다.154)

㉢

奇文出續息,　　　　기이한 문장은 죽음에 임박해 나오는 것
豈復生死流.　　　　어찌 다시 生死의 류일까?
我欲作九原,　　　　나는 그를 九泉에서 일으켜
異世爲三游.　　　　다른 시대 우리 셋 함께 노닐고 싶어라.155)

㉣

我欲作九原,　　　　내가 돌아가신 淵明을 九泉에서 일으켜
獨與淵明歸.　　　　홀로 연명과 함께 돌아가리라.156)

㉠에서는 소동파가 淵明의 후손을 만나 자신이 연명을 스승으로 삼고 있음을 피력하고 있다. 이어서 연명이 五斗米 祿俸을 물리치고 <歸去來辭>를 읊으며 전원에 귀의한 것을 본떠 <歸來引>을 지었음을 밝히고 있다. 여기서의 <歸來引>은 <哨徧> 詞를 말한다.

---

153) <陶驥子駿佚老堂二首, 其一>, ≪蘇軾詩集≫, 권23.
154) <和陶讀山海經, 其一>, ≪蘇軾詩集≫, 권39.
155) <和陶讀山海經, 其三>, ≪蘇軾詩集≫, 권39.
156) <和陶貧士七首, 其一>, ≪蘇軾詩集≫, 권39.

ⓛ에서는 연명과 葛洪과 자신을 함께 그려 「三士圖」라 명명하고픈 심경을 표현하였다. 이 시를 지은 惠州지방은 일찍이 葛洪이 은거했던 羅浮山이 가까운 곳이라 淵明과 함께 葛洪에까지 가까워지고자 노력한 것이라 볼 수 있다. ⓒ에서는 이미 돌아가신 연명과 葛洪을 九泉에서 불러내어 소동파 자신과 셋이서 함께 노닐고픈 심정을 읊었다. ⓡ에서 또 돌아가신 연명을 九泉에서 불러 일으켜 연명과 함께 돌아가리라고 다짐하고 있다.

다음에 소동파의 和陶詩를 통해 현실과의 괴리로 인한 「不平」심경과 平靜심경의 이중주에 대해서 살펴보겠다. 사실 이는 동일화 양상의 동기이자 효과이기도 하다.

ⓣ

蠢蠕食葉蟲	꿈틀꿈틀 이파리 먹는 벌레
仰空慕高飛	하늘을 바라보며 높이 날기 바라다가
一朝傅兩翅	하루아침에 두 날개가 생겨 나비가 되었는데
乃得黏網悲	마침내 거미줄에 붙는 슬픔을 맛보았다네.
啁啾同巢雀,	짹짹 우는 같은 둥우리의 참새
沮澤疑可依.	못에 깃들 수 있을까 기대하다가
赴水生兩殼,	물로 가니 드디어는 두 껍데기가 생겨나
遭閉何時歸.	조개가 되어 닫혀졌으니 어느 때나 날아 돌아갈까?
二蟲竟雖是,	두 벌레 결국 누가 옳은가
一笑百念衰.	一笑에 백가지 상념이 없어지네.157)

---

157) <和陶飲酒二十首, 其四>, ≪蘇軾詩集≫, 권35. 宋九龍, ≪蘇東坡和陶淵明詩之比較研究≫, 41쪽.

ⓛ

"내일은 9월 9일 重九節이다. 비가 심하게 내린다. 엎치락뒤치락 잠을 이룰 수 없다. 일어나 술을 마시며, 연명의 詩 한 편에 和韻한다. 취하여 정신이 아득하여 자못 아름답게 꾸밀 수 없다.

(明日重九, 雨甚, 展轉不能寐. 起, 索酒, 和淵明一篇. 醉熟昏然, 殆不能佳也.)

……   ……

坎坷識天意,   내가 귀양 온 것은 진실로 하늘의 뜻
淹留見人情.   이곳에 머물러 인정의 따뜻함을 보게 된다.
但願飽秔稌,   단지 내가 원하는 것은 쌀밥 실컷 먹을 수 있도록
年年樂秋成.   해마다 풍성한 추수를 즐거이 맞는 것이라.158)

ⓒ

當歡有餘樂,   즐거운 일을 당하여는 기뻐해 마지않았고
在戚亦頹然.   근심을 당하여서는 비틀거리네.
淵明得此理,   연명은 이처럼 遭遇에 순종해 사는 도리를 깨달
               았으므로
安處故有年.   편안히 처한지 여러 해 되었네.
嗟我與先生,   아! 나와 陶先生님은
所賦良奇偏.   타고난 기질이 진실로 기이하고 남달랐네.
人間少宜適,   세속의 인생사와는 맞지 않아
惟有歸耘田.   전원에 돌아가 경작함이 유일한 길이네.
我昔墮軒冕,   전에 나는 벼슬살이에 빠져
毫釐眞市塵.   터럭 끝만한 것에도 정말 장사꾼같이 이욕 다투었네.
困來臥重裀,   피곤하여 여러 겹 담요 깔고 누워있을 때는

---

158) ＜和陶九日閑居, 幷引＞, ≪蘇軾詩集≫, 권41. 洪瑀欽, ≪蘇東坡 文學의 背景≫, 89쪽 참조.

憂愧自不眠.	근심과 부끄러움으로 잠 못 이루었지.
如今破茅屋,	이제 무너진 초가집에 거처하니
一夕或三遷.	하룻밤에도 세 번이나 자리를 옮겨야 한다.
風雨睡不知,	이제는 비바람에 베게 앞에 노란 낙엽이 밤새 쌓여도
黃葉滿枕前.	세상모르고 쿨쿨 잠에 빠져든다.
寧當出怨句,	어찌 생활이 어렵다고 원망스런 시구 지어
慘慘如孤烟.	외로운 연기처럼 참담하게 여기리오?
但恨不早悟,	다만 한스럽기는 일찍 깨닫지 못한 것
猶推淵明賢.	여전히 연명의 현명함을 높이 받들 뿐.159)

㉠에서는 벌레와 새의 예를 들어서 현실과의 괴리를 비유하고 마침내는 一笑에 모든 근심을 날려 버리고 있다. 1~4구 : 배고픔과 위험의 걱정이 없었던 벌레가 높이 나는 나비를 사모하다가 바라던 대로 나비가 되었다. 그러나 마침내 거미줄에 걸려버렸다. 6~8구 : 참새가 즐겁게 지저귀다가, 늪에 깃들기를 기대하였다. 그러다가 결국 늪으로 가서 조개로 변해버려 껍데기에 닫히는 운명이 되었다. 그리하여 마침내 예전 살던 곳으로 자유롭게 날아 돌아올 수 없었다. 사람 역시 이와 같아 하찮은 명리만을 바라 파멸의 길로 들기도 하는 것이다. 9~10구 : 이 두 가지 중에서 결국 누가 옳은가? 결국 세간의 헛된 명리를 웃음 속에 날려버리면 백가지 걱정근심이 모두 사라진다.160) 여기서 벌레와 새는 이상을 추구하다가 현실의 그물에 갇혀버린 인간, 곧 소동파 자아를 상

---

159) <和陶怨詩示龐鄧>, ≪蘇軾詩集≫, 권41. 陳英姬, <東坡의 政治生涯와 文學과의 관계 試論―「和陶詩를 中心으로>, 中國語文學, 제10집, 90~91쪽. 宋九龍, ≪蘇東坡和陶淵明詩之比較硏究≫, 173쪽. 車柱環, <淵明의 怨詩와 東坡의 和作>, 134~135쪽.
160) 宋九龍, ≪蘇東坡和陶淵明詩之比較硏究≫, 42쪽.

징하고 있다. 그러니 이제 是非와 근심걱정을 一笑에 부쳐 달관하자고 자신의 내면에 울리고 있다.

ⓛ은 유배의 심경을 표현한 작품이다. 서문에서는 자아와 대상과의 괴리에서 오는 고통의 표현이 잠을 못 이루는 것으로 나타나고 있다. 때때로 마음의 불평이 생겨나나 그것을 극복하려고 무척 애를 쓴 흔적이 드러나 있다. 시에서는 자신이 귀양온 것을 하늘의 뜻이라고 간주하고 있다. 그리하여 이 지방의 따뜻한 인정을 느끼고 또 배불리 먹을 수 있도록 풍년을 바라며 담담한 마음으로 사는 운명순응적 태도가 나타나고 있다. 연명의 시를 和韻하여 궁극적으로 「不平」의 경지를 「平」의 경지로 전환시키고 있다.

ⓒ에서도 「不平」으로 부터 「平」의 심경으로 전환시키고 있다. 우선 운명에 순종해 사는 연명을 묘사하였다. 이어서 소동파 자신과 연명이 세속과 맞지 않는 점에서 기질이 비슷하다고 하였다. 이어서 과거를 회상하고 있다. 예전 자신은 벼슬살이에 빠져 터럭 끝만한 작은 일에도 장사꾼처럼 따졌다. 그리하여 근심과 부끄러움으로 잠 못 이룰 지경이었다. 현재의 시점으로 돌아와 이제는 귀양살이라 가난으로 낡은 초가집에 살고 있지만 원망이 없이 평정의 심경으로 일찍 깨닫고 歸隱한 연명을 마음속으로 받들며 살아가고 있다.

위의 세 수의 시에서 본 것처럼 소동파의 심경은 不平의 심경과 평정의 심경이 강약의 대립을 보이며 교차하고 있다. 그리하여 연명을 모범으로 하여 궁극적으로 평정·달관으로 향하고 있다.

그러면 소동파가 획득한 평정·달관의 심경을 살펴 보겠다.

㉠

呼我釣其池,	나를 불러 연못에서 낚시를 드리우면
人魚兩忘返.	사람과 물고기 모두 돌아가길 잊는다.161)

㉡

萬劫互起滅,	萬劫은 서로 일어났다간 滅하는데
百年一躊躇.	백년을 한결같이 주저하며 살아왔다.
漂流四十年,	표류하기를 사십년
今乃言卜居.	이제서야 거처를 점쳐서
且喜天壤間,	하늘과 땅 사이에
一席亦吾廬.	한 자리가 내 오두막임을 기뻐한다.
……	……
一飽便終日,	한 번 배불리 먹으면 종일이요
高眠忘百須.	베개 높이 잠들면서 모든 바램을 잊는다.162)

㉢

今日復何日,	오늘은 또 무슨 날이길래
高槐布初蔭.	높은 느티나무가 그늘을 드리웠다.
良辰非虛名,	좋은 절기 청명절은 헛된 이름이 아니어서
清和盈我襟.	清和함이 나의 가슴에 가득찬다.163)

㉠은 소동파가 낚시질할 때의 物我相忘의 경지를 묘사하였다. ㉡에서
그는 일생을 주저하면서 살았고 그 중에 사십 년을 벼슬살이로 표류하
다가 이제서야 살 곳을 정하였다. 이제 하늘과 땅 사이 한 자리가 자신

---

161) <和陶田舍始春懷古二首, 其一>, ≪蘇軾詩集≫, 권41.
162) <和陶和劉柴桑>, ≪蘇軾詩集≫, 권42.
163) <和陶郭主簿二首, 其一>, ≪蘇軾詩集≫, 권43.

의 오두막임을 기뻐하고 있다. 배불리 먹고 베개 높이 기분 좋게 잠자며 그 밖의 세사를 잊고 지내고 있다. ⓒ에서 작자는 청명절을 맞아 淸和한 기운이 가슴에 가득함을 묘사하였다.

莫從老君言,	老子의 말 따르지 말고
亦莫用佛語.	또한 佛家語를 쓰지 마라.
仙山與佛國,	仙山과 佛國
終恐無是處.	끝내 이러한 곳은 없으리라.
甚欲隨陶翁,	아주 도연명 노인을 따라
移家酒中住.	집을 옮겨 술 가운데 살고 싶어라.164)

소동파는 불가사상과 도가사상에 심취하여 그 정수를 터득하고 있다. 그렇지만 그 사상에서 추구하는 理想鄕, 곧 佛國과 仙山은 애당초 존재하지 않는다는 것을 그는 알고 있다. 이에 도연명을 따라가 집을 옮겨 술 가운데 살고 싶다고 하였다. 이 부분에는 약간의 농담적인 분위기도 엿보이지만 그가 도연명을 귀결처로 삼았음을 추측하기 어렵지 않다.

이상에서 본 것처럼 和陶詩에는 「不平」의 상태와 「平」의 상태가 강약이 바뀌며 서로 교차하고 있다. 나아가 궁극적으로 도연명을 스승으로 하여 심경을 「平(平靜)」의 상태로 귀결시키고 있음을 알 수 있다.

2. 陶淵明詩의 創造的 受容

시 창작의 절대적 경지를 도연명시로 설정해 놓고 시 창작을 했다 할

---

164) 〈和陶神釋〉, 《蘇軾詩集》, 권42.

지라도, 실제적 시 창작의 경지는 또 다른 하나의 새로운 세계를 구축하게 되는 경우가 많다. 소동파는 도연명과 생활환경, 정치환경, 성격과 기질 등이 상이했기 때문에, 아무리 陶詩를 모의하고 추종, 숭앙하더라도 소동파의 개성적 특징이 구현될 수밖에 없는 것이다.

도연명을 모방하여 그와 동일화한 것 자체도 의미가 높다. 그 위에 자신의 개성에 따라 창조적으로 발현된 것은 더욱 그 의미가 높다고 여겨진다. 여기서는 和陶詩에 나타난 소동파 의식세계의 독특한 측면 곧 陶詩에 대한 개성적, 창조적 수용의 측면에 주안점을 두겠다. 먼저 陶詩와 관련시켜 소동파의 和陶詩를 분류한 예들을 검토하고, 이어서 타의에 의해 자연에 귀의하여 터득한 새로운 경지, 역사적 사실에 대한 발전적 인식 등 창조적 수용 측면을 陶詩(原詩)와의 비교를 통해 파악하고자 한다. 아울러 여기에 소동파 자아의 인생역정에서 터득한 꿋꿋한 내면세계가 어떻게 반영되었는가도 살펴보고자 한다.

淸代의 王文誥는 소동파의 和陶詩 및 陶詩와 관계되는 其他 詩에 대해 다음과 같이 평가하고 있다.

> 蘇軾의 和陶詩는 다만 陶淵明에게 자신을 의탁한 것일 뿐이다. 그의 和陶詩에는 다음의 여러 종류가 있다.
> ① 의도적으로 陶淵明을 모방해 陶詩와 一色이 된 것,
> ② 본래 (陶詩와) 합치하기를 추구하지는 않았으나 마침 陶詩와 비슷한 것,
> ③ 陶詩에 次韻하여 시를 지은 것이 陶詩 가운에 두더라도 서로 구분이 되지 않는 경지에 이른 것,
> ④ 전혀 의도적인 의식을 개입시키지 않고 입에서 나오는 대로 陶

詩와 같은 韻으로 고친 것, 예를 들어 <飮酒>, <山海經>, <擬古>, <雜詩> 등은 연작시로서 시의 편수가 많은데 이와 같은 시들은 약간의 창작의도도 없이 반드시 詠古, 紀游 등 여러 가지 일을 여기저기서 따와 보탠 것이다. 이것들 중에는 비록 和陶詩이나 도연명과는 전혀 상관없는 것도 있으니, 아마 일찍이 도연명을 배우는데 고지식하게 하지 않은 것일 것이다.

또 이외에도 和陶詩는 아니나 도연명에게 뜻을 얻은 것이 있다. 예를 들면 <遷居>, <所居>165) 등이 있다. (특히) 蘇軾의 <觀棋>는 陶詩를 능가하여 그 위에 있는데, 도연명에게는 이와 같은 세속을 벗어난 깨끗한 글이 없으며, 또한 도연명은 (蘇軾처럼) 한 붓으로 곧장 써 내려가 끝까지 이를 수 없었던 것이다.

(公之和陶, 但以陶自託耳. 至於其詩, 極有區別. 有作意倣之, 與陶一色者. 有本不求合, 適與陶相似者, 有借韻爲詩, 置陶不問者. 有毫不經意, 信口改一韻者. 若 <飮酒>, <山海經>, <擬古>, <雜詩> 則篇幅太多, 無此若干作意, 勢必雜取詠古紀游諸事以足之, 此雖和陶, 而有與陶絶不相干者, 蓋未嘗規規於學陶也. 又有非和陶而意有得於陶者, 如 <遷居>, <所居> 之類皆是. 其<觀棋> 一詩, 則駕陶而上之, 陶無此脫淨之文, 亦不能一筆單行到底也.)166)

위에서 본 것처럼 王文誥는 陶詩와 관계되는 蘇詩를 5가지로 분류하고 있으며, 그 가운데 소동파의 和陶詩를 4가지로 분류하고 있다. 더불어 소동파의 和陶詩 그리고 陶詩에 관계되는 시에 대해 소동파가 도연명을 통해 자신의 뜻을 의탁한 것이라고 총괄적으로 평가하고 있다.

---

165) 실제로 ≪蘇軾詩集≫에는 <所居>라는 제목의 시가 없다. 축약시킨 詩題로 보인다.
166) <和陶歸園田居六首, 其六> 뒷부분의 '誥案', ≪蘇軾詩集≫, 권39, 2107쪽. 여기서 일련번호는 필자가 임의로 추가한 것임.

한편 宋九龍은 소동파의 和陶詩를 陶詩的 성격과 蘇詩 자체의 성격
등의 두 가지 측면에 비중을 두어 다음과 같이 4分하고 있다.

① 倣陶 : 陶詩를 모방하여 그 뜻이 서로 부합된 것-<和陶歸園田去,
　　其三>, <和陶詠貧士, 其一, 其三, 其五, 其七> 등.

② 本色 : 소동파 자신의 高曠, 放逸, 逞才(재주를 과시함), 의론, 해학 등
　　의 특색 및 자신의 佛·道思想이 나타난 것-<和陶歸園田去, 其
　　一, 其二> 등.

③ 相間 : 한 수의 시에 소동파 자신의 특징(本色)과 도연명시의 뜻이
　　겸해 구비된 것.

④ 次韻 : 위의 王文誥의 說 가운데의 제4항과 같은 것으로 陶詩에 和韻
　　했지만 陶詩의 내용과는 큰 상관이 없는 것-<和陶讀山海經> 등.[167)]

王定璋 역시 이 작품의 연원이 되는 陶詩와의 관련성을 중시하여 和
陶詩를 아래와 같이 3분하고 있다.[168)]

---

167) 宋九龍, ≪蘇東坡和陶淵明詩之比較硏究≫, 231~232쪽, 要約.
168) 이외에 내용을 중심으로 한 소동파 和陶詩 분류방법 및 소동파 和陶詩의 전
　　반적 특징은 다음과 같이 例示할 수 있다.
　　1) 蘇軾의 和陶詩의 주요 내용은 다음과 같이 歸納할 수 있다.
　　　　1. 骨肉에 대한 정과 진지한 우정을 읊은 것,
　　　　2. 山水에다 眞情을 부치고, 窮耕에다 苦樂을 깃들인 것,
　　　　3. 賢人, 名士, 隱者, 傳說, 神話 등을 懷古한 것과 사물에 자신의 고결한
　　　　　　뜻을 의탁한 것,
　　　李華, <蘇軾的「和陶詩」硏究>, 廣東社會科學(廣州), (1987. 4.), 170~175쪽.
　　2) 대체로 和陶詩의 특징은 다음과 같이 歸納된다.
　　　　1. 憂患에 잘 대처하는 蘇詩의 기본적인 특징이 구현되어 있다.
　　　　2. 人生의 價値와 理想的인 人格에 대하여 적극적으로 추구하였는데, 그것

① 의식적으로 도연명을 본받고자 의도한 것

② 陶詩의 영향을 받았으나 자신의 뜻이 반영된 것

③ 陶詩의 운을 빌어 새로운 자신의 시를 지은 것[169]

위의 세 학자의 견해로부터 소동파가 대시인이 된 까닭은 운율의 제약이 있는 和韻詩에서도 소동파는 자신의 자아형상과 개성을 잘 반영하고 있기 때문이라고 유추할 수 있다. 이제 陶詩의 창조적 수용에 대해 검토해 보겠다.

江左古弱國,	東晉은 옛날의 약소국
强臣擅天衢.	강한 신하가 나라 권세를 마음대로 휘둘렀다.
淵明墮詩酒,	연명은 시와 술에 빠져
遂與功名疎.	드디어 공명을 멀리 했다.
我生值良時,	나는 좋은 시대에 태어나
朱金義當紆.	부귀는 의례껏 차지할 것이라.
天命適如此,	천명이 마침 이와 같으니
幸收廢棄餘.	다행이 버려진 나머지에 거두어 쓰이게 되었다.[170]

은 곧 陶淵明의 "고상한 풍모로 세속을 벗어나는(高風絶塵)" 人格에 대한 흠모이다.

　3. 예술적으로 "質朴하면서도 고우며, 파리하면서도 살쩌 있는(質而實綺, 癯而實腴)" 理想的 詩歌에 대한 실천이요 모색이다.

易朝志, <論蘇軾和陶詩的創作心態及旨趣>, 華東師範大學學報(哲學社會科學版), (1993. 5), 50~51쪽.

169) 王定璋, <試論蘇軾"和陶詩">. 蘇軾研究學會, 儋縣人民政府 合編, ≪紀念蘇軾貶儋八百九十周年學術討論集≫, 147~154쪽.

170) <和陶始經曲阿>, ≪蘇軾詩集≫, 권43.

65세 봄, 海南貶謫地에서 사면의 소식을 듣고서 지은 것으로, 和陶詩 가운데 마지막 시이다. 여기서 자신과 연명의 시대배경 차이를 비교하여 묘사하고 있다. 연명은 강포한 신하가 권세를 마음대로 휘둘렀던 東晉과 宋의 교체기에 살았다. 이 시에서 연명은 자신의 힘으로 시대를 어찌할 수 없다는 것을 알았기에 功名을 멀리하고 시 창작과 술에 탐닉하였음을 묘사하였다. 이에 반해 소동파 자신은 北宋 좋은 시절에 태어나 부귀를 누리고 이제 귀양왔다가 다시 천명이 있어 재등용될 가망이 있다고 하였다.

和陶詩에는 상당수가 陶詩의 내용 및 경지와 유사한 점이 있다. 예를 들면, 兩人의 시는 천진하고 꾸밈없는 내면세계의 표현으로 시 속에 초연한 삶의 자세를 드러내었다. 또한 평담한 시적인 분위기 속에, 겉으로는 담담하지만 안으로는 꺾을 수 없는 강인한 내면세계가 감추어져 있다.

소동파의 和陶詩는 次韻詩이지만 그 내용은 자신의 경험이 충실한 열매를 맺은 감개가 표현되고 있다. 뿐만 아니라 덧없는 일상생활 속에서도 한 순간을 잡아 자신의 감정을 그 한 점에 응집시키고 있다.[171] 요컨대 소동파의 和陶詩는 그 요체가 단순한 陶詩의 모방작이 아니라 陶詩를 출발점으로 하면서 그 가운데 소동파 자신의 자아형상을 잘 반영하여 陶詩를 창조적으로 수용한 점에 있다고 하겠다. 이 점이 특히 높이 평가할 만하다.

이제 도연명시와 소동파의 和陶詩 가운데 자연과 역사인식에 관한 각기 두 수를 예로 들어, 상호비교하에 陶詩에 대한 소동파의 창조적인 수

---

171) 李漢祖, <蘇東坡의 散文>, 서울大 교양과정부 논문집, 제2집, 1970, 142쪽.

용양상을 개략적으로 예증해 보려 한다. 우선 자연에 대한 시를 보겠다.

㉠

野外罕人事,	시골이라 남들과 교류가 없고
窮巷寡輪鞅.	후미진 촌구석이라 오가는 마차도 없다.
白日掩荊扉,	한 낮에도 사립문 굳게 닫고
虛室絶塵想.	텅 빈 방에서 티끌세상 잡념을 떨쳐 버린다.
時復墟曲中,	이따금 황량한 마을로 나아가
披草共來往.	풀을 헤치고 서로 내왕한다.
相見無雜言,	서로 만나도 잡스러운 말은 없고
但道桑麻長.	그저 뽕과 삼이 잘 자라느냐고 묻는다.
桑麻日已長,	뽕과 삼은 나날이 자라나고
我土日已廣.	내 농토는 나날이 넓어진다.
常恐霜霰至,	항상 두렵기는 서리나 싸락눈이 내려
零落同草莽.	잡초처럼 시들까봐 서이다.

陶淵明詩, ＜歸園田居, 其二＞172)

㉡

窮猿旣投林,	기진맥진한 원숭이는 이미 숲으로 몸을 의탁하고
疲馬初解鞅.	지친 말은 벌써 멍에를 풀었다.
心空飽新得,	마음이 텅 비니 새로 얻은 생활에 배부르고
境熟夢餘想.	환경에 익숙하게 되자 여러 상념을 꿈꾼다.
江鷗漸馴集,	강가의 기러기는 순순히 모여들고
蜑叟已還往.	이 지방 늙은이 이미 오고 간다.
南池綠錢生,	남쪽 연못에는 연닢이 푸릇푸릇 돋았고

---

172) (淸) 陶澍, ＜陶靖節集注＞ 部分, 168쪽, ≪陶靖節集注, 鮑參軍詩注≫. 丁仲祜 撰, ≪陶淵明詩箋注≫, 49쪽.

北領紫筍長.　　　북쪽 고개에는 붉은 죽순이 자랐다.

提壺豈解飮,　　　제호새(사다새)가 어찌 술 마실 줄 알랴마는

好語時見廣.　　　고운 소리로 지저귀니 내 마음 넓어진다.

春江有佳句,　　　봄 강물을 보니 아름다운 시구가 절로 나오고

我醉墮渺莽.　　　나는 취하여 아득한 세계로 빠져든다.

蘇軾詩, ＜和陶歸園田居六首, 其二＞[173]

㉠은 陶淵明이 전원에 귀의한 후 세속과의 교류를 단절하여 세속의 잡념을 떨쳐 버리고, 진정 한 사람의 농부가 되어 농사에 대한 관심과 농토가 확대되는 뿌듯한 심경 및 농사에 대한 걱정을 표현한 전원시이다. 이 陶詩에는 작자가 농부들과의 교류와 농사에 대한 애착을 통해 농부로서의 자아를 확립시키고 있는 점이 확연히 드러난다. 여기서 전원으로서의 자연은 잡념해방의 공간이며 농경생활의 공간으로 자리매김할 수 있겠다.

㉡은 ㉠의 和韻詩로, 소동파가 폄적지의 자연에 귀의하고 나서 평정의 심경으로 지은 것이다. 여기서 소동파는 현실세계와의 괴리감을 훌훌 털어버리고 세사에 지친 자아를 자연에다 의탁하여 마음을 텅 비운 自適狀態를 획득하고 있다. 그리하여 그는 자연 속에서 심미인식을 가지고 物象을 관조하고 있으며, 더 나아가 자연에 몰입하여 無我之境에까지 진입하고 있다. 이것은 곧 자연귀의에 대한 희열이라고 압축시킬 수 있다.

1～2구 "기진맥진한 원숭이는 이미 숲으로 몸을 의탁하고/ 지친 말은 벌써 멍에를 풀었다.(窮猿旣投林, 疲馬初解鞅)"는 것은 惠州에 귀양 왔지만

---

173) ＜和陶歸園田居六首, 其二＞, ≪蘇軾詩集≫, 권39.

오히려 편안히 여기고 있는 작자의 심경을 비유한 것이다.174) 이는 곧 작자가 폄적되기 전후, 정치현실과 갈등으로 인한 정신적 번뇌에서 해방됨을 의미하고 있다. 3~4구는 작자가 마음을 비우고 나니 새로 얻은 것이 많고 自然에 몰입하니 신선한 꿈을 꾸게 되어 정신적 자유를 획득하고 있음을 나타내고 있다. 이는 작자가 여유를 가지고 자연환경을 통해 심미감을 만끽하고 있음을 보인 것이다. 이어서 약동하는 봄의 자연과 사람을 묘사하고 있다. 이 시의 핵심인 마지막 4句에서 새소리에 마음이 넓어짐은 物我交融의 표지이며, 봄강물은 시가 창작의 무한한 보고가 되고 있다.

이 시는 폄적시절의 정신적 窮한 상태로부터 자연친화를 통해 달관의 경지로 전환하는 작자의 의식세계를 드러내고 있다. 여기서 자연은 번뇌로부터의 해방공간이며 자아의 養生的 공간이 되고 있다고 생각된다. 전체적으로 보아 이 和陶詩는 陶詩에서 발원되지만 내용과 시어에 있어 작자의 개성을 창조적으로 발휘하고 있다. 여기에는 현실의 굴레를 벗어나 자연속에 자아를 몰입시켜 자연과 융합하여 평정의 심경을 이룬 소동파의 자아반영적 특성이 두드러지고 있다.

宋九龍은 이 두 시에서 "陶淵明詩는 平淡自然스럽고, 소동파詩는 淸曠高遠한 특징이 있다"175)라고 평하였다.

이제 소동파가 시기의 추이에 따라 변모 발전된 역사인식을 통해 인간생명의 존엄성을 강조한 시를 예로 들어, 陶詩의 창조적 수용양상을 살펴보겠다.

---

174) 宋九龍, ≪蘇東坡和陶淵明詩之比較研究≫, 71쪽.
175) 宋九龍, ≪蘇東坡和陶淵明詩之比較研究≫, 72쪽.

㉠

彈冠乘通津,	갓을 털어 쓰고 요로에 나섰으나
但懼時我遺.	다만 시대가 나를 버릴까 두려울 뿐이다.
服勤盡歲月,	근면하게 근무하며 세월을 다 보냈지만
常恐功愈微.	공로가 갈수록 적어질까 항상 두려워한다.
忠情謬獲露,	충성된 마음 잘못하여 드러내어져
遂爲君所私.	드디어 임금의 치우친 사랑을 받게 되었다.
出則陪文輿,	나가면 비단 무늬 수레를 따르고
入必侍丹帷.	들어오면 반드시 붉은 장막에서 시종하였다.
箴規嚮已從,	법도는 일찍부터 따랐거니와
計議初無虧.	계획과 의론은 처음부터 결함 없었다.
一朝長逝後,	'어느 날 내(秦穆公)가 세상 영영 떠난 후에는
願言同此歸.	나와 함께 돌아가 주길 바라오.'
厚恩固難忘,	깊은 은혜 진실로 잊기 어려운데
君命安可違.	임금의 명령을 어찌 어길 수 있었으랴?
臨穴罔惟疑,	죽음의 구덩이에 임해서도 의심 하나 없이
投義志攸希.	의리를 위해 목숨을 버림은 마음으로 바란 것이다.
荊棘籠高墳,	가시덤불은 높은 무덤 위를 뒤덮었고
黃鳥聲正悲.	꾀꼬리 소리는 정녕 슬프다.
良人不可贖,	좋은 신하들 대신 죽을 수 없어서
泫然沾我衣.	눈물이 좔좔 내 옷을 적신다.

陶淵明詩, <詠三良>176)

㉡

| 此生太山重, | 이 생명이란 태산보다 소중한 것인데 |

---

176) (淸) 陶澍注, <陶靖節集注> 부분, ≪陶靖節集注, 鮑參軍詩注≫, 63쪽. 丁仲祜 撰,
≪陶淵明詩箋注≫, 158쪽.

忽作鴻毛遺.	홀연 기러기 털처럼 가벼이 목숨을 버렸다네.
三子死一言,	세 분은 秦穆公의 한 마디 유언에 의해 죽었으니
所死良已微.	그 죽음이 진실로 무의미하여라.
賢哉晏平仲,	어질구나, 그 옛날 晏子여,
事君不以私.	임금을 섬김에 사사로운 충성으로 하지 않았네.
我豈犬馬哉,	내(晏子)가 어찌 임금의 개나 말처럼
從君求蓋帷.	임금따라 죽어 日傘이나 장막으로 내 시체를 싸게 할 것인가?
殺身固有道,	제 몸을 희생하는 데는 진실로 도가 있으니
大節要不虧.	大節을 어그러뜨려서는 안되는 법.
君爲社稷死,	임금이 사직을 위해서 죽었으면
我則同其歸.	나 또한 그와 같이 죽을 수 있네.
顧命有治亂,	임금의 유언에도 옳은 것과 옳지 못한 것이 있으니
臣子得從違.	신하는 따를 것과 따르지 못할 것이 있네.
魏顆眞孝愛,	옛날 참다운 효도와 사랑을 다한 魏顆를 따라야지,
三良安足希.	어찌 개죽음 당한 三良을 따르겠는가?
仕宦豈不樂,	벼슬살이 어찌 기쁘지 않으리오마는
有時纏憂悲.	때로는 근심걱정에 얽힐 때가 있네.
所以靖節翁,	그러므로 靖節翁(陶淵明)이
服此黔婁衣.	이 청렴한 黔婁의 옷을 입고 은거하였다네.

蘇軾詩, <和陶詠三良>177)

㉠은 陶淵明의 시이다. 여기서 도연명은 三良(세 분의 훌륭한 신하)의 죽음이 자의적 殉死라 하여 忠君, 報恩의 관점에서 세 분의 죽음을 예찬하고 있다. 그리고 의리를 지키어 秦穆公을 따라 殉死한 그들을 애도하

---

177) <和陶詠三良>, 《蘇軾詩集》, 권40.

고 있다.

ⓒ은 ⓐ에 대한 소동파의 和詩로, 殉葬시키라는 秦穆公의 유언에 따라 순장되었던 177명에 포함된 三良 곧 奄息, 仲行, 鍼虎 등의 세 사람의 어진 신하의 歷史故事를 제재로 하여 지은 시이다. 5～12구에서는 晏子의 예를, 13～16구는 魏顆의 예를 통해 소동파 자신의 목소리를 내고 있다. 여기서 소동파는 죽음은 올바른 판단원칙에 따라야 한다고 하여, 인간생명의 가치를 중시하고 있다. 또한 소동파는 忠에는 임금과 사직을 위한 公的인 忠誠과 임금만을 위한 무조건적인 어리석은 충성이 있으니 愚忠的 행위에 의해 고귀한 목숨을 무의미하게 버려서는 안된다고 주장하고 있다. 그리고 끝으로 벼슬살이가 좋긴 하나 자주 근심걱정에 얽매인다고 하였으며, 바로 이때문에 도연명은 은거를 선택하였다고 하였다. 이처럼 소동파는 자신의 경륜과 안목에 의거하여 기존의 歷史故事를 인도주의적 관점에서 새로이 해석하고 있다.

그러면 소동파가 젊은 시절 창작한 三良에 관한 시를 예로 들어 동일한 歷史題材에 대해 젊은 시절과 만년의 작품이 그 인식에 있어 어떠한 차이와 발전적 면모를 보이고 있는가의 문제에 대해 검토해 보기로 하겠다.

소동파가 初任時節인 鳳翔簽判時節(26～30세)에 지은 ＜秦穆公墓＞에서는 다음과 같이 표현하고 있다.

昔公生不誅孟明,　　　　옛날 秦穆公이 살았을 때 孟明[178]을 죽이지 않

---

178) 孟明이 전쟁에서 패하자 穆公의 주위 신하들은 孟明의 죄라고 하여 죽이라고 간청하였으나, 이에 대해 穆公은 자신의 죄이지 孟明의 죄가 아니라고 하여, 孟明이 살아났다고 한다. ＜鳳翔八觀＞의 ＜秦穆公墓＞, ≪蘇軾詩集≫, 권3, 118

았었는데

豈有死之日而忍用其良.	어찌 죽는 날에 차마 그 어진 분들을 순장했을까.
乃知三子徇公意,	이에 세 분이 公을 따라 죽은 뜻을 알겠으니
亦如齊之二子從田橫.	또한 齊나라의 두 사람이 田橫을 따른 것179)과 같으리라.
古人感一飯,	옛 사람은 밥 한 그릇에도 감동하여
尙能殺其身.	오히려 자신의 몸을 죽일 수 있었구나.180)

젊은 시절 소동파는 통치자에 대한 무조건적인 충성을 견지하고 있다. 그리하여 당시 소동파는 秦穆公을 두둔하는 어조로 三良이 秦穆公의 은혜에 감동하여 자발적으로 秦穆公을 따라 죽었다고 인식하고 있다. 여기서 소동파는 청년시절에 순진할 정도로 통치자의 행동에 대한 무비판적인 믿음이 있었다는 것을 파악할 수 있다. 이 내면에는 청년기의 적극적인 정계진입 자세도 잠재되어 있다고 할 수 있다.

이상의 동일한 史實에 대해 상이한 창작시점에 따른 소동파의 두 시에서 작자의 시기에 따른 인식의 변모발전 양상을 파악할 수 있다. 곧 소동파가 젊은 시절에는 통치자 위주의 단순적 시각을 지닌 역사인식을

쪽, 「註釋」부분.

179) 田橫은 秦末 漢初의 사람으로 齊王 田榮의 아우인데, 후에 자립하여 齊의 임금이 되었다. 漢 高祖가 천하를 통일하고 그를 회유하려 했으나 듣지 않고 부하 500여 명과 함께 섬으로 들어갔다.
  시에서 「齊나라의 두 사람이 田橫을 따랐다」는 것은 '漢 高祖가 田橫을 불러 들이자 그는 자신을 따르는 두 사람과 함께 오다가 자살해 버렸다. 이에 高祖는 이들의 절개와 의리에 감복해 田橫을 왕의 예로서 장례시켜 주고, 그 두 사람을 都尉의 예로 장례시켜 주어 추모하였다고 전한다.'는 故事에 근거한 것이다. <鳳翔八觀>의 <秦穆公墓>, ≪蘇軾詩集≫, 권3, 119쪽, 「주석」, 참조

180) <鳳翔八觀>의 <秦穆公墓>, ≪蘇軾詩集≫, 권3, 118쪽.

견지하고 있었다는 것이다. 그러다가 정치적 시련과 貶謫生活을 경험한 만년에는 인간 본연의 생명에 대한 존귀성을 인식하게 되었다. 바로 맹목적인 愚忠으로 군주에게 대하지 않을 것이라는 자아반영적 자부심과 歷史認識에 대한 발전적 변모양상을 파악할 수 있다.

요컨대 위의 和陶詩 <和陶詠三郎>은 소동파의 정치경륜에 의거해 이성적으로 판단하여 인간생명의 중시에 초점을 맞춘 역사평론시라고 할 수 있다. 이는 바로 맹목적인 愚忠이 아니라 의미있는 충성, 그리고 소동파가 만년기에 터득한 인간생명 중시 성향이 발현된 것이다.

이상에서 예로 든 陶詩와 소동파의 和陶詩에서 단적으로 볼 수 있듯이 소동파의 和陶詩는 陶淵明과 陶詩에의 심취와 동일화양상에서 출발되지만, 궁극적으로는 陶詩에 대한 창조적 수용으로 인해 소동파의 진면목을 보여주고 있는 것이다. 소동파는 和陶詩에서 도연명의 시를 수용하면서 동시에 자신의 목소리를 내어 자아내면의 불씨를 훨훨 태워버리고 있다. 이러한 측면 역시 「不平」의 심리상태를 「平」의 경지로 전환시키는데 一助하고 있음을 엿볼 수 있다. 그리고 和陶詩에는 소동파가 인생역정을 통해 터득한 꺾을 수 없는 내면의 힘이 서려있음을 감지할 수 있다.

소동파의 和陶詩는 陶淵明의 原詩를 발원지로 삼아 그 대부분의 시에 和韻한 작품이다. 그것은 곧 도연명의 인품과 陶詩의 예술성 및 '현란의 극치'로서의 평담풍격 등 도연명의 총체적 정수에 대해 모방한 동일화양상의 결정체라고 할 수 있다. 그리하여 소동파는 도연명을 통해 인간과 자연에 존재하는 참된 진리를 발견하였다. 이처럼 陶詩의 뜻과 시풍을 모방하여 同一化意志가 담긴 작품은 높이 평가할 수 있다. 이는 「不平」의 심리상태를 「平」의 상태로 전환시킨 모종의 힘을 이루고 있기 때문이다. 보다 중시되는 것은 소동파의 和陶詩가 단순한 陶詩의 모방작이 아니라, 原詩의 內容과 韻에 속박 받는 和韻詩의 제약에서도 자유롭게 자신의 독자적인 의식세계를 표출하는 데 성공한 作品群이라는 점이다.

그러나 대체적으로 陶詩와 소동파의 和陶詩 양자의 특성에는 상이한 면도 상당히 드러나고 있다. 대체로 각자의 個性과 역정의 차이가 있기에, 陶詩의 성향이 靜的이라면 소동파의 和陶詩는 動的이며, 陶詩가 자신의 심사를 자연스럽게 표현한 자연적인 시라면 和陶詩는 어느 정도 의도적이며 人工的인 분위기가 드러나고 있다. 이는 소동파가 자신의 才氣와 學識을 과시하여 시를 지어 典故가 많이 활용되었으며, 단련이 부족하여 陶詩처럼 읽는데 자연스러운 맛과 함축성은 부족하다는 것을 의미한다. 또한 陶詩가 장기간 창작한 산물이라면 和陶詩는 비교적 짧은 시간에 창작한 것이다. 게다가 陶詩가 思考의 진폭이 상대적으로 안정되었다면 和陶詩는 사고의 진폭이 비교적 크다. 그리하여 소동파의 和陶詩에는 순간의 느낌을 곧이곧대로 표현하여 앞뒤 시를 보면 부분적인 심리적 모순이 드러나 있는 경우도 있다.

소동파의 和陶詩에는 「不平」의 심리와 「平」의 심리상태가 강약이 바뀌며 서로 교차하고 있다. 그 주된 정조는 「不平」이 점차 「平」의 상태로 전환되고 있는 궤적을 보이고 있다. 이처럼 소동파는 和陶詩를 통해 도연명의 위인과 시를 모범으로 하여 폄적지의 폐쇄공간에서 자아내면을 응시하고 있고, 나아가 고통스런 현실을 초월하여 이상세계를 향한 꿈을 꾸고 있다.

요컨대 소동파의 和陶詩는 대체로 만년 역경의 시기에 현실과의 갈등을 벗어나 조화로운 세계를 추구하기 위해 陶淵明을 모범으로 삼아 지은 시이다. 나아가 陶詩를 창조적으로 수용, 자아의 형상을 뚜렷이 반영시켜 소동파 자아를 발견하고 표현하였으며 자아의 영혼을 구제하고자 한 作品群이라고 평가할 수 있겠다. 도연명에의 동일화양상 및 陶詩의 창조적 수용은 바로 소동파가 「不平」의 氣를 「平」(平靜, 調和)의 경지로 복귀시키어 참된 삶을 추구하고자 하는 몸부림이었다.

제5장 蘇東坡詩에 대한 歷代 諸家의 評論

소동파는 詩의 大家답게 수많은 이들에 의해 다양한 평가를 받아왔다. 이에 朝代別로 나누어 그 評語나름의 특색을 살펴보고, 이를 통해 蘇詩의 면모를 재삼 확인하고자 한다.

陸游의 ≪老學庵筆記≫에는 蘇詩의 유행에 대한 집약적인 評語가 있어, 南宋 初 소동파문장의 학습정도가 사대부의 출세와 부에 지대한 영향을 미치고 있다는 것을 함축적으로 표현하고 있다.

建炎以來, 蘇氏의 文章을 숭상하여, 배우는 자들은 일치하여 그를 따랐다. 蜀지방의 선비들은 그 정도가 더욱 대단했다. 그리하여 또 '소동파의 문장에 익숙하면 양고기를 먹지만, 소동파의 문장에 생소하면 나물국밖에 못 먹는다.'라는 말이 생겼다.

(建炎以來, 尙蘇氏文章, 學者翕然從之, 而蜀士尤盛. 亦有語曰, '蘇文熟, 喫羊肉, 蘇文生, 喫菜羹'.)[1]

---

1) 陸游, ≪老學庵筆記≫, 권8.
다음의 評語는 蘇詩의 유행도와 영향이 심대함을 반영하고 있다.
"崇寧, 大觀 年間에 (소동파의) 海外詩가 盛行하였다. 朝廷에서 비록 일찍이 금지하여, 상금을 80만 까지 증액하였는데, 禁함이 엄할수록 전해짐이 더욱 많아져, 왕왕 많은 것으로 서로 자랑하였다. 사대부가 東坡詩를 외우지 못하는 경우, 곧 이는 建炎(南宋初 高宗의 연호) 이래 시를 포함한 소동파 문장의 인기도와 영향을 대변하고 있다. 여기서 '소동파의 문장에 익숙하면 양고기를 먹는다'는 것은 소동파의 문장에 익숙하게 되면 출세하여 부유하게 살 수 있다는 것이고, 또 '소동파의 문장에 생소하면 나물국밖에 못 먹는다.'는 것은 그 반대라는 것이다. 이렇듯 소동파의 시는 후세 사람들에게 많은 영향력을 끼쳤다.

따라서 그의 시에 대한 역대의 品評 역시 수도 없이 많다. 평론은 시대사조에 따라 변화하는 것으로 각 시대의 평론은 그 시대 나름의 독특한 특성을 지니게 된다. 아울러 評者의 초점 및 기호와 개성에 따라 평론도 달라지게 마련이다.

이 장에서는 소동파시에 대한 歷代 諸家의 평론을 詩話類와 詩文集에서의 詩評論을 중심으로 시대별로 검토하여 첫째, 시대별 蘇詩평론의 특징을 주요 조목별로 나누어 파악하고, 둘째, 전체적으로 蘇詩의 개괄적 특징을 도출하고자 한다. 이에 '왜 이런 비평이 있었으며, 그 평론의 특징과 그 맥락은 무엇인가', '전반적인 시에 해당하는가, 아니면 일부 특정시나 특정 시기 시에만 해당하는가' 등을 염두에 두고자 한다. 여기서 각기 내재적 연계가 있는 부분은 보다 중점이 쏠리는 곳에서 검토하겠다.

아울러 역대 諸家의 평론에서 도출한 결과를 제2~4장에서 도출한 필자의 연구결과와 대비해 보다 객관적으로 蘇詩의 특징을 간략히 자리

스스로 의기소침하였으며 사람들은 혹 그를 일러 '시를 모른다'고 하였다.(崇寧大觀間, 海外詩盛行. 朝廷雖嘗禁止, 賞錢增至八十萬, 禁愈嚴而傳愈多, 往往以多相誇. 士大夫不能誦坡詩, 便自覺氣索, 而人或謂之不韻.)"
(宋) 周輝 撰, ≪淸波雜志≫. 朱自淸, ≪宋五家詩鈔≫, 118쪽, 재인용. (朱弁, ≪風月堂詩話≫에서도 내용이 대략 같음)

매김하겠다.

제1절 宋代의 蘇東坡詩 評論－印象批評

宋代는 詩話가 발흥하고 번영한 시대이다. 이 시기 詩話들은 전체적인 結構가 비록 비교적 산만하고, 내용도 단지 軼聞을 기록하고 佳句를 따서 평하는데 치중하였다. 그러나 論題가 광범하고 문자가 생기가 있어, 때로 독창적인 견해가 있다. 그 중에 계통화된 詩話書도 나타나고 있다.[2] 이처럼 宋代의 文人들은 역대의 작품을 통하여 詩法을 연구하였고 그러한 詩法과, 그 시에 관련된 逸話, 혹은 錯誤 등을 기록하여 놓은 詩話書가 많이 저술되었기 때문에,[3] 蘇詩 評論의 양이 많다.

이 절에서는 이를 아래와 같이 7가지로 분류하여 검토하고자 한다.

첫째, 소동파는 시창작의 용광로적 성격을 지니어, 시의 氣象과 規模가 크며, 제재의 다양성 및 '俗語入詩', '以俗爲雅'적 특성을 지닌다.

우선 氣象과 規模가 크다는 평을 보자.

㉠

我詩如曹鄶,　　　　나의 시는 曹國이나 鄶國같은 작은 諸侯國과 같아

---

2) 張葆全, 周滿江 撰, ≪歷代詩話選註≫, <前言>, 3쪽.
3) 金在乘, ≪白居易詩研究≫, 235쪽.

淺陋不成邦.　　　천하고 누추하여 나라를 이루지 못하는데,

公如大國楚,　　　公의 시는 大國인 楚나라와 같아

呑五湖三江.　　　五湖와 三江을 다 삼킨다.4)

ⓛ

　蘇東坡詩와 李太白詩는 비록 규모가 광대하여, 배우는 자가 따르기 어렵다. 그러나 그것을 읽으면 사람으로 하여금 감히 막힌 생각을 씻어서 깨끗하게 해주어 窮困하고 艱難한 상태가 없다고 감히 말하게 되니, 이 또한 一助가 된다.

　(如東坡太白詩, 雖規模廣大, 學者難依, 然讀之使人敢道, 澡雪滯思, 無窮苦艱難之狀, 亦一助也.)5)

　㉠에서 黃庭堅은 자신의 시는 규모가 그다지 크지 않은데 비해, 소동파의 시는 규모가 커서 五湖와 三江을 다 삼킬 정도의 기상이 있다고 하여 긍정적으로 평론하고 있다.

　ⓛ에서 呂本中은 소동파시의 장점은 규모가 광대한 점인데 단점은 배우는 자가 따르기가 어렵다는 점이라고 전제하고서, 소동파시를 읽으면 마음을 정화시켜주고 곤궁하고 艱難한 상태를 없게 하는 예술적 감동력이 있다고 주장하였다.

　이제 소동파가 시창작의 용광로이며, 蘇詩가 「俗語入詩」, 「以俗爲雅」적 특징이 있다는 것을 긍정적 측면에서 논한 평론을 살펴보겠다.

---

4) 黃庭堅, <子瞻詩句妙一世, 乃云效庭堅體, …… .>. 蘇軾, 黃庭堅 著, ≪東坡詩, 山谷詩≫, 山谷詩, 內集, 권5, 25쪽. 吳台錫, <蘇黃關係論－詩話書를 中心으로>, 75~76쪽.

5) 呂本中, <與曾吉甫論詩第一帖>. 謝桃坊, ≪蘇軾詩研究≫, 270쪽, 재인용.

㉠

　參寥가 일찍이 客과 시를 평하였다. 客이 말하였다. "世間에 지나간 事實이나 작은 이야기 꺼리는 시로 쓸 수 있는 것이 있고 시로 쓸 수 없는 것이 있는데, 오직 東坡는 전혀 가리지 않고 손에 들어오기만 하면 사용한다. 예를 들어 길거리에서 오고가는 이야기나 저속한 말도 그의 손을 한 번 거치면 마치 神仙이 기왓돌을 손을 대어 황금으로 만들 듯 스스로 묘한 구석이 있다." 參寥가 말하길, "蘇東坡는 이와 뺨 사이에 별도로 하나의 용광로가 있는가?"

　(參寥嘗與客評詩. 客曰：'世間故實小說, 有可以入詩者, 有不可以入詩者. 惟東坡全不揀擇, 入手便用, 如街談巷說鄙俚之言, 一經其手, 似神仙點瓦礫爲黃金, 自有妙處.' 參寥曰：'老坡牙頰間別有一副爐鞴耶?)6)

㉡

　李端叔이 일찍이 나에게 말하였다. "東坡가 이르기를, '길거리나 저자에서의 雜談들을 모두 시로 넣을 수 있으나, 다만 사람이 그것을 잘 녹여 변화시켜야 할뿐이다.'라 하였다." 이 시는 비록 一時의 농담이나 이를 보면 또한 그 鎔化시키는 功力을 알 수 있다."

　(李端叔嘗爲余言東坡云, 街談市語皆可入詩, 但要人鎔化耳. 此詩雖一時戲言, 觀此亦可知其鎔化之功也.)7)

　㉠에서는 소동파가 시의 제재와 소재를 일상생활에서 찾아 왔으면서도 일단 그의 손을 거치면 뛰어난 작품으로 형상화된다고 하였다. 이는 소동파시가 속어나, 방언, 平常語를 써서 우아하게 변용할 수 있는 「俗語入詩」, 「以俗爲雅」的 경향이 있고 소동파의 내면자체가 시의 용광로

---

6)　朱弁, ≪風月堂詩話≫. 朴宗喆, ＜蘇軾詩 源流考＞, 中國語文學, 제11집, 93쪽, 94쪽 참조.
7)　周紫芝, ≪竹坡詩話≫, 二四a. 臺靜農 編, ≪百種詩話類編≫, 1174쪽.

적 특성을 구비하고 있음을 표명한 말이다.

ⓒ에서 소동파 자신의 말을 간접인용하여 「俗語入詩」적 특성과 그로 인해 속어를 녹여 시로 鎔化시킬 수 있는 뛰어난 소동파의 功力을 높이 평가하고 있다.

반면 張戒는 아래 인용문의 앞 미인용 부분에서 杜甫의 시어가 질박 함과 통속적인데, 그것은 질박함과 통속적인 것이 아니라 고결함과 고 아함의 극치라고 전제한 후, 소동파시에 대해서 다음과 같이 부정적으 로 논평하고 있다.

> 근세 蘇軾과 黃庭堅 역시 俗語를 쓰기를 좋아하였다. 그러나 때때
> 로 또한 자못 안배에 있어 억지로 끼어 맞춘 것이 많아, 杜甫가 흉금
> 을 자연스레 표현한 것만 같지 못하다.
> (近世蘇黃亦喜用俗語, 然時用之, 亦頗按排勉强, 不能如子美胸襟流出也.)[8]

위 예문에서 張戒는 소동파와 黃庭堅이 속어를 시로 쓰기를 좋아하는 습성이 있는데, 흉금을 자연스레 표현한 杜甫詩와는 달리 인위적인 면 이 강하다고 하여, 소동파와 황정견의 「俗語入詩」 경향을 부정적 측면 에서 돌출시키고 있다.

> 東坡詩는 可히 輕率히 指摘하여 評論할 수 없으나, 시어의 根源이
> 長江大河와 같아, 날리는 모래, 휘말리는 거품, 마른 뗏목과 섶나무 묶
> 음, 木蘭으로 만든 배, 鷁새를 수놓은 배, 모두가 물의 흐름에 따라 흘

---

8) 張戒, 《歲寒堂詩話》, 卷上. 四川大學中文系唐宋文學硏究室 編, 《蘇軾資料彙編》,
   300쪽.

러간다. 진귀한 샘물, 고요한 시냇물, 청정한 못, 신령스런 沼같은 것
은 한 점의 티끌과 찌끼도 없어 사랑스럽고 기쁘다. 다만 형세가 江湖
와 같지 아니하니, 독자는 이것을 알아야 한다.

　　(東坡詩不可指摘輕議, 詞源如長河大江, 飄沙卷沫, 枯槎束薪, 蘭舟繡鷁,
　皆隨流矣. 珍泉幽澗, 澄澤靈沼, 可愛可喜. 無一点塵滓, 只是體不似江河.
　讀者幸以此意求之.)9)

이는 소동파시의 특징의 하나를 보여주고 있는데, 시의 내용이 넓고,
氣勢가 雄偉하며, 일종의 豐富美가 있다는 것이다. 비록 모래와 물거품,
뗏목과 섞이 있으나, 그 드높은 氣魄에 손상되지는 않는다.10) 이처럼 許
顗는 蘇詩에 대해 경솔히 지적할 수 없다고 하면서, 그 제재의 다양성
과 내용의 풍부성에 대해 긍정적으로 보고 있다.

둘째, 수사적 특징으로서 典故사용의 적절함과 그로 인한 난해성, 長
句가 波瀾이 크고 變化莫測함, 그리고 비유가 뛰어남을 꼽았다.

蘇詩의 典故사용이 적절하다는 점은 공통적으로 나타나지만, 읽기 쉽
다는 평론과 난해하다는 상반된 평론이 교차되고 있다. 우선 전고를 긍
정적으로 평가한 예를 보자.

　　東坡는 典故를 사용함이 적절하다.

---

9) 許顗, ≪彦周詩話≫, 46쪽, 張葆全, 周滿江 撰, ≪歷代詩話選註≫, 46쪽. 臺靜農 編,
　≪百種詩話類編≫, 1155쪽. 四川大學中文系唐宋文學硏究室 編, ≪蘇軾資料彙編≫,
　211쪽. 何文煥 撰, ≪歷代詩話≫, 401쪽.
10) 張葆全, 周滿江 撰, ≪歷代詩話選註≫, 46쪽. 臺靜農 編, ≪百種詩話類編≫, 1155쪽.

(東坡用事切.)[11]

東坡는 典故사용을 가장 잘한다. 이미 드러나고 읽기 쉬우며 또한 적절하고 타당하다.

(東坡最善用事, 旣顯而易讀, 又切當.)[12]

위 두 評語에서는 소동파가 典故사용을 잘 하여 읽기 쉽고 적절하다고 긍정적 평가를 내리고 있다. 이 경우 評者가 전고를 익숙히 알고 있을 때는 쉽고 타당하다고 여기게 된다. 그러나 여기서 '읽기 쉽다'는 것은 소동파의 전체 시를 대상으로 한 평론이라 보이지는 않는다. 蘇詩의 典故는 난해한 부분이 많은 것으로 평가되고 있기 때문이다.

한편 전고를 모르거나 익숙하지 않은 경우에는 당연히 난해하다는 평론이 있게 된다. 蘇詩의 전고사용에 대한 평론 가운데 蘇詩를 주석한 경험을 가진 施元之의 다음 평론이 합리성과 설득력이 있다.

시인 가운데 典據가 해박하고 典故의 뜻이 깊고 넓은 이로는 少陵(杜甫) 이후에 겨우 東坡만을 볼 수 있다. 대체로 그는 학식이 풍부하고 재주가 커서 經典, 史書, 四庫에서, 그리고 山海經, 地理志, 佛經, 道家書, 方言, 小說과, 심지어 희롱하고 웃고 노하고 욕하는 것, 시골 노파나 부엌 아낙네의 일상적 이야기 등이 한 번 東坡詩로 들어가면 즉시 典故가 된다. 그러므로 '시를 註釋하기는 어려운데, 蘇軾詩를 주석하기는 더욱 어렵다'고 하는 것이다.

(詩家援据該博, 使事奧衍, 少陵之後, 僅見東坡. 蓋其學富而才大, 自經史四庫, 旁及山經, 地志, 釋典, 道藏, 方言, 小說, 以至嬉笑怒罵, 里媼竈婦之常談, 一入詩中隨成典故. 故曰註詩難, 而註蘇尤難.)[13]

---

11) 吳幵, ≪優古堂詩話≫, 二六a. 臺靜農 編, ≪百種詩話類編≫, 1153쪽.
12) 著者不明, ≪漫叟詩話≫. 朱自淸, ≪宋五家詩鈔≫, 118쪽, 재인용.

施元之는 蘇詩의 註釋書 ≪施注蘇詩≫를 注한 경험을 토대로 하여, 蘇詩의 典故가 넓고 깊다고 긍정적으로 평하고 있다. 구체적으로 곧 소동파가 학식과 재주가 풍부하여, 소동파시에는 經史子集, 佛家書, 道家書 등 각종의 書冊, 方言, 小說 및 일상생활사의 모든 이야기를 典故로 넣었기에, 이를 주석 하기는 아주 어려운 문제라고 표명하고 있다. 시대가 소동파와 멀지 않은 南宋人 施元之가 이렇게 느꼈을 정도이니, 긴 세월이 흐른 현대에 있어 蘇詩의 난해성을 추측할 만하다.

이제 比喩와 長句의 특징에 대한 短評을 보자.

子瞻은 시를 짓는데 比喩가 뛰어났다.
(子瞻作詩, 長於譬喩.)[14]

東坡의 長句는 파란이 크고 변화를 헤아리기 어렵다.
(東坡長句, 波瀾洪大, 變化莫測.)[15]

여기서 蘇詩의 비유가 뛰어남과 長句의 파란이 크고 변화막측함에 대한 인상비평을 볼 수 있다.

셋째, 風格이 新鮮, 豪放, 雄渾, 豪邁天成, 深密, 汗漫, 典嚴, 麗縟, 簡澹, 工巧 등 多樣하다.

---

13) 施元之, <注蘇例言>, 蘇軾 著, 施元之 注, ≪施注蘇詩≫, 3쪽.
14) 魏慶之, ≪詩人玉屑≫, 권17.
15) 呂本中, ≪童蒙訓≫. 李曰剛, ≪中國詩歌流變史≫, 582쪽, 재인용.

㉠

王介甫의 시는 工하고, 蘇子瞻의 시는 新하고, 黃魯直의 시는 奇하다.
(王介甫以工, 蘇子瞻以新, 黃魯直以奇.)[16]

㉡

東坡는 豪放하고, 山谷은 奇異하다. 두 분은 넉넉함이 있으나 淵明
에게 대해서는 부족하다. 그러므로 나는 이 세분 모두를 사모한다.
(東坡豪, 山谷奇. 二者有餘, 而於淵明則爲不足, 所以皆慕之.)[17]

㉢

東坡는 은하수를 내려 부은 듯, 滄海를 뒤집듯 변화가 많으나, 결국
엔 雄渾함으로 돌아간다.
(東坡如屈注天潢, 倒連滄海, 變眩百怪, 終歸雄渾.)[18]

㉣

蘇文忠公詩는 처음에는 豪邁天成한 것 같은데, 기실 關鍵은 심히 엄
밀하다.
(蘇文忠公詩, 初若豪邁天成, 其實關鍵甚密.)[19]

㉤

東坡의 시는 대략 昌黎의 시와 같아서, 질펀(汗漫)한 것도 있고 典雅

---

16) 陳師道, ≪後山詩話≫. 何文煥 輯, ≪歷代詩話≫, 306쪽.
17) 吳可, ≪藏海詩話≫. 丁仲祜 編訂, ≪續歷代詩話≫, 384쪽. 丁福保 輯, ≪歷代詩話續
  編≫, 339쪽.
18) 魏慶之, ≪詩人玉屑≫, 권2. 敖陶孫, ≪敖器之詩評≫, 梁廷枏, ≪東坡事類≫, 권
  20, <評論類, 詩評>.
19) 周必大, ≪二老堂詩話≫. 朱自淸, ≪宋五家詩鈔≫, 117쪽. 何文煥 輯, ≪歷代詩話≫,
  669쪽.

嚴正한 것도 있고, 곱고 화려한(麗縟) 것도 있고, 간략하고 담박한(簡
澹)한 것도 있어, 열고 닫는데 그 변화가 千態萬象이다. 그것은 대개
그 氣魄力量으로부터 비롯된 것으로 本色이 아닌 것이 없다. 다른 사
람들은 이러한 큰 氣魄力量이 없이는 배울 수 없을 것이다. 和陶詩는
海東靑과 西極馬와 같아서 일순간에 천리를 가는데, 끝내 韻에 속박되
지 않았다.

　(坡詩略如昌黎, 有汗漫者, 有典嚴者, 有麗縟者, 有簡澹者, 翕張開闔, 千
變萬態, 蓋自以其氣魄力量爲之, 然無非本色也. 他人無許大氣魄力量, 恐不
可學. 和陶之作, 如海東靑, 西極馬, 一瞬千里, 了不爲韻束縛.)[20]

　ⓗ
　五言律詩는 심히 어려운 것은 없는 듯하다. 그러나 國朝(宋代)以來
로 오직 東坡가 가장 工巧롭고, 山谷은 晚年의 시가 工巧롭다.

　(五言律詩, 若無甚難者, 然國朝以來, 惟東坡最工, 山谷晚年乃工.)[21]

　ⓐ에서 陳師道는 杜甫詩를 표준으로 하여, 王安石, 蘇軾, 黃庭堅의 시
의 특징을 각각 한 글자로 압축하면서, 蘇詩를 '新'(新鮮)하다고 평하고
있다.

　ⓑ에서 吳可는 소동파시는 '豪'(豪放)하고, 黃庭堅詩는 '奇'(奇異)하다고
긍정적으로 개괄하면서, 양자 모두 陶淵明詩에는 모자람이 있다고 하였
다. 그리고 자신은 이 세분의 시를 다 사모한다고 하였다.

　ⓒ에서 敖陶孫은 比喩를 통해 변화다양한 蘇詩를 개괄하고, 蘇詩가 雄
渾한 풍격으로 귀결된다고 긍정적으로 평하였다.

---

20) 劉克莊, ≪後村詩話≫, 前集, 권2. 梁容若, ≪文學二十家傳≫, 210쪽.
21) 張戒, ≪歲寒堂詩話≫, 卷上. 丁福保 輯, ≪歷代詩話續編≫, 462쪽. 朴宗喆, <蘇
　　軾詩 源流考>, 96쪽.

㉣에서 周必大는 蘇詩에 대한 첫인상으로 본 풍격이 豪邁하며 자연적으로 이루어진 것 같지만, 기실은 관건이 密(엄밀함)하다고 하여, 보다 시의 내면을 파악한 노력이 보인다.

㉤에서 劉克莊은 소동파시가 韓愈詩와 같이 질펀함(汗漫), 典雅嚴正(典嚴), 곱고·화려함(麗縟), 간략하고 담박함(簡澹) 등의 풍격이 있다고 하였다. 그리고 소동파시의 천태만상의 변화는 氣魄力量에서 비롯된 것이라고 평하였다. 이어서 이러한 특성과 관련하여 소동파의 和陶詩가 韻에 속박됨이 없이 일순간에 천리를 갈 정도로 자유자재하다고 하였다.

㉥에서 張戒는 蘇軾의 五言律詩를 예로 들어 宋詩에서 蘇詩가 가장 工(工巧)하다고 평하였다.

이상에서 여러 예문을 들어 蘇詩의 風格多樣化에 대한 평을 검토해 보았는데, 그 중에 豪放하다는 평이 많다.

넷째, 詩語簡潔, 意味曲盡

소동파 자신은 문장창작이 가장 유쾌한 일이며, 그 특징이 筆力이 曲盡하여, 그 뜻을 다한다고 개괄하고 있다.

　　소동파는 일찍이 劉景文에게 말하길, "나는 평생에 뜻에 快한 일이 없는데, 오직 문장을 지음에 뜻이 도달하게 되면, 筆力이 曲盡하여 뜻을 다하지 않음이 없다".
　　(先生嘗謂劉景文曰, 某平生無快意事, 惟作文章, 意之所到, 則筆力曲折, 無不盡意.)[22]

---

22) 何薳, 《春渚紀聞》, 권6. 四川大學中文系唐宋文學硏究室 編, 《蘇軾資料彙編》, 151쪽.

唐庚은 이에 대해 다음과 같이 평하고 있다.

　　東坡詩는 敍事에 있어 詩語가 간결하면서도 뜻이 曲盡하다. 忠州에
는 연못이 하나 있고, 거기에는 蛟龍이 살고 있었는데, 사람들은 그것
을 믿지 않았다. 호랑이가 물을 마시러 갔는데, 蛟龍이 꼬리로 쳐서
호랑이를 잡아먹었다. 잠시 후 그 뼈가 물위에 떠오르고 나서야, 사람
들은 그것을 알았다. 東坡는 단지 열 글자로 그것을 다음과 같이 다
말했다. ‘물 속에 숨은 굶주린 蛟龍／ 꼬리 흔들어 목마른 호랑이를 먹
어버렸네.’ ‘渴’字로써 호랑이가 물을 마시러 갔다가 죽음을 당하고,
‘饑’字로써 蛟龍이 그 고기를 먹은 것을 말하였다.
　　(東坡詩, 敍事言簡而意盡. 忠州有潭, 潭有潛蛟, 人未之信也. 虎飮水其
上, 蛟尾而食之, 俄而浮骨水上, 人方知之. 東坡以十字道盡云, ‘潛鱗有饑
蛟, 掉尾取渴虎.’ 言‘渴’則知虎以飮水而召災, 言‘饑’則蛟食其肉矣.)[23]

　여기서 唐庚은 소동파시의 특징이 詩語가 간결하면서도 의미를 曲盡
하게 한다는 것을 사례를 들어 예증하고 있다. 특히 意味를 曲盡히 한
다는 것은 앞에서 예시한 소동파 자신의 견해 「筆力曲折, 無不盡意」와
일치되어 객관성을 강화시키고 있다.
　다섯째, 천재적인 재주와 식견 등의 긍정적 측면과, 이와 관련되어 含
蓄性 부족 등 부정적 측면이 있다.

　우선 소동파의 천재적인 재주와 식견에 대하여 검토하여 보겠다.

---

23) 唐庚, ≪唐子西文錄≫, 二b. 臺靜農 編, ≪百種詩話類編≫, 1157쪽. 張葆全, 周滿
　　江 撰, ≪歷代詩話選註≫, 49쪽. 姜昌洙, <宋代 反江西詩派의 詩論 硏究－詩話를
　　中心으로>, 34쪽, 참조. 四川大學中文系唐宋文學硏究室 編, ≪蘇軾資料彙編≫,
　　212쪽.

하물며 東坡先生의 뛰어난 재주와 빼어난 識見은 우뚝 一世에 으뜸
이다. 평생 經典을 헤아렸고, 子書와 史書를 관통하였으며, 아래로 小
說·雜記·佛經·道書·古詩·方言 등을 모두 궁구하지 않은 것이 없
었다. 그러므로 비록 天地의 造化나 古今의 興亡, 풍속의 盛衰 및 山
川·草木·禽獸·魚貝·昆蟲 등까지 모두 그 기틀을 洞察하고 그 妙理
를 貫通하여 흉중에 쌓인 文章이 되어, 다만 長江大河와 같이 깊고 넓
게 펼쳐 저 萬狀의 변화를 알아낼 뿐만이 아니다. 波瀾같이 흘러나오
는 그 吟詠의 시를 어찌 한 두 사람의 學識으로 그 끝을 헤아릴 수 있
겠는가?

　(況東坡先生之英才絶識,　卓冠一世,　平生斟酌的經傳,　貫穿子史,　下至小
說·雜記·佛經·道書·古詩·方言,　莫不畢究.　故雖天地之造化,　古今之
興替,　風俗之消長,　與夫山川·草木·禽獸·鱗介·昆蟲之屬,　亦皆洞其機
而貫其妙,　積而爲胸中之文,　不啻如長江大河,　汪洋閎肆,　變化萬狀,　則凡波
瀾于一吟一詠之間者,　詎可以一二人之學而窺其涯涘哉.)24)

王十朋은 蘇詩를 주석한 경험을 통해, 소동파가 현대의 인문과학, 자
연과학에 해당하는 학문전반에 통달한 뛰어난 재주와 식견의 보유자임
을 인정하고 있다. 이렇게 王十朋은 소동파가 당시까지의 모든 書冊에
博通하며 天地의 조화, 古今의 흥망, 풍속의 盛衰 등의 기틀을 통찰하고
妙理를 관통하고 있어, 그것이 가슴속에 쌓여 시로 표현하였으니, 한 두
사람의 학식으로는 그 한계를 헤아릴 수가 없다고 토로하고 있다.

　洪邁는 소동파의 천재성에 대해 간략히 평하였다.

　坡公은 천재라 말을 내면 남들을 놀라게 한다.

---

24) 王十朋, ＜集註分類東坡先生詩序＞, ≪集註分類東坡先生詩≫, 卷首. 四川大學中文
　　系唐宋文學硏究室 編, ≪蘇軾資料彙編≫, 473～474쪽.

(坡公天才, 出語驚人.)25)

何汶의 ≪竹莊詩話≫에는 蔡百衲의 말을 인용하여 다음과 같이 평하였다.

> 東坡의 시는 天才가 宏張하여 마땅히 日月과 빛을 다툰다. 무릇 古人이 이르지 못하는 곳을 거의 다 發明했다. 萬斛의 구슬샘물이라 해도 과언이 아니다. 그러나 자못 東方朔이 諫하는 것과 같이 때로 滑稽가 섞이어, 고로 含蓄的인 곳을 보기 드문 것이 한스럽다.
> (東坡公詩天才宏放, 宜與日月爭光, 凡古人所不到, 發明殆盡, 萬斛珠泉, 未爲過也. 然頗恨似東方朔諫, 時雜滑稽, 故罕見縕藉.)26)

蔡百衲은 소동파가 천재성을 통해 시를 創新하였다고 찬미하였다. 그러나 이러한 긍정적 측면 가운데 때로 滑稽가 섞이었으며, 含蓄性이 부족하다고 그 부정적 측면도 파악하고 있다. 다만 滑稽가 있는 측면은 단점으로 볼 수만은 없다고 보인다.

朱熹는 소동파의 재주를 인정하는 기조 하에, 陶淵明詩와 소동파 和陶詩를 대비하여 그 質的 차이에 대해 다음과 같이 평하였다.

> 淵明詩가 고상한 까닭은 바로 안배를 기다리지 않고 흉중의 생각을 자연스럽게 표현한 것인데, 東坡는 篇篇句句 韻을 맞추어 화답하였으니, 그 높은 재주로써 힘을 들인 것은 아닌 것 같지만 자연적인 정취

---

25) 洪邁, ≪容齋隨筆≫, 권14. 郭預衡 主編, ≪中國古代文學史長篇≫(宋遼金卷), 207쪽.
26) 何汶, ≪竹莊詩話≫, <蔡百衲詩評> 인용. 郭預衡 主編, ≪中國古代文學史長篇≫ (宋遼金卷), 213쪽.

는 이미 사라지고 말았다.

　(淵明詩所以爲高, 正在不待安排, 胸中自然流出, 東坡乃篇篇句句依韻而
和之, 雖其高才似不費力, 然已失其自然之趣也.)27)

　곧 陶淵明詩가 흉중의 자연스런 표현인 데 반해, 이것을 和韻한 소동
파의 和陶詩는 그 높은 재주로서 힘을 들인 것은 아닌 것 같지만, 자연
적인 정취를 잃었다고 부정적으로 평론하고 있다.

　여섯째, 蘇詩의 직설성과 풍자성을 부정적으로 평하였다.

　㉠

　東坡의 문장은 天下에 妙하나 그 단점은 남을 욕하기를 좋아하는
데 있으니 삼가 그 길을 따르지 말아야 할 것이다.

　(東坡文章妙天下, 其短處在好罵, 愼勿襲其軌也.)28)

　㉡

　시란 사람의 감정을 나타내는 것이지, 조정에서 諫諍하거나 길에서
원망이나 분함을 꾸짖거나, 이웃에게 怒하고 같이 있는 사람을 욕하
는 것은 아니다. …… 남을 흉보고 헐뜯고 비방하고 侵害하며, 목을
빼어 창을 받고, 가슴을 펴서 화살을 받아 일시의 분함을 푸는 것을
사람들이 모두 시의 재앙이라고 여기지만, 이것은 시의 뜻을 잃은 것
이지 시의 잘못은 아니다.

　(詩者, 人之情性也. 非强諫諍於廷, 怨忿詬於道, 怒隣罵座之爲也. ……

---

27) 朱熹, ≪朱子語類≫. 宋九龍, ≪蘇東坡和陶淵明詩之比較硏究≫, 34쪽.
28) 黃庭堅, ≪豫章黃先生文集≫, 권19. <答洪駒父書>. 吳台錫, ≪黃庭堅詩 硏究≫,
　　50쪽.

其發爲訕謗侵陵, 引頸以承戈, 披襟而受矢, 以快一時之忿者, 人皆以爲詩之
禍, 是失詩之旨, 非詩之過也.)29)

ⓒ

蘇軾의 시는 처음에 劉禹錫을 배워 원망과 풍자가 많으니, 배움에
삼가지 않을 수 없다.

(蘇詩始學劉禹錫, 故多怨刺, 學不可不愼也.)30)

㉠에서 黃庭堅은 소동파의 문장이 천하에 妙하다는 전제 아래, 그 단
점이 남을 욕하기를 좋아하는 것이라 하여 부정적 측면에서 조명하고
있다. 이러한 양상은 주로 소동파의 젊은 시절의 시문에 대한 평으로,
실제상으로는 만년으로 갈수록 이러한 양상은 줄어들고 平淡하게 변화
하게 된다.

ⓛ에서 魏慶之는 黃庭堅의 말을 인용하여, ㉠의 부정적 평론에 대한
근거를 설명하고 있다. 이 평은 烏臺詩案 때 입은 소동파 자신의 피해
와 주위 인물들의 피해에 대한 경험 및 溫柔敦厚를 강조한 전통적 詩觀
의 반영이다.

ⓒ에서 陳師道는 ㉠, ⓛ과 같은 궤도에서 蘇詩의 단점을 지적한 것이
다. 실지로 黃州貶謫 이전 젊은 시절에 창작한 정치풍자시에 이러한 모
습이 자주 보이나, 그 후에는 이러한 경향은 별로 보이지 않고 있다.

---

29) 魏慶之, ≪詩人玉屑≫, 199쪽. 游信利, ≪蘇東坡的立身與論文之道≫, ＜蘇東坡的
    論文之道＞, 12쪽, 재인용.
30) 陳師道, ≪後山詩話≫. 何文煥 輯, ≪歷代詩話≫, 306쪽. 四川大學中文系唐宋文學
    硏究室 編, ≪蘇軾資料彙編≫, 138쪽.

南宋代 理學家 楊時는 위 견해들에 대한 이유를 다음과 같이 밝히고
있다.

 시를 지음에 있어 風雅의 뜻을 모르고는, 시를 제대로 지을 수가
없다. 시가 은근한 諫言을 존중할 경우에, 오직 말한 사람은 죄가 없
고 이를 듣는 이는 교훈으로 삼을 만해야 도움이 된다. 만약 그 諫言
이 지나쳐 비방이 된 경우, 이를 들은 사람이 화를 내게 된다면, 무슨
도움이 있겠는가? 東坡의 시를 보면 단지 朝廷의 일을 나무라고 비평
하여, 정말 溫柔敦厚한 기풍이 없으니, 이 때문에 이 사람들이 그를
허물한 것이다.
 (作詩不知風雅之意, 不可以作詩. 詩尙諷諫, 唯言之者無罪, 聞之者足戒,
乃爲有補. 若諫而涉於毀謗, 聞者怒之, 何補之有? 觀東坡詩, 只是譏誚朝
廷, 殊無溫柔敦厚之氣. 以此 人故得而罪之.)31)

 이 楊時의 설은 ≪詩經≫ 溫柔敦厚의 전통적 詩觀에 입각한 평으로,
'宋代 道學家의 견해를 대표한다. 그러나 다른 측면에서 본다면, 蘇詩에
서의 이러한 비판의 칼날이 전통적인 풍유시의 범위를 넘어서 광범위한
현실적 의의를 지닌다고 할 수도 있다.'32) 소동파의 政治諷刺詩가 이에
해당된다. 요는 시에 溫柔敦厚한 맛이 적고, 諫言이 정도에 지나친다면,
諫言의 목적을 이루기도 전에 득죄한다고 하여, 이상적 諫言의 원리에
대해 말하고 있다.

 일곱째, 「以文字爲詩」, 「以才學爲詩」, 「以議論爲詩」설 등 蘇詩의 散文

---

31) 楊時, ≪龜山先生語錄≫. 胡仔, ≪苕溪漁隱叢話≫, 後集, 권 30. 魏慶之, ≪詩人玉
   屑≫, 권9.
32) 謝桃坊, ≪蘇軾詩硏究≫, 159쪽.

化傾向에 대한 부정적 평론과 자신의 뜻으로 시를 지었다는 긍정적 평론 張戒는 소동파의 「以議論爲詩」에 대해 부정적 평가를 하고 있다.

> 國風, 離騷는 논할 것 없고, 漢·魏 이래 시는 曹子建(曹植)에서 妙하여 졌고, 李白·杜甫에서 완성되었으며, 蘇軾·黃庭堅에 이르러 파괴되었다. 나의 이 논의는 진실로 속인들에게 쉽게 말할 수 있는 것이 아니다. 蘇軾은 議論으로 시를 지었고, 黃庭堅은 또 오로지 기이한 글자로 補綴하였는데, 배우는 자들이 그 장점은 터득하지 않고, 먼저 그 단점부터 얻으니, 시인의 뜻이 사라져버렸다.
>
> (國風離騷固不論, 自漢魏以來, 詩妙於子健, 成於李杜, 而壞於蘇黃. 余之此論, 固未易爲俗人言也. 子瞻以議論作詩, 魯直又專以補綴奇字, 學者未得其所長, 而先得其所短, 詩人之意掃地矣.)[33]

張戒의 ≪歲寒堂詩話≫는 南宋 초기에 소동파와 黃庭堅의 시가 세상을 풍미하자, 이를 정면으로 반대한 詩話이다. 그는 李白과 杜甫는 감정이 충만한 후 표출해낸 시인이라 하여 높이 사고, 소동파와 黃庭堅은 議論으로 시를 짓고 신기한 글자를 이어서 시를 지었다고 貶下하였다.[34] 위 예문에서 張戒는 曹植·劉楨·李白·杜甫의 시를 기준으로 삼아, 소동파와 黃庭堅에 이르러 전통적인 시가 파괴되었다고 전제한 뒤, 소동파의 「以議論爲詩」와 黃庭堅의 '奇異한 글자로 補綴하는' 습성을 깨끗이 씻어야 한다고 주장하였다. 그리고 蘇·黃을 배우는 자들이 그 장점은 터득하지 않고 그 단점부터 터득하였다고 하여 암암리에 蘇·黃의 장점

---

33) 張戒, ≪歲寒堂詩話≫, 卷上. 吳台錫, ≪黃庭堅詩研究≫, 350쪽. 丁福保 輯, ≪歷代詩話續編≫, 455쪽.
34) 李炳漢 編著, ≪中國 古典 詩學의 理解≫, 343~344쪽.

은 인정하고 있다. 蘇·黃의 시가 지나치게 유행하여 이에 대한 폐단이 나왔으므로 이를 시정하고자 의도한 평론이다.

蘇詩에 대한 張戒의 「以議論爲詩」적 관점을 계승하고 자신의 견해를 추가하여 체계화시킨 학자가 바로 嚴羽이다.

> 근대의 여러 시인들의 시는 기이하고 독특하게 이해하여, 드디어 文字로 시를 짓고, 才學으로 시를 지으며, 議論으로 시를 지으니, 어찌 공들이지 않으리오만, 끝내 古人의 시가 아니어서, 대개 一唱三歎의 音에 미치지 못한다. 또한 그 작품이 典故에만 힘을 쏟고 興趣는 不問에 붙이며, 사용한 글자에는 반드시 내력이 있고, 韻을 다는 데에는 반드시 出處가 있게 하여, 반복하여 끝까지 읽어도 어디에 닿았는지 모르게 된다. 그 末流로서 심한 것은 시끄럽게 외치고 노기를 펼쳐내어 자못 忠厚한 기풍을 무너뜨리고, 다만 꾸짖는 말로 시를 짓는다. 시가 이 지경에 이르니 일종의 액운이라 할 수 있다. …… 東坡와 山谷에 이르러 비로소 자기의 뜻으로 시를 지어 唐代의 詩風이 변해 버렸다.
>
> (近代諸公乃作奇特解會, 遂以文字爲詩, 以才學爲詩, 以議論爲詩. 夫豈不工, 終非古人之詩也. 蓋於一唱三歎之音, 有所歉焉. 且其作多務使事, 不問興致, 用字必有來歷, 押韻必有出處, 讀之反覆終篇, 不知着到何處. 其末流甚者, 叫噪怒張, 殊乖忠厚之風, 殆以罵詈爲詩. 詩而至此, 可謂一厄也. …… 至東坡山谷, 始自出己意爲詩, 唐人之風變矣.)35)

여기서 近代의 여러 시인이란 소동파와 黃庭堅을 위시하여 江西詩派 말류들과 四靈派시인, 江湖派시인까지를 모두 포괄하는 것으로 보아야

---

35) (南宋) 嚴羽, ≪滄浪詩話·詩辯≫. 何文煥 輯, ≪歷代詩話≫, 688쪽.

할 것이다.36)

嚴羽가 宋詩를 비평한 「以文字爲詩, 以才學爲詩, 以議論爲詩」 세 가지는 이후로 宋詩의 예술적인 특징으로 인식되었으며, 또한 宋詩의 근본적인 결함으로 간주되기도 하였다.37) 즉 그가 宋詩 傾向을 「以文字爲詩, 以才學爲詩, 以議論爲詩」로 규정한 것은 이러한 폐단이 그 후에까지 엄청나게 파급된 것을 경계한 것이라 할 수 있다. 이 嚴羽의 평론은 소동파시를 포함한 宋詩에 대한 부정적 관점에서 도출된 것이다. 그러나 실제상 자기의 뜻으로 지어 宋詩의 변화를 모색한 점, 문자로 시를 짓고, 才學으로 시를 지으며, 議論으로 시를 짓는다고 한 점, 一唱三歎의 흥취가 부족한 점, 典故에 힘을 쏟은 점, 그리고 사용한 시어에 내력이 있는 점 등은 蘇詩의 특징을 잘 개괄해 낸 것이다. 상당수 蘇詩의 경우 이러한 경향이 존재하고 있는 점은 부인할 수 없다. 그러나 실제상 蘇詩 가운데 名篇의 경우는 이러한 경향을 장점으로 발휘하고 있다.

이외에도 蘇詩가 개성이 있다는 평이 있다.

東坡의 문장은 천하에 妙하나 모두 (문장의) 本色은 아니다. 기타 문인의 文과 시인의 詩와는 다르다. 文은 歐陽修・曾鞏의 文이 아니고, 시는 黃庭堅의 시가 아니며, 四六文은 王安石의 四六文이 아니다. 그러나 모두 스스로 그 妙함을 다하였다.

(東坡之文妙天下, 然皆非本色, 與其它文人之文, 詩人之詩不同. 文非歐曾之文, 詩非山谷之詩, 四六非荊公之四六, 然皆自極其妙.)38)

---

36) 姜昌洙, <宋代 反江西詩派의 詩論研究-詩話를 中心으로>, 247~248쪽.

37) 謝桃坊, ≪蘇軾詩研究≫, 242쪽.

38) (南宋) 曾季狸, ≪艇齋詩話≫, 二六a. 臺靜農 編, ≪百種詩話類編≫, 1162쪽. 四川大學中文系唐宋文學研究室 編, ≪蘇軾資料彙編≫, 420쪽. 丁福保 撰, ≪歷代詩話續編≫, 323쪽.

여기서 曾季貍는 蘇詩가 개성적이면서 妙함을 다했다고 강조했다.

이상에서 宋代 蘇詩 評論의 특징은 다음과 같이 개괄된다.

첫째, 소동파는 시창작의 용광로적 성격을 지니어, 시의 기상과 규모가 크며, 제재의 다양성 및 '俗語入詩', '以俗爲雅'적 특성을 지닌다.

둘째, 수사적 특징으로서 典故사용의 적절함과 그로 인한 난해성, 그리고 長句가 波瀾이 크고 변화막측함, 比喩가 뛰어남을 꼽았다.

셋째, 蘇詩의 풍격이 新鮮, 豪放, 雄渾, 豪邁天成, 深密, 汗漫, 典嚴, 麗縟, 簡澹, 工 등으로 多樣化되었다.

넷째, 詩語가 簡潔하고 意味가 曲盡하다.

다섯째, 천재적인 재주와 식견 등의 긍정적 측면과, 이와 관련되어 含蓄性 부족 등 부정적 측면이 있다.

여섯째, 蘇詩의 직설성과 풍자성을 부정적 측면에서 조명하여 모범의 대상은 아니라고 평하였다. 이는 젊은 시기 蘇詩에 대한 것으로서 일면적인 평이다.

일곱째, 蘇詩의 「以文字爲詩」, 「以才學爲詩」, 「以議論爲詩」설 등 산문화경향에 대한 비판이 있고, 지기의 뜻으로 지었으며 개성이 있다는 평이 있다.

여기서 볼 때 소동파의 생존시부터 蘇詩에 대한 평론이 있었다. 宋代에는 대체로 인상비평이 많다. 긍정적 평론이 많고, 부정적 평론은 적다. 부정적 평론을 한 평자는 黃庭堅, 陳師道, 楊時, 張戒, 嚴羽가 대표적이다. 黃庭堅과 陳師道는 소동파의 직설적이고 溫柔敦厚하지 못한 시를 부정적으로 보았다. 張戒는 議論으로 시를 짓는 경향을 부정적으로 언급하였다. 嚴羽는 張戒의 뒤를 이어 체계적으로 蘇·黃과 江西詩派

및 그 말류의 과도한 형식주의적 경향에 대해 부정적으로 평론하였다. 이러한 부정적 평론은 그 자체에 긍정적 측면을 내포하는 경우가 많다. 그리고 典故사용에 대해 평자에 따라 읽기 쉽다는 평론과 난해하다는 평론이 병존하고 있다. 이처럼 하나의 논제에 대해 상이하거나 상반된 평론이 존재한 것은 評者의 초점과 인식태도, 개성에 따라 상이한 결과를 보인 것이다. 부정적 평은 宋代에 소동파시의 유행도가 대단하다는 전제하에 있는 경우가 많다.

그리고 宋代의 蘇詩평론은 평론의 하나의 기준이 되어 후대에 많은 것을 계시하여 주었다.

제2절 金·元·明代의 蘇東坡詩 評論 —'詩之神'

金·元·明代의 詩話는 수량이 비록 宋代에는 못 미치지만 詩話著作이 문학비평 방면에서 발전하여 점차 계통화되었다. 金代 王若虛의 滹南詩話는 시가의 내용을 중시하고 형식주의시풍을 극력 배격하여 명백히 현실주의경향을 드러내었다. 明代 李東陽의 ≪懷麓堂詩話≫, 謝榛의 ≪四溟詩話≫, 王世貞의 ≪藝苑巵言≫은 내용이 풍부하고 議論이 대부분 정밀타당하다. 胡應麟의 ≪詩藪≫는 편폭이 많고 結構가 엄밀하며 논술이 정밀한데, 내용은 주로 시가이론과 시가비평에 치중하여 詩話중의 거작이라 할 수 있다.[39] 이외에도 金代 元好問과 明代 袁宏道의 蘇詩評 역시 중시할 만하다.

---

39) 張葆全, 周滿江 撰, ≪歷代詩話選註≫, <前言>, 3~4쪽.

여기서는 金·元·明代의 소동파시에 대한 평론을 다음 4가지로 나누어 검토하겠다.

첫째, "文中龍", "詩之神" 등 총괄적인 긍정적 평가

우선 王若虛, 袁宏道 등이 소동파의 인물, 문장, 그리고 詩를 극찬한 평론을 살펴보겠다.

㉠

東坡는 문장 가운데의 龍이다. 理는 萬物을 妙하게 통하고, 氣는 九州를 삼켜 縱橫으로 奔放하는 것이, 마치 游戲하는 듯 端緒를 예측할 수 없다.

(東坡文中龍也. 理妙萬物, 氣吞九州, 縱橫奔放, 若游戲然, 莫可測其端倪.)[40]

㉡

東坡가 죽자, 李方叔은 誄를 지어, "道가 커서 용납되지 아니하고 재주가 높아 累가 되었구나. 皇天后土께서 평생의 忠義로운 마음을 알고 名山大川이 천고 英靈의 氣를 돌려주었다."라 하였으니, 이 말이 간략하고 타당하다.

(東坡死, 李方淑誄之曰, "道大不容, 才高爲累. 皇天后土, 知平生忠義之心, 名山大川, 還千古英靈之氣." 可謂簡而當矣.)[41]

㉠에서 王若虛는 동파가 '文中龍'이라고 전제하고, '理는 萬物을 妙하

---

40) 王若虛, ≪滹南詩話≫, 권2. 丁仲祜 編訂, ≪續歷代詩話≫, 623쪽. 丁福保 輯, ≪歷代詩話續編≫, 517쪽.
41) (元) 祝誠, ≪蓮塘詩話≫. 張葆全, 周滿江 撰, ≪歷代詩話選註≫, 144쪽, 재인용.

게 통하고, 氣는 九州를 삼켜 縱橫으로 奔放하는 것이, 마치 游戱하는 듯 端緒를 예측할 수 없다'고 극찬을 아끼지 않고 있다.

ⓛ은 宋代 李方叔의 소동파 人物評을 인용한 것이다. 여기에는 誄文이라는 성격 탓인지 소동파의 생애와 문장, 그리고 忠義와 氣를 모두 포괄하여 간략히 총괄, 含蓄的으로 극찬하고 있다. 이러한 예처럼 元代의 蘇詩비평은 前代의 설을 인용한 것이 주류를 이룬다.

明代의 袁宏道는 아래 2條의 평에서 소동파를 역대 최고의 시인으로 평가하였다.

ⓞ

蘇軾의 시는 고상하고 예스러움이 杜甫만 못하나, 超脫하고 變怪함은 더 나으니, 천지가 생긴 이래 한 사람 뿐이다. 나는 일찍이 말했다. 六朝에는 詩가 없는데, 陶淵明은 詩趣가 있고, 謝靈運은 詩料가 있으며, 그 나머지는 하잘 것 없어 볼만한 것이 없다. 李白과 杜甫에 이르러 詩道가 비로소 커졌다. 韓愈, 柳宗元, 元鎭, 白居易, 歐陽修는 詩의 聖人이고 蘇軾은 詩의 神이다.

(蘇公詩高古不如老杜, 而超脫變怪過之, 有天地來一人而已. 仆嘗謂六朝無詩, 陶公有詩趣, 謝公有詩料, 餘子碌碌, 無足觀者. 至李杜而詩道始大. 韓柳元白歐, 詩之聖也, 蘇, 詩之神也)[42]

ⓛ

蘇公(소동파)의 시는 하나도 좋지 않은 것이 없다. 靑蓮(李白)은 虛에 능했고, 工部(杜甫)는 實에 능했다. 靑蓮은 오로지 虛를 한결같이 한 까닭으로 눈앞에 매양 남이 보지 못하는 景觀이 있고, 工部는 오로지 實을 한결같이 하여 人事에만 능하고 天道에는 능하지 못하며, 능

---

42) 袁宏道, <與李龍湖>. 謝桃坊, ≪蘇軾詩硏究≫, 278쪽, 재인용.

히 大하고 능히 化할 수는 있으나 능히 神할 수는 없었다. 蘇公의 시
는 出世나 入世, 거친 말과 미세한 말이 모두 奧妙하여 恍惚한 變怪가
情實 아닌 것이 없다. 대개 그 才力이 이미 높고 학문과 식견도 멀리
二公(李白과 杜甫) 위에 있으니, 높이 千古에 뛰어난 것이 마땅하다.

　(蘇公詩無一不佳者. 靑蓮能虛, 工部能實. 靑蓮惟一虛, 故目前每有遺景,
工部惟于一實, 故其詩能人而不能天, 能大能化而不能神. 蘇公之詩, 出世入
世粗言細語, 總歸玄奧, 恍惚變怪, 無非情實. 蓋其才力旣高, 而學問識見又
逈出二公之上, 故宜卓絶千古.)[43]

　㉠에서 袁宏道는 주요 역대 시인들을 品評하면서, 소동파詩를 "詩의
神"이라 평하여, 역대 어느 평자보다 극찬하고 있다.

　㉡에서도 원굉도는 먼저 이백과 두보의 시를 핵심적으로 평한 후, 蘇
詩가 하나도 좋지 않은 것이 없으며, 李白詩과 杜甫詩보다 優位에 있다
고 극찬하고 있다. 이러한 최고의 평가는 소동파의 자유정신을 추구한
측면이 袁宏道의 性靈 및 자유정신과 잘 부합되었기에 가능했다고 추정
된다. 인상비평적이지만 진실로 소동파시를 좋아하지 않으면 평할 수
없는 탁월한 평이다.

　둘째, 재주와 학식 및 創變

　먼저 明代 李東陽의 평을 살펴보겠다.

　蘇子瞻은 재주가 매우 높다. 子由가 그를 칭하여, "문장이 있은 이
래로 子瞻같은 이는 없었다."고 했다. 그 文辭가 비록 과시하는 점이

---

43) 袁宏道, ＜答梅客生開府＞, ≪袁中郞先生全集≫, 권23. 謝桃坊, ≪蘇軾詩硏究≫, 278쪽.

있으나, 그 才氣를 논할 것 같으면, 실로 그를 능가하는 자가 있지 않
다. 유독 그 시가 明快 率直한 것과 溫和, 沉重함이 적다는 것이 단점
이다. 이 때문에 古人에 미치지 못한다는 꾸짖음이 있다. 그러나 그
시의 중요한 것을 취하여 古人의 가벼운 것과 비교한다면, 또한 어찌
다만 옛날과 같을 뿐이겠는가?

　(蘇子瞻才甚高, 子由稱之曰, "自有文章, 未有如子瞻者." 其辭雖夸, 然
論其才氣, 實未有過之者也. 獨其詩傷於快直, 少委曲沉著之意. 以此有不逮
古人之誚. 然取其詩之重者, 與古人之輕者而比之, 亦奚翅古若耶?)44)

李東陽은 소동파가 문장이 있은 후의 제일 가는 이라고 극찬하였다.
다만 소동파의 글이 과시하는 면이 있으나, 그만한 才氣면 정도가 지나
친 것은 아니라 하였다. 유독 부정적인 면이 있다면, 명쾌 솔직하여 직
설적, 직언적인 점 및 溫和함과 沉重함이 적은 것이라고 하였다. 그리고
이 면이 부정적 평가의 소지가 되어 왔다고 하였다. 그러나 필자가 보
기에는 蘇詩 중 名篇의 경우 이러한 점까지 오히려 장점으로 발휘하고
있다.

　胡應麟은,

　子瞻의 文章體制는 비록 創變하였으나 筆力이 縱橫無盡하여 천진난
만하다.

　(子瞻雖體格創變, 而筆力縱橫, 天眞爛熳.)45)

---

44) 李東陽, ≪懷麓堂詩話≫, 一四b. 臺靜農 編, ≪百種詩話類編≫, 1180쪽. 四川大學
　　中文系唐宋文學硏究室 編, ≪蘇軾資料彙編≫, 951쪽.
45) (明) 胡應麟, ≪詩藪≫, 外篇, 권5. 郭預衡 主編, ≪中國古代文學史長篇≫(宋遼金
　　卷), 207쪽. 四川大學中文系唐宋文學硏究室 編, ≪蘇軾資料彙編≫, 1030쪽.

라 하여, 소동파의 문장체제가 創新하나, 筆力이 종횡무진하여 천진난만
하다고 하였다. 이는 재주와 기세에 관련되는 평이라 하겠다.

　이제 明代 後七子의 領袖인 王世貞의 評論 2條를 통해 蘇詩가 學問을
바탕으로 하고 있으며, 變과 雅가 조화되어 있는 특징을 살펴보겠다.

　㉠

　子瞻의 문장을 읽으면 재주가 드러나고 있다. 그러나 책을 읽지 않
은 사람과 같다. 子瞻의 시를 읽으면 학문이 드러난다. 그러나 절대로
재주가 없는 사람 같다. …… 게으르고 권태가 나고 졸릴 때 子瞻의
小文과 小詞를 읽으면 또한 정신이 왕성해짐을 깨닫는다.
　(讀子瞻文, 見才矣, 然似不讀書者. 讀子瞻詩, 見學矣, 然似絶無才者.
…… 懶倦欲睡時, 誦子瞻小文及小詞, 亦覺神王.)46)

　㉡

　그 詩는 變과 雅가 섞이어 있는 것이라고 가장 잘 불려진다. 비록
나의 모범이 될 수는 없으나, 또한 나의 쓰임(用)으로 되는데 足하다.
　(其詩最號爲雅變雜糅者, 雖不能爲吾式, 而亦足爲吾用.)47)

　㉠에서는 소동파의 文과 詩, 小文, 小詞에 대한 印象批評으로 각 장르
별 핵심을 꿰뚫고 있다. 특히 "子瞻의 시를 읽으면 학문이 드러난다. 그
러나 절대로 재주가 없는 사람 같다"는 것은 음미할 만한 평이다.
　㉡에서 王世貞은 소동파詩의 특징이 變과 雅가 조화되어 있다는 점이
라고 파악하고 있다. 그리고 자신이 모범이 되지는 못하나, 자신의 쓰

---

46) 王世貞, ≪藝苑卮言≫ 卷4, 一一a. 臺靜農 編, ≪百種詩話類編≫, 1182쪽. 四川大
　　學中文系唐宋文學硏究室 編, ≪蘇軾資料彙編≫, 1015쪽.
47) 王世貞, ≪弇州續稿≫. 游信利, ≪蘇東坡的立身與論文之道≫, 下篇, 15쪽.

임(用)으로 삼기에는 족하다고 하였다.

셋째, 和韻詩, 和陶詩, 集字詩에 대한 새로운 기준제시 및 相異한 평론

金代 王若虛는 소동파의 和陶詩, 和韻詩, 集字詩에 대해 다음과 같이
평하였다. 우선 和陶詩에 대한 왕약허의 새로운 평가기준 제시에 대해
살펴보겠다.

> 東坡의 和陶詩에 대해 어떤 이는 '마침내 (陶淵明詩에) 가깝지 않다'
> 고 하고, 어떤 이는 '실로 그것을 능가한다'고 여기고 있다. 이는 모
> 두 타당한 논평이 아니다. 또한 저 사람의 뜻을 인하여 자신의 뜻을
> 나타냈을 뿐이니, 어찌 일찍이 경쟁의 마음으로 優劣을 비교하려고
> 한 것인가? 그러므로 다만 그의 眼目과 趣旨가 어떠한 가를 관찰하는
> 것이 可하다.
> (東坡和陶詩, 或謂其終不近, 或以爲實過之, 是皆非所當論也. 渠亦因彼
> 之意, 以見吾意云爾, 曷嘗心競而較其勝劣耶. 故但觀其眼目旨趣之如何, 則
> 可矣.)48)

王若虛는 當時 일반적인 和陶詩評은 陶淵明詩를 기준으로 삼은 전통
적 방법을 제시하고 있다. 이어서 그는 和陶詩 평가의 초점을 도연명의
뜻을 통해 "자신의 뜻"을 나타냈으니, 양자간 우열의 비교보다는, 작자
의 眼目과 趣旨에 따라 평가하여야 한다고 하여, 새로운 기준을 제시하
였다. 이는 타당한 평론태도라 판단된다.

이제 次韻詩에 대한 王若虛의 부정적 평론을 보겠다.

---

48) 王若虛, ≪滹南詩話≫, 卷二, 2a. 臺靜農 編, ≪百種詩話類編≫, 1177쪽. 四川大學
　　中文系唐宋文學硏究室 編, ≪蘇軾資料彙編≫, 810쪽.

근세의 唱和는 모두 그 韻에 따라 지어 다시 참된 시를 얻지 못하
였다. …… 그러나 次韻은 실로 작자의 큰 병통이다. 詩道는 宋人에 이
르러 이미 스스로 쇠퇴하였는데, 더욱이 오로지 이 차운을 崇尙하여,
才識이 東坡같은 이도 또한 동요하여 이를 따름을 면하지 못하였다.
그 詩集中에 次韻한 시가 거의 3分의 1이나 되니, 비록 技巧를 다하여
一世를 傾動시켰으나 본성의 자연스러운 것을 많이 해쳤다.

（近世唱和, 皆次其韻, 不得有眞詩矣! …… 然次韻實作者之大病也. 詩道
至宋人, 已自衰弊. 而又專以此相尙, 才識如東坡, 亦不免波蕩而從之. 集中
次韻者幾三之一, 雖窮極技巧, 傾動一時, 而害於天全多矣.)49)

王若虛는 宋代에 유행한 次韻詩가 작자의 참된 정을 표현할 수 없다
고 하였다. 그리고 소동파시 가운데 차운시가 3분지 1 가까이 되어 한
시대에 영향을 주었으며, 그 기교는 인정하나 본성의 자연스런 정취를
잃었음을 안타까이 여기고 있다. 그는 또 '次韻詩에 대해「牽强附會(牽合)」,
「같지 않음(不類)」,50)「본성의 자연스러운 것을 해침(害於天全)」을 지적하
여 이것이 바로 次韻詩의 三大弊端이라고 하였으며, 심지어 소동파가 古
人에 못 미치는 것은 차운시가 많음이 주요원인이다.'라고 하여, 차운시
를 痛恨하였음을 이로써 통찰할 수 있다.51)

그는 또 소동파의 集字詩에 대해서도 혹평하고 있다.

東坡는 歸去來辭를 아주 사랑하여 그 韻에 따라 次韻하고 또 長短句
를 지었다. 또 찢어서 集字詩를 지으니, 破碎함이 심하구나.

---

49) 王若虛, ≪滹南詩話≫, 권2. 丁仲祜 編訂, ≪續歷代詩話≫, 621~622쪽. 丁福保 輯,
≪歷代詩話續編≫, 515쪽.
50) 권34, <文辨>. 張健, ≪宋金四家文學批評研究≫, 373쪽. 재인용.
51) 張健, ≪宋金四家文學批評研究≫, 373쪽. 재인용.

(東坡酷愛歸去來辭, 旣次其韻, 又衍爲長短句, 又裂爲集字詩, 破碎甚矣.)52)

이처럼 王若虛는 소동파가 陶淵明의 <歸去來辭>를 좋아하여, 그 韻에 맞추어 <和陶歸去來辭>를 지었고, 또 詞 <哨偏>을 지었으며, 다시 集字詩 <歸去來集字十首>를 지었음을 지적하고는, 이러한 경향을 '깨뜨리고 부수었다'고 부정적으로 평하였다.

한편 明代 謝榛은 소동파 和陶詩의 가치를 인정하고 있다.

古人의 시를 화답하는 것은 蘇子瞻으로부터 시작되었다. (그는) 멀리 남쪽 황무지에 귀양갔는데, 그 풍토가 아주 열악한데, 다른 시대의 시인 陶淵明과 정신으로 사귀어 친하였다. 그러므로 "惠州의 밥을 실컷 먹고/ 淵明의 시를 화답하면서"53) 이에 힘입어 세월을 消遣하였다.

(和古人詩, 起自蘇子瞻, 遠謫南荒, 風土殊惡, 神交異代, 而陶令可親, 所以飽惠州之飯, 和淵明之詩, 藉以自遣爾.)54)

謝榛은 古人의 시를 和韻한 시는 소동파에게서 시작된 것이라 단정하고 있다. 기실 소동파 이전에도 古人의 시에 和韻한 시가 있다. 그는 또 和陶詩가 소동파가 열악한 환경에서 古人과 정신적으로 사귀어 자신의 회포를 풀며 세월을 보낸 것이라 하여, 그 본질을 긍정적으로 평론하고 있다.

---

52) 王若虛, 《滹南詩話》, 권2. 臺靜農 編, 《百種詩話類編》, 1177쪽. 丁福保 輯, 《歷代詩話續編》, 514쪽.

53) 黃庭堅, <跋子瞻和陶詩>, 《豫章黃先生文集》, 권7. 四川大學中文系唐宋文學硏究室 編, 《蘇軾資料彙編》, 93쪽.

54) 謝榛, 《四溟詩話》, 권3, 一一b. 臺靜農 編, 《百種詩話類編》, 1182쪽. 四川大學中文系唐宋文學硏究室 編, 《蘇軾資料彙編》, 971쪽.

넷째, 蘇詩에 대한 思潮的 評論

金代 元好問은 소동파와 黃庭堅이 新奇함을 추구하였는데, 이에 수많은 시인들은 오히려 그것을 따름이 지나쳐 결국 詩道에 해가 될 정도에 이르렀음을 통찰하고 있다

奇外無奇更出奇,	新奇함이 다하여 그 밖에 新奇함이 없는데 다시 新奇함을 펼치려 하니
一波才動萬波隨.	마침내 한 물결이 일자 萬波가 뒤를 따른다.
只知詩到蘇黃盡,	오직 시가 蘇·黃에 이르러 다한 줄로 알지만
滄海橫流却是誰.	滄海와 같이 범람한 것은 누구인가?[55]

元好問은 본래 蘇詩를 좋아하는 사람이다. 그러나 當時에 소동파와 黃庭堅의 시를 좋아하는 사람이 지극히 많아지고, 그에 따라 후에 新奇함만을 추구하여 많은 병폐가 생겨났다. 그래서 그는 이러한 폐단에 대해 부정적 평가를 하였다. 사실 소동파와 黃庭堅의 시 자체를 부정한 강도가 세지는 않지만, 자연스레 후세에 소동파와 황정견을 지나치게 추종하는 그 부정적 측면을 노출시키고 있다.

王世貞은 <讀書後書蘇詩後>에서 시대에 따라서 蘇詩의 인기도가 변모하였다고 하였다.

蘇公의 詩에 대해서 當時에 온 천하가 다투어 나아감이 마치 諸侯王이 西楚에게 封을 구하는 것 같다가, …… 그 후에 垓下의 전쟁에서 正統이 떠나게 되니 다시 귀속하지 않는 것과 같다. 이제는 비록 좋아

---

55) 元好問, <論詩絕句三十首, 其22>, ≪遺山集≫. 池世樺, <元好問詩研究>, 73쪽.

하는 자가 있으나, 또한 감히 남에게 공공연히 얘기할 수 없다. 그 액
운이 또한 심하구나. 나는 뒤늦게 자못 그렇게 여기지 않았다.

　　(蘇長公之詩在當時, 天下爭趣之, 如諸侯王之求封於西楚, …… 其後則
若垓下之戰, 正統離而不再屬. 今雖有好之者, 亦不敢公言於人, 其厄亦甚
矣. 余晚而頗不以爲然.)56)

　　王世貞은 ‘當時’, ‘그 후’, ‘지금’으로 나누어 蘇詩에 대한 인기도가
시대에 따라 변천하고 있음을 개략적으로 설명하고 있다. 소동파가 생
존한 무렵이나 南宋初에는 소동파시에 대해 천하사람이 모두 그 시를
구하려고 노력할 정도로 인기가 있었다. 그 후에는 이러한 경향이 지나
쳐 생긴 폐단에 대한 반발로, 그 반대적 경향이 크게 생겨난 적도 있었
다. 王世貞이 생존한 明代에는 좋아하는 사람은 있지만, 감히 공공연히
좋아한다고 얘기할 수 있는 상황이 아니었다. 물론 이러한 것은 소동파
시 그 자체의 평이 아니라 그 인기도 변화의 시대적 추세만을 기준으로
삼아 언급한 것이다. 실제상 어느 시대를 막론하고 蘇詩를 극도로 좋아
한 문인이 나타나고 있다.

　　王世貞 자신이 李攀龍과 함께 後七子를 대표하는데, ‘文必秦漢’, ‘詩必
盛唐’을 주장하여, 復古와 模擬를 중시한 사람이다. 이는 왕세정 당시의
일반적인 평이다. 그 때는 소동파시에 대한 열기가 어느 정도 가라앉았
음을 알 수 있다. 이러한 풍토에도 불구하고 王世貞은 자신이 소동파시
를 좋아함을 인정하였다.

---

56) 王世貞, ≪讀書後≫, 卷4. 游信利, ≪蘇東坡的立身與論文之道≫, 15쪽. 四川大學中
　　文系唐宋文學硏究室 編, ≪蘇軾資料彙編≫, 1014쪽.

이상에서 살펴보았듯이 金·元·明代 소동파 평론의 특징은 다음과
같다.

첫째, 王若盧의 "文中龍", 袁宏道의 "詩之神" 등 총괄적인 긍정적 평
가가 두드러진다. 이는 인상비평적인 평론이지만 진실로 소동파와 그
시를 좋아하지 않으면 할 수 없는 것으로 평가의 탁월성이 있다. 둘째,
재주와 학문이 높으며 명쾌 솔직하고 직설적이며, 직언성을 지니고 있
다. 또한 變과 雅가 조화되어 있고, 創新的이다. 이러한 것은 학문이 바
탕에 깔린 것이다. 반면 溫柔敦厚함은 적다. 셋째, 王若盧는 和陶詩에
대한 새로운 기준을 제시하였고, 和韻詩, 集字詩를 부정하였다. 이에 대
한 相異한 평론도 나타나고 있다. 넷째, 元好問, 王世貞은 蘇詩에 대한
인기도가 詩 思潮에 따라 변천하였다는 측면에서 평론하고 있다.

대체로 이 시기에는 대제로 蘇詩에 대한 총괄적인 평이 많고 그 가운
데 극찬의 평이면서 핵심을 포착한 것이 존재하였으며, 반면 次韻詩에
대해서는 대체로 貶下하고 있다. 그러나 시인 '자신의 뜻'을 중시하는
새로운 평가기준을 모색하고 있다. 또 동일한 소동파시에 대해 시대적
문예사조에 따라 평가가 아주 다르다.

제3절 淸代의 蘇東坡詩 評論―方法論的 體系

淸人의 학문은 실제를 講究하고 訓詁를 중시하여 고증학의 風이 성행
하였다. 淸代 詩話의 작자는 시인, 시론가 뿐만이 아니라, 사상가, 학자
등도 있었다. 그래서 청대 시화는 더욱 계통화, 이론화, 전문화되었다.

왕왕 학술적인 가치가 풍부하고 수량도 전대를 크게 초월하였다. 葉燮의 ≪原詩≫, 王士禎의 ≪帶經堂詩話≫, 沈德潛의 ≪說詩晬語≫, 袁枚의 ≪隨園詩話≫, 趙翼의 ≪甌北詩話≫, 翁方綱의 ≪石洲詩話≫, 潘德輿의 ≪養一齋詩話≫, 劉熙載의 ≪藝槪≫ 등은 모두 일세를 풍미하였고 영향이 컸다.[57] 이렇듯 청대에는 많은 문인들이 자신의 시론이나 시에 대한 견해와 남의 작품에 대한 시평을 담은 詩話書를 저술하여 평론문학이 어느 시대보다 발달하였다.[58] 그리하여 蘇詩에 대한 평론도 그 양적인 면과 질적인 면이 모두 前代를 능가한다.

이 절에서는 淸代의 蘇詩 評論을 1. 총괄적 평론 2. 天才性 3. 氣의 측면 4. 典故사용의 문제 5. 각 시체별 특징 6. 佛家書, 道家書와의 관련성 등 6가지로 나누어 검토해 보겠다.

첫째, 前代의 평론을 총정리하는 동시에 評者 자신의 평론체계에 따른 견해를 부가시켜 총괄적으로 평론하였다.

우선 蘇詩를 총괄적으로 평론한 葉燮의 견해를 살펴보자.

㉠

詩作에는 인간의 性情이 개재되어 필히 그 면목을 알 수 있다. …… 蘇軾의 一篇 一句를 보면 天馬와도 같이 하늘을 건너며 飛仙같이 마음대로 노니는 것이 보이지 않는 곳이 없다. 점잖은 풍류의 멋이 透入되지 않는 곳이 없다. 善을 좋아하며 남과 더불기를 즐기며, 희롱하고 웃고 노하고 꾸짖는, 四時의 기운이 모두 갖추었으니, 이것이 蘇軾의

---

57) 張葆全, 周滿江 撰, ≪歷代詩話選註≫, <前言>, 4쪽.
58) 金在乘, ≪白樂天詩研究≫, 244쪽.

면목이다.

(作詩有性情, 必有面目. …… 舉蘇軾之一篇一句, 無處不可見其凌空如天馬, 游戲如飛仙, 風流儒雅, 無入不得. 好善而樂與, 嬉笑怒罵, 四時之氣皆備. 此蘇軾之面目也.)[59]

ⓛ

蘇軾의 시는 그 境界가 모두 古今에 없던 것을 열었다. 천지와 만물, 기쁘고 비웃고 성내고 욕함이 붓끝에서 움직여, 자기 생각의 욕구대로 맞추지 아니함이 없으니, 마침 그 뜻이 나오려고 하는 것과 같다. 이것은 韓愈 후의 一大 變革이며, 매우 훌륭한 것이다.

(蘇軾之詩, 其境界皆開闢古今所未有, 天地萬物, 嬉笑怒罵, 無不鼓舞於毫端, 而適如其意之所欲出. 此韓愈後一大變也, 而盛極矣.)[60]

ⓒ

蘇軾의 시는 삼라만상을 포괄하여 속담과 자질구레한 말까지도 사용하지 않은 것이 없다. 비유건대 구리, 쇠, 납, 주석과 같은 광물이 한 번 제련을 거치면 모두 정밀한 금속이 되는 것과 같으니 속인들이 어찌 그 끝을 엿볼 수 있었겠는가? 아울러 蘇詩의 한 점 얼룩도 보지 못하였으면서도 공공연히 멋대로 비난하고 있으니, 그 또한 애석한 일이다.

(蘇詩包羅萬象, 鄙諺小說, 無不可用, 譬之銅鐵鉛錫, 一經其鎔鑄, 皆成精金, 庸夫俗子, 安能窺其涯涘?, 幷有未見, 蘇詩一斑, 公然肆其譏彈, 亦可哀也!)[61]

---

59) 葉燮, 《原詩》, 卷3, 外篇上. 王夫之 等 撰, 《淸詩話》, 596쪽. 四川大學中文系唐宋文學硏究室 編, 《蘇軾資料彙編》, 1119쪽.
60) 葉燮, 《原詩》, 卷1, 內篇. 王夫之 等 撰, 《淸詩話》, 570쪽. 四川大學中文系唐宋文學硏究室 編, 《蘇軾資料彙編》, 1119쪽.
61) 葉燮, 《原詩》, 권3, 外篇上. 王夫之 等 撰, 淸詩話, 596쪽. 金海明, <葉燮詩論 硏

㉠에서 葉燮은 자유분방한 동태성, 낭만적 성향, 四時의 기운 등 蘇詩의 다양성을 개괄하고 있다. 특히 '天馬', '飛仙' 등의 탁월한 평은 沈德潛에게 영향을 주고 있다.62)

㉡에서 蘇詩의 境界가 古今에 없던 것을 열었다고 하여, 創新性을 강조하고 있다. ㉠의 평과 마찬가지로 포괄성, 다양성 등의 특징도 개괄하고 있다.

㉢에서 그는 蘇詩는 제재가 삼라만상을 포괄하고 있다고 하였다. 또한 소동파는 시의 용광로로서 이러한 다양한 제재를 가슴 속에서 제련을 거쳐 정밀한 시를 창작하였다고 하였는데, 이는 宋代의 '시 창작의 용광로' 및 「以俗爲雅」적 평론을 계승 발전시킨 것이다. 한편 蘇詩에 대한 일부 속인들의 비난을 애석해하며, 그는 적극적으로 蘇詩를 옹호하는 입장을 견지하고 있다.

이제 趙翼의 견해를 살펴보자.

> 산문으로 시를 쓰는 경향(以文爲詩)은 韓愈로부터 시작되었으며, 蘇軾에 이르러서 더욱 그 시어가 호방해져서 새로운 국면을 열어서 일대의 장관을 이루었다.
>
> 이제 平心으로 그의 시를 읽어보니, 그는 才思가 넘쳐흘러 부딪치는 곳마다 생기가 일어나고, 흉중에 書卷이 가득하여 그때그때 두루 응용할 수 있어 뜻대로 되지 않는 것이 없다. 더욱이 따를 수 없는 것은 天賦的 健筆 한 자루는 상쾌하기가 秣陵의 袁家(袁씨 집안)에 있던 맛 좋은 배와 같고, 시원하기는 幷州産 가위와 같아서, 은미한 구석까지 다 도달하고 드러내지 못할 사정이 없다. 이런 까닭에 李白과 杜甫

究〉, 78쪽. 四川大學中文系唐宋文學研究室 編, ≪蘇軾資料彙編≫, 1120쪽.
62) 제1장 緒論에 실린 沈德潛이 評論한 인용문 참조.

의 뒤를 계승하여 大家가 될 수 있었다.

그러나 李白·杜甫와 같지 않은 곳도 역시 여기에 있다. 대개 李白 詩는 높은 구름이 허공을 노니는 것 같고, 杜甫 詩는 喬嶽이 하늘에 치솟아 있는 것 같으며, 蘇詩는 물이 대지를 흘러 내려가고 있는 것 같다. 시를 읽는 자가 이런 곳에 착안하게 되면 가히 이 세 분의 진면 목을 알 수 있을 것이다.

(以文爲詩, 自昌黎始. 至東坡益大放厥詞, 別開生面, 成一代之大觀. 今試平心讀之, 大槪才思橫溢, 觸處生春, 胸中書卷繁富, 又足以供其左旋右抽, 無不如志. 其尤不可及者, 天生健筆一枝, 爽如哀梨, 快如幷剪, 有必達之隱, 無難顯之情. 此所以繼李杜後爲一大家也. 而其不如李杜處亦在此. 蓋李詩如高雲之游空, 杜詩如喬嶽之矗天, 蘇詩如流水之行地, 讀詩者於此處着眼, 可得三家之眞矣.)[63]

趙翼은 韓愈에게서 시작된 시의 散文化(「以文爲詩」) 경향을 소동파에 이르러 발전시켜 하나의 새로운 상황을 열어, 일대의 장관을 이루었다고 하였다. 宋代에는 부정적인 각도로 평론되었던 「以文爲詩」에 대하여 긍정적 측면에서 재조명한 것이다.

이어서 蘇詩가 가슴 속의 書卷氣가 배어 나와, 그 이미지가 신선하고 생동하다고 하였다. 그리고 창의성, 풍부성, 學力, 재주 등이 넘쳐 작품이 뜻대로 이루어지고 있으며, 은미한 구석까지 다 도달하여 드러내지 못할 것이 없다고 하였는데, 이는 소동파 자신이 언급한 바 있는 「盡意」적 성향을 보다 생동적으로 표현한 것이다. 그리고 이러한 특성이 바로 소동파가 대가가 된 까닭이라고 하였다. 아울러 蘇詩를 李白詩·杜甫詩

---

63) 趙翼, ≪甌北詩話≫, 권5. 臺靜農, ≪百種詩話類編,≫, 1187쪽. 謝桃坊, ≪蘇軾詩 研究≫, 164쪽. 吳台錫, ≪黃庭堅詩 研究≫, 45쪽, 참조. 四川大學中文系唐宋文學研究室 編, ≪蘇軾資料彙編≫, 1306쪽.

와 대비하여 3인의 시에 대한 핵심을 포착하고 있다.

> 시인은 成語나 훌륭한 對句를 만나면 반드시 지나치려고 하지 않는
> 다. 坡公은 더욱 剪裁하는데 妙하다. 비록 工巧하나 섬세하고 경박한
> 데 떨어지지 않으니 그 才分이 크기 때문이다. …… 이런 시는 비록
> 坡公이 마음을 다한 작품은 아니나, 자연히 정신집중하여 손에 닿으
> 면 生氣가 도니, 또한 그 학문의 풍부함과 筆의 靈妙함이 보인다.
> (詩人遇成語, 佳對, 必不肯放過. 坡公尤妙於剪裁. 雖工巧而不落纖佻,
> 由其才分之大也. …… 此等詩雖非坡公著意之作, 然自然湊泊, 觸手生春,
> 亦見其學之富而筆之靈也.)64)

趙翼은 剪裁하는 데 묘함, '자연히 정신집중하여 손에 닿으면 生氣가
도는' 학문의 풍부함과 筆力의 靈妙함, 才分의 큼 등으로 인해 蘇詩가
생동감이 넘친다고 하였다.

이제 李調元의 견해를 살펴보겠다.

> 나는 평소 宋詩를 좋아하지 않는데 유독 東坡만은 좋아한다. 그 시
> 는 聲律이 律呂에 맞고, 氣는 江河와 같다. 陳腐하지도 않고 外廓으로
> 흐르지도 않았다. 그 天分이 높고 학식이 두텁기 때문에 붓이 가는 대
> 로 맡겨도 精密하게 사람을 감동시키지 않음이 없다. 宋代에 이러한
> 文筆家가 없을 뿐 아니라 唐人중에 놓아서도 이러한 文筆家가 없다.
> (余雅不好宋詩, 而獨愛東坡. 以其詩聲如鍾呂, 氣若江河, 不失于腐, 亦
> 不流于郭. 由其天分高, 學力厚, 故縱筆所之, 無不精警動人. 不特在宋無此
> 一家手筆, 卽置之唐人中亦無此一家手筆也.)65)

---

64) 趙翼, 《甌北詩話》, 권5, a. 臺靜農 編, 《百種詩話類編》, 1188쪽. 四川大學中文
系唐宋文學研究室 編, 《蘇軾資料彙編》, 1308쪽.

이는 蘇詩의 음악성과 氣가 盛함, 자연성, 天分과 학식이 결합된 예술성 등을 총괄적으로 평한 것이다. 그리하여 궁극적으로 독자에게 감동을 준다고 하였다. 아울러 소동파같은 시인은 宋代 뿐만 아니라 唐人 가운데도 찾을 수 없다고 극찬하고 있다.

이러한 극찬과는 달리, 袁枚는 蘇詩의 장단점을 아울러 평가하고 있다.

> 東坡詩는 재주는 있으나 정감은 없고, 趣味는 많으나 韻致가 적다. 이는 天分이 높고 學力이 얕기 때문이다. 처음은 있으나 맺음이 없고, 剛은 많으나 柔가 적다. 일찍이 사람들이 그를 알아줌을 만났지만 晩年에는 窮한데서 徵驗할 수 있다.
> (東坡詩有才而無情, 多趣而少韻, 由於天分高, 學力淺也. 有起而無結, 多剛而少柔, 驗其知遇早, 晩景窮也.)[66]

이와 같은 袁枚의 평에 대해, 葉程義는 반박하여 “蘇軾詩가 才와 情이 아울러 무성하며, 韻과 趣가 가득하며, 또한 剛과 柔가 절반씩 섞이어 陽光豪放하며, 溫柔敦厚하다. 구체적으로 “才而無情”에 대해, 소동파가 재주가 있다는 것은 옳으나 情이 없다는 것은 옳지 않다. “多趣而少韻”에 대해, 소동파는 佛家와 道家를 숭상하고 性情이 曠達하여 비록 일이 어그러진 적은 많았지만 詩의 맛은 깊고 風趣가 있다. 그러므로 “多趣”는 맞지만 “少韻”은 옳지 않다. 또한 소동파詩가 “多剛而少柔”하다는 견해에 대해 소동파가 性品이 剛直하여 “多剛”은 맞지만, “少柔”라 한 것은 溫柔한 시가 많으므로 옳지 않다’고 하였다.[67] 여기에 필자가

---

65) 李調元, ≪雨村詩話≫. 謝桃坊, ≪蘇軾詩 研究≫, 260쪽. 四川大學中文系唐宋文學研究室 編, ≪蘇軾資料彙編≫, 1396쪽.
66) 袁枚, ≪隨園詩話≫, 권7. 四川大學中文系唐宋文學研究室 編, ≪蘇軾資料彙編≫, 1263쪽.

부가할 점은 袁枚가 언급한 "天分은 높지만 學力이 낮다"고 한 경우, 소동파가 天分이 높은 것은 사실이지만 學力이 낮다는 것은 오류이다. "有起而無結"의 경우는, 전체 시에 비추어 볼 때 부분적인 타당성이 인정된다.

이처럼 소동파의 전체적인 시를 두고 볼 때 위 袁枚의 설은 대체로 일면적인 타당성은 인정된다. 하지만 단점을 부각시키려는 의도로 인한 부분적 착오가 있고, 더욱이 名篇의 경우에는 타당하지 않다. 또한 소동파가 만년에 궁했던 이유를 이처럼 시대적 조류를 전혀 언급하지 않고 정치성향 시만을 통해 증명하려 했으니, 이 또한 오류의 소지가 있다.

蘇詩를 주석하고 평을 가하여 力著 ≪蘇詩選評箋釋≫을 지은 汪師韓의 평은 주목할 가치가 있는 총괄적 평이다.

시는 杜甫와 韓愈 이후, …… 韓愈와 杜甫에 對等할 자가 없었다. 그런데 우뚝 스스로 一家를 이루어 百代를 雄視한 자는 반드시 蘇軾인저. 蘇軾의 器量, 識見과 學問은 政事에 나타나고 文章으로 발하였다. 역사서에 이르길, 말이 족히 道를 통하고, 行實이 족히 成就함이 있고, 節義가 족히 굳게 지키는 것은, 모두 志와 氣가 하는 것이다. 詩도 또한 그러하다. 蘇軾의 시는 地負海涵하여 한 가지 體만을 이름 내지 않았다. …… 앞의 曹植, 劉禎, 陶淵明, 謝靈運과 뒤의 李白, 杜甫, 韓愈, 白居易를 배우지 않음이 없고, 또한 공교롭지 않음이 없다. 동시에 歐陽修, 王安石, 黃庭堅도 오히려 모두 그에게는 사양하였다. 참으로 千古에 홀로 섰으니 一代一人의 詩가 아니다.

(詩自杜韓以後, …… 未有能驂駕韓杜, 卓然自成一家而雄視百代者, 必也其蘇軾乎? 軾之器識學問見于政事, 發于文章, 史稱言足以達其猷, 行足

---

67) 葉程義. <隨園論東坡詩探辯>, 187~203쪽.

464 소동파 시 연구

以遂其有爲, 節義足以固其有守, 皆志與氣爲之也. 惟詩亦然. 其詩地負海
涵, 不名一體, …… 前之曹劉陶謝, 後之李杜韓白, 無所不學, 亦無所不工,
同時歐陽王黃, 猶俱遜謝焉. 洵乎獨立千古, 非一代一人之詩也.)68)

汪師韓은 시인으로서의 소동파가 杜甫, 韓愈 이후 "우뚝 스스로 일가를
이루어 百代를 雄視"하였으며, 그 시가 "땅은 만물을 실어 주고, 바다는
모든 시냇물을 받아들이는(地負海涵)" 특징이 있다고 하여, 극찬하였다.

둘째, 천재성에 대한 언급이 많다. 이는 淸代에 더욱 돋보이는 평가
이다.

우선 소동파의 천재성을 높이 평가한 趙翼의 評 3條를 검토하겠다.

㉠

東坡詩는 雄傑한 일파만을 숭상하지 않고, 남보다 뛰어난 점은 議論
이 英明 爽快하고 筆鋒이 精密 銳利하여, 무거운 글을 가벼운 것을 들
듯이 쓴 데 있다. 읽을 때에는 功力을 들이지 않은 것 같으나 힘이 이
미 충분히 통하였으니, 이는 天才이다. …… 이것은 모두 東坡詩 가운
데 가장 뛰어난 것이다. 讀者는 그 才分이 높은데 있지 고생스런 功力
에 있지 않음을 알 수 있다.

(坡詩不尙雄傑一派, 其絶人處, 在於議論英爽, 筆鋒精銳, 擧重若輕, 讀
之似不甚用力, 而力已透十分. 此天才也. …… 此皆坡詩中最上乘, 讀者可
見其才分之高, 不在功力之苦也.)69)

---

68) 汪師韓, <蘇詩選評箋釋序>, ≪蘇詩選評箋釋≫. 謝桃坊, ≪蘇軾詩硏究≫, 281쪽, 재
인용.

69) 趙翼, ≪甌北詩話≫, 권5. 臺靜農 編, ≪百種詩話類編≫, 1187쪽. 四川大學中文系

㉴

東坡詩에 이르길, '맑은 시는 鍛鍊을 해야지/ 비로소 납 가운데서 銀을 얻을 수 있다.'고 하였다. 그러나 東坡詩는 실로 鍛鍊을 공교롭게 함에 있지 않고, 그 妙處는 마음이 空明하여 自然的으로 流出된데 있어 하나도 힘을 들이지 않은 것 같은데 있다. 그런데도 자연히 깊이 마음 속에 스며드니 이것이 그가 독특하게 뛰어난 점이다.

(坡詩有云, '淸詩要鍛鍊, 方得鉛中銀' 然坡詩實不以鍛鍊爲工, 其妙處在乎心地空明, 自然流出, 一似全不着力, 而自然沁人心脾, 此其獨絶也.)[70]

㉤

東坡詩는 句를 鍛鍊하는 것을 훌륭하게 여기지 않는다. 그러나 또한 鍛鍊이 極하여 남이 그 鍛鍊한 것을 느끼지 못한다. 예를 들면, '年來로 萬事가 足하여/ 부족한 것은 오직 한 번의 죽음뿐이다.', '배가 하도 고파 빈 책상에 의거해도/ 한 글자도 삶을 수 없구나.', '周公은 형제 管叔, 蔡叔과/ 草家三間에서 함께 살지 않았음을 한탄하였다지.', '사람이 한가하면 올바른 맛이 없는 법, 아름답고 훌륭한 것은 艱難에서 나온다.' …… 이러한 구절은 타인에 있어서는 千萬의 쇠망치와 절구공이라도 아직 이처럼 상쾌하고 굳세게 할 수 없다. 그런데 東坡는 마음 내키는 대로 휘둘러도 하나도 힘을 쓴 흔적이 없으니, 이른바 天才이다.

(坡詩不以鍊句爲工. 然亦有硏鍊之極而人不覺其鍊者. 如'年來萬事足, 所欠惟一死.' '饑來據空案, 一字不堪煮.' '周公與管蔡, 恨不茅三間.' '人閒無正味, 美好出艱難.' …… 此等句, 在他人雖千鎚萬杵尚不能如此爽勁, 而坡以揮灑出之, 全不見用力之迹, 所謂天才也.)[71]

唐宋文學研究室 編, ≪蘇軾資料彙編≫, 1306쪽.

70) 趙翼, ≪甌北詩話≫, 권5. 臺靜農 編, ≪百種詩話類編≫, 1187쪽. 四川大學中文系 唐宋文學研究室 編, ≪蘇軾資料彙編≫, 1307쪽.

㉠에서 趙翼은 소동파가 뛰어난 점은 議論과 筆鋒이 뛰어나 功力을 들인 것 같지 않으나 힘이 이미 충분히 통하니, 그 이유는 천재이기 때문이라고 하였다.

㉡, ㉢에서도 蘇詩가 鍛鍊에 힘을 들이지 않은 것 같고 의도하지도 않은 것 같지만, 自然流出되었고 또 느끼지 못하도록 鍛鍊을 극진히 한 것이며, 자연히 깊이 마음속에 스며드는 것이 독특하게 뛰어난 점이라고 긍정적으로 평하고 있다. 그 이유는 그가 천재이기 때문이라고 하였다.

또한 趙翼은 소동파의 천재성으로 인해 시에 一瀉千里인 특성이 나타나지만, 그 반면에 鍛鍊하지 않는 측면을 하나의 특성으로 제시하고 있다.

> 東坡詩는 쾌활한 생각으로 붓을 들면 一瀉千里로 이루어, 그다지 鍛鍊하지 않는다.
>
> (坡詩放筆快意, 一瀉千里, 不甚鍛鍊.)[72]

施補華는 소동파가 才思를 인정하나, 바로 그 때문에 시가 含蓄性이 적다고 논평하였다.

> 東坡는 才思가 아주 커서 끝까지 다하기를 좋아하는 병통이 있어, 含蓄性이 적다.
>
> (東坡才思甚大, 而有好盡之病, 少含蓄也.)[73]

---

71) 趙翼, ≪甌北詩話≫, 권5. 臺靜農 編, ≪百種詩話類編≫, 1199쪽. 四川大學中文系 唐宋文學硏究室 編, ≪蘇軾資料彙編≫, 1323쪽.

72) 趙翼, ≪甌北詩話≫, 권5. 臺靜農 編, ≪百種詩話類編≫, 1191쪽. 四川大學中文系 唐宋文學硏究室 編, ≪蘇軾資料彙編≫, 1312쪽.

73) 施補華, ≪峴傭說詩≫, 王夫之 等 撰, 丁福保 編, ≪淸詩話≫, 983쪽. 臺靜農 編, ≪百種詩話類編≫, 1210쪽. 四川大學中文系唐宋文學硏究室 編, ≪蘇軾資料彙編≫,

이는 才思가 뛰어나다는 긍정적 특성 가운데 함축성이 적은 부정적
특성이 섞여 있는 것이다. 소동파 자신의 말과도 연관되는 「好盡」과, 「含
蓄性이 적음」은 蘇詩의 대표적 부정적인 면이라고 했다. 이는 전반적인
소동파의 시에는 부분적 적용이 가능하다고 본다. 그러나 일반적으로
어느 시인을 평할 때는 名詩를 기준으로 평하는 것이 통례인 것을 감안
하면, 폄하했다는 소지가 있다. 이러한 논지로 본다면 名篇일 경우에는
이 설이 그다지 해당되지 않는다.

朱庭珍은 소동파의 천재성을 莊子, 李白과 관련시키고 있다.

> 東坡는 一代의 天才이다. 그 文은 莊子에게서 힘을 얻었고, 그 詩는
> 李白에게서 힘을 얻었다. 비록 面目은 서로 현격히 서로 다르지만 筆
> 力의 空靈, 超脫함은 精神이 莊子와 李白을 닮았다.
> (東坡一代天才, 其文得力莊子, 其詩得力李白, 雖面目逈不相同, 而筆力
> 之空靈超脫, 神肖莊李.)74)

여기서 소동파에 있어 筆力의 空靈, 超脫함은 精神이 莊子와 李白과
같다고 평론하였다. 특히 文은 莊子에게서, 시는 李白에게서 힘을 얻었
다고 하였다.

소동파의 천재성과 관련하여 方東樹는 다음과 같이 평론하였다.

> 坡公의 시는 매양 終篇의 밖에 항상 遠境이 있는데, 남이 추측하지
> 못한다. 篇中에 또한 각각 추측하지 못하는 遠境이 있는데, 그 一段이

1551쪽.
74) 朱庭珍, ≪筱園詩話≫, 권4. ≪淸詩話續編≫, 2412쪽. 朴宗喆, 蘇軾詩 源流考, 100쪽.

홀연 天外로부터 끼워온 것이 보통사람의 가슴에는 없는 것이다.

(坡公之詩, 每於終篇之外, 恒有遠境, 匪人所測. 於篇中又各有不測之遠境, 其一段忽從天外挿來, 爲尋常胸臆中所無有.)[75]

이처럼 蘇詩는 시마다 遠境의 경지가 있는데 사람이 추측할 수 없는 것이라고 하여 천재성을 강조하고 있다.

셋째, 氣라는 용어를 사용하여 蘇詩를 평론하고 있다.

趙翼은 소동파가 큰 氣가 굴러서 시에서 의식적으로 新奇함을 추구하지는 않으나 저절로 創格을 이룬다고 하여, 創과 新을 중시하였다.

東坡는 大氣가 구르고 굴러 비록 句法, 字法 가운데 별도로 新奇함을 추구하는 것을 달갑게 여기지 않으면서도, 筆力이 닿은 곳에는 저절로 創格을 이룬다.

(東坡大氣旋轉, 雖不屑屑於句法字法中別求新奇, 而筆力所到, 自成創格.)[76]

吳之振은 아래에서 蘇詩가 氣象이 넓어, 杜甫 후의 第一人者라고 하였다.

東坡의 시는 氣象이 넓고 舖叙가 宛轉하여 杜甫 후의 한 사람 뿐이다.

(子瞻詩氣象洪闊, 舖叙宛轉, 子美後一人而已.)[77]

---

75) 方東樹, ≪昭昧詹言≫. 朱自淸, ≪宋五家詩鈔≫, 118쪽.
76) 趙翼, ≪甌北詩話≫, 권5. 臺靜農 編, ≪百種詩話類編≫, 1190쪽. 四川大學中文系 唐宋文學硏究室 編, ≪蘇軾資料彙編≫, 1310쪽.
77) 吳之振 編, ≪宋詩鈔≫, 李日剛, ≪中國詩歌流變史≫, 572쪽.

張道는 蘇詩가 순전히 氣로 運行하여 字句의 공교로움을 추구하지 않고, 감정의 자연발로로 시를 지었다고 평가하였다. 이는 타당한 評語이다.

東坡詩는 순수하게 氣로 運行하여 붓을 떨치어 신속하게 적어 일찍이 字句의 工巧로움을 추구하지는 않았다. 옛사람의 이른바 '萬斛의 源泉은 땅을 가리지 않고 솟아 나온다.'는 것과 같다.

(東坡詩純以氣運, 振筆迅書, 未嘗于字句求工, 古人所云"萬斛源泉, 不擇地出"者.)78)

넷째, 蘇詩의 典故사용에 대한 긍정적 평론이 부각되고 있다.

趙翼은 소동파의 典故多用적 경향을 천재성과 관련시키고 있다.

東坡는 ≪莊子≫, ≪列子≫ 등 諸子와 ≪漢書≫, ≪魏書≫, ≪晉書≫, ≪唐書≫ 등 여러 史書에 익숙하기 때문에, 만나는 상황에 따라서 즉시 典故를 인용하니, 이는 임시적으로 책을 뒤적여서 할 수 있는 것이 아니다. …… 이상의 여러 가지는 어찌 이처럼 꼭맞는 典故를 써서 引證할 수 있었는가? 群書를 지극히 널리 섭렵하여 구사할 수 없다면, 어찌 이처럼 左右로 물의 근원을 만나듯 하겠는가? 생각해보니 東坡는 책을 보는데 있어서 정말로 한 번 보면 잊지 않는 재주가 있으니, 어찌 이러한 천재를 두고 탄복하지 않을 수 있는가?

(坡公熟於莊列諸子及漢魏晉唐諸史, 故隨所遇輒有典故, 以借其援引, 此非臨時檢書者所能辦也. …… 以上數條, 安得有如許切合典故, 供其引證, 自非博極群書, 足供驅使, 其能左右逢源若是! 想見坡公讀書, 眞有過目不忘之資, 安得不嘆爲天人也.)79)

---

78) 張道, ≪蘇亭詩話≫, 권1. 郭預衡 主編, ≪中國古代文學史長篇,≫(宋遼金卷), 207쪽.

이렇듯 趙翼은 소동파가 諸子百家와 史書에 대한 多讀과 비상한 기억력에 바탕하여 만나는 상황에 따라 그 즉시 典故를 사용하는 것은 그의 천재성 때문이라고 하였다. 사실상 시의 의미전달과 함축성 등의 장점으로 인해 전고에 많은 효용성을 지니고 있다. 그러나 독자의 입장에서 본다면, 蘇詩의 이러한 모든 전고를 이해한다는 것은 北宋當時에도 어려운 일이다.

翁方綱 역시 蘇詩의 典故사용에 대해 긍정적으로 보고 있다.

> 蘇詩를 논함에 典故사용이 풍부한 것을 단점으로 여기는데, 대저 蘇詩의 妙處는 진실로 典故사용에 있는 것은 아니지만, 典故사용 또한 그 妙處가 된다. 어찌 더욱 淘汰시키려고 하는가?
>
> (論蘇詩以使事富縟爲嫌, 夫蘇之妙處, 固不在多使事, 而使事亦卽其妙處, 奈何轉欲汰之.)[80]

많은 평자들이 典故사용을 부정적 관점에서 보고 있는데 대해, 翁方綱은 蘇詩의 妙處가 典故사용에 있지는 않지만, 典故사용 또한 妙處가 된다고 하여 옹호하고 있다.

方東樹도 蘇詩의 절묘한 典故운용에 대해 긍정적으로 보고 있다.

> 세상사람들은 모두 東坡가 글을 지을 때에 모든 典故를 끌어들여 잠시 사이에 손이 가는 대로 한 편의 시를 이루는 것을 배우려 하나, 그토록 造化있게 運用하는 絶妙한 理致는 알지 못한다.

---

79) 趙翼, 《甌北詩話》, 권5, 《百種詩話類編》, 中, 1188~1189쪽. 朴宗喆, <蘇軾詩源流考>, 中國語文學, 제11집, 93쪽, 참조. 四川大學中文系唐宋文學研究室 編, 《蘇軾資料彙編》, 1310쪽.

80) 翁方綱, 《石洲詩話》, 권3. 臺靜農 編, 《百種詩話類編》, 1209쪽.

　　(世人皆學東坡, 拉雜用事, 頃刻可以信手塡湊成篇, 而不解其運用点化妙

　　切之至于斯也.)81)

　여기서 그는 소동파의 典故사용이 순식간에 이루어지며, 운용의 묘를
극진히 하는데, 世人들은 그 이치를 모른다고 하였다.

　이상의 평론에서 본 것처럼 淸代에는 典故사용에 대한 긍정적 평론이
많다. 이는 前代에 典故 사용을 비판한 것과는 대조적이다.

　다섯째, 시체별 특징

　특히 施補華는 蘇詩의 시체별 특징에 대해 많은 평을 하고 있다. 먼
저 古詩에 대한 그의 평론을 살펴보겠다.

　　㉠

　　東坡는 七言古詩에 가장 뛰어났는데, 沈雄함은 杜甫만 못하나 奔放
함은 그를 뛰어 넘는다. 秀逸함은 李白만 못하나, 超曠함은 그와 비슷
하다. 또 文學으로서 그 재주를 구했으니, 宋代 三百年동안에 敵手가
없다.

　　(東坡最長於七古, 沈雄不如杜, 而奔放過之, 秀逸不如李, 而超曠似之.
又有文學以濟其才, 有宋三百年, 無敵手也.)82)

---

81) 方東樹, ≪昭昧詹言≫, 권20. 郭預衡 主編, ≪中國古代文學史長篇≫(宋遼金卷), 210쪽.

82) 施補華, ≪峴傭說詩≫. 王夫之 等 撰, 丁福保 編, ≪淸詩話≫, 989쪽. 臺靜農 編,
　　≪百種詩話類編≫, 1210쪽. 四川大學中文系唐宋文學研究室 編, ≪蘇軾資料彙編≫,
　　1551쪽.

ⓛ

　東坡의 七言古詩는 사이에 初唐詩를 배웠는데, 또한 音節이 婉轉하다. 東坡의 七言古詩는 또한 때로 和韻과 疊韻으로 모자라게 되었다. 그 典故를 운용함에 또한 붓을 따라 하여 조리가 없고, 그다지 적절하지 않으니, 배우는 자가 마땅히 그 병통을 알아야 한다.

　(東坡七古, 間學初唐, 亦復音節婉轉. 東坡七古, 亦時以和韻疊韻見絀. 其運用故典, 亦有隨筆拉雜, 不甚貼切者, 學者宜知其病.)[83]

　ㄱ에서는 소동파의 七言古詩를 李白과 杜甫와 비교하여 超曠함은 李白과 비슷하고, 분방함은 杜甫를 뛰어넘는다고 하여 그 장점을 인정하면서, 동시에 秀逸함은 李白보다 沈雄함은 杜甫만 못하다고 하여 못한 점도 제시하였다. 그리고 소동파가 '宋代에 있어 적수가 없다'라고 평했다.

　ㄴ에서 소동파의 七言古詩에 대해 장점과 단점을 동시에 제기하고 있다. 장점은 음절이 婉轉함이고, 단점은 和韻과 疊韻한 것이라고 하였다. 이 절의 앞부분에서 趙翼, 翁方綱, 方東樹 등의 典故에 대한 긍정적 평가와 달리, 施補華는 典故운용이 조리가 없고 그다지 적절하지 않다고 보고 있다. 이는 상당수 蘇詩의 경우에 타당성이 있다. 그러나 名篇의 경우에는 해당되지 않는다.

　이어서 소동파의 五言古詩에 대한 施補華의 평을 살펴보겠다.

　ㄱ

　東坡의 五言古詩는 정신이 飽滿하고 才氣가 솟아올라 심히 미칠 수

---

83) 施補華, ≪峴傭說詩≫. 王夫之 等 撰, 丁福保 編, ≪清詩話≫, 990쪽. 臺靜農 編, ≪百種詩話類編≫, 1211쪽. 四川大學中文系唐宋文學硏究室 編, ≪蘇軾資料彙編≫, 1552쪽.

없다. 예를 들면, '千山이 번쩍 비늘갑옷 움직이듯 한다.(千山動鱗甲)',[84] '어느 사람이 蓬萊山을 지켰는가(何人守蓬萊)' 諸篇이다.

(東坡五古, 有精神飽滿才氣坌涌, 甚不可及者, 如'千山動鱗甲', '何人守蓬萊' 諸篇.)[85]

ⓛ

東坡의 五言古詩는 和韻과 疊韻을 좋아하여, 이로써 뛰어남을 보이려고 하였다. 그러나 또한 바로 이 때문에 솜씨가 서투르게 되었다. 잘 묶는다 해도 필경 묶는 것이다. 陶詩는 은미한 말이 많고, 東坡는 陶淵明을 배웠는데 超脫한 말이 많으니, 이는 天分이 다른 까닭이다.

(東坡五古, 好和韻疊韻, 欲以此見長, 正以此見拙. 綑了好打, 畢竟是綑. 陶詩多微至語, 東坡學陶, 多超脫語, 天分不同也.)[86]

ⓒ

東坡의 五言古詩는 禪理가 있는 것은 아주 훌륭하고 禪語를 사용한 것은 아주 용렬하다.

(東坡五古, 有禪理者甚佳, 用禪語者甚劣.)[87]

---

84) <行瓊儋間, 肩輿坐睡. …… .>, ≪蘇軾詩集≫, 권41, 2246쪽.
85) 施補華, ≪峴傭說詩≫, 王夫之 等 撰, 丁福保 編, ≪清詩話≫, 983쪽. 臺靜農 編, ≪百種詩話類編≫, 1210쪽. 四川大學中文系唐宋文學硏究室 編, ≪蘇軾資料彙編≫, 1551쪽.
86) 施補華, ≪峴傭說詩≫, 王夫之 等 撰, 丁福保 編, ≪清詩話≫, 983쪽. 臺靜農 編, ≪百種詩話類編≫, 1210쪽. 四川大學中文系唐宋文學硏究室 編, ≪蘇軾資料彙編≫, 1551쪽.
87) 施補華, ≪峴傭說詩≫. 王夫之 等 撰, 丁福保 編, ≪清詩話≫, 983쪽. 臺靜農 編, ≪百種詩話類編≫, 1210쪽. 四川大學中文系唐宋文學硏究室 編, ≪蘇軾資料彙編≫, 1551쪽.

㉣

東坡와 陶淵明은 氣質이 같지 않다. 그러므로 東坡詩集中에 실려있는 效陶詩와 和陶詩는 眞率한 곳은 (도연명시에) 비슷하고 沖漠한 곳은 미치지 못한다. 그 중에도 東坡의 달리는 자세는 더욱 (도연명시와) 닮지 않았다.

(東坡與陶氣質不類, 故集中效陶和陶諸作, 眞率處似之, 沖漠處不及也. 間用馳驟, 盒不相肯.)[88]

㉠에서 소동파의 五言古詩가 정신이 가득차고 才氣가 솟아오른다고 하여 높이 평가하고 있다.

㉡에서 소동파가 五言古詩에서 和韻과 疊韻을 자주 사용해 뛰어난 시를 짓고자 의도하였으나, 바로 이 때문에 졸렬하게 되었다고 하였다. 五言古詩가 위주인 和陶詩의 경우 陶淵明을 배운 것인데, 陶詩는 微至語가 많고 소동파는 超脫語가 많다고 파악하여, 그 원인이 天分의 차이 때문이라고 평했다.

㉢에서는 소동파의 五言古詩를 禪과 관련시키고 있다.

㉣에서는 五言古詩가 위주인 效陶詩, 和陶詩를 대상으로 그 원천인 陶淵明詩와 비교하고 있다.

이제 七言律詩에 대한 施補華의 평을 살펴보자.

東坡의 七言律詩는 一氣相生하여 자유자재로 구르는 작품을 최고로 삼는다. 情을 말함이 깊고 지극한 것 또한 취할 만하다. 典故로 메운 것과 韻을 모아 篇을 채운 것이 그 最下이다. 東坡는 氣를 운용하는데

---

88) 施補華, ≪峴傭說詩≫. 王夫之 等 撰, 丁福保 編, ≪淸詩話≫, 977쪽. 四川大學中文系唐宋文學硏究室 編, ≪蘇軾資料彙編≫, 1551쪽.

능하고, 句를 鍛鍊하는 데는 능하지 않다. 그러므로 七言律詩는 매양 달릴 뿐이고 지키려 하지 않는다.

　(東坡七律, 一氣相生旋轉自如之作, 最爲上乘, 言情深至者, 亦可取, 塡砌典故, 湊韻湊篇者最下. 東坡能行氣, 不能鍊句, 故七律每走而不守.)89)

여기서는 먼저 蘇詩 가운데 七言律詩의 최고 수준의 특성을 제시하고, 이어서 최하 수준의 특성을 제시하였다. 더불어 소동파의 七言律詩가 氣의 운용에 능해 매양 달려서 지키지 않으며, 鍛鍊에는 능하지 못하다고 평가하고 있다. 장점과 단점을 잘 지적해 낸 좋은 평이다.

　이제 소동파의 近體詩에 대한 施補華와 袁枚의 평을 들어보겠다.

　東坡의 七言絶句 또한 사랑스럽다. 그러나 趣가 많고 致가 많은데, 神韻이 적다. '배를 베개삼아 누워 있으니 산은 오르락내리락하고/ 바람맞은 배는 달과 함께 배회할 줄 알더라'90)는 致이다. '어린 아이는 내 얼굴에 붉다고 잘못 알고 좋아하니/ 한 번 껄껄 웃고는 어찌 술 때문에 붉은 줄을 알리오?'91)는 趣이다. '여생을 오직 海南村에서 늙고자 했는데/ 上帝가 巫陽을 보내 나의 魂을 부르네. 저 아득한 하늘가 송골매가 날아 없어지는 곳/ 靑山이 아련히 터럭처럼 보이는 그곳이 中原.'92)은 氣와 韻이 둘 다 도달하고, 시어가 沈雄하니 그에 미칠 수 없다.

　(東坡七絶, 亦可愛, 然趣多致多, 而神韻却少. '水枕能令山俯仰, 風船解

---

89) 施補華, ≪峴傭説詩≫. 王夫之 等 撰, 丁福保 編, ≪淸詩話≫, 994쪽. 臺靜農 編, ≪百種詩話類編≫, 1211쪽. 四川大學中文系唐宋文學研究室 編, ≪蘇軾資料彙編≫, 1552쪽.
90) <六月二十七日望湖樓醉書五絶, 其二>, ≪蘇軾詩集≫, 권7.
91) <縱筆三首, 其一>, ≪蘇軾詩集≫, 권42.
92) <澄邁驛通潮閣二首, 其二>, ≪蘇軾詩集≫, 권43.

與月徘徊', 致也. '小兒誤喜朱顔在, 一笑那知是酒紅', 趣也. 獨'餘生欲老
海南村, 帝遣巫陽招我魂. 杳杳天低鶻沒處, 青山一髮是中原', 則氣韻兩到,
語帶沈雄, 不可及也.)93)

여기서 施補華는 소동파 七言絶句의 특성이 趣와 致가 많고 神韻이
적다고 하였다. 또 氣와 韻이 다 도달하고 시어가 沈雄함을 띠는 특성
을 지닌 좋은 시를 들어 예증하고 있다.

> 東坡의 近體詩는 縕釀하고 鍛鍊하는 공이 적다. 그리하여 말이 다하
> 면 뜻 또한 그치게 되어, 결코 줄 밖의 소리와 맛 밖의 맛(弦外之音과
> 味外之味)이 없다.
>
> (東坡近體詩, 少蘊釀烹煉之功, 故言盡而意亦止, 絶無弦外之音, 味外之味.)94)

袁枚는 소동파의 近體詩가 鍛鍊의 功이 적고, 含蓄美와 餘韻이 적다
고 부정적으로 보고 있다. 이러한 경향의 蘇詩가 많은 것은 사실이나
전체 시에 대한 일괄적인 적용은 不可하다고 본다. 특히 소동파시 중의
名篇에 대해서는 타당하지 않는 설이다.

여섯째, 소동파시와 佛家, 道家經典과의 관계에 대한 短評

㉠

東坡는 佛家와 老子의 글을 널리 통하여 시 속에 ≪黃庭經≫과 방불

---

93) 施補華, ≪峴傭說詩≫. 王夫之 等 撰, 丁福保 編, ≪淸詩話≫, 998쪽. 臺靜農 編,
≪百種詩話類編≫, 1211쪽. 四川大學中文系唐宋文學硏究室 編, ≪蘇軾資料彙編≫,
1553쪽.
94) 袁枚, ≪隨園詩話≫, 권3, 39쪽.

한 것이 있다. 예컨대 <辨道歌>와 <眞一酒歌> 같은 것은 저절로 하나의 法則을 이루었다. 또 佛經을 모방함에 이르러서는 禪語를 인용하여 시를 지은 것은 보기에도 염증을 느낄 정도이니, 그것을 순전히 東坡에게서 나왔다고 볼 수 없다.

(東坡旁通佛老, 詩中有仿黃庭經者. 如辨道歌, 眞一酒歌等作, 自成一則. 至於摹仿佛經, 掉弄禪語以之入詩, 殊覺可厭, 不得以其出自東坡.)95)

㉡

남이 능히 比喩할 수 없는 것을 東坡는 比喩할 수 있고, 남이 능히 형용할 수 없는 것을 東坡는 형용할 수 있다. 比喩한 다음에 다시 比喩를 사용하고, 형용이 다하지 않으면 거듭 형용하니, 이 법은 華嚴經과 南華經에서 얻은 것이다.

(人所不能比喩者, 東坡能比喩, 人所不能形容者, 東坡能形容. 比喩之後, 再用比喩, 形容不盡, 重加形容, 此法得自華嚴南華.)96)

㉠에서 趙翼은 소동파가 佛家書와 道家書에 博通하여 시 가운데 이와 유사한 특징이 있다. 그러나 禪語를 사용하여 지은 시는 수준이 높지 않다고 貶下하고 있다. ㉡에서 施補華는 蘇詩에서 거듭 比喩하고 거듭 형용하는 수법은 ≪華嚴經≫과 ≪莊子≫에서 그 법을 얻은 것이라고 평하고 있다.

이상에서 살펴 본 淸代 蘇詩評論은 다음과 같이 요약된다.

---

95) 趙翼, ≪甌北詩話≫, 권5. 臺靜農 編, ≪百種詩話類編≫, 1192쪽. 四川大學中文系唐宋文學硏究室 編, ≪蘇軾資料彙編≫, 1313쪽.
96) 施補華, ≪峴傭說詩≫. 臺靜農 編, ≪百種詩話類編≫, 1211쪽. 四川大學中文系唐宋文學硏究室 編, ≪蘇軾資料彙編≫, 1552쪽.

첫째, 前人의 평론을 총정리하는 동시에, 評者 자신의 평론체계에 따른 견해를 부가시켜 총괄적으로 평론하였다. 예를 들면 葉燮은 「天馬」와 「飛仙」이라는 용어로 蘇詩의 낭만주의적 특성을 간파하고 있으며, "四時之氣皆備"라 하여 그 다양성을 파악하였다. 또한 시의 용광로로서 무슨 광물이든지 정밀한 금속을 만든다고 하여 「以俗爲雅」, 「俗語入詩」적 특징을 부각시키고 있다. 趙翼은 시가의 산문화경향을 긍정적 관점에서 재조명했으며, 동시에 "흉중에 書卷이 가득하여" 무엇이든 뜻대로 응용할 수 있다고 하였다. 汪師韓은 "百代雄視", "地負海涵" 등의 評語로 蘇詩의 총체적 핵심을 꿰뚫고 있다.

둘째, 천재성에 대한 긍정적 평론이 많은데, 이는 淸代에 더욱 돋보이는 평가이다. 천재성으로 인해 시가 一瀉千里로 달리고, 筆力이 空靈, 超脫하였지만, 반면에 鍛鍊하지 않고 含蓄性이 적은 점은 단점으로 평가되고 있다.

셋째, 氣라는 용어를 사용하여, 蘇詩를 평가하고 있다. 氣象이 넓고 순전히 氣로 운행하였으며, 이로 인해 創格을 이루었다는 평이 있다.

넷째, 典故사용에 대한 긍정과 부정 양면적 평론이 병존하고 있는데, 특히 趙翼, 翁方綱, 方東樹 등의 긍정적 견해는 金代 王若虛의 강렬한 비판과 대비될 정도로 그 장점을 강조하고 있다.

다섯째, 施補華와 같은 각 시체별 특징을 집중적으로 窮究한 評者가 나타났다. 그는 소동파의 古詩에 대해 橫說竪說하여 변화가 있으며, 超曠, 奔放하다고 평한 반면, 동시에 和韻, 疊韻 등에는 부정적 견해를 내세웠다. 袁枚는 律詩에 대해 鍛鍊, 餘韻이 적다고 부정적으로 평가하였다.

여섯째, 佛經, ≪莊子≫와의 관련성에 대한 短評이 있는데, 比喩와 形容의 수법은 이들에서 유래하였다고 하였다.

이렇듯 淸代의 소동파시 평론은 방법론적 체계를 가지고 前代의 印象
批評的 평론을 계승, 발전시켜 보다 개괄적이고 심도있는 평론이란 특
징이 있다. 우선 총체적인 면모를 살피려고 노력한 흔적이 엿보인다. 前
代 혹은 前人의 평을 종합하고, 여기다 評者의 견해를 가미시켜 보다
타당한 논의를 하고 있다.

제4절 現代의 蘇東坡詩 評論 ─ '自由와 規律의 結合'

이 절에서는 현대의 蘇詩評論을 1912년 이후를 범주로 삼겠다. 그리
고 文學史類와 소동파 학자의 평을 대상으로 하여, 그 중 개괄적이고
전반적인 특징 파악을 중심으로 검토하겠다. 더불어 評者별 詩評의 특
징을 검토하고자 한다.

첫째, 文學史類에서의 蘇詩評論을 검토하겠다.

劉大杰은 아래에서 七言古詩가 뛰어난 이유를 소동파의 천재성과 관
련시키고 있다. 그리고 소동파가 평한 「法度와 新意」, 「豪放과 妙理」의
표리관계가 소동파의 시를 비롯한 문학전반에 표현되어 있다고 하였다.

소동파시의 최고성취는 七言長篇이다. 왜냐하면 그의 호방하고 疾
走하는 성격은 장단이 자유로운 체재 내에서 비로소 그의 천재성을
발휘할 수 있기 때문이다. 格律의 遵守, 對偶의 講究는 그가 진실로 뛰
어났지만, 이러한 것들은 결코 그의 특성을 표현할 수 없다. 七言長詩

를 읽어보면, 波瀾이 莊闊하고 變化가 다양하여 마치 行雲流水와 같이 자유자재로와 확실히 李白 이후에 보지 못한 것이다. 그의 詩歌精神은 李白과 가깝다. ……

"法度 가운데 새로운 뜻을 내고, 豪放한 밖에 妙한 理致를 부친다. (出新意於法度之中, 寄妙理於豪放之外)"97)는 것은 吳道子의 그림에 대한 소동파의 評語인데, 기실 소동파의 시, 사, 산문 등은 모두 이러한 예술적 특징이 구비되어 있다.98)

梁昆은 소동파시를 포함한 東坡派 詩의 특징을 一長四短으로 집약시켰다. 곧 1. 詩格의 해방, 2. 以文爲詩, 3. 議論이 많음, 4. 끝까지 다하기를 좋아함, 5. 거칠고 경솔함 등으로 평가하고 있다.99) 여기서 梁昆은 1만을 장점으로 보았다. 그러나 5를 제외한 모든 항목은 기실 장점 속에 단점이 있고 단점 속에 장점이 있는 바, 소동파시의 특징으로 보아야 옳다. 여기서 4는 含蓄性이 적다는 의미도 된다. 梁昆의 평은 대체적으로 蘇詩에만 초점을 맞춘 것이 아니라 東坡派 전체에 대한 평론이기 때문에 부정적 측면이 강조되어 표현되고 있다.

李日剛은 蘇詩 풍격의 다양성과 예술적 특징을 중심으로 다음과 같이 평하고 있다.

蘇詩는 造詣가 다방면에 걸친다. 雄健, 豪放, 自然, 高妙하며 그 趣에 自適하여, 一格에 제한되지 않았다. 그 예술상 특징은 다음과 같다. 1.

---

97) <書吳道子畫後>, ≪蘇軾文集≫, 권70.
98) 劉大杰, ≪中國文學發展史≫, 662~663쪽.
99) 梁昆, ≪宋詩派別論≫, 60~62쪽.

揮灑自如한 才情이 奇幻한 상상력을 빌려 意表를 찌르는 誇張과 다양한
比喩로 구현되었다. 그리하여 낭만주의적 색채가 뛰어나다. 2. 자유분방
한 풍격은 왕왕 세밀한 관찰, 미세한 표현과 결합되었다. 3. '以議論爲
詩, 以才學爲詩'적 특징이 구현되어 있다. 4. 各體가 兼備되었는데, 그
가운데 칠언고시, 칠언율시, 칠언절구 등 七言詩가 최고의 성과로 妙境
에 도달하였다. 특히 고체시가 뛰어나다.[100]

　趙仁珪는 前人의 평론에 바탕하여 蘇詩의 내용과 예술적 특색을 다음
과 같이 개괄하고 있다.

　먼저 蘇詩의 內容上 特色으로는 ;
　자아표현, 現實反映, 山河歌頌, 藝術品評, 風俗描寫 등이 돌출된다. 前
人보다 創新된 점은 주로 다음과 같다. 1. 자아를 표현할 때, 자신의 曠
達한 '坡仙'적 성격을 塑造하였다. 2. 현실을 반영할 때 직접 시가를 정
치반대파에 대한 투쟁의 工具로 삼았다. 3. 자연을 노래한 작품의 수량
은 매우 많고, 내용이 매우 풍부하며, 풍격은 더욱 다채롭다. 아울러 深
厚한 자아감정을 띠고 있으며, 美學情趣도 더욱 高雅하다. 4. 시, 화, 서
예, 음악 등 예술을 品評한 시는 그 질과 양에서 최고의 수준에 도달하
였는데, 이것은 제재 개척상 큰 공헌이다. 그의 미학사상과 예술수양이
모두 이러한 시에서 충분히 표현되었다. 5. 民風民俗을 묘사한 시도 前
人의 전통을 계승, 발양한 특색을 지니고 있다.
　다음에 藝術상의 特色으로는 ;

---

100) 李曰剛, 《中國詩歌流變史》, 580~583쪽.

1. 才學을 講究하였다 : 이에는 才氣와 학문 두 방면을 포괄한다. 1) 才氣와 학문 두 가지 가운데 소동파는 전자에 치중하여 시가이론에서 이 점을 강조하였다. 소동파의 才氣는 생활의 활력과 풍부한 낭만적 사상, 그리고 세밀한 관찰력과 미세한 표현력에 의해 표현되었다. 그리하여 평담한 제재가 붓 아래에서 곳곳마다 생기가 넘치며, 곡진한 묘를 보이고 있다. 또한 構思와 배치가 파란과 起伏을 지니며, 變化莫測하게 표현되고 있다. 2) 소동파는 才氣를 강구하는 동시에 학문을 강구하였는데, 이는 주로 典故의 구사에 표현되고 있다.

2. 議論을 講究하였다 : 소동파는 前人 특히 韓愈, 歐陽修, 梅堯臣, 蘇舜欽 등의 기초 위에 시의 의론에 능해 그 표현이 더욱 自覺的이고 성숙하였으며, 사실적이다. 蘇詩의 議論의 뛰어난 점은 다음과 같다. 1) 飄逸하며 才氣가 橫溢하고 매력이 풍부한 韻味가 있게 한다. 혹은 서술과 긴밀히 결합, 議論 가운데 박학한 학식, 풍부한 경력, 예민한 통찰력을 통해 견실한 기초를 두고 있다. 2) 議論 자체가 新奇한 警策으로 인해 啓示性이 풍부하다. 그리하여 작자의 예민한 思辨, 탁월한 식견을 보이고 철리시를 창조하였다. 철리시는 소동파에게서 시작된 것은 아니지만 사실상 그에 의해서 형세를 이룬 것이 사실이다.

3. 雅謔에 뛰어났다 : 의식적으로 諧謔風格을 제창한 것은 歐陽修에서 시작되지만, 창작에 구현시킨 것은 소동파에게서 시작되었다.

4. 比喻에 능하다 : 소동파의 비유는 탁월하여 고전시가 가운데 "比喻의 王"이라고 불릴 만하다. 비유는 타당하고 생동적이며, 형상적이고 신기하다. 또한 형식이 다양하여 倒喻, 博喻, 長喻, 曲喻, 復喻 등이 종류가 있다.101)

이상에서 예시한 문학사류에서의 평론은 필자의 附言이 별로 필요 없을 정도로 蘇詩를 객관적이고 총체적으로 평하고 있다. 여기서 특기할 것은 七言古詩가 최고의 성취를 이루게 된 이유를 분명히 밝히고 있다는 점, 자아를 표현할 때 曠達한 坡仙的 性格을 塑造하였다는 점, 哲理詩를 강조한 점, "不分雅俗", "比喻의 王" 등 印象批評이 존재한다는 점, 그리고 부정적 측면으로 "끝까지 추구하기를 좋아하여" 도리어 함축성이 적음, "거칠고 경솔함" 등의 평이 있다. 대체적으로 蘇詩의 특징을 잘 파악한 평론들이다.

둘째, 소동파 학자의 평론을 검토해 보겠다.

孔凡禮는 蘇詩의 예술성에 대해 다음과 같이 평하고 있다.

풍부한 상상력, 탁월한 比喻, 뛰어난 사물묘사, 그리고 "'법도 가운데 새로운 뜻을 내고, 호방한 바깥에 묘한 이치를 부친다(新意於法度之中, 寄妙理於豪放之外)"(〈書吳道子畫後〉), 雄渾, 婉轉, 淸新, 平淡, 閑適, 유모어 등 풍격의 다양화 등이 두드러지고 있다. 한편 소동파는 각종 시체에 능했다. 그러나 七言古詩는 더욱 그의 종횡무진 하는 성격에 맞으며, 의론이 열리고 닫힌다. 때로 縱橫하는 議論을 짧은 편폭에도 발휘하고 있다. 이 가운데 자주 보는 사물이나 소소한 일상사를 통해 사회나 인생의 보편적 의의를 제기하여, 남이 인식하지 못하였거나, 인식이 충분하지 못한 문제에 대해 형상적이고 정밀한 답안을 제시하여 다방면의 계시를 주었다. 이러한 것이 바로 그의 철리시이

---

101) 郭預衡 主編, ≪中國古代文學史長篇≫, 宋遼金卷, 204~215쪽. 이 부분은 趙仁珪 執筆.

다. 南宋 嚴羽가 宋詩의 「以文字爲詩, 以才學爲詩, 以議論爲詩」 등의 특징으로 귀납하였는데, 그 의의가 크다. 이러한 특징 가운데는 장점도 있고 단점도 있어, 소동파를 포함한 宋代 시인이 시가영역의 창조라 할 수 있다. 이러한 특징은 蘇詩를 포함한 宋詩의 시대적인 풍모를 반영하고 있다.

소동파는 詩體革新運動 가운데 출현한 산문화, 議論化경향의 단점을 기본적으로 수정하였으나, 또한 생경, 난삽하여 맛이 결핍된 구절이 있고, 典故로 인해 詩句를 난삽하게 하는 결점도 있다. 그러나 대체로 자유자재로 전고를 이용하였으며, 자각하거나 자각하지 못하는 사이에 일반 백성들의 口語를 시에 넣었다. 그의 사상가운데 庸俗的 요소는 그의 재질을 낭비하여, 800여 수의 和韻詩에는 그 중에 4, 5차나 반복한 것이 있고, 일부 應酬詩는 진실된 感動力量이 결핍되었다.[102)]

孔凡禮의 평론은 蘇詩의 다양한 풍격을 잘 파악하고 있고, 상상력과 비유의 뛰어남, 그리고 哲理詩의 가치를 부각시키고 있다. 산문화, 의론화경향의 단점을 수정하였으나, 이러한 점과 典故多用 때문에 맛이 결핍되었으며, 口語入詩도 한 특징이다. 특히 7언고시의 종횡무진하는 것이 성격에 맞으며, 의론에도 뛰어나다는 점을 장점으로 보고 있다. 그리고 生硬, 난삽한 점, 和韻詩에 반복되는 것이 많은 점, 應酬詩에 진실된 감동력이 적은 점을 부정적으로 보고 있다.

謝桃坊은 소동파詩의 예술특징을 다음과 같이 개괄하고 있다.

'新意와 妙理의 추구를 위해서 자연스럽고, 생동하는 형상과 개성이

---

102) (淸) 王文誥 輯注, 孔凡禮 點校, ≪蘇軾詩集≫, <前言>, 10~13쪽, 요약.

풍부한 언어를 사용하였으며, 構思가 신선하고 교묘하고, 結構는 변화가
다채롭다고 하였다. 그리고 예술표현특색으로 다음의 다섯 가지를 들었
다. 즉 1. 필치가 뜻에 따라 一氣呵成하여 자유분방하다. 2. 현실의 폐
단을 드러내 풍자와 조롱, 그리고 비난과 질타를 잘하였다. 3. 상상이
기묘하여 낭만주의적 특징이 있다. 4. 자연과 사물을 관찰하여 순간적
형상을 포착하며 자신의 뜻을 잘 표현하였다. 5. 산문적인 結構, 虛詞,
句法, 표현방식 등을 사용하여 산문체의 시를 지었다.'103)

謝桃坊의 평에서 특기할 점은 詩歌의 散文化에 대한 구체적 특징을
핵심적으로 파악한 것이다.

劉維崇은 蘇詩의 풍격적 특징에 대해, 1. 自然 2. 質朴 3. 眞實 4. 雄
偉 5. 淸新 다섯 가지를 들고 있다.104)

游國琛은 시를 포함한 전체 소동파문학의 특색에 대해, 1. 眞實性 2.
創新性 3. 藝術性 이라고 개괄하고 있는데,105) 시의 경우에도 그 핵심을
터득하고 있다고 보여진다.

劉乃昌은 蘇詩의 특징에 대해, 다음과 같이 표현하고 있다.

1. 蘇詩는 奔放靈動하고, 逸態橫生하며, 才思가 四方으로 넘쳐 닿는

---

103) 謝桃坊, ≪蘇軾詩 硏究≫, 156~164쪽.
104) 劉維崇, ≪蘇軾評傳≫, 258~275쪽.
105) 游國琛, ≪蘇東坡生平及其作品述評≫, 157~161쪽.

곳마다 生氣가 돌아 별도로 새로운 境地를 열어, 일대의 大觀을 이루었다. 觀察力이 銳敏하고 詩筆이 爽快하고 날카로워 풍경이나 사물, 人情을 묘사함에 숨은 것을 밝혀내고 드러내지 못하는 것이 없다. 2. 상상력이 풍부하여 奇趣가 橫生하며, 比喩가 새롭고 적절하여 감동적이다. 3. 韓愈의 '以文爲詩'의 전통을 발전시켜, 때로 직접 胸臆을 토로하며, 議論이 빼어나고 筆力은 달리어 透徹하며 雄健하다. 4. 古體詩는 자유롭게 몰아 나갔다. 총체적으로 고체시와 7언시에 강하다.106)

劉乃昌의 평론은 前人의 평론을 집약하여 개괄한 것이다. 소동파시의 장점을 잘 나타내고 있으나, 단점에 대한 지적이 없다는 점이 아쉽다.

王水照는 아래에서 蘇詩의 총체적 예술특색에 대해 前人의 평론을 집약하면서도 어느 정도 자신의 독창적 견해를 펴고 있다.

蘇詩의 총체적 예술특색은 自然奔放, 揮灑自如이다. 여기에는 自由와 規律이 結合되어 있다. 그의 長篇古詩는 "쾌활한 생각으로 붓을 들면 一瀉千里이다(放筆快意, 一瀉千里)"(趙翼, ≪甌北詩話≫, 권5) 근체시는 더욱 圓美流動하여 일부 律詩의 딱딱하고 枯澁한 폐단이 없다. 그의 才情은 분방하고 藝術想像은 풍부하여, 각종의 예술수법을 숙련되게 구사하여 自由表達의 最高境界에 도달하였다. 이러한 藝術風格은 또한 宋詩의 시대적 특징을 띠고 있다. 南宋 嚴羽가 宋詩를 '以文字爲詩', '以議論爲詩', '以才學爲詩'라고 지적하였는데, 기실 이는 바로 宋詩가 唐詩와 구분되는 특

---

106) 劉乃昌, ≪蘇軾文學論集≫, 7~8쪽.

징의 하나이다. 또한 이러한 것은 黃庭堅에서 시작된 것이 아니라 蘇詩에서 이미 이러한 면모가 드러나고 있다. 이는 소동파의 자유로운 표현의 추구와 긴밀한 관련성이 있다. 이 3가지는 예술상 장점이 될 수도 있고, 단점이 될 수도 있다. 관건은 시가형상화의 규율에 따르는가 위배되는가에 있다. 마땅히 이것을 표준으로 삼아 蘇詩藝術을 전면적으로 평가해야 한다.

典故사용은 전고자체에 포함된 풍부한 내용을 이용하여 시가형상이나 意境의 內涵과 深度를 증가시켜, 독자에게 연상과 사색의 여지를 주어 예술적 목적을 달성하려고 의도하는 것이다. 蘇詩 가운데 전고가 적절하여 성공한 예가 적지 않다. 그러나 전고가 중첩되거나, 고의로 才氣를 드러내는 경우도 있다.[107]

王水照의 평론에서 특기할 점은 自由와 規律의 結合, 蘇詩藝術의 평가기준을 詩歌形象化의 규율의 부합과 위배에 둔 점이다. 전반적으로 蘇詩의 장단점을 꿰뚫고 있다.

소동파學者의 평론에서는 孔凡禮와 王水照의 평론이 돋보인다. 이는 보다 포괄적이고 객관타당성을 지니면서도, 자신의 언어로 평하였기에 호소력이 크다.

이상에서 검토한 결과, 現代 蘇詩 평론의 특징은 前代의 평론을 수용한 후 評者의 견해를 가미, 보다 종합적으로 평해 놓았기에 보편타당성

---

107) 王水照, ≪蘇軾≫, 160~163쪽.

있는 평론이 많다. 또한 소수의 評者들에 있어서 새로운 각도로 보고 새로운 언어로 구체화하고자 하는 노력이 돋보인다. 대체로 객관적 특징이고 개괄적인 파악 측면에서 前代에 비해 발전하였다. 다만 구체적인 면에서 한 마디 評語가 갖는 힘이 오히려 前代의 평만큼 효과적이지 못하다는 점이 아쉽다. 이는 현대 소동파시 평론의 한계로 차후 돌파해야 할 문제라고 보여진다.

각 朝代 蘇詩평론의 맥락과 특징파악을 염두에 두고 검토한 결과 다음의 특징이 도출되었다. 이는 蘇詩研究史와도 깊은 관련을 지닌다.

宋代의 蘇詩評論은 '시창작의 용광로', "長江大河" 등 印象批評的 측면이 강하다. 評者들은 자유로운 思考로서 각자의 개성과 견해에 따라 蘇詩에 대한 장단점을 간파하고 있다. 그리고 宋代의 평론은 후세 평론의 기준이 되었다.

金元明代의 평론은 袁宏道의 "詩之神" 등 극찬의 평론이 나타났다. 이 역시 印象批評的 측면이 농후하다.

清代의 평론은 방법론적 체계를 가지고 前代의 印象批評的 평론을 계승, 발전시켜 보다 개괄적이며 심도가 있다. 평론에 있어 師承관계나 계통이 보다 선명하게 드러난다. "天馬", "飛仙", "天生健筆", "觸處生春" 등 評語가 압축적이고 선명하여 인상적이다. 그리고 전대에 부정적으로 보았던 典故 사용을 긍정적으로 보는 평자가 나타났는데, 그만큼 考證學을 바탕한 清代학자들의 옛 학문수준이 높아져 蘇詩를 이해하고 평론하는데 부족함이 없었다는 반증이겠다. 清代에 뛰어난 蘇詩평론이 많다는 점도 특징이 될 수 있겠다.

現代의 평론에서는 前代의 평에 기초한 후, 評者의 의견을 가미하여

蘇詩를 보다 종합적이며 객관적으로 파악하고 있다. 이러한 경향에서도 "自由와 規律의 結合" 등 현대적 용어로 합리적으로 개괄한 점, 그리고 "不分雅俗", "比喩의 王"같은 印象批評은 특기할 만하다. 그러나 제반의 호조건에 비해 한 마디 評語가 발휘하는 힘이 前代만은 크지 못하다고 보여진다.

이처럼 蘇詩 評論은 그 시대의 사조에 따라서 강조점이 달라진다는 점이다. 그리고 각 시대의 평에는 학문사상적 思潮에 따른 일관된 맥락을 보이는 경우가 있다. 또한 어느 朝代에는 긍정적인 견해가 있어도 지나치게 유행하다보면, 부정적 측면에 초점을 맞춘 評者도 나타나고 있다. 이렇듯 蘇詩에 대한 褒貶은 어느 시대에나 병존할 것이다. 評者의 개인적 기호나 개성, 초점에 의해 동일한 대상에 대한 상이한 평론이 존재하고 있다. 어느 평이나 일면적인 장점과 일리는 다 보유하고 있다. 각각의 평론에는 총괄적 평론, 개별적 평론, 인상비평, 구체적 평론, 추상적 평론, 正論과 反論, 계승과 비판, 일면적인 평, 치우친 평, 풍격론 등이 있다.

그러나 불변하는 것은 시가 가져다주는 진실과 예술적 감동력이다. 蘇詩에 대한 평론이 긍정, 부정을 막론하고 시대가 거듭될수록 많은 評者를 가지게 된 것은, 시가 그 시대의 삶의 진실 등의 어떤 보편성, 또 작가 자신의 삶을 성실하게 詩化시켜 놓은 점, 시간과 공간을 뛰어넘어 共鳴과 감동을 줄 수 있는 소동파시 자체의 어떤 힘에 있다고 보여진다.

却說하고, 歷代 諸家의 評論에서 도출한 결과를 필자의 연구결과[108)

---

108) 필자의 보다 구체적인 연구결과는 제6장 <結論> 부분에 壓縮해 놓았다.

와 개략적으로 對比해 보면 다음과 같다.

　필자는 인용, 분석대상으로 삼은 시들을 중심으로 종합적으로 검토하여, 그중에 작품분석(1)에서는 주제별 작품연구를, 작품분석(2)에서는 시에 나타난 의식세계의 주요 단면 연구에 비중을 두었다. 그런데 選別에 있어 어느 정도 名篇을 중심으로 하였고 주관적인 면이 있는 까닭으로 수사기교, 풍격 등의 연구에는 주력하지 않았으며, 주로 蘇詩의 긍정적 측면을 부각시킨 한계성을 지닌다. 반면에 작품에 나타난「意識의 흐름」을 염두에 두었기에 蘇詩가 葛藤構造에서 調和構造로 移行하는 점, 人生哲理의 획득을 강조한 점, 번뇌와 비애를 해결하는 循環的 思惟構造, 현실지향과 낭만지향의 이중주 등 蘇詩의 二元的 構造 등을 도출해 낼 수 있었다. 또한 소동파는 어느 시에서 자신의 문제점을 제시하고서, 그 시나 연계된 다른 시에서 그 문제점에 대한 해답을 얻고자 모색하고 있으며, 궁극적으로 그 해결을 이룬 경우가 많다. 더불어 蘇詩의 특징을 압축해 놓았다.

　이에 비해 '蘇東坡詩에 대한 歷代 諸家의 評論'의 검토결과는 역대 탁월한 학자들의 연구성과를 대상으로 하여 그 정수를 집합체를 검토한 까닭으로 蘇詩 特徵 파악이 전면적이다. 그리하여 긍정적 측면은 물론 부정적 측면도 도출되고 있으며, 동일한 대상에 대한 상이한 견해도 모두 검토대상이 되었다.

　기실 소동파시는 장점 속에 단점이 있고, 단점 속에 장점이 내포되어 있어 이것이 어우러져 개성적 특징을 이루고 있는 경우가 많다. 요컨대 蘇詩가 자기 뜻으로 시를 지은 개성적 측면, 시의 영역을 개척하고 시세계를 확대시킨 측면, 공감대의 폭이 넓은 측면 등은 높이 평가되어야 할 것이다.

제6장 結 論

소동파의 시는 연륜의 성장과 생활환경, 정치환경 및 사상의 변모에 따라 나름대로 특징을 지으며 변화과정을 겪고 있다. 대체적으로 다음과 같이 나눌 수 있다. 첫째, 科擧應試期 및 仕宦前期는 작자가 氣를 함양하고 胸襟을 넓힌 시기로서, 詩가 抒情性을 강렬하게 띠고 있는데, 豪放한 풍격이 주로 나타나며, 때로는 婉約한 특징도 겸하여 드러나고 있다. 둘째, 제1차 貶謫期는 新法을 반대한 이유로 정치적 타격을 받아 의기양양하던 氣象을 안으로 收斂하여 內的 成熟을 이룬 시기이다. 이 시기의 시는 曠達한 특징이 위주가 된다. 셋째, 仕宦後期에는 문학적 성과는 상대적으로 저하되었지만 藝術鑑賞을 내용으로 한 시가 많다. 넷째, 제2차 貶謫期 및 北歸시기는 新舊黨爭이라는 정치적 충돌로 또 타격을 받아, 이전 시 가운데 의기양양하던 풍격은 다시 수렴되어, "현려(絢麗)의 極致"로서의 "平淡"한 詩風을 완성하였다. 蘇詩는 연륜에 따라 부단히 확충되어, 시 내용을 심화시키고 풍격이 변화하여 완숙한 경지에 이르고 있다.

사상의 면에 대해 말하자면, 소동파는 유가사상을 사상적 근간으로 삼아 현실지향적 경향을 나타냈고, 정치적으로 失意했을 때에는 자연스레 佛·道思想에 기울어져 超然·超越의 경지를 추구하였다. 소동파의 전생애를 통해 보면 그 사상은 현실지향적 경향이 강한 유가사상을 위주로 하여 자신이 儒家徒임을 자임하였다. 그러면서도 유불도 사상을 융합하여 주체적으로 살려는 의지를 보여주었다. 그는 유가사상이라는 인식의 틀을 가지고 시대의 문제들을 통찰하였으며, 그것을 정치적으로 해결하기 위해 노력을 傾注하였다. 이러한 현실지향의 여건이 막혔을 때 소동파에게는 현실초월적 인식이 강하게 나타났는데, 특히 佛·道思想에의 몰입으로 유가적 기존인식의 체계에 더하여 인식의 地平을 넓혀 나갔다. 佛·道思想은 내면적인 삶의 요청에 부응하여 어떠한 대립도 존재하지 않는 절대세계로 소동파를 인도하게 된다. 그리고 그는 삼가사상의 일부 현상적 측면에 대해 否定의 과정을 거쳐, 후기에 들어서는 궁극적으로 기존의 자신의 유가사상과 폄적기에 심취한 佛·道思想을 융합하는 경지에 이르고 있다. 만년에 들어서는 인식이 확대심화되어 궁극적으로 三家思想을 融合的으로 인식하게 되었다. 그에게 있어 이 三家思想은 실제상 상호 보완·相乘 작용을 하고 있다. 그는 각 사상을 무조건적인 신앙으로서 수용한 것이 아니라 만물의 변화에 대응하기 위해 이성적이고 비판적인 사유를 통해서 검증된 정수만을 취사선택적으로 수용하고 있다.

각 사상과 蘇詩의 관계를 두고 볼 때, 유가사상은 주로 현실을 반영한 시에 관련되며, 佛家와 道家思想은 詩의 素材나 詩語에 있어 나름대로 독특한 분위기를 지니게 하고 시가표현수법을 풍부하게 하며, 철리적이며 낭만적인 특성이 담기게 하였다.

주제를 중심으로 작품을 분석한 결과는 다음과 같다. 소동파의 뿌리 깊고 일관된 現實指向性은 詩에 있어서 '現實參與의 意志'로 나타나고 있다. 첫째, 民生疾苦와 관련하여 백성들의 삶에 다가가, 그 고통 묘사에 한정하지 않고 관리로서의 자기반성을 통해 내면세계로 향하는 울림을 적나라하게 표현하고 있다. 둘째, 정치풍자는 新法의 試行錯誤로 인한 구조적 모순을 부각시켜 해결과 변혁을 지향하고 있다. 셋째, 애국충정과 관련하여 약화된 北宋의 國勢에 처해 대외관계에서 戰功을 세우고자 하는 염원이 나타나 있다. 소동파는 否定的이거나 절망적인 면모를 긍정적이고 희망적으로 전환시키고, 긍정적인 면모는 더욱 확산시키어 조화로운 세계를 지향하였다.

'自然과의 親和'에 관한 시에서, 자연은 그에게 환희와 흥취를 제공하고, 고뇌를 망각 또는 解消시키고 정신적 상처를 치유하는 영혼의 안식처이다. 또한 자연은 詩的 靈感을 제공하고 詩筆을 함양하는 문학공간이고, 자아형상을 반영하는 공간이며, 그리고 자연적 본성으로의 復歸 공간이다. 그의 산수유람시의 특징은 動態的 성향이 두드러지고, 그 순간적인 형상을 포착하는 데 뛰어났다. 이에는 情景融合을 이루었거나 情景理가 照應을 이루고 있다. 농촌생활시에서는 우선 농촌정경을 잘 묘사하였으며, 아울러 관리로서 지방순시중 보았던 신식 농기구를 민간에 보급시키고자 하는 의도를 담고 있는 작품도 있다. 특히 田園農耕詩는 절실한 생존의 필요성에 의해 직접 농경을 실천, 그 애환을 기록하여, 자연 및 농민과 일체가 되고 있다. 자연귀의에 관한 시에서는 자연 속에 귀의하여 그 한적한 정취를 즐기고 있으며, 꽃에서 자아의 형상을 찾아 그것에서 수심, 格調와 高潔 등의 특징을 부각시키고 있다. 아울러 열악한 환경에도 강인한 생명력을 보여주고 있는 식물을 통해 자아의 꿋꿋한 生命意志를 구현하고 있다.

그에게 있어 자연과의 친화는 自己喚起의 일환으로, 자연 속에서 무한한 생명력을 발견하고, 자연과의 일체감을 통하여 자아의 영혼을 淨化하며, 무한한 새 생명을 養生한 것이라고 할 수 있다. 그것은 바로 憧憬의 세계에서 同和의 세계로의 진입이다. 그리고 그는 자연에 몰입함으로써 현실세계의 문제들에 대해 일정한 거리를 두고 있었던 시간이 많았다.

離別·鄕愁 등의 서정시에서는 솔직하게 悲哀의 감정을 드러내었고, 아울러 그 비애를 止揚·超克하고 있다. 이는 비애를 해결하고자 모색하는 과정에서 온 심리적 昇華이다. 아울러 이러한 격절감을 진솔한 표현을 통해 淨化함으로써 현실에 더욱 충실할 수 있는 근간의 하나가 되었다고 파악된다. 이로 미루어, 그에게는 감정을 절제하고 조절하는 역량이 풍부했음을 알 수 있다.

'飮酒의 情趣'에 관한 시는 酒中의 興趣와 憂愁의 解消로 구분된다. 그는 술을 통해 가족, 친구와의 인간관계를 원만히 누리었고, 현실을 초탈하고, 낭만적인 정취를 구가하였으며, 문학과 예술창작에 있어 영감과 흥취를 얻었다. 또한 삶에 있어 필연적으로 오게 되는 우수를 술을 통해 표현하고 또 해소하였다. 그리하여 그의 시에 나타난 음주정취는 자아와 세계의 대립관계를 조화관계로 轉移시키는 것으로 나타나고 있다.

'書畵藝術의 몰입'에 관한 시에는 작자의 심미관과 내면정신이 투영되어 있다. 그는 題畵詩에서 그림의 핵심을 꿰뚫는 웅혼한 기세로 상상력을 일으켰으며 아울러 자아를 찾는 작업을 하고 있다. 대나무를 그릴 때 고도의 집중력으로 忘我의 경지에 이르러 완전히 자신이 대나무로 동화되는 경지를 보였고, '形似(형태의 핍진)'를 기초로 하면서 '神似(정신의 핍진)'를 더욱 중시하고 있다. 소동파의 書藝觀은 '解憂', '至樂', '逍遙'로 요약할 수 있다. 그는 서예시에서 莊嚴함과 流麗함이 섞여 있는 것에 대해 이 양자는 모순이 아니라 자신에게 융합되고 있음을 밝히고 있다. 소동파시에 나타난 서화예술에서는 작자가 속세의 구속을 벗어나 예술세계에 진입하여 대자연의 생명력을 부여받고, 자기정신을 淨化시키고 있음을 파악할 수 있다.

人生哲理가 담긴 시는 자연과 인생에 대한 성찰 및 佛·道家的 사유를 통해 우러나온 '妙理'를, 거시적으로 응축시킨 생명의 결정체이다. 그것은 주로 발상의 전환으로 고정관념의 한계를 극복한 후 총체적 관점에서 인생을 통찰한 精髓라 할 수 있다. 예를 들면, 대상에 접근하고자 하는 자아의 의지가 있다면, 대상이 자기에게 가까워져 결국 자아와 대상은 합일의 가능성이 있다는 것, 그리고 대상의 내부에 있을 때보다는 그것을 벗어난 객관적 시점에서 더욱 대상의 참모습을 통찰할 수 있다는 것이다. 또한 「雪泥鴻爪」라는 생동감 있는 비유로 인간은 우연성·불확실성의 길을 가는 존재라는 철리를 터득하고 있다. 곧 성찰을 통해 인생의 무한한 선택가능성을 啓示한 것이다. 蘇詩에 나타난 이러한 철리는 대상과 자아를 객관화시켜, 현실의 역경을 벗어나고 삶을 풍부하게 할 수 있는 내적 원동력이 되고 있다.

소동파의 시에 나타난 의식세계의 단면에는 정신적 지향이 하나의 큰 축을 형성하고 있는데, 다음 네 가지로 분류된다.

'出仕와 隱退間의 갈등과 그 해소'의 경우, 仕宦期에는 출사와 은퇴 심경이 이중구조를 이루고 있으며, 폄적기에는 정치 중심지로의 회귀 의지와 제2의 고향의식이 이중구조를 보이고 있다. 그는 白居易와 陶淵明의 仕隱 모델을 시기에 따라 선택적으로 수용하고, 또한 政界의 판도 변화에 따른 피동적인 경향을 보이고 있다. 이는 '어느 곳에 가든지 즐겁지 않음이 없다(無所往而不樂)'는 것은 그의 낙천적 태도에 바탕하고 있다.

'時空간의 격절로 인한 서정'의 경우, 그는 폄적지의 막힌 공간에서 자유롭지 못한 상태에 놓여 있다고 인식하고 있다. 그리하여 黃州폄적지에서 처절하게 탄식하며, 저 하늘 어디로도 도망갈 곳 없는 격절의 공간속에 놓여 있는 자신의 절박한 위상을 표현하기도 하였다. 그리고 만년기 海南島 폄적지의 극한 상황에서는 발상의 전환을 통해 정신적으로 극복하고 있다. 소동파는 세월의 飄忽性·一回性을 인식하고 사라지는 시간에 대한 애착을 드러내고 있다. 그는 시간의 不可逆性에 대한 비애를 인정하지만 그러한 비애를 극복하고자 노력하고 있다. 또한 자신이 생사의 기로에서 방황하면서 生의 의미를 중시하고 生死를 동일시하는 거시적 인식을 보유하게 된다.

'현실세계와의 괴리와 그 해소'의 경우를 보자. 소동파는 젊은 시절 함양된 氣가 밖으로 빛났으며, 세상을 위한 원대한 포부를 이루려고 분투하였다. 그러나 정치적 견해차로 인한 반대파와의 갈등으로 功名을 달성하지 못하고 희생되었다. 그리하여 전생에 수행자였는데 한 번 잘못을 범해 현세에서 고통받는 존재이며, 세상에서의 기형아, 무용지물이라고 자아를 자조적으로 인식하기도 하였다. 한편 그는 현실세계를 利慾을 다투는 群像들의 각축장이며 苦海라고 인식하고 있다.

그는 '雪齋'라고 불리는 서재에다가 눈을 그려 번뇌를 녹이고자 하였듯이, 상상의 세계를 소요함으로써 현실을 초탈하려 하였다. 아울러 열악한 조건에도 줄기찬 생명력을 보이고 있는 식물을 통해 生의 약동과 생명의지를 표현하고 있다. 이렇듯 그는 역경에서도 生이 약동하였으며, 泥田鬪狗의 현실세계에 초연하고 나아가 그 현실을 초월하고 달관하려는 의지가 있었다.

'陶淵明에의 同一化 양상과 도연명시의 창조적 수용'의 경우를 보자. 소동파의 和陶詩는 대체로 중년이후 역경의 시기에 현실과의 갈등을 벗어나 조화로운 세계를 추구하기 위해 도연명을 모범으로 삼아 지은 시이다. 이는 原詩의 내용과 韻에 속박 받는 和韻詩의 제약에서도 자유롭게 자신의 독자적인 의식세계를 표출하는 데 성공한 作品群이다. 나아가 그는 도연명의 시를 창조적으로 수용하여 자아의 형상을 뚜렷이 반영시켜 자아를 발견하고 표현하였으며 자아의 영혼을 구제하고자 하였다. 도연명에의 동일화 양상 및 도연명시의 창조적 수용은 바로 소동파가 '不平'의 氣를 '平'의 경지로 복귀시키어 참된 삶을 추구하고자 하는 몸부림이었다고 할 수 있다.

'소동파시에 대한 歷代의 評論'에서는 각 朝代의 평론상 특징과 맥락을 염두에 두고 고찰하였다. 宋代의 평론은 印象批評이 주류를 이루고 있다. 그리고 評者들은 자유로운 사고로서 각자의 개성에 따라 소동파시의 장단점을 파악하였고 그 평론은 후대 평론의 기준이 되었다. 金·元·明代는 "詩之神" 등 총괄적인 극찬의 평론이 나타나고 있다. 역시 印象批評的 측면이 농후하다. 이러한 평론에는 진실로 소동파의 시를 좋아하지 않으면 평할 수 없는 뛰어난 점이 있다. 淸代 蘇詩評論은 방법론적 체계를 가지고 前代의 평론을 계승, 발전시켜 개괄적이면서 深度가 있다. 그리고 평론의 師承關係나 계통이 비교적 선명하게 나타나 있다. 現代의 평론은 前代의 평론을 總結한 후, 평자의 견해를 가미하여 종합적이며, 개괄적이고 구체적인 특징이 있다. 특히 "自由와 規律의 結合" 등의 평은 현대적 용어로 蘇詩의 예술성을 개괄한 것이다. 요컨대 蘇詩가 자기 뜻으로 시를 지은 개성적 측면, 시의 영역을 개척하고 시세계를 확대시킨 측면, 공감대의 폭이 넓은 측면 등은 높이 평가되어야 할 것이다.

불변하는 것은 시가 가져다주는 진실과 예술적 감동력이다. 소동파시가 긍정, 부정을 막론하고 시대가 거듭될수록 많은 評者를 가지게 된 것은, 그 시대의 삶의 진실 등의 어떤 보편성, 또 작가 자신의 삶을 성실하게 詩化시켜 놓은 점, 시간과 공간을 뛰어넘어 共鳴과 감동을 줄 수 있는 소동파시 자체의 어떤 힘에 있다고 보여진다.

蘇詩에 나타난 작자의 내면적 갈등과 그 해소는 각 시들의 특성을 꿰뚫는 흐름이라 할 수 있다. 그는 "내 인생은 이 세상에 부처 살 뿐(吾生如寄耳)"이라고 하였는데, 이는 자신이 微小한 존재이며 불확실성의 존재임을 알고 시대의 흐름에 몸을 맡기고자 함이다. 또한 그는 갈등이 없는 세계는 무념무상의 청정한 마음의 경지에 있다고 하여 '思無邪'의 경지를 추구하고 있다. 이렇듯 소동파의 일생을 꿰뚫는 基調的인 시세계는 葛藤構造에서 調和構造로 移行하는 것이다.

그의 시는 삶에 대한 애착의 한 표현이며, 우주에 가득찬 생명의지를 직접 받아 시로 표현한 것이다. 소동파의 시창작은 자기 喚起요, 자기 표현이며, 자기의 자리 매김 작업이고, 더 나아가 自己淨化의 작업이라고 할 수 있다.

번뇌와 비애를 超克하고 해결하는 소동파의 총체적인 사유는 佛敎와 莊子思想 등의 哲學的 思惟方法에 바탕하여, 다음과 같은 構造를 지니고 있다.

1. 問題의 발생과 그에 따른 悲哀와 苦惱
2. 거시적인 시야로 問題의 實體 把握
3. 발상의 전환을 통해 超越, 達觀함109)

이러한 循環構造는 그가 난관을 극복하는 힘이 되고 있다. 곧 솟구치는 내면의 힘을 바탕으로 隔絶感, 괴리, 고뇌에서도 절망하지 않고 지속

---

109) 이것은 [1-2-3]의 단계로 진행되며 「3」의 단계에서 또 다른 문제가 발생될 경우 다시 [1′-2′-3′]의 同類의 循環構造가 되풀이되고 있다는 의미이다.

적인 극복을 시도하고 있다. 그 시도는 곧 고뇌의 주체가 바로 극복의 주체가 되어 고뇌를 초월·달관하여 정신적 평형상태를 유지시키는 것이다. 이로 볼 때 소동파는 어느 시에서 자신의 문제를 제시하고서, 그 시나 또는 다른 일련의 시에서 그 問題에 대한 解答을 얻고자 탐색하고 있으며, 궁극적으로 그 解決을 이룬 경우가 많다.

唐詩와 대비할 때, 宋詩는 1. 철학적, 논리적임, 2. 서술의 섬세화, 3. 자기 생활에의 밀착, 4. 산문화의 경향, 5. 시의 평담화 등의 특징이 있다.110) 소동파시는 이러한 송시의 특징을 한 몸에 두루 갖추고 있다. 이러한 전제하에, 작품분석을 통해서 도출한 소동파 시의 특징은 다음과 같다.

첫째, 순간의 진실한 감정이 자연스럽게 드러나고 있다. 또한 대상에 대한 순간적 형상을 적확히 표현하는 데 뛰어났다.

둘째, 典故가 다양하여 古今의 삼라만상을 아우르고 있어 효과적으로 의미를 전달할 수 있었지만, 후대의 독자입장에서는 그만큼 난해하기도 하다.

셋째, 자아를 표현하였으며, 지속적으로 자기 자리 찾기[得其所] 작업을 추구하고 있다.

넷째, 읽는 시로서의 경향이 강해 암송하거나 노래하기가 쉽지 않다.

다섯째, '시가의 표현이 생활의 원모습과 일치되어'(王水照說), 생활과 밀착되는 경향이 있다.

여섯째, 자유분방하며 파란곡절이 많고, 정감을 다 드러내고자 하는 경향이 있다.

일곱째, '口語入詩', '俗語入詩', '以俗爲雅'적 경향이 있다.

이외에도 동파는 어떤 대상을 묘사함에 있어 그 핵심을 한 마디로 압축하여 표현하는 경우가 많다. 대체로 그 평가가 함축적이고 타당성을

---

110) 김학주 譯著, 『宋詩選』, 명문당, 2003, 30~60쪽.

지니고 있다.

蘇詩는 창작 당시의 작자의 환경에서 촉발된 순간의 감정에 충실하였기 때문에 相異한 時點에서 볼 때는 산발적인 모순도 나타나고 있다. 그렇지만 전체적으로 하나의 커다란 맥락 안에서 움직이고 있는 有機體이다.

소동파의 시는 다음과 같은 二元的 構造로 이루어져, 그 양자가 팽팽히 內的 緊張을 이루며 궁극적으로 調和를 이루고 있다고 보인다. 그것은 곧 求心力과 遠心力/ 緊張과 弛緩/ 예리함과 소탈함/ 儒家思想과 佛家·道家思想/ 현실참여시와 자연친화시·음주시/ 出仕와 隱退/ 剛直함과 柔軟함/ 拘束과 自由 등으로 예시될 수 있다. 이를테면 정치중심지를 향하는 求心力的 경향을 가지고 있으면서도, 아울러 상대적으로 덜 번거로운 지방관으로 가거나, 은퇴의지를 표현한 遠心力的 경향도 있다.

이것들이 긴장과 이완의 역할을 하여 궁극적으로 조화되고 있다고 생각된다. 바로 긴장의 균형이라고도 할 수 있다. 이러한 경향을 현실적 지향과 낭만적 지향으로 압축시킬 수 있다. 소동파시는 바로 자기자리 찾기 작업이며, 작자의 더 나은 세계를 향한 꿈이며 自己具現의 길인 것이다. 소동파는 人道主義를 바탕으로 모순의 현실을 받아들인 理性的 합리주의자라고 할 수 있다. 더 나아가 만물을 초월하고자 노력한 인물이다. 그렇지만 그는 궁극적으로 현실로 귀착되어 현실 속에 理想鄉을 구현하고자 의도하고 있다.

요컨대 소동파의 시는 '不平則鳴'과 '詩窮而後工'의 實踐的 證明이라 할 수 있으며, 榮辱의 부침에 연연하여 고뇌하기도 했지만 궁극적으로는 그 고뇌를 뛰어 넘어 理想을 향해 더욱 줄기차게 飛翔하는 意志를 형상화하고 있다. 그리하여 그의 시를 읽으면 흉금이 트이는 것을 느낄 수 있다.

참고문헌

1. 蘇軾關係書目

- (明) 徐長孺 輯, ≪東坡禪喜集≫, 老古文化事業公司：臺北, 1982.
- (宋) 蘇軾 著, 劉文忠 評注, ≪東坡志林(揷圖本)≫, 中華書局：北京, 2008.
- (宋) 蘇軾 撰, ≪東坡易傳≫, 上海古籍出版社, 1990.
- (宋) 蘇軾 撰, ≪東坡志林≫, 木鐸出版社：臺北, 1982.
- (宋) 蘇軾 撰, 郎曄 註, ≪經進東坡文集事略(上, 下)≫, 世界書局：臺北, 1975.
- (宋) 蘇軾, ≪蘇東坡全集(上, 下)≫, 世界書局：臺北, 1982.
- (宋) 蘇軾, 黃庭堅 著, ≪東坡詩, 山谷詩≫, 岳麓書社：長沙, 1992.
- (淸) 王文誥 註, ≪蘇文忠公詩編註集成(全六冊)≫, 學生書局：臺北, 1979.
- (淸) 王文誥 輯注, 孔凡禮 點校, ≪蘇軾詩集≫(全8冊), 中華書局：北京, 1987.
- ≪蘇軾傳記資料(1-23)≫, 天一出版社：臺北.
- ≪增刊校正王壯元集註分類東坡先生詩≫, 四部叢刊.
- 康震, ≪康震評說蘇東坡≫, 中華書局：北京, 2008.
- 孔凡禮 點校, ≪蘇軾文集≫(全6冊), 中華書局：北京, 1990.
- 孔凡禮 撰, ≪蘇軾年譜≫, 中華書局：北京, 1998.
- 近藤光男, ≪蘇東坡≫, 集英社：東京, 1979.
- 金時俊 譯註, ≪赤壁賦≫(蘇軾詩選), 民音社：서울, 1976.
- 陶鼎尼 編著, ≪東坡詩文硏究≫, 龍門圖書：臺南, 1980.
- 凌琴如, ≪蘇軾思想探討≫, 中華書局：臺北, 1977.

• 范會俊, 朱逸輝 選注, ≪蘇軾海南詩文選注≫, 北京師範大學出版社：北京, 1990.

• 費海璣, ≪蘇軾傳記研究≫, 臺灣商務印書館：臺北, 1973.

• 謝桃坊, ≪蘇軾詩研究≫, 巴蜀書社：成都, 1987.

• 史良昭, ≪浪迹東坡路≫, 漢欣文化事業有限公司：臺北, 1990.

• 四川大學 中文系 唐宋文學研究室 編, ≪蘇軾資料彙編(全五冊)≫, 中華書局：北京, 1994.

• 四川省 眉山 三蘇博物館, 四川師範大學 學報編輯部 編, ≪蘇軾詩詞研究≫, 四川師範大學學報叢刊, 第十一輯, 1987. 9.

• 四川省 眉山 三蘇博物館, 四川師範大學學報編輯部 編, ≪蘇軾思想探討≫, 四川師範大學學報叢刊, 第十二輯, 1987. 9.

• 徐續 選注, ≪蘇軾詩選≫, 三聯書店：香港, 1986.

• 徐永年, 曹慕樊 主編, ≪東坡選集≫, 四川人民出版社：成都, 1987.

• 徐中玉, ≪論蘇軾的創作經驗≫, 華東師範大學出版社：上海, 1981.

• 徐中玉, ≪蘇東坡文集導讀≫, 巴蜀書社：成都, 1990.

• 蘇東坡 著, 曹圭百 譯註, ≪蘇東坡詞選≫, 문학과지성사：서울, 2007.

• 蘇東坡 著, 曹圭百 譯註, ≪蘇東坡散文選≫(수정본), 백산출판사：서울, 2011.

• 蘇東坡 著, 曹圭百 譯註, ≪蘇東坡詩選集(上)－텅 비니 만 가지 경지가 다 담기네≫, 學古房：서울, 2010.

• 蘇軾 著, 施元之 注, ≪施注蘇詩≫, 廣文書局：臺北, 1980.

• 蘇軾研究學會 編, ≪論蘇軾嶺南詩及其他≫(蘇軾研究學會全國第三次學術討論會論文集), 廣東人民出版社, 1986.

• 蘇軾研究學會 編, ≪東坡文論叢≫, 四川文藝出版社：成都, 1986.

• 蘇軾研究學會 編, ≪東坡詩論叢≫, 四川人民出版社：成都, 1983.

• 蘇軾研究學會 編, ≪東坡研究論叢≫, 四川文藝出版社：成都, 1986.

• 蘇軾研究學會, 儋縣人民政府 合編, ≪紀念蘇軾貶儋八百九十周年學術討論集》, 四川大學出版社：成都, 1991.

· 小川環樹 注, 《蘇軾》, 岩波書店：東京, 1984.

· 宋九龍, 《蘇東坡和陶淵明詩之比較研究》, 臺灣商務印書館：臺北, 1982.

· 嚴旣澄 選注, 《蘇軾詩》, 臺灣商務印書館：臺北, 1982.

· 嶺南中國語文學會, 《中國語文學》, 제10집, (蘇軾特輯1), 1985. 11.

· 嶺南中國語文學會, 《中國語文學》, 제11집, (蘇軾特輯2), 1986. 11.

· 吳鷺山 等 合編, 《蘇軾詩選註》, 百花文藝出版社：天津, 1982.

· 溫謙山 纂訂, 《和陶合箋》, 新文豊出版公司：臺北, 1980.

· 王保珍, 《東坡詞研究》, 長安出版社：臺北, 1987.

· 王水照 選注, 《蘇軾選集》, 上海古籍出版社：上海, 1984.

· 王水照 著, 曹圭百 譯《中國의 文豪 蘇東坡》, 月印：서울, 2001. 6.

· 王水照 編, 《宋人所撰三蘇年譜彙刊》, 上海古籍出版社：上海, 1989.

· 王水照, 《蘇軾》, 萬卷樓圖書：臺北, 1993.

· 王水照, 《蘇軾論稿》, 萬卷樓圖書公司：臺北, 1994. 12.

· 王水照, 王宜瑗 選注, 《蘇軾散文選注》, 上海古籍出版社：上海, 1990.

· 王水照, 王宜瑗 選注, 《蘇軾詩詞選注》, 上海古籍出版社：上海, 1990.

· 王宗稷 編, 《東坡年譜》, 臺北：商務印書館, 1978.

· 王洪, 《蘇軾詩歌研究》, 朝華出版社：北京, 1993.

· 龍楡生 校箋, 《東坡樂府箋》, 華正書局：臺北, 1983.

· 游國琛, 《蘇東坡生平及其作品述評》, 商務印書館：臺北, 1982.

· 劉乃昌, 《蘇軾文學論集》, 齊魯書社：濟南, 1982.

· 劉乃昌, 高洪奎 註譯, 《蘇軾散文選》, 三聯書店：香港, 1991.

· 劉尚榮, 《蘇軾著作版本論叢》, 巴蜀書社：成都, 1988.

· 劉石, 《蘇軾詞研究》, 文津出版社：臺北, 1992.

· 游信利, 《蘇東坡的立身與論文之道》, 學生書局：臺北, 1985.

· 劉維崇, 《蘇軾評傳》, 黎明文化事業公司：臺北, 1978.

· 柳種睦, 《蘇軾詞 研究》, 中文出版社：大邱, 1993.

• 柳種睦, ≪팔방미인 蘇東坡－蘇軾評傳≫, 신서원 : 서울, 2005.
• 李裕康 注, ≪蘇軾論書選注≫, 江蘇美術出版社, 1988.
• 李一氷, ≪蘇東坡新傳(上, 下)≫, 聯經出版事業公司 : 臺北, 1984.
• 林語堂 著, 宋碧雲 譯, ≪蘇東坡傳≫, 遠景出版事業公司 : 臺北, 1980.
• 林語堂 지음, 陳英姫 옮김, ≪蘇東坡評傳≫, 知識産業社 : 서울, 1987.
• 曹慕樊, 徐永年 主編, ≪東坡選集≫, 四川人民出版社 : 成都, 1987.
• 曹樹銘 校編, ≪蘇東坡詞(上, 下)≫, 臺灣商務印書館 : 臺北, 1983.
• 種來因, ≪蘇軾與道家道敎≫, 學生書局 : 臺北, 1990.
• 朱靖華, ≪蘇軾新評≫, 中國文學出版社 : 北京, 1993.
• 朱靖華. ≪蘇軾新論≫. 齊魯書社 : 濟南, 1983.
• 曾棗莊 選釋, ≪三蘇文藝思想≫, 四川文藝出版社 : 成都, 1985.
• 曾棗莊, ≪蘇軾評傳≫, 四川人民出版社 : 成都, 1981.
• 曾棗莊, 曾濤 選注, ≪三蘇選集≫, 黑龍江人民出版社 : 哈爾濱, 1993.
• 陳邇冬 選注, ≪蘇軾詩選≫, 人民文學出版社 : 北京, 1984.
• 陳宗敏, ≪蘇東坡傳≫, 一文出版社 : 臺北, 1973.
• 陳香 編著, ≪蘇東坡別傳≫, 國家出版社 : 臺北, 1982.
• 叢鑑, 柯大課. ≪蘇軾及其作品≫. 吉林人民出版社, 1984.
• 鄒同慶, 王宗堂, ≪蘇軾詞編年校註≫(全三冊), 中華書局 : 북경, 2002.
• 鮑霖, ≪陶詩蘇和較論≫, 復文書局 : 高雄, 1979.
• 河南大學 中文系 古代文學敎硏室 編輯, ≪蘇軾硏究情報資料(第一集)≫,
  1985. 3.
• 洪瑀欽, ≪蘇東坡 文學의 背景≫, 嶺南大出版部 : 慶山, 1983.

2. 其他書目

• (宋) 魏慶之 著, 王仲聞 點校, ≪詩人玉屑≫(全二冊), 中華書局 : 北京,
  2011.

• (宋) 魏慶之 撰, 《詩人玉屑》, 商務印書館：臺北, 1983.

• (宋) 陸游 撰, 李劍雄, 劉德權 點校, 《老學庵筆記》, 中華書局：北京, 2007.

• (淸) 袁枚, 《隨園詩話》, 江蘇廣陵古籍刻印社影印, 揚州古籍書店發行, 1991.

• (淸) 何文煥 輯, 《歷代詩話》(全二冊), 中華書局：北京, 2004.

• (後漢) 許愼 撰, (淸) 段玉裁 注, 《說文解字注》, 漢京文化事業有限公司：臺北, 1985.

• 《經書》, 成均館大 大東文化研究院：서울, 1980.

• 《古文眞寶 前後集合部》, 世昌書館：서울, 1981.

• 《詳說古文眞寶大全》, 景文社：서울, 1981.

• 《書經》

• 《宋史》, 藝文印書館, 臺北

• 《周易》

• 《淸詩話續編》

• 《漢語大辭典》, 漢語大辭典出版社：上海, 1993.

• 賈順先, 戴大祿 主編, 《四川思想家》, 巴蜀書社：成都, 1988.

• 葛路 著, 姜寬植 譯, 《中國繪畫理論史》, 미진사：서울, 1990.

• 葛兆光 지음, 沈揆昊 옮김, 《道教와 中國文化》, 東文選：서울, 1993.

• 葛兆光 지음, 鄭相泓, 任炳權 옮김, 《禪宗과 中國文化》, 東文選：서울 1991.

• 葛兆光, 《道教與中國文化》, 東華書局：臺北, 1989.

• 高大鵬, 《陶詩新論》, 時報出版公司：臺北, 1981.

• 郭慶藩 輯, 《莊子集釋》, 華正書局：臺北, 1987.

• 郭明, 《宋元佛教》, 福建人民出版社：福州, 1985.

• 郭紹虞, 《宋詩話考》, 中華書局：北京, 1985. (1979, 初版)

• 郭紹虞, 《中國文學批評史》, 香港 宏智書店：香港.

- 郭預衡　主編, ≪中國古代文學史長編(宋遼金卷)≫.　北京師範學院出版社, 1993.
- 歐陽修　撰, ≪歐陽修全集(上, 下)≫, 中國書店：北京, 1992.
- 國史編纂委員會, ≪國譯中國正史朝鮮傳≫, 1986.
- 權德周, ≪中國美術思想에　對한　研究≫, 淑明女大　出版部：서울, 1982.
- 金在乘, ≪白樂天詩研究≫, 明文堂：서울, 1991.
- 金喆洙　譯, ≪唐宋八家文≫, 博英社：서울, 1982.
- 金學主　譯著, ≪新完譯　古文眞寶　前集≫, 明文堂：서울, 1992.
- 金學主, ≪中國文學槪論≫, 新雅社：서울, 1981.
- 金學主, ≪中國文學序說≫, 同和出版公社：서울, 1983.
- 吉川幸次郎　著, 劉向仁　譯,≪中國詩史≫, 明文書局：臺北, 1983.
- 吉川幸次郎　著, 鄭淸茂　譯, ≪宋詩槪說≫, 聯經出版社業公司：臺北, 1983.
- 吉川幸次郎　著, 蔡靖泉　等　共譯, ≪中國詩史≫, 山西人民出版社：太原, 1989.
- 김영덕, 허용구, 김병수 공저, ≪중국문학사(上, 下)≫, 청년사：서울, 1990.
- 김종오, ≪般若心經≫, 正音社：서울, 1983.
- 羅根澤, ≪中國文學批評史≫, 明倫出版社：臺北, 1978.
- 羅宗濤　等著, ≪中國詩歌研究≫, 中央文物供應社：臺北, 1985.
- 戴麗珠, ≪詩與畵≫, 聯經出版事業公司：臺北, 1978.
- 臺靜農　編輯, ≪百種詩話類編≫, 藝文印書館：臺北, 1974.
- 都珖淳　編, ≪道敎와　科學≫, 比峰出版社：서울, 1990.
- 陶潛　外　著, 許世旭　譯註, ≪中國古代名詩選≫, 혜원출판사：서울, 1992.
- 陶澍　注, ≪陶靖節集注≫, 世界書局：臺北, 1966.
- 동방문학비교연구회, ≪轉移와　受容≫, 學文社：서울, 1986.
- 杜松栢, ≪禪學與唐宋詩學≫, 黎明文化：臺北, 1978.
- 鄧中龍, ≪宋詩初探≫, 中國文學出版社：九龍, 1985.
- 馬大品　等　主編, ≪中國佛道詩歌總彙≫, 中國書店：北京, 1993.

• 마이클 설리반 外 著, 白承吉 編譯, ≪中國藝術의 世界≫, 열화당 : 서울, 1990.

• 茅坤 編, ≪唐宋八大家文抄(一, 二)≫, 上海古籍出版社, 1993.

• 繆越, 霍松林, 周振甫, 吳調公 撰寫, ≪宋詩大觀≫, 商務印書館, 香港分館, 1988.

• 文史知識 編輯部, ≪古典文學硏究動態≫, 中華書局 : 北京, 1993.

• 文史知識編輯部 編, ≪佛敎與中國文化≫, 北京 : 中華書局, 1992.

• 敏澤, ≪中國美學思想史(1-3)≫, 齊魯書社 : 濟南, 1989.

• 朴異文, ≪老莊思想≫, 文學과 知性社 : 서울, 1983.

• 朴異汶, ≪文學 속의 哲學≫, 一潮閣 : 서울, 1984.

• 朴異汶, ≪문학과 철학≫, 민음사 : 서울, 1995.

• 房開江, ≪宋詩≫, 上海古籍出版社 : 上海, 1991.

• 方東美 著, 鄭仁在 譯, ≪中國人의 人生哲學≫, 탐구당 : 서울, 1991.

• 白琪洙, ≪美의 思索≫, 서울大學校出版部, 1986.

• 白琪洙, ≪藝術의 世界≫, 서울大 出版部 : 서울, 1985.

• 范陽, 黃貴群 主編, ≪山水美學硏究≫, 廣西人民出版社 : 南寧, 1988.

• 卞鍾鉉, ≪高麗朝漢詩研究－唐宋詩 受容樣相과 한국적 變容≫, 太學社 : 서울, 1994.

• 北京大學 古文獻研究所, 四川大學 古籍整理研究所 編, ≪國際宋代文化研討會論文集≫, 四川大學出版社 : 成都, 1991.

• 費海璣, ≪文學研究續集≫, 臺灣商務印書館 : 臺北, 1975.

• 謝氷瑩 等 註譯, ≪新編古文觀止≫, 三民書局 : 臺北, 1978.

• 謝思煒, ≪禪宗與中國文學≫, 中國社會科學出版社 : 北京, 1993.

• 謝凝高, ≪山水審美 : 人與自然的交響曲≫, 北京大學出版社, 1992.

• 四川大學 古籍整理研究所, 四川大學 宋代文化研究資料中心 編, ≪宋代文化研究≫, 제4집, 1994.

• 山東大學 文史哲研究所 主編, ≪中國歷代著名文學家評傳≫, 제3권, 山東

教育出版社：濟南, 1984.

• 徐復觀 著, 權德周 外 譯, 《中國藝術精神》, 東文選：서울, 1990.

• 徐復觀, 《中國文學論集》, 學生書局：臺北, 1982.

• 徐復觀, 《中國藝術精神》, 臺灣學生書局：臺北, 1984.

• 서울大學校 東洋史學硏究室 編, 《講座 中國史(3)—士大夫社會와 蒙古帝國》, 지식산업사：서울, 1989.

• 成百曉 譯註, 《懸吐完譯古文眞寶後集》, 傳統文化硏究會：서울, 1994.

• 成復旺, 王保眞, 蔡鍾翔 著, 《中國文學理論史(1-5)》, 北京出版社：北京, 1991.

• 小尾郊一 著, 尹壽榮 譯, 《中國文學속의 自然觀》, 강원대학교출판부：춘천, 1988.

• 小川環樹 著, 譚汝謙 編, 譚汝謙 合譯, 《論中國詩》, 中文大學出版社：香港, 1986.

• 蘇轍 著, 曾棗莊, 馬德富 校點, 《欒城集》, 上海古籍出版社：上海, 1987.

• 孫昌武, 《佛敎與中國文學》, 上海人民出版社, 1988.

• 孫八洲, 《韓中漢詩硏究》, 빛남：釜山, 1992.

• 孫欽善 等 主編, 《國際宋代文化硏討會論文集》, 四川大學出版社：成都, 1991.

• 神田喜一郎 著, 李憲淳, 鄭充洛 譯, 《中國書藝史》, 도서출판 不二：서울, 1992.

• 安東林 譯註, 《莊子》, 현암사：서울, 1993.

• 楊家駱 主編, 《宋人題跋》, 世界書局：臺北, 1982.

• 梁昆, 《宋詩派別論》

• 楊蔭深 編著, 《中國文學家列傳》, 中華書局：臺北, 1978.

• 嚴羽 著, 郭紹虞 校釋, 《滄浪詩話校釋》, 人民文學出版社：北京, 1983.

• 余培林 註譯, 《新譯老子讀本》, 三民書局：臺北, 1982. .

• 葉慶炳, 《中國文學史(上,下)》, 臺灣學生書局：臺北, 1990.

- 伍蠡甫 編, ≪山水與美學≫, 丹靑圖書：臺北, 1987.
- 吳台錫, ≪黃庭堅詩硏究≫, 慶北大學校出版部：대구, 1991.
- 溫肇桐 著, 姜寬植 譯, ≪中國繪畫批評史≫, 미진사：서울, 1989.
- 王國瓔, ≪中國山水詩硏究≫, 聯經出版社：臺北, 1988.
- 王立, ≪中國古代文學十代主題－原形與流變≫, 遼寧敎育出版社：瀋陽, 1990.
- 王夢鷗 著, 李章佑 譯, ≪中國文學의 綜合的 理解≫, 太陽出版社：서울, 1979.
- 王夫之 等 撰, 丁福保 編, ≪淸詩話≫, 木鐸出版社：臺北, 1988.
- 王世舜 等 編著, ≪老莊詞典≫, 山東敎育出版社：濟南, 1993.
- 王甦 著, 李章佑 譯, ≪退溪詩學≫, 退溪學硏究院：서울, 1981.
- 王水照, ≪唐宋文學論集≫, 齊魯書社：濟南, 1984.
- 王叔岷, ≪陶淵明詩箋證稿≫, 藝文印書館：臺北, 1975.
- 郁賢皓 選注, ≪李白選集≫, 上海古籍出版社, 1990.
- 袁行霈 著, 朴鍾赫 等 共譯, ≪中國詩歌藝術硏究 (下)≫, 亞細亞文化社：서울, 1994.
- 袁行霈 著, 七人 共譯, ≪中國詩歌藝術硏究≫, 亞細亞文化社：서울, 1990.
- 袁行霈, ≪中國文學槪論≫, 三聯書店：香港, 1990.
- 兪劍華 編著, ≪中國畫論類編≫, 人民美術出版社：北京, 1986.
- 劉大杰, ≪中國文學發展史≫, 華正書局：臺北, 1982.
- 劉石, ≪蘇軾詞硏究≫, 文津出版社：臺北, 1992.
- 柳晟俊, ≪王維詩硏究≫, 黎明文化：臺北, 1987.
- 劉若愚 著, 王鎭遠 譯, ≪中國文學藝術精華≫, 黃山書社：合肥, 1989.
- 劉若愚 著, 李章佑 譯, ≪中國詩學≫, 同和出版公社：서울, 1984.
- 劉若愚 著, 李章佑 譯, ≪中國의 文學理論≫, 同和出版公社：서울, 1984.
- 柳瑩杓, ≪王安石詩歌文學硏究≫, 法仁文化社：서울, 1993.
- 劉偉林, ≪中國文藝心理學史≫, 三環出版社, 1989.
- 劉熙載 原作, 龔鵬程 撰述, ≪藝槪≫, 金楓出版有限公司：臺北, 1986.

• 李圭泰, ≪東洋人의 意識構造≫, 신원문화사 : 서울, 1993.

• 李炳漢 譯註, ≪宋詩≫, 探求堂 : 서울, 1988.

• 李炳漢 編著, ≪中國 古典 詩學의 理解≫, 문학과 지성사 : 서울, 1992.

• 李炳漢, ≪增補漢詩批評의 體例研究≫, 通文館 : 서울, 1985.

• 李商燮, ≪文學理論의 歷史的 展開≫, 延世大學校 出版部 : 서울, 1983.

• 李秀雄, 金經一 共著, ≪中國文學史≫, 大韓敎科書株式會社 : 서울, 1994.

• 李曰剛, ≪中國詩歌流變史(上, 下≫, 文津出版社 : 臺北, 1987. 10

• 李澤厚 著, 尹壽榮 譯, ≪美의 歷程≫, 東文選 : 서울, 1991.

• 李澤厚, 劉綱紀 主編, 權德周, 金勝心 共譯, ≪中國美學史≫, 대한교과서
주식회사 : 서울, 1987.

• 任繼愈 主編, 權德周 譯, ≪中國의 儒家와 道家≫, 東亞出版社 : 서울,
1993.

• 任道斌 主編, ≪佛敎文化辭典≫, 浙江古籍出版社 : 杭州, 1991.

• 林文月, ≪山水與古典≫, 純文學出版社 : 臺北, 1981.

• 張健, ≪宋金四家文學批評研究≫, 聯經出版事業公司 : 臺北, 1983. (1975.
初版)

• 張高評 編, ≪宋詩研究論著類目初稿≫, (1988. 5. 以前目錄).

• 張高評, ≪宋詩之傳承與開拓≫, 文史哲出版社 : 臺北, 1990.

• 張伯偉, ≪禪與詩學≫, 浙江人民出版社 : 杭州, 1993.

• 張少康, ≪古典文藝美學論稿≫, 中國社會科學出版社, 1988.

• 莊子 지음, 김창환 옮김, ≪莊子內篇≫, 을유문화사 : 서울, 2010.

• 莊子 지음, 김창환 옮김, ≪莊子外篇≫, 을유문화사 : 서울, 2010.

• 錢鍾書 選注, ≪宋詩選註≫, 人民文學出版社 : 北京, 1985.

• 錢鍾書 著, 李鴻鎭 譯, ≪宋詩選註≫, 螢雪出版社 : 서울, 1989.

• 錢鍾書 지음, 오윤숙 옮김, ≪포위된 성(圍城)≫, 실록출판사 : 서울,
1995.

• 丁範鎭, ≪中國文學史≫, 學研社 : 서울, 1988.

· 丁福保 撰, ≪歷代詩話續編≫(全三冊), 中華書局 : 北京, 2006.

· 丁仲祜 注, ≪陶淵明詩箋注≫, 藝文印書館 : 臺北, 1977.

· 丁仲祜 編訂, ≪續歷代詩話(上, 下)≫, 藝文印書館 : 臺北, 1983.

· 程千帆, 吳新雷 著, ≪兩宋文學史≫, 上海古籍出版社 : 上海, 1991.

· 제임스 류 저, 이범학 역, ≪王安石과 改革政策≫, 지식산업사 : 서울, 1992.

· 존 k. 퍼어뱅크 등 著, 김한규, 전용만, 윤병남 옮김, ≪동양문화사(상)≫, 을유문화사 : 서울, 1993.

· 朱光潛 지음, 鄭相泓 옮김, ≪詩論≫, 東文選 : 서울, 1991.

· 周裕鍇, ≪中國禪宗與詩歌≫, 上海人民出版社 : 上海, 1992.

· 朱自淸, ≪宋五家詩鈔≫, 宏業書局 : 臺北, 1983.

· 周積寅, 史金城, ≪中國歷代題畵詩選注≫, 西泠印社, 1985.

· 周勳初 外 著, 중국학연구회 고대문학분과 共譯, ≪中國文學批評史≫, 이론과실천 : 서울, 1992.

· 中國文學理論研究會, ≪中國詩와 詩論≫, 1993.

· 中國歷史大辭典, 宋史卷編輯委員會 編, ≪中國歷史大辭典, 宋史卷≫, 上海辭書出版社 : 上海, 1984.

· 중국철학연구회 편저, ≪중국의 사회사상≫, 형설출판사 : 서울, 1992.

· 池榮在 譯, ≪中國詩歌選≫, 乙酉文化社 : 서울, 1981.

· 陣植鍔, ≪北宋文化史述論≫, 中國社會科學出版社 : 北京, 1992.

· 陳衍 評選, 曹旭 校點, ≪宋詩精華錄≫, 江西人民出版社 : 南昌, 1984.

· 陳衍 評點, 曹中孚 校注, ≪宋詩精華錄≫, 巴蜀書社 : 成都, 1992.

· 陳洪, ≪佛敎與中國古典文學≫, 天津人民出版社 : 天津, 1993.

· 車柱環, ≪中國詞文學論考≫, 서울大學校出版部 : 서울, 1982.

· 車柱環, ≪中國詩論≫, 서울大學校 出版部 : 서울, 1989.

· 靑木正兒, ≪酒中醉≫, 筑摩書房 : 東京, 1981.

· 崔炳植, ≪東洋繪畵美學≫, 東文選 : 서울, 1994.

• 편집부 엮음, ≪100문 100답, 불교입문편≫, 대원정사.
• 풍우란 저, 정인재 역, ≪중국철학사≫, 형설출판사 : 서울, 1994.
• 何文煥 輯, ≪歷代詩話(上, 下)≫, 木鐸出版社 : 臺北, 1982.
• 韓愈, ≪韓昌黎全集≫, 中國書店 : 北京, 1994.
• 許世旭, ≪中國古代文學史≫, 法文社 : 서울, 1986.
• 許總, ≪宋詩史≫, 重慶出版社 : 重慶, 1992.
• 胡雲翼, ≪宋詩研究≫, 宏業書局 : 臺北, 1972.
• 胡雲翼, ≪宋詩研究≫, 巴蜀書社 : 成都, 1993.
• 洪瑀欽, ≪漢詩論≫, 嶺南大學校出版部 : 慶山, 1991.
• 洪寅杓, ≪柳河東詩研究≫, 瑞麟文化社 : 서울, 1981.
• 洪贊裕 譯註, ≪譯註詩話叢林(上, 下)≫, 通文館 : 서울, 1993.
• 黃啓方編輯, ≪北宋文學批評資料彙編≫, 成文出版社 : 臺北, 1980.
• 黃錦鋐 註譯, ≪新譯莊子讀本≫, 三民書局 : 臺北, 1981.
• 黃永武, 張高評 編著, ≪宋詩論文選集(1-3)≫, 復文書局 : 高雄, 1988.
• 侯健 등 지음, 임춘성 옮김, ≪문학이론학습≫, 제3문화사 : 서울, 1988.

3. 論文

• 姜寬植, ＜東坡 蘇軾의 文人畵論 研究＞, 서울大 繪畵科 東洋畵專攻 碩士
論文, 1983. 2.
• 江惜美, ＜蘇軾詩學理論及其實踐＞, 東吳大學 中文研究所 博士論文, 1991.
6.
• 江正誠, ＜蘇軾之生平及其文學＞, 國立臺灣大學 中文研究所, 碩士論文, 1972.
6.
• 姜澄淸, ＜詩學與畵學＞, 文學遺産, 1993.
• 姜昌洙, ＜宋代 反江西詩派의 詩論 研究—詩話를 中心으로＞, 成均館大學
校 中文科 博士論文, 1992. 12.

- 邱俊鵬, <“循物之理, 無往而不自得”－略談蘇軾的世界觀及其人生態度>, 四川大學學報叢刊, 第6輯, 1980. 10.
- 權鎬鐘, <政治的 遭遇에 따른 蘇軾의 文學生涯 疏考>, 中國語文學, 제11집, 嶺南中國語文學會, 1986. 6.
- 金炳基, <東坡書法 研究>, 中國語文學, 제11집, 1986. 6.
- 金甫暻, <蘇軾“和陶詩”研究>, 復旦大學 中文系, 博士論文, 2008. 11.
- 金長煥, <東坡의 佛敎에 대한 接近過程－詩를 中心으로－>, 中國語文學, 第11輯, 嶺南中國語文學會, 1986. 6.
- 金昌慶, <蘇軾詞에 나타난 自我 研究>, 忠南大學校 中文科 碩士論文, 1991. 5.
- 金海明, <葉燮詩論研究>, 延世大學校 中文科 博士論文, 1988. 12.
- 김혜숙, <金正喜의 시세계>, 現代文學, 1991. 1.
- 戴麗珠, <蘇東坡論書法>, 幼獅月刊, 제43권, 1976. 5.
- 戴麗珠, <蘇東坡與詩畵合一之研究>, 臺灣師範大學 國文研究所 碩士論文, 1975. 6.
- 陶文鵬, <蘇軾山水詩的諧趣, 奇趣, 理趣>, 伍蠡甫編, 《山水與美學》, 丹青圖書：臺北, 1987.
- 羅鳳珠, <蘇軾黃州詩研究>, 國立臺灣師範大學 國文研究所 碩士論文, 1988. 6.
- 蘭翠, <論蘇軾詩歌的理趣>, 烟台大學學報, 哲社版, 1993. 2.
- 柳種睦, <蘇軾과 高麗>, 中國文學, 38권, 2002. 11.
- 文明淑, <蘇東坡詩研究－黃州詩를 中心으로－>, 高麗大學校 中文科 碩士論文, 1982. 11.
- 文明淑, <蘇軾詩에 나타난 思想>, 中國語文學, 第11輯, 1986. 6.
- 朴永煥, <蘇軾禪詩研究>, 國立成功大學 歷史語言研究所 碩士論文, 1992.
- 朴宗喆, <蘇軾詩源流考>, 中國語文學, 제11집, 中國語文學會, 1986. 6.
- 范善均, <陶淵明의 飮酒詩小考>, 淸州大論文集, 제12집, 1979.

• 葉程義, <隨園論東坡詩探辯>, 中華學苑, 제40기, 1990. 8.

• 蘇雪林, <蘇詩之富於哲理>, 暢流, 45권, 11기, 1972. 7. (臺北).

• 孫昌武, <蘇軾與佛敎>, 文學遺産, 1994, 第1期.

• 송재영, 신용협, 우준호, 현영민, 이건수 共著, <東西詩文學에 나타난 自然觀>, 忠南大 人文科學研究所 論文集, 제14권, 제2호, 1992. 12.

• 申鉉錫, <東坡蘇軾詞研究―黃州時期를 中心으로>, 全南大 大學院 中文科 碩士論文, 1984.

• 申鉉錫, <蘇軾의 謫居時期 文學 考察>, 中國人文科學, 第7輯, 1988.

• 安永吉, <蘇軾의 藝術思想>, 弘益大 碩士論文, 1983.

• 安永吉, <宋代繪畫의 文學化傾向과 蘇東坡의 詩書畫理論>, 中國語文學, 제11집, 1986. 6.

• 楊剛 遺著, <論蘇軾―紀念蘇軾逝世八百五十年>, 福建師大學報, 1982년, 제3기.

• 梁鍾國, <宋代 士大夫 社會의 形成過程과 發展形態에 관한 研究>, 高麗大 史學科 博士論文, 1992.

• 易朝志, <論蘇軾和陶詩的創作心態及旨趣>, 華東師範大學學報(哲學社會科學版), 1993. 5.

• 吳枝培, <讀蘇軾的題畫詩>, 古代文學理論研究, 제9집, 上海古籍出版社, 1984.

• 吳枝培, <蘇軾的文藝創新精神>, 南京大學學報(哲, 人文, 社科版), 1988. 1.

• 吳台錫, <蘇黃關係論―詩話書를 中心으로>, 中國語文學, 제7집.

• 王水照, <近年來中國關於蘇軾研究的幾個爭論問題―在東京大學中國文學研究會上的講演> (手稿), 1984. 10.

• 王水照, <蘇·辛退居時期的心態平議>, 文學遺産, 1991, 제2기.

• 王水照, <蘇軾的人生思考和文化性格>, 文學遺産, 1989. 5.

• 禹埈浩, <蘇東坡 詩의 政治諷刺詩 研究>, 中國語文學, 1995.

• 禹埈浩, <蘇東坡辭賦研究>, 韓國外國語大 中文科 博士論文, 1990. 8.

• 禹埈浩, <赤壁賦考>, 人文科學研究所論文集, 제9권 제2호, 忠南大, 人文科學研究所, 1982. 12.

• 柳明熙, <蘇東坡詞所表現的心路歷程研究>, 政治大學 中文研究所 博士論文, 1988. 7.

• 兪炳禮, <白居易의「仕」「隱」意識>, 誠信研究論文集, 제27집, 1988. 2.

• 劉昭明, <蘇軾嶺南詩論析>, 國立臺灣師範大學 國文研究所 碩士論文, 1989.

• 柳種睦, <蘇東坡의 文學理論>, 中國文化研究, 제2집, 大邱大 中國文化研究所, 1993.

• 尹浩鎭, <韓國 漢文學의 東坡受容樣相>, 中國語文學, 제12집, 嶺南中國語文學會, 1986. 11.

• 李炳漢, <시와 그림-有聲畵와 無聲詩의 논리를 중심으로->, 중국어문학연구논총, 魯城 崔完植先生 頌壽論文集, 學古房, 1991.

• 李炳漢, <中國古典文學理論과 自然>, 葛雲 文璇奎博士 華甲紀念論文集, 1985. 11.

• 李炳漢, <中國文學과 自然>, 大韓民國 學術院論文集(人文社會科學篇), 제24집, 1985.

• 李永朱, <蘇軾詩論>, 서울大 中文科 碩士論文, 1983. 12.

• 李浚植, <蘇·辛豪放詞的形成及其成就研究>, 國立臺灣師範大學 國文研究所 碩士論文, 1983. 6.

• 李昌龍, <朝鮮朝 詩話에 投影된 蘇東坡>, ≪轉移와 受容≫, 동방문학비교연구회, 學文社 : 서울, 1986.

• 李漢祚, <蘇東坡의 散文>, 서울대 교양과정부논문집, 제2집, 1970.

• 李鴻鎭, <東坡詩考>, 서울大 中文科 碩士學位論文, 1972. 中國學報, 第17輯, 1976.

• 李鴻鎭, <蘇東坡詩研究>, 人文科學, 제3집, 慶北大, 1987. 12.

• 李華, <蘇軾的「和陶詩」研究>, 廣東社會科學(廣州), 1987.4.

- 林冠群, ＜試論蘇軾和陶詩＞, 海南大學學報, 社科版, 1984. 제1기.
- 林玟玲, ＜東坡黃州詞研究＞, 臺灣大學 中文研究所 碩士論文, 1986.
- 張健, ＜蘇軾的文學批評研究＞, 文史哲學報, 第22期, 國立臺灣大學 文學院, 1973. 6.
- 張樸民, ＜泛論蘇東坡的詩＞, 自由談, 1980. 3. 31권, 3기.
- 張尹炫, ＜蘇軾生平及其嶺南詩研究＞, 成功大學 歷史語言研究所 碩士論文, 1989.
- 鄭純子, ＜우리나라「술」에 대한 小考＞, 檀國大論文集, 제10집, 1976.
- 曹圭百, ＜陶淵明에의 同一化樣相과 陶詩의 創造的 受容－蘇軾詩의 한 斷面＞, 大東文化研究, 第31輯, 成均館大 大東文化研究院. 1996. 12.
- 曹圭百, ＜蘇東坡의 海南島 流配詩 探索＞, 中國文學研究, 第23輯, 韓國中文學會, 2001. 12.
- 曹圭百, ＜蘇軾仕宦前期의 抒情詩 小考－時・空間의 隔絶로 인한 抒情詩를 中心으로－＞, 首善論集, 第16輯, 成均館大 大學院, 1991. 12.
- 曹圭百, ＜蘇軾詩에 나타난 自我內面의 隔絶로 인한 抒情＞, 河正玉教授追慕論文集, 1996. 6. 중어중문학, 제18집, 한국중어중문학회, 1996. 6.
- 曹圭百, ＜蘇軾詩에 나타난 現實世界와의 乖離와 그 解消＞, (濡園金喆洙教授停年紀念) 中語中文學論叢, 中語中文學論叢刊行委員會, 1997. 5.
- 曹圭百, ＜蘇軾詩研究＞, 成均館大 中語中文學科 博士論文, 1996. 6.
- 曹圭百, ＜蘇軾의 書畵藝術詩 考察＞, 中國學研究, 第11輯, 中國學研究會, 1995. 12.
- 曹圭百, ＜蘇軾의 詩文에 나타난 儒・佛・道 三家思想 考察(1)＞, 中國學研究, 第9輯, 中國學研究會, 1994. 12.
- 曹圭百, ＜蘇軾의 詩文에 나타난 儒・佛・道 三家思想 考察(2)＞, 首善論集, 第19輯, 成均館大大學院, 1994. 12.
- 曹圭百, ＜蘇軾의 飲酒詩 考察＞, 中國語文學, 第25輯, 嶺南中國語文學會, 1995. 6.

· 曹圭百, <蘇軾의 第1次貶謫期詩 小考>, 首善論集, 第17輯, 成均館大 大學院, 1992. 12.

· 曹圭百, <蘇軾의 惠州貶謫期 詩에 나타난 精神世界(1)>, 中堂 丁範鎭博士 華甲論叢, 中堂 丁範鎭博士 華甲論叢刊行委員會, 1994. 11.

· 曹圭百, <蘇軾의 惠州貶謫期 詩에 나타난 精神世界(2)>, 中國文學研究, 第12輯, 成均館大 中國文學研究會, 1994. 12.

· 曹圭百, <蘇軾의 「和陶飮酒詩」 研究>, 성균관대 중어중문학과 석사논문, 1986. 2.

· 曹圭百, <出仕와 隱退간의 葛藤과 그 解消-蘇軾詩의 한 斷面>, 中國文學研究, 第13輯, 中國文學研究會, 1995. 12.

· 朱郁華, <蘇軾的書論, 書藝及其美學思想>, 書法研究, 1991. 2.

· 周振甫, <蘇詩藝術初探>, 四川大學學報叢刊, 제6집, 1980. 10.

· 周淸泉, <≪蘇軾詩研究≫ 評議>, 成都大學學報(社科版), 1989, 제3기.

· 曾棗莊, <岐梁偶有往還詩-二蘇合著 「岐梁唱和詩集」 初探>, 人文雜誌: 西安, 1985. 5. 中國古代近代文學研究, 中國人民大學書報 資料中心.

· 池世樺, <元好問詩研究>, 韓國外國語大學校 中國語科 博士論文, 1995. 2.

· 陳英姬, <東坡의 政治生涯와 文學과의 關係試論-和陶詩를 中心으로>, 中國語文學, 제10집, 1985. 11.

· 陳英姬, <蘇軾政治生涯與文學之關係>, 國立臺灣師範大學 國文研究所 博士論文, 1989. 6.

· 陳英姬, <中國士人仕與隱的研究-以陶淵明詩文與蘇東坡之 「和陶詩」 爲主>, 臺灣師範大學 國文研究所 碩士論文, 1983. 6.

· 陳玉瓊, <東坡「記」文考>, 서울大 中文科 碩士論文, 1982.

· 陳玉卿, <蘇東坡散文疏探>, 中國語文學, 제10집, 1985. 11.

· 陳宗敏, <蘇東坡的謫居生活>, 書和人, 제4집, 國語日報社, 1982.

· 車相轅, <陶蘇의 詩風>, 學術院論文集, 제10집, 1971.

• 車柱環, <詩歌를 통해 본 韓中文學思想>, ≪轉換과 受容≫, 學文社 : 서울, 1986.
• 車柱環, <淵明의 原詩와 東坡의 和作>, 淵坡車相轅博士 頌壽紀念論文集.
• 최경환, <韓國 題畵詩의 陳述樣相 研究>, 서강대 국문과 박사논문, 1991.
• 崔完植, <陶淵明의 思想과 文藝>, 서울大 論文集, 1969.
• 崔雄赫, <陶淵明 田園詩 研究>, 韓國外國語大 中文科 博士論文, 1991. 8.
• 崔雄赫, <陶淵明詩의 形式과 詩語研究>, 韓國外國語大 大學院 中國語科 碩士論文, 1983.
• 竺沙雅章, <蘇軾と佛敎>, 東方學報, 第36冊, 1964.
• 鮑霖, <東坡喜愛淵明詩>, ≪書和人≫, 제4집, 國語日報社, 1982.
• 項楚, <論莊子對蘇軾藝術思想的影響>, 四川大學學報, 1979. 제3기.
• 許捲洙, <蘇東坡 詩文의 韓國的 受容>, 中國語文學, 제14집, 嶺南中國語文學會, 1988. 7.
• 胡國瑞, <蘇軾內容的評價>, ≪詩詞賦散論≫, 上海古籍出版社, 1992.
• 洪瑀欽, <蘇東坡文學의 特性>, 中國語文學, 제5집, 1982. 12.
• 洪瑀欽, <蘇軾文學에 나타난 高氣大節>, 中國語文學, 제10집, 1985. 11.
• 洪瑀欽, <蘇軾의 文論簡介>, 中國語文學, 創刊號, 1980.

[附錄 1] 蘇東坡의 年譜

北宋 仁宗(1022~1063)

- 1세 景祐3년, 1036　　12월 19일[양력 1037년 1월 8일] (四川省) 眉山縣 紗穀行에서 蘇軾(號는 東坡居士) 출생. 부친은 蘇洵, 모친은 程氏.

- 3세 寶元1년, 1038　　兄 景先 죽음.

- 4세 寶元2년, 1039　　아우 蘇轍 출생.

- 8세 慶曆3년, 1043　　小學에 들어가 眉山縣 天慶觀의 道士 張易簡에게 배움.

- 10세 慶曆5년, 1045　　부친 蘇洵이 宦學여행을 떠나 모친에게서 배움.

- 12세 慶曆7년, 1047　　祖父 蘇序 돌아가심. 부친 宦學에서 돌아오심.

- 19세 至和1년, 1054　　眉州 靑神縣人 鄕貢進士 王方의 딸 王弗(당시 16세)과 결혼.

- 20세 至和2년, 1055　　부친 蘇洵이 成都를 유람하여, 張方平을 배알하니, 張方平이 一見에 國士로 예우.

- 21세 嘉祐1년, 1056　　3월, 부친 蘇洵을 따라 아우 蘇轍과 함께 京師 (수도 開封)에 감. 5월, 京師에 도착. 8월, 아우 蘇轍과 함께 開封府試에 합격.

- 22세 嘉祐2년, 1057　　정월, 禮部試에 進士급제. 歐陽修, 梅摯, 王珪, 范鎭, 梅堯臣이 시험관임. 3월, 殿試에 及第. 5월, 모친상으로 귀향.

- 24세 嘉祐4년, 1059　　모친의 服喪을 마치고, 10월, 부친 蘇洵을 모시고 아우

	소철과 함께 開封을 향해 蜀을 출발. 12월 8일 荊州에 도착.
•25세 嘉祐5년, 1060	정월 5일, 荊州를 출발, 2월 15일, 京師에 도착, 河南府 福昌縣 主簿로 제수받았으나 부임하지 않음.
•26세 嘉祐6년, 1061	制科에 응시하여, 蘇軾은 제3등, 아우 蘇轍은 제4등으로 급제. 大理評事, 鳳翔府簽判에 임명됨. 11월, 부친 및 아우 蘇轍과 첫 이별. 12월 14일 鳳翔府에 도착. 16일, 孔子廟의 石鼓를 참관.
•27세 嘉祐7년, 1062	鳳翔에 재직.
•28세 嘉祐8년, 1063	鳳翔에 재직.

英宗(1063~1067)

•30세 治平2년, 1065	정월, 조정에 귀환. 登聞鼓院의 判官에 임명. 直史館에 임명. 5월, 아내 王弗 죽음.
•31세 治平3년, 1066	부친 蘇洵이 ≪太常因革禮≫ 100권의 편찬을 마치고, 4월에 서거. 이로 인해 喪具를 이끌고 6월에 향리로 향함.
•32세 治平4년, 1067	4월 향리에 도착. 8월 선친을 眉州에서 장사지냄.

神宗(1067~1085)

•33세 熙寧1년, 1068	7월 부친의 服喪을 마침. 첫 부인 王弗의 從妹 王閏之(당시 21세)와 결혼. 가족을 이끌고 아우 소철과 開封으로 향함.

- 34세 熙寧2년, 1069 2월 開封으로 돌아옴. 王安石과 정견이 충돌, 監官告院이 됨. 5월 왕안석의 과거시험 개혁에 반대의견 표명. 12월 <上神宗皇帝書> 제출.

- 35세 熙寧3년, 1070 <再上神宗皇帝書>를 제출하여 신법반대. 5월 차남 迨 출생.

- 36세 熙寧4년, 1071 지방으로의 전출을 요청하여, 6월에 杭州通判을 임명받아, 11월 28일 着任.

- 37세 熙寧5년, 1072 항주통판에 재직. 4월 三男 過 출생. 6월, 望湖樓에 오름. 12월 湖州로 여행.

- 38세 熙寧6년, 1073 杭州通判에 재직.

- 39세 熙寧7년, 1074 항주통판으로 재직시 朝雲을 侍妾으로 맞음. 9월 密州 知州 임명받음. 12월 着任.

- 41세 熙寧9년, 1076 11월 河中府知府에 임명받음. 12월 密州를 떠남.

- 42세 熙寧10년, 1077 2월 徐州知州에 임명받음. 4월 徐州知州에 着任

- 43세 元豊1년, 1078 徐州에 재직. 8월 12일, 黃樓(徐州城의 동문에 黃土로 쌓은 누각)낙성.

- 44세 元豊2년, 1079 3월 湖州知州에 임명됨. 4월 20일 湖州에 着任. 8월 18일 烏臺詩案으로 어사대의 감옥에 수감. 12월 26일 黃州로의 유배를 명령받음.

- 45세 元豊3년, 1080 2월 1일 黃州에 着任. 定惠院에 거주. 4월 臨皐亭으로 移居. 6월 아우 소철과 武昌에 유람. 8월 아들 邁와 적벽유람. 9월 홀로 적벽유람.

- 46세 元豊4년, 1081 황주유배 계속. 정월 岐亭에 가 봉상시절의 벗 陳慥를 만남(황주에서의 4년 남짓 유배기간에 진조는 7번 오고, 동파는 3번 가서 만남). 이 해 馬夢得의 호의로 황

무지를 경작, 그곳을 東坡라고 이름지음.

- 47세 元豊5년, 1082　황주유배 계속. 2월 東坡의 옆에 雪堂을 지음. 7월에 적벽을 유람하고 <赤壁賦>를 지음. 10월 다시 적벽을 유람하고 <後赤壁賦>를 지음.

- 48세 元豊6년, 1083　황주유배 계속. 5월 南堂 낙성. 10월 12일 밤에 馬夢得 과 承天寺 유람.

- 49세 元豊7년, 1084　3월 汝州團練副使의 명 받음. 4월 황주를 떠남. 廬山 구경. 7월 金陵의 王安石을 방문. 10월 19일 상서를 올려 常州거주를 요청.

- 50세 元豊8년, 1085　다시 상서를 올려 常州거주를 요청. 汝州團練副使 常州 居住를 명받음. 3월 神宗이 죽고, 어린 哲宗이 즉위, 高太后의 섭정. 5월 常州貶所 도착. 6월 朝奉郞에 복직, 登州知州에 임명됨. 10월 登州 着任. 禮部郞中으로 召還 의 명 받음.

哲宗(1085~1100)

- 51세 元祐1년, 1086　3월 中書舍人에 임명됨. 9월 1일, 司馬光이 죽음. 조정 에서는 程頤로 하여금 사마광의 장례를 주관하게 하였 는데, 정이가 古禮를 따르려하자 蘇軾이 그를 희롱하 여 結怨. 9월 翰林學士知制誥로 옮김.

- 52세 元祐2년, 1087　翰林學士로 재직.

- 53세 元祐3년, 1088　翰林學士로 재직

- 54세 元祐4년, 1089　상주하여 지방관으로 전출을 요청. 3월 杭州知州에 임 명되고, 7월에 着任. 11월 3일 <論高麗進奉狀>을 상주.

11월 13일 <論高麗進奉第二狀>을 상주. 12월 3일 <乞令高麗僧從泉州歸國狀>을 상주함.

•55세 元祐5년, 1090　杭州知州로 재직. 항주 西湖에 제방(蘇堤)을 축조. 8월 15일 <乞禁商旅過外國狀>을 상주함.

•56세 元祐6년, 1091　2월 翰林學士承旨로 召還의 명 받음. 7월 지방관으로 전출을 요청하여 허락을 얻음. 8월 潁州知州에 임명되어 潁州에 着任.

•57세 元祐7년, 1092　2월 揚州知州에 임명됨. 8월 兵部尚書로 소환됨. 11월 禮部尚書 端明殿學士兼翰林侍讀學士가 됨.

•58세 元祐8년, 1093　禮部尚書에 재직. 2월 1일, 2월 15일, 2월 26일 각기 <論高麗買書利害箚子三首>를 상주함. 8월 아내 王閏之가 죽음. 9월 定州知州에 임명됨. 10월 23일 定州에 着任.

•59세 紹聖1년, 1094　6월 惠州(建昌軍司馬惠州安置)로의 유배 명령. 셋째 아들 過와 朝雲을 데리고 大庾嶺을 넘어, 10월 2일 혜주에 도착, 合江樓에 寓居, 18일 嘉祐寺로 이사.

•60세 紹聖2년, 1095　惠州에 있었음. 3월 19일 合江樓로 이사.

•61세 紹聖3년, 1096　惠州에 있었음. 4월 20일 다시 嘉祐寺로 이사. 7월 朝雲이 죽어, 8월에 조운을 豐湖의 棲禪寺 동남쪽의 松林에 매장.

•62세 紹聖4년, 1097　2월 14일 白鶴峰 新居로 옮김. 4월 17일 瓊州別駕 昌化軍安置의 명을 받음. 막내아들 過를 데리고 海南島로 출발. 5월 11일 雷州로 유배가는 도중인 아우 蘇轍과 藤州에서 상봉하여 雷州까지 동행, 6월 11일 형제의 영원한 이별. 渡海. 7월 配所 도착. 12월 19일(동파의 생

일)에 아우 蘇轍이 동파의 요청으로 <東坡先生和淵明
詩引>(一名, <子瞻和陶淵明詩集引>)을 지음.

- 63세 紹聖5년, 1098 　海南島 儋州에 있었음.
- 63세 元符1년, 1098 　儋州에 있었음. 5월 桃榔庵 새 거주지 완성. 9월 天慶觀
　유람.
- 64세 元符2년, 1099 　儋州에 있었음.
- 65세 元符3년, 1100 　1월 12일, 哲宗이 죽고, 徽宗이 즉위. 5월 廉州安置를
　명 받음. 渡海. 7월 4일 廉州도착. 8월 舒州團練副使, 永
　州居住를 명 받음. 8월 29일 廉州를 떠남. 11월 朝奉郎
　에 복직, 提擧成都府玉局觀에 임명, 거주자유.

徽宗(1100~1125)

- 66세 建中靖國1년, 1101 5월 여행도중 병에 걸려, 常州에서 누음. 6월 常州에서
　上奏하여 致仕함. 7월 28일 別世.
- 崇寧1년, 1102 　閏6월 汝州 겹성현(郟城縣)의 峨眉山에 장사지냄. 부인
　王閏之와 合葬. 아우 蘇轍이 형의 墓誌銘(<亡兄子瞻端
　明墓誌銘>)을 지음.

[附錄 2] 蘇東坡의 官職移動表

	貶謫時期	地方官時期	中央官時期
1期 .. 科學應試期 및 仕宦前期		鳳翔簽判(첫 부임지 : 26~29) 杭州通判(36~39) 密州知州(39~41) 徐州知州(42~44) 湖州知州(44)	科擧合格(21, 22, 26歲) 母喪歸鄕(22~24) 判登聞鼓院(30) 直史官(30) 父喪歸鄕(31~33) 監官告院(34~36) 地方官自請(36) 烏臺詩案(入獄)(44)
2期 .. 黃州流配期	黃州團練副使(45~49) 汝州團練副使의 命(49) 赴任途中(49~50) 隱居目的의 常州居住 認可 常州 宜興 到着(50)		

3期 ‥ 仕宦後期		登州知州(50)	
			禮部郎中(50)
			起居舍人(50)
			中書舍人(51)
			翰林學士知制誥(51)
			翰林學士(52~54)
			地方官自請(54)
		杭州知州(54~56)	
			翰林學士承旨(56)
			地方官自請(56)
		潁州知州(56~57)	
		揚州知州(57)	
			兵部尙書(57)
			禮部尙書端明殿學士
			兼翰林侍讀學士(57~58)
			禮部尙書(58)
		定州知州(58~59)	
		惠州安置 命(59)	
4期 ‥ 惠州, 海南島流配期 및 北歸	惠州安置(59~62)		
	瓊州別駕昌化郡安置 命(62)		
	儋州貶謫(62~65)		
	廉州安置 命(65)		
	廉州到着(65)		
	舒州團練副使, 永州居 住 命(65)		
		朝奉郎, 提擧成都玉局觀, 居住自由(65)	
		常州到着, 致仕(66)	
		別世(66)	

[附錄 3] 蘇東坡의 作品 索引

ㄱ

<監試呈諸試官> 317

<江城子>(夢中了了醉中醒) 394

<蓋公堂記> 86

<虔州崇慶禪院新經藏記> 106

<乞常州居住表> 52

<京師哭任遵聖> 358

<徑山道中次韻答周長官兼贈蘇寺丞>
313, 384

<景純見和, 復次韻贈之, 二首, 其二>
313

<庚辰歲正月十二日, 天門冬酒熟, 予
自漉之, 且漉且嘗, 遂以大醉, 二首,
其二> 229

<高郵陳直躬處士畫雁二首, 其二> 262

<高郵陳直躬處士畫雁二首, 其一> 261

<孔毅父以詩戒飲酒, 問買田, 且乞墨
竹, 次其韻> 242

<過大庾嶺> 164

<過永樂, 文長老卒> 356

<過淮> 372

<郭祥正家, 醉畫竹石壁上, 郭作詩爲

謝, 且遺二古銅劍> 238

<觀妙堂記> 108

<喬太博見和復次韻答之> 358

<歐陽少師令賦所蓄石屛> 263

<九月二十日微雪, 懷子由弟二首, 其
一> 142

<九日黃樓作> 48

<琴詩> 302

<記游松風亭> 385

<寄劉孝叔> 136

<吉祥寺賞牧丹> 228

ㄴ

<南堂五首, 其二> 93

<南行前集敍> 40

<南鄕子>(東武望餘杭) 210, 317

<南華寺> 366

<南華長老題名記> 115

<臘日遊孤山訪惠勤惠思二僧> 160

《論語說》 52, 63, 69, 79, 80, 81

ㄷ

<端午遍游諸寺得禪字>　163

<答徑山琳長老>　107

<答謝民師推官書>　161, 199

<答呂梁仲屯田>　134

<答李端叔書>　39

<答任師中, 家漢公>　110

<答秦太虛七首, 其四>　92

<答畢仲擧二首, 其一>　103

<唐道人言, 天目山上俯視雷雨, 每大雷電, 但聞雲中如嬰兒聲, 殊不聞雷震也>　293

<陶驥子駿佚老堂二首, 其一>　401

<洞庭春色>　222

<東坡>　290

<東坡八首, 其四>　183

<東坡八首, 其五>　183

<東坡八首, 其一>　343

<東坡八首·敍>　182

<登常山絶頂廣麗亭>　350

<登雲龍山>　228

<藤州江上夜起對月, 贈邵道士>　155

<登州海市>　165

ㅁ

<滿庭芳>(蝸角虛名)　368

<望湖亭>　365

<梅花二首, 其二>　191

<無錫道中賦水車>　179

<無題>　370

<聞洮西捷報>　143

<文與可畵篔簹谷偃竹記>　270, 271

<問淵明>　288

<聞子由爲郡僚所捃, 恐當去官>　369

<聞捷>　143

<密州通判廳題名記>　128

ㅂ

<薄薄酒二首, 幷引 및 其一>　234

<跋子由老子解後>　115

<方丈記>　109

<訪張山人得山中字二首, 其二>　230

<百步洪>　48, 153

<白鶴峰新居欲成, 夜過西隣翟秀才, 二首, 其一>　371

<泛潁>　150

<法惠寺橫翠閣>　161

<辯試館職策問箚子二首, 其二>　56

<別海南黎民表>　348, 361

<鳳翔八觀, 八首>　253

<鳧繹先生詩集敍>　135

<傅堯兪濟源草堂>　315

ㅅ

<思堂記>　128, 240

<思無邪齋銘, 幷敍>　388

<思無邪齋銘>　106

<思無邪齋贊>　93

<思治論>　43

<山村五絶, 其四>　140

<山村五絶, 其三>　140

<上神宗皇帝書>　45

<常潤道中, 有懷錢塘, 寄述古五首, 其
　二>　369

<上淸儲祥宮碑>　93, 115

<書唐氏六家書後>　397

<書東皐子傳後>　224

<書摩詰藍田煙雨圖>　254

<書所作字後>　281

≪書傳≫　63, 69, 82

<書鄢陵王主簿所畫折枝二首, 其二>
　274

<書鄢陵王主簿所畫折枝二首, 其一>
　272

<書淵明東方有一士詩後>　394

<書吳道子畫後>　281, 480, 483

<書王定國所藏烟江疊嶂圖>　268

<書臨皐亭>　187

<西齋>　171

<書晁補之所藏與可畫竹三首, 其二>
　272

<書焦山綸長老壁>　300

<書韓幹牧馬圖>　258

<石鐘山記>　52

<石蒼舒醉墨堂>　280

<仙都山鹿>　350

<雪齋>　376

<省試刑賞忠厚之至論>　75

<歲晚相與饋問爲饋歲, 酒食相邀, 呼
　爲別歲, 至除夜, 達旦不眠, 爲守歲.
　蜀之風俗如是. 余官於岐下, 歲暮思
　而不可得, 故爲此三詩以寄子由, 其
　三, 守歲>　352

<歲晚相與饋問爲饋歲, 酒食相邀, 呼
　爲別歲, 至除夜, 達旦不眠, 爲守歲.
　蜀之風俗如是. 余官於岐下, 歲暮思
　而不可得, 故爲此三詩以寄子由, 其
　二, 別歲>　352

<續麗人行>　256

<孫莘老求墨妙亭詩>　282

<送文與可出守陵州>　85

<送參寥師>　114

<送沈逵赴廣南>　344

<送子由使契丹>　144

<送岑著作>　231

<送鄭戶曹>　174

<送芝上人遊廬山>　338

<送表弟程六知楚州>　317

<水調歌頭>(明月幾時有)　205

<水調歌頭>(安石在東海)　210

<秀州報本禪院鄉僧文長老方丈>　356

<叔弼云, 履常不飮, 故不作詩, 勸履常

飮＞ 244

＜試筆自書＞ 347

＜軾以去歲春夏, ……, 其四＞ 392

＜軾以去歲春夏, 侍立邇英, 而秋冬之
交, 子由相繼入侍, 次韻絶句四首,
各述所懷, 其四＞ 331, 332

＜食荔支二首, 其二＞ 324

＜新年五首, 其三＞ 323

＜新城道中, 其一＞ 177

＜新醸桂酒＞ 173

＜辛丑十一月十九日, 旣與子由別於鄭州
西門之外, 馬上賦詩一篇寄之＞ 201

＜沁園春＞(孤館燈靑) 79

＜十月二日初到惠州＞ 320

＜十二月二十八日, 蒙恩責授檢校水部
員外郎黃州團練副使, 復用前韻二
首, 其二＞ 360

＜十二月二十八日, 蒙恩責授檢校水部
員外郎黃州團練副使, 復用前韻二
首, 其一＞ 359

＜十一月二十六日, 松風亭下, 梅花盛
開＞ 195

○

＜阿彌陀佛頌＞ 109

＜秧馬歌＞ 180

＜夜泊牛口＞ 314

＜夜至永樂文長老院, 文時臥病退院＞

356

＜夜行觀星＞ 168

＜魚蠻子＞ 140

＜漁父四首, 其三＞ 235

＜漁父四首, 其二＞ 235

＜憶西湖寄晁美叔同年＞ 96

＜予去杭十六年而復來, 留二年而去. 平
生自覺出處老少, 麤似樂天, 雖才名
相遠, 而安分寡求, 亦庶幾焉. ……,
其二＞ 392

＜予去杭十六年而復來, 留二年而去. 平
生自覺出處老少, 麤似樂天, 雖才名
相遠, 而安分寡求, 亦庶幾焉. 三月
六日, 來別南北山諸道人, 而下天竺惠
淨師以醜石贈行, 作三絶句, 其二＞
332

＜驪山＞ 291

＜與溫公＞ 187

＜與王庠書＞ 77

＜與王定國四十一首, 其四十＞ 322

＜與王定國四十一首, 其八＞ 93

＜與王佐才二首, 其一＞ 101

＜與李公擇十七首, 其十一＞ 80

＜與二郎姪一首＞ 67, 398

＜予以事繫御事臺獄, ……, 二首, 其
一＞ 359

＜與程秀才三首, 一＞ 347

＜與程彛仲六首, 其六＞ 101

<與程全父十二首, 其十>　61, 395

<與程全父十二首, 其十一>　61, 395

<與周長官, 李秀才遊徑山, 二君先以
　　詩見寄, 次其韻二首, 其一>　335

《易傳》　52, 63, 69, 79, 80, 81,
　　82

<鹽官大悲閣記>　74, 101

<靈壁張氏園亭記>　310

<永遇樂>(明月如霜)　210

<潁州初別子由二首, 其二>　204

<潁州初別子由二首, 其一>　85

<吳中田婦嘆>　136

<王鞏淸虛堂>　110

<王大年哀詞>　96

<王維吳道子畫>　253

<王者不治夷狄論>　86

<浴日亭>　158

<用前韻再和孫志擧>　90

<寓居定惠院之東, 雜花滿山, 有海棠
　　一株, 土人不知貴也>　192

<寓居合江樓>　370

<雨夜宿淨行院>　375

<鬱孤臺>　373

<游金山寺>　216

<有美堂暴雨>　157

<遊靈隱寺, 得來詩, 復用前韻>　85

<游淨居寺>　361

<留題仙都觀>　376

<六月二十日夜渡海>　167

<六月二十七日望湖樓醉書五節, 其五>
　　331

<六月二十七日望湖樓醉書五絶, 其二>
　　152, 475

<六月二十七日望湖樓醉書五絶, 其一>
　　156

<飮酒四首, 其二>　174, 241

<飮酒四首, 其一>　246

<飮湖上初晴後雨, 其二>　168

<飮湖上初晴後雨二首, 其一>　172

<議學校貢擧狀>　45

<李思訓畫「長江絶島圖」>　264

<二十七日, 自陽平至斜谷, 宿於南山
　　中蟠龍寺>　214

<李行中秀才醉眠亭三首, 其一>　236

<臨江仙>(詩句端來磨我鈍)　317

<臨江仙>(夜飮東坡醒復醉)　375

<臨城道中作, 幷引>　320

<臨城道中作>　392

<壬寅重九, 不預會, 獨遊普門寺僧閣,
　　有懷子由>　212

ㅈ

<自金山放船至焦山>　316

<子由自南都來陳三日而別>　219

<自題金山畫像>　68

<慈湖夾阻風五首, 其三>　392

〈慈湖夾阻風五首, 其五〉　290, 368

〈殘臘獨出二首, 其一〉　178

〈再上乞常州居住表〉　52

〈再上神宗書〉　46

〈謫居三適, 旦起理髮〉　63

〈謫居三適, 夜臥濯足〉　63

〈謫居三適, 午窓坐睡〉　63

〈赤壁賦〉　51

〈前赤壁賦〉　89, 90

〈蝶戀花〉(花褪殘紅靑杏小)　285

〈正月二十日, 與潘·郭二生出郊尋春,
　　忽記去年是日同至女王城作詩, 乃和
　　前韻〉　169

〈定風波〉(常羨人間琢玉郞)　219

〈定惠院寓居月夜偶出〉　242

〈題寶雞縣斯飛閣〉　213

〈祭常山回小獵〉　142

〈題西林壁〉　52, 296

〈除夜大雪, 留濰州, 元日早晴, 遂行,
　　中途雪復作〉　130

〈除夜野宿常州城外二首, 其一〉　217

〈祭龍井辯才文〉　117

〈弔天竺海月辯師三首, 其二〉　361

〈種茶〉　379

〈縱筆三首, 其三〉　232

〈縱筆三首, 其一〉　475

〈舟中夜起〉　294

〈中山松醪賦〉　239, 240

〈中庸論上〉　77

〈中隱堂詩, 其一〉　313

〈中秋見月和子由〉　173

〈中和勝相院記〉　102

〈贈東林總長老〉　104

〈贈寫眞何充秀才〉　257

〈贈上天竺辯才師〉　97

〈贈孫莘老七絶, 其一〉　231

〈贈陣守道〉　368

〈秦穆公墓〉　418, 419

〈眞一酒〉　229

〈陳州與文朗逸民飮別, 携手河堤上, 作
　　此詩〉　245

〈澄邁驛通潮閣二首, 其二〉　327, 475

ㅊ

〈次韻孔文仲推官見贈〉　149

〈次韻孔毅父久旱已而甚雨三首, 其三〉
　　245

〈次韻孔毅父久旱已而甚雨三首, 其二〉
　　184

〈次韻孔毅父久旱已而甚雨三首, 其一〉
　　135

〈次韻郭功甫觀予畫雪雀有感二首, 其
　　一〉　378

〈次韻樂著作送酒〉　245

〈次韻王鬱林〉　82

〈次韻王定國得晉卿酒相留夜飮〉　246

<次韻柳子玉過陳絶糧二首, 其二> 318

<次韻子由岐下詩, 魚> 292

<次韻子由論書> 278

<次韻子由月季花再生> 381

<次韻子由除日見寄> 211

<次韻前篇> 345

<次韻趙令鑠> 239

<次韻秦太虛見戲耳聾> 377

<次韻陳海州乘槎亭> 313

<次韻許沖元送成都高士敦鈐轄> 239

<次前韻寄子由> 218, 377

<策略一> 43

<遷居> 301, 324, 409

<遷居臨皋亭> 287

<初到杭州寄子由二絶, 其一> 315

<初發嘉州> 211

<超然臺記> 47, 62, 72, 87, 89, 339, 358, 371

<初入廬山三首, 其二> 295

<初入廬山三首, 其一> 295

<哨徧>(爲米折腰) 394

<春夜> 354

<春日> 236

<出都來陳, 所乘船上有題小詩八首, 不知何人有感於余心者, 聊爲和之, 其二> 292

<出都來陳. ……, 聊爲和之, 其三> 394

<出潁口初見淮山, 是日至壽州> 151

<醉落魄>(輕雲微月) 210

<醉睡者> 242

<七月五日, 其一> 243, 244

ㅌ

<湯村開運鹽河雨中督役> 131, 334

ㅍ

<罷徐州, 往南京, 馬上走筆寄子由五首, 其一> 207

<八月十五日看潮五絶, 其四> 136

<八月七日, 初入贛, 過惶恐灘> 217

<被酒獨行, 遍至子雲, 威, 徽, 先覺四黎之舍, 三首, 其一> 230

ㅎ

<韓幹馬十四匹> 48, 260

<韓非論> 75

<寒食雨二首, 其二> 343

<海月辯公眞贊幷引> 97

<行瓊儋間, 肩輿坐睡. ……, 戲作此數句> 346

<形影神三首, 神釋> 289

<惠崇春江晚景二首, 其一> 266

<湖上夜歸> 172

<紅梅三首, 其一> 194

<和孔君亮郎中見贈> 228

<和孔郞中荊林馬上見寄> 133

<和孔密州五絶, 東欄梨花> 353

<和陶郭主簿二首, 其一> 406

<和陶九日閑居, 幷引> 403

<和陶勸農六首, 其一> 145

<和陶歸園田居六首, 其三> 190

<和陶歸園田居六首, 其五> 323

<和陶歸園田居六首, 其六> 409

<和陶歸園田居六首, 其二> 414

<和陶歸園田居六首, 其一> 189

<和陶桃花源> 361, 386

<和陶讀山海經, 其三> 401

<和陶讀山海經, 其十三> 366

<和陶讀山海經, 其一> 401

<和陶貧士七首, 其三> 400

<和陶貧士七首, 其二> 400

<和陶貧士七首, 其一> 354, 401

<和陶貧士七首, 幷引 및 其五> 382

<和陶歲暮作和張常時> 380

<和陶始經曲阿> 367, 411

<和陶神釋> 407

<和陶詠三良> 417

<和陶怨詩示龐鄧> 404

<和陶游斜川> 155

<和陶飲酒二十首, 其九> 235

<和陶飲酒二十首, 其四> 402

<和陶飲酒二十首, 其三> 237, 399

<和陶飲酒二十首, 其十> 336

<和陶飲酒二十首, 其十四> 336

<和陶飲酒二十首, 其十五> 336

<和陶飲酒二十首, 其十六> 231

<和陶飲酒二十首, 其十二> 226

<和陶飲酒二十首, 其十七> 239

<和陶飲酒二十首, 其五> 230

<和陶飲酒二十首, 其六> 235

<和陶飲酒二十首, 其二十> 238

<和陶飲酒二十首, 其一> 226

<和陶飲酒二十首, 幷敍> 225

<和陶擬古九首, 其三> 373

<和陶擬古九首, 其二> 384

<和陶移居二首, 其二> 385

<和陶雜詩十一首, 其二> 218

<和陶田舍始春懷古二首, 其二> 326

<和陶田舍始春懷古二首, 其一> 406

<和陶止酒> 247

<和陶和劉柴桑> 406

<和陶還舊居> 374, 375

<和文與可洋川園池三十首, 溪光亭> 158

<和文與可洋川園池三十首, 吏隱亭> 188

<和文與可洋川園池三十首, 望雲樓> 188

<和王晉卿> 372

<和劉道原寄張師民> 311

<華陰寄子由> 212

<和李邦直沂山祈雨有應>　134

<和子由苦寒見寄>　142

<和子由聞子瞻將如終南太平宮溪堂讀書>　132

<和子由四首, 其二, 送春>　351

<和子由蠶市>　213

<和子由澠池懷舊>　298

<和晁同年九日見寄>　174

<和蔡準郎中見邀遊西湖三首,　其三>　312

<和蔡準郎中見邀遊西湖三首,　其二>　338

<和蔡準郎中見邀遊西湖三首,　其一>　149

<黃州上文潞公書>　80

<黃州安國寺記>　52, 73, 100

<會客有美堂, ……, 其一>　188

<懷西湖寄晁美叔同年>　170

<曉至巴河口迎子由>　345

<熙寧中, 軾通守此郡. 除夜, 直都廳, 囚繫皆滿, ……, 前詩>　133

<戲子由>　132

<擷茱, 幷引>　383

<浰陽早發>　311

저자 **조규백(曹圭百)** sudongpo@hanmail.net

號, 己百. 한국외국어대 중국어과를 졸업하고, 성균관대 중문과에서 석사, 박사학위를 받았다. 國立臺灣大學 중문과 訪問學人, 중국 復旦大學 중문과 박사후연구원(한국학술진흥재단 지원), 중국 四川大學 古籍研究所 研究學者, 중국 南京大學 중문과 研究學者를 역임했다. 민족문화추진회(현 한국고전번역원) 국역연수원에서 중국고전을 배웠으며, 이어서 한학자 故 研靑 吳虎泳 老師께 漢學을 사사하였다. 성균관대, 제주대, 제주산업정보대학의 강사와 제주관광대학의 교수를 역임했다. 현재는 한국외국어대, 숭실대에서 강의하고 있다.

• 저역서

『史記世家(下)』(共譯), 圖書出版 까치, 1994.

『濟州觀光中國語會話(上, 下)』(共著), 白山出版社, 2000.

『中國의 文豪 蘇東坡』, 王水照 著, 曹圭百 譯, 月印, 2001.

『千字文註解(前)-아들을 위한 千字文』, 曹圭百 註解, 白山出版社, 2002.

『譯註蘇東坡散文選』, 蘇東坡 著, 曹圭百 譯註, 白山出版社, 2005.(2011. 수정판)

『蘇東坡詞選』, 蘇東坡 著, 曹圭百 譯註, 文學과 知性社, 2007.

『蘇東坡詩選集(上)-텅 비니 만 가지 경지가 다 담기네』, 蘇東坡 著, 曹圭百 譯註, 학고방, 2010.

『唐詩三百首精選』, 孫洙 編, 曹圭百 譯註, 학고방, 2010.(2012. 개정판)

『千字文註解(後)-아들을 위한 천자문』, 周興嗣 著, 曹圭百 譯註, 백산출판사, 2011.

• 논문

「『詩經·鄭風』愛情詩小考」

「千古의 名作 蘇東坡 前後「赤壁賦」의 文學世界 探索」

「宋朝蘇東坡與朝鮮朝金秋史之比較研究-以蘇東坡海南島與金秋史濟州島流配文學爲中心」

「蘇東坡의 海南島 流配詩 探索」

「朝鮮時代文人對蘇東坡詩文的"受容"及其蘇東坡觀」

「高麗時代 文人의 蘇東坡詩文 受容 및 그 意義(1)(2)」